清末四大奇案之楊月樓案

名優奇冤

房文齋——著

「同光十三絶」作於清光緒年間，由畫家沈谷圃所畫，該畫作中描繪了當時十三位著名演員以及他們代表劇目的扮相。

這十三位分別是：程長庚、張勝奎、盧勝奎、徐小香、梅巧玲、譚鑫培、時小福、余紫雲、朱蓮芬、郝蘭田、劉趕三、楊鳴玉、楊月樓（最右）。

目次

一、香閨

此情無計可消除，才下眉頭，又上心頭。——《牡丹亭》

1

下弦月從東牆頭羞羞答答地探出臉，透過「福」字格玻璃花窗，把一團銀輝灑進室內。方磚地上立刻印上了一方剪紙似的銀灰色圖案。

韋惜玉從黑黝黝的天棚上收回目光，側身向外，久久凝望著皎月的流光所繪出的圖案。不知為什麼，她想從那色調清晰、複雜而多變的柔和線條中，尋出那個蘊藏在其中的「福」字。自從能搖搖晃晃扶著奶媽的手在地上挪步起，她就住進了這間房子。如今滿十七歲了，從來沒想到，要找一找那「福」字究竟藏在哪裏。今晚，她忽然一心想從中尋出那個實實在在的「福」來。這究竟是什麼原因，連她自己也不能回答。可是，左看，右看，一遍遍地將線條重新組合，卻始終也沒有發現那個所盼望的字形。

她失望地長長籲了一口氣。一口氣未嘆完，立刻下意識地向奶媽睡覺的外間，瞥了一眼。那裏正發出均勻的鼾聲。奶媽已經睡熟了。她放了心。唉，奶媽太辛苦了。每天三星當頭，她就躡手躡腳地起床，打掃，涮洗，端飯、洗衣。一整天腳不沾地，什麼事也不准別人動手，將自己跟媽媽，太太小姐般地供奉著，卻從不見她有疲累的神色。媽媽常常勸她休息一會兒，她總是兩手一攤：「嘿，太太，這點營生，昨累得著人！」奶媽不但不知累。也不知愁，很少見到過她鎖眉低目，臉上掛霜。一天到晚，總是像歡白靈似的，兩隻嘴角高翹著，仿佛煩惱和憂愁，從來跟她攀不上緣……。

「噹，噹！」西牆邊長几上，自鳴鐘的兩聲長鳴，把她從胡思亂想中喚了回來。躺到床上已經兩個多鐘點了，怎麼還毫無睡意呢？往常可不是這樣，總是一挨枕頭就能睡去。

她用力閉上眼睛，竭力驅趕兜上心頭的雜念。可是，眼皮合到了一起，眼珠兒卻在下面打轉兒，像擦上生髮油似的溜滑鋥亮。右側身子壓得隱隱發痛了，前胸濕潤潤，分明急出了細汗。她用力撩開被子，露出半個身子，焦躁地翻到左側。過了許久，雙眼仍然沒有半點酸澀。莫非這就是人們常說的「反夜」？

記得有一次，她半夜起來小解，聽到外面有動靜。趴上窗臺一看，媽媽披著棉襖，夜遊神似地，正繞著院子裏那棵彎曲的玉蘭樹轉圈兒。她隔著窗戶喊起來：「媽媽，半夜三更，放著好覺不睡，繞那孤樹幹啥？」媽媽停下腳步，低聲喝斥道：「嚷啥！我睡足了。睡你的去！」第二天，她問媽媽：「你真是個怪人——覺怎麼還能睡足呢？」媽媽轉身朝向穿衣鏡，扶扶髮髻上的點翠金釵，裝作沒聽見。後來，她聽奶媽說，那是媽媽「反了夜」。並說，媽媽不斷地「反夜」，——反起來，就屋裏屋外，走個不停。但當她問媽媽為啥愛「反夜」時，媽媽總是回答：「睡足了唄。」有一次，她聽奶媽勸媽媽：「太太，俺打聽來個方兒，要是再反了夜，你就在心裏數數兒，保你飛快睡著——聽說靈得很呢。」後來，當奶媽問媽媽，「試過那法兒靈不靈」時，媽媽很認真地回答說：「嗯，是挺靈驗。」

既然那方子「挺靈」，惜玉索性試一試。一、二、三、四……她暗暗數了起來。數著，數著，數目字斷了線，竟忘記數到了哪裏，只得從頭另數。不料，反覆了好幾次，也沒數過一百，仿佛退回到了連數兒也不識的童年。她忽然明白過來，這生平第一次「反夜」，分明是被昨晚看的那場戲攪的。

「准成是那麼回事，錯不了。咳，都怨那多事的陳寶生！」

2

陳寶生是丹桂戲園的案目。昨天，他來到韋惜玉家。韋家是他的老主顧，隔不上三天五日，他總要笑嘻嘻地走來，用軟綿綿、脆生生的吳音官話，把新來的名角兒，或新排出的連臺本戲，活靈活現地大加描繪形容一番。逗得人心癢難耐，恨不得立刻紮進戲場，一飽眼福。即使你手頭有事情擺脫不開，或者心裏不清爽，沒興致；他也能把死人說活。讓你要出口的謝辭話，梗在嗓子眼裏說不出。

韋惜玉的父親韋宗吉，原是上海洋行的買辦。這是一個有著勃勃野心的精明夥計。他的精明，表現在善於揣摸東家的心理。在東家面前該說什麼，該做什麼，他總是做得恰到好處。他能把自己經辦的、一件平平常常的買賣，描繪得歷盡艱辛，機關算盡，來之不易。更能把同事辦的同樣性質的一樁買賣讓東家相信，那是碰了巧，走了運，並非辦事人的精巧。因此，他這「買辦」便日益得到東家的青睞。不但薪水隨著年月長，年關、節下，總有豐厚的紅包悄悄塞到他的手裏。別看韋宗吉如魚得水，活得十分輕鬆，殊不知，他更有著深藏心底的重重心事。從進洋行的第一天起，他就瞄上了東家屁股底下那把寬大的高背皮轉椅。哼，先馱著那「肥豬」吧。總有一天，我要叫你馱馱我這瘦削的身軀。因此，他雖然收入豐厚，卻時時警戒自己，緊緊併攏雙手十指——靠汗水和心計換得的銀子錢，來之不易！那些破財毀家的勾當，他幾乎從不染指。為了交際，雖然常常陪朋友吞吐雲霧抽幾口，小打小鬧玩「八圈兒」，甚至叫個「條子」，吃吃花酒，那是躲不開的交際應酬。拾得起，放得下，不上癮，不入邪——他要一文一文地將錢積起來，成就一番大事業。他唯一的嗜好是看戲。不管角色孬好，常常帶上妻子女兒泡戲場。花上三百、五百文，換個半宵快活，不但健身養心，還明曉天下文臣武將的功略，人情世事的厚薄。只要酒壺嘴上省一省，零碎錢少花幾個，並不妨礙錢櫃的進項。於是，他就成了陳寶生的老主顧。等到他積足了自己經營的本錢，便去香港和廣州各設了一爿店。為了不讓家務纏身，妻小仍舊留在上海法租界安樂里。「先生」雖然早已遠去港穗，陳寶生對韋家母子的照應，卻一如既往。

昨天，他又來到了韋宅。僕人范五給他開了門。他走進上房，向迎出來的韋太太長揖至地，請安問好。立起身，輕輕在紅木嵌雲石靠背椅上落了座，扯平雙膝上的長衫下擺，眉飛色舞地開了篇。韋惜玉當時遠遠躲在母親的臥室門內，把一切都看在眼裏。

「韋太太！阿拉上海人眼福勿淺哪！京朝聘得來首屈一指的『三慶班』頭牌臺柱子，當今武生泰斗。韋太太，儂勿曉得，這位楊老闆可不是平平常常的伶人。」陳寶生左手擼擼右袖口，伸出右手比劃著，「人家是大名鼎鼎的同光十三絕，頂兒尖兒的角色。了得嗎？自打唱紅了大半個中國，莫說北京城裏的名戲場，就是皇宮裏頭的大戲臺，也成了人家獻藝的地方。連最難伺候的慈禧皇太后，幾天不看楊老闆的絕招兒，唱著蜜水都是苦的。只要楊老闆『出將』門口一亮相，她老人家又是叫好兒，又是拍巴掌。大元寶流水般地往下賞。一場戲唱下來，人家楊老闆臉不紅、氣不喘，那位老佛爺可是喊啞了嗓子，拍腫了手掌哪！」

韋王氏笑著插話道：「陳先生不愧是闖世界的，死人能讓你說活，活人準讓你說神……」

「勿是的，勿是的！」陳寶生連連擺手。「韋太太，阿拉一向討厭瞎奉承。有了真神才念經。儂想喲，連西太后都誇楊老闆是『活趙雲』、『活美猴王』，會假得了嗎？要不，怎麼稱得起是『武生泰斗』呢？！」

「一個唱武生的，『抬鬥』幹啥哪？」

「太太，那是說，人家的名氣大得不得了，就像泰山、北斗星一般出名和耀眼。」

「陳先生，今晚的泡戲，不知是啥戲碼？」韋王氏被說動了。

「開鑼戲是武打戲《兩將軍》，連下來是青衣唱工戲《宇宙鋒》，壓軸好戲是楊老闆的長靠名戲——《挑滑車》！」

韋王氏一聽，連連搖頭：「原來楊老闆唱的也是摺子戲呀——沒根沒梢的，硬是讓人心裏頭犯急躁。陳先生，改天再說吧。」

「太太，儂莫小看這『摺子』，那可是長靠應工的重頭戲。俗語說：『不演長、挑、取，羞穿高靴底』。」陳寶生為自己的杜撰很得意。他進一步解釋道：「哪個穿高靴底的長靠武生，倘使拿不起《長板坡》、《挑滑車》、《取洛陽》這類硬功戲，勿得多少香湯好喝。人家楊老闆一齣不漏都帶了來，教阿拉滬上戲迷開開眼。太太只要去看上一眼，儂就信服小人的話啦。人家玩藝兒地道：靜如處子，動如飛燕，閃展騰挪，一招一式——脆，帥，絕！要不，班子初到，訂座兒的，踏斷街，擠破門。弄得阿拉這作案目的，都無那哈個哉！」

「哦，有那麼多貪看楊月樓的？」韋太太來了興致。

「咳，」陳寶生歎一口氣，接過王媽遞過來的水煙筒，咕嚕嚕，深吸一口。仰頭吐出長長的煙縷兒，搖頭晃腦地說道：「這幾年，阿拉上海人看戲漸漸入了門徑，硬是親上了『京派』的玩意兒。擠破腦殼，也要佔先，爭個先睹為快。不過，爭歸爭，搶歸搶，鬼頭、蛤蟆眼，靠邊兒候著。勿成讓阿拉陳寶生冷落了老主顧？」陳寶生探身向前，放低了聲音：「韋太太，三天泡戲，花樓上的包廂座兒，一眨眼，全有了主兒……」

「那就過幾天再說吧。」

「不，韋府是老主顧，勿敢冷落喲！儂跟小姐的雅座，小人早就留下了呢。呶，就是花樓左廂居中的三個座兒，正對出將門，那可是上座中的上座喲！韋太太，看戲對了台，才算勿白來嘛！那地界兒，不光對台，省力，楊老闆一掀門簾，九龍口上一亮台風，儂就是睡著了，也逃不出儂的眼角梢兒……」

韋王氏被逗笑了。惜玉知道陳寶生舌尖上的能耐。哪怕戲園請來的是軟皮豆腐般的角色，排出的是讓人倒胃口的戲目，也能讓他形容得蛟龍升天，彩鳳落地，麒麟送寶，天花亂墜。即使身子不舒坦，心裏不安逸，也總是被他「誆」進戲場去挨時辰。花了錢，沒好戲看，只能嗑瓜子兒，嚼荔枝，耐著性子喝半宵苦茶。不過，平心而論，那也怨不得陳案目。人家端的是「板凳腿」的飯碗，能不搖動巧舌做賣瓜的王婆？怨也只能怨母親看戲的癮太大。她真想掀開門簾近前連說幾聲，「武生戲吵死人，不去！」又怕姑娘家越禮答話，有失體統。只能在心裏暗暗詛咒為陳寶生提供口實的京朝名伶楊月樓！

陳寶生從韋王氏浮上一層欣喜雲霞的臉上，看透了老主顧的心意。急忙站起來說道：「韋太太，今晚的機會好比齊天大聖下凡界，千載難逢。」他拖腔拉調，像在念台詞兒。說了一句，忽然改變腔調，一本正經地補充道：「太太，儂老人家，莫忘囑咐小姐當心自家的手掌拍腫，腳板踩疼。不痛惜自己的尖腳兒，也該體恤園子裏的地板呢。哈——」

韋王氏一面拿手帕兒捂著嘴笑，一面答道：「好個陳先生——讓你逗死了！」

陳寶生一聽，急忙扯扯袖頭，深深一揖：「韋太太，恕小人不能久留。儂是頭一家受請，阿拉還得張羅別家去。儂歇著。今晚準六點，在戲園門口，小人恭候太太小姐大駕光臨！」

3

吃過晚飯，老僕范五雇來的亨斯美馬車準時來到韋宅門前。王媽將打扮得簇然一新的韋太太和惜玉姑娘扶上車，然後自己坐上前面的座位。車伕輕吆一聲，馬車便悄無聲息地向丹桂戲園奔去。

丹桂戲園大門前，已被裏三層、外三層的短褂長衫，擠了個水泄不通。這些焦急等待的觀眾，享受不到戲園案目親自登門送座兒的自在，只能擠在戲園門口，想靠僥倖，爭得個臨時加的散座兒，過過名角癮。

觀眾的踴躍，證明楊月樓的菈滬獻藝，端的是驚動了十里洋場。看來，陳寶生的賣關子，並不是瞎吹。

因為街上人擠，馬車在離戲園大門很遠的地方，便停了下來。大腳板的王媽第一個跳下車，伸手扶下太太，再把惜玉小姐扶下地。三人走了不遠，陳寶生便快步來到了面前。

「韋太太，韋小姐，小人等侯多時了。」陳寶生恭敬地拱手施禮。「小人已經安排妥貼，快請裏面入座吧。」

韋王氏急忙答道：「謝謝陳先生費心。」

「勿客氣，勿客氣！太太、小姐請！」

陳寶生在前面帶路，嘴裏「勞駕」、「借光」地不斷喊著，兩手輕輕地推搡著，把韋家主僕三人領進了戲園。登上花樓左側包廂，主顧一落座，便走來一位年輕夥計。他一手擎著一隻托盤，一隻托盤上放著一把茶壺，另一隻上放著盛乾濕手巾的兩隻瓷盤子，恭恭敬敬放在韋家主僕面前。陳寶生給客人斟上茶，向夥計招呼一聲「好好伺候」。便拱手告辭，匆匆下樓照顧別的主顧去了。

包廂座前的紅漆窄几上，已經擺好三隻白瓷茶碗和四隻瓷盤，盤裏分別盛著金桔、乾龍眼和黑白瓜子。丹桂戲園雖然座落在租界內，仍沿習老規矩，不售戲票，也不單收戲價，而只收「茶費」。這茶費自然包括戲價和茶點價在內。倘是特意留下的好座位，還得給看座兒的付小費。韋王氏是戲園常客，自然懂得這規矩。她用濕手巾擦了手，又用乾手巾揩乾。便從捏在手裏的紗巾中，取出一塊銀洋，放在托盤上。低聲向小夥計說道：

「拿去，不要找了。」

「喲，太太，太多啦，太多啦——用不了這麼多嘛！」夥計的聲音很響，附近的觀眾席上都聽到。這話的含意很明白：「瞧，人家多大方，都該學著點！」韋太太很湊趣，也略微抬高了聲音答道：「多餘的，小哥買壺茶喝吧！」「阿拉謝謝你啦，太太。謝謝，謝謝！」夥計連連鞠躬，倒退著退了下去。

剛才進戲園的時候，因為人擠，韋惜玉只顧低頭看路，未看到門外高懸的「門報」。此時才注意到斜對面廊柱上懸著的「堂報」。原來今天的夜戲共有三齣：《兩將軍》、《宇宙鋒》和《挑滑車》。這三齣戲，韋惜玉都沒看過，她從戲名上判斷，一準都是武戲。心裏更加後悔，不該前來。特別在「挑滑車」三字下面，還有「楊月樓老闆領銜主演」，一行醒目的大字。韋惜玉記得，以前不論「門報」還是

「堂報」，都只寫戲目，並不寫伶人的名字。對京朝來的角兒，戲園竟也大加巴結起來。她覺得很可笑。武生戲不過是翻跌撲打而已，真猜不透，他「楊老闆」能好到哪裏去！

丹桂戲園像個要出嫁的新娘，打扮得通體簇新。乳白色油漆散發著帶辣油味的香氣，連戲臺的佈置，也跟往日大不相同。四盞大玻璃自來火水晶吊燈，比往常明亮許多。舞臺上通常安設的機關佈景不見了，一面被稱作「守舊」的、水青色彩繡大錦幔，遮滿了整座戲臺。錦幔正中橫繡著四個大隸字：「借古鑒今」。大字下面是一頭銀光閃閃的巨象。象背上馱著一隻大寶瓶，寶瓶中安插著的東西，既像花枝，又像靈芝。韋惜玉不明白那到底繡的是什麼。白象上方還有四個隸字：「太平景像」。在出將門和入相門的朱紅門簾上，也各繡四個大隸字。那是一副對聯：「萬國來朝，八方向拜。」帷幔和門簾的四周，那用金線繡出的曲形圖案，在玻璃水晶燈的映照下，發出耀眼的光芒。戲臺前方的朱柱上，是一副新鐫刻的黑漆金字對聯：「同向祥風調鳳管，共依愛日耀霓裳。」字跡遒勁、莊重典雅，與五彩奪目的繡幛交相輝映，把整座戲臺裝飾得金碧輝煌。

「哼！喊聲高，準成貨色低。賺錢的行當，誰不如此！倘使貨色好，哪在門面光鮮上？」韋惜玉是個任性的姑娘，今晚看戲不情願，看著什麼也不順眼。

4

空無一人的舞臺上，走上來四個人。他們來到舞臺左側，安置文武場的地方，各自抄起鑼鼓傢伙、咚咚嗆嗆地敲打起來。開始，鑼鼓聲還輕柔舒緩，漸漸地，急驟高昂起來。一陣「亂錘」，又接上「急急風」。越敲越急，越急越響。已經震得人頭腦轟轟，耳鼓嗡嗡，敲打的人仍不肯歇手。韋惜玉聽說過，這叫「喚客鑼鼓」也叫「靜場鑼鼓」。倘使光顧戲園的客人太少，座兒不滿，聽到這火爆熱烈的鑼鼓長鳴，總能吸引來幾名新看客。如果看客已滿，鏗鏘一敲，也可壓下嘈雜的吵嚷聲，以便讓戲迷們聚精會神地聽戲。

韋惜玉討厭死了這「靜場鑼鼓」。往常的經驗告訴她，這吵死人的「靜場鑼鼓」，必須敲過三通，才能開戲。俗話說，「懶人閒話多，壞戲鑼鼓多」。這種只踩樓梯不見人，故意拖延開戲時間的勾當，真叫人難捱難耐。大概「虛張聲勢」這個成語，當初就是從這鑼鼓經上取的。「靜場，靜場！」倒不如說是「吵場」，「鬧場」！心裏煩，越覺得耳鼓裏吃不消，而敲鑼鼓的人卻都像在跟她作對，一個個使盡全力，猛敲猛砸，似乎不把人的耳朵震聾，不把戲場的屋頂震塌，便決不甘休。直到韋惜玉被震得太陽穴隱隱脹痛，兩耳嗡嗡作響，那仿佛叫喊累了的、咚咚轟響的堂鼓，才好不容易讓位給「叭達、叭達」脆響的「皮鑼」。節奏終於緩慢下來。緊接著，墊戲開了場。

一位黑臉虬鬚大漢，手挺丈八蛇矛，正跟一位拿槍的白袍小將在對陣廝殺。兩人旗鼓相當。來來往往，拼殺了許久，仍不見勝負。後來，兩人的兵器都打掉了，竟撕扯到了一起，雙雙從馬上滾到了地下，但仍然扭打不止……

韋惜玉掉頭看看媽媽和王媽，她們都在津津有味地看著，連眼睛也不捨得眨一眨。哼！不過是兩隻鬥鵪鶉，你撕我打的，有啥看頭？也不知那來這興致！她不解地歎口氣，低頭嗑瓜子，不再抬頭。一面默念起剛剛讀過的《牡丹亭》中的曲子：

「忙處拋人，閑處住。百計思量，沒個為歡處……」

一唸起心愛的曲牌，耳畔的吵鬧聲立刻低了下去……

「阿寶快看，換了青衣戲哪——《宇宙鋒》！」母親在低聲提醒她。

抬眼望戲臺，果然有一位淡妝女子斜站在戲臺正中。她素衣素裙，面帶愁容，左手扯起右袖頭，半遮粉面，用悠長悲切的長腔，唸起了「引字」：「杜鵑枝頭啼，血淚暗淋漓……」哦，原來《宇宙鋒》不是武戲。可是，一上場又是「杜鵑悲啼」，又是「血淚淋漓」，也真夠瘮人的！今晚活該晦氣。不是讓人心煩的武鬥，就是惹人悲傷的啼泣，大概別想有開心的戲出可看咯！她抓起一隻金桔，使氣地剝了開來，撕下一瓣，填到嘴裏，用力地嚼了下去。不料，桔子又酸又澀，毫無往常的甜美。強忍著咽下去，將剩下的大半個桔子，狠狠扔到座位底下，暗罵了一聲「煩死人」！

見惜玉不專心看戲，韋王氏拉過女兒的左手握在手裏，一面不住地低聲提醒她注意戲臺：「喂，阿寶，皇帝秦二世來了……喲！他一眼就看上了趙豔蓉。壞了，要選她進宮『陪王伴駕』！這可叫她怎麼辦呀？哦，啞吧丫頭真機靈——她在教導小姐裝瘋呢……嗨，裝得還真像哪！好，老頭子相信了……」

「媽！吵死人——我自己會看嘛！」惜玉忍受不了媽媽的嘮叨，話一出口，又覺得太掃媽媽的興，只得歉歉地補了一句：「媽，你說話別礙著人家看戲，我都看得懂嘛。」這是實在話。她已經開始擔心趙豔蓉的命運了。咳，這可不是光騙過她父親就行，生殺予奪大權握在皇帝手裏呢！不知她老子怎樣向秦二世交待？幸好，趙豔蓉的「金殿裝瘋」很成功，不但騙過了那個粉臉皇帝，還狠狠地把「貪淫酒色、不理朝綱」的「無道昏君」，罵了個一佛升天，二佛出世。趙豔蓉抹了一把冷汗，退了場。韋惜玉吊在嗓子眼裏的一顆心，才落回到胸腔裏。她不由高興地在心裏罵：「好個見了漂亮女人就垂涎的皇帝！打不著黃鼠狼落一腚臊——活該！」她從一本彈詞小說上曾讀到過，說男人像採花的野蜂，見一朵，愛一朵，採一朵，扔一朵。女人則像條繩子，一顆心空蕩蕩，不容易有著落，一朝有了著落，不但捆得你緊緊地，還要打上個死結結，解都解不開。但她從來不信那會是真的。那無非是不懷好意的人，編造出混話去作賤男人。要不，為什麼許多傳奇小說上寫的都是相公多情，佳人忠貞?!可是，這秦二世原來比那些見異思遷的男人，還壞千萬倍。三宮六院七十二妃，外加上數都數不過來的妙齡宮人，供他玩弄，還不滿足。一日見了絕色的女子，仍然餓鬼似地，恨不得搶過來就啃。哼，天底下竟有這樣的「人王國君」！難道越是心術邪，才越是有高位讓他坐？還是因為坐上了高位，才變得昧盡了良心呢？韋惜玉努力想尋覓出答案，一時卻尋不到。看來，還是貧寒能使人潔身淨心。只有布衣寒士，才捨不下茅舍醜妻。高官厚祿，腰纏萬貫的人，十有八九靠不住！

韋惜玉忽然想到已經兩年多未回家的父親。當初，父親在上海作買辦時，對妻子女兒，可以說是關懷倍至。母親有個頭疼腦熱，不惜花重金請名醫。對自己，更是克盡慈父之責。時新衣料，可口的點心糖果，用不著自己開口，父親總是按時送到她的手上。看戲時，幾乎從頭至尾握著她的小手，親手剝好了香蕉、桔子送到她的嘴裏——一個多麼使人依戀的慈父喲！誰知，自從到香港和廣州開了店，坐上了經理的高座，便立刻變了樣子。開始，每隔半年幾個月，還回來看一眼。漸漸的，很少見到人影。好不容易盼來一封「萬金家書」，雖是了了草草幾句話，卻從來忘不了「照看著兩爿店分不開身」那句老話。後來才知道，原來父親在廣州和香港，安了兩個新窩。一人開著兩條船，自然是分身不得了。哼！陳世美當了駙馬，便殺妻滅子；父親一朝成了闊老，也忘了妻子女兒。發了財，人就變壞了！害人的財富喲……

5

一陣高亢嘹亮的歌唱，把韋惜玉從沉思中喚醒。她不由地抬起頭來，只見戲臺上亭亭站立著一員氣宇軒昂的年輕武將。只見他，高鼻方口，寬額玉面，兩條濃黑的劍眉直插鬢底，一雙炯炯的明目凝視著前方。他頭戴銀色大額子將軍盔，身穿銀色戰袍，背插四杆銀白靠旗，通體銀光閃灼。手持一杆大頭槍，一面揮舞，一面威風凜凜地高唱著，正準備迎擊蜂湧而來的敵軍。「唉，又是殺、殺、殺！」她真想抽身就走，一人跑回家去。可是，不知為什麼，卻仍然一動不動地坐在那裏，瞪大雙眼注視著戲臺。想把那小將的一顰一笑，一舉一動，都看個徹底，並牢牢地記在心裏……

哎喲喲，多麼勇武的將軍！那麼多番兵番將，竟敵不住他手中那桿玉龍翻飛的大頭槍！好，番兵死的死，逃的逃——小將果然得勝了。她高興得直想喊。可是番兵又生出了新花樣，從山頂上放下了八輛鐵滑車。下滑的鐵車，像滾木擂石一般，向小將飛衝而來。嚇得她一顆心縮得緊緊的，差點喊出聲來。

不料，滑車被大將用槍挑到了一旁。一輛、二輛、三輛、四輛……啊！好一位神力無邊的天將！她興奮的直跺腳。喲，不好了，他累了。不，是馬累了。哎呀！戰馬累倒在地上了。任他怎麼抽打，再也站不起來了。不好，又一輛滑車朝他衝了過來，他躲不開了……

「天哪！」韋惜玉高喊一聲，低頭俯身，兩手緊緊地捂上了雙眼……

散場的喇叭響了。緊接著，暴出了驚雷般的掌聲。韋惜玉慢慢放下手，抬起頭，只見那小將正站在戲臺前沿，向台下鼓掌還禮。一群熱心的戲迷，踴到戲臺跟前，又拍手，又拱手，向他致謝。韋惜玉不由自主地一面猛拍手，一面站了起來。她要走上前去，仔細看看這位叱吒風雲的英雄，向他道幾聲辛苦，喊幾聲「好」。可是，她剛一抬腳，卻被媽媽拉住了。猛然記起，這是在樓上。咳！即使在池座裏，一個姑娘家，也沒有在大庭廣眾面前，上前去跟伶人致謝的道理呀！

像一尊木雕似的，她怔怔站在那裏。下意識地拍著掌，一面目不轉睛地盯著進了後臺，又一遍遍走出來答禮的將軍。直到確信他再也不會露面了，才被母親和奶媽，一人扯著一隻手，拉著下了樓。

「阿寶，信了吧？名不虛傳哪。真得好生謝謝陳案目！」

女兒終於聚精會神地看完了一齣戲，韋王氏高興得捏著女兒的小手，捨不得鬆開。陳寶生站在戲園門口，向老主顧施禮送行。韋惜玉沒聽清他說了些什麼，也不記得怎麼上的馬車。一路上，她輕輕合上雙眼，眼前卻依然飛舞著「神將」的銀盔銀甲和大頭槍……

「今晚不該看樓座……」奶媽扶她下車時，她低聲嘟嚕了一句。

奶媽只當她在說「今晚不該看戲」，反問道：「咋不該？人家才是真功夫哪！咳，真難為了楊老闆，那樣的好腿腳，實在叫人看不夠！」

「多虧了陳案目，過兩天得好好謝謝他。」韋王氏又補了一句。

咳，媽媽說要好好謝謝陳案目，奶媽也說楊老闆叫人看不夠！莫非我也是跟她們一樣，中了楊月樓的「邪」？不就是一個唱武戲的優伶嗎？到底有啥與眾不同之處？身材？扮相？武功？還是歌唱？似乎都跟別的武生一樣，分明又都不一樣。到底哪裏「不一樣」呢？韋惜玉一時弄不清，辨不出。只覺得銀盔銀甲將軍的影子，黏在了眼皮底下，趕不走，驅不開。閉緊了雙眼，他仍然清晰地站在面前。

往常，她伴隨母親，看過許多新奇的戲目，見識了不少頂兒尖兒的名角色。連自己最愛看的粉面小生（想到這裏，她用手摸摸發燙的臉頰），也見識了許多：風流的，儒雅的，英俊的，勇武的……他們的功夫高下不一，人才神韻有別，有的堪稱神采飛揚，光豔奪目，連那些綠荷出水般皎潔婉麗的青衣，彩蝶迎風般清新嬌豔的花旦，也被映襯得黯然失色。自己也曾目不轉睛的貪看過。甚至看得心頭輕輕的跳，臉腮微微的熱。為千金小姐後花園的佳會而歡欣，為落難公子中狀元的償願而慶幸。但是，一走出戲場，很快也就忘記了。做戲，做戲，哪能當真格的！

可是，從來沒有像今晚這樣。她仿佛被那「天將」的劍眉朗目，方面朱唇，騰挪身姿，迷眼歌舞，攝去了魂魄，驅走了夢寐。像觀看旭日出山，彩虹橫空一般，那灼目的五彩光焰，將自己裹脅其中，一時間神旌飄搖，迷失了南北西東。俗話說：「女要俏，須帶三分孝；男要美，須帶三分威。」莫非是楊月樓的那三分威嚴在作祟？不，豈止是「三分」，在他身上，說不清哪是威嚴，哪是美。通體上下，威與美溶成了一體，塑成了這個驚倒滬上戲迷的武生泰斗。就像江米粉摻上冰糖薄荷做出的年糕，使人分不清哪是糯，哪是甜，哪是清爽。只是吃過之後，那韻味久久留在舌根上，使人還想再吃一次。大概《牡丹亭》裏的杜麗娘，在默念「此情無計可消除，才下眉頭，又上心頭」時，正是這種感覺……

呸，我在發神經喲！那楊月樓不就是一個刀攢槍刺，滿台翻滾的粗嗓武生嗎？有啥值得丟不開？況且，他的臉上塗著粉彩，焉知那使人著迷的眉眼身姿，不是來自騙人的粉飾與裝束？他的真面目，還未看真切呢，怎麼就……

唉！莫非是自己今晚中了邪祟，鬼魅？

「噹，噹，噹！」西洋自鳴鐘敲響了三下。

「去你的吧！粗野的莽武生，與我何干？我要睡！不然，失了覺，讓媽媽和奶媽看出來多羞人！」

拉起青緞繡花被蒙上頭，韋惜玉用力地閉上了雙眼。

二、名優

便是鐵石人也意惹情牽。——《西廂記》

1

西洋自鳴鐘已經敲過八響，韋惜玉仍未下樓出閨房。王媽已經上樓看了兩遍。現在又悄然來到閨房。見小姐仍在酣睡，只得腳步輕輕地退了回來，低聲向坐在飯桌前的主人報告說：

「太太，八成瞌睡蟲附上身，小姐睡得正香呢——怎捨得喊醒她！」

女兒一反常態，早晨遲遲不下樓，使韋王氏很不安。儘管王媽說阿寶睡得正香，捨不得喊醒。但她仍然不放心，便放下手中的水煙筒，一手扶著欄杆，緩緩登上樓梯，來到女兒房間，親自探看。

月白絲羅帳子裏，傳來均勻的鼾聲。韋王氏輕輕掀開帳子一角，見女兒仰面朝天睡得正香。兩頰紅馥馥，嘴角漾著微笑，嫩藕似的右臂坦露在紫緞繡花薄被外。她擔心女兒受涼，伸手要去拉被子，忽然又縮回了雙手。

女兒輕啟朱唇，說起了睡語。語句斷斷續續，卻聽得很清晰：

「正撞著……五百年前……風流孽冤。」

她不懂這話是啥意思。不過，又是「風流」，又是「孽冤」，分明儘是歪思邪想。一個女孩子家，怎說得這種話！咳，準是什麼《西廂》、《牡丹》、《待月》、《尋夢》、《金緣》、《玉緣》等淫書豔詞，迷邪了她的心。要不然，小小年紀，哪裏學來這種混話？何至於夜裏貪書，大白天貪覺，壞了正經人家的規矩！俗話說：「春天的覺，晚來的妻」。春睏人人都經受過，可女兒從來不這樣呀？往常日，總是奶媽前腳起床，她就緊跟後腳起來梳洗。梳妝完畢，不是捧起書本，坐到窗前的書桌上漫聲吟哦，就是握著筆桿兒，抵著腮兒，苦思冥想。可今朝……

女兒又說了幾句什麼，她沒聽清。淩亂的語句中，還伴著歎息和哽咽，像是在夢中哭泣。啊，莫非孩子病了？她心裏有些慌。急忙將帳子掛上銀鉤，俯身摸女兒的額頭。圓潤的額頭溫煦煦，汗潤潤，不像發燒的樣子。她放心地長舒一口氣。

惜玉被驚醒了。揉揉眼，見母親站在床前，不解地問道：

「你做啥，媽媽？」

「啥辰光啦？小懶貓還念呼嚕經！」她把女兒的胳膊送進棉被裏蓋好。埋怨似地說道：「還不快起來吃飯，熱粥都成了冷冰湯啦。」

惜玉扭頭看看桌上的時辰鍾，「喲」了一聲，騰地坐了起來。瞥媽媽一眼，撒嬌地喊起來：「咋不喊醒我嗎？」

「喲，還當是三歲兩歲？非得媽媽拿乳頭戳醒？」開過一句玩笑，韋王氏又關切地問道：「阿寶，你覺得哪兒不舒坦？」

惜玉臉上掠過一陣紅暈。急忙低頭找紮腿帶，一面若無其事地答道：「夜裏蹬了被，凍醒了。誤了覺，才睡到這辰光。好端端的一個人，哪來的許多『不舒坦』！」

女兒的表情，逃不過細心媽媽的眼睛。韋王氏認為，女兒是在為夜裏偷看書而遲起作掩飾。她不願把話戳破，便含而不露地數落道：「白天有白天的事，夜裏的事，就是安安生生地睡覺……」

「誰不安生睡覺啦？」惜玉聽出了母親的話外音。

「我不過是這麼說說，也許你並未犯著。不過，十七、八的大姑娘，也該站有站相，坐有坐相啦。誰像你，睡覺蹬被，起床猴跳，忘了自己是深閨小姐！」

「看吧，醒遲了是『懶貓』，起急了是『猴跳』——真不知『深閨小姐』該是啥模樣！」

韋王氏一面幫女兒紮裙子，故意長歎一口氣：「唉！你啥時候有個大人的樣子就好啦！」

「哼，我早就是大……」「人」字未說出，惜玉自知失言，急忙住口。姑娘家一向忌諱說自已是「大人」，一說出來，就意味著急於找丈夫嫁人。想到這裏，她慌忙改口道：「好啦，媽媽，忙你的去吧。連衣服都不讓我自己穿，我啥時候能學成『大人』呀！」

「這丫頭，沒大沒小！」

2

韋王氏一下樓，便向王媽呶呶嘴，近前悄聲問道：「昨夜偷著看書來？」

王媽搖搖頭：「沒有呀。昨晚看戲回來，俺伺候小姐洗了臉，她就上了床。連洋油燈還是俺替她吹熄的呢。」

「夜裏再沒見她點燈？」韋王氏語氣中含著幾分焦急，「也沒有聽到什麼動靜？」

「沒有。」王媽眨眨眼，仔細想了想。「俺睡醒一覺，聽見她在裏屋翻身的聲響挺大。」

「你該進去看看！」

聽出了主人語氣中含著指責，王媽不無歉意地答道：「是該進去看看，都怨俺貪懶。」

奶媽的自責，反倒使韋王氏感到不安。她語氣和緩地說道：「不過，小孩子家，個個如此。阿寶平常翻身總是板床響，帳子搖的，哪像是睡覺翻身，倒像是壯漢扔稻捆。」她瞥見女兒下了樓，便吩咐道：「王姐，快端飯吧。」

四碟下飯小菜，早已在堂屋正中的方桌上擺好：滷豆腐、醬黃瓜，鹹花生米，醋漬菜心。王媽從廚房端來一盤桂花蛋捲兒，又端來一盆紅棗糯米粥。她先給韋太太端上一碗，又盛上一碗，放在惜玉面前。

白米粥煮得正是火候，不稀不稠，大棗像紅珊瑚，白米像水晶粒。但惜玉覺得，自己最愛吃的糯米粥，吃到嘴裏，失去了往常的香甜。偷眼看看媽媽，媽媽吃得正香，一面津津有味地聽著王媽講故事。

王媽聽范五說，在安樂里弄堂口，住著一個拉洋車的孫老爹，因為腦袋長的大，外號叫「孫大頭」。他有個女兒叫阿鮮，在番菜館裏做女侍，一天到晚端菜抹桌伺候客人。有一天，阿鮮忽然不見了。孫大頭四處打聽，得知女兒被一個在洋行裏當協理的大鬍子洋毛拐走藏了起來。孫大頭一怒之下，到上海縣衙門投了訴──告那洋毛「拐騙婦女」。不料，縣大老爺一不問證人，二不傳洋人，反倒訓斥孫大頭說：「誰人不知，洋人興的就是『自由戀愛』──用不著父母之命，媒妁之言。分明是你女兒看上了人家的金幣，跟洋人『自由戀愛』去了，你反誣人家『拐騙』，實在是荒唐之極！」那孫大頭辯道：「阿鮮是正經人家的閨女，剛剛十五歲，做不出那等下賤事。」誰知，縣大老爺竟把驚堂木拍得山響，罵孫大頭是「無知愚民」。還說：「十五歲的女人，正是芳心萌動的年紀。自由戀愛用不著等到七老八十！再其一說，你一個窮拉車的，能攀上個闊洋商做東床，實在是算你有造化！」

「不成，孫大頭就罷了？」韋王氏聽得來了氣。

「咳，孫大頭又哭又號，求大老爺替他做主，幫他找回閨女。你猜咋著？那官兒竟說他『咆哮公堂』，硬把他轟了出去！」王媽氣忿地攤開兩手，「看，吃著皇上的俸祿，不給百姓做主。天下竟有這樣的『父母官』呢！」

韋王氏歎口氣答道：「唉，身為縣宰，怎好如此地不講理，孫大頭還不活活氣死！」

「太太，你是不知道，還有更可氣的事呢。」

「噢，你快說給我聽。」

「俺聽西鄰張媽說，頭幾天，還出了件人命案呢。」

「人命案？那是誰家？」韋王氏瞪大了雙眼。

「有一個在租界裏唱評彈的姑娘外號叫『賽畫眉』。模樣兒長的俊，嗓韻兒比畫眉都甜潤好聽。有個叫紅梨（亨利）的洋人，有一個跟班，名叫洪興。他迷上了畫眉，天天夜裏去聽她的書。一來二去，弄明白了畫眉的住處，夜裏偷偷爬進她的房間，拿刀子逼著心口窩，把姑娘糟蹋了。畫眉有個相好的，在新舞臺唱底包小生。聽說相好的被作賤，一氣之下去找洪興算賬。誰知那流氓好功夫，反把那小生一頓好打。打夠了，說是『捉住了賊』，拖進巡捕房，一關就是半個月。可憐那小生連傷加氣，竟被折騰死了。您猜怎麼著？洋人卻放出風來，說是『犯人自己尋短見』。太太，你說可氣不可氣？」

「嘖嘖，這哪兒還有王法！」韋王氏聽得眼圈發紅，不住地搖頭歎息。「可憐的小生！要是他有楊老闆那身功夫，何至於吃那歹毒虧！」

王媽一拍桌子：「哼！楊老闆伸出一根小指尖兒，不擠出那流氓的青屎來才怪呢！」

「唉！可楊老闆那樣的武功，哪兒找第二個去！」韋王氏的眼圈兒紅了。

「我看也是！」

一直低頭不語的惜玉，這時補上了一句。

3

借著醬黃瓜的幫助，韋惜玉好歹把一碗稀粥吃完。往常日，她總是第一個離開飯桌，匆匆回到她的小天地，暢遊在她心愛的傳奇話本裏。今天，她卻坐在那裏一動不動。

還未下樓，她就打定主意，瞅個機會，不露痕跡地勸母親晚上再去聽戲。誰知，奶媽今天像忽然吞了「長舌散」，話匣子一打開，便一個故事接一個故事，沒個收束。往常，她總愛纏著奶媽講故事。今天，聽著奶媽的故事，不但提不起興致，還從心裏厭煩難受。找不著臺階開口，索性狠狠心抽身上樓。不料，媽媽忽然把「楊老闆」跟「故事」扯到了一起。絕好的機會來了，她不能放過。趕忙插話道：

「媽媽這麼崇拜楊月樓，不用說，今天晚上準成又得去給他捧場咯？」

「不去啦。」韋王氏瞥女兒一眼，「那些掄刀要槍的武戲，你又沒興致。」

惜玉極力用不經意的口氣答道：「愛看自己去嘛，管我幹啥！」

「花了錢，訂了好座兒，不上心地看，還不如讓給人家爭不到座位的主兒。」

「哪個不上心看來嘛！」心裏一急，便忘了進行掩飾，「我是不愛看那些沒架沒式的胡撕亂打。」

這時，坐在一旁一直未吱聲的王奶媽，急忙插話道：「太太，您可冤枉了小姐。要說看墊戲『不上心』還貼譜兒。輪到看楊老闆的《挑滑車》，小姐看得怪專心呢。」王媽討好地扭頭望著惜玉，「俺說的對吧，小姐？」

「哼，媽媽不想去，就招承沒興致。何必拿自己的女兒作題目，送虛人情呢。」

聽說女兒對楊月樓的武打戲有興趣，韋王氏心裏很高興。讓女兒高高興興地陪伴著去戲場，強似在家裏孤燈隻影地熬長夜。反正看戲的票資茶費，對韋宅來說，是值不得在意的小事。心裏這麼想，臉上卻不露喜色。仍然平靜地對女兒說道：

「既然大家都沒興致，王媽，你叫范五告訴陳寶生，今晚莫給留座兒啦。」

王媽沒動身兒，惜玉猛地站起來朝樓梯走去，一面說道：「不留就不留，關我啥事！」

「慢著，要是媽媽今晚上還去看戲呢？」韋王氏喊道。

「你就去唄。」惜玉在樓梯口站住了。

「你就不陪陪媽媽嗎？」

「媽媽，你今天是怎麼啦？」惜玉斜媽媽一眼，小嘴撅著，一副不情願的樣子。「一會兒不去，一會兒又要去，反反覆覆的——自己有戲癮，卻非拉扯上旁人！」

「我是怕你不喜歡去。」

「昨天我就不喜歡去，還不是當媽媽的勢大——硬把人逼了去！」

「好，好。今天媽不逼你啦。媽自己去看戲，你一個人在家看書就是。」

「看書就看書，盼不著的！」惜玉扭身往樓上走。

韋王氏怕女兒真的生氣，趕快笑道：「咳，媽媽哪兒捨得把你一人扔在家裏喲——」

「怕什麼？我又不是小孩子。」扭回頭，像在使氣。

「好好，媽媽說不過你。反正今晚你還得陪媽媽去。」韋王氏扭頭向奶媽吩咐，「王姐，你叫范五快去問問陳案目，看能不能訂到好包廂。」

惜玉昨夜就聽說，楊月樓三天泡戲的包廂都包了出去。擔心沒了座兒，媽媽準成不去看。便用不相干的口氣說道：「媽媽既然上戲癮，就莫挑座位兒，池座裏不是看得更真切嗎？」

「嘿！池座有啥子好看的！挺得脖頸兒痛且不說，撲灰揚塵的，一場戲看下來，還不成了泥猴兒。再說，靠戲臺那麼近，你也怕鑼鼓震。」

這時，奶媽趕忙說道：「太太，小姐說的是。要講看的真切、暢快，哪裏也比不上池座。是不是叫五哥去看看，有包廂更好；沒有呢，池座也可？」

「好吧，就依你們。」。

「哼，『我們』可沒把楊月樓捧成了滿天底下第一份！」惜玉心裏得意，嘴皮上依然說硬話。

「好、好，不是『你們』，是媽媽崇他。」

「本來嘛！」惜玉腳步輕快地上了樓。

4

一輛輕便馬車，悄無聲息地駛出了安樂里。車上坐著一位夫人，一個姑娘和一名僕婦。不用說是韋家母女和奶媽了。這幾年，韋家因事外出，總愛乘這種新式馬車。這倒不是為圖省錢。三個人合乘一輛馬車，比雇兩輛東洋車還要貴些。但韋王氏覺得，坐那種人拉著的車，自己安坐在車上，讓人家牲口似的，躬腰曲背流臭汗，於心不忍。而牲畜卻不同，天生是供人使喚的。因此，寧肯多花幾個錢，也要找個心裏安頓。

這種名叫「亨斯美」的馬車，鐵軸軟弓，硬蓬罩頂，車身黑油油，銅件亮鋥鋥，走起來如輕風掠地，悄然無聲。自從一八四二年八月，清政府與英國人簽訂了《南京條約》，上海被闢為通商口岸之後，這種先進而又舒服的交通工具，便跟隨著帝國主義的洋槍、洋炮、洋貨、鴉片煙等各種「文明」，一起湧了進來。沒用多久，便把中國笨重顛簸的木輪鐵瓦馬車，擠出了租界的勢力範圍。就連達官貴人裝點富貴尊嚴的轎子，在「亨斯美」的漆光銅輝面前，也黯然失色。許多清政府的官吏，除了公服外出，不得不嚴守「規矩」，坐他們的四抬或八抬大轎之外，「微服」外出時，也願意偷偷坐一程「亨斯美」，享受一番西洋文明的樂趣。這樂趣，分明比進番菜館，拿起蹩腳的刀叉，笨拙地叉牛排，喝帶苦味的咖啡，暢快得無法相比！

安樂里距丹桂戲園不遠，只隔三條街。往常日，白馬揚蹄，車輪飛轉，眨眼就到。可是，韋惜玉卻感到，本來四蹄追風的「亨斯美」，今天卻哼哼唧唧地像老牛拖木犁。

正在戲園門前迎接主雇的陳寶生，一見韋王氏來到，急忙迎上前來問好，一面抱拳賠禮：

「韋太太，」陳寶生笑臉上漾著深深的歉意，「太勿巧，等老范來吩咐，剛剛晚了一步。都怨小人疏忽，誤以為太太和小姐不會連著賞光。不想，竟誤了您老人家的大事，實在對勿起！」

韋太太答道：「陳案目，別客氣。有得池座看，就滿不錯的嘛——多謝您啦。」

「咳，實在太勿像話！太太小姐多多包涵。茶點已經準備好啦。太太小姐委屈一回吧。」

座位在池前三排正中，離戲臺前沿不過一丈多遠，位置這樣靠前居中，不但絲毫不「委屈」，正是惜玉求之不得的美事。她不由得從心裏暗暗感激著會辦事的陳案目。更使她滿意的是，今天以守為攻，不但終於讓媽媽帶著自己前來看戲，而且沒露出半點自己想看戲的意思。媽媽分明相信，自己陪著她來，完全是盡女兒的孝心。自己略施小計，便讓媽媽乖乖入了圈套。多麼愜意的事！可是，這不是在弄假嗎？自己長到十七歲，還從未跟媽媽和奶媽說過謊話，要過滑頭呢。有話何不直說呢？不就是想看看戲嗎？多大的事，有啥不好出口的，用得著轉彎繞圈、費心用計！想到這裏，她覺得雙頰一陣發熱。為了不讓媽媽和奶媽發現，她假裝喝茶，高高擎起茶杯擋住臉，許久沒有放下。

今天的戲目有兩齣。前面墊一齣摺子戲《拾玉鐲》，大軸戲是全齣的《長板坡》。《拾玉鐲》惜玉看過幾次。孫玉姣那穿針引線的細膩靈巧，數雞餵雞時的優美逼真，總使她看得津津有味。尤其是，當傅朋路過孫家門前，一眼被孫玉姣的美貌所吸引，竟立刻退下腕上的玉鐲，放在地上相贈時，孫玉姣發現玉鐲時的驚喜、愛憐之情，那棄之不忍，受之不安的矛盾妞妮之態，總使她的一顆心飛到了戲臺上。仿佛自己附上了孫玉姣的身子，跟她一起激動，一起歡樂。至於楊老闆主演的《長板坡》，不用說，更有開眼的光景可看啦。

可是，四個「武場」演奏員，今天故意遲遲不露面。好歹總算走了出來，也是磨磨蹭蹭，害瘟病一般。慵慵地拿起傢伙，不死不活地敲打著。決心不把全戲園子的人都折磨死，不肯甘休。

開鑼戲《拾玉鐲》，本是她最愛看的戲目，今天卻覺得叫人難以忍受。儘管飾孫玉姣的演員，不論身段、歌喉，都沒的挑剔。可是，她的表演竟然「瘟」得要死。一條絲線，有啥難搓的，她卻要反反覆覆搓半天；一群雞，有啥難數的？她也數來數去沒個完。到了「拾玉鐲」的時候，更是使盡了瘟功夫：從地下拾起來，又放下；放下，再拾起來；一而再，再而三。好容易戴上了左腕，也要翹著手梢，搖來擺去，顯豁半天。等到「丟」玉鐲的傅朋轉來，她伸出胳膊「奉還」時，一句「你拿去，我不要」，重複了足有一百遍！更可恨的是那個劉媒婆，有得十三隻半雞吃，也就是了，偏要把羞死人的相愛、拾鐲過程，從頭至尾醜表演一番，讓孫玉姣下不來台。韋惜玉覺得，今晚的《拾玉鐲》像喝了泡冷飯，沒滋沒味。索性低頭嗑瓜子，不再抬眼。

一陣急驟而清脆的鑼鼓聲，把惜玉的眼光又吸回到了戲臺上。戲臺比先前明亮得多。原來又添加了四盞玻璃洋吊燈。大紅繡花桌圍椅披，也換成了繡著銀素松鶴圖案的墨綠緞，在八盞洋燈的映照下，發出耀目的光輝。

正戲終於開場了！

5

沒有讀過第一才子書《三國演義》的韋惜玉，今天第一次觀看三國名劇《趙子龍單騎救主》，竟比昨晚看《挑滑車》更加激動不已。戲一開場，她就將瘦小的身軀伏在桌上，目不轉睛地盯著舞臺，盼望著一睹「活趙雲」的風采。往常日，震得人耳膜發疼的銅鈸、大鑼，今晚彷彿都退到了數里之外。閃耀在眼前的只是一場你死我活的兩軍廝殺……

咳，可憐的劉備。你足智多謀，怎麼就讓那奸曹操欺負得棄城而走呢？好端端的一座荊州城，白白讓給了人家！你個大白臉奸曹操，佔領了人家的城池也就罷了，為什麼非斬草除根不可……哎呀呀，劉皇叔的眷屬甘夫人、糜夫人，連同糜夫人懷中抱著的幼主阿斗，被敵兵衝散了，皇叔找不到她們了。哎呀，壞了……好，有救了，趙雲衝上去了。他要去救人了。一個，又一個，殺得好！看，他殺出了一條血路。又殺出一條血路。他無心戀戰，正在尋找失落的人……噢，簡雍被找到了，甘夫人也被救出來了……惜玉的心一面隨著劇情而顫抖，一面不住地在心裏叨念。

「妙呀，楊月樓——多虧了你！」

本來想給勇猛拼殺、捨死忘生搭救主人眷屬的趙雲喊好，卻喊成了「妙呀，楊月樓！」但韋惜玉自己並未發覺。仍然一動不動地瞪大雙眼，癡癡地盯著戲臺上那位揮舞著銀槍的趙子龍。

坐在女兒左側的韋王氏，正在關注著趙雲能不能將劉備失散的眷屬全部找回來。猛然聽到女兒的喊聲，急忙扭頭問道：

「小聲點，阿寶。你說楊月樓什麼？」

「不、不是！」惜玉一怔，猛地回過神來，白嫩的粉臉上掠過一片紅暈。急忙掩飾道：「我是說趙雲……」

坐在惜玉右手的奶媽，雖然也被戲臺上的火爆打鬥所吸引，但她不敢太分心‧作為僕人，只顧貪看戲，對太太小姐照應不周，即使主母不責怪，自己也於心不安。剛才，她剛把一枝剝開的香蕉遞到主母手裏，便聽到了小姐的話。現在，看到小姐被質問得面紅語塞，急忙接過話頭說道：

「太太，小姐是說，『楊月樓扮的趙雲太妙』呢。俺說的對吧，小姐？」

「就是呢。」惜玉嬌嗔地瞥母親一眼，「隨便說句話，有啥子好問的！」一面說著，她伸出嬌嫩的小手，在桌子底下，緊握住王媽粗糙的大手，半晌未鬆開。

「噢。」韋王氏並沒聽清女兒的話，借臺階勸道：「看戲莫大聲嚷。女孩兒家，當心人家笑話。」

惜玉不耐煩地答道：「媽，我知道。別耽誤人家看戲好不好？」

趙雲終於找到了糜夫人。她匍伏在一座古井旁，衣衫淩亂，神疲力竭，仍然緊緊抱著兒子阿斗。一見趙雲趕到，急忙將孩子交給他，囑咐了幾句話。趁趙雲不在意，轉身跳進身旁的古井裏。趙雲來不及救人，懷裏綁好阿斗，推倒井旁的一堵土牆，掩上井口。翻身上馬，迎接衝上來的曹營兵將。不知是久戰人乏，還是阿斗給他增加了累贅，他左衝右突，已經精疲力盡了，仍然衝不出越來越緊的包圍圈。忽然，他座下的戰馬，前蹄一絆，跌倒在地上。趙雲的生命眼看沒救了……

「啊——」韋惜玉剛剛把王媽遞過來的一支剝皮的香蕉，咬了一口，一見此狀，驚呼一聲，扔掉香蕉，雙手掩面，哭了起來。

「這孩子今晚犯了啥毛病，一會兒哭，一會兒叫的？」韋王氏認為女兒是為糜夫人的死而傷心。嘴裏埋怨，伸手摟著女兒的肩膀勸道：「阿寶，糜夫人的死，是讓人難受。可阿斗得救了。保住了劉皇叔的根苗，該歡喜才是。再說，這是看戲——」

韋王氏正說著，惜玉又拍著手笑起來：

「好啦，得救了——他衝出去了！」

是的，趙雲不但從萬分危急中掙扎出來。而且奮力殺死了幾名敵將。然後猛抽幾鞭，躍馬衝出重圍，傾刻不見蹤影……

惜玉探著身子，瞪大眼睛，盼望「他」返身回來，再衝殺幾次。但卻響起了散場的喇叭聲。沒命地拍著雙手。她知道，只有掌聲才能喚回力克群敵的英雄。忘了手掌發疼，忘了在大廳廣眾之中，她一面猛勁地拍著，一面用小腳跺著地板……

出將門的門簾一動，那大義大勇的英雄，邁著輕捷的方步，來到台口。他劍眉高揚，方口帶笑，雙手抱拳高舉過頂，繞著半圓向著樓廳和池座的觀眾，一再答謝。他頭上的帥盔已經摘去，但仍被惜玉叫不上名子的線網，罩住了頭髮。惜玉多麼想看看他的鬢髮和長辮子呵！可是，一眨眼的工夫，戲臺上不見了那英雄的影子！

她悵然若失。呆子似的，怔怔地站在那裏。

「散戲了，快走吧。」母親和王媽一齊催促。

她像失落了一件心愛的寶物，說不出是難過，還是痛惜。在母親和王媽的攙扶下，木然地走出了戲園。

陳寶生站在戲園門前，向老主顧們連連作揖道別。一眼看見韋家母女走出來，急忙趨前，又甜又響地問道：

「韋太太，明晚留包廂，還是池座？」

「當然是池座啦。」惜玉搶先作了回答。

韋王氏責怪地扯扯女兒的衣襟。笑道：「陳先生，多費心啦。」

「勿客氣，勿客氣。太太小姐走好，小人勿遠送咯！」

三、春愁

淡東風，立細腰，又似被春愁著。——《牡丹亭》

1

早飯後，韋王氏坐在客堂的八仙桌前，捧著銀製水煙筒，跟站在對面的王媽眉飛色舞地談「楊老闆」。顯然，昨夜的精彩演出，仍然使她們激動不已。

兩人說得正起勁，女兒惜玉從樓上快步走了下來。她來到韋王氏面前，低順著雙眼，臉上掛著冷霜，急急地說道：

「媽，今夜的戲，我不看了！」

韋王氏不由一愣：「咦，這是為啥呢？」

「不喜歡！」女兒像在跟誰賭氣，「要看，你跟奶媽去——反正我不看了！」

「這孩子——昨晚說得好好的，還說要看『池座』呢，怎麼又變了卦呢？」

「我愛清靜，不愛熱鬧！」惜玉說罷，轉身回到了樓上。

女兒的話，不啻是一瓢冷水，澆冷了韋王氏的勃勃興致。她本想仔細盤問幾句，可是，女兒已經扭頭而去。愣了好一陣子，她悵然地向奶媽問道：

「王姐，這是怎麼回事？」

「太太，俺也不知道呀。」王媽沉思了一會兒，答道：「小姐看戲，從沒見她像昨夜那樣，身子不動，眼睛不眨，靈魂兒都像飛上了戲臺。」

「就是呢。她怎麼會突然『不愛熱鬧』了呢」？韋王氏將水煙筒放回桌上，長長地歎了一口氣。

當初，她自己何嘗「愛熱鬧」呢。那時，閨房就是她的樂園，針黹便是她的正課。一方手帕，一朵鞋花，她能如醉如癡地坐在窗前，繡上大半天。遠方的市聲，近鄰的吵嚷，范五和王媽的家常閒話，統統進不了她的耳鼓。那五彩絲線變幻成的綠葉、紅花，彩蝶、飛鶯，都給她帶來說不盡的樂趣。那才是她的歡樂世界。她本來不是貪熱鬧的人。可是，自從九年前，丈夫去了港穗，在那裏設了兩爿店之後，一年之中，難得回來一趟。即使人回來，仿佛一顆心仍留在那邊兒，掐腚蜂子似的來去匆匆。而且三分熱，七分冷，被窩裏頭冷冰冰。不知當初夫妻間的纏綿甜蜜，都去了哪裏？今年，自己剛交三十六歲，正是花繁葉茂的時光，哪裏禁得住這般乾旱饑渴，斷雨絕露！丈夫回來一趟，不但難以消彌她長年冷衾獨處的寂寞，冷牙禁不起熱粥燙，眨眼功夫，熱炭變成冷霜！孤寂之上，平添幾分惆悵，更把人閃得慌。但她相信，這是命運註定。既然揖天求菩薩，也祭不來那夫唱婦隨、形影相依的往昔美景，倒不如自己的心病自家醫，變著法子多尋些開心，以排遣常常襲上心頭的悵惘與孤寂。就這樣，這幾年，她迷上了戲園。不論京、昆、梆、弋，也不論什麼戲目，是善惡報應，還是生死輪迴，只要一坐上戲場的硬板凳，她總是看不厭，聽不膩。那鏗鏘的鑼鼓，悠揚的絲竹，火熾的打鬥，悅耳的歌唱，還真的熨帖了她的三春寂寥，九轉愁腸。近幾年，她更是迷上了日趨興旺的「連臺本戲」。什麼《七俠五義》、《英烈傳》、《封神榜》、《綠牡丹》、《施公案》、《義妖傳》等等，一齣比一齣火爆，一齣比一齣熱鬧。動輒二十本、三十本。一本演一夜。風風火火，日接月連。那顛來倒去的情節鋪排，力竭聲嘶的過火表演，從來不使她倒胃口。而那機關佈景，大轉舞臺，卻使她越來越入迷。多少難耐的夜晚，她從嘻笑罵唱，刀攢槍刺之中，獲得了說不盡的樂趣和慰藉。唉！富貴窮通，得志失意，古已有之。落在誰家頭上，誰家就得挺緊脖頸硬撐，不成都去跳井掛樹？那樣做，到頭來照舊是一條苦命，還招惹得四方八鄰，裂嘴嚼舌頭，何苦來？她從戲目中開拓了眼界，明白了人生禍福，並不由自身支派。戲目給了她寬慰，寬慰促使她更加迷上了戲目。儘管有時女兒被臺上血淋淋的表演，驚恐得雙手遮臉，渾身打顫。她胳臂窩裏摟著女兒，一面不住聲地勸：「咳，有啥可怕的？演戲呢，莫當真嘛！」嘴上這麼說，心裏總是歉歉的。帶女兒去看沸反盈天的武戲，實在有違女兒的心意，但又不忍心將她一人扔在家裏。她知道，女兒阿寶愛看的是由小生、小旦、小丑，所扮演的「三小戲」。「三小戲」演的儘是風月情場故事。不論是橫笛幽咽的昆腔，還是胡琴悠揚的皮簧，女兒阿寶都愛看。那「呔呔」輕響的雲鑼，雲霞飄拂的水袖，風擺春柳似的臺步，燕語鶯歌般的唱腔，都能使她入迷。不但入迷，她留意到，近一兩年來，女兒常常為才子佳人的月下把臂，花叢纏綿，而全神貫注；為他們的好事受梗，情種多磨而傷痛；為劫磨歷盡，天成美眷而狂笑。往往剛把從衣襟上抽下的麻紗手絹打得透濕，緊接著又格格地笑出聲來。害得她常常跟奶媽一起齊聲勸她：「女孩兒家，莫失態——當心人家笑話！」漸漸地，她領悟到，女兒年紀已經不小，看多了這類情場波瀾的戲目，難保不過早地漾起春心。即使做不出越規違禮的事，一日野了心，當娘的也難以招架。況且，先生遠在港穗，自己更擔待不起。因此，如其讓武戲嚇得女兒臉兒黃，也不讓「三小戲」逗得她心兒狂。她是過來人，深知眼中風情入心後，那難捺、難熬的滋味……

她深信，女兒會像自己一樣，對武戲慢慢入竅上癮。可是，這丫頭，剛剛看了兩場夜戲，便像入邪著魔一般。現在，又忽然擰開了反麻花，硬說什麼「不愛熱鬧」！

這到底是咋回事呢？

「王姐，」她求援似地望著奶媽，「你說這孩子是咋啦？咹？」王媽早已留意到，一向喜愛「三小戲」的小阿寶，這兩夜，像小孩子迷上拉洋片，突然之間戀上了武戲。昨晚，她一再聽到，阿寶房間裏不斷傳出翻身的聲音，而且從昨天早飯起，她吃起飯來，像嚼牛皮筋，吃發黴的酸年糕。米飯含在嘴裏，半天不往下嚥。兩眼愣愣地盯著桌面，魂不守舍似的。她眼瞅著阿寶長到十七歲，這可是從來沒有過的事情！想到這裏，便猶疑地答道：

「太太，該不是身子不舒坦吧？」

「是哪，我也這麼想。這兩天，這孩子反了常。」韋王氏站起來往樓上走。「我去問問她。」剛走了幾步，她忽然想到，這幾年女兒對奶媽比對自己還倚信，便扭轉身吩咐道：

「王姐，還是你去吧。問問她，到底哪裏不安逸。」

「是，太太，俺就去。」

王媽剛要走，韋王氏又擺手喊住了她：

「王姐，不用啦。還是我自己去吧。」

2

韋惜玉坐在臨窗的書桌前，左手托腮，頭微仰著。面前攤開一本書，兩眼卻怔怔地盯著窗外當風搖曳的梧桐枝。母親上樓來到了自己身後，她竟未聽見。直到母親雙手搭上她的肩頭，她才回頭驚呼道：

「媽媽，你幹啥？做賊似的——嚇人一大跳！」

韋王氏沒有立刻回答女兒的話。她的目光在女兒的臉上停留了好一陣子，才若無其事地答道：

「沒啥，上來看看你。」

「我又不是楊——」一片紅暈飛上惜玉的雙頰，她差一點說出自己「不是楊月樓」。慌忙改口道：

「我有啥好看的！」

「阿寶，今天為啥又不看戲了呢？」書王氏急忙把話引入正題。

「媽媽，人家不是說過了嘛。」惜玉撅起了嘴，身子扭到一邊。

「阿寶，實話告訴媽，到底是咋回事？」

「說是『不愛看』，就『不愛看唄』。」

「好阿寶，」韋王氏扯著女兒的雙手，深情地注視著女兒的臉。「昨天的夜戲，你不是看得蠻起勁嗎？」

「那是為了陪伴你——我本來就不要看！」

韋王氏語氣中含著乞求：「十七、八的姑娘啦，可不興跟媽媽扯亂麻。告訴媽，你心裏為啥不舒坦？」

「媽媽拆的啥子爛汙喲！」惜玉生氣地抽回了雙手。

「這孩子，——咋說話！」

「本來嘛，人家好端端的。一會兒咒人家害病，一會兒咒人家不舒坦！不就是想叫人陪你看戲嗎？陪你去，不就完啦。」

「真的？」

「哪個騙你！」

韋王氏長歎一口氣，指指長几上的一摞書：「唉，人家說『知書明理』。書也念得不少啦，還三歲娃兒似的，一會兒上天，一會兒入地，嘔死人……」

「昨天，媽媽才是一會兒要看戲，一會兒又不要看地嘔人呢。」韋王氏嗔怪地盯女兒一眼：「這孩子，啥時候能長大喲！」

「媽媽，快忙你的去吧，人家要看書呀。」惜玉轉身在書桌前坐下，兩眼注視書本，不再理睬媽媽。

韋王氏站了一會兒，伸手去拿桌上的書本。一面說道：「我看看：你看的什麼書。」

惜玉急忙把書搶到手中，別在背後：

「媽媽管的真寬。人家早就跟你說過都是好書！」

韋王氏無可奈何地歎口氣，轉身緩緩往外走。剛走到樓梯口，又回頭叮嚀道：「阿寶，說定了的——可不准再變卦呀！」

「君子一言，駟馬難追！」

「死丫頭！」

煩燥地合上面前的《鳴鳳記》，韋惜玉輕咬著下唇，呆坐了許久。她想做點什麼事，一時又不知該做什麼。瞅了好一陣窗格子，懶懶地站起身。枕頭邊取過早已熟讀的《西廂記》，翻開來，讀了下去。

前幾天，那本剛剛買回不久的《鳴鳳記》，曾使她灑下過幾掬熱淚。那將生死置之度外的楊繼盛，抬著棺材上龍廷，向皇帝老兒進「死諫」。那作最後的「鸞鳳之鳴」時的凜然正義，怒揭奸相嚴嵩老兒「五奸十大罪」時的淋漓盡致，使她又敬又喜，又驚又怕。她急切地想知道，這位靖忠為國，視奸佞如寇仇，視身家性命如草芥的強項忠良，到頭來，究竟會落到怎樣的下場？誰知，一連三場夜戲，竟使她忘了千古忠良。心裏只想著紅氍毹上粉墨作戲的小優伶，卻冷落了大忠臣！她有一種負罪感。於是，重新捧起了《鳴鳳記》。為了贖罪，也是想借楊繼盛流芳千載的浩然之氣，以驅趕縈回心中的無名惆悵。

出乎她預料的是，楊繼盛的「鸞鳳之鳴」，竟成了「夜梟長嘶」！那個被臣下稱譽為「聖聰英明」的嘉靖皇帝，除了嚴嵩的誣陷，聽不進半句忠言。竟將楊繼盛打了個皮開肉綻，下了大獄！

明君識忠臣，昏王結奸黨。自古迄今，哪個忠良之士曾有過好下場？她預感到了等待「兵部武選司」的將是什麼命運。她不敢，也不忍心再看下去。不由得合上了書本。深怕作者王世貞的筆，證實了她的判斷！

皇帝的昏庸，奸相的橫行，忠良的厄運，世事的不平；像無數隻尖利的牙齒，咬齧著她的心。她感到心頭一陣陣隱隱作痛。

不過，今天她沒有再為楊繼盛掬痛傷之淚，她感到的只是忿懣和不平。

唉，唉！要是當時能有手拿大頭槍，身敵萬軍的高寵、趙雲，不，只要有一員雙槍小將陸文龍，何愁不能殺死昏君，蕩盡奸臣，救出忠良，給世界爭來公理和正義！

韋惜玉的思緒，不由得飛回到了昨晚的戲目上。

昨夜的夜戲。不但壓軸兒戲《八大錘》使她如醉如癡，連墊場戲《彩樓記》，也演得特別出色。你看那王寶釧，站在高高的彩樓之上，高舉彩球，回眸四望。那黑壓壓，擠滿樓下的王孫公子，儘管綢光緞彩，涎水橫流，但她一個也沒看在眼裏。反將牢繫著自己全部情愛，決定著自己終生命運的彩球，遠遠拋進叫化子薛平貴的懷裏。那不是她手下失誤，也不是鬼差神使，是她深思熟慮後的選擇！惜玉敬佩王寶釧的勇氣和膽識。咳，她怎麼能從一個襤褸的討飯叫化子身上，看出他爾後的出息與發達呢？不，我不相信，她會料到薛平貴能擁重兵，作先鋒，直到坐上「西涼王」的寶座。那無非是被「叫化子」的人才，氣宇所動，身不由己。堂堂金枝玉葉，相府千金，竟有勇氣幹出那種違人情、逆父意的勇敢舉動。

好一個不懼父威，不畏貧賤的王寶釧！

儘管，她早就知道，王寶釧的「不遵父命」，所付出的是何等沉重的代價。父母不認，相府難進，破瓦寒窯，粗糠野菜。漫長十八年的饑寒貧窮，不是輕易忍受得了的。可是，人家不但熬過來了，而且等來了夫妻團聚，「榮掌朝陽宮」的一天！

「唉，薛平貴就是後來不發達，只怕王寶釧對自己的勇敢選擇，也絕不會後悔。她是一個不重權勢只重人才的奇女子！」

惜玉真想始終沉浸在對王寶釧的敬慕之中，而忘掉眼前的世界，也忘掉自己。儘管她並不知道，眼前的世界究竟是個什麼樣子。但她十分清楚，眼前的自己，心裏就漲滿了說不出的惆悵，像有根竹桿抵在胸口上，心口堵得慌，喘氣兒也不十分舒暢。三魂像被拘走了兩魂，最愛看的書，也失掉了往常的吸引力。總是眼睛看著一行行方塊字，心裏卻翻騰不已。現在，除了楊月樓的精彩演出，再沒有別的事情能抓住她的心……

3

也許是因為他的武功太棒，或者演得太傳神，才那樣叫人喜愛？你看那小將陸文龍的面容身段，那舞成銀盤似的兩桿銀槍，竟敵住了成千上萬的岳家軍。岳雲、狄雷、嚴正方、何元慶四員宋軍猛將，八隻大鎚，流星飛矢一般，將人家包圍其中。人家揮動雙槍，幾個回合，就把他們殺得大敗而歸。要不是參軍王佐，斷臂詐降，使陸文龍明白自己是潞安州節度使的兒子，終於毅然反叛「義父」金兀術，投入了抗金的戰鬥；不要說岳家軍休想取得勝利，只怕連朱仙鎮也守不住。

好一員藝精貌美，英氣逼人的雙槍小將！

韋惜玉覺得，楊月樓所扮演的陸文龍，比高寵、趙雲增添了不知多少光彩魅力。高寵、趙雲，多的是威猛剛毅，而陸文龍卻在剛威饒勇之上，平添了幾分嫵媚，幾分軒昂。一句話，天地間偉男子的魅力，都彙集到了陸文龍一個人的身上。

不，不。那不是陸文龍的魅力，是楊月樓——楊老闆的！她記得，幾年前，曾隨母親看過一次《八大錘》。但那個矮個子「陸文龍」，除了跟頭翻得像車輪，再不見有叫人愛看的地方！當時，她曾在心裏狠狠詛咒過《八大錘》。

是的，還是那齣戲！全仗著楊老闆舊調成絕響的高超演技，使人從生厭，變成了迷戀……不，不是演技，是他自身……

「該死！我怎麼又想到了他身上！」

用力地搖搖頭，急急打開《西廂記》。坐下來，隨手翻著。猛地，一闋曲牌《元和令》，映入眼簾：

顛不剌地見了萬千，似這般可喜的龐兒罕曾見。只教人眼光撩亂口難言，靈魂兒飛在半天。

急忙將眼光移開，一首《上馬嬌》又跳動在眼前：

這的是兜率宮，休猜做了離恨天。呀！誰想著寺裏遇神仙！我見她宜嗔宜喜春風面，偏宜貼翠花鈿。

這兩闋曲牌，韋惜玉原先並不喜歡。從前讀《西廂記》讀到這裏，總有一種不平、不真之感湧上心頭。哼，鼓詞、傳奇、小說、戲曲，動不動說女人「楊花水性」！仿佛只有男人才是鋼脾鐵性，玉潔冰清。可那張君瑞，身為堂堂解元，剛剛瞥見了崔家小姐一眼，就眼也花，心也亂，連靈魂兒都「飛在半天」，實在是糖汁豆腐性，連女人也不如！不過，就算鶯鶯小姐真的是牛著罕見的「可喜龐兒」。可人家連眼梢也沒向你瞟一瞟，何至於那般丟魂入魔似地神魂迷亂，將肉體凡身的相府千金，當作供奉蓮台的「神仙」呢？沒道理，實在太沒道理。王實甫的生花妙筆，也編造得太離譜兒啦！

伸出右手的中指和食指，靈巧地將書頁翻了過去。書頁尚未落穩，她又倏地翻了回來。

「眼光撩亂口難言，靈魂兒飛上半天」！三大來，自己眼前閃動的，心裏翻騰的，不都是那位「神仙」嗎？哪有一剎兒「靈魂兒」不飛在「半天」上呢？

討人厭的楊月樓！我跟你無怨無仇，憑什麼非跟人過不去？從此刻起，要是再想到你一次，我就不是韋家的好姑娘！

呸！你個耍筆桿的王實甫，早年寫下這混書，候到今天專來挖苦你韋姑娘。你好沒道理。去你的《西廂記》，沒安好心腸！

兩行熱淚簌簌地滾下她豐腴的雙頰。猛地站起身，狠狠將書本往桌上一摔，一頭栽到床上，面向枕頭，極力不讓自己哭出聲音來。

4

「王姐，你說說，阿寶這孩子到底是咋啦？這兩天像丟了魂兒，茶不思，飯不想。滿臉掛冷霜，像是哪個惹惱了她。說她病了吧，又不像，體不燥，腦不熱，連聲咳嗽也聽不見。離經期也還有十多天，怎麼會成這個樣子？問起來，沒嘴葫蘆似地，十句九不應。問急了，朝著你撇嘴瞪眼耍小孩子脾氣。你看，方才她哪裏像吃飯，吞苦藥不是？唉！真不知該咋辦才好喲！」

吃過中飯，女兒放下飯碗剛上樓，韋王氏就焦急地向奶媽傾訴心中的憂慮。說著，說著，鼻子一酸，流下淚來。她從腋下抽出麻紗手帕，揩乾眼淚，兩眼望著奶媽，祈求般地說道：

「王姐，阿寶是你一手把她帶大的。她的心境脾性，你該比我這做娘的還透徹。你說，這究竟是怎麼回事呢？唉？」

王媽顯得有些猶豫，苦笑著搖搖頭，答道：「太太說的是。俺也看著小姐變啦。」

「你說，這是咋回事喲？」

「依俺看，怕是有了心事……」

「咳，剛剛十七歲的孩子，整天藏在繡樓上，大門不出，二門不邁，哪來的心事？當初我都二十歲啦，出嫁時像賣一袋稻穀，糊裏糊塗被背上花轎，抬到了韋家，睡了一夜覺，才看清丈夫是啥模樣。這孩子怎麼會呢？唉？」

「但願小姐不是——」奶媽欲言又止。

「興許就是。」韋王氏一時沒了主意。「王姐，我沒福，嫁給韋家十八、九年，沒給人家生下個兒子。落得……這姑娘，可是我的命根子。王姐，你可得替我出出主意喲！」

看到女主人不住地揩眼淚，奶媽兩眼發熱，緩緩勸道：

「太太，莫著急。不是大不了的事，法子總是有的。」

韋王氏指指方桌對面的靠背椅：「王姐坐下說話。」她把面前的蓋碗，雙手送到奶媽面前。「喝杯茶，咱姐倆好好嘮嘮。好王姐哪，你可得跟我掏心裏話喲。」

王媽慌忙將茶杯捧回到主人面前。長籲一聲，坐下來，字斟句酌地答道：

「太太，話既然說到這裏，俺要是不掏心肺裏說話，對不住太太這些年對俺的倚信。小姐吃過俺的奶水，在俺心裏頭跟親生女兒一樣親。俺留心了，小姐這兩天的變化，實在是太大，太讓人擔心受怕。」她盯著女主人問道：「太太，小姐沒看楊月樓時，是這個樣子？」

「不呢，原先好好的，去戲場的路上，她還低聲哼啥曲子呢。這麼說，她的心病是出在看戲上？」

「是的，太太。小姐的反常，就反在這三天夜戲上。」

「會嗎？」

「錯不了，太太。」

韋王氏連連搖頭：「頭兩晚上，這孩子又哭又叫的，是有些兩樣。自打昨天晚上，沒見她拍手跺腳，淌淚叫喊，真有個大家閨秀的樣子，怎麼會——」

「太太，小姐是外面安祥，內裏張惶：當她聽到王佐說起陸文龍的父母慘死，文龍被擄，並作了金賊義子那功夫，眼淚濕得手帕兒只剩下四個乾角兒。」

「咦，我怎麼沒看到？」

「興許太太只顧看戲，沒留心。」王媽俯身向前，聲音壓得很低，「今天上午，小姐還哭過呢。」

「咹？」

「太太，方才沒見小姐兩隻眼圈兒，殷紅殷紅的嗎？」

「怪不得，她光低著頭吃飯，不肯抬頭呢。」

韋王氏如夢方醒，她覺得女兒分明已經瘦了。焦急地問道：「王姐，像這樣下去，孩子的身子要糟塌了。你看，是不是先給她做點愛吃的呢？我叫范五去買杏仁、蓮子、葡萄乾、青紅絲什麼的，晚飯先熬一鍋她最喜歡的八寶飯，再炸幾個蜜汁雞蛋先給她補補身子要緊。」

王媽搖頭道：「太太，治病要打根上治，眼下，怕不是順口的東西，能治得了小姐的厭飯病。」

「那——該怎麼辦哪？」

「太太，怕是只能這樣啦——」

「王姐，你快說！」

王媽站起來，口氣像主人吩咐僕人：「第一要緊的莫讓小姐再去看楊月樓。」

「說的是，我也這麼想！」

「小姐看的那些書，裏面怕也少不了分心亂神的風流邪事！」

「唼？你是說，她的病根還出在那些壞書上？」

「太太，俺是睜眼瞎，不知啥是好書，啥是壞書。可俺常常看到，小姐念起書來，一會兒低眉順眼，一會兒兩眼放光，有時直愣愣的兩眼一眨不眨地望著窗外，像是天上要飛下隻金鳳凰。可俺瞅瞅天上，連只黑老鴰也不見。俺估摸著，準是書裏頭那些邪門子事兒，拘住了她的心。你想，這樣天長日久下去，用不著到洋場舞廳遊逛，什麼稀奇古怪光景，學不到心裏去？太太，不知俺說的對不對？」

韋王氏連連「哦」著，不住點頭。王媽的一席話，像吹散她心頭烏雲的一陣輕風，使她看見了一角藍藍的天空。對呀！因為看書，女兒還跟她嘔過氣呢……

5

有一回，她定好了座兒，要女兒陪她去看戲。不料，女兒一口回絕。當時她拍著女兒的肩頭，細聲細氣地相勸：

「阿寶，大長長的夜，悶在家裏熬個啥辰光？哪跟上看兩齣戲，熱鬧，開心，又長見識。」

不料，女兒竟答道：「要去，你跟王媽去，我要留在家裏看書。」「咳，幾本閒書，有啥看頭？就算講的是故事，論的是理兒，直說白道地也沒啥意思。戲臺上，可是原模原樣地做給你看哪。」「才不是呢——我的那些寶書，頂得上一萬齣好戲！」

韋王氏一直覺得，女兒看的那些書，大都是些消磨時光的閒書。不料，女兒竟說是「寶書」，她不由一怔。自己的父親是一位讀書破萬卷的老儒生。不知為啥，科運不佳，雖然縣試輕易地考中了秀才。空有滿腹經綸，鄉試卻屢屢敗北。以致窮困潦倒，做了大半輩子私塾先生。一領藍衫，整整穿了一生。老秀才為了讓女兒懂事明禮，教書之暇，教著女兒讀書識字，「開開眼」。但只教會了她《三字經》、《百家姓》、《千字文》、《女兒經》，便不肯再往前教。「詩書文章，不是女兒家的功課，針黹刺繡，才是閨閣秀女的正功！」老秀才不主張女孩子多讀書，強得牛拉不動。這樣，她的「學問」，也就始終停留在開蒙第一年的水平上。等到自己做了母親，她謹遵家訓，把珍藏的家傳四本書找出來，一一教給了女兒。四本書被女兒翻來覆去，讀得倒背如流，卻仍不肯甘休，吵著鬧著，要讀《四書》、《五經》。莫說《四書》、《五經》，韋王氏教不了，即使能教，老子的教誨，她也不願違背。「你外公常說，念完那『四本書』，盡夠女孩兒家使用。省出心思，學好女人活路，爾後到了婆家，媽媽也不落個『養女不教』的笑罵。」但是，作母親的苦口婆心，外公的大道理，都不能使女兒就範：「媽媽，知書為著明理。不成，書念的越多，人變得越糊塗，越給當媽媽的招惹亂子？人家宋代的李清照，比丈夫趙明誠的學問強百倍，趙明誠服貼得五體投地，滿天下的人都尊她是『才女』呢！」「阿寶，你要相信外公的話。外公是有學問的老秀才，斷事哪會錯！」「哼，我才不相信呢，倘使天底下的理兒都讓老秀才相公看準了去，還要舉人、進士、翰林、狀元做啥？」

女兒撒嬌地翻開了糊餅兒，做媽媽的哭笑不得。仔細想想，多念兩本書，多知道些古人今事，作興也沒多少壞處。當初，要不是害怕老父的威嚴，也會祈求他給自己開講《四書》、《五經》、《千家詩》的。想到這裏，韋王氏賭氣似地答道：「要念自己念去，我可教不了！」「不要誰教，我自己能念！」女兒得意地歪著頭，一面伸出右手：「媽媽，給錢。我讓范五伯買書去。」韋王氏從錢櫃裏取出二兩「元絲」，交給女兒：「吶，拿去。給歸給，可只准買正經書！」嘴上是這麼說，究竟什麼書「正經」，什麼書「不正經」，王氏自己也鬧不清。

范五先買回的是一套《四書》和一本《千家詩》。韋王氏看了，知道這是「正經書」。心裏很歡喜。漸漸地，阿寶床前的長几上，擺上了《牡丹亭》、《西廂記》、《花間詞》和《漱玉詞》。後來，又出現了一部石印的《金玉緣》和許多彈詞小說。哼！又是「花同」，又是「牡丹」；又是「花」呀，「玉」呀的。不用問，八成不是正經書。韋王氏心裏直犯嘀咕。可是，女兒對她的委婉質問，竟是將書一本本地搡到她面前，翻開來，指點著大聲嚷嚷起來：「你自己看，不是好文章，就是好詩詞。那點兒不正經？」她雖然看得懂書裏大部分的字，卻弄不甚透徹，裏面到底說了些什麼。看看上面，都有著排列整齊的字行，分明像是詩詞，看來，女兒沒有欺騙自己。《詩經》，唐詩、宋詞不都是詩詞嗎？可見，面前的書，也都是好書。心上的疙瘩解開了。嘴上卻說道：「好好！我不懂。是『正經書』，你就念。也別管累壞身子、傷著眼！」娘疼女兒，不由得把阻攔變成了勸解。「媽媽瞎操心——看書又不是搖船、割稻穀，哪裏就礙著身子、眼睛啦！」韋阿寶極力掩藏著心中的喜悅裝傻蛋。

女兒一天到晚，哼哼呀呀，抱著書本不鬆手。雖然她的身子和眼睛，沒看出受到什麼損傷。可是，她的心緒卻在一天天地變。半年前，不知念了哪本歪書，一天學屋門沒進的姑娘家，卻獨出心裁，給自己取了個學名——惜玉。從此把所有的書上，都工整地寫上「惜玉珍藏」四個字，還正正經經地告知僕人范五和奶媽王氏：「往後別再喊我的乳名。『惜玉』才是我的名號！」近幾月來，又不知中了哪門子邪，不喊「吃飯」不下樓，一天到晚跟書黏在一起。看著，看著，格格大笑起來；眨眼的工夫，卻又眼淚鼻涕地哭個沒完。有時喊她吃飯，都喊不應。她擔心女兒患上了什麼病，便纏著盤問底細。誰知，問得緩，女兒低頭看書不理睬，問急了，惹得女兒皺眉斜眼：「哎呀，打破砂鍋紋（問）到底——媽媽好囉嗦！看古書掉兩滴眼淚，誰不這樣？有啥好奇的！你在戲臺底下，不也常常哭天抹淚嗎？」

這話，使她無法回答。心裏卻暗暗為女兒擔憂。總想變著法兒讓她分分心，免得盡在沒來由的古書上耗精神。可是，她始終也沒找到個有效的法子，讓女兒跟書本疏遠一些……

現在，聽王媽說到女兒迷戀書籍的情景，深深觸動了她的心事。抬起頭，向王媽問道：「王姐，你看，是不是，不能再讓她看那些壞書啦？」

「俺也是這麼想呢，太太。」

韋王氏站起來，向樓上指一指：「走，我去把她的書都收起來，你幫我抱下來。」

「是，太太。」

王媽扶著韋王氏往樓上走。剛走了幾步，韋王氏又停下來問道：「王姐，那丫頭會不會不讓呢？」

「八成。」

「你可得幫我好好勸勸她呀。」

「太太，儘管放心。」

韋王氏又向王媽耳語道：「王姐，等會兒我喊你——我先自己上去。」

韋王氏來到樓上，坐到床前的方杌子上，跟手捧書本、歪在床上的韋惜玉，沒話找話地扯了陣子家常。然後，裝作不經意的樣子，踱到長几前，摩挲著一摞書本，輕聲問道：

「阿寶，這些書，都看完了？」

「嗯。」惜玉歪著頭，沒有動。

「還看不看啦？」

「不看了。」

「那……媽給你收進樟木箱子裏吧？省得放在外頭，落灰招蟲的。」

「高興，你就收走唄。」

「真的？」

「哪個有閑功夫開玩笑！」

女兒出乎意料地回答，反倒使韋王氏猶豫起來。她囁嚅地說道：

「也好，我先收起來。二天要看，我再給你。」

「放心吧，『二天』我也不看啦。」

「好，那好。王姐，」韋王氏向樓梯口高喊，「快來幫幫我。」

王媽上樓來，抱上桌上的一摞書往下走。惜玉招手喊住了她，回身將枕邊的一冊《石頭記》，也塞進了她的懷裏。

「阿寶，一本也不留？」韋王氏被女兒突如其來的慷慨弄糊塗了。

「一本不留！」

「那……閑來做什麼？」

「你不是老嫌我，閑來捧書本，『不像個閨閣女兒家』嗎？」瞥過來的眼光似真又似假，「打從今天起，韋惜玉改邪歸正，做個有板有眼的『女兒家』！」

「……」韋王氏一時不知該如何作答。

「媽媽，別愣著。快找些緞料、花樣子來，我要給你跟奶媽繡枕頭！」

「那可是好，那可是好喲！」

韋王氏挪動著小腳，快步下樓。一下樓梯，便向正在整理書本的王媽問道：

「王姐，這是咋回事？越發反常了！」

「就是呢，真教人想不徹。」王媽指指剛抱下來的一大堆書，「這可是小姐的心肝命根子。要是在往常日，拿走一本，準得吵個火燎煙嗆。有一回，抹桌子時，俺不小心把一本《牡丹亭》，還是《芍藥亭》的，碰到了地下，痛得她拿眼瞪著俺，抱在懷裏摩挲了好一陣子。」

「莫非她在使氣？」

「不像……」王媽心裏犯嘀咕，嘴上卻寬慰道，「興許年輕人心眼透靈，明白過來了。」

「菩薩保佑！」韋王氏為女兒的「明白過來」長籲一口氣。「王姐，先別管那些書，我找出緞料、花樣子來，趕快送上去。她一旦繡開頭，就顧不得想別的了。」

「正是呢，太太。」

四、芳園

（最）撩人春色是今年，（少什麼）低就高來粉畫垣，（原來）春心無處不飛懸。——《牡丹亭》

1

一連兩天，惜玉姑娘藏在樓上，不哼曲兒，不貪睡；手拿繡花撐子，低頭刺繡。仿佛將周圍的世界，統統忘在了腦後。到了吃飯的時候，媽媽上樓喊一聲，她立刻放下手中的活計，挪動著小腳，不緊不慢地下樓來。臉上看不出歡樂，也看不出憂愁煩惱。白皙的瓜子臉上，平靜得像無風的池塘。雖然往常的紅潤不見了。平索日，她喜歡在雙頰上薄薄地擦上一層胭脂，看上去，像初秋時節剛剛泛紅的紅玉蘋果。但不著脂粉，更有著天然的俊俏。線條柔和，組合得恰到好處的臉龐兒，白玉雕出的一般。處處透著天然的圓潤和鮮嫩。

韋王氏偷眼細看女兒的臉色，寬慰地在心思念佛，一面將女兒喜歡吃的食品往女兒面前推。惜玉雖然只管低頭吃飯，不像往常那樣，喜歡聽母親跟奶媽在飯桌上閒聊。但飯量並沒有減少。人是鐵，飯是鋼。能吃飯，不就是健康的證明嗎？

這兩天，奶媽不斷報告的惜玉繡花情形，也著實使人寬慰。「太太，今日一頭晌，繡出三片春葉，碧綠碧綠的，喜煞人呢。」

「太太，一個下晌，繡好兩朵杜鵑花呢。」

「咳！一朵蝴蝶梅，一天繡完了。那花骨朵兒，花瓣兒，旺鮮旺鮮，跟活起來一般。多不易呀！」

韋王氏一直蹙著的雙眉終於展開了。她並不在意女兒繡花繡得快慢好歹。只要繡花能捆住女兒的心，能使她安靜下來，她就去靜安寺燒高香！前天，她曾在心裏暗暗向靜安寺的菩薩禱告，保佑女兒回心轉意，恢復常態。菩薩果真施了法術，顯了靈。這麼快就將女兒出竅的靈魂兒拘了回來。一定得去多磕響頭，多捐香資。不過，王媽的主意也出得好。要不是她的好主意，停止看戲，沒收書本，和逼著阿寶繡枕頭，女兒的變化未見得會這般快。她不由地抬頭望望站在一旁，侍候自己和女兒吃飯的奶媽。從她那過度操勞，佈滿皺紋的臉上，實在看不出，她為什麼會有著比自己多得多的計謀。自己還念會了幾本書，人家可一個大字不識呀！這一回，不是她的妙計，光靠菩薩，怕沒這般靈驗哪。

等到女兒吃罷飯，上了樓，她接過熱手巾揩罷手，望著奶媽深情地說道：「王姐，這一回，多虧了你的好計謀！」

「不，都是太太的主意。況且，眼下還不敢說。要是再過些日子，小姐仍不變樣兒，才算辦法靈驗呢。」想到這兩夜裏，惜玉的床上不斷發出翻身的聲音，證明姑娘的心裏仍未完全平靜，王媽把話說得很活泛。她怕太太擔心，沒把心裏的話全說出來。

「不會啦。小孩子家，事過就忘。沒那麼多心計。」

王媽輕歎一聲：「那敢情好。」

女兒的轉變，使韋王氏來了興致。咕嚕嚕吸完兩筒水煙，興致勃勃地說道：

「王姐，明天讓老范去買條大鱖魚，蒸隻鴨，我跟阿寶給你敬酒慶功。」

「阿喲，太太，你要折殺俺！」王媽不安地直擺手，「俺托太太的福，才過上這有依有靠的安生日子。正當份兒，該俺打酒買魚，謝太太的恩德呢。俺伺候太太小姐這些年，漏子錯兒數不清，太太不計較，俺就感恩不盡啦。有功的是太太，俺可是一星半點兒也沾不上邊兒哪。」

「嘿，王姐，別客氣！我又不會客套。」韋王氏語氣一轉，接著說道：「其實，也不光是為謝你。自打過了元宵節，一家人滴酒未沾唇。今日心裏樂，該喝兩盅打打饞蟲不是？」王媽知道韋王氏並不貪酒，沒有什麼「饞蟲」可打。她要擺酒，完全是出自一片感激之情。違拗了老成人的好意，更會使她不高興。想到這裏，便爽快地答道：

「好吧，就依太太。」

2

僕人范五有一手燒菜的好手藝。據他自己說，來韋宅打工之前，他曾在常熟縣城一家名菜館「老王酒家」，幹過多年的掌勺師傅。不料，有一天，突然跟掌櫃的鬧了彆扭。一氣之下，甩手就走，來上海做了私宅廚子。一個名菜館的廚師，來私宅做廚子，不啻虎落平川，一身好手藝哪裏施展得開？但范五不在意，六年來，一直幹得很開心。現在，要他備一桌平常家宴，實在是不費吹灰之力。儘管今天女主人囑咐「要買名魚，精肉，肥鴨、鮮菜」。看得出，她對這桌無賓客的筵席，十分看重。自己自然也不肯馬虎。在王媽的幫助下，不到午刻，他便認認真真地備好了一切：紅燒鱖魚、清蒸鴨、活水園蝦，蜜炙火方。外加四個下酒的冷蝶，並備下一小壇竹葉青酒。

酒席擺在樓下客堂的紫檀八仙桌上。王媽陪惜玉一下樓，韋王氏便在上首先坐了。等到女兒阿寶在對面坐好，便招招手，讓范五和王媽打橫坐在下首相陪。由於「先生」常年不在家，每逢節日或擺宴，韋王氏從來不擺主人架子。總是讓僕人和她母女一起喝「誼和酒」。主人不拿架，僕人格外貼心效忠。幾年來，韋家主僕四人，「誼和」得像一家人。

今天的擺宴，雖有一定的因由，但誰也不便說破。韋王氏等老范將四個酒盅斟滿，便端盅說道：「今日擺酒，無啥由頭。只是我打心裏樂活，願意熱鬧熱鬧。」她環顧女兒和范五、王媽，「今日咱們都喝個夠。來，乾！」

說罷，韋王氏自己端盅先將酒乾了。韋惜玉不會飲酒，等到她端起盅來沾了沾嘴唇，范五才跟王媽一塊乾了盅，然後隨便吃喝起來。

連古人都曾寫詩誇讚：「桃花流水鱖魚肥」。眼下恰逢桃花汛期，正是吃鱖魚的上好季節。應時名魚，加上名廚的燒制，這盤放在方桌中心的紅燒鱖魚，閃著灼目的琥珀光，散發著誘人的香氣。吃到嘴裏，更讓人直咂舌頭，說不出有多麼鮮美。

因為主僕同席，身份有別，加之主要是女賓，所以，不豁拳，不勸酒。酒量大的快喝，酒量小的慢飲。不到半個時辰，泛著翠竹青光的美酒，便使主僕三人都有了七分酒意。連不會喝酒的惜玉，也喝下了兩滿盅。白淨的粉臉上，像塗上了一層豔豔的玫瑰紅。這時，范五端來一盤糯米八寶飯。每人吃幾匙，便愉快地結束了豐盛的午宴。

范五收拾盤盞去了。惜玉洗完手上了樓。韋王氏喝罷兩碗王媽沖上的龍井香片，囑咐王媽一聲「看家」。便從朱紅描金箱子裏，抓出點元絲，拿手帕包了，揣進懷裏，到南鄰徐宅，找牌友搓麻將去了。

韋宅外有范五跑腿採買，燒菜備飯；內有王媽漿洗抹擦，服侍照料。裏裏外外，用不到主人操心動手。韋王氏為了消磨一日三餐之外的寂寞，有時繡繡花解悶兒，有時捧著水煙筒，跟王媽天宮地府地閒聊一陣子。自從丈夫在外面娶了兩房小老婆，把她拋在腦後，正當中年的韋王氏，從此便倍感天長日頭慢，一天的時光難打發。進戲場，是打發漫漫長夜前半夜的好法子，而搓麻將，便是她消磨白晝的最佳娛樂了。女人們玩牌都是小賭。輸或贏，她從來不在乎。那嘩啦嘩啦的洗牌聲，乒乒乓乓的摔牌聲，將十里洋場的嘈雜市聲，驅趕得無影無蹤，兩眼盯著眼前排成一行的十三顆麻將牌，上面跳動著的「萬」字，「餅」兒，「條」兒，不住地擠眉弄眼向她微笑。不由她不把心思全撲上去。分明已經打了大半天牌，卻覺得是剛剛擲骰子開盤。王媽前來請吃飯時，她總是磨蹭著，不捨得離開牌桌。

戀牌桌不等於會耍牌。韋王氏人老成，心眼實。打起牌來，缺少眼觀四面、耳聽八方的本領。自家的牌陣，她幾乎照顧不贏。上家甩啥牌，下家吃啥牌，她幾乎抽不出精神去注意。只會死守著滿是「廢張」的底牌等運氣。即使半天不上一顆牌，她也能與己無關似地耐心等待。難怪贏家十回九回輪不到她。有著這樣的好牌風，牌友們怎麼能不爭先恐後地「捨命陪君子」呢。

不料，今天她的「手氣」一反常態。一圈牌沒打完，竟連贏三局。三位牌友不住地斜睨著臉上掛著酒色的冤大頭，猜不透財神爺為啥今天對她格外垂青。本來，一坐下洗牌，她們就盯上了她鼓鼓囊囊的手帕包兒。三人使個眼色，心照不宣。準備合力夾攻，用不著挨到吃晚飯，就讓她的手帕兒四角鬆鬆。誰知，兩圈打下來，反而使她的銀包兒更加鼓脹起來……

韋王氏正為一順百順的好手氣而暗自詫異，忽見王媽快步走了進來。

「咦？」韋王氏抬頭看看壁上的時辰鍾，不解地問道，「剛剛四點哪，怎麼又要吃飯？」

「家裏有事，請太太趕快回去一下。」

「有客人？」

王媽臉上掛著微笑，語氣裏卻透著幾分沉重：「是——小姐有事。」

韋王氏「噢」了一聲，向牌友連告對不起，讓一個在旁邊觀戰的老媽子接替，便跟隨王媽匆匆往回走。

走在弄堂裏，王媽悄悄告訴她，中飯後，惜玉小姐回到樓上，便和衣躺倒。她上樓看過，好像睡著了。她怕她受涼，扯過一條夾被，給她蓋上，便退了出來。她在外間自己的床上，歪了一忽兒。正迷迷糊糊地睡著，不知被什麼聲音忽然驚醒。側耳細聽，聲音來自小姐的繡房。急忙進去一看，小姐坐在南窗下，抱著繡花撐子低聲啜泣。緞料上，已經繡好的一枝臘梅的下方，橫七豎八塗了好幾條血道道。她拿起她的左手一看，中指的指頭肚兒上，還在不住地往外冒鮮血。

「咳，女人們整天跟鋼針作伴兒，哪有不挨幾下紮的！」韋王氏放了心，但仍對女兒的行動不解：

「紮個針眼兒，冒點兒血算啥，用得著哭嗎！好容易繡好的枕頭兒，咋好弄髒呢？！細針密線的，容易嗎？」

「太太，俺看著，像是用血寫了三個字呢。」

「字？什麼字？」一吃驚，王氏竟忘了奶媽不認字。「這孩子，莫非……」

後面的話沒說出，韋王氏已經淚眼模糊。在王媽的攙扶下，急忙扭著小腳，加快了腳步。

3

韋惜玉側身向裏，蜷伏在床上。繡花撐子落在了書桌旁的地下。但上面空蕩蕩，不見了被鮮血弄污的繡件。兩人不由地愣在了繡房門口。

過了好一陣子，惜玉仍然一動不動，仿佛睡著了一般。王媽彎腰拾起繡花撐子，向主人使個眼色。王氏便走近床前，撫摸著女兒的肩頭，小心翼翼地問道：

「阿寶，阿寶——」

「唔。」似理不理地。

「你不舒服？」

「——不。」

王氏坐在女兒的腳下，扯過她的一隻手，兩手合握著。極力裝出不在意的樣子：「阿寶，你繡的枕頭呢？」

「繡壞了。」

「拿來媽看看。」

惜玉粗暴地抽回手：「讓我扔了。」

「咳，這孩子！」王氏故意裝傻。「照著花樣子繡，有啥大壞頭——配色不合，花色不顯，拆開來再——」

「媽，讓人安靜一會兒，好不好？」惜玉煩躁地吼了起來。

「繡壞啦，有現成緞料，小姐另繡一幅就是。」王媽近前攙扶著主人。一面示意，一面說道：「太太，你請下樓歇一會兒吧。」

來到樓下，韋王氏一坐下，王媽立刻遞過來裝好煙的水煙筒。王氏接在手裏，卻並不點燃。愣了半晌，望著王媽問道：

「王姐，她不拿出來，咋辦？」

「太太，莫急。看樣子小姐沒離窩兒。枕面兒八成藏在樓上啥地方。讓俺瞅空找找，準成能找著。總得知道，小姐寫的是啥字呀。」

「可，知道又能咋辦呢？」兩行熱淚撲簌簌的滾下王氏豐潤的雙頰。「這孩子從小拗……」

「是呢，三天沒頭，花也不繡啦——」王媽像在自語。

「還得想個新法子。」

「先生不在家，這事又不便跟老范說。王姐，阿寶的事，全靠你啦。」

王媽兩眼一陣熱，急忙答道：「太太儘管放寬心。今下黑，咱們好好拿個主意就是。」

四輪亨斯美馬車走在大馬路上，平穩穩，顫悠悠，像漂在平湖上的一葉輕舟，馬車來到泥城橋上，車夫輕加一鞭。趁著下橋之勢，鞔車的白馬縱轡飛跑。馬車便像展開雙翅一般飛翔起來，不知不覺把靜安寺遠遠甩在後面。滬上聞名的芳園——明園，已出現在面前。

馬車停在了公園大門旁。王媽率先從馬車上跳下地，依次將太太小姐扶下地，便跟在主人後面向園中走去。

園前的開闊地上，馬車、東洋車已經停了一大片。十里洋場的居民們，在爭財競富之暇，酒醺飯飽之餘，仍然忘不了覓翠尋芳的雅興，狎妓侑酒的閒情。

天朗氣清，惠風和暢。湛藍藍如同洗過的天宇上，點佈著幾抹白雲。淡淡的，如淡銀絲線繡出的一般。遠處，隨著和風的節拍，輕輕飄蕩的楊絲重簾中，傳來幾聲黃鸝的清脆鳴囀。環繞在荷池旁的幾樹天桃，只剩下星星點點的殘蕊，掛在枝頭。那四散飄落的花瓣兒，撒布在如茵的草坪和荷池中，宛如開出了一層粉色鮮花。

座落在明園北側，高大軒敞的蘊秀樓上，已經有不少人在飲酒，品茶。幾個閃著綢光緞彩的長衫先生，臂上挽著花枝招展的女人，倚在欄杆上，眺望著園中景色，不住地指指點點，嘰嘰喳喳。從女人裝束的花梢，臉上脂粉的濃豔上，韋惜玉看出那肯定不是正經人。準是人們常說的，靠賣笑為生的「妓女」。她知道，妓女都是迫不得已才賣身的。但是，使她不解的是，小的時候被賣，身不由已；為啥到了這般年齡，還心甘情願，出賣笑臉和身子呢？世界這麼大，難道不能一逃了之？即使沒有活路可逃，死路總是有的。天底下尋死的路，不信都能被堵死！

韋惜玉正想著，韋王氏提議「上樓喝茶吃果子」。她頭一搖，嘴一噘：

「不去，吵吵嚷嚷的，煩死人！」

說罷，惜玉挽著媽媽的手臂，踏著鵝卵石砌出的人行曲道，逕直往前走去。碧綠的耐冬籬笆圈出的方方花壇，開滿了各種春花。迷人的春天，慷慨地散佈著芬芳的氣息。越往前走，撲鼻的清香越濃烈。

五彩繽紛的花色，氤氳環繞的香氣，使韋惜玉深深陶醉。多日來，纏繞在心頭，驅趕不掉的悵惘和迷亂之情，一時間消失得無影無蹤。她從心底感激奶媽今天出的好主意。今天要是不來遊園，依舊悶在家裏，真不知道，該怎麼打發使人百無聊賴的厭煩和惆悵。煩悶極了，沒準兒又得拿什麼東西出氣。

4

自從母親給她沒收了書本，讓她專心繡花，她爽快的依從了。可是，書本上的故事，人物，詩詞，甚至文字，商量好了似地，一齊跟她作對。輪番交替著牽動著她的心，直往丹桂戲園裏拽。使她的一顆心，黏在那些戲上，黏在飛舞的大頭槍上，一句話，黏在了那個可厭的「粗嗓武生」身上！正是他，奪走了她的茶飯味，奪走了她的春眠香覺。本來，扔開書本繡枕頭，也真是打發日子的好主意。兩眼緊盯著那隱隱約約，曲曲彎彎的細墨線條。小心翼翼地，一針一線沿墨線兒往前挪。確實分不開心思再想別的。可是，只過了兩天，便失去了效驗。到了第三天上，隨著手指的熟練，不用十分用心，繡花針兒便沿著墨線飛跑。餘下的心思，硬是又回到了戲園裏。不小心，手裏捏著鋼針，拍起掌來。結果，左手中指被紮上個深洞兒，泉眼似地往外冒鮮血。自己偏偏又鬼迷心竅，用鮮血在快要繡好的枕頭上，寫下了「楊月樓」三個大字。不巧，又讓王媽看了去。多虧奶媽不識字。不然，羞死人！結果，惹得媽媽脾也不打了，跑回來繞著彎兒審問。多虧她趁著奶媽下了樓，將帶血字的枕頭剪破藏了起來。不然，讓媽媽看見，一切都露了餡……

幾隻春燕在前面來回翻飛，一面不住地「呢喃」唱著，仿佛在慶祝惜玉的勝利。幾株杜鵑橫斜在假山前，繁花滿枝。惜玉面對繁花，觀賞了許久。那宛如杏花的粉白花朵，不知為什麼，有兩隻花瓣兒，卻渲染上了一片玫瑰紅。六個瓣兒上，都點染著一些紫色的細點。遠遠看去，不似桃花，勝似桃花，更增添了幾分引人的風姿。聽奶媽說，北方的蘋果花盛開時，也帶有幾分這樣白中帶紅，紅中間粉，淡雅脫俗的風采。

幾壇芍藥尚未開放，翠玉似的密葉之上，浮著一層高挑的花苞。有的苞尖兒已微微綻開，露出幾點逗人的豔紅。

步入七曲橋，穿過荼蘼架。一座元寶形寬大的牡丹花壇出現在面前。正是花盛之期。那姹紫，嫣紅，鵝黃，粉白的各種花朵——有單瓣，有雙瓣；有的花瓣半卷，有的舒展如翼。爭奇鬥豔，異彩紛呈。韋王氏連喊「好美」！拉著女兒，在一張面對花壇的木條長椅上，坐了下來。韋惜玉也被眼前國色天香的「花中之王」深深吸引，兩眼在花朵上巡視，一面深深吸著氣。恨不得將彌漫在四周的所有美色與香氣，都收攝到自己的眼睛和胸腔之中。

一男一女，兩個金髮碧眼的洋人走了過來。男的滿臉鬍鬚，頭戴高禮帽，身著米黃洋服。女的金髮披肩，雙唇塗得血紅血紅。身穿紫絨長裙，那穿著細線洋襪的兩條長腿，大半截子竟露在裙裾之下。

惜玉想到了漫步砂磧的長腿鷺鷥。洋人來到離她們不遠處，停下來指指點點，嘰哩哇啦好一陣子。那大鬍子男人，一面笑著揮動著雙手，做了一個什麼姿勢。那紅嘴女人，便猛地轉過身，格格笑著，伸手擰他毛茸茸的臉頰……

「快走！」

韋王氏低低喊一聲，站起身，拉著女兒朝前走。走了幾步，惜玉偷偷回頭一看。只見兩個洋人，依舊站在原地。那女人竟翹起腳跟，雙手摟著男人的脖頸，閉著雙眼，聽任那黃毛男子摟著細腰，親她的嘴……

心頭一陣急跳。惜玉趕緊低頭朝前走。

繞過一道藤蘿壁障，前面是一座八角涼亭。欄杆前站著兩個年輕人。惜玉不由地把眼光停在那高個子的身上。雖然相距四五丈遠，但她看得清清楚楚，那位身材魁梧的後生，方圓臉，高鼻樑，兩條劍眉高揚，二目閃閃生光。上身穿一件挖雲鑲邊馬甲，下身是灑繡滾腳套褲。他右手搭在穿鐵灰線春長衫的矮個子肩頭上，正興高采烈地說著什麼。韋惜玉不由一愣。心想，好像曾經在什麼地方，見到過這個高個兒青年，但一時又想不起是在哪兒見過。一時間，木頭人兒似地怔怔站在原地出神。直到媽媽回身拉她的手，她才如夢方醒一般，跟著母親、王媽，繼續往前走。

「媽媽．不逛啦！」惜玉左手撫著撲撲跳動的胸口，突然掉頭往回走。

「咦？多好的風光，你看夠啦？」韋王氏不解地望望女兒。看到女兒的神色有些異樣，便關注地問道：「莫非，哪兒不舒服？」

惜玉甩開母親的手，粗聲粗氣地嚷起來：「媽媽——你又來啦！」

韋王氏愣在那裏，一時不知該咋辦。王媽近前低聲說道，跟車夫講妥的，來明園要玩兩個時辰。人家是做買賣的，決不會在門口呆等，趁著時辰不到，準會攬幾個出園的遊客送上一程。現在一個時辰還不到，半路回家，說不定馬車還回不來呢。聽王媽這樣說，韋王氏懇求地說道：

「阿寶，咱還是到蘊秀樓上，喝杯茶歇歇腳吧。」

「不，哪兒也不去——回家！」女兒的口氣毫無轉圜的餘地。

把剛才的一切都看在眼裏的王媽，這時又說道：

「太太，反正園子裏的光景，也看個差不多啦，小姐沒興頭兒，回家就是。趕明兒，小姐想再來，也費不了什麼。你說呢，太太？」

「這孩子，真不知是咋啦？」韋王氏掃興地搖著頭。「王姐，你先去門口看看咱們雇的馬車在不在。在呢，正好。要是不在，沒法子，只得到樓上多待陣子囉。」

「是啦，太太。」

5

王媽把西洋保險臺燈，擰得雪亮，放到床前的小几上。然後剝開一隻大金桔，遞到韋惜玉手裏。退後兩步，坐在床側的方杌子上，靜靜地望著一直低頭不語的阿寶姑娘。

今天晚上，她必須想方設法，完成主人的囑託，將姑娘心頭的「病根」摸準。再想法子對症下藥。

其實，用不著女主人流著眼淚，苦苦哀求「王姐千萬幫襯」。姑娘的百般心事，萬種愁緒，早已揪得她的心，隱隱作痛。王媽不像太太，著急起來最大的本領就是抹眼淚。其實，小姐的心事，她早已猜透了八九分。不過，主人對待自己，即便是像親姊妹一般不見外，她一刻也不會忘記，自己是一名侍候人的「下人」。下人得有下人的樣子。她不便自己出面叩問小姐，更不能把主人還未看透的事，搶先透給她。只能給主人出出主意，設法讓小姐回心轉意。不料，停看戲，收書本，繡枕頭，遊花園，都只有短時間的效驗！自打前天逛明園之後，惜玉覺少飯減，雖然看不出明顯的瘦弱，臉上的紅潤卻減退不少。煩惱是割肉的刀，照這樣下去，總有一天小姐會病倒的。那時，再想法子就晚了。今晚，為了太太，也為了自己的心，她要跟小姐作一次推心置腹的長談，不挖出她心裏的真病根，決不睏覺。哪怕是惹得她嫌棄申斥！

等到韋惜玉慢慢騰騰地嚼完了兩個桔子瓣兒，王媽極力平靜地問道：

「惜玉姑娘，前日逛明園，你為啥半路非要回家呢？」

惜玉頭不抬，眼不睜：「逛夠了。」

王媽長籲一口氣，往前挪挪杌子，緩緩說道：

「姑娘，本來呀，韋宅裏沒有俺多說的話。俺不過是個老媽子。可你吃過俺的奶，俺拿著你比親生孩子還要緊，跟太太一樣著急。俺心裏的話，憋了這麼多日子，一直不敢跟你說……」

惜玉抬起頭，望著奶媽佈滿皺紋的臉。見她兩眼發紅，無比傷心的樣子，不由的心裏一陣酸。扯過奶媽粗糙的左手，捧在手裏，緊緊地握著，深情地答道：

「奶媽，我拿著你老人家，也跟親媽媽一樣呀。」

「惜玉，俺信你的話。要不，俺老婆子決不會多嘴。」

「奶媽，有話你就照直說，繞彎子急死人——不論你說啥，我都不惱。」

「這俺就放心啦，孩子。」「孩子」一出口，王媽發覺自己失了言。看看惜玉的眼色，依舊很平靜，便放心地繼續說道：

「自打進了三月門兒，太太可為你操碎了心。孩子，莫打岔，聽俺說下去。你一再說，太太在『瞎操心』。可你沒想想，閨女的心事能瞞過娘的眼梢？她是你的親娘，孩子是娘的連心肉嘛。你的心，就是太太的心。她咋會不知道你的心事呢。」

惜玉搖搖頭：「那一定是你告訴了媽媽。」

「告訴了她什麼？」王媽明知故問。她雖然未向主人說出她的觀察，卻知道姑娘說的是啥事。

「奶媽！」惜玉扔下手中的半個桔子，伏上奶媽的肩頭，聲音有些顫抖地說道：「你什麼都知道，還跟人裝糊塗！」

「是的，孩子。你算說對了。自打看了楊老闆的戲，你就吃不香，睡不好，捧起書本就發傻。繡花刺破手，竟往上面寫人名……」

惜玉倏地抬起頭，打斷了奶媽的話：「你怎麼知道，我寫的是『楊月樓』？」

「俺猜著準是。要不，那天在明園耍得好好的，一見亭子裏那個年輕先生，你就失魂似地，吵著往回走。孩子，俺也看著那個人的身架、面貌，實在跟戲臺上的楊老闆很相似，你說是不是？」

「奶媽，求求你——不要說啦！」

用力地擠出一句話，惜玉翻身撲倒床上，抽搐著身子，低聲哭起來。王媽並不勸她。伸出右手，在她的背上下意識地拍著，像當初哄著她睡覺一般。過了許久，見她漸漸平靜下來。俯身繼續說道：

「惜玉，要愛惜自家身子骨兒。先生不在家，莫讓太太擔心。」

惜玉猛地坐起來，哽咽著說道：「我根本就不願意想到他。可那缺德的，硬是纏上了我，白天死纏硬纏，連夜裏做夢也不放過！」

「孩子，別這麼說，都是自家心裏想的，怎麼能怨著人家？」王媽拿著手帕給惜玉揩著淚水。

「咳，看了三齣夜戲，怎麼能知道人家的品行，心境兒？他臉上抹著脂粉，眉目還看不徹呢，知道他是紅臉的關公，黑臉的包公？哪地方值得咱們剃頭的挑子一頭熱，千金小姐去害那沒味兒的單相思？」

「奶媽，你叫我怎麼辦呀？」熱淚像打開閘門似的又湧上了惜玉的臉頰。

「孩子，眼淚洗不去心裏的病，主心骨兒得自家拿。你躺下歇一會兒，聽俺仔細跟你說。」

惜玉坐直了身子，揩揩眼淚，信任地答道：「奶媽，你說——我聽著。」她不再躺下，斜著身子倚在奶媽的雙腿上。

王媽心裏一陣熱，伸手扶著姑娘的腰肢，細聲細語地打開了話匣子。

「唉，一個唱戲的，誰不知是讓人瞧不起的下九流？雖然他們闖江湖，跑碼頭，錢來的容易，臺面上光鮮。歸究其實，受人輕賤的份兒，不低於個賣身子力氣的下人。再說，楊月樓戲唱的那麼好，功夫那麼到家，沒有十年八載怎麼練得出？只怕他的年紀三十歲也不止。全是靠著戲衣，油彩，讓人看上去年輕俊秀罷了。果真他是三十多歲的黃臉半老生，家裏頭斷不會沒有妻小。對那樣的人癡心多情，豈不是到人家的墳頭上流淚——哭的不是地方？再說，小姐老家是廣東，楊月樓是北京人，天南地北，異風異俗。即使兩人能合巹成婚，往後的日子長著呢。吃飯穿衣行人情，處處合不到一條轍口裏去，除了彆扭碰磕，別想有一天安生日子過……」

直說到保險臺燈的光焰暗了下去，王媽仍然一句接一句地往下說。為了勸得她心疼的姑娘回心轉意，今晚，她也說了不少言不由衷的流俗之見。譬如，戲子是「下九流」，受輕賤的地位連僕人都不如的話，就不是出自她的內心。她覺得，成百上千的人，天天仰臉喝采的「戲子」，怎麼說也比低頭侍候人的奴僕，多著幾分高貴與大氣。但是，為了完成主母的囑託，也為了不致眼瞪瞪地，看著小姐忍受單相思的折磨，她不得不違心地這樣做。

可是，她已經舌乾口燥了，惜玉姑娘依然偎在那裏，閉著雙眼，一動不動。臉上毫無表情，像安逸地睡著了一般。仿佛對她近一個時辰苦口婆心的勸說，一句也沒聽進去。

「姑娘——你睡著了？」

「不，我在聽呢。」

王媽覺得，心裏想好的話，已經說完了，實在再也找不到新的話由。不由長歎一口氣，緩緩站了起來。剛走了兩步，又退回來，鼓起勇氣說道：

「惜玉，還有一句話——興許是俺自己瞎估摸——不知該說不該說？」

「奶媽，你爽快地說就是！」惜玉的話給了她勇氣。

「孩子，如今的戲班子裏，坤角兒一天比一天多。他們男戲子、女戲子的，整天在臺上摟腰挾肩，真模真樣地做『恩愛夫妻』。人都是有情的，台上心熱情動，敢說到了後臺不假戲真做。到了那個節骨眼兒上，只怕家裏的美妻愛妾，早忘在了九霄雲外……」

惜玉的身子輕輕抖動了一下，卻仍然緊閉雙眼，斜倚在被子上，一聲不響。王媽看看勸說無效，拍拍惜玉的肩頭，黯然說道：

「姑娘，你累了——脫了衣裳睡吧。」

一面說著，王媽輕輕將惜玉扶起，伸手幫她解裙子。正在這時，惜玉突然扯住她的手，一字一句，決絕地說道：

「奶媽，我全信你的話。你放心——從今往後，我永遠不再想到那戲子！永遠不！」

「啊，俺的好孩子！」

奶媽喊一聲，忘情地把將韋惜玉抱在了懷裏。

五、情種

一枝折得，人間天上，沒個人堪寄。——李清照：《御街行》

1

生在上海，長大在十里洋場的韋惜玉，法國租界的市肆繁華、歌場的釵影鬢光，從來沒能引起她的興致。自從九歲那年開蒙讀書起，八年來，她已經習慣了借詩書傳奇，寫詩臨帖，打發閒暇的白晝和寂靜的黑夜。一本傳奇捧在手中，兩眼便黏上了字行。一冊《衛夫人簪花小楷》，展開來，把筆臨摹，一坐就是幾個時辰。花格窗外的一切，什麼風搖碧梧，雨打芭蕉，春燕呢喃，黃鸝長鳴，甚至是聒耳的蟬噪，統統難以進入她的耳鼓。

她是一個耐得深閨寂寞的小家碧玉。

誰能料到，伴隨著北歸的春燕，一位京城名伶驀地闖入她的深閨。三天夜戲之後，一種奇異的思緒，似激動，似狂喜，似渴念，似不安，齊集心頭，糾結纏繞，再也驅趕不開。詩詞曲賦沒有了往常的魅力，山珍海味失去了昔日的甘美，連天井上方那輪暖煦煦的太陽，也磨磨蹭蹭，失去了往日的快速。

為了袪除無日無夜的撩亂與騷擾。她聽從母親的勸阻（她知道主意是奶媽出的），一古腦兒全部交出了她心愛的書冊，接下了並不喜愛、十分生疏的繡花活計。滿以為，一門心思飛針走線，總可制服狂奔亂突的意馬心猿。誰知，三天未繡到黑，思緒照舊飛到了清歌曼舞的戲臺上。手裏捏著鋼針便鼓起掌，不但紮得手指直冒鮮血。還鬼差神使地在快要繡完的枕頭上，寫上了那個使人又驚，又喜，又愛，又怕的名字——楊月樓！

奶媽的長夜晤談，她聽著句句入情在理，難以駁回，可就是無法鄙棄和忘記那個「優伶」。哼！名卑未必人卑。什麼「下九流」，「臭戲子」！還不是那些無處消遣的大人先生們，酒醉飯飽之後，給人家拍完巴掌，叫完了好兒，嚼舌頭編派人家。不知哪兒來的那麼些歪德行！況且，外加的輕賤，敗壞不了人家的道德人品。在《紅樓夢》裏，那個使尤三姐甘心「等待一百年」的柳湘蓮，不過是個「玩戲的」票友，只能算是半個「戲子」，卻有著那樣的人才品行。正兒八經的戲子，焉知不更是讓人敬羨十二分的高尚義士？兩人來自天南地北又有啥？難道風俗習慣不同，能成了拌嘴吵鬥的緣由？一個女子「嫁雞」還得「隨雞」呢，嫁了男人能不心甘情願的隨從人家？再說，吃罷合巹酒，兩人就是一人。還分什麼他鄉我鄉，南俗北俗！你強著自己依從我，我強著自己依從你，不是更增添幾分甜蜜和樂趣？

王奶媽磨了半夜嘴皮子，所說出的幾籮筐大道理，讓韋惜玉一件接一件地在心裏推翻了。

在理的話語，未必句句都能服人。

可是，其中有一句話，雖然奶媽說是自己的「瞎估摸」，卻像一根刺上心尖的鋼針，使她的心口兒一陣陣收縮、劇痛。是呢，那種打情罵俏場面，她在「三小」戲裏沒少見過。那些乾角、坤角，在戲臺上調起情來，腳步兒趔趄，胸口兒起伏，眉梢兒傳情，眼珠兒噴火，癡了醉了一般。焉知不是台前假做戲，後臺辦真事？果真嫁了那樣的男人，明地裏掛個夫妻名分，暗地裏卻被扔得床頭生霜，被底結冰怎麼辦？嫁個男人貪圖啥？圖的是你恩我愛，兩心合一。要是只掛個空名聲，天王老子與我何干？呸！

銀針扎到病根上，針到病除。頂用的話不須多。王媽的一句話，一度使她從多日癡迷中醒悟過來。當時，她扯著奶媽的手，下定了「永遠不再想到那戲子」的決心。

永不更易的決心，才能夠徹底改變一個人。

惜玉是個性格堅強的姑娘。她長到十七歲，從來都是說一不二。她的決絕的回話，剛毅的神色，使王媽無比高興。韋王氏聽了王媽的回稟，堅信王媽的深夜苦勸奏了效，終於收回了女兒脫韁野馬似的春心。從此以後，永遠忘記那戲子，潛心讀書刺繡，耐心等待她的老子，給她選配一件門當戶對的如意親事。韋王氏打算買副鑲翠的金耳環送給王媽，以表達自己的感戴之情。

殊不知，決絕的誓言，制服不了激蕩的春心。惜玉表決心的聲音還在耳邊迴響，發誓「永遠不再想到」的優伶，又矗立在她的眼前：亮相，起霸，開打，謝幕；一招一式，一舉手，一投足，都像吸鐵石似的，緊緊抓住她的視線。那高亢嘹亮的京腔漫唱，也直往耳鼓上敲。不論是醒著，還是在夢中，總是像無數小蟲兒，在她的體內爬行。使她心緒撩亂，煩躁難耐。她又氣又急。擰胳膊，掐大腿，想找到那些可惡的「蟲兒」。可是，摸不著，捉不到。氣得她只能咬著下唇低聲啜泣。她覺得，近來流過周身的血液，也失去了往常的輕悠舒緩。平靜潺湲的小溪流水，變成了崎嶇峽谷中奔騰的激流，橫衝直撞，衝擊得心窩兒一陣接一陣地顫抖不止……。

剪不斷，理還亂。澎湃激蕩的感情洪濤，終於衝垮了理智的堤壩。好不容易忍到母親到徐家去打牌，韋惜玉便急不可耐地將王媽喊上了自己的繡樓。

2

「奶媽，我對不起你，對不起你呀！」

王媽剛剛爬上樓，走進閨房，惜玉便撲進她的懷裏，一面流淚，一面賠不是。愣了好一陣子，王媽雙手板起姑娘滿是淚痕的俏臉，不解地問道：

「姑娘，別發傻。你會有啥事，對不起俺哪？」

「奶媽，我從來都是，信你的話，聽你的話，超過了親媽媽。可今番，我不能照你的話辦呀！」惜玉鬆開手，俯身撲到床上，出聲地哭了起來。

一切全明白了。王媽驚得半晌無語。她覺得，一手照料大的姑娘，一夜之間，變成了個陌生人。她走上前去，在床沿上挨著姑娘坐下。小心翼翼地問道：

「惜玉，你不是說，再也不想那楊……」

惜玉打斷了她的話：「我想恨他——可我做不到呀！嗚……」

王媽害怕惜玉會說出她想說的話，急忙擋在前面相勸：「惜玉，你是個有志氣，明理的姑娘，不會讓太太擔心。」

「奶媽，你再勸也沒用！」惜玉幾乎吼起來。她在繡花枕頭上蹭蹭臉，抬起頭來反問道：「奶媽，你說心裏話；是不是打心裏疼我？」

「看你說的！」熱淚滾下王媽的臉頰，她抽抽答答地說道，「你長到十七歲，這當中，俺除了給龐家奶過三年孩子，不是俺一把屎，一把尿，服侍你長大的？一個無兒無女的孤老婆子，不疼你，俺還能去疼誰？」

「那——你就得真心幫助我。」

「惜玉姑娘……」王媽感到一陣恐懼。「凡事要前思後想，可不能由著大性兒……」

「我想了一萬遍啦。」

「怎麼？」

「我一定要嫁給楊月樓！」

「啊？」王媽低頭想了好一陣子。然後囁嚅地答道：「姑娘，這可是終身大事呀！沒有先生、太太的允諾，一個僕人，俺怎麼能幫得了你喲？孩子！」

「不，我的事，絕不能讓我爹我媽知道。他們只會壞我的事！」

「孩子，自古以來的老規矩，都是『父母之命，媒妁之言』，哪個敢不遵……」

「我就不遵這害死人的『老規矩』！」惜玉翻身爬起來，乞求地望著王媽：「奶媽，這世界上，你是比我親爹親娘，都親百倍千倍的親人。要是你再不肯幫助我……」

「姑娘，不是不幫，俺是沒那膽呀！」

「是的……奶媽，你是有難處。」惜玉眸子裏的淚光完全消失了，只剩下堅毅的神色。「為了不連累您，趕明兒我自己去丹桂戲園，找那姓楊的！」

「咳，姑娘家——那怎麼行！」

「沒有法子的事嘛。」語氣平靜，聽得出仍含著幾分埋怨。

「不，寧肯俺落埋怨，也不能讓你拋頭露面！」王媽兩眼忽然一亮。「惜玉姑娘，要是人家楊老闆已經娶妻完婚了呢？」

惜玉瞥一眼掛在東壁上的祖傳寶劍。朗聲答道：「非得一棵樹上吊死？」

「這才是呢。」

沒有哀號，沒有跪地求告；執拗的表白，堅定的決心，韋惜玉終於感動了好心的王媽。王媽知道，既然勸阻無效，最好的法子是先打聽明白楊月樓有無妻室。要是人家已經成家立業，揪心的思念便沒指望了。一個十七歲的姑娘，也許不至於勸不轉。

打定了生意，王媽下樓來到廚房，想請范五幫忙。范五正在剝青筍。她在范五對面的杌子上坐下去。抓過一支青筍剝著，一面說道：

「五哥，有件事，想勞你跑個腿，不知行不行？」

范五兩條濃眉一揚：「嘿，今兒跟咱來了客氣！用得著老范的地方儘管說，咱長著兩根腳桿，就是伺候著跑路的哪。」

王媽往前移移杌子，壓低了聲音：「五哥，煩你去一趟丹桂戲園，找找陳案目，請他幫個忙：打聽明白，楊老闆到底有沒有家室。」

「幹啥？」范五驚訝地打量著王媽。然後指指樓上，壓低聲音問道，「莫非是為那一位？」

王媽連連點著頭，輕聲答道：「不是咋的。這些日子，一門子心思，盡在楊老闆身上呢。」

「喲呵！老妹子，安生日子過膩味了咋的？難道你忘了『優伶虔婆不得入門』這句老古語？他們最愛勾引的就是良家婦女。人家躲還躲不及呢，你還要自己找上門——扒開籬笆讓狗鑽不是？！」

「嗨，五哥！這理兒難道俺不知？可眼瞅著她臉兒黃，腰兒細，再不拿主意，人要病倒的。」

「那也不能拿著鳳凰鳥往雞窩裏塞呀？拿千金小姐去送給戲子做老婆，不讓人笑掉大牙才怪呢！」

「五哥，俺估摸著，那楊月樓，那樣有名的角兒，家裏頭怕早有了屋裏的。你勞勞腿兒，跑一趟，弄回個準信兒，不就打消了她的望心。」

范五抓抓剃光的前額，展眉一笑，應道：「這倒也是呢。嗨，大妹子真死軸！做事何必板板六十四？等到傍晚兒，你去跟她說，就說已經打聽明白，楊月樓北京老家，不光有了老婆，還有了孩子——不就結啦嗎！」

王媽一拍胸口：「咳，好明白的五哥！你當小姐是傻囡囡？她可是個機靈姑娘。要是弄不透徹楊老闆的老婆姓啥，多大年紀，有幾個孩子，是男是女等，別想打過她的馬虎眼。」

最後，范五無可奈何地搖搖頭：「好吧，我就去跑一趟。不過，要是太太怪罪，你可得攬過去。」

「看你說的，五哥。悄悄打聽個信兒，又不是請你說媒下柬，莫說太太不會怪罪。就是怪罪，五哥是替俺代勞，不成能讓你替俺代罪？」

3

范五不負所托。當天晚上一上燈，他就將王媽叫進廚房，告訴了他打聽到的全部情況。

他托丹桂戲園案目陳寶生替他打聽到，楊月樓是道光二十八年，歲在戊申，九月初九出生，屬猴。今年是同治十二年，歲在癸酉，實足年紀是二十六歲。他至今尚未婚娶，北京家裏只有一位六旬老母。

「五哥，這話都貼實？」王媽的臉上露出了失望的表情。

「咋不貼實？人家陳案目辦事有根底。他是從楊老闆的一個叫曾曆海的跟包那裏，打聽到的。這曾曆海是個讀書人，先玩票，後來下海唱須生。因害了一場大病，禍害了嗓子，才跟了楊老闆。人家名義上是跟包，有了閒空兒，當楊老闆的先生，教他念書寫字呢。楊老闆拿著他當親兄長看待，什麼事都不瞞他。他的話怎會假？」

看到王媽皺眉不語，范五又說道：「大妹子，這可不是個好消息。要是照實告訴，扎手的事情就來了。還是那句老話：善心撒謊，上天不罰。跟她說，人家已經有了老婆孩子，不就結啦。要不然，實話一出口，後面的亂絲團兒，只怕難得擇清呢。你說是不是？」

王媽搖搖頭未言語，憂心忡忡地離開了廚房。

出乎意料的消息，使王媽陷入了左右為難的境地。她原本以為，楊月樓的年紀不會小於三十歲：那看上去細皮嫩肉，劍眉大眼，惹人喜愛的五官、身材，完全是靠著油彩和行頭的粉飾。想不到，他才二十六歲！怨不得那樣俊生！惜玉一旦得知這真情，她那八條犍頭拖不轉的強脾氣，不一頭撞南牆才怪……唉，老范說的也在理。眼下，實話千篇，不如謊言一句。「理不全，謊話騙」！這倒是最省心省力的一條路。可是，一旦讓她沒了指望，敢保她不投江跳樓，尋死覓活？真要到了那個地步兒，後悔可就晚啦。再說，姑娘從小拿著自己賽過親娘，怎忍心編著謊兒矇騙她？……嗨，笛子還有六個眼呢，不成她的心能是塊木頭疙瘩。火候到了，還沒有不爛的骨頭呢。只要跟太太擰成一股繩兒，沒日沒夜地拿話哄勸，石頭人也該破涕為笑的……

她心裏翻騰了一整天。掌燈以後，終於將范五打聽來的情況，如實告訴了韋惜玉。

沒等她把話說完，惜玉就抱著她喊了起來：「奶媽，你真好！謝謝你，謝謝范伯伯！」

王媽拍拍姑娘的肩頭，細聲細氣地勸道：「孩子，話，雖是這麼傳的。別忘了『隔牆無真信』的古語，捎物捎少了，捎話捎多了。俺就不信，他楊老闆，那樣響當脆的名角兒，老大不小的年紀啦，還會剃頭挑子熱半邊，打那冷光棍！」

「哼，打光棍又不是光彩事兒——人家用得著撒謊炫耀？」惜玉兩條細眉高高揚起，不解地打量著王媽。「況且，哪有僕人黑著心腸，糟踐自家主人的道理？奶媽，您怎麼也往矮處看人？」

「姑娘，就算他真是個光棍兒。難道沒聽說，越是名角兒越招風流事？你沒留心戲臺底下，多少太太小姐的眼光，一眨不眨地黏在他的身上？再說，名角兒一年到頭，受人寵著。巴掌兒天天拍著。就是塊讓人揉搓的麵團團，也嬌成了針尖刀刃不饒人的暴脾性。要是碰上那麼個強梁貨，一天到黑呼天震地，拳打腳踢，小命兒都保不住，想什麼『恩愛夫妻』呀！」

「奶媽！人家哪兒得罪了你？這樣作踐人家！」

「姑娘，俺是為你好，依俺看……」

惜玉把頭扭到一邊：「不，不！你真為我好，就做出個『好』來，讓我瞧瞧。」

「……」王媽無力地坐到了杌子上。

「奶媽，光拿甜話哄人不是？」惜玉走上前，兩手撫著王媽的肩頭，半是撒嬌半是哀求。「就算是女兒求你，你老人家也不該袖手旁觀嘛！」

「姑娘，千句話歸總：你可不能忘了自己是千金小姐呀！」

「人家還是萬金相公呢，我只怕配不上人家！」惜玉一甩手，坐到床沿上。「哼，整天痛呀愛呀不離口，到了人家告幫的時候，千句話攔在前頭——不知怕損了自家什麼？多大的事情嘛，又不是要你兩肋插刀！」

「姑娘，該兩肋插刀的事，俺老婆子決不會心跳。可，這事，實在……」

「芝麻綠豆大的事體，不值得，是吧？」惜玉從書桌抽屜裏拿出一封信，伸到王媽面前，搖一搖，冷冷地說道：「信，我已經寫好啦——我就知道，他會等我。要幫忙呢，就叫范五伯送給他。不幫呢，我長著兩條腿，自己會跑路。」

「那……俺得跟太太稟告一聲。」王媽伸出去的手，又縮了回來。

「又是稟告太太！」，惜玉抽回拿信的手。語氣裏含著怨恨。「到時候，我自己會告訴她。說早了，只會壞了事情。奶媽，天塌由我來擔，你有啥好怕的嘛！」她把信塞進王媽手裏。「奶媽，行行好——快請范五伯把信送出去。你的恩情，惜玉今生忘不了！」

「惜玉姑娘——」

「唔——我要你快去嘛！」

4

輾轉翻側，兩眼像擦上了潤滑油。王媽幾乎一整夜沒合眼。側耳細聽閨房內，勻稱的酣聲，幾乎從未停息過。嗨，寫罷丟臉惹事的信，她倒能安穩地睡香覺！

她煩躁地推開了身上的夾被。讓春夜的寒氣，浸一浸肌骨，也許能在天亮前睡一忽兒。不然，被心細的太太從臉色上看出來自己夜間沒睡好，追問起來，拿什麼話回她？要是她知道自己的獨生女兒，不光迷上了楊月樓，還發誓定要嫁他，不氣得七竅生煙才怪呢！她是秀才相公的閨女，最看重出身門第。「肩膀不齊，做不得親戚」的話，常常掛在嘴上。每次，看到那些洋男女，摟著抱著地「自由戀愛」，她都要罵上一句「豬狗不如」。要是知道自己的心肝寶貝兒，像賣不掉的隔年陳貨似的，不請自來地送上門去，嫁給一個「吃玩笑飯」的戲子，只怕會立刻叫回「先生」動家規。到那時，自己的飯碗砸掉是小事，小姐的一片深情，也就隨了西風流水……。

伸手摸摸枕頭底下，那封信依舊靜靜地躺在那裏。這封套上只有七個字的信喲，仿佛有千斤重，壓得她的胸口隱隱作痛，憋悶地透不過氣來。她知道，這封裝滿了小姐滿懷情思的書信，一旦交出去，不論楊月樓領情不領情，恐怕都沒有好結局。他要是答應了小姐的求婚，九成九，越不過先生太太那道關！張君瑞進了西廂，上了小姐的牙床，只因是個「白衣」，還被相國夫人趕了出去呢。那楊月樓的下場，誰敢說強似那張相公？癡心的女人，負心的漢。要是楊老闆不知小姐的深情，一口回絕，小姐是個剛烈性子，難保不像她自己說的，「他要不答應，就出家當尼姑！」

「信喲，信喲——小姐的命根子喲！」

要是把真情告訴太太，讓她把信收起來，再找人寫封假回信，回絕小姐，讓她永遠死了心，豈不最省事，最保險？可是，耳邊卻響起了另一個聲音：

「不，真情應得好報，可愛的人兒得自己去尋，去爭。不能讓她再像自己當年似的，心裏揣著個情人不出口，聽憑家長毀了一生！」

王媽跟自己在心裏不住地吵架。心緒飛回到遙遠的二十六年前……

秋天的打穀場上，東一堆，西一堆，堆放著穀秸，豆秸。十九歲的她和十八歲的表弟，身挨身，半躺在穀秸垛上。半乾的穀秸，散發著甜絲絲的香氣，輕拂的微風吹著草葉，發出窸窣的低鳴。仿佛有人躡著腳步走近來，偷聽他們的心跳。望著滿天的星斗，他們什麼也不說。她覺得，再也沒有比緊挨著表弟的身子躺著，更讓人舒心，讓人心頭發顫的了。她扭頭咬根草桿兒，有滋有味地嚼著，諦聽著周圍的一切。場園邊的老楸樹上，傳來幾聲宿鳥的低鳴，像是在竊竊私語。兩人不由得將身子向外移動一下。聲音再沒有出現。分明鳥兒也睡熟了。不知什麼時候，風停了，樹葉兒已經沉沉睡去。只有滿天的繁星，眼睛瞪得越來越明亮，齊刷刷地張望著他們倆。他們靠得更近了。

「表姐。」表弟終於開口了，聲音比微風還輕。

「……嗯。」她咽了一口草桿兒的甜汁。

「人家都說，牛郎和織女星，七月七的半夜裏，要渡天河相會。你說，能是真的？」

「怎麼不真。」其實，她也只聽老人說，並沒見過。

「可打從十六歲那年，一連三年，年年七月七，俺都等到後半夜，為啥一次沒看到他們過天河呢？」

「一眨眼的功夫就過去了唄。」

「那……連眼睛也不能眨？」

「嗯。」她覺得表弟在捏她的左手。急忙抽回來，吐出草桿兒，答道：「要是不眨眼睛，保準看到他倆抱成一團兒。」

「表姐！」

「唔。」她的手又被握住了。她抽了一下，抽不動。索性讓他用力地握著。「表弟，你要說啥？」

「表姐，要是，俺——」他附上她的耳朵，聲音低得像蚊子叫。「要是，俺永遠，兩眼一眨不眨地望著你。你能答應俺跟你抱成一團兒？」

「咋不能——只要你永遠，永遠，不眨眼——不變心……」

「表姐，俺一定，一定！」

一隻大手從背後伸了過來。她的腰被緊緊摟住了。她趁機一扭身子，順從地偎在了他的懷裏……

可是，小表弟「一眨不眨」的眼睛，能使她鍾情，卻不能讓她貪財的爹爹動心。第二年，她硬是被許給了鎮上的布店小老闆潘珍福。貪酒的父親，積欠下了酒債還不清，半是為了還債，半是看中了潘老闆的精明，並不在乎女婿比女兒大整整一十八歲，主動求媒人上門送閨女。從下聘到上轎，前後不到一個月，她便成了潘家的人。揀了個年輕漂亮媳婦的潘老闆，滿以為從此福星照命，小鎮再不是他創大業的地方。喝罷合巹酒，立刻帶上新婚妻子從山東來到上海。托親戚，求朋友，在法租界一家綢緞店找了個差事——採賣。數月間即做成幾筆發財的生意．老闆一高興，派他帶上大批銀子去香港販呢絨。誰知，從此羊肉包子打狗有去無回。老闆不甘心，一狀告到巡捕房，她和不足滿月的兒子，便被抓進巡捕房。又是驚，又是嚇，月子裏那裏經得起這番折騰。關進黑房子不幾天，她便病得有出的氣，無進的氣。兒子沒奶水吃，生生餓死了。監獄怕擔干係，強迫她出了獄。多虧一個好心的老洋車夫將她拉回家，養好病，她才保住了一條命。病好後，那車夫便介紹她到韋宅做了奶媽……

「唉，怨命，更得怨自己！」她低聲呻吟。右側膀子壓痛了，她翻過身，朝向床外。當初，要是有惜玉姑娘一丁點膽量和心計，跟著表弟「起黑票」，下關東，哪至於落到這地步——無家無舍，孤苦伶仃，做一輩子侍候人的奴才！

是的，不能見難不救。眼看著這麼好的姑娘，落個跟自己一樣的黃蓮苦命！只要她自己大主意拿得定，非楊老闆不嫁。太太是個善心菩薩，主心骨兒軟。兒是娘的連心肉，女兒一撒嬌，保準抹著鼻涕變主意。韋先生雖不像太太心慈面和，可他香港有小老婆、胖兒子，聽說在廣州還養著一個三姨太。惜玉是前房的姑娘，未必真在他心上。只要太太點了頭，不怕先生不鬆口。常言道：「枕邊的風兒吹不斷，不聽也要信一半。」說轉了太太，不愁帶不動先生！

這麼說，摸不準的還是那楊月樓！

隔層肚皮隔層山，怕的是他是個絕情少義的冷腸子……

那可就苦煞了惜玉小姐！

5

范五挎著竹籃正要出街，王媽遞個眼色，將他招回到西廚房。

一進屋，范五便問道：「啥事，大妹子？」

「想請五哥順路幫個忙，不知五哥肯不肯應？」

「嗨，今兒怎麼又客氣起來呢？你大妹子吩咐的事兒，我范五從來都拿著跟太太的事兒一樣當真——用得著講客氣哪。」

「要是不肯幫忙，俺也求不到五哥跟前不是？」王媽從懷裏掏出信，遞到范五手裏。指著說道：「請你把這封信，托陳案目交給楊老闆。再討個回信兒。」

范五掃一眼信封，見紅線長方格內，寫著「楊月樓先生親啟」七個字，立刻像被燒紅的烙鐵燙了手一般，慌忙將信遞回王媽手裏。聲音壓得很低，粗聲粗氣地答道：

「大妹子，你求我幹別的，范五從沒打過隔兒。這事，你就饒了我吧！」

「咳，五哥！為人為到底，成人成個全。你跑腿受累俺知道。趕明兒一定扯二尺洋布，給你縫雙可腳布襪子，答謝你就是。」

王媽一面說著，又往范五手中塞信。

「不行，絕不行！」范五慌忙縮回手，退後一步，兩手頻頻搖著。「大妹子，傳書遞柬，可不同於打聽個閑信兒。鬧著玩的事嗎？這一回，你就是給咱打雙金襪子、銀襪子，咱也決不敢應承！不是姓範的膽小，男女之間的勾當，有多可怕，咱嘗過。再說，太太拿你近，你不怕丟飯碗，我還怕呢。五十多歲的人啦，犯得著嗎，落個扯線拉擇的醜名？弄不好，官司也要吃哩！到那時，爬出泥塘滿身泥，怕一時找不到清水洗！」

「送一封信，莫非就那麼多張勢！」

「大妹子，不信蛇冷抹一把。出了事兒，莫怨老范沒勸你。」

「五哥，看在借玉小姐的面上，你就行行好，幫她這一回。」王媽還想說服他。

「對不起，耽擱了買菜，誤了飯，太太跟前不好說話！」

范五客氣地拱拱手，抓起菜籃，側身退出廚房，頭也不回地出街去了。王媽愣了好一陣子。只得將信揣好，歎口氣，慢慢回到了北樓。

王媽來到丹桂戲園。不巧，陳案目外出「送座兒」未歸。聽說「很快即返得回」便在離戲園旁門不遠的臺階上，坐著等候。

不一會兒，便見陳寶生右手提著長衫下擺，嘴裏哼著小曲兒，自弄堂口走了過來。王媽站起來，恭敬地喊一聲「陳先生」。陳寶生站下來，略顯驚訝地問道：

「喲，老范忙啥呢，讓儂來哉？」

「五哥手頭忙，走不開，俺就來啦。」

「一樣的，一樣的。」陳寶生認為王媽是來訂座兒，立刻滿臉帶笑：「韋太太，韋小姐，今晚有得好戲瞧——楊老闆主演《打金枝》！瞧過三場武戲，再瞧這重頭唱工戲，保準太太小姐醉倒在座兒上！」

王媽近前低聲說道：「陳先生，俺不是來請你留座兒，想煩你先生幫個忙——」

「勿知啥子事？」陳寶生興致勃勃地問道。

「有封信，想請陳先生得便兒親手交給楊老闆。」

「啥信？誰的？」陳寶生莫測高深地微笑著。

王媽從懷裏摸出信。陳寶生雙手接過，瞥一眼信封上娟秀的字體，想起范五前天煩他打聽過消息，不用同，就知道信是哪個寫的。但他故作驚訝地問道：

「怎麼，這信是韋小姐寫的？」

「是呢。小姐說，請陳先生一定交到楊老闆手上，再討回一封回信。小姐一定重重答謝。」

今年三十八歲的陳寶生，在上海灘吃案目飯已經二十多年，什麼稀罕事兒他沒見過？有多少官宦富室的妻室、姬妾、深閨小姐，看戲上了癮，連唱戲的優伶也愛上，以致書來信往，暗寄情愫。常常托人牽線搭橋，公館裏相見，別宅裏幽會。現在又有這樣一封信，落到了他的手上，不但使他感到很好玩兒，而且可趁機撈一筆外快，何樂不為？至於寫信人是太太還是小姐，僅僅是筆底生花，紙上傳情，還是想實實在在嘗嘗名角兒的滋味，那不關他的事。即使因此出了乖，露了醜，丟人顯眼，那是當事人的事兒，不但與自己毫不相干，還樂得有「好戲」看——美事一樁！心裏這麼想，臉上的笑容卻突然消失。他咳嗽兩聲，神色嚴肅地答道：

「大姐，這可勿是鬧著玩的！阿拉陳寶生，可從不作缺德事哉！」

王媽一拍手：「看你陳先生說的！又不是叫你牽線拉皮條——人家楊老闆未娶，俺們小姐未嫁，有啥不正經的？小姐這封信，無非是想探探楊老闆的口風兒，得個實底兒。正兒八經地牽紅線，還得請大媒去辦哪。你陳先生不光用不著擔干係，還是積了大陰大德呢。你說是不，陳先生？」

陳寶生眨眨眼，仍然是一副為難的樣子：「也罷，既然韋小姐苦求，小人敢不從命！不過，阿拉只作引見。信呢，由儂自己交，回信也由儂自己要。免得隔三離五地過手，弄勿到真底兒，儂看是不？」

王媽想了想，答道：「就依陳先生。」

陳寶生懷裏摸出銀表，瞧一眼，說道：「楊老闆每天五點，準時來上妝。現在五點差一刻，儂候在這裏勿走遠，阿拉瞅空子給楊老闆遞個話兒。他一點頭，阿拉就帶儂去見他。儂看好勿好？」

王媽急忙施禮：「多謝陳先生幫忙。」

陳寶生答道。「勿客氣，勿客氣，君子成人之美，何況這是韋小姐的事體哉。」

六、驚柬

熱性兒怎不冰著，冷淚兒幾曾乾燥？——《牡丹亭》

1

五時正，跑過來三輛東洋車，停在了丹桂戲園的側門旁。從頭一輛車上跨下來的是身穿寶藍寧綢長衫的楊月樓。跟在後面的是青綢長衫的曾曆海和一身短褲褂的丁少奎。三人剛要往戲園裏走，後臺管事施煥仁，已經笑嘻嘻迎了上來。他滿面含笑，拱手說道：

「楊老闆，二位老闆：茶已沏好，裏邊請。」

曾曆海準備今天演出的行頭去了。楊月樓與丁少奎，來到了休息喝茶的起坐間。兩人剛坐下，施煥仁便端起烏油油的紫砂壺近前斟茶。他右手端壺，左手虛按在壺蓋上，恭敬地先給楊月樓斟上一杯，然後放下左手，直起腰，斜著身子給丁少奎也斟上一杯。他剛斟完茶，丁少奎便皺起眉頭粗聲粗氣地說道：

「施先生，你忙去。我們自家會來！」

「不忙，不忙。楊老闆，丁老闆，二位受累。」施煥仁向著楊月樓連連哈著腰，退了出去。

後臺管事的不同斟茶姿勢，引起了丁少奎的不快。雖然「看客下菜碟」，已經是普天之下的老習慣。自己是個二牌腳色，怎麼能跟頭牌名角兒攀高低呢。但也不必在斟茶上分出三六九等呀！來到上海灘後，他已經處處領略到，江南人比北方人少著若干豪爽，卻多出許多勢利。但他忍不下這冷落，便給了那位勢利的後臺管事，一點顏色看看。他乾了一杯茶，咂咂嘴，向後一仰，說道：

「好香！月樓，你大老闆品得出嗎？這茶像是太湖洞庭山的名茶『碧螺春』呢。」

楊月樓搖頭一笑：「師兄，我哪有這道行——我只能品出這是綠茶罷了。」

「哼，高升棧的『香片』，跟這一比，簡直就是枯樹葉子——要多難喝，有多難喝！」

「我喝著滿不錯的嘛。」

「什麼『滿不錯』？你楊老闆好伺候！」丁少奎直起身子，給自己斟滿杯，又給楊月樓斟上。挖苦道：「別聽那南蠻子嘴皮子上『大老闆』不歇氣兒，臭灌迷魂湯兒！客棧錢不少要，可那份伺候人的德行呢？沖茶，水不開；手巾髒兮兮地像抹布。別看被單兒白生生的像是挺乾淨，可一吹燈，吃人的傢伙，踏著『急急風』一齊往上攻！」

「怎麼，棧裏有臭蟲？」

「咳，臭蟲還能逮幾個解解恨。淨是她娘的『飛毛鏇子』。比我們這些唱武生的蹦跳得還麻利。別想撈到它一根汗毛！」

楊月樓一笑，答道：「夜裏醒了，我也覺得身子底下有跳蚤攻來攻去。」

「哼，『醒了』？攻撓的你壓根兒睡不著！」丁少奎來了氣。「月樓，我要是在你頭牌角兒的位置上，不給老闆點顏色看看才怪呢！」

楊月樓拍拍丁少奎的肩頭：「師兄，那你就快當『頭牌角兒』嘛！大夥兒都跟你沾點光——夜夜睡個安穩覺。」

「他娘的，等再一輩子吧！」丁少奎語氣調侃，卻含著幾分酸楚。「誰叫咱沒生著你楊老闆這身筋骨、手腳和靈氣呢。要不，比你早投師七八年，何至於跟在你楊老闆屁股後頭，扛槍、牽馬、『搭架子』？怨不得古人說，『家有萬貫，不如絕技在身』……」

看到師兄越說越傷感，楊月樓急忙把話岔開：「師兄，我覺得，高升客棧對客人的服務，不差起別的碼頭呢。」

「咳，差不差的也難怪店家。人家只掙倆死錢，比不得戲場。你首席角兒一紅，丹桂戲園日進斗金。你沒看到，每天，散座兒加完了，就賣站票，仿佛不把四堵牆撐塌，不肯甘休。」丁少奎指點著面前的茶壺：「不是衝著你這財神爺，咱弟兄有這麼好的茶葉喝？別想！」

「是啊，這一回三慶班南下，上海灘人真夠捧場的。整整十天啦，天天爆滿。為了得張散票，爭得常常打出手。在京城，這樣的時候也不多嘛。」楊月樓激動地將杯中的茶水喝光。「師兄，說心裏話，一下江輪，我心裏就直犯嘀咕：上海看客，看慣了連台大本子戲，對咱的單本摺子，怕是要抽籤、打瞌睡，將咱們涼在臺上。想不到，他們台下一坐，好像不眨眼，不喘氣兒，硬是瞪著上千雙眼睛，盯得你心跳身熱。面對這樣的聽眾。什麼勞累也忘了，一心只想把活兒幹得更俐落。」

「師弟，怪不得這一回，你的玩意兒，不論武功，唱功，招招鮮——脆、亮、帥。泰山頂上接梯子——高上加高。原來是托上海人的眼神兒，哈……」忿忿的語氣，變成了調侃。「月樓，撒謊連龜兒子不如——莫說給你這海內馳名的『十三絕』搭架子、配戲，就是給你跑龍套，端茶壺，搬椅子，拾墊子，心裏頭也揣著十二分的舒坦和光彩！」

「師兄，沒有你這好搭檔，我的招兒也使不出來。單腿跳不高，好花還要綠葉扶。這一回，你的配合，真夠默契熨帖的！」

「我也納悶兒：這些日子打哪兒來的那麼多精氣神兒。場頂場，總是那麼溜妥，順氣兒。流大汗，不覺累。神了不是？」丁少奎一拍椅子扶手，嚷道：「月樓，報上登的，那個叫袁什麼的，寫的那首《滬北竹枝詞》，我一看，真像三伏天裏，喝罷冰水，又沖涼水澡，打裏頭往外舒坦！」

「噢，是袁翔甫先生。」

「不錯，就是他！」丁少奎接著念道：「『金枝何如丹桂秋，佳人個個懶勾留，一般京調非偏愛，只為貪看楊月樓！』看，『佳人』們都迷上了你楊月樓，更不要說那些戲迷咯！沒準兒，她們也會寫詩寫詞，向你表『偏愛』呢。」

「哪有那種事！」楊月樓豁達地一笑。

「不，這事別處都有，何況是大上海灘。這裏的人，整天瞅著洋人挽胳膊、摟腰、親嘴兒，能不眼兒熱，心兒跳。師弟，你可要多多留神呀！哈……」

楊月樓紅著臉，正要回幾句。忽見陳寶生推門走了進來。他來到楊月樓跟前，躬著腰，笑嘻嘻地說道：

「楊老闆，自從儂來到上海灘，丹桂戲園可真犯了難。」

「噢？」楊月樓丈二和尚摸不著頭腦。

「儂想喲，阿拉作案目的，又勿會變戲法兒，哪兒變得出那麼多座位哉？還不是顧了東家，冷落西家。四處磕頭求饒，膝蓋頭都磕疼了哪。」

楊月樓爽朗地笑道：「陳先生真會開玩笑！」

「楊老闆，勿是開玩笑呢。是真笑哪——」陳寶生夾夾眼，神秘地壓低了聲音。「我們的趙老闆，這些天，一直肚子疼呢。」

「喲，病啦？」楊月樓驚訝地問。

「勿是病，勿是病——硬是笑得肚子疼呢！」

一句話，引得楊月樓和丁少奎一齊大笑起來。笑聲剛歇，陳寶生又正色說道：

「楊老闆，現在外面又有一位熱心的看客，非得要見儂，阿拉說楊老闆要上妝，勿工夫。她說：『只說幾句話，決勿會耽誤楊老闆的事體。』」陳寶生故意不說出求見的是位女看客。他往前湊湊，又補充道：「楊老闆，人家來得勿近，您是勿是，讓她見一見呢？」

既然是「熱心的看客」，無非是前來稱譽、祝賀，怎好讓人家空跑？楊月樓爽快地應道：「陳先生，您請他進來吧。不過，時間不多啦，不能太耽擱。」

「勿會的，勿會的。楊老闆儘管放寬心。」

2

陳寶生帶領王媽走進起坐間，來到楊月樓面前，躬身說道：

「楊老闆，這位大嫂是丹桂戲園的老主顧。」他轉向王媽，「大嫂，儂有啥事體·就跟楊老闆當面說吧。」他下意識地摸摸長衫口袋。裏面硬梆梆的。王媽剛剛塞給他的兩塊英洋安睡在那裏。不等楊月樓回答，他又哈腰說道：「楊老闆，您費神。該去招呼座兒啦，恕小人勿能奉陪。」

陳寶生走了。

楊月樓想不到求見的是一位女人。只見她四十多歲年紀，頭梳元寶短髻，上身穿一件漿洗得十分挺刮的藍洋布滾條夾襖，下身是一條鐵灰線春紮腿褲，腳下穿一雙繡花黑緞鞋。兩手交叉在胸前，佈滿皺紋的方臉上露出樸實的微笑。看上去，既像是大公館的女僕，又像中等人家的家庭主婦。

「大媽，您請坐。請坐，別客氣。」楊月樓站起來給王媽讓座。等她側身坐在旁邊的椅子上，他坐下問道：「大媽，不知你找小人，有什麼事？」

王媽欠欠身子答道：「楊老闆，我帶了一封信來，請你過目。」

「信？誰寫的？」楊月樓有些驚訝。來到上海後，雖然報紙上不斷有捧場文章，但直接給他寫信的，卻並不多。

王媽從懷中摸出信，雙手遞給楊月樓：「楊老闆一看，就知道了。」

楊月樓急忙接過信。拆開封套，裏面是一封寫在暗花梅竹圖案粉箋上的短信。娟秀流暢的簪花小楷寫道：

楊老闆月樓先生台鑒：

春風江南，先生獻藝申江。曼舞清歌，夜夜醉倒滬人。小女何幸，聆清音于丹桂，睹英姿於蟾宮。白日神馳，皆因敷粉何郎；長夜繾綣，無非倏忽劍光。陶醉癡迷，經旬難醒，深閨態儀盡失；醉語醜墨，玷污清目，貽笑之譏竟忘。素箋半尺，略申欣幸之枕；陋語數句，謹致仰慕之意。紙短話長，不及一一。附呈《點絳唇》一闋，以抒不盡之懷云耳。

晝永夜長。柔腸一寸愁萬丈。數叩參商，奈何勾魂槍。紅氍曼醉，雷動巴掌響。莫辜負，春嫩花嬌，楚楚春申江。

閨閣小女韋惜玉沐浴頓首

同治十二年三月十六日。

楊月樓原籍安徽潛山，自幼隨父親流落北京，在天橋擺地攤賣藝。十歲那年，春和班班主張二奎閑來逛天橋。他見賣藝的孩子，面容姣美，嗓音寬亮，腿腳靈巧，是個唱戲的好材料，便說服月樓的父親，將他收為弟子。張二奎不但文戲精到，武戲亦深有造詣。他的嗓音洪亮，唱腔高亮遒勁，不尚花腔，以渾厚淳樸見長。所演的「王帽戲」。稱雄京城劇壇，被譽為「奎派」。與當時的名須生程大老闆長庚，余大老闆三勝，並稱「老生三傑」。

張二奎特別喜愛新收的小徒弟。但他把喜愛藏在心底。在教戲時，臉上從不見笑容，手裏卻永遠拿著一根籐條，稍有半點不合要求，籐條沒頭沒腦地嗖嗖抽來。嚴師出巧徒，投師以後的楊月樓，不論唱段武功，總比同班師兄弟們學得又快又好。練功練累了，歇氣涼汗的功夫，張二奎便教著他認字：「連戲本兒看不透，算什麼角兒——瞎眼畫眉不如！」他折服師父的「真玩意兒」，也擁護師父的主張。到了十四五歲上，已經用不著師父把著口教，躲在一邊兒，就能照著本子念唱詞。後來，他紅遍京津冀魯，成了文武須生一枝花。自從幹過私塾先生的曾曆海作了他的跟包，日薰月陶，不但他的文化長進不少，拿起筆來，還能寫出一篇像模像樣的中楷。

可是，畢竟墨水喝得太少。現在，他手中捧著深閨小姐的來信，雖然字字都認得，可這文縐縐的字眼後面，是否藏著別的深意？他無法猜透。只覺得這信不一般，至於什麼地方不一般，卻說不出個所以然。

沉吟了半晌，他把信放在茶几上，向王媽客氣地說道：「大媽，韋小姐過獎啦。本人的玩意兒並不值得如此稱道。請向小姐致意——多謝她的厚愛。」

王媽急忙站起來答道：「楊老闆，惜玉姑娘說，務必請您寫一封回信呢。」

「大媽，這可使不得！」楊月樓站起來。「我沒念過書。休說回信，我連看這信，還是連猜加溜呢。」

「楊老闆，你就別客氣啦！」王媽臉上露出懇求的神色。「您把剛才說的意思寫出來，不就滿好嘛？」

「月樓，這封信怕是你也看不透徹。」他們在說話的時候，丁少奎拿過信去，看了一遍。這時，他朝楊月樓揚一揚，說道：「還是先讓大哥看看再說的好。」

「也是。」楊月樓接過信來。「大媽，你稍候，我去去就來！」說罷，匆匆去了後臺。

曾曆海正在後臺忙碌。楊月樓拿著信近前低聲說道：「大哥，快幫我解解這封信。我跟師兄都看不透呢。」

「好，好。」曾曆海放下手中正在梳理的「黑三」，接過信，轉身向著明影兒，低聲念了一遍。他的眼光，在詞牌上停留了一會兒，抬起頭來低聲說道：「月樓，這信，大有文章——不是通常的應酬捧場，尤其這闋詞，寫得更明白。上半闋，是說看了你的戲，整日思念……」

「大哥，這『數叩參商，奈何勾魂槍』，是啥意思？」

「意思是：盼望像參星、商星那樣，永遠不見面，不思量。可是做不到，因為魂兒被飛舞的銀槍，『勾』了去啦。」

「……」楊月樓頻頻點頭。

曾曆海繼續說道：「這後半闋，是勸你楊老闆不要被雷動的掌聲，陶醉在戲臺上。不然，可就誤了好機緣和她那像春申江一般的深情！」

「那可就差池了……」楊月樓含糊地嘟嚕著。

曾曆海不解地望著對方。剛才的驚訝神色，換成了蹙眉憂慮。他語氣沉重地搖著信：

「月樓，這是塊燒紅的烙鐵——摸不得。晚半晌，咱弟兄再仔細嘮。趕快把信退回去，打發送信人走！」

「是，就依大哥。」

楊月樓接過信，放回封套，匆匆返回起坐間。一進門，便向王媽恭敬地說道：

「大媽，我師兄看過信，說小姐很有才華。不過，對月樓的讚譽之詞，實在不敢當。其實，我的玩意兒，與同行們並無多大差異。小姐如此看重，實在令人顏汗。恕我不會寫信。請你將信帶給小姐，代我致謝。並歡迎她常來看戲。」

王媽發急道：「楊老闆，這可不妥。就憑惜玉姑娘放著包廂不坐，天天坐前三排的捧場勁，也不該這般對待不是？再說，要是沒有個回信作憑據，姑娘怎麼肯相信，你楊老闆過了目？為俺老婆子著想，你也該……」

楊月樓將信放到王媽手上，退後一步，打斷她的話，說道：「我實在拿不起筆。大媽不相信，問我師兄就是。」

丁少奎趁機站起來解圍：「大媽，你就別打著鴨子上架啦！他要是會寫信呀，桌子上這把茶壺也會吟詩嘍。」他向楊月樓使個眼色。「月樓，你要誤了扮戲啦！我代你送送大媽。大媽，咱們走吧。」不由分說，他攙起王媽的胳膊往外就走。楊月樓急忙搶在他們前面，離開了起坐間。

3

「奶媽，難道他真是這麼說的？」

當天晚上，王媽把退回來的信交給惜玉，並把楊月樓的答復回稟之後，惜玉連連搖頭，半信半疑。

「姑娘，原話俺學不全，文縐縐的哪能記得準，可大概意思，俺學不差。」

「他——竟如此絕情！」惜玉兩手擰著信封，沉吟了片刻。兩眼忽然放射出希望的光澤：「傻貨！這信，他壓根兒沒看懂！」

「不會呀，姑娘。」王媽輕歎一聲。「他的一位師兄，跟他坐在一起，也把信看啦，說是『看不徹』，叫楊老闆去找『大哥』幫著看看。那『大哥』一定就是他的那個叫曾厝海的跟包。老范說，這人當初當過私塾先生。你想，當過老師的人識字解文，滿肚子墨水，咋能看不透一封信呢?!」

熱淚在眼眶中滾動。惜玉一字一頓地說道：「這麼說……他們是抱成一團兒，裝傻瓜蛋咯？」

王媽拉過她的手握著，輕聲勸道：「孩子，強捉的烏鴉做不得窩。捆綁不成夫妻。管他真傻瓜，裝傻瓜，不就是一個戲子嗎？他不識敬，犯不著千金小姐去夠攀他不是！」

「那楊月樓，未必如此絕情！」惜玉的兩條細眉，緊緊鎖在了一起，仿佛未聽到奶媽的話。「八成是那姓曾的黑心爛腸子，出的壞稿兒！」

王媽搖頭道：「怕不是，我看著楊老闆絲毫也沒有動心的樣子……」

「不！我就不信他會是個鐵鑄石雕的金剛！」抬起頭，望著窗外遼遠的天空，像在自語。「老大不小的年紀，會不知道女兒家的心思……」

王媽勸道：「咳，人心隔肚皮。誰知道他的心長著幾個孔兒？孩子，想他無益，還是睏覺吧。」

「知道！」仿佛是奶媽惹惱了她。「他的戲唱得那麼有真情。我不信，他會是個絕情絕義的男人。」

王媽故意忿然說道：「唉，天底下竟有不想吃天鵝肉的癩蛤蟆。他沒有福……」

「奶媽，不許你糟踐人家！」惜玉脫口而出，說完臉上掠過一片紅暈。

「俺是說，他不識抬舉，咱何必強求？像你這樣有才有貌的千金小姐，到時候，保媒的踩斷門檻，擠破門——咱們還得好好挑剔挑剔呢。」

「不，這一回，我非得『強求』一番不可。看看他楊月樓到底是不是男子漢！」惜玉猛地站起來，用堅毅的目光望著奶媽。「今晚我再寫一封信，明天你再當面交給他。我不能像林黛玉似的，心肝脾肺都愛著寶玉，卻強忍著不說，眼瞪瞪地讓薛寶釵把人搶走。連崔鶯鶯還能給張君瑞送一首『待月西廂下』呢！」

「孩子！」王媽急了。「凡事只可有一，不可再二，再三……」

「不到黃河心不死，我還要再四，再五呢！」她快步來到書桌前，扭回頭說道：「這封信，我要寫得清楚顯豁，用不著他找這大哥，那老弟，讓他一看就明白——看他再怎樣裝傻！」

「再四，再五……」王媽愣在那裏，不知該作何回答。

惜玉又高聲說道：「不，只這一次。龍眼識珠，鳳眼識寶，水牛眼裏認青草。他要是再不懂什麼叫抬舉，算我韋惜玉瞎了眼。永世別想我會再想到他！」

「好，好。」王媽被感動了。她揉揉發紅的雙眼，近前扶著姑娘的雙肩，鼓勵道：「你就快寫吧，這事，俺替你辦到底。說實話，孩子，俺也打心裏頭盼望著楊老闆回心轉意呵！」

4

一股無名的惆悵，困擾著楊月樓。

十五年的演戲生涯，使他養成了不斷觀察看客的習慣。出場前，不論是在後面等待鑼鼓點，掀簾出場亮相，還是躲在「出將」門簾後喊「倒板」，他都要從門簾縫裏，向台下望幾眼。對於是否加座，有無站票，看客中有幾成老人，幾成年輕人，他們的情緒如何，都不由自主地要在心裏琢磨一陣子。不這樣，他就覺得心裏不踏實。出場後，他使出渾身解數做戲，無暇細看臺下。但當別的演員在唱、做、念、打，他暫時退到陪襯地位時，雖然身子紋風不動，頭不歪，眼不斜，眼梢兒卻總愛往台下瞄幾瞄，以觀察看客的反映。剛出科那幾年，自己是新角兒，總是擔心抓不住看客。這些年，他的戲越唱越紅，得到的掌聲和喝彩聲越來越多，無須再擔心看客的冷落，卻轉而喜歡上了看客的熱烈。那白花花，一池白蓮似的洋溢著春風的臉色，那繁星似的，放著愉悅光澤的無數眼神兒，熱烘烘，亮灼灼，火焰似地燒烤著他，使他熱血沸騰，心潮奔湧，渾身力氣使不完。閃展騰挪、刀飛槍攢，最吃力的武功，做起來，也無比輕鬆瀟灑。為了答謝那些一而再，再而三，迷戀上他的演技的看客，更是滿懷感激之情。他甘心累倒在戲臺上。對散場前的答謝，許多角兒看成是累贅。但他卻從中感到極大的幸福，總是一次再次地走上台前，久久停在那裏，向台下打躬作揖。用滾動著淚水的雙眼，深情地向熱心的看客致謝。他認為，一個角兒，一朝失去觀眾，跟死去無異。他心裏只裝著千千萬萬的看客。他覺得自己是為他的戲迷們而活著。

他領銜的三慶班，此次來上海，第一份合同是丹桂戲園。打泡的第二晚，他就發現了一個異常：池前三排正中，在一片青灰交織的粗布袍衫包圍中，坐著兩長一少，三個穿戴特別整齊的女人。一眼看出，是來自有身份的人家。當時，他就不解，有身份人家的小姐、太太，為何跟女僕坐在一起？而且不坐包廂，偏偏擠到池前吃臺上的灰塵？尤其是坐在兩位中年婦女中間的那位妙齡少女，不但丰姿綽約，光豔照人，那水靈靈的一雙杏眼，更是常常閃動著迷人的淚光。每當他的眼光瞥到她的身上，心裏總是不由得一顫。他甚至有點害怕與她的目光相遇……

想不到，今天竟收到她的信。情深似海的信喲！既然送信的大媽說，「放著包廂不坐，天天坐前三排捧場」。不用說，寫信的韋惜玉，就是那位目光勾人的姑娘咯！咳，一個小姑娘！看樣子不過十六、七歲，怎能寫得那樣一筆瀟灑的小楷？又怎能填出那樣幽深清雅的妙詞呢？自己雖然識字不算少，倘若不是曾大哥的批解，端的解不透其中深意呢。

「好一個才貌雙全的小姐！」想著，想著，他不由地發出了一聲深深的感歎。

夜戲散場後，在戲園用夜宵的餐桌上，在回客棧上的東洋車上，那姑娘的身材，面龐，姣美的字體，感人的話語和詩句，一直閃現在他的眼前。回到客棧的房間裏，兩腳泡在水盆內，過了許久，竟忘了搓洗。咳！今天給人家的回答，無異於冷冰投熱炭！她接到退回去的信，會怎樣呢？晚飯能吃好嗎？今夜能好好入睡嗎？此刻，已交子夜，諒不至於仍在床上輾轉翻側吧？果真如此，端的是難以饒恕的罪過啊！

「我該怎麼辦呢？」又是一聲長長的歎息。

自己已經二十六歲，應該想想終身大事啦。當初，自己曾向師父和父親明志：「三十歲前成名，三十歲後成家！」這幾年，從北京唱到天津、濟南、南京、漢口，個個碼頭叫響走紅。此番來上海，更是華洋兩界，闔城讚頌，少有的轟動。也算得是成名了吧？倘使等到三十歲後才成家，如此中意的姑娘，豈不失之交臂？既然求上門來，何不爽然應允呢？不錯，她的年紀還小。只要兩心相許，我跑碼頭，她藏深閨，三十歲後再成親，不也是兩全之策？

一個接一個的問號，交織成一張網，將他緊緊套住，不得解脫……

啊！不可，不可！父親在世時，一再勸誡：「成親要選寒家的姑娘。要是忘了自己的身份，攀了高門，一輩子莫想直起腰桿做人。況且，富家小姐，衣來伸手，飯來張口慣了，你願意給她當一輩子使喚下人？」他不由得打了一個冷戰。看那姑娘的穿戴和文采，怕不只是一般的富家出身。倘使答應了她，豈不是有違家教？父親在天之靈，諒不會答應的！

洗罷腳，胡亂擦兩下，轉身斜歪到床上。煩惱人的思緒，又纏繞了上來……

老人的話，固然在理。但成家畢竟不似買行頭，戲裝店裏轉一圈兒，只要腰裏有錢，啥東西也能置齊備。選人可難得多，且不說要有相貌，身材。要緊的是有好品行，溫順和煦，勤謹明禮。多少寒家姑娘，自幼缺少調教，粗疏魯莽得像蠢牛野馬。不但難以駕馭，跟她們談古說今，評書論戲，也像敲實心鼓，響不出個亮音兒。那些斷事如鏡，柔情似水，再加上知書識禮的女入，才叫人享用不盡呢。即使活計差一些，雇個老媽子相幫，也就萬事隨心了。看來，老人的見解，也是只解其一，不解其二。倘使完全遵從，一步走錯百步歪，終生追悔莫及……

「唉，錯過了寅卯，怕是沒有子丑了！」

「吱喲」一聲門響，曾曆海端著白銅水煙筒，推門走了進來。

「大哥還沒睏？」楊月樓急忙從床上坐了起來。

曾曆海說了聲「不急」，便在床邊的杌子上坐下來，久久地端詳著他的臉色。

他忍不住問道：「大哥，有事？」

「沒啥事。已經上了床，睏不著。想找兄弟閒聊聊。」曾曆海低聲喊著月樓的表字問道：「桂軒，對今兒那封信，你是怎麼琢磨的？」

「我？」他尷尬地一笑，「遵照大哥的話，裝傻，繞了過去。」

「不，我是問你對那人，那信，還有那闋《點絳唇》，心裏頭是怎麼想的。」曾曆海望著楊月樓的眼睛。「我想聽聽你的心底話兒。」

「我心裏，」他有些囁嚅，「跟大哥一個想法……」

曾曆海搖頭苦笑：「桂軒，雖然你是我的老闆，這些年，我可是一直把你當親兄弟看。唉，你怎麼把大哥當成外人啦？」

楊月樓急忙跳下床，雙手抱拳解釋道：「大哥言重了。小弟從來把您視為手足兄長……」他的臉上掠過一陣紅。沉吟一會兒，抬頭說道：「既然大哥看出來了，我也不瞞你。我覺得韋家姑娘有才有貌，夠情夠義，信和詞寫的也好……」

「嘿，這就對了嘛！」曾曆海笑了。「其實，你不說，我也知道。你楊老闆作不得假，心裏的事兒，總是掛在臉上。昨晚卸妝的時候，你心裏也沒擱下那擋子事兒，對吧？」

「……」楊月樓站在那裏，臉上又浮上一層紅。

「兄弟，坐下聽我說。」等楊月樓在床沿上坐下去，曾曆海輕咳一聲，繼續說道：「幹我們這一行，最易招惹是非。那些輕佻的女人，把你的假做戲，偏偏當真格的。你天天在臺上，難道沒看到，許多人的眼珠上都往下流涎水呢。那怎能不生出閒心、春心、甚至淫心呢？明明是她們費盡心思勾引，一旦露了餡，倒楣的卻是我們這些被低看三輩兒的戲子。到那時候，不至是出乖丟醜，還要冒斷飯路的危險。」停一會兒，他繼續說道：「唉！想吃戲飯，就得永遠像柳下惠一樣——坐懷不亂。不然，人家找茬兒還找不著呢，幹麼自己給自己幫倒忙！」

楊月樓低聲咕嚕道：「大哥，我也是這麼想。」

「那就好。」曾曆海的臉上仍然露出疑慮。「能想得通最好。心不暗，理不亂。不過，這話說起來容易，真要做起來，還得費點克制功夫。當心：萬一分了心，出點漏子，砸在戲臺上，上海灘的人是不愛留情面的。這一回，他們使出了外場本領，給的『彩頭』夠份兒，咱們更得珍惜呀！桂軒，你說是不是？」

「我就不這麼看！」

沒等楊月樓回答，門外響起了丁少奎的聲音。話音未落，他推門走進屋來。

「少奎，你都聽見了？」對於丁少奎的不期而至，曾曆海有幾分不快。「幹麼不早進來呢？」

「嘿，准你們倆說悄悄話兒，就不興咱在窗外偷聽幾句?!」

「師兄，坐。」楊月樓指指窗下的靠背椅。等丁少奎跳上椅子蹲下來，他又說道：「師兄，你的高見是——」

丁少奎高聲答道：「教我說，沒啥好怕的！又不是你楊老闆去跟人家吊膀子，是她自己找上門來勾引你。依我說，合心意，跟她來往幾天；不合心意呢，拉倒——不理她。我們這些『戲子』，光人家作踐還不夠份兒？非得自己再加加碼兒？娘的，整天裝笑臉，流臭汗，耍猴兒似的，給大人先生解悶兒，消食兒。可還得跟那些裁縫，鞋匠，剃頭的，修腳的，殺豬的，吹鼓手一起，讓他們當土坷垃，踩在腳底下——下九流！試問，他們一天能離開衣帽，肉食？他們能不剃頭，不修腳？他們的爹娘死了，不還得正兒八經地請人家去吹吹打打？哼，離了你不行，離了作踐你也不開心。」他氣呼呼地把辮子甩在脖子上。「天底下，就這麼個歪理兒？要是不乖乖地受著，立刻給你點厲害嚐嚐！」

曾曆海說道：「少奎，這都是些無用的話嗎。誰不知道，倡優皀隸連生下有天分、有才氣的兒子，書讀得再好，都不准進科場呢。看，連坐官的路，都給這些人堵得死死的，有啥公平？可，自古如此！要是愛生氣呀，準得氣死。」

「師兄，大哥說的對，吃我們這行飯，凡事真得格外當心呢。」楊月樓說道。

「我就不服！」

「哼，不服也得服。誰讓咱們淪落成『下九流』呢。」曾曆海的語氣中，也含著幾分忿然。

這時，丁少奎忽然掉轉話頭問道：「喂，大哥，我跟月樓都是窮孩子舍到廟上——迫不得已吃了這行飯。可你哪？一個受人家敬奉的教書先生，怎麼非自己討賤，下這『海』呢？」

「唉，世界上，咋也大不過個『好』字。」曾曆海苦笑搖頭。「『讀書不成，窮而課生』。究其實，教書匠也強不到哪兒去。『傍人門戶渡春秋』，『無枷無鎖自在囚』！這話是教書匠出身的鄭板橋當年說的，過『傍人門戶』的日子，能自在到哪裏去？不挪窩兒的乞丐罷了。唱戲還能跑跑碼頭，換換空氣；蹲教館，可真正是『無枷無鎖』的囚犯。試想，從朝至暮，千遍萬遍念藏經似地嚼那些『詩云』、『子曰』，能不讓人倒胃口？你教出了好學生，進了學，中了舉，是人家孩子靈精，祖墳風水好。碰到那些砍不出個木頭楔子的盤絲頭，你便成了『庸碌無能，育人無方』的蠢才！等著捲舖蓋吧。唉，不進那廟，不知那廟的經難念。要不然，老子罵，朋友勸，我能輕易脫下長衫？」說起改行下「海」，曾曆海竟滔滔不絕地發起了感慨。「不過，我這人也真賤。戲沒唱紅，卻累塌了嗓子，登不了台。再去重操舊業吧？不，鑼鼓一敲，胡琴兒一響，心裏頭那份兒舒坦，熨帖，教人無法形容。所以，寧肯幹這跟包的，也不回去穿那長衫咯。」

「是的，一個『好』字比天大。幹了這行就別後悔。」丁少奎受了感動。跳下椅子，大手比劃著：「不說這喪氣話啦。大哥，還是談桂軒的正事吧。」

楊月樓擺手道：「照大哥的話辦就是，沒啥好談的。」

丁少奎正色道：「別跟我裝蒜！桂軒，你心裏怎麼想的，瞞不過我的一雙大眼。剛才，我是跟你打哈哈。色字頭上一把刀，正經人不幹下流事。要幹，咱就來真格的！我打心裏盼著你娶那姑娘做老婆呢。」

「少奎，桂軒已經拿定了主意，你就別慫恿他啦。」曾曆海向丁少奎一面使眼色，一面繼續說道：「此事萬萬大意不得。當初魏長生在東安市場吉祥戲院登臺，有啥不規行動？不就是男女之間的事，表演得逼真了點兒，就被正人君子們罵個狗血噴頭。直到趕出京師，才肯甘休。咱們在外面跑碼頭，人地兩生，更得十二分當心才是。你說我的話對不，桂軒？」

楊月樓深情地望著曾曆海，答道：「大哥儘管放心。我楊月樓決不會在女人身上喪志，犯瘟。」

「這就好，這就好！」曾曆海站起來，拍拍他的肩頭：「桂軒，時候不早啦，睏覺吧。」

不知是對「戲子」的社會地位不平，還是對曾厲海的話反感，丁少奎一跺腳走了出去。

5

王媽從丹桂戲園的側門，悄然走了進去。她沒有再找陳寶生幫忙。不是因為走了一遍，摸熟了路徑，也不是因為找人「引見」，要化點「小意思」。差遣她的人並不吝惜幾塊英洋。怕的是，知道的人一多，事情還沒個正影兒，已經鬧得滿上海灘又是鑼鼓，又是喇叭。

起坐間的門半開著。她探頭往裏望望，只有楊月樓一個人在裏面，正仰靠在扶手椅上，閉著雙眼，像是睡著了。她猶疑了一陣子，側身輕輕走了進去。

「喲，大媽！」楊月樓睜開了眼睛。「你怎麼又來啦？」

「還不是為那檔子事兒！」王媽來到月樓跟前，從懷裏摸出信，俯身遞給他：「惜玉姑娘又給你寫了一封信。」

楊月樓雙手推開信，慌忙答道：「大媽，昨天你沒給韋小姐說清楚？信，我是決不能再收的！」

「楊老闆的話，俺怎麼敢不一句不差地回稟呢。」王媽語氣緩和，神色嚴肅。「可，惜玉姑娘一聽就氣壞了。」

「她生我的氣？」

「怎麼會呢。」王媽苦澀地一笑。「她恨自已做事沒轍——上封信不該寫得太含糊，讓楊老闆錯會了意思。惜玉說，這封信，決不用楊老闆再犯猜疑啦。」她再次把信往楊月樓手中塞。

彷彿碰到了一塊燒紅的烙鐵，他急忙抽回手，站了起來。後退兩步，抱拳答道：「大媽，代我向小姐告罪。這信，我實實不能再接。」

「楊老闆，俺老婆子大老遠地送來，也沒有連接過去看一看都不肯的理呀。」她把信雙手捧著。

「楊老闆，您要是再不開恩，俺就給你跪下了。」

王媽說完，就要下跪。楊月樓快步向前伸手攙住，扶她坐在椅子上，同時說道：

「大媽，千萬使不得。這信，我拜讀就是。」

王媽又說道：「這才是。楊老闆，您不想想，這天底下，菩薩拜香客的事，能見過幾回？好心該得好報不是?!」

楊月樓含糊地應道：「唔，唔，先讓我看看信。」

信是這樣寫的：

楊月樓先生鈞鑒：

大老闆馳譽海內，蜚聲劇壇，泰山北斗，國人仰止。小女何嘗不知，焉得不曉？貿然抒懷，無非欽慕之情難抑；真情盡傾，實因奉帚之心難更。投桃報李，古來君子之風；答非所問，恐失敦厚之禮。白壁難隱皂瑕，直筆難書曲事，明人明事，何須細說！

附上紅紙庚帖一份，先生盡可拜神廟，求巫卜。如相反相克，自不待說；如相生相合，則不知大老闆又當作何高論，以卻耿耿之求賜？

村愚小女韋惜玉頓首再拜

同年同月十七日上

庚帖上寫的是：

韋惜玉生於咸豐七年七月十六日辰正，虛度一十七歲。

雙手捧著短信，楊月樓像木雕泥塑一般，怔在了那裏。是的，「投桃報李」才不愧君子之風，怎麼可以做無仁無義的薄情郎呢？他失掉了拒絕的勇氣。真想雙膝跪地，向王媽說一句：「蒙惜玉小姐不棄，月樓三生有幸！」

「呦！」隨著一聲驚呼，曾曆海走了進來。他見楊月樓手捧書信，愣在一個女人面前，已經猜透八分。但他佯作不知地驚呼道：「老闆，墊戲就完啦，怎麼還不去上妝——你要誤場啦！」

楊月樓猛一顫，急忙把信放到茶几上，跟著曾曆海往外就走。走到門口，扭頭甩下一句話：「大媽，請你拜上韋小姐：此事斷斷不可！」

王媽被孤零零地扔在了起坐間裏。

七、投江

百年別離在須臾，一代紅顏為君盡！——《長恨歌》

1

西斜的日影兒，停在花格窗櫺上，一動不動，仿佛膠在了那裏。長几上的西洋自鳴鐘也像患了什麼懶症，慵慵地，囉囉嗦嗦地「滴答」個不停。那挑著金箭頭的長短針，硬是不肯往前挪動挪動。

等待的時光，慢似蝸牛！

為了派王媽去丹桂戲園，吃過中午飯後，惜玉當著母親的面，命王媽出街「買五彩絲線」。說是「要繡香荷包，端五節好帶」。王媽已經去了一個多鐘頭，應該回來啦，可是仍不見人影。莫非又遇到了昨天那樣的麻煩？不，不會的。心誠所至，金石為開。諒他是一尊鋼菩薩、鐵羅漢，也該被熱炭般的書信，庚帖，溶成一泓鋼汁、鐵水的。那畢竟是一封情切意摯，不同尋常的書信呀！

哪，奶媽為何遲遲不歸呢？

唉，唉，遲歸些也好。萬一……

她不敢再想下去。索性從床上爬起來，來到南窗前，百無聊賴地想從外面搖曳的樹枝、花叢中，尋覓點什麼。

「嗡嗡嗡」，一隻小蜜蜂，不知從哪兒飛進了她的閨房。也許是被胭脂、官粉的香味兒所吸引，才迷路闖進了屋子。只見它在梳粧檯上方盤旋了許久，方才掉頭向著窗外當風搖曳的紫荊花枝飛去。「撲」地一聲，撞在了窗玻璃上。但它來來回回，一遍又一遍地向外撞，可是，仍不能越出看似不存在的遮擋。「嗡嗡嗡，嗡嗡嗡」，傷心地哭泣著，在祈求幫助。

「唉，不在花叢採蜜，飛來閨房作甚？難道你能作我的伴兒，解我的煩惱？」

她拔開銅插銷，將「福」字格花窗打開一扇，拼攏五指，小心翼翼地驅趕著。「喂，靠右飛，再靠右飛——這就對啦！」

像一支小金箭，小蜜蜂「嗡」地一聲射向了窗外。她想盯住她幫助過的小生命，看看它怎樣採花釀蜜。但那小黃點兒，在紫荊花上，飛旋了兩圈兒，便倏地飛向遠方，消失得無影無蹤。紫荊叢中還有幾隻飛舞的小蜜蜂，但那已經不是她解救的那一隻了。紫荊枝頭上殘留著的花朵，已經不多。前些天滿樹紫霞的景色一去不返。只有等到明年才能重睹芳姿了。而那些脫離枝頭，墜落地上的花朵，只有少數幾朵，枯葉似地零落在樹根四周。大部分落花早已化成泥土了！

驀地，林黛玉的葬花詩，浮上了她的心頭。不覺出聲低吟起來：

……一年三百六十日，風刀霜劍嚴相逼；明媚鮮妍能幾時，一朝飄泊難尋覓。花開易見落難尋，階前愁殺葬花人；獨把花鋤偷淚灑，灑上空枝見血痕。杜鵑無語正黃昏，花鋤歸去掩重門；青燈照壁人初睡，冷雨敲窗被未溫。怪儂底事倍傷神？半為憐春半惱春；憐春忽至惱忽去，至又無言去不聞。昨宵庭外悲歌發，知是花魂與鳥魂？花魂鳥魂總難留，鳥自無言花自羞；願儂此日生雙翼，隨花飛到天盡頭。天盡頭！何處有香丘？未若錦囊收豔骨，一抔淨土掩風流；質本潔來還潔去，不教汙淖陷渠溝……

她吟不下去了。只覺喉頭發堵，雙眼模糊。眼前的紫荊、藤蘿，梧桐、芍藥統統不見了。只剩下一片黃澄澄的大地。急忙關上窗扇，頹然坐回到書桌前。凝神呆坐了半晌，忽然想到，奶媽身負重托，尚未歸來，現在想這傷心的葬花詩，太不吉利。急忙伸手拿過《西廂記》，掀開用銅鎮尺隔開的書頁，眼神迷亂地隨意翻看著。

自從繡花刺破手指，在綢料上用鮮血寫出「楊月樓」三字，遭到母親一番追問之後，繡花的興致，仿佛跟繡花撐子一起被扔向了床底，再也不想動一動。分明是從朝至暮地向壁枯坐，感動了母親，又命王媽悄悄將她心愛的書本送了回來。這兩天，多虧這些失而復得的書本，陪伴她渡過了漫漫白晝和沉沉長夜。

隨手翻著書頁，一首《六么序》映入眼簾：

> 聽說罷魂離了殼，現放著禍滅身，將袖梢兒搵不住的啼痕。好教我去住無因，進退無門，可著俺那堝兒裏人急偎親……

狠狠啐了一口，急忙將書頁翻過去。「魂離殼」，「禍滅身」，「進退無門」，連個可「急偎」的親人都無處覓。哼，一門子喪氣話！莫非是不吉之照？天哪！我就不信找不到一首讓人高興的詞牌。眼底下又閃出一首《么篇》：

> 怨不能，恨不成，坐不安，睡不寧。有一日柳遮花映，霧帳雲屏，夜闌人靜，海誓山盟。恁時節風流嘉慶，錦片也似前程，美滿恩情，咱兩個畫堂春自生。

嗯，嗯。說得好！「怨不能，恨不成，坐不安，睡不寧」，活脫脫說出了這幾天自己的情形；後面的描繪多妙喲：「似錦前程，美滿恩情，咱兩個畫堂春自生」！莫非這是預示著自己跟楊月樓的美滿婚姻？

唉！果真是那樣，惜玉不羨後妃，不羨一品誥命夫人。我要謹奉箕帚，漿洗縫補，做一個體貼入微的楊門賢婦，還要給他生養傳宗接代的健男嬌女……

「噹……」時辰鍾的鳴響，將她從沉思中喚回。鍾錘接連敲了六響。奶媽已經去了兩個多鐘頭啦。分明是遇到了梗阻，不然早該回來啦。咳，不管順與逆，快刀斬亂麻，爽快返回就是，何必賴在那裏跟他囉唣呢！

不由自主地驀然回頭，不知什麼時候，王媽已經站在了她的背後。

俗話說：「出門看天色，進門看臉色。」一見奶媽滿臉懊喪的樣子，惜玉已經明白了八分。頓時覺得胸口憋悶，血往上湧，兩耳發出「嗡嗡」的鳴聲。她極力告誡自己堅強自持，要經受住千鈞霹靂的打擊，決不能露出絕望和失態。那姓楊的既能拒絕一個少女的苦追苦求，足以證明他不是無情無義，便是無緣無福。我應該痛恨他才是……

一陣可怕的沉默。她簡直不敢抬眼望奶媽。

「這一回，他又怎麼說？」

終於開口了。話是咬著蒼白的下唇從牙縫裏擠出來的。她已經預料到了答案，也知道那答案會將她的全部希望撕成碎片。但像是要故意折磨自己，偏又發出了詢問。

王媽無力地坐在方杌子上，忿然答道：「哼，跟上次一模一樣——勸不轉！」

「我問的是，他是怎麼回答的？」像是奶媽惹惱了她。

王媽模擬著答道：「『向小姐請罪，請拜上韋小姐——此事斷斷不可！』哼，話韻兒滿柔妥，臉色冷得像生鐵！心腸裏頭，還不知狠到啥樣呢！」

惜玉又問道：「這一回，他的『大哥』，『師兄』，又出了些什麼壞稿兒？」

「這倒沒有。開頭只有楊老闆一個在屋子裏。我央告他看了信以後，他甩過兩句話，就被那姓曾的拖走啦。」

「我的信在哪兒？」

奶媽從懷裏摸出信，遲遲翼翼地交給惜玉。她接過信，「哧哧」幾下子，撕得粉碎，狠狠摜在了地下。接著，又彎腰將紙片一一揀起來，揉成一團兒，劃上一根洋火，在地板上點燃了。

「哎喲，」愣在一旁無言相勸的王媽，慌忙揀起燃著的紙團兒，放到長几上的小盤內。「咳，當心燒壞了樓板！」

「我恨不得連這座樓也燒掉！」

2

「太太，太太！」

韋王氏好不容易摸到了一顆等候了許久的「九萬」，便麻利地將牌牆推倒。剛喊了一聲「自摸——滿貫！」便聽到背後有人呼喊。原來是僕人范五。只見他臉色惶急，像是有要緊的事體。但她仍不耐煩地問道：

「五哥，怎麼你來啦——王姐呢？」對於范五破例來到牌局找她，韋王氏頗感不快，尤其是在剛剛糊了一把「滿貫」的時刻。

「她不在宅裏。」見主人坐著不動，范五又催促道，「太太，趕快回家吧！」

王氏一聽，不由一愣。她不再問什麼，急忙站起來，連輸家的錢也未收，只將自己的零錢裝進小錦袋，便匆匆跟著范五往回走。

一出徐家大門，她便焦急地問道：「五哥，到底有啥事？王姐為啥不在家呢？」

「說的是呢。」范五含糊答道。

接著，范五講了急於找太太的原由。他出街採買的路上，走到大馬路拐角處，見一輛東洋車從身旁閃過。他無意中瞥見車上，坐著的姑娘，好似是惜玉小姐。小姐從不單獨一人外出。他感到奇怪。又怕看錯了，往前追了幾步，終於從側面看清了，果然是小姐。便喊了聲：「惜玉小姐，要到哪兒去！」不料，小姐像害怕似的，頭也不回，反而催著拉車的「快跑」。

「五哥，你真的看清了是阿寶？」

「太太，當時我也犯疑：莫非上海灘竟有模樣、身段相同的兩個人？可是回到宅裏一看，王媽和小姐都不見啦。」

韋王氏不再追問，腳步踉蹌地急忙往家走。一進大門，便一面喊著「阿寶」，一面扭著小腳兒，樓上，樓下，找了個遍。果然，哪裏也沒有女兒和王媽的影子。她頹然坐到客堂的扶手椅上，心事重重地問道：

「五哥，你真的看清啦，王姐沒跟阿寶一起走？」

「沒有。我看得清清楚楚，車上只有小姐一人，四周也沒有別的車。」

「這個王姐！」她跺著小腳埋怨。「平常日，沒少囑咐她，不用多管我，要緊的是看顧好阿寶——她怎麼可以扔下孩子不管呢？」

看到主人慌亂無計的樣子，范五近前勸道：

「太太，先別著急。還是先想想小姐能到哪搭去要緊哪。」

「我怎麼會知道呢？」王氏掩面抽泣起來。「她長到十七歲，從來沒讓她自己外出過！」

正在這時，王媽快步走了進來。一見太太坐在客堂啼哭，不知出了啥事，急忙向范五問道：

「五哥，太太怎麼啦？」

「還問呢！」王氏搶先答道，「我怎麼跟你說的？要盡心盡力，看顧好阿寶。可，你好！嗚……」

「太太，先別傷心，是這麼回事。」王媽近前俯身答道，「你走了以後，小姐非逼著俺出去給她買『雙蝶牌花露水』，說是原來那瓶雙妹牌的差了味兒。俺說，差點味兒也能將就著用呢，要不可就糟踐了。誰知，她變臉生了氣。俺哪敢不依！這不，」她揚揚手中的花露水瓶兒，「剛出去了不大功夫……」

「哼，不大功夫！」王氏斜王媽一眼，「可給我把女兒弄丟啦。」

「什麼?惜玉姑娘丟啦?」王媽驚得往後一趔趄。想到惜玉逼她出街時的慘白臉色，和從未有過的決絕語氣，不由冒出了一身冷汗。急忙回道：「俺走的時候，她不是好好地坐在樓上看書嗎?」

「她能『看書』——我著的啥子急喲!嗚嗚嗚!」

「俺去找找看!」

王媽邁步要上樓，范五制止道：「大妹子，別費事啦。我親眼看到，小姐坐著洋車出街啦。」

「她是朝哪兒走的?」

「靜安寺那邊……」

「靜安寺?」

「是哪。」

靜安寺的方向有著名的明園。但她知道，惜玉決無心緒一個人看花訪柳。要是再往前走，就是外灘，黃浦江……一想到「黃浦江」，王媽額頭上立刻滲出豆大的汗珠子!但她仍然鎮定地說道：「剛走了一會兒，姑娘不會走遠。太太，讓俺跟五哥去把她找回來——好吧?」

「有什麼不好的呢——快去吧!」

「太太多保重。」說罷，王媽揮手招呼范五往外走。

剛要往外走，范五又回頭安慰道：「太太儘管放心，我們一定把小姐找回來!」

一走出大門，王媽悄聲說道：「五哥，咱的兩條腿可比不得洋車夫。快叫亨斯美，咱們坐車趕，與許能趕上！」

「說得是，我就去！」

范五甩開大步向弄堂口奔去。王媽快步在後面追趕。她極力忍住哭泣，一面不住地在心裏呼喊：

「老天爺呀，保佑惜玉姑娘莫出事呵！」

3

痛失女兒的打擊，加上一整天水米沒沾牙，韋王氏成了重痾纏身的病人。從今天上午起，她就癱倒在床上，一聲長，一聲短地連連呻吟。屋子裏已經暗了下來。她也不想起來將保險燈點上。任憑濃霧似的黑暗，在房間裏漫延。

終於傳來了腳步聲。急忙睜開眼，掙扎著坐起來，見是范五走進了房間。她急忙問道：

「五哥，阿寶找到啦？」

「太太，眼下……還沒有呢。」范五垂手立站，回答得有氣無力。「不過，明天再去找，準成能找到。」

「你都找過哪裏？」

今天上午，范五和王媽坐馬車追到外灘，遍尋不見惜玉姑娘。王媽估計，惜玉多半要打江水的主意。便讓范五沿黃浦江往南，她自己則沿著蘇州河往西，分頭往上游找。范五沿江向南找了十來里。找遍了沿江的樹叢，農戶，詢問了江上的漁人，船家。但沒有人曾見到他所描述的那樣一位姑娘，也沒有看到有人投江，更沒有發現江上有女屍漂過。對於主人的詢問，范五沒有詳細稟告。他慌忙來到長几前，一面劃著洋火點燈，一面含糊地答道。

「王妹往西，我往南，沿江找了十多里……」

范五正說著，王媽搖搖晃晃走了進來。不等主人詢問，她便扶著門框，聲音平緩地說道：

「太太儘管放心。黃浦江、蘇州河，那些險要的地方，小姐都沒去。興許一時想不開，找個地方躲了起來。只要上心找，一定能把她找回來……」

「你們盡給我定心丸吃，可我的孩子在哪裏呢？」王氏呻吟一聲，暈了過去。

「太太，太太！」王媽、范五一齊近前呼喊。

活不見人，死不見屍——韋惜玉失蹤了！

「太太，俺對不起您——請您發落俺吧！」

當天夜裏，王媽好說歹說，好不容易讓哭得死去活來的女主人，喝下一碗冰糖蓮子羹，服侍她躺到床上。便來到床前，哭著向女主人懇求。

韋王氏一聽，以為是王媽跟自己隱瞞了女兒離家出走的真情。急忙睜開紅腫的雙眼，問道：

「這麼說，你知道啦，阿寶去了哪裏？」

「不，太太。俺要是知道姑娘上了哪裏，何用著這大的急呀。老實說，小姐跟楊老闆——楊月樓的事，從根打梢兒，俺都知道。」

「阿寶跟楊月樓有啥事？王姐，你快說！」韋王氏掙扎著坐了起來，一手拍著床沿兒。「快過來，坐下跟我說！」

王媽站起來，斜倚在床沿上。原原本本，將惜玉兩次給楊月樓寫信，楊月樓的回答，以及惜玉聽到後的表現，敘說了一遍。末了，她哽咽說道：

「太太，那楊月樓狠心到這種地步，一個年輕的姑娘，咋能承受得了呀！」

常言道，「女兒是母親的不逆之臣」。自己的親生女兒，竟將這麼大的事兒背著自己，跟奶媽擰成了一股繩兒！女兒的不信任，不啻是在韋王氏心尖上扎了一錐子。使她的心頭，一陣陣緊縮和疼痛。而奶媽背著自己，擅作主張，更使她生出幾分怨恨。哼！一個僕人家，不忠於主人已經是大逆不道啦，再去慫恿閨閣少女思春，一二再地傳書遞柬，甚至不知羞恥地三番兩次地祈求，向一個戲子托終身！丟盡了韋家的臉面不說，這王媽簡直是恩將仇報啦。

想到這裏，韋王氏掙扎著坐了起來，臉色慍怒地責備道：「王姐，這些年，我待你像姐妹，你做這事，對得起誰哪？」

「這些年，太太待俺恩重如山。俺這輩子倚靠的就是太太。莫說是這麼大的事情，就是針頭線腦的小事兒，俺也從沒敢跟太太不一心。」王媽雙膝跪在地下，繼續說道：「可，姑娘一再叮囑，不准跟你說。俺一個僕人家……」王媽捂著臉傷心地哭了起來。

「王姐，別說啦。這事實在怨不著你哪。」韋王氏心軟了，責備變成了勸慰：「快起來，起來！不成還得我親自攙你？都怨我，這些年對那丫頭疏於調教，才使她野了性兒。野馬似的，沒遮沒攔地胡鬧。」

「太太！」王媽不願主人遷怒於惜玉，提醒道：「火燒眉毛顧眼下。咱還是多想想，怎麼把姑娘找回來才是呀。」

一句話又觸動了韋王氏的心事。她翻身倒在床上，捶著枕頭再次哭號起來：

「啊，我能有啥法子喲！我的心肝寶貝沒指望啦……」

4

韋惜玉完全甦醒過來了·

用力睜開沉重的雙眼，周圍一片黑暗。伸手摸摸，四周都是木板。原來自己躺在一個大箱子裏。奇怪的是，木箱一端的頂部，隱約可以看到，掛著一塊半月形的灰布，灰布上有一個個閃灼的光點兒。她忽然明白過來，那「灰布」，原來是一角夜空。那麼，現在自己是在什麼地方呢？

身子底下的木板，在輕輕晃動。盪秋千似地，讓人眩暈。外面傳來一種低沉的、斷斷續續的聲音。哦，是流水聲！有一年，她跟隨母親遊杭州，帆船沿吳松江、大運河行駛，船外就是這種聲音，也是這樣輕柔地晃動。現在分明是躺在船上。可是，自己怎麼會來到船上呢？

昨天發生的一切，又清晰地浮現在眼前……

楊月樓第二次退回的書柬，像剪刀的兩片利刃，剪碎了她的金色的夢；他像從高高的山崖上，一頭栽進了深淵。失望與忿恨，這雙重煎熬，奪走了她的食慾，睡眠，擊碎了她對這世界的留戀。當時，瞪著枯澀的雙眼，望著黑漆漆的夜幕，她苦苦思索了整整一夜。但越想越不理解，一個富商家有才有貌的千金小姐，俯身低就一個優伶，竟會遭到一再地拒絕！而且是那樣冷酷，那樣無情的拒絕——生生把書信和庚帖給擲回來，連一字一句的回音都沒有！兩國交兵還「不斬來使」呢，連送信的奶媽，也幾乎被攆了出去。這跟當面唾臉，搧嘴巴，有啥兩樣？對前來討親熱的貓眯，還要伸手拍拍它的脊樑；匍匐到門前的乞丐，也要施捨給幾個銅板兒呢？你楊月樓在輕賤人上，可真成了拔尖的角色……

天塌地陷，日月無光！一聲淩厲的迅雷，劈面擊來，將她擊昏在地，再也掙扎不起來。

原來，世界竟是這般小！她長到十七歲，好不容易碰到一個楊月樓，卻是一個狼心狗肺的東西。不，不。豈止是楊月樓，天底下品貌雙全，情深義摯的男人，怕沒有幾人！連自己的生身父親，也好不到哪裏去。家裏放著賢德慧美，溫順如水的結髮妻子，還要在香港娶小妾，廣州養女人。母親正在盛年，空房獨守的日子，何日是個頭？奶媽的男人也一樣，扔下她，幾十年，一去不回頭！當初，她認為，世界上真有張君瑞、柳夢梅、賈寶玉那樣知情知義的絕世才子。現在才明白，那都是寫書編戲的人，一支巧筆杜撰出來的，以致騙得人整天生活在夢想裏。究其實，那樣的男人一個也不真有！怨不得金玉奴棒打薄情郎，杜十娘怒沉百寶箱。這樣的世界，實在值不得再留戀……

「質本潔來還潔去，不教汙淖陷渠溝」！韋惜玉要與林黛玉姐姐做伴去了……

一個人活在世界上無非是艱難，煩惱，傷心，淩辱。我這不愁衣食的姑娘尚且如此，那些啼饑號寒的人，更是可想而知了。不過，他們為何不想到「死」，這條既方便而又通暢的路呢？是的，死了，死了——一死萬事休！一條羅帶梁頭上一拴，東壁上的古劍對準心窩一用力，樓窗上俯身往下一跳，或者一點砒霜，半罐鹵水，便將靈魂交付給浮雲，軀殼兒交付給流水，任他們帶到哪裏去。反正這惱人的魍魎世界，再也奈何我不得了。

呵，不可！不可！要了結自己的性命，像武生在戲臺上翻個跟頭那麼容易。可是，怎麼能讓媽媽看到那傷心慘目的場面呢？媽媽已經夠苦的啦，不能再折磨她。自己長到十七歲，沒有給她盡半點孝心，卻要給她帶來那樣的痛傷與驚嚇……得想個更妥帖的法子。

有了——投江。向黃浦江中縱身一躍，將父母生養的軀殼，交付給滔滔逝水，管他是漂向東海，還是為魚蝦果腹呢……

為了順利實現她的計畫，又不引起母親和奶媽的注意。今天一起床，她的臉上極力掛著平靜的微笑。早餐喝下一碗米粥，又勉強吃下兩塊炸糕。然後裝出輕鬆的樣子上了樓，坐到窗前靜靜地盯著窗外。等到母親去了南鄰，范五提著菜籃出了街，她便緩步下樓，吩咐王媽去買花露水。估計王媽走遠了，慌忙溜出弄堂口，喊過一輛東洋車，急急坐了上去。開始吩咐「去外灘」；到了外灘，又命車夫沿著黃浦江往上走，卻不說到底去哪裏。直到遠遠離開了市區，來到一座江邊的茂密樹叢旁，才命車子停下。拿出兩塊銀洋，打發走了千恩萬謝的車夫，她便悄然鑽進樹林。在靠近江邊的一棵歪脖子老柳樹上，無力地斜倚下去，像鐵釘釘住一般，似睡非睡，似醒非醒地枯坐在那裏。仿佛靈魂已經出竅，只剩下軀殼在那裏石化了。

天色突然黑了下來。不知什麼時候，濃黑的雨雲遮住了太陽。從西南方傳來陣陣悶雷。雷聲越來越急，越來越近。一聲接一聲，仿佛就在頭頂上方的樹枝梢頭炸裂。她從來沒有聽到雷聲這麼近，這麼響。那閃電的光束，穿過密密的樹葉，利劍似地，一次又一次地向她劈來。

肌骨在收縮，她恐怖得渾身戰慄……

呵，雷公也因我的遲疑而發怒了，揮起長劍驅趕我了。抬頭望望，滔滔的江水中，一隻木船也沒有。正是上路的好時機！她站起來，活動一下麻木的雙腿，踏著蔓草，走向一個臨水的陡峭高崖。爬上崖頭，朝家鄉的方向，回眸凝望，嘶啞地高喊了一聲：「母親，饒恕不孝的女兒——永別了！」

一陣眩暈襲來。急忙伸手扯住一根樹枝，才沒有跌倒。

她清晰地感到，這一聲呼喊，減卻了她三分勇氣。倘若再呼喊幾聲，一定要扭頭往回走了。

「不，不。絕不能！」她在心裏高喊。

幾乎在這同時，暴雨猛烈地劈頭澆了下來。

雙眼一閉，身子猛地前頃，「撲通」一聲，她栽入了滔滔的激流之中……

「姑娘——醒啦？」

燈光照亮了四周。一位花白鬍鬚老人，彎腰鑽進了船艙。他右手提著一盞保險燈，左手端著一隻飯碗。

「你是誰？我怎麼在你的船上？」惜玉使足力氣粗暴她問道。

「一個打魚的。那麼巧哪，這寬的江，你偏偏鑽進我老漢的魚網。老漢滿以為要發筆大財呢，想不到，卻是一位好姑娘！」老漢捋著鬍鬚呵呵笑著，一面伸手把保險燈掛在艙壁上。顯然，他為能救姑娘一命，感到分外高興。「姑娘，你的命根子真壯。喝了那麼多的江水，居然還……哈哈哈！」

「你……多管閒事！」依舊是忿怒的聲音。

老人不由一愣。朝著她的臉，注視了半晌，收起笑容答道：「姑娘，先把這碗薑湯喝下去，衝衝寒氣，再埋怨老漢也不遲。身子留下病，了不得呢！」

「不，我什麼也不喝！」

「姑娘，好死不如賴活。地上的路千萬條，這條不通走那條。沒有過不了的火焰山，沒有走不通的華容道。年紀輕輕的不愛惜自己，還該多給親人想想哪！來，把薑湯趁熱喝下去。有啥話都跟我老漢聊出來，也許心裏能好受些。」

老人說著，將薑湯碗送到姑娘口邊。

「不，不！」她嘴上極力拒絕，卻順從地坐起來，接過了湯碗。

「嘿，這才是哪！」老人接過空碗，放到一邊兒。捋著花白鬍鬚說道，「姑娘，不用問，我一看，就知道你是上海灘人。對不？過不一會兒，天就亮了。我把船搖到外灘泊下。老漢我要親手把你交給你的爹媽。不過，你可要說實話，告訴我你家住在哪條馬路，哪條弄堂。要不然，洋車都沒法雇哩，對不，姑娘？」

「大伯，你為啥不讓我死呀？」她重新躺下去，傷心地哭著。「我真後悔沒抱緊江心的礁石！」

「咳，姑娘，這就是你的不對啦！」老人歎口氣在姑娘身邊坐了下去。「好姑娘，你聽我說……」

5

女兒失蹤的打擊，僅僅經過了一晝夜，韋王氏卻像挨過了一年。蒼白的臉上，兩眼浮腫，嘴角下垂，眼角的魚尾紋，刻刀雕出的一般，仿佛足足衰老了十歲。

韋惜玉一被送回家，她沒有向救女兒的人問問姓名，道一聲謝，只顧拉過女兒抱頭痛哭。直到王媽要給惜玉擦身換衣服，才勸得她把女兒放開。等到王媽給女兒整理好，安置在她的床上睡下。她才想起，應該重謝搭救女兒的恩人。但是，院子裏、弄堂裏，不但不見了恩人的影子，連洋車夫也不見了。

「該死啦，連恩人都忘了答謝——怎麼對得起人家哪！」她扭頭向王媽埋怨，「王姐，你怎麼也跟我一樣糊塗啦？」

王媽苦笑道：「小姐進門不大剎兒，俺就去請人家進來喝茶。可哪裏也沒有人影啦！」

「咳，欠人家這大的情，何時報答哪？」韋王氏難過得直捶胸膛。

女兒脫險歸來，韋王氏像從萬丈深淵中，浮出了水面，伸出手牢牢抓住岩石，爬上了堤岸。靈魂兒又返回了軀殼，頓時有了思考的能力。

要不是自己一生善心待人，從不做損人虧理的事，一晝夜的虔誠祝禱，能有這大的靈驗？菩薩不但派好人從大江中救了自己的女兒，還親自雇車送到家，車費沒付，感謝的話沒說一句，茶未喝一盞，便揚長而去。既然沒有法子謝恩人，二天只有加倍拜謝大慈大悲，無比靈驗的菩薩啦……

女兒剛失蹤的時候，她的心裏除了恐懼和焦慮，也懷著深深的怨恨。哼！好端端地養到她十七八。吃，不離山珍海味；穿，不離綾羅綢緞。一個買賣人家的姑娘，過的是相府千金的生活啦。想想這些，也不該狠著心腸撇下親媽，離開這個家。再說，就算是心裏喜歡上一個男人，這種事體，哪個姑娘未碰到過？自己當年就曾喜歡上父親的一個學生嗎？怎麼可以連身份面皮都不顧，自賣自身似地登門求告呢？人家不應承，二天再選高門就是。怎麼可以連自己的身子、生命都不愛惜！好一個知書識禮的女人！當時，如果女兒來到面前，她真能拖過來，摑上幾巴掌。

現在，心肝寶貝兒閉著雙眼，靜靜躺在自己的身邊，她反倒沒有一句責備或埋怨。竟像守候著一個未斷奶的孩子，一面輕拍著她的脊背，勸她「多睡一會兒，歇歇身子」。一面將滿是淚痕的冷臉，貼上女兒的臉頰，來回揉搓著，囈語似地一遍又一遍地嘮叨：

「阿寶，阿寶：我的寶貝兒！媽媽不能沒有……」一句話來說完，她忽然驚呼起來：「哎喲！這孩子的臉，怎麼燙人哩？王姐快來！」

王媽聞聲從外間掀簾走了進來。她伸手摸摸借玉的額頭，又摸摸她的兩手，皺眉說道：

「太太，小姐怕是受了風寒。」

「快叫老范去買羚翹驅風散！」她想到了常用的清熱良藥。接著又埋怨起來：「上回買的吃完啦，怎麼就沒備下些哩！」

「太太，你看，」王媽試探地說道，「是不是該請個大夫看看？」

「也是呢，快叫范五去請。」王媽走了幾步，她又喊住吩咐道，「告訴他，莫惜錢，要請上等的大夫！」

「是的，太太。」

看來，老漁翁的紅糖薑水，並沒能袪盡黃浦江急流襲入姑娘身體中的寒氣。惜玉坐在回家的東洋車上，就感到頭痛欲裂，脊背像被澆上了冷水，一陣陣抽搐。渾身的骨節兒，像散了架。但她反而覺得十分寬慰。好呀，不能在大江裏淹死，能病死、燒死也好！自從回到家，她不說話，不呻吟，緊閉雙目，靜候死神的降臨。

她仍然沒有活下去的念頭。

范五請來的「上等大夫」，是滬上名醫單惠春。名醫果然有名醫的派頭，那提著長衫下裾，跨下亨斯美馬車的姿勢，走進韋宅時一步三搖的方步兒，都使人想起戲臺上登壇借東風的諸葛亮。他端杯飲茶的姿勢，更是與眾不同，右手的小拇指高高向上翹著，宛如小花旦正在作戲。等到他慢悠悠地品完茶，又吸罷三筒水煙，才提出「看看病人」。

高燒中的韋惜玉，躺在母親的床上。雙頰緋紅，眼皮浮腫，不時發出一聲低沉的呻吟。單大夫撩起長衫後擺，在臨時放在床邊的椅子上坐下去，又將長衫的前襟扯平，方才朝病人的臉上端詳了一陣子。然後說了聲「診脈」。韋王氏急忙拉過惜玉的左手放平。他緩緩伸出右手三指，放在病人手腕的「寸、關、尺」上。閉目沉吟，仔細試脈。過一會兒，又讓換過右手，照樣診試了一陣子。見病人昏睡不醒，說了聲「不必看舌苔了。」便站起來，踱回到客堂裏。

王媽給先生換過茶。韋王氏雙手獻上銀水煙筒，親自拿著火煤子給他點煙，一面焦急地問道：

「單先生，孩子的病，要緊不？」沒等大夫回答，她又補充道，「原先好好的啦，只因受了涼，是，是淋了大雨……」

單惠春搖手制止道：「太太，敝人診病，無須病家開口。」他伸出右手三指，作了個診脈的姿勢。「脈息一按，一切便知。小姐的病，無非風寒入侵肌理，中焦火盛，病體不輕。所幸，敝人擅療此症。讓我給開一劑妙方：清熱，解表，理氣，平肝，養陽，伏邪。照方連服三劑，保準藥到病除——小姐芳體，健旺如初。」

說罷，他挽起右袖，從擺在面前的四寶盒內，拿過一支狼毫，筆飛墨舞的寫下了他的妙方。共有荊芥、防風、黃連、山梔、桂枝、黃柏、葛根、生薑八味中藥。寫罷，站起來拱手告辭。

「請單先生留飯。」韋王氏急忙挽留。

「不，不，時候還早。」單惠春伸出兩個指頭，搖一搖，「不必為難，敝人收點診費就是。」

「就依先生。」韋王氏將四塊大洋，恭恭敬敬交到他手裏。說道：「多謝單先生，請收下這點小意思。」

「喲，太多，太多！」

單惠春瞥一眼手中的銀洋，一面推辭，一面麻利地揣進懷裏。拱拱手，滿面春風地踱了出去。

名醫的方子，果然非同尋常。服完單惠春的三劑湯藥，惜玉的病，十成去了八成。除了渾身乏力，興腦昏蒙，幾乎感不到別的病痛。

摸著女兒溫涼的額頭，韋王氏在心裏一疊聲地念佛。

八、沉痾

連宵風雨重，多嬌多病愁中，仙少效，藥無功。——《牡丹亭》

1

第三天傍晚，韋惜玉吵嚷著要回自己的房間去住。韋王氏本想讓女兒在自己身邊多待幾天。一則，便於細心照料；二則，也免得她單身獨處，更加難以遏制心猿意馬。王媽卻把她拉到一旁，悄聲勸阻說，強留姑娘與她住在一起，更增加她的煩躁。不如讓她回到自己的房間更自在些。再說，姑娘的病，是被江水浸泡後，受了寒氣得上的。如今高燒已退，已無大閃失，盡可放心讓她上樓。反正還是由她細心照看。但王媽最後又提醒主人：大夫的湯藥，雖能清熱退燒，只怕姑娘心裏的疙瘩，一時還解不開。要不，退了燒，不該仍然每餐只吃那點兒東西。話是開心的鑰匙。回到樓上後，她要再想法子開導她，免得像古人說的，積憂成疾。王氏聽王媽說得有理，只得點頭答應。

上樓時，惜玉推開了王媽，不讓她攙扶。但立即就後悔了。只覺得脖頸發軟，身子發飄，兩隻腳跟像踩在棉花團上，空落落，軟綿綿。不是緊緊抓住樓扶梯，肯定會跌倒在地。

看到她虛弱的樣子，王媽再次上前攙扶。她便順從地讓奶媽攙扶著緩緩登樓。等到躺到自己的床上，已經累得氣喘吁吁了。她疲憊地閉上雙眼，朦朦朧朧，正要睡去，忽聽母親來到了樓上，在離床不遠的地方坐下去，跟奶媽扯起了閒話。

「王姐，等阿寶身子硬朗些，咱們帶她去熱鬧的地界玩玩。」是母親的聲音。

「敢情好呢。」是王媽的朗朗回答。「能讓小姐多散散心，比整天逼著她喝那些人參，蓮子，燕窩，木耳什麼的好得多。但不知太太打算到哪兒玩耍？」

「蘇州。聽說虎丘的古塔，拙政園的亭台，獅子林的太湖石，西園的五百羅漢——天下聞名呢！」

「太太，依俺說，還不如帶小姐多看幾場戲，消愁解悶兒。小姐一定也……你沒見，姑娘那麼愛看楊月樓的戲？」

「哼，別提那楊月樓啦！只會蹦蹦跳跳，砍砍殺殺。猴子似的，看不上三兩回，就讓人倒胃口啦。」

「太太說的是。那楊月樓呀，都說是城頭上放風箏，一出手就高。依俺看呀，黑瞎子打拳——就那麼兩手兒。不過，說心裏話，他清秀的眉眼兒，高高的身段兒，還有那嗓音兒，唱腔兒，讓人看著，聽著，怪舒心的呢。」

「呸！粉墨登場的戲子，粉彩塗的半指厚，誰能看清他的真眉眼？再說，哪個穿上高底靴，不高出半頭去？說不準還是個矬子哪。王姐一向看事透徹，怎麼也叫他蒙混了哩？」

「太太，也許是俺看斜了眼。俺總覺得楊老闆的身材，又魁梧又起梁兒，不像有的男人，短條燈心草似的，一陣風能吹上天——」

「咳，你還真是看斜了眼哪——寬肩膀的人，未必不是個窄心貨。看他那吊眉豎目的惡相，九成九是個狠毒男人！依我說呀，對這樣的人，只有『謝謝一家門』嘍！」

「媽媽！」惜玉麻利地從床上坐起來，忿怒地瞪著母親：「背後嚼人家的舌根，算是什麼正經人家？」她瞥一眼奶媽，「往後，不論是誰，不准再在我面前，提到那姓楊的！」

韋王氏臉紅了。「這孩子！說說閒話，又不關你的事。」

「不關我的事，才不准說給我聽呢。」她猛地躺了下去。「你們都走開！讓人清靜一會兒，好不好？」

韋王氏未敢再吱聲。她向王媽使個眼色，兩人悄悄下了樓。

正像奶媽所預料的那樣，名中醫的妙手回春靈藥，能夠給病人「清熱解表」，卻不能「祛邪舒裏」。奶媽給主人想出的「治心」方子，一出口，就碰了壁。他倆本來認為，只要在惜玉面前狠狠詆毀楊月樓，以改變他在她心目中的印像，就會斷絕她的思念。不料，沒說上幾句，便被她頂撞了回來。

「治心」的方子失了靈，病人的情況卻一天天令人擔憂。自從回到樓上，惜玉從朝至暮，不是偎在床上動也不動，就是捱到窗前枯坐。不翻書，不寫字。本來紅潤得像紅玉蘋果的瓜子臉，蒼白得像八月的秋霜。坐不一會兒，像憋悶得透不過氣來似的，總要深深吸幾口氣。

吃飯的時候，她也不再下樓。王媽將可口的飯菜端到她跟前，總是一再催促、懇求，才肯接過飯碗，敷衍著吃幾口。人是鐵，飯是鋼。只過了十多天，肌膚晶瑩的美人，便消瘦憔悴得像是白臘捏成的一般。

名中醫單惠春又被請了來。切脈望診之後，點著頭說，病人患的是「氣鬱食滯」。所開的單子，無非是些理中，化滿，開鬱，順氣的藥。儘管他一再聲稱：「擅治此病，不然預後堪憂。」但他的藥方，不但絲毫沒有使病人的病情減輕，反有日益加重之勢。

病重亂投醫。日日如坐針氈的韋王氏，一看國醫不靈，便轉而求洋醫。她命范五請來了法租界著名的法國醫生白勞特。白勞特用蹩腳的中國話，仔細詢問了患病的經過，治療的過程，以及目前的感覺之後，便從侍者提來的黃皮箱中，摸出一件兩根橡皮膠管連著一截明晃晃的白鐵的儀器。惜玉看到那像雙尾蛇似的傢伙，已經嚇了一大跳。不料，那大夫竟掀起她的衣襟，一隻毛茸茸的大手拿著那傢伙，向自己鼓蓬蓬的乳房伸去。她驚嚇得雙手抱胸，連聲高叫：

「遠著點——我沒病！」

「小姐，我不過是聽一聽。」蹩腳的中國話勸道，「要不然，怎麼給你治病呢？！」

「我沒病，沒病！別來瞎折騰！」

韋惜玉翻身俯臥在床上。任憑母親和奶媽怎樣勸，都不肯轉過身子。

「哎呀呀！封建！中國女人太封建！」白勞特苦笑著搖頭。然後向韋王氏說道：「太太，小姐不讓檢查，她的病叫我怎樣個治法呢？」

「唉，白先生，」韋王氏認為他姓白。「您就照我們說的下藥吧，其實，孩子肚子裏也無大病哪。」

白勞特一面搖頭，一面不住叨念著「荒唐，荒唐」。從箱子裏抓出九個小藥包，放到方桌上，囑咐道：「太太，這是頂呱呱的好藥——每天三次，一次一包。」說罷，收下五塊大洋，帶上侍從，坐上亨斯美走了。

白勞特「頂呱呱的好藥」，除了服藥簡便，一杯溫水送下就是，竟無絲毫的效驗。心焦似火的韋王氏，只得又掉回頭來，另請名中醫。但是，這個大夫說是「氣鬱食滯」，那個說是「中焦火盛，虛火內攻」。誤診亂投藥。一個月下來，韋惜玉的病情，不但不見好轉，反倒連床也下不得了。人瘦得皮包骨頭，成了個紙紮的「童女」兒。

2

俗話說：「床上有病人，床下有愁人。」韋王氏眼瞪瞪地看著女兒病體日益沉重，像一萬把鋼刀剜她的心。丈夫遠在港穗，與自己相依為命的，只有這個獨生女兒。萬一女兒有個三長兩短，無法向丈夫交待事小，自己老來無靠，怕也活不成了……

她恨不得自己替女兒生病，替她去死！

既然國醫、洋醫，都治不了女兒的怪病，只得轉而求菩薩。她獨自一人，兩次冒雨去靜安寺燒香許願。香紙不算，光四斤一對的大臘燭，就捐了兩對。又「種」了二十塊大洋的「福田」，求老方丈率領眾徒，給女兒念了一場祈福消災的《金剛經》。

不料，跟無能的中西大夫一樣，最靈驗的菩薩，在惜玉的沉痾面前，同樣束手無策！醫藥失效，神佛不靈！驚恐萬分的韋王氏，只得再一次哭著向奶媽求計。

「王姐，大夫——中國的，西洋的，都求遍了，菩薩，多麼靈驗的菩薩喲，也求啦，可他們都不肯憐惜我的孩子！你說，下一步可該咋辦哪？」

王媽長歎一口氣，心事重重地答道：「太太信任俺，俺不照實說，對不起太太。」

「王姐，有啥話，你儘管說。我不會怪你啦。」

「太太，依你看，小姐到底害的是啥病？」

「看你問的！大夫們七嘴八舌都說不清，我一個女人家……」韋王氏哽咽地說不下去了。

「俺說出來，太太莫受驚。」王媽望著主人的臉，用力地說道，「惜玉姑娘害的準成是相思病。」

「什麼，相思病？」韋王氏驚呼一聲，站了起來。半晌，頹然坐下去，拿拳頭捶起了心窩。「該死啦，我怎麼就沒想到哪？」

「是呀，誰會想到哪！」

「王姐，常言道，『瘡怕有名兒，病怕無名』——知道阿寶得的是啥病症，大夫就有法子治啦。是不？」

奶媽痛苦地連連搖頭：「太太，名醫難治心頭病。戲臺上不是常說，『相思病無藥醫』嗎？姑娘的病，怎麼能指望大夫呢？只怕就是華陀再世，也……」王媽沒有說下去，抽出大襟上的手帕，揩起了眼淚。

「那就眼睜睜地看著我女兒死？你說呀，王姐！難道真的沒有法子啦？」

「法子，不能說沒有，」王媽的聲音很低。「只怕……」

「你快說！」韋王氏伸手用力握著王媽的一隻手，像抓緊了一根救命的繩索。「就是上九天，下黃泉，咱也得想辦法呀。」

王媽一字一頓地答道：「眼下，只有請一個人來，也許，能使小姐得救。」

「一個人——他是誰？」

「楊——月——樓！」

「不，不！」韋王氏鬆開手，雙手捂臉，出聲地哭起來。「該死的楊月樓！我女兒叫他害成這模樣啦，還讓我去求他——我忍不下這口氣啊……」

「太太，哭頂啥用呀，你聽俺說嘛！」王媽將手巾遞到主人手裏。「現在不是制氣的時候，救人要緊，只要能治好小姐的病，管他是羊（楊）月樓，牛月樓呢。」

抽泣了大半晌，韋王氏終於抬起頭問道：「你敢保他一準能治好阿寶的病？」

「你不是常說『解鈴還得繫鈴人』嗎？小姐的病根，就出在他身上。那張君瑞的相思病，還不就是鶯鶯小姐去了一趟書房，就打根上好啦？太太，眼下除了請楊老闆來，只怕別想有第二個靈方妙藥嘍！」

想到了崔張的幽會，韋王氏不由一哆嗦。狠狠地說道：「該死啦——你想的好主意哪！」

「俺就知道太太不會應承。」王媽知道主人的話指的是什麼。緩緩勸道：「不過，太太儘管放心。韋宅不是西廂，惜玉小姐也不是鶯鶯小姐。就算那楊月樓跟張君瑞一樣，想七想八，可他來了，咱倆不離左右，還能出什麼差池?!」

韋王氏半晌低頭不語。然後，猶疑地問道：「就算出不了事，可那姓楊的整天砍殺慣了，吃了稱砣鐵了心啦。阿寶三番兩次寫信求他，都毫不動心，誰還能請得動他哪！」

「太太，戲出上都說『兩地相思一般苦』呢。別看他嘴皮子上掛鐵，說不準，心裏頭盼不著哪！怕是因為自己是個唱戲的，不敢高攀，才裝那假正經呢。」

「嗯，興許是。」韋王氏的淚眼裏閃出希望的光芒，傾刻又不見了。「可怎麼請他哩？能說，『女兒想他想病了』？」

「太太，辦事偏得那麼拙！」

「不這樣說，人家肯來？」

王媽給主人端過來一杯茶，說道：

「太太喝杯茶，咱們好好合計合計。」

「王姐，阿寶父親不在眼前，五哥是個男人家。你可得好好幫我喲！」

韋王氏接過茶杯，捧在手裏，又抽抽答答地哭了起來。

3

「旅舍客棧，又不是舞臺歌榭，我們唱戲的尚且十分檢點，什麼人竟如此放肆？」

楊月樓捧著戲本《玉蜻蜓》，正在一遍又一遍地推敲一個唱段，對面樓上卻不斷傳來一個男人尖細的歌唱聲。歌聲久久不停，擾得他靜不下心。心裏忿忿地罵著，站起來打算關窗戶。這時，歌唱聲又換成了更加纏綿悱惻的曲牌：

他那裏思不窮，我這裏意已通。嬌鸞雛鳳失雌雄，他曲未終，我意轉濃。爭奈伯勞飛燕各西東：盡在不言中！

不由得縮回手，又坐回到椅子上諦聽。他清楚記得，這是他曾經讀過的《西廂記》中的一支曲子。唱的是，鶯鶯小姐對重病中的張君瑞的擔心和思念，以及不得團圓的無言憂煩。咳，思念，思念！普天之下，有多少癡男迷女在憂忿的思念中，打發漫漫的白晝，森森的長夜！甚而青春年華耗盡，始終不得團圓。那鍾情於自己的韋惜玉小姐，不就是一位堪與鶯鶯小姐相匹敵的美人胚子和情癡嗎？

剛想到這裏，他立即握緊右拳，猛擊自己的左胸，一面自語著埋怨：「唉！怎麼又想到了她身上！」

自從韋惜玉給他寫信、填詞，表達衷情以來，一度曾使他感奮不已。讓一位富家小姐動情，他感到是人生之幸。但想到自己的社會地位，再加上曾曆海一再陳述利害，他只得把心上的激動，遠遠拋開。可是，自從收到第二封求婚信以後，他便再也無法控制自己。尤其是那婚柬上的簪花小楷，更是無時無刻，不在他面前跳動。跳著，跳著，字行幻化成了含著淚光的一雙杏眼，正怨恨地盯著他。使他解不開，逃不掉。一種深沉的負罪感，久久困擾在他的心頭……

是的，應該讓人家埋怨！一個受人輕賤的戲子，竟狠著心腸一再拒絕人家的深情厚意，不是以怨報德，不仁不義，又是什麼？人家又是怎樣的一位小姐喲！雖然，我在臺上，她在台下，看不十分透徹。可那身段，那桃花粉面，恐怕絕不比張君瑞所讚頌的「水月觀音」差一絲一毫。那使張君瑞「意惹情牽」的不過是鶯鶯小姐的「楊柳腰」，「芙蓉面」。要論才華，一曲「待月西廂下」，也未必勝得過那闋《點絳唇》！人生不過百年，錦繡年華更是轉眼即過。平生能遇幾個知音？不知不覺，自己已經是二十六歲的漢子啦，不用多久，便步入「而立」之年。可自己竟然「辜負」了「春嫩花嬌，楚楚春中江」！無端把才貌無雙的深情女子，當成了乞丐、娼妓一般，加以冷落和輕賤。那張君瑞尚能跳牆踐約，深夜開門會鶯鶯。自己整天在臺上扮演著揮刀舞槍，戰無不勝的英雄豪傑。到了戲臺下面，竟連個文弱書生都不如！不但算不得男子漢大丈夫，簡直是一個膽小的可憐蟲！

哼，豈止是膽小，還生著一顆鐵石之心呢。只想到父親的遺訓，師友的教誨，自己的名聲，可就沒把人家的痛苦甚至生死想一想。張君瑞堂堂鬚眉，一旦相思病纏身，尚且一病不起。一個弱女子，哪裏經得起這般打擊？不要說尋死覓活，就是害上一場病，也是自己害了人家——難以饒恕的罪孽呀！

「吧嗒，吧嗒！」幾滴熱淚打濕了他手中的戲本。他瞥瞥門口，急忙摸出手帕，將書頁上的淚痕揩乾。然後揩乾雙眼。放下戲本，站起來拉了幾下「山膀」，踢踢腿，又輕捷地做了幾個「起霸」動作。想借身體的激烈動作，驅除內心的煩惱。等到心裏平靜一些，便裝作輕鬆的樣子，去了隔壁曾曆海的房間。

曾曆海跟丁少奎在四仙桌上擺開棋陣，正殺得難分難解，連楊月樓進了屋，兩人都沒察覺。

丁少奎的棋藝，遠在曾曆海之下，卻常常是「贏家」。他棋德不佳，愛悔棋。三悔兩悔，敗棋成了贏棋。曾曆海總是不動聲色地讓他三分。現在，他剛剛要回被過河炮打死的一匹馬，立刻用沉底車將對方的一桿炮吃掉。正想跳馬臥槽「將」軍，忽聽站在背後的楊月樓喊了起來：

「大哥，當心臥槽！」

「桂軒，觀棋不言真君子——休要壞了我的大事！」丁少奎扭頭瞅著楊月樓，臉色嚴肅，眼神中充滿了埋怨。

「桂軒，你坐。」曾曆海急忙站起來，指指桌旁的椅子，調侃地說道：「桂軒，你聽明白了沒有？你要是一開口呀，這局棋，我就是贏了，也是二對一——不成公道。」

「哼，要是桂軒不開口——你就甭想！」丁少奎充滿必勝的信心。

這時，曾曆海「正車」看住了對手的「臥槽馬」。不單使丁少奎「將」不成軍，他的馬，也受到了威脅，便氣呼呼的嚷道：

「我說是吧，您老闆一開口哪，我這棋準砸！」

楊月樓笑道：「師兄，錯斬了蔡瑁、張允，只知怨蔣幹——你曹丞相的計謀哪裏去了？我剛剛知道個馬蹩腿，幫得了大哥啥忙呢？哈——」

丁少奎兩眼緊盯著棋盤，回嘴道：「哼，三個臭皮匠還頂個諸葛亮呢——何況老闆您哪！」

「好，好。就讓大哥自己贏你個連局輸。」

看看兩入棋戰正酣，楊月樓略坐了一會兒，便站起來說道：「你們兩個下著，我到外面遛遛彎兒。」

「等等。」曾曆海放下手中的棋子。「這局棋少奎輸定了，要遛彎兒，一起去。」

「哼，想得倒美——您哪！今兒個不連贏你三局，別想挪窩兒。桂軒，別等他，只管去你的！」

「得——令！」楊月樓念臺詞似地嘻笑著走了。

天低雲暗，風息全無。自昨天早晨就下起的濛濛細雨，哭泣似地，仍在緊一陣慢一陣地唰唰啦啦下個不停。石板路上，東一片，西一片，漫著泥水。幾個張著雨傘的行人，踮起腳跟，吃力地一步寬，一步緊地躲避著一灣灣小潭似的積水。這樣的天氣，這樣的道路，莫說是「遛彎兒」，腳下無油鞋，想出門辦點事兒，也讓人發怵。

陰雨增愁腸。楊月樓站在廊簷下，遲疑了好一陣子。長歎一口氣，無限惆悵地返回了旅舍。推開自己的房間門，見曾曆海捧著水煙筒，坐在了臨窗的桌子前。

「大哥，這麼快就把少奎贏啦？」他感到一陣快意，不是為贏棋，是為曾曆海的不期而至。

「嘿！贏啦？我要是贏了棋，他會放我走？輸棋，還得輸得像真的一樣，這才脫了身呢。哈……」

楊月樓笑道：「下棋本來是玩耍嘛，可師兄，一摸棋子，就像披掛出臺，非得鬥出個高低勝敗不可。」

「咳，這人，哪兒都好，就這脾性——難改呀。」曾曆海點上煙，抽罷一筒，接著說道：「桂軒，剛才你去那邊兒，是找我有事兒？」

「沒，沒啥事。」本來想找曾曆海聊聊，不知為什麼，又否認起來。

「桂軒，您又來啦！有話就痛快地往外說麼，憋在心裏頭，又不能頂飯吃，你說對不？」

低頭沉思了一陣子，他終於抬頭說道：「大哥是為小弟，月樓終生難忘。我也不是不贊成你的主意。你不是常說，『推己及人』嗎？我總覺得，咱們做得絕情了些。那麼粗魯的回絕，不，是打擊，一個小姑娘家，怕是要承受不了的。」

「夫子曰：『己所不欲，勿施於人。』」曾曆海緩緩答道，「論說麼，我們不該那樣決絕。那姑娘也夠可憐人的。」他望了望揚月樓痛苦的臉色。接著提高聲音說道：「可是，天底下，該可憐的人無其數，咱們可憐不過來呀！再說，一個小姐，看了三場戲，就那樣走邪入迷，硬闖轅門地自薦自身，太佻了點不是？這樣的女人，誰能保她始終如一不變心？再其一說，咱們千里迢迢來上海灘獻藝，舉目無親，比不得在京城，人情面子多，遇事有個幫襯照應，在這認錢不認理的十里洋場，要是鬧出點饑荒來，有咱們好看的！」

「大哥，事情能有那麼嚴重？」

「凡事不怕一萬，就怕萬一！」曾曆海右手捏著煙簽兒戳得桌子篤篤響。「你忘了『交北不交南，交南要難看』的話？人們不是還說『寧交十個北侉子，不交一個南蠻子』嗎？本來，蠻子比猴子還多著仨心眼兒。自從上海灘闢為通商口岸以來，他們整天跟洋鬼子一起攪合，不沾上幾分『鬼』氣才怪呢。只怕我們這些傻侉子被他們坑死了，還不知哪來的症候呢。所以說，跟蠻子打交道，要是不下定十二分的小心，不定啥節骨眼上，就落進了他們的圈套！」

楊月樓苦笑搖頭：「大哥，豈可以地域論人？哪裏都有好人、壞種。對誰都三心二意，咱們自己不也成了狡詐的人？」

曾曆海半晌未吭聲。又裝上一簡水煙，長吸一口，然後說道：「你這話也在理。不過，『一失足成千古恨』。這古訓一刻都不能忘記。況且，韋家是富商。無商不奸。只怕比平常人家還多著幾尺黑腸子呢，不信……」

楊月樓打斷他的話道：「大哥又在以事業論人。人跟人不同，連強盜都有義盜，難道買賣人就個個見利忘義？」他鼓起勇氣繼續說道，「我覺得，狡詐狠毒的人家，未必生得出那樣情深豪爽的姑娘……」

「哈——」曾曆海未等楊月樓說完，便大笑起來。「桂軒，你叫我不以地域、事業論人，你自己倒以血緣論起人來啦。照你這麼說，劉備生了個阿斗，武大郎的胞弟是武松，諸葛亮的老子竟是個無名之輩——你怎麼說？依我看，女兒豪爽，未必老子不是嘎貨！」

「大哥，人家又沒得罪你！幹嗎那麼……」楊月樓把後面要說的「缺德」二字咽了回去。「算啦，不說啦。我不過是，隨便聊聊。」

對於曾曆海的話，楊月樓不但一向唯命是從，而且總是以長兄之禮相待。不料，今天不但聽不進他的忠告，反而當面反駁，差點連挖苦話都說了出來。曾曆海感到一陣不快。轉而想到「當局者迷」的古語，又立刻原諒了他。低頭吸罷兩筒水煙，抬起頭，掉轉話頭向道：

「喂，桂軒，伯母何時能到上海呢？」

楊月樓無精打采地答道：「原想從天津搭海輪。我怕海上風浪大，老人身體吃不消。勸她沿大運河南下。雖然慢一些，但卻安全。母親信上不是說三月十六日動身嗎？今兒是四月初一，已經半個月啦。朝暮之間該來到啦。」

「伯母來到以後，該陪著他老人家好好玩玩。老人家一輩子受苦。如今，兒子成了名，該讓她享點清福咯？」曾曆海無話找話。

「大哥說的是。」楊月樓遲疑了一會兒。又問道：「大哥，母親來了之後，韋家之事，要不要向她老人家提起呢？」

「已經過去的事啦，還提它幹啥！」

「我總覺著，有點……萬一那姑娘有個好歹，咱們怎麼交待呀？」

「與咱們毫不相干！」曾曆海豁地站了起來，神色嚴肅的像審判官。「月樓，當斷不斷，必有後患！你在臺上盡演英雄好漢，何至於連個輕佻溫情的姑娘都放不下呢？難怪古人說：『英雄氣短，兒女情長』！就憑你楊老闆這樣的一表人才，武生泰斗，啥樣的女人不盡著你選?!幹麼非得去找風險冒呢？」

「……那就算啦！」

本想得到曾曆海的支持，不想又一次被他軟硬兼施地頂了回來。他轉身，惆悵地瞅著窗外陰霾的天空出神兒……

4

不論洋醫，國醫，凡是請來給韋惜玉診病的，無一不是滬上名家。他們個個聲稱自己妙手回春。說什麼要不是請了他來，「病人怕沒指望了」。但他們不但不能「妙手回春」，連病症所在，也無一人說得出來。王媽說的在理。看來，除了楊月樓能將女兒從枉死城裏拖回來，怕是沒有別的靈藥妙方啦。韋王氏也知道，韋宅不是普救寺，女兒的閨房也不是張君瑞的西廂書房。由她在一旁緊緊盯著，丟人現眼的事，他們想做也做不出來。

可是，要照王媽說的，自己親自出馬，登門禮請那戲子，她實在咽不下這口氣。「不行，一萬個不行哪！」她在心裏一遍遍地高喊。死丫頭！由著性兒胡鬧，已經丟盡韋家的面皮啦。再要我堂堂一家之主去下價懇請，不如讓我給叫化子磕頭作揖哩。再說，真到了那戲子跟前，笑臉容易做，施禮也不難。再往後呢？怎麼開口？能說：「楊老闆，我女兒想你想得害上了相思病啦。勞您的大駕啦，到我家走一趟——救她一命哪！」……呸！呸！死啦也不能那麼幹！……可是，請不來那賤戲子，能眼睜睜看著女兒等死嗎？

「救苦救難的觀世音菩薩喲，給我指一條路吧！」

焚上一爐香，韋王氏跪在新設的神龕前，雙手合十，一遍又一遍地禱告。

丹桂戲園案目陳寶生，笑嘻嘻地來到了韋宅。

對於陳案目來說，就像「陳」字永遠跟他分拆不開一樣，笑容也早已成了他臉面五官上的有機組成部分。自打十八歲人丹桂戲園混事起，二十多年看顧主臉色行事的案目生涯，使他練就了一副惱怒不形於色，笑容永遠掛在臉上的本領。有人說，「有錢買得鬼推磨」；也有人說，「走遍天下錢開路」。這千古真理，他從心底佩服。對於一個窮案目來說，既然跟趙公元帥搭不上親戚，他只得投靠和氣與笑容。和氣生財，笑語怡人哪。於是，他走到哪裏，哪裏就變得分外輕鬆和歡愉。笑容，幫他辦成了許多本來希望渺茫的事體，也推著他從打雜的，爬上了戲園案目領班。憑著一副嘻嘻的笑容，門禁森嚴的闊公館，富麗堂皇的宅邸，永遠向他洞開著大門。

他已經有一個多月未來韋宅「送座兒」了。楊月樓領銜的三慶班，一個多月來，愈唱愈紅，天天爆滿。光找上門的老主顧，就夠他八面應付的。哪裏還顧得上主動上門送座兒？今天，他笑嘻嘻地來到韋宅，名義上是「看看老主顧為啥一個多月不再看戲」。實則是想探聽一下，他替王媽「引見」楊月樓的事，發展到了什麼地步。看看是否還需要他搭橋牽線，以便從中「意思」幾塊銀洋花花。

不料，韋宅的氣氛今天有些異樣。開門的老僕范五，雖然與往常一樣，彬彬有禮，臉上卻露著愁容，進到客堂之後，前來獻茶的王媽，也是臉色蒼白，神情憂鬱。顯然，韋宅發生了不尋常的事體！一看這情景，他急忙收起笑容，正色說道：

「韋太太跟小姐，這麼久勿來戲園看戲，小人記掛得很哪。」他的眸子裏閃著關注的神色。「今天，小人一來是給韋太太、韋小姐請安；二來呢，特來稟告太太，楊老闆在丹桂的合同，只剩下三天就滿了。收場戲更加精彩——耐看的緊哪。阿拉已給府上留好了座位。不然，楊老闆轉往別的戲園，一來看戲路遠；二來呢，小人效勞也勿方便不是？」

王媽不知該怎麼回答，只得敷衍道：「陳先生，眼下，太太，不能去看戲。」

「莫非太太小姐不在府上？」探詢的目光，停在王媽臉上。

「在……在呢。」王媽瞥一眼陳寶生。略一沉吟，指指內室說道，「這兩天，太太身子不舒坦。這不，剛剛睡下呢。」

「那……」陳寶生目不轉睛地觀察著奶媽的神色。「阿拉是勿是改日再來哩？」

王媽若有所思地答道：「請陳先生稍等。俺看看，要是太太醒了，稟告一聲，看陳先生留的座兒，是不是讓給別人。」

陳寶生連連點頭：「那好，那好哪！」

進了內室，王媽附在韋王氏的耳朵上低聲說道：「太太，陳案目來啦，問太太去不去看戲呢。」

「什麼時候啦，還有那閒心！」韋王氏閉著眼睛，躺在那裏一動不動。

「喂，太太。俺想出了個主意。」

「什麼主意？」韋王氏睜開了紅腫的雙眼。

「陳案目，人機伶，又跟楊老闆熟，對他的脾性不用說摸得著幾分。要是咱們請他幫忙，一準能想法子把楊老闆請來。」

韋王氏抬起了身子：「阿寶的事，怎麼能跟他說哩？」

「太太儘管放心。當說的說，不當說的，俺不會漏一點兒口風。俺知道怎樣維護韋家的體面。」

「唉，沒法子——你就試試看吧。」

王媽回到客廳，朗聲跟陳寶生說道：「陳先生，太太睡熟了，不忍心叫醒她。留的座兒，就讓給別家吧。」

「那好，那好。」陳寶生點頭應著，但坐在那裏一動不動。然後眨眨眼問道：「王姐，倘使府上有需要小人幫忙的事體，你儘管吩咐就是啦，小人一定遵命哪。」

王媽在他對面坐下，極力平靜地答道：「不瞞陳先生，這兩天太太心裏很生氣呢。」

「那是為啥？」

「還不是為上回那封信！人家不睬就算了麼，可小姐非要嘔氣混鬧。說什麼，楊老闆不親自前來賠禮，她就不活啦。這不，太太氣得好多天湯水不進……」

「吆呵！韋小姐這麼大的氣性？」心裏高興，臉上卻裝出十分吃驚的樣子。「不過，休說讓楊老闆登門謝罪，就是請他來府上做客，只怕也勿是易事哩。儂是不知道，多少達官要人，下大紅飛金請柬，請他赴宴，人家理都勿肯理哪。」

「難道誰家也請不動他？」

「也勿是誰也請勿動。可真得費點力氣。」陳寶生作出一副苦臉。「勿有死眼的木頭鎖哩，可是鑰匙難配得很哪。除非能想出個妙法子來。」

「這妙法子就靠陳先生啦。」王媽抓住機會不放。「那楊老闆又不是刻在山岩上的石頭神像兒，挪不得窩兒，陳先生總會有法子請動他的大駕。只要陳先生費心幫了忙，太太決不會忘記您的大功勞哪。」

「勿客氣，勿客氣。韋府的事體，就是阿拉陳寶生的事體。阿拉這個人，為朋友就願兩肋插刀。」陳寶生知道，領受「小意思」的機會來啦。但仍然做作出十分為難的樣子，連連搖著頭：「可這勿是小事體哉！阿拉這小案目，想請動一個大角色，勿費點心思，下點本錢，搬動幾個人相幫，只怕是連當面跟老闆說句話，都勿易哉。」

「就是因為有個『難』字擋在前面，才求你陳先生拔刀相助呢。要是件容易事，俺老婆子去一趟，不就結啦？要是你陳先生辦不成，上海灘哪裏找第二個人去？你說是吧，陳先生？」王媽知道陳寶生急於聽到的是什麼，便繼續說道：「只要陳先生肯幫忙，我回明太太，先送上十塊大洋，由陳先生去活動。事情辦妥了，太太不會少謝的。」

「好吧。阿拉先用它去打通第一關。」陳寶生把「第一關」三個字，說得又響又亮。

「以後用多少，陳先生儘管說。太太不會疼錢的。」王媽聽出了陳寶生的弦外之音。「陳先生，你打算從哪兒入手呢？」

陳寶生兩眼瞪得雪亮：「嗨，知己知彼，才能百戰勿殆哩。儂得跟阿拉照實說說小姐的情況。阿拉才能揮動鵝毛扇，調兵遣將勿是？！」

王媽長歎一口氣：「實話告訴陳先生：小姐已經病倒啦。」

「噢，阿拉明白了。」陳寶生臉上綻滿了笑容。站起來，做出要走的架式。「阿拉馬上去想辦法。」

「別忙。請陳先生先帶上十塊大洋用著。」

「錢勿急，阿拉墊上就是哩，先辦事要緊哉。」嘴上是這麼說，陳寶生卻站在那裏不挪步兒。

5

……俺伍員好一似喪家犬，滿腹含冤我向誰言？我好比哀哀長空雁，我好比龍遊在淺沙灘，我好比魚兒吞了鉤線，我好比波浪中失舵的舟船哪！

高亢嘹亮的京腔二簧慢板，自客棧的一間客房中飄出。帳房先生、棧使和好幾名旅客，都站在窗外，靜靜地側目細聽。對面的樓窗上，也有幾個人在探頭諦聽。

丁少奎仰臥在床上，一手捂著左眼，一手拍著大腿，高聲唱起伍子胥被困文昭關時的一段悲涼的唱段。

當年，丁少奎是「四喜班」張二奎的入門弟子。他有一雙特別明亮的大眼睛和一副高亢剛勁的好嗓子。遺憾的是，剛勁有餘，柔和略嫌不足。師父說少著幾分「味兒」。只得改行，專攻武生。他高興的時候，喊幾句老生唱段，外行們聽起來頗有響遏行雲的味道。憑著他身上的武功「活兒」要是甩手跳槽出去，不要說在一個二流戲班，就是在外地的一流戲班，挑大樑也綽綽有餘。包銀也不會是現在這麼多。但他深知挑大樑的難處。那是永遠需要使出渾身解數的。倘使一著失手，就一砸全砸。再要闖出招牌去，更是難上加難。如其冒險受累，不如做個挎刀的「裏子武生」，消閒自在。況且，給師弟楊月樓配戲，「搭架子」實在暢快，夠味兒。那一陣連著一陣的「滿堂彩」，他覺著也有自己的一份兒。因此，留在「三慶班」掛「二牌」，他不但不悔，還很有些「樂不思蜀」的味道。

按照戲班的規矩，溜嗓兒要在天濛濛亮時，跑到空曠無人之處，「噢噢」、「唔唔」地大喊大叫。客棧可不是溜嗓子的世界。在那裏，可以低聲說戲，小聲哼唱，絕不能像今天這樣，上了戲臺似地，引吭高歌。

心裏煩悶，竟使丁少奎把規矩統統忘在了腦後。

五天前，他和楊月樓、曾曆海一起，陪著剛到上海的楊老太大一塊兒去杭州玩了五天。那平湖畫舫，雷峰塔影，虎跑清泉，孤山春花。使他這不諳消閒遊玩的梨園弟子，忘情地連連叫絕。有好幾次，他甚至當著眾多的遊人，來上幾個飛腳。誰知，到了第三天上，他的左眼便隱隱作疼。杭州歸來，竟腫成了爛桃。楊老太太見他害眼，想推遲幾天去蘇州玩。他卻說：「咳，咱喜歡的是奇峰平湖，真山真水。聽說蘇州那幾個小園兒，都是人工做出來的假貨——沒看頭。你們陪伯母去，我在家養養眼。」可是，人家一走，他立刻寂寞得像進了大獄。

他是個耐不得寂寞的人。

剛才，他對著臉盆架上的鏡子，用牙籤兒挑著「含春」眼藥膏兒，抹在了左眼內。可能是急於治好病，藥膏抹得太多，左眼立刻像刀子割一般，痛得他走也不是，坐也不是。不知是對藥，還是對大夫，罵了好一陣「狗娘養的」，仍不解疼。只得躺到床上，放聲高唱「二簧慢三眼兒」，藉以忘卻疼痛。

……思來想去我的肝腸斷，今夜晚怎能夠盼到明天！

「好！」「天」字的拖腔正往高處拔，窗外傳來了喝彩聲。

「咦？」

急忙坐起來，向窗外探頭一看，有十多個人，正站在窗下，聽他高唱。心裏得意，卻低聲罵了一句：「娘的，忘了是在客棧！」咚地倒下去，手捂左眼，不再吭聲。

「丁老闆何必『肝腸斷』？今夜晚，我陪你玩到『明天』——」

什麼人模仿著自己剛才的唱腔，一面唱著，推門走了進來。

「喲，陳先生，你有貴幹？」對方的佻達，並未使他的眉頭舒展，語氣冷冷地問道。

「嘿，小人哪有『貴幹』！」陳寶生嘻嘻地笑著。「聽說丁老闆沒去蘇州，一個人悶在客棧裏，小人特來陪你老人家出去玩玩哪！」

「出去個屌！」丁少奎拿開手，亮出紅腫的左眼。「看，這熊模樣，到了外面，人家不用幹別的，光這屌樣就夠人瞧的！」

「嗐，眼病都從火上得哩，悶在屋裏豈不是雪上加霜？出去散散心，比吃上十副藥都強哉。」陳寶生扭頭向窗外瞄一眼，近前說道：「丁老闆，去薈芳樓逛逛，如何？——小人請客哩！」

「就這副模樣，逛窯子？」丁少奎躺在那裏一動不動。

「有錢買得笑臉在，管它啥模樣！快起來，洗洗臉，咱們玩個通宵。」陳寶生說著伸手要拉丁少奎。

「陳先生，撒謊是你的乾兒子！」丁少奎忽地坐了起來。

「要說咱不饞女人——屁話！老二夜夜硬得像桿大頭槍……」

「那就更該去哩，薈芳樓的長三先生，個頂個兒，夠讓人消魂的哪！」

「哼，管她是長三、么二。幹他們那一行的，乾淨不了！圖個一時銷魂，弄一身楊梅大瘡回來，莫說我這武生飯別想再吃，連鼻頭怕也保不住呢！」說罷，他又躺了下去。

「咳，不過是打打茶會，又勿是抱著她們睡覺。她楊梅大瘡，與咱何干？」

「說的輕巧！又是摟脖子，又是親嘴兒，軟屁股在你的大腿上揉來搓去，你不逼她脫褲子才怪呢。」丁少奎搖搖頭，「萬一管不住老二，咋辦？娘的，還是遠遠躲開為妙！」

陳寶生哈哈大笑：「丁老闆真是個雛兒。作興沒踏過妓院的門檻哪。那裏面的規矩嚴得很呢。打茶會就是喝茶，莫說撈勿到來真的，就是親嘴，摸奶子的便宜，都勿得沾哪。」

「常在河邊站，哪得不濕鞋。聞到腥味兒，準想魚。自家身子骨兒要緊。你陳先生真想破費，就到對面天仙居，請咱喝兩盅兒唄！」

「噲，那怎麼行！酒傷肝，肝主目。你老人家勿想讓眼好啦？」陳寶生眼珠轉兩轉。「乾脆，阿拉陪丁老闆到四馬路花雨樓喝香茶，吃點心。你老人家，諒無推辭了吧？」

「好吧——捨命陪君子！」丁少奎坐起來，一面穿鞋，抬腳在陳寶生的屁股上輕踢一腳：「陳先生屁股癢啦，就讓咱踢幾腳。我丁大眼寧肯戳小夥計的屁眼兒，也不冒那險。哈……」

花雨樓的「雅座」裏，客人不多。陳寶生選了一個清靜角落招呼丁少奎剛坐下，堂倌立刻端來一壺香茶，四碟果點。二人慢慢喝著，有一搭，無一搭地閒聊起來。喝過三杯茶，見丁少奎來了興致，陳寶生才問道：

「喂，丁老闆，向儂老人家打聽個事體，勿曉得肯不肯說？」

丁少奎眼一斜：「你陳先生問，有啥不肯說的？只要咱知道。」

「阿拉聽說，」陳寶生瞥一眼遠處的茶客，壓低了聲音：「阿拉聽說，楊老闆今番來上海，成千上百的太太、小姐，讓他迷得都失了覺哪。」

「嘿，怕也沒那麼多！」

「聽說，他只對韋府的韋惜玉動了心，對勿？」

丁少奎一捶桌子：「作踐人！這事我知道。是那小姐害單相思，三番兩次勾引楊老闆——可都給擋了回去。」

陳寶生無限惋惜地頓頓腳：「可惜呀，可惜！」

「可惜什麼？」丁少奎瞪大了右眼。

「韋府是丹桂的老主顧，我熟悉哉。韋小姐勿是天仙下凡，也是上海灘難找出的美人胚子哪。唉，楊老闆真勿眼力哩。」

「哼，實話告訴你吧，我那師弟早動了心。也許是擔心自己的名聲，才沒敢應承人家。再加上曾大哥在旁邊一味子嚇唬，他更不敢起那意啦。」

「君子成人之美。曾老闆就勿多替楊老闆想想，這樣子的好姻緣，人一生能碰到幾回哉？」

「我也是這麼說呢，可人家只信曾大哥的！」

「喂，楊老太太此番來上海，會不會是為韋小姐這擋子事體哩？」

「不，楊伯母不知道。」

陳寶生掩飾住心中的高興，又問：「要是她老人家知道了，會勿會樂意哩？」

丁少奎想了想，答道：「老太太對兒子的婚事挺著急，八成能願意。」

「丁老闆，阿拉曉得，儂老人家愛酒，吾們倆個掙個喜酒喝喝怎樣？」

「嗨，我只會翻跟頭，作媒那玩意兒——不在行！」

「有啥在行勿在行的?!這事用不到三年投師，只要一心成人之美……」

「那……主意得由你出，我只給你『搭架子』。」丁少奎動了心。「娘的，龜兒子才不盼望著，讓那小妞作咱的師弟妹呢。」

陳寶生會心地一笑。一拍桌子：「丁老闆，一言為定！」

「好，我聽你陳案目的！」

九、靈符

小小靈符帶在身旁，（教她）刻下人無恙。——《牡丹亭》

1

「三慶班」在丹桂戲園的合同屆滿後，為了慶賀第一次蒞滬獻藝的勝利，也為了接待遠道而來的楊老太太，戲班特地放假十天，讓夥計們盡情遊玩休息。

歡愉嫌日短，寂寞恨更長。十天假期倏然而過。今天，開始執行第二個合同，戲班移到「同樂戲園」演出。

由於丁少奎的眼疾尚未痊癒，演武功戲缺少硬挺的裏子武生，第一天的泡戲，改演文戲《滿床笏》。《滿床笏》又稱《打金枝》，是楊月樓拿手的唱工重頭戲。他在戲中飾演的郭子儀，風度典雅，唱腔高亢飽滿，淳樸剛勁，兼有「老生三傑」張二奎、程長庚二傑之長，堪稱一絕。由於他不願自己在臺上過唱工癮，將師兄丁少奎「涼」在後臺。所以抵滬後，這一齣拿手好戲，一直未亮出過。

對於在戲臺上翻騰撲打了二十個春秋的丁少奎來說，戲臺成了他生命中最重要的組成部分。只要一天不在上面翻撲打鬥幾個回合，即使在台下活動了許久，仍然覺得渾身發緊，心中空落落，像失掉了些什麼。他是個天生吃戲飯的角色。但是，今天他卻嘗到了不登臺的快意。甚至暗暗慶幸，倒楣的眼疾，給了他一個寶貴的機會，一個可以成人之美的機會。嘿，你們去打那「金枝玉葉」吧，咱要留在客棧，設法成全「小家碧玉」咯！

等到戲班的人一離開客棧，他便迫不及待地敲響了楊老太太的房門。一面在心裏告誡自己：「性急喝不得熱米粥。一定要穩住陣腳，決不能亂了套路。想好了台詞兒，慢慢念。非讓老太太成為咱的好搭檔不可！」其實，這也正是陳寶生指點給他的方略。

「誰呀？」屋內傳來清亮的詢問聲。

「是我，伯母。」

「是少奎呀，進來就是嘛，用得著敲門。」

丁少奎走進屋裏，盤腿坐在床上的楊老太太，要下床給他讓座，他急忙制止道：

「伯母，您老人家別動。」他在臨窗的椅子上坐下，扯了幾句閒話，便裝作有一搭，無一搭地問道：

「杭州、蘇州這麼一折騰，您老人家身子骨兒一定很累，我還怕您歇下了呢。」

「嘿，遊山玩景累得著人？我這把老骨頭禁折騰著哪。再說，逢路坐車，遇水登船。層海、月樓他們，又攙又扶地，不知不覺就是一天呢！」老人清癯的雙頰上，浮著紅潤。「少奎呀，這一回，你可吃了眼的虧咯，蘇州比杭州還秀氣呢。」

「不就是幾個小園子嗎！」

「孩子，你可別說那些園子小。好光景不在大小。從外面瞅瞅，也真不大，可你進去一轉悠呀，一步一個景兒，半天轉不出來。要不是不斷抬頭望望日頭，連東西南北都分不清呢。」顯然，兩處「天堂」的美景，仍在激動著老人。「少奎，你想都想不到，那『獅子林』有多麼好看！」

丁少奎問道：「是樹林子裏養著獅子嗎？」

楊母格格笑道：「沒到的時候，我也是這麼想。到了一看，原來沒有樹林，也沒有獅子……」

「哪，幹嗎叫『獅子林』呀？」

「嘿，你四處仔細瞧呀，滿園子裏不光有樹林，有獅子，飛禽走獸，瞧啥有啥……」

丁少奎瞪大疑惑的眼睛：「這我就不懂了。剛說什麼也沒有，怎麼一瞧，又什麼都有了呢？真神了！」

「孩子，不是『神氣』，是石頭，人家說那叫『太湖石』。那園子裏，扯南到北，扯東到西，高高低低，轉過來，繞過去，淨是太湖石。有功夫，你就下細地看吧，心裏想什麼，它就像什麼。咳，北京城那麼大，還沒那一景呢！」

「噢，原來是『太湖石』。張園豫園都樹著幾塊，可能就是那玩意兒。」

老太太仿佛沒聽到他的話，繼續眉飛色舞地說道：「還有個叫『西園』的地方，也有座五百羅漢堂。咱們北京香山碧雲寺那一座，跟人家比起來，可就差大勁咯。就說，人家羅漢堂走道當中，那尊濟公活佛吧。嘖！嘖！不光比真的還像！你猜怎麼著？你從左面看他，他咧著大嘴在哭，可你再從右面去看他，他又吊起嘴角大笑。你看，又是哭，又是笑，也不知他是哭，還是笑——真讓他逗死了。咯咯——」

楊老太太大談蘇州美景，丁少奎早聽得不耐煩了。現在，忽然聽到老人說起西園的濟公活佛「又哭又笑」，靈機一動，急忙介面道：

「伯母，那叫哭笑不得！」

「是呢，是呢，真是『哭笑不得』呢！格格格！」

等老人的笑聲落了音。丁少奎輕歎一聲，問道：

「伯母，你知道那濟公為啥『哭笑不得』？」

「看你問的！老輩子的事啦。伯母怎麼會知道呢？」

「不是老輩子，是眼下。濟公活佛是救人濟人的神。天底下的事兒，他都想管，可又管不過來——不『哭笑不得』才怪呢！」

「喲，你把伯母弄糊塗了。」老人的目光停在丁少奎的臉上，從他憂悒的神色上，看出來似乎有什麼心事。便追問道：「少奎，莫非你心裏頭，有啥事不靈淨？」

「說有，也可以。」

「能不能給伯母說說？」

「怎麼不能！只要伯母願意聽。」

「你快說！」

丁少奎站起來，喚棧使送來一壺茶，先斟上一杯，雙手捧給老人，又自己斟了一杯，仰頭喝下。然後坐下去，緩緩說道：

「伯母去了蘇州，我一個人待在客棧裏悶不住，整天泡茶館，聽來一串讓人又氣、又恨，哭笑不得的事……」

「呵，我當是你自己的事呢。」老人吮了一口茶，長舒一口氣。

「哼，那比自己的事，還可惱、可氣！」丁少奎倏地跳到椅子上蹲下。不由臉一紅，立刻跳下地坐好。露出一副氣惱的樣子，話音像敲悶鼓。「先說這一件吧：一個黃毛洋人，在張園的芍藥叢中，跟一個中國姑娘沒說上三言兩語，抱起姑娘來就親嘴。姑娘嚇得大哭，卻掙扎不出，便在他脖子上咬了一口。你猜怎麼著？那洋鬼子竟哇啦哇啦，喊來了紅頭巡捕，硬把那姑娘抓走了！」

「嘖嘖！可憐的姑娘！原來，租界裏也是這般無王法呀！」楊母搖頭長歎。

「伯母，您老人家不知道，還有更可氣的事呢！」丁少奎拿拳頭敲了一下桌子。「咳，不說也罷！」

楊母催促道：「孩子，快說給伯母聽。憋在肚子裏，更生氣不是。」

「伯母聽了，可別氣壞了。」又是一聲長歎。

「咋會呢，你就快說吧。」

「是這麼回事兒。」丁少奎抬頭望著老人的臉，「有一個正經人家的姑娘，看到戲班裏一個唱戲的，人才好，活路硬，就喜歡得不行。三番兩次給那人寫信，表深情，許終身。你猜怎麼著？那唱戲的，竟一口回絕了人家！」

楊母急忙問道：「不知那姑娘多大歲數？人才品性怎樣？」

「人家才十七歲，上海灘數得著的好人品！你看，打著燈籠找不到的美事嗎，可硬是拿著深閨小姐，當下賤女人。真不知那是聰明，還是傻蛋！」

「唉，那姑娘可受了委屈啦！」楊母揉揉發紅的眼睛。「少奎，真有這檔子事？」

「咳，侄兒怎麼敢騙伯母呢。」

「哼！那可真是缺理加缺德咯！」她長歎一聲，「少奎，不知那唱戲的是那個戲班的？」

「咱們『三慶班』唄！」

「是誰？」

「除了楊老闆，誰的眼眶子能那麼高！」

「你是說月樓？」

「不是他還有誰?!伯母，他這一悶棍兒不要緊，可把人家姑娘推向了絕路，一味子尋死覓活。多虧家裏人看得緊，才保住了一條小命兒。可眼下，已經病得離上西天不遠了！」

「該打極啦！給我把月樓叫來——我問他！」老人動了氣，嘴唇哆嗦著。忽然想起，兒子已經去了戲園，沉吟半晌，又說道：「少奎，你快仔細地跟我說說那姑娘的情形。」

「伯母，姑娘的事兒，您老人家慢慢都會清楚。你先得跟我說，打算不打算做一名救人濟世的活佛？」

「看你說的——哪有不願做活佛的人呀！」

2

散了夜戲，楊月樓一回到高升客棧，看到母親房間裏依然亮著燈，立即推門走了進去。一進門，見老人穿著衣服斜倚在床上，雙眉緊鎖，臉色陰沈得像黃梅季節的天空，不由一驚。急忙近前問道：

「媽，怎麼還沒睏？身子不舒坦？」

「不是身子……！」

「哪？」

「是心裏頭。」

「我這就去請大夫！」楊月樓轉身要往外走。

「坐下——我有話問你！」看看兒子依然垂手站在床前，她繼續說道：「樓兒，這麼大的事情，我來上海這麼久啦，竟瞞著我……」老人邊說邊坐了起來。

「媽，你老人家先別生氣。」他已猜到是丁少奎給捅了漏子。極力平靜地答道：「已經是過去的事啦。況且，也不是一時半煞兒，能說得明白……」

「人家少奎沒用了三言兩語，就跟我說得明明白白！」

「本來打算，慢慢告訴你老人家，不想……」

「慢慢，慢慢！人家姑娘快病死啦，你還在這裏慢抽筋——你就不可憐可憐人家？」

「啊，惜玉姑娘病啦！是真的嗎？」

「那麼年輕的姑娘，駕得住那份揉搓——能不病！」老人扯過袖頭擦起了眼淚。

月樓咬了一陣子下唇，然後說道：「媽，其實，這事與咱，毫不相干。」

「哪有這理？」楊母忿然了。

看到母親對自己回絕韋小姐，不但十分不解，而且很生氣。他只得斜坐在床沿上，將韋惜玉兩次寫信，他與曾曆海、丁少奎是如何商量的，怎樣回覆的，從頭至尾說了一遍。末了，他語氣歉歉地說道：「媽，這並不是說韋小姐不好，也並非是兒子心腸狠。實在是怕——。」

「怕什麼？」

「怕留後患。」

「哼，咱不去搶，不去騙——送上門的媳婦，就爽快收下。俺就不信有什麼前患、後患！只怕是你剛剛當了幾天紅角兒，心高到天上去啦。不知是想找西施，還是想找嫦娥呢！」

「媽！」他極力忍住哭泣。「父親臨終時囑咐過，我也跟你老人家不止一次說過，等過了三十歲，娶個貧家姑娘過日子就是。兒子從來沒想高攀。也沒想什麼西施、東施……」

「也犯不著出心攀低嘛！」見兒子低頭不語，她繼續說道，「得，你既然不聽媽的話，事兒是你惹下的，誰教你是我的兒子呢。明兒個，我得去看看韋姑娘，向人家磕頭賠罪！」

看看勸不轉老人，楊月樓便試探著說道：「媽，這也不是兒子自己的主張，連曾大哥也極力勸我這麼做。不信——」

「我就不信，當過教書先生的人，連一點仁義之心都沒有。你叫他來，我親口問問他！」

曾曆海正要朦朧睡去，聽到輕輕的敲門聲。

「誰？」他問道。

「大哥，是我。」門外輕聲回答。

聽出答話的是楊月樓，他急忙蹬上褲子，光著膀子開了門。楊月樓閃身進來，從背後將門掩上。站在門口，低聲說道：

「大哥，師兄把那件事，全抖給老人家啦。」他指指靠裏的一張床，丁少奎正「呼呼」地在那裏酣睡。便耳語般地繼續說道。「老人聽說那姑娘病得厲害，心軟了。罵我眼高心狠，非逼著我親自去看她不可！」

「那姑娘真的病啦？」

「興許是——不知師兄從哪兒打聽來的。」

曾曆海回頭朝丁少奎床上瞥一眼，像是埋怨自已，也像是埋怨楊月樓：「當初，就不該讓少奎知道。他那冒三槍脾氣！這不，果然捅了漏子！」

「大哥，你看，該怎麼辦？」

「走，我去勸勸伯母！」

曾曆海返身從床頭上抓過夾襖，一面穿著，跟在楊月樓後面悄悄走了出去。

來到楊太太的房間，曾曆海見老人臉色鐵青，眼圈兒殷紅，像一尊石像似地坐在床上，一副焦急、忿怒的神色，不由得一愣。一時不知該如何開口。

「你大哥，坐吧。」楊太太指指對面的椅子。「曆海，我問問你：月樓辦那荒唐事，是你給他出的主意？」

「是，是我。伯母。」

「噢！知書識理的人，也這麼狠心……」老人像在自語。

「伯母，上海灘的人情世故，你老人家還摸不透喲！」

鎖著兩條細眉，曾曆海慢聲細氣地打開了話匣子。他不但把曾經向楊月樓陳述利害的話，又仔細說了一遍，還把來到上海後，所聽到的上海人刁鑽奸滑，坑人害人的故事，講了不少。看看老太太的臉色，漸漸由忿懣轉成了憂戚，他繼續說道。

「伯母，你老人家想一想：那小姐不過只看了三場戲，就那樣入魔著迷。怕是個……」他想說「怕是個楊花水性的女人」，但又改口道：「怕是個性體輕佻的女子。女兒家，本應嚴守閨訓，終身大事由父母之命，媒妁之言定奪。豈可自薦自身，硬闖轅門，填詞寫詩，苦追苦求呢？伯母，當斷不斷，必留後患。如此不本分的女人，怎能讓她配桂軒呢，您說是不是？」

說到兒子的終身大事，觸動了老人的心事。她扭頭瞅兒子一眼，憂慮地說道：「唉，曆海說得也在理哪！不過，那小姐的病怎麼辦呢？」

「喲，下三點啦！」曾曆海盯著壁上的掛鐘，驚呼起來。「伯母，您老人家該歇息啦。別的事，以後再商量，好嗎？」

老人不情願的答道：「也好。」

3

第二天下午，差一刻五點，三慶班的人剛離開客棧，陳寶生便領著韋王氏乘洋車來到了高升客棧。丁少奎已經候在了客棧門房。陳寶生介紹他跟韋太太認識了之後，丁少奎便把韋王氏請到了自己的房間。他喚來棧使沖上一壺茶，讓陳寶生陪著喝茶，自己大步流星來到了楊太太的房間。他猛地推開門，故意向坐在窗下給兒子補襪子的老人，慌裏慌張地說道：

「伯母，大事不好啦！」

「少奎，什麼事，值得你這麼慌張？」楊母一驚，急忙放下手中的活計，站了起來。「你倒是快說呀！」

丁少奎腳一頓，長歎一聲，答道：「唉！韋小姐不行啦！」

「你……你怎麼知道？」

「人家韋太太找上門來啦。」

「她在哪？」

「這可怎麼好哇！」

「就在我屋裏。」

「哎喲，要出入命咯！」楊母呻吟一聲，腿一軟，跌坐在椅子上。

「誰說不是呢！」丁少奎聽聲聽氣地又補了一句。

原來，今天淩晨，楊月樓去找曾曆海時，一敲門，丁少奎就被驚醒了。朦朧中，聽到兩人壓低聲音埋怨自己「抖了底」，惹出了事。便索性像「蔣幹盜書」中的周瑜那樣，佯裝酣睡，以便把事情弄個究竟。等到他們兩個去了楊母的房間，他又悄悄跟了去。他毫不懷疑，楊月樓早已鍾情於韋惜玉；楊母對韋小姐也十分同情。只是曾曆海從中作梗，才使得被他說轉的老人，又猶豫起來。哼，念了幾本聖人的書，正經事兒沒學到，卻裝滿了一肚子歪道偏理！他從內心裏厭惡曾曆海那一套閨戒女訓的話。哼，憑什麼說人家「輕佻」，「不本分」？那些扭扭捏捏假正經的女人，咱見得多啦！見了美貌的男子，裝紅臉，忙躲避，夜裏礙不住捶床板，咬被頭，睜著眼睛捱到五更天！人家韋惜玉敢愛、敢追，心口如一，那才是「正經」女人呢。只怕別人還做不到呢！人家比夜闖張君瑞書房的崔鶯鶯，跟隨李靖夜奔的紅拂女，我看還多著幾分俠氣、丈夫氣呢！這樣的好姑娘，打著燈籠哪兒找去？

他為韋惜玉不平，為楊月樓惋惜。他擔心絕好的一樁婚姻，要毀在曾曆海手裏。心中忿忿，卻一時想不出好主意。今天早飯後，只得跑到丹桂戲園，找陳寶生商議。

陳寶生聽了他的敘述後，小眼眨幾眨，立刻想出了個「逼宮」的主意。他早就聽說，楊月樓極孝順。認定只要攻下了楊母，讓她挺得住，拿定了主意，不但楊月樓不能違拗，曾曆海也就不便再從中作梗。於是，陳寶生便去韋宅，將楊母已來滬，並十分同情韋惜玉小姐的消息，告訴了韋王氏。勸她直接去見楊母，哀求她帶著楊月樓前來探望危在旦夕的小姐。韋王氏縱然覺得臉面上一百個過不去，為了救女兒，也不便再拿架子。便依從陳寶生的安排，準時來到了高升客棧。

「少奎，你曾大哥不在家，你說該咋辦？」

「見見人家唄！」

「也是呢，人家已經來啦。」她猶疑著站了起來。「我就去見她！」

楊母剛要往外走，一抬頭，見門口站著一個中年女人。她身材不高，從上到下一身入時的綢褂長裙。消瘦蒼白的臉上，帶著痛苦的表情，仿佛剛剛哭過。

「喲，伯母，韋太太來啦。」丁少奎故作驚訝。

丁少奎知道，是陳寶生看準了火候，讓韋母來的。不等楊母吩咐，便轉向門口喊道：

「韋太太請進。這位就是你要見的楊老闆的高堂——楊老太太。」

「楊太太——您好。」韋太太斂衽施禮。一面不住地打量一身玄青色竹布褲襖的楊母。

「喲，不敢當。韋太太您請坐。」楊母慌忙施禮。

兩人坐定之後，丁少奎親自把棧使剛沖的茶端了過來。給兩人每人斟上一杯，自己遠遠坐到楊母床邊的杌子上，親切地向韋母說道：

「韋太太，你有啥話，儘管跟伯母說。她老人家可是個活菩薩呢。」

「我知道，楊太太跟菩薩一般心腸好。要不……」韋王氏從楊母佈滿細微皺紋的圓盤臉上，似乎看到了慈祥與關注。他覺得，陳寶生的話是對的。倘若現在出現在面前的，是一位冷淡甚至冷酷的女人，真不知該怎樣收場。這樣一想，她一直強抑著的眼淚竟滾滾而下，一時哽咽地說不下去。過了許久，才怯怯地說道：「要不，我不會，求到，您老人家面前哪。眼下，實在沒有別的法子啦。」

「韋太太，你說的是——」楊母一面抹眼淚，一面歉歉地答道：「莫非，月樓這孩子，做了對不住府上的事？」

「不不。楊太太，與楊老闆無干。怨我生了個傻閨女哪！」

「韋太太！」

「是的，是生了個傻閨女。要不，怎會一傻，再傻，傻到這種地步！」說到這裏，韋王氏抽出手帕捂著臉，抽抽答答哭了起來。

「韋太太，韋太太！」楊母急忙站起來，走到桌子對面。她握住韋王氏一隻手，瞥一眼丁少奎，急忙勸道：「可別這麼說！少奎跟我說了個大概。都怨月樓年幼無知，做事粗魯，才……」

「不，不是哪！楊太太，」韋王氏抬起淚眼，望著楊母。「你有個好兒子。你們都是大好人。今天我是來請您老人家跟楊老闆，行好、幫忙的。」

楊母激動地答道：「韋太太，要叫俺娘們兒幹啥，你吩咐就是啦。」

「我想請楊太太跟楊老闆，到我家走一趟……」

「到你家……」楊母鬆開手，倒退一步。事到臨頭，她又猶豫起來。

「是的，看看阿寶——她病得，不行啦……」

「韋太太，月樓只會唱戲，沒學過大夫，他去府上怕……」

這時，丁少奎趁機插話道：「伯母，韋小姐的病，不同於別的病症。只要伯母帶著師弟去看一眼，人就有救啦。」

「要是月樓不願意呢？」楊母分明想到了兒子和曾曆海的警告。「還有你曾大哥，」

丁少奎站起來，兩手比劃著：「咳，救人一命勝造七級浮屠嘛！你老人家答應了的事，誰還能不依。不成眼看著讓人家韋小姐病死！」

「好，少奎。就依你。」楊母輕歎一聲，轉向韋母說道，「韋太太，您說吧：俺娘兒倆，啥時候去府上看望韋小姐？」

丁少奎搶著答道：「伯母，救人如救火。自然是越快越好。不過，今日是來不及啦，這當兒師弟正在臺上又舞又唱呢。乾脆，明兒個一早去。人家韋府還要來車接呢。」一高興，丁少奎把與陳寶生秘密商定的計畫，也說了出來。

楊母一聽，俯身向韋王氏問道：「韋太太，你看俺們娘兒倆明天一早去，妥不妥？」

「多謝楊太太！」

韋王氏急忙站起來，雙手提裙子，竟要跪下去。丁少奎眼快，上前攙扶住，嚷道：

「唷，都是自家人嘛，何必這樣！」他轉向楊母問道：「您說對吧，伯母？」

楊母爽快地答道：「少奎說得對！自家人何必那麼多禮節。快坐下，咱姐妹好好嘮嘮。」

4

第二天，吃早飯的時候，王媽好勸歹勸，總算給不肯張口吃飯的病人，餵上了半湯碗肉末米粥。看看再勸不進去，只得作罷。她將飯具送到樓下，又端來半銅盆溫水，拿過手巾洋胰子，然後小心翼翼地問道：

「惜玉姑娘，我扶你坐起來，洗洗臉，梳梳頭吧？已經三四天啦，沒有正兒八經地梳洗梳洗咯。」

韋惜玉躺在床上，臉色臘黃，雙眼緊閉，仿佛睡著了一般。對奶媽的詢問，不理不睬。

「姑娘，來，讓我扶你坐起來。」說著，王媽俯身伸手攙扶。

「我不要梳洗！」惜玉推開了王媽的手，「要死的人啦，梳頭洗臉給誰看！」

「姑娘，今兒個還真的有人來看你呢。」王媽扯過她的右手痛惜地摩挲著。

病人的臉上，飄過一絲苦笑：「沒用啦。我自己知道，什麼高明的郎中也……」她沒有說下去。幾顆豆大的熱淚，滾到了繡花枕頭上。

「孩子，今兒要來看你的，可是個比高明的郎中還靈驗一萬倍的人呢！」

病人睜開了眼睛：「你說——什麼？」

「姑娘，今兒個，楊老闆母子要來看你哪！」王媽笑著答道。

「奶媽，你說誰？誰要來？」惜玉的眼睛，瞪得大大的，她懷疑自己的耳朵聽錯了。

王媽提高了聲音，答道：「楊老闆——楊月樓呀！」

「我不信！」惜玉又閉上了雙眼。

「孩子，俺啥時候曾騙過你？」

她睜開眼，瞪著王媽看了好一陣子，忽然閉上雙眼，熱淚滾滾而下：「不、不！我不要見他——那沒良心的男人！」

王媽用手巾給她擦著淚，一面勸道：「孩子，莫拗嘛——楊老闆可不是你說的那種人！」

惜玉好像沒聽到王媽的話，繼續哭道：「他沒心肝……我死就是！」

「唉！孩子，好死不如賴活著。往後呀，還有好日子等著你哪！來，聽話，坐起來。俺給你洗臉梳頭。」

「我不梳，我不要見他！」

嘴上發狠，她卻順從地讓奶媽扶起來，雙手撐著床頭坐穩，靜靜地讓奶媽給自己梳洗。已經多日未梳的大辮子，已經滾成了一根亂麻繩。王媽費了好大的勁兒，才梳理開。然後用抿子醮了刨花水，梳得平滑如鏡，才辮成一條三股流水長辮。等到紮好紅頭繩，惜玉已經累得氣喘吁吁。王媽挾她躺下，拉過寶藍緞被給她蓋好，把床單扯扯平整。然後附在她的耳邊，囑咐道：

「惜玉姑娘，人家楊老闆母子，一片好心來看咱——可不能讓人家不落台呀！」

「……」惜玉睡著了一般，一動不動。

「良言一句三冬暖嘛。再說，韋宅是有教養的人家……」

惜玉並未睜眼，兩條細眉蹙到了一起。「奶媽！」

「噢噢，我知道，你是明白孩子，不用我多嘴。」

許多天來，王媽第一次從心底發出了輕鬆的微笑。

5

輕輕踏著樓扶梯，韋王氏在前面帶路，奶媽扶著楊母跟在後面，三個人悄然來到了樓上。

座落在西牆角的一張窄羅漢床上，細紗羅帳已經掛在了兩邊的銀吊鉤上。薄薄的寶藍緞被底下，凸顯出一個又小又矮的人體輪廓。雪白的被頭上方，是一張白蠟捏成般的瘦臉，小巧而端正的鼻子，鼻翼一噏一合，傳送著細微的呼吸。線條柔和，跟臉色一樣蒼白的雙唇緊閉著，似乎永遠不想張開來說話。下垂的上眼皮上，有一條細紋縷。看得出，病人生著一雙雙眼皮的美目。但，已經被周圍殘留的淚痕弄污穢了。面前的一切，使楊母深信，韋母的話絲毫沒有誇張。姑娘的病，確實到了岌岌可危的地步。要不是橫斜在被頭旁，那根紮著紅絨繩的黑辮稍，還綻露著一息生機，真會使人誤認為面對的是一具屍體。楊母感到心頭一陣劇痛，兩行熱淚奪眶而出。她真想撲上去，抱著姑娘痛哭一場。為姑娘的不幸，更為兒子的褻瀆。

這時，韋王氏開口了。她輕輕喚道：「阿寶，阿寶，你醒醒。楊太太看你來啦！」

「韋小姐，韋小姐！」楊母連喊數聲。

她沒有睡，心裏很明白。剛才雜亂而細微的腳步聲，已經告訴她，來看她的不是她想要見的那個男人。「哼，讓她母親來幹啥？誰稀罕她！」心裏氣，便佯做睡著，不理不睬。現在，母親呼喚了，無法再裝下去。只得懶懶地微睜雙眼，冷冷地答道：

「楊太太，對不起——給你添麻煩了。」說罷，又閉上了眼睛。

「姑娘。你覺得怎麼樣？」楊母細聲問道。

「……」姑娘不再開口，雙唇閉得更緊了。臉上，仿佛隱約掠過一絲冷笑。

王媽從後面戳戳主人。韋王氏朝楊母呶呶嘴。三人悄然下了樓。

聽到下樓的腳步聲，韋惜玉睜開眼，看了看空蕩蕩的房間，她狠狠地「哼」了一聲，恨不得放聲大哭一場。奶媽騙人起來梳頭，說是「楊家母子」來看望。原來，只是楊家的「母親」，並不是「母子」！哼！奶媽也成了那沒心肝的男人的同黨！唉，這世界上，沒人疼我啦……

胸口憋悶得透不過氣來，接著又是一陣眩暈。她覺得靈魂兒就要離開軀殼飛走了。飛的遠遠的，飛到一個沒有煩惱的地方。忽然，她發出了一串喉音濃重的長歎：

「唉——唉——」

「姑娘，姑娘！你怎麼啦？」是奶媽惶急的聲音。她分明被她的歎息嚇呆了。「快睜眼看看，是誰來看你啦。」

這些年，只有母親和奶媽不斷到樓上來。她非常熟悉兩人的腳步聲。剛才，她已經聽到了一個沉重地踏動樓梯的聲音。那是一個男人的腳步聲！儘管那聲音很輕、很輕。但一聲接一聲，敲在她的心尖兒上。使她像驚悸，又像寒冷，渾身競索索抖動不止……

一登上二樓，楊月樓的目光，便一直停留在病人的臉上。他簡直不敢相信，面前這位聲息微弱，枯瘦的病人，就是那個目不轉睛看他演出的麗人。要不是那兩條彎彎的柳葉細眉，和白玉雕成般的秀巧鼻樑，依稀殘留著往日的神韻。他斷然不會相信，這就是那個如癡如狂地為他鼓掌，向他投信、寄詩，甚至還送庚帖的多情姑娘。怨不得《西廂記》上曾說，「三十三天，離恨天最高；四百四病，相思病最苦」呢！短短一個月，人竟病成這副模樣——我楊月樓罪不可恕呀！

一陣劇烈地眩暈，襲上身來。使他這武功超群的五尺偉男子，幾乎站立不住。不是連忙扶著床欄，險些摔倒在地。王媽見狀，急忙拿把杌子放在床前，讓他坐下。等他神色安定了，才向他使個眼色，讓他開口。

「韋小姐，我……我看你來了。」月樓的聲音發哽。

「你是你，我是我——你看我幹啥？」她依然雙目緊閉。

「韋小姐，請你原諒。都怨我楊月樓——我不該，太，太粗心。」他本想說「狠心」，話到口邊，又改成了「粗心」。

「什麼？『粗心』？你們哥們的心夠細喲！」她睜了睜眼，立刻又閉上了。「連封信，都不敢回嘛——怕不正經的姑娘，玷污了你大紅角兒！」流暢的話語，仿佛不是出自垂危病人之口。

「韋小姐！」楊月樓雙手捂臉，心痛如裂。一時說不出話來。

「我不是『小姐』，我只是個不要面皮的輕佻女子！」

「韋小姐，你再不原諒月樓，」他從杌子上站了起來，雙手提起長衫下擺，「我就跪下，給您賠罪啦！」

「下跪？不，那不是男人們的事！只能是我，我們女人，為狠心的——冤家，去病，去死……」緊閉的雙眼中，淚水滾滾而下。

「小姐，是我的心太粗，不，太狠！狠得像豺狼！才幹出……」他終於咒罵起了自己。

「你不要說啦！」她睜開雙眼，望著淚痕滿面的楊月樓。忽然麻利地掀開被子，雙手伸向他，一面悠長地喊道：「——我要起來！」

楊月樓認為病人要坐起來，急忙退後半步，讓王媽攙扶。王媽卻用力把他推到了前面。望著她高高擎起的雙手，他一咬牙，伸手將韋惜玉拉起。不料，惜玉順勢向前一撲，摟住了他的脖子！接著「哎喲」一聲，手一鬆，暈了過去……

「惜玉姑娘！」他狂呼一聲，邊哭邊喊。「是我楊月樓害了你呵！教我拿什麼靈方救你啊！」

楊月樓絕沒想到，自己身上沒帶靈符，卻比帶著「仙家秘方」還靈驗。不，他的五官，他的四肢，他的身體，一個完完整整的楊月樓，就是一張千靈萬驗的「靈符」！就像病危的張君瑞，盼來了探病的崔鶯鶯小姐，「猛見了可憎模樣，早醫好九分不快」：人到病除，靈驗得讓人不敢相信。

當韋惜玉一聲「哎喲」，暈倒在他的懷中時。他驚得一時沒了主意，不知該繼續抱著，還是趕快放下，撒腿逃走。多虧王媽鎮靜，急忙喊了一聲，「抱好莫動！」他只得抱著病人側身坐在床邊，王媽一面呼喚，一面猛掐病人的人中穴。

王氏和楊母正在樓下閒話，忽然聽到樓上叫喊，兩人急忙爬上樓來。一看，韋惜玉倒在楊月樓懷中，已經昏迷不醒。兩人猛吃一驚，慌忙一齊呼喚：

「惜玉醒醒……」

病人呻吟一聲，甦醒過來了。

又慌張、又難堪的楊月樓一見，急忙將她放到枕頭上，輕輕抽出手。正要往後退，惜玉睜開了眼睛。她倏地伸出雙手，緊緊抓住了楊月樓的左手。抓得是那樣有力，仿佛只要一鬆開，那隻手，便會長上翅膀，騰空飛走。她那炯炯有神的雙目，一眨不眨地停在楊月樓的臉上。嘴唇翕動，一言不發，任憑淚水滾滾而下，滾滾而下……

韋王氏和楊母見狀，互相使個眼色，悄悄退了下去。王媽見惜玉遲遲不肯鬆手，怕楊月樓難堪，也想退下去。這時，韋惜玉卻鬆開了緊握的雙手。淒然一笑，說道：

「月樓，謝謝你來看我，你去吧！」

一句話，又催出楊月樓一陣淚潮。他雙手捂臉，暗啞地說了一聲「小姐保重！」便頭也不回地奔下樓去……

韋惜玉小姐的病體，遠比男子漢張君瑞來得沉重。楊月樓沒有像崔鶯鶯探病那樣，讓張君瑞「把扣兒鬆，把裙帶兒解」；更沒將「鴛枕捱」。只是一聲「心太狠，狠得像豺狼」！再加上「可憎的模樣兒」在病榻前一站，粗壯有力的脖頸讓韋小姐一摟，便像勁風捲殘雲，快刀斬亂麻，救人於垂危的靈符一般，讓韋惜玉的大病，當場就減去了七分！

楊月樓探病之後，韋惜玉神奇般地一天天康復。當天，即自己端碗吃飯。十天後，便能下地走動。看來，再有十天、半月的調養，定會像患病前一樣，健康活潑，光豔照人！

原來，「相思病」唯有「靈符」可醫！

十、夙願

多丰韻，太稔色。乍時相見教人害，霎時不見教人怪，些兒得見教人愛。

——《西廂記》

1

可以說，楊母是懷著惻隱之心，和審視韋惜玉有無可能做自己的兒媳，這樣雙重心理，到韋府去探病的。使她震驚萬分的是，韋小姐的病體，竟是那樣沉重！面如灰土，骨瘦如柴，分明連睜眼的力氣都沒有了。她連喊數聲，好不容易才將眼皮拉開一條縫兒，那般吃力地說了一句，「對不起——添麻煩。」一看到那情景，她心裏十分歉疚，暗恨兒子作孽壞事。要不是怕驚嚇著病人，她真想抱著可憐的姑娘，放聲大哭一場。為兒子告罪，也發抒一下自己心中的憐憫與痛惜……

至於說，姑娘病好了，是否可以做她的兒媳，當時，焦急與痛惜完全佔據了她的心，她竟忘了考慮。直到韋家招待她母子吃飯的時候，她才在心裏犯起了嘀咕：這姑娘不應該做楊家的媳婦！

憑著女人的敏感，她看得出，韋小姐不僅身材短小（至多不過四尺高），用北京人的眼光看，那是矬之又矬了。「高媳婦門前站，不做營生也好看」。這北方鄉間流傳著的俗語，她並不全部贊同。「高媳婦」固然好看，但不要說「不幹營生」，就是營生「不贏人」，或者邋邋遢遢，也不成體統呀！一個婦道人家。不成要公婆丈夫去替她縫補洗涮，燒煮烹炒？拿媳婦像老祖宗般捧著敬著，那成了什麼世界！但她又覺得，許多小個子的女人，倒是十個有九個，伶俐俏索，幹起活來麻利爽快，一陣輕風似地，就像戲臺上的小花旦在做戲。從前，她甚至認為「十個大個兒九個笨」。可是，她怎麼也想不到，韋小姐竟是那樣一副骨架。雖然沒看到她站在地上是啥模樣，可薄棉被底下，那細細的，薄薄的，短短的一搦身形。哪裏像個十七大八的姑娘，簡直就是個八九歲未成年的孩子！連她的面龐兒也小得像三歲娃兒。儘管她的眼睛，鼻子，生的窩是窩，塌是塌兒。但那樣的矬身材，怎能配得上自己身材高高的兒子呢。雖說做夫妻不能指望十二分地「般配」，可也不能讓高頭大馬，配只羊羔兒呀。那豈不是太帶累了自己的兒子?!

「不般配，太不般配——他倆天生不是一對兒！」心裏頭一面切念著，同時拿定了主意。

唉，唉，悔不該自己那麼固執己見！兒子怕娶了不安分的女子，爾後留後患。卻斥責兒子「心高」，「戲唱紅了，想找西施、嫦娥」。堅持「送上門的媳婦，就應當爽快收下」。雖然曾曆海的勸阻，曾使她猶疑了一陣子。但等到韋太太找上門來，母親憐惜母親，三言兩語，就觸動了她的惻隱之心。不但滿口答應前去探病，還向人家賠罪，當面「把數」自己的兒子，「年幼無知，做事粗魯」。現在，她深悔自己冤枉了兒子。

想不到，兒子口上說不能接受韋家的婚事，也不答應去韋家探病，可真正到了韋家，竟翻了個個兒。在韋家，她的眼睛一刻也沒放過兒子的表情和言行。還沒見到病人的面，他在客堂裏就已經坐不穩當，仿佛屁股底下坐著幾個刺蝟。臉上一陣陣掠過焦灼、痛惜之色。連戲臺上假戲真做的本事也忘了個精光。等到叫他上樓時，看那副慌慌張張的樣子，恨不得一個旱地拔蔥跳上樓去。也不知在樓上說了多少不該說的話。竟把一個互不相干的女子，緊緊抱在懷裏，像是結婚多年的夫妻！等到坐到韋家的餐桌上，儘管人家南菜北菜滿滿擺了一大桌子，兒子手中的筷子，卻只是懶懶地在面前的盤子裏夾一點，慢騰騰地嚼著，仿佛他的靈魂兒被那姑娘拘了去……

唉，唉！自己領著兒子，做了一件大蠢事呵！

倘是韋家姑娘的重病，真的被兒子的一次探望，祛除乾淨，韋家必然重來提親。那時，就不會再是姑娘的自薦，而是媒人登門了。既然兒子如此迷戀韋小姐，只怕再要拒婚，兒子要攔在前頭呢……

怎麼能夠既不答應韋家的婚事，又不傷兒子的心呢？

充滿心頭的煩躁，驅趕了夜間的睡眠。自韋府歸來的當天夜裏，楊母輾轉翻側，難以成眠。後半夜，竟不由自主地披衣下床，悄悄溜到兒子房間外面，側著耳朵諦聽。房間裏悄無聲息。過了許久，傳來一陣重重的翻身聲。唉，已經敲過下三點了，演了一夜武戲，咋會不累呢？果然被那姑娘折磨得睡不著了！

晚春的深夜，依然彌漫著侵人的寒氣。她打了一個冷顫。心事重重地退回到自己的房間，磨磨蹭蹭鑽進被窩裏。剛剛暖過身子，忽地又爬了起來，穿好夾衣，扣嚴紐扣，再一次來到兒子的窗外。不一會兒，她聽到了好幾聲斷斷續續的睡語聲。嗯，總算睡著了。不睡熟，不會說睡語。也許兒子不至於像自己想的那樣，被那姑娘折磨得連覺都睡不成。從來不念佛的老人，不由得念了一句「阿彌陀佛！」放心地悄悄回到了自己的房間。

她合衣躺在床上，拉過被子蓋著上身。又陷入了苦苦的思索之中……

是的，眼下只有一條路。讓他回心轉意斷絕與韋家的瓜葛。她怕兒子聽不進自己的話，想請曾曆海幫忙。可想到三番兩次不聽人家的好言相勸，以致弄到這個地步，如今實在不好意思再開口相求……

「唉，也沒啥不好意思的。曆海是月樓的好朋友嘛！」她自己勸自己。「天一亮，我就去跟他商議！」

2

「難道說，自己一片忠心，苦苦勸阻，完全錯啦？」曾曆海搖頭苦笑，一遍又一遍地在心裏反問自己。

自從楊母答應韋家，要帶兒子去探望病重的韋小姐那天起，他就一直深深陷入反躬自省之中。莫非真的是「一次被蛇咬，十年怕井繩」：自己被女人坑騙得傷透了心，便把天底下的女人，統統看成禍水孽根；連主動表衷情的深閨小姐，也當成是勾引男人的下流女人？當時，為了不使好朋友爾後吃壞女人的虧，他反反覆覆陳述利害，加以勸阻。一個多月來，真可謂做到了苦口婆心。

也許，他的忠心，完全是誤會了人家美意的多心！

他七歲喪母，十二歲便作了新郎官。媳婦姓柳，十八歲，比自己整整高出一頭。一開始，他不習慣跟一個陌生的大姑娘睡在一個炕上。漸漸地也就習慣了。每晚，一鑽進被窩，總是用力往牆角靠。可是，柳姑娘，他的媳婦，總是把他拉過去，緊緊摟在懷裏。他清楚地記得，直到母親去世之前，他每夜也是像這樣，偎倚在母親的懷抱之中，用小手撫摸著她的粗糙的皮膚，很快就呼呼睡去。現在，他仿佛又睡到了母親懷中。不過，媳婦的皮膚比母親的滑潤得多，這可能就是「媳婦」跟母親的不同之處。他覺得，父親的決定是對的，自己不該一再堅持「不稀罕媳婦」！如今撫摸著媳婦睏覺，不是跟睡在娘的懷裏一樣舒心麼！他感到了做「新郎官」的滿足。

可是，媳婦卻不像自己那樣容易滿足。除了緊緊地摟著他，總是愛拿一隻手捏搓著他的「小雞兒」。有一天夜裏，當他的小雞兒被媳婦柔軟的手指，捏搓得成了半截小木棍兒時！她附在他的耳邊說道：「喂，你別睡，聽俺說：俺是你的妻，你是俺的小丈夫。小丈夫得有小丈夫的樣子。」「那是什麼樣子？」「讓小雞雞給俺暖和暖和窩兒，才是真正的小丈夫呢？」「那好吧，你的窩兒在哪？」「你爬到我肚子上來——俺教給你……」

他覺得媳婦的「窩兒」已經溫煦煦，用不著他來「暖和」。他不知道該做什麼，便趴在那裏一動不動。正要沉沉睡去，卻被猛地掀到了炕席上。媳婦翻過身子，拿脊樑對著他，再也不理睬。打那以後，媳婦不但再也不主動摟他，他想觸摸一下她的身體都不讓。有一天夜裏，他被尿憋醒了。睜眼一看，媳婦不在炕上。悄悄爬下炕，摸摸屋門仍關著，正奇怪媳婦去了哪裏，忽聽對面父親的炕上，似乎有媳婦的呻吟聲。他跐著鍋臺，從燈窩裏往裏一瞧，明亮的月光下，只見父親赤條條地伏在媳婦身上，好像也在給她「暖窩兒」。怪不得她再不讓自己做「小丈夫」呢，原來有父親代替了自己。不做小丈夫無所謂，只是媳婦不讓他再偎進她的杯裏，他感到又像失掉母親時那麼難過。

隨著年齡的增長，等他明白了那是怎麼一回事兒，便再也不想跟媳婦親熱。實在被她撩撥得按捺不住，也是懷著一種負罪感，聽她擺佈。他覺得在家裏成了一個多餘的人。便藉口「念書天分不行」，說服父親，放棄「進學」考秀才的打算，跑到離家三十里外的燕山腳下，在一個土財主家當了家庭塾師。

三個開蒙學生的功課，使年輕的塾師閑得發慌。恰巧，鄰村有一個從保定府告老歸林的京劇老伶人。課童之餘，他拜那老伶人為師，學起了皮簧。他的嗓音圓潤寬亮，不到一年工夫，已經能從頭到尾學完了《文昭關》、《捉放宿店》等四、五齣須生戲。一開始，只是在清晨或傍晚，跑到河邊的樹叢中，喊幾段溜溜嗓子。偏僻山村無光景可看。漸漸地，曾老師的京調兒，竟使東家著了迷。隔三插五地把他請進客廳，泡上香茶，老婆孩子圍成一個大圈圈，請他唱幾段，「過過戲癮」。當他使出渾身解數讓東家過了幾次「戲癮」之後，忽然發現，在他引吭高唱時，主人二十剛出頭的小婆子，眼光盡在他身上轉悠。仿佛她不是用耳朵，而是在用眼睛「聽」戲。開頭幾次，他並沒在意。認為是自己珠圓玉潤般的唱腔，引起了她的興致。不料，有一天晚上，那姓任的小婆子，竟溜進他寄宿的學屋套裏間。沒等他回過神來，已經鑽進了他的熱被窩兒。聞到了女人身上特有氣味兒，他醉了似地，頭暈心顫，雖然心頭像頭小鹿撲通撲通直跳，但仍然順從地讓那女人給褪下了小衣……

從此以後，那女人隔不上兩天，便溜來與他幽會。不久，便慫恿他帶她逃走。「到天津衛或保定府去跑碼頭，憑著你的美長相，好聽的唱腔兒，還愁沒碗好飯吃？」女人的話使他動心。但他拿不準，他用嘴唸著鑼鼓經，哼著胡琴過門兒，學會的那七、八齣戲，能不能跟真鑼真鼓的伴奏合上轍兒，更使他擔心的是，與一個有夫之婦私奔，露了餡兒，要落個拐騙婦女的罪名！他更害怕犯法。因此，他嘴上唯唯應著，總下不定真走的決心。

不料，有一天晚上，剛剛交夜，那女人挎著一個漏花包袱，匆匆溜進了他的書房。一進門，便惶急地喊道：「咱倆相好，老不死的知道了——要捉住砸死你！快，他招呼人去啦，跑得晚了，就沒命啦！」說罷，拖上他就翻出了後牆。牆外已經拴著一頭騾子，女人騎上去，讓他牽著牲口，沿著山間僻路，連夜向保定府奔去。

到了保定府，他在永生戲園做了底包演員。任氏也就堂而皇之地成了他的「堂客」。正當他的戲份兒分得越來越多時，忽然發現，他的「堂客」跟著北京來的一個唱小生的小白臉跑了。他追到北京城，找到了那小生。人家不但不承認拐走了他的女人，還把他打了個七進七出。連傷帶氣，他在一個小客棧裏躺了一個多月。等到養好傷，他的甜亮的好嗓子卻變成了一條沙嗓子。他的飯路絕了。無奈，進了三慶班，給楊月樓做了跟包的……

想到傷心的往事，他的心頭一陣緊縮發冷。他半生坎坷潦倒，無一不是與女人連繫在一起。正是勾引男人、見異思遷的風騷女人，使他從戲份兒豐厚的「二牌」須生，敗落成一個侍候人的跟包！

人，總是根據自身的經驗，來評判周圍的世界。痛苦的經歷，塑造了曾曆海的女人觀。他恨透了勾引男人的女人。儘管，他也知道那種女人夠「味兒」，但都是一些吃人不吐骨頭的害人精。所以，他堅決反對楊月樓與韋家交往。不料，他越勸阻，楊月樓越鍾情。連被他勸轉的老太太，也變了卦，帶著兒子親自去探病！倘使爾後兩家結成親眷，作為外人，他豈不是兩頭教人生厭？！再說，韋家姑娘也未必像柳氏、任氏一般，楊花水性。反復思考之後，他決定找楊母扯扯，說明他一再不贊成與韋家來往，可能毫無道理，完全是自己多餘的擔心。

曾曆海一走進楊母房間，老人便高興地說道：「曆海，你來得正好，我正要找你呢！」

「不知伯母有啥事？」他想找機會談出自己的悔意。

「曆海，你說，下一步跟韋家該咋辦？」

「已經去探過病啦，下一步還有啥事呢？」曾曆海明知故問。

楊母放低了聲音：「要是他們正兒八經地打發媒人來提親呢？」

「伯母，」曾曆海觀察著楊母的表情緩緩答道，「您跟月樓到過韋家，見過那姑娘，也見了她的母親。該應允，還是該回絕，您老人家跟月樓，總該有個譜氣啦。」

「論人家，論老人，都沒說的。就是那姑娘——」

「怎麼？姑娘長得醜，還是怎麼的？」

「醜，也不能說醜。就是那身材，像個不滿十歲的小丫頭，實在教人看不過眼兒去。」她長長地歎了一口氣。

「伯母看扎實啦？」曾曆海仔細打量著老人。

「只隔著一層薄被子，咋能看不扎實呢。唉！可月樓那孩子，好像並不在乎人高人矮——真難為煞人呀！」

看到老人愁容滿面的樣子，曾曆海拖延了好一陣子，然後含糊答道：

「那……就是另一回事啦。」

他高興沒把想好的話說出來，不然又跑岔了道兒！

3

去韋家探病以後，十多天來，楊月樓一直在痛徹地懺悔！

倘若不是親眼目睹，他決然不肯相信，一個亭亭玉立的絕色女子，會在一月之間，變成僵臥床榻，乾柴似的，氣息奄奄的病人。而釀成這慘劇的罪魁禍首，不是別人，正是自己！當初，如果肯聽從師兄丁少奎的勸告，何至於將好端端的姑娘，折磨到這種地步！

這幾天，母親關注的眼光，時不時地瞟過來瞟過去。曾曆海也不斷地拿話套問自己。暗地裏，他捶胸頓足，痛恨不已。表面上，他極力克制自己，又說又笑，裝得沒事兒一般，不讓母親看出內心的痛苦。他不願給老人添憂愁；他也不願讓曾曆海知道，他對前一段冷酷的決策，極端反悔。因為，那等於埋怨人家，給錯出了主意！曾大哥一片誠心為自己好，哪能讓他落埋怨。況且，為了女人，大哥也曾像魏長生一樣，栽過大跟頭。他的多慮，不是沒道理。

他只恨自己，在韋小姐生死攸關的大事上，拿錯了主意！多虧了母親的堅持，他們才沒有一誤再誤，終於去看人家的病，給韋小姐帶去了一線活下去的勇氣。要不，真是贖罪無日了。

最使他驚奇萬分的是，一個奄奄一息的病人，竟能撲進他的懷抱，那樣有力地摟緊他的脖頸，並暈倒在他的懷中！等到暈過去的病人，在他的懷裏長吟幾聲，終於甦醒過來時，剛剛睜開雙眼，便扯著他的左手，一眨不眨地望著他，雙目竟閃灼著熠熠的光輝——跟他剛進門時判若兩人！雖然她久久地默無一言，但那注視的目光，分明含著寬容與感戴。他像一口喝下半斤「牛皮散」，一股熱流直透心底。她那瘦小身軀所傳遞到他胸膛上的溫煦的熱潮，奔湧著，流遍了他的全身。當時，他差一點雙膝跪下去，感謝姑娘的信任，並為自己請罪！

當他們還在韋家客廳裏吃飯時，王媽便興匆匆地前來向作陪的韋太太「稟告」，顯然是為了說給他們母子聽：「太太，姑娘順順當當地吃下了半碗稀飯呢——這可是十多天沒有的事啦！」

他們母子的探病，竟像帶去一劑仙丹妙藥，當場顯出了神效！他佩服母親的判斷，感激母親的主張。不然，自己決無勇氣去抗拒曾大哥那一串串大道理！

可是，他們走了之後，惜玉姑娘的病，會不會像當時那樣，繼續神速見效呢？已經十幾天啦，應該能下地走動了吧？他恨不得立刻跑到韋宅再去探望一番。可是，自從歸來之後，母親掛口不再提韋家的事，仿佛把病人忘在了腦後。老人不說話，自己怎麼好開口呢？他想跟師兄丁少奎討個主意。仔細一想，師兄心腸好，可是心太粗。性急喝不得熱米粥，當心給捅漏子。而曾大哥又一直對這事不贊同……

他陷入進退兩難之中。

當天下午，月樓與丁少奎乘車去同樂戲園。剛拐進四馬路，路旁忽然閃出了陳寶生，笑嘻嘻地拱手向他問安。他認為是偶然相遇，隨口招呼了一聲。不料，陳寶生卻跟在了黃包車旁。一面走，一面低聲告訴他，韋小姐的病雖然在他探望之後，大見起色，但想要徹底根除，還得再去探望幾次。分明看到了楊月樓為難的神色，陳寶生收起微笑，挺起一直彎著的腰桿，語氣冷冷地說道：

「楊老闆，這可是打勿得哈哈的事體哉！救人救到底。既然已經把人救得活轉過來，就該再幫人家完全康復。勿為人情，還為積德哩！儂說是勿是，楊老闆？」

楊月樓鎖起了雙眉：「那……只怕我母親不點頭！」

「咦，老人家都親自去過啦，咋會勿點頭呢！」陳寶生一手扶著車沿兒，斜側著身子補充道：「再說，也勿須回回勞動她老人家嘛！」

「曾大哥那裏也……」楊月樓搖搖頭，他仍然擔心曾曆海反對。

陳寶生打斷他的話，高聲說道：「請楊老闆放心，曾老闆那裏有丁老闆安撫。」陳寶生扭頭向後問道，「怎麼樣，丁老闆？」

「嗐，月樓，一回是去，二回也是去，還沉思什麼！」不知什麼時候，丁少奎已經跳下了黃包車，來到他的車旁。

這時，陳寶生從長衫口袋裏摸出一片折疊成方勝兒的紙片，遞給楊月樓。一笑說道：「楊老闆，這是給您的。」

楊月樓展開一看，上面寫著《西廂記》中的一闋《絡絲娘》：

空撇下碧澄澄蒼苔露冷，明皎皎花篩月影，白日淒涼枉耽病，今夜把相思再整……

——惜玉頓首再拜即日枕上

字跡雖然不甚整齊，但卻是他熟悉的簪花小楷。他覺得雙眼一陣熱，急忙把頭扭向一邊兒。

丁少奎趁機催促道：「月樓，乾脆，現在你就走一趟。」

楊月樓哽咽地說道：「現在怎麼行？」

「有啥不行的！這兒離安樂里不過五分鐘的路，你去看一眼，坐一坐就回——用不了半點鐘嘛！」

「這……」

「快去吧，只要屁股別黏上板凳，耽誤了扮戲！」不等楊月樓回答，丁少奎扭頭向車夫吩咐道：「快，送老闆去安樂里，快點！」

「哼，這一回又是師兄跟陳案目搞的鬼點子！」坐在飛跑的洋車上，楊月樓見陳寶生小跑著跟在車後，忽然明白過來。不由長歎一聲：「唉！師兄對我也是一片誠心喲！」

4

怨不能，恨不成，坐不安，睡不寧。有一日柳遮花映，霧障雲屏。夜闌人靜，海誓山盟，恁時節風流嘉慶，錦片也似前程。美滿恩情，咱兩個畫堂春自生。

低吟罷《西廂記》中的一支《么篇》曲子，韋惜玉更加感到悶沉沉，空落落，心頭惆悵無比。抬頭看看窗外，淅淅瀝瀝的陰雨，毫無停歇的意思。隻春燕綣縮在廊簷下的木椽上，黑緞似地羽毛被雨水打得透濕。它分明在冷得發抖，不時發出一聲淒清的啁啾，宛如自己在投江被救後，所發出的歎息。

楊月樓第二次來探望，已經過去了八天。她覺得，這八天比八年還要漫長。儘管分手時，自己重述了兩遍「你再來喲」，他也輕輕頷首應允。但誰知他是不是言而有信呢？上次他跟他的母親一起來，是媽媽登門堅請，才請動了他們的大駕，這一次也是那闋《絡絲娘》，才把他拘來。只怕不加逼迫，是難以讓他再登門的。哼，好端端的一個男人，偏偏生著一副如此高傲的心性！

那天，他來的時候，竟然只淡淡地說了一句：「韋小姐，你好些啦？我來看看你。」語氣雖然柔和，眸子裏也露出幾絲關注和親昵，但卻是一閃而過。接下去，便是低頭飲茶，連再抬頭瞟自己一眼的興致，彷佛也沒有了！而她竟也因為他的背著母親師兄來看望自己，激動得忘了說幾句知心話。只顧拿眼睛在那動人的方臉上和修長的身材上呆看。等到想起該開口，他已經站起來，說了一聲「怕誤戲」，匆匆告辭走了。為什麼在信上，能夠紅著臉，流著淚，把要說的話寫盡，面對面坐在一張桌子跟前，反倒沒有開口的勇氣了呢？

她不理解自己。也恨自己怯懦無用！

正是呢，兩面廝對，四目相望，多麼寶貴的表心曲的機會，但卻被自己錯過了。似這樣下去，就是他來探望自己一百次，怕也仍然是彬彬有禮、客客氣氣的兩個陌生人。「夜闌人靜，海誓山盟」的日子，永遠只能在夢中！

不，不。我不要夢裏的姻緣，我要的是「畫堂春自生」的甜蜜日子……越想越煩躁，她大聲向樓梯口喊了起來：

「奶媽，奶媽——快來呀！」

「來啦，來啦！」

可能受了喊聲的驚嚇，王媽攙著韋王氏，一面答應著，一面慌慌張張爬上樓來。兩人臉色驚異，分明認為惜玉又犯了病。不料，來到樓上一看，惜玉好端端地坐在窗前，不由愣了好一陣子。

「阿寶，有啥事呢？」韋王氏開口問道，「身上又不舒服？」

她沒有回答，卻轉向主媽說道：「奶媽，你去叫楊月樓來，我有話跟他說！」

「啊？」王媽一時不知作何回答，看看女主人瞪著眼在發呆，只得囁嚅答道：「只怕，只怕不是那麼容易呢。」

「怕什麼！我再給他寫封信就是。」

「惜玉，你不知道。」王媽苦笑道，「光一封信，怕是請不來楊老闆。上次，全靠陳案目和丁老闆幫忙，才把他從半道上截了來……」

輕輕「噢」了一聲，她半晌無語。然後站起來，往前走了幾步，又坐回到杌子上，吼叫般地嚷道：「那就再想法子把他劫了來！」她把王媽說的「截了來」，聽成了「劫了來」。「我必須跟他打開窗子說亮話！」

「阿寶！」韋王氏急哭了，「法子得慢慢想啦，總不能那麼性急哪！」

惜玉瞅了王媽一眼，快步來到床前。身子一歪，摔倒在床上，忿忿嚷道：「好哇，你們只等著看笑話就是！」

「孩子！」兩個女人齊聲相勸。

惜玉橫倒在床上，閉上眼，不再出聲，兩隻鼻翼，一噏一合地喘著粗氣。

看來，不答應她的要求，又不知該發生什麼事。兩個女人一時愣在那裏。

「惜玉，病，剛好了一點兒，你得愛惜身子呀！」王媽望望太太，走近床前，撫著惜玉的背，柔聲相勸：「其實呀，太太跟你一樣地著急，恨不得立刻把楊老闆請了來呢。」

「那就快去！」惜玉頭也不回，粗聲粗氣。

「姑娘，你看這樣好不好？」王媽瞥一眼滿臉淚痕的韋王氏，「讓俺跟太太商量商量，法子總會有的。等俺們想出個大概譜兒，再找陳案目幫著掂量掂量。說不準，有比硬闖轅門去下書請人家，更好的法子呢。」

惜玉終於睜開眼，抬起頭問道：「那是什麼法子？」

「眼下，」王媽苦笑笑，「俺也說不準……不過，你放心，我跟太太更是急得像是火上了屋呢。」

「反正，不管想什麼法子，得趕快，趕快跟他們提親——他要是再不允，我再死給他看！」

說罷，她重新閉上雙眼，不再吭聲。

韋王氏深信，女兒「再死給他看」的話，決不是氣話，她完全幹得出來。為了那只遭瘟的猴子，她不但縱身跳過黃浦江，被救活之後，竟因思戀，而病得奄奄一息。老天爺給韋家降下這大的橫禍！雞年時氣低，一隻猴子攪得韋家朝夕不安。而楊猴兒一來，竟比什麼仙丹靈符都靈驗。變戲法似地，硬將臨近死亡的人，從枉死城裏拖了回來：當場睜眼說話，當天開口吃飯，不到十天，便能下地走路。塌陷的雙頰，很快泛出了一層淡淡的粉色——拘魂的魔障，竟被楊月樓遠遠驅趕開了。而一旦楊月樓不再來，便又煩躁得坐立不安，飯量頓減。這一次，離人家第二次來探病，剛剛過去了八天，竟然如此吵鬧不休，不但要見面，還要「打開窗子說亮話」。分明要當面向人家提親——連一點體面都不顧啦！可，人家每次來，仍跟從前一樣，一張嘴閉得緊緊的，不露半點口風——分明毫無允親的意思！

「唉唉，強扭的瓜不甜，打著老鴰做不成窩。阿寶的性命，最終要毀在那猴子的手裏啦！可恨的楊月樓喲！」

轉念一想，也不能光怨人家楊月樓。人家在戲臺上做戲，就是做給台下的人看的哩，隨你怎麼看去。有的人恨不得用眼睛把人家吞下去，也怪不得人家不是？她曾經留心觀察過，戲臺底下年輕俊俏的太太小姐，著迷出神的並不少，可沒聽說，哪個像自己的女兒這樣地入邪著魔。仿佛天底下的男人，除了楊月樓，再無一個值得戀惜的！莫說是看三五場戲，摸不準一個人的心地脾性兒。就算是摸準了，人家真是天底下第一份兒的好男人，不成都得歸自己所有？！從古至今，除了皇帝家有選後，選妃的特權，普通百姓家，哪個女子不是聽命於父母安排，男人的模樣兒，撈不到見一見，背上花轎就抬走。等到揭開蒙頭紗，看清了要做自己男人的是高是矮，是惡是醜，是麻子還是癩瘡頭，一切都晚了。都得乖乖地讓人家拉上床頭聽憑擺佈。滿心委屈吐不出，眼淚只往肚子裏流！可也沒聽到有幾個新媳婦去投江，上吊，喝鹵水。到頭來，孩子照樣一大群。懵懵懂懂一輩子也就過去啦。怎麼單單這樣一個古怪拗氣的閨女，讓韋家攤上了哪！

「唉，我這條命，要斷送在這混姑娘的手裏啦！」

一面抹著眼淚，韋王氏埋怨罷楊月樓，又埋怨自己的閨女。仿佛只要不住地埋怨，就能讓「古怪拗氣」的女兒，變成嚴守閨訓的賢女子。

「太太，光傷心流淚，解不開姑娘心裏的疙瘩不是？」站在一旁的女僕王媽開了口。

王媽給她捧過水煙筒，點上煙。然後，慢慢說道：

「俺想了個主意，不知妥不妥——請太太拿主意。」

韋王氏急忙吐出口中的煙縷答道：「王姐，你快說，有啥好主意？」

「太太，姑娘不是想見楊老闆嗎？依俺看，請楊老闆並不難。可他真來了，咋收場？人家雖然是成年人，紅遍中國的名角兒，太太難道看不出來，楊家規矩忒大。當著楊老太太的面兒，楊老闆垂手立站，拘謹得像丫環小廝。要是他來啦，姑娘那脾氣，當面鑼對面鼓地跟人家攤開底牌，人家自己怎麼敢作主？倘使被逼急了，一口回絕，要想再揀起那由頭，可就難啦。」停了一會兒，王媽繼續說道，「當面提親，姑娘豈不成了賣不出的酸梨子？韋宅的體面，還顧不顧？」

「唉，說的是哩！」韋王氏感動地握著王媽的手。「不過，要顧體面，又要讓人家依從我們，只怕沒那兩全之計哪。」

「有。只要咱們跟姑娘說清楚：楊家三番兩次不應親，不為別的，就是嫌她身子單薄。人家吃江湖飯，要帶著家眷跑碼頭，單薄的體子，經不起那顛簸……」

「那不是撒謊嗎？」韋王氏很感意外。

「太太，戲臺上都說，『兵不厭詐』呢。為了成全姑娘的終身大事，啥法子也得使……」

韋王氏又打斷王媽的話問道：「可撒那謊，有啥用哪？」

「太太，眼下擋頭不在楊老闆，九成九是在他娘身上。那天，楊太太來的時候，興頭足著哪，分明心裏有意。可是到了樓上以後，臉色就變了。別看也流了幾滴眼淚，那是女人的軟心腸。俺看出來，她的眼神裏邊，就沒露一絲兒想要娶姑娘作兒媳婦的意思。俺琢磨著，根兒就在惜玉的病容上。病人難見喲！病成那種地步，只剩下一張皮包骨頭，活脫脫是塊幹樹樁，誰看了也要嚇得退三步。依俺看，只要穩住惜玉姑娘，讓她開心，好好吃飯，用不到一月兩月，保準還是又紅潤又鮮靈的美人胚子。到那時候，只要小姐在楊太太面前一站，俺就不信，那老太太不動心。動了心，準變主意。太太，你說是不是？」

低頭沉思了好一陣子，韋王氏抬起頭，眼睛裏露出困惑的表情，猶疑地答道：「王姐，你說的滿在理啦。可那謊，得你去撒啦，我怕撒不圓範，漏了湯哪！」

「太太放心，全包在俺身上啦。」王媽望著主人叮嚀道：「不過，太太千萬莫跟小姐透一點口風兒，神色上也不能露餡兒。不知太太能不能做到？不然前……」她想說「前功盡棄」，一時又想不完全，只得說：「前頭的勁兒，就白費啦。小姐的病，也難有法子根治！」

韋王氏長歎一口氣：「好吧，我一定照你說的做啦。」

「那就好，太太。」

5

這幾天，楊太太心裏的氣，不打一處來。

哼！韋家那姑娘，明明白白地擺著，不是給兒子做媳婦的材料。躲之猶恐不及呢，那丁少奎竟跟丹桂戲園的陳案目串通一氣，連哄帶逼，讓兒子連續兩次，到韋家去見那病妮子。雖說救人是好事，但一回生，兩回熟，三回成了親姑姑。見面的回數一多，大男大女的，敢保他們不生出幾分情思？原先，兒子還只是可憐那姑娘。一旦生出情感，只怕就勸不回頭了！再說，韋小姐跟兒子素不相識，都能接連寫信求婚；求婚不得，連相思病都得上。這樣的姑娘，心裏頭怕是比火團兒還熱十分。兒子老大不小了，整天往她面前跑，只怕鐵塊塊也能被烤化呢。他那麼願意去韋家「探病」，只怕喝湯有戀米之心……心裏預感到危險，就更生兒子的氣。是的，他心裏準想著，只是嘴巴閉緊罷了。唉，親生的兒子，在這麼大的事情上，竟跟自己不一心！她父親下世早，又無三兄四弟，自己一手拉扯大的獨根苗，到頭來，把自己當成了外人！

她，又氣，又傷心。

心裏有氣，一時又說不出，臉上便始終陰沉沉地，掛著一層冷霜。兒子分明在故意裝糊塗，不但從不問一句，母親有啥不快，反而裝得沒事兒一般，對她更加體貼和孝順。這樣一來，她滿肚子的火氣，越發找不著發洩的由頭。

出乎意料的是，昨天上午丁少奎跟那個嘻嘻笑著的陳案目，竟又把韋太太領了來——對她母子親自登門探病，並治好了韋小姐的大病，登門拜謝。並且要在「壺中天大菜館」設宴，「略表謝意」。當時，礙著韋太太的面子，加上陳案目的巧舌說合，丁少奎又在一旁幫腔，她竟違心地答應了人家。人家一走，她就後悔得斷了腸子！

俗話說：「越走得勤，離親戚越近！」她的心一陣陣發顫。

隔壁房間裏，傳來兒子漱洗的聲音。時辰鍾已敲過六響。往常日，她早已梳洗完畢，吸著水煙，等候著兒子前來請安，然後一同用早餐。今天，她不想起床。折騰了大半夜，她想出了個好主意：裝病不起，以拒絕韋家的宴請。從此以後，跟韋家一刀兩斷！不然，怕是要做不得兒子的主咯！

「篤篤篤！」輕輕地敲敲門，兒子推門走了進來。一看母親未起床，便驚問道：

「媽，你老人家怎麼啦？病啦？」

「頭痛。」她閉著眼甕聲甕氣地答道。

「我請大夫去！」他轉身往外走。

「回來！」睜開眼，瞅著眼色焦急的兒子，她的語氣軟下來。「頭痛腦熱的，躺兩天就好啦，請啥大夫！」

「那……」

楊月樓雙眉緊皺，滿臉苦相，俯身站在母親床前。正不知該如何辦，忽見丁少奎大步走了進來。他兩手一攤，焦急地說道：

「師兄，你看，老人病啦！」

「昨天還好好的嘛——什麼病？」

「頭痛。」楊月樓歎了一口氣。

丁少奎意味深長地「噢」了一聲。近前伸手摸摸楊母的額頭，立刻調侃道：「不燙不熱！分明是覺睏多了，睏出了迷糊症兒。伯母，動一動，少塊病。聽老侄子的話，起來溜達溜達，啥病也沒啦！」他伸手抓過老人搭在床上的夾襖。「伯母身上不舒坦，來，我幫你穿衣服。」

「少奎！今天，我實在是起不來啦！你就別難為我啦！」

「咦，人家不是說，『好人躺三天，準把症候添』麼？你老人家要是今兒格，不強撐著起來，保不準明天還真病了呢。月樓，別愣著，快打洗臉水去。」他扭頭向楊月樓做個鬼臉，繼續說道：「伯母，看在老侄子的份上，您就起駕吧。要不，可要耽誤大事啦。」

丁少奎一面說著，伸手將老人拉了起來，扯過一隻手就往衣袖裏伸。楊母抽回手嗔道：

「唉，我自己還能穿衣裳呢。真到了不能穿衣裳的時候呀，你們弟兄，怕更……」她想說「更不把我當把牌出啦」。但又咽了回去，改口道：「怕更得替我擔心啦！」

她想了大半夜的好主意，讓丁少奎一陣風似地連拉帶勸，竟哽在了嗓子眼裏，始終沒有說出來。用早餐的時候，她本來打算不吃，可是看著兒子勸飯時焦急的樣子，只得端起碗來。心裏無病飯便香，誰知一口氣竟喝下兩碗糯米粥，外帶吃了兩根雙股大油條！

楊家還沒吃完飯，韋家派來接客人的兩輛亨斯美馬車，早已候在了客棧門外。楊母只得匆匆換上一套整齊衣裳，跟同時被邀請的丁少奎和曾曆海，一起上了馬車。

常言道：「有倉猝客，無倉猝主人」。楊母一行來到「壺中天」，韋太太母女早已在菜館門前等侯多時了。

楊母一下車，便見盛裝的韋太太身旁，站著一個身材苗條的綠衣姑娘。上身穿一件雨過天青的綢夾襖，外罩一件玄色皺心緞鑲馬甲，下身紮一條蔥芽綠細折裙。油黑的大辮子紮著大紅絨線把兒。頭上無多裝飾，只在右鬢上插一朵水紅珠花。齊眉的瀏海下，是一張白裏透紅的瓜子臉。那顧盼有神的秀目，俊美的高鼻樑，小巧的嘴唇，都放射著動人的光芒。宛如一株亭亭玉立，綴滿露珠的新荷。她猜不透，韋家從哪裏跑出來這樣一個動人的姑娘。心想，要是有這樣的姑娘，配自己的兒子，焉用她如此操心！

韋王氏分明看清了楊母迷惑不解的神色，給楊母請過安，便指著女兒說道。

「楊太太，您不認識啦？這就是小女阿寶哪。」她扭頭瞅著女兒，「阿寶，快給楊伯母請安！」

「伯母好！」惜玉上前一步，斂衽施禮。

「哎喲喲，原來這是韋小姐！我只當是……咳，剛剛一個多月未見，出脫成另一個人啦。」楊母扯著惜玉的手，兩眼不住地上下仔細打量。然後，長歎一聲：「唉！想不到，實在想不到喲！韋太太，你生了個天宮仙女！」

這時，侍立一旁的王媽插話道：「太太，是不是請楊太太到裏面坐下說話？」

「是哪，是哪。」韋王氏急忙答道。「楊太太裏面請。」

「韋太太請。」

楊母答應著，伸手扯著惜玉的手，在眾人的擁簇下，朝大菜館的宴賓廳走去。

十一、佳期

兒女濃情如花釀，美滿天地想，黑甜共一鄉。——《桃花扇》

1

答謝宴設在「壺中天大菜館」二樓，俯臨庭園的一座幽雅的宴賓廳裏。廳內，一面大玻璃落地窗，正對著庭園中風景最佳處。坐在廳內的任何一個角落，都可以飽覽院中美景。東牆上掛著墨竹四扇屏——「風晴雨露」。翠竹的不同姿致，躍然紙上。落款清清楚楚是「八大山人」，看上去頗似真跡。西面牆上，掛著一個大橫幅，是杭州都錦生精製的織錦「八駿圖」。橫立在門口，擋住外面視線的是八扇黃楊本色雕屏。細看上去，雕的是一大幅山行圖。一個戴錦帽披斗篷的長鬚老人，騎著一頭毛驢，正漫行在峰迴路轉的崎嶇山路上。拼花地板正中，擺放著一張嵌螺鈿紫檀八仙桌。桌面中心是一大幅「四喜齊來」圖，一條由臘梅巧妙組合成的寬花邊環繞周圍。桌子四周，擺著八隻配套的紫檀靠背椅。室內陳設，處處透著典雅與華貴。

韋王氏帶領客人來到了小宴廳。她連連禮讓，一定要請楊家母子坐首席。推讓了好一陣子，楊母才在上首坐下，但楊月樓執意不肯入座，定要請韋王氏跟母親坐到一起。韋王氏連連說著「斷無此理」，又讓曾曆海挨著楊母坐上席。曾曆海正在推讓，性急的丁少奎，拉著他來到左側坐下，自己緊挨著坐在他的下首。楊月樓趁機坐在他們的對面。韋王氏只得拉著女兒坐在下首相陪。

剛剛坐定，楊母站起來說道：「韋太太，今兒格，我要反客主……」她說不下去了，扭頭向曾曆海問道：「曆海，那話是怎麼著說來？」

曾曆海急忙答道：「反客為主，伯母。」

「對，對，『反客為主』。我這『客人』可要自作主張啦，不知韋太太依不依？」

韋王氏高興地答道：「看楊太太說的，你老人家只要肯吩咐，哪有不依從之理哪！」

「好，俺就等你這句話！」楊母兩手一拍，「惜玉姑娘，你媽媽點頭恩准啦——坐到我這兒來。來呀，快過來呀！」

「啊唷喂，楊太太，阿寶還是個孩子呢，讓她上桌子，已經是失禮啦，怎麼好……」韋王氏一面擺手阻止，一面扭頭望著王媽。

站在身後的王媽這時趁勢介面道：「太太，楊太太沒拿姑娘當外人，咱就別自家見外啦。讓小姐坐過去就是嘛。」

「咳，就是自家人，也該有個長幼上下才是哪！」韋王氏嘴上推辭，眸子裏卻閃著興奮的光輝。

「哪能這樣越禮！」

「韋太太，俺們這些莊戶人家出身的人，可沒那麼多規矩。」楊母親切地向王媽說道，「您說是吧，王姐？」

王媽先聽到楊母稱「韋小姐」為「惜玉姑娘」，又聽到跟韋太太一樣，也稱呼自己是「王姐」。這種異乎尋常的親熱，說明楊母不想與韋家議婚的主意，已經完全改變。她的猜測完全證實了。她為主人所出的主意和做出的種種安排，再妥帖不過。

她完全放心了。但掩飾著內心的高興，惶急地答道：「楊太太這麼稱呼——折殺俺啦！」

「咳，王姐，你就幫幫我吧。」楊母好像未聽到她的客套。「把惜玉姑娘給我請過來。」

「好吧，俺聽楊太太吩咐。」王媽扭頭向主人說道，「太太，楊太太說的對。心裏頭光想著這規矩，那規矩的，熱心也會變成冷腸子。自家人嘛，何必那麼多客套呢。你說對吧，太太？」王媽見主人微笑不語，便近前拉過惜玉，按坐在楊母右手，一面說道：「看，楊太太，俺給你拉過來啦。」

楊母緊緊握住惜玉的左手，笑道：「嘿！我就喜歡王姐這股爽快勁兒。姑娘，再靠我近一點兒，」

今天的答謝酒宴，之所以要將曾曆海和丁少奎一併請上，完全是陳寶生的主意。因為在邀約楊家母子探病，特別在楊月樓兩次單獨探病這件秘密事情上，全憑「內線」丁少奎從中大力相助，才達到了目的。因此，治好韋惜玉大病的第一個大功臣，應該是丁少奎。至於邀請一直從中作梗的曾曆海，則是出於他在楊家母子心中的重要地位。這位飽讀詩書，深謀遠慮的「跟包」，雖然，現在已開始從原來的立場上向後退；焉知他不再動搖、反復？因此，要借盛饌美酒之力堵住他的嘴，以防萬一。混跡十里洋場幾十年的陳寶生，畢竟比別人多著幾分精明。

主客剛剛坐定，堂倌便端著托盤前來「起手巾」。楊母一面指著手，忽然說道：

「喲，王姐怎麼不入座呀？剛剛說過自家人不必客套嘛！韋太太，快叫王姐入座！」

「楊太太，我還要照應——」王媽向後退著，想走出去。

「咦，有他們，」楊母指指堂倌，「用不著你，快坐下——這事我主啦。」

「王姐，楊太太不見怪，你就坐嘛！」

韋王氏一面說著，伸手拉過王媽，坐在自己下首。這時，楊母又問道：

「韋太太，今天沒請那位陳案目？八缺一不成席呢。」

「請啦，戲園子的事走不開，要稍過一陣子來哩。」韋王氏興致勃勃地答道。

其實，陳寶生早已來到了「壺中天」。這時正跟後灶管事待在一起，商量著怎樣把今天的席面安排得盡善盡美，萬無一失。見楊母問起，韋太太便讓堂倌去看看陳先生來了沒有。堂倌去了不一會兒，陳寶生便笑嘻嘻地來到了小宴廳。他恭恭敬敬地長揖至地，先給兩位太太請過安，又向曾、丁、楊三人問過好，正想走開，楊月樓拉著他，讓他坐在自己的左面。陳寶生怎麼也不肯，搶著坐在他的下首。仍讓楊月樓隔著桌角，跟韋惜玉靠坐在一起。

主客，主僕，真正是不分長幼尊卑，不多不少，正八位，恰好坐滿了一張八仙桌。楊太太高興地拍手笑道：「嗨，八仙桌坐八仙，真教人歡喜！今兒個吃韋太太的酒，誰也不勸酒，誰也不裝假。人人放量，來個八仙過海各顯其能——大夥說好不好？」

眾人齊聲道好。這時，堂倌已經開始上「乾濕」：將十六色乾鮮水果，糖食，點心排列桌上。每人面前又獻上一盞香茶。堂倌退下去，主客開始喝茶談心。不多一回兒，正席開始。堂倌又一次「起手巾」。然後撤下果點，開始上正菜。先上來十六個冷盤，然後逐次上來的是十六道大菜，並搬來一壇廿五斤的陳封花雕酒。在陳寶生和丁少奎的帶動下，八位「神仙」，觥籌交錯，無拘無束地暢飲起來。

一個月前，韋家為了答謝楊家母子親臨探病，也曾設過一席午宴。當時，惜玉尚在病中，不能去菜館，只能設家宴。除了范五燒了幾個拿手滬菜，考慮到楊家母子是北方人，大部菜肴是到北方館子叫的「京菜」。席面極其豐盛。但因當時韋家和楊月樓正為病人的病情而焦慮，楊母則憂心忡忡，擔心兒子迷戀上一個病歪歪、白紙紮成似的病人，而貿然允婚。一輩無好妻，三輩無好子——那豈不遺患於楊家的後代！她恨不得立刻帶著兒子脫身走開。所以，一桌豐盛的佳饌美味，誰也無心享用。隨便敷衍幾口，便草草收席。今天，宴席上的空氣，卻與那次迥然不同。不僅席面的豐盛精美，達到了十里洋場的最高水準；上正菜用的都是銀餐具，筷子是象牙包金，連開罈的名酒「花雕」，也是罈上彩畫暗淡，泥頭塵封——是「咸豐八年嘉平月造」的陳釀。而主賓楊老太太出乎意料的爽朗豁達，興高采烈，更是感染了席上的每一個人。所以，一開席，便是歡聲笑語，親昵融洽；飛觴流霞，牙箸紛亂。仿佛不是隆重虔敬的答謝宴，而是自家人坐在一起，共慶團圓佳節。

自從入席後，王媽即留意到，楊母除了不時地與韋太太照應幾句話，全部心思都用在了惜玉身上。兩眼不住地在姑娘的臉上，瞟過來瞟過去。一會兒給她剝桂圓肉，一會兒給她夾好吃的菜。惜玉也不住地夾菜回敬，甚至將楊太太送來的菜轉夾到楊月樓面前。相形之下，楊月樓倒顯得十分拘謹。身子坐得像根木棍兒，僵直呆板，只是在眾人不在意的時候，偶而瞥一眼坐在身旁的惜玉姑娘。

今天的席面，男女賓各占一半。女賓無酒量，除了韋王氏能喝幾盅，楊母和王媽堅持「只喝杯中酒」。韋惜玉也在楊母的一再催促下，喝光了「門前盅」。名貴的陳釀花雕，簡直就是奇異的油彩，一杯落肚，竟染得她粉腮飛霞，雙目流彩，簡直成了天宮下凡的仙女！

與女賓同席，男賓不便多「戀席」，不用人勸，個個開懷暢飲。等到停酒，上來雞血米八寶飯，除了陳寶生臉色依然白白淨淨；曾曆海臉似朱砂，醉眼乜斜；丁少奎臉色黑紫，像煮過了火的豬肝，舌頭已經不聽使喚。連最不善飲酒的楊月樓，也是兩眼浮彩，有了八分醉意。

撤席之後，重新「起手巾」，上瓜子，敬香茶。這時，王媽偷偷扯了扯韋王氏的衣襟。韋王氏略加猶疑，鼓起勇氣緩緩說道：

「楊太太，今日光照看這丫頭啦。」她指指女兒，「怕您老人家沒吃好、喝足哪！」

「嗐，看韋太太說的！」楊太太咯咯笑著，一面扯過惜玉的手握著。「今兒格，不論吃著啥，都覺著比平常日，格外有滋味哪。我倒是擔心姑娘沒吃好呢。」

王媽介面道：「依俺看呀，楊太太拿著俺們小姐，比俺們太太拿著還親呢。」

「咳，不光今兒格拿著姑娘親，我還想把她搶走，永遠留在身邊親個夠呢。就是怕韋太太捨不得喲！」

「楊太太，莫擔心——俺們太太準捨得。」王媽扭頭望著主人，「是吧，太太？」

韋王氏笑道：「是哪，是哪。楊太太，你把她領走就是啦！」

「呦，那可不行！」王媽笑著插話。「楊太太得耐下性子呢。俺們小姐說來，沒有大媒和彩轎，誰也領不走呢。哈——」

楊母兩手一拍，笑道：「說的是呢。要不然，韋太太準尋思著，我把她的寶貝疙瘩，拐到北京去，賣給親王府做使喚丫頭，換大元寶花咯。」

「好哪，好哪！」韋王氏咯咯地笑著「楊太太，只要能讓這丫頭離開我的跟前，不再慪人啦，你去換啥，我也心甘情願哪！」

「我記住韋太太的話啦——您可不准反悔喲，哈哈哈！」楊母高興地調侃起來。

「不會，絕不會哪！」韋王氏暢快地朗聲笑了。

2

「喂，王姐！你看啦，楊家該不會變卦吧？」

「壺中天」設宴的第三天早飯後，惜玉剛剛放下飯碗上了樓，韋王氏便鎖著眉頭，憂心忡忡地向王媽發問。

「那怎麼會！」王媽擦著桌子，順手把銀水煙筒遞給主人。「太太難道還沒看仔細，楊太太娘兒倆的神情兒？他們恨不得今日就把惜玉姑娘娶過去呢。」

「那，已經過去三天啦，媒人怎麼還不上門哪？」

「咳，中間剛隔一天嘛。人家要求親，總得好好合計合計不是？」王媽指指壁上的掛鐘，「吶，還不到七點，要是今日來，這功夫還來不到呢。太太儘管放心，楊家變不了卦。說不定今日就有動靜呢。」

果然，不出王媽的預料，時辰鍾剛剛敲過八點，便有人敲響了韋宅的大門。范五迎出去開門，不一會兒，便領著曾曆海和陳寶生一前一後走了進來。顯然，這是楊家遣來了媒人。韋王氏急忙放下水煙筒，到門外迎接。她客氣地將客人迎進客堂，讓到八仙桌的上首坐下，自己則在下首相陪。王媽獻過茶之後，又給兩位客人遞上水煙筒。曾曆海接過水煙筒，並不裝煙，放到面前桌子上，輕嗽一聲，緩緩說道：

「韋太太，大概我們不說，您也猜得著九分。」語氣儘管平靜，但滿含著喜悅。「您前兒個答應楊太太的喜事，今兒個，楊太太派陳先生跟小人前來下定禮呢——不知韋太太肯不肯允諾？」

「嗨，曾老闆！自家人啦，何必這麼客氣哪。」韋王氏今天說話特別流暢。「只要楊太太不嫌棄小女欠教養，我們哪有不允之理哪！」

曾曆海又說道：「韋太太，楊太太說，雖然韋小姐早已有跟楊老闆締結秦晉之好的美意。但楊家畢竟是寒家，楊老闆這幾年雖已名揚海內，我不說，韋太太也知曉：梨園這一行，許多人並不高看。這還要府上多多包涵呢。」話不多，卻處處說在點子上，畢竟教過書的人，多著幾分城府。

「曾老闆，我們韋家選女婿啦，首要的是看人品，人品……」

見韋王氏一時不知該作何回答，陳寶生接過話頭說道：「太太說得好哩，阿拉也跟楊太太這麼說。阿拉說，人家韋府，首要的是重人品：選人，選德，選才；並勿是選家，選業，選財。韋太太，儂看阿拉回得對吧？」

「說得好，說得好！陳先生到底是老朋友，盡替韋家說話哩。」她深情地瞥陳寶生一眼，「陳先生，小女的事，還要您多幫襯哪。」

「勿客氣，勿客氣。」陳寶生站起來連連點頭。「替韋府效勞是小人的本分哪！」

這本來是一件水到渠成的婚事。媒人到門，便功成大半。沒有懇求，沒有婉拒。幾句客套話說過，便商議起行禮下聘的事。曾曆海說，楊家打算五月廿六日下聘，並問起女方索要的聘禮。韋王氏不但不提任何聘禮的要求，反說，日子選得很好。至於聘禮，完全聽憑楊家安排。楊家原籍雖是安徽，如今已是北京人，照哪裏的風俗辦都可。談到婚期，曾曆海說，楊家本想推遲兩年再辦，倘使韋家想早些完婚，楊家也願遵辦。想到女兒的病，韋王氏提出「還是早些成婚的好」。曾曆海滿口應承。楊家事事替韋家著想，牽線搭橋的冰人月老，也把事情回得圓滿周到，句句說到了韋王氏心坎上。三言兩語，便把一件大事說定了。

當兩位月下老人站起來，準備告辭時，一直站在主人背後未贊一詞的奶媽，忽然低聲向主人說道：

「太太，這事，還該向小姐說一聲——看她有啥話要說呢。」

「嘖，咱們主的這些事啦，還不都是依照她的主張！」韋王氏忠厚人說實話，不由得抖了老底。

「太太，還是說說的好。免得——」

「應該的，應該的！」兩位月老齊聲附和。

「好吧，你就去問問她。」韋王氏輕歎一聲，「兩位先抽筒煙，喝杯茶，略等一等。」

王媽上樓去，不過兩筒煙的功夫，便喜氣洋洋地返回客堂。她瞥一眼兩位媒人，俯身向太太回道：

「太太，小姐對太太跟兩位大媒議定的事，都願遵命呢。」

韋王氏輕鬆地答道：「說的是呢，都聽她的啦，還能有啥話說哪！」

王媽又說道：「小姐只是說，聘禮中該有一塊玉佩。」

「嗐，什麼玉佩、金佩的，讓楊府看著辦就是啦。這孩子！」韋王氏連連搖頭。

「這好說。」曾曆海接過話頭。「不知小姐喜歡什麼式樣、質料？是方、是圓，是菱形，還是八角、六方？是翠玉、碧玉，還是瑪瑙、琥珀？」

韋王氏說道：「是哩，說清楚啦，人家才好照辦哪。」

王媽望著曾曆海答道：「小姐說，要金鎖式，碧玉的。」

這時，陳寶生說道：「四馬路永昌珠寶店，貨色最齊全，即使式樣不遂心，定做也滿爽利哪。」

王媽笑笑說道：「小姐說不要新買的。」

「哦？」曾曆海分明不解：「下聘大禮，難道能用舊貨？」

王媽神秘地目夾眼，答道：「雖說是『舊貨』，可比新買的還金貴——小姐看中的只有一塊。」

「哪一塊？」曾曆海和陳寶生一齊問道。

「在楊老闆紮腰的絲條上。」

「噢！」曾曆海恍然大悟。平常日，楊月樓長衫外面的腰帶上，總墜有一塊金鎖式的碧玉佩件。原來竟被韋小姐看在眼裏，記在心上，喜歡上啦。他爽快地答道：「這好辦！」

王媽又說道：「小姐還說，韋家給楊府的回禮之中，也會有一件舊物。」

「哦？但不知是什麼？」曾陳二人同聲發問。

王媽寬眉高揚，朗聲答道：「一把古劍——小姐心愛的寶物。」

「哈，寶劍贈英雄——物得其主！」陳寶生高聲喝彩。「小姐的主意真是高明哪！」

曾曆海連連點頭：「妙哉，妙哉！」

韋王氏卻搖頭歎道：「唉！這丫頭，真能出花花點子！」

3

由嗩吶領奏的一曲《萬年歡》，自同仁里深處的一座大院內飄出。歡快嘹亮的喜樂，像掠過天空的一陣和風，吹走了接連幾天的霏霏淫雨，吹散了低低壓在城市上空的漫天陰雲，喚來了一輪冉冉升騰、紅彤彤的朝暾。

大喜的日子，難得遇到這樣久雨初晴的好天氣。

楊家的下聘禮，已在五月二十六日如期舉行。雖然儀式並不隆重，但禮品相當豐盛。五十兩的大元寶四錠，做衣料的貢緞兩匹，錦緞兩匹，寧綢、縐綢各兩匹，全金、全翠首飾兩副，自然還有一塊從楊月樓腰上解下，重新打上翠綠絲條百合結的碧玉佩。韋家的回禮中，除了從頭到腳給新郎官定做的兩身衣裳，一塊端溪名硯，一錠徽州老胡開文盤龍六柱墨，四支「小大由之」的湖穎筆之外，還有一柄惜玉珍藏的劍鞘嵌著寶石的古銅劍。

按照北方的習俗，結婚時間由兩家商定之後，還有一個正式議程——送日子。由男方派媒人，帶上禮品和經星相家選定的最適於婚嫁的上上黃道吉日，正式通知女方。送完「日子」，便只剩下到了吉期，派花轎抬新人了。

由於韋家希望早日完婚，楊家「送日子」便緊跟在下聘之後。大喜的「日子」，選定在七月初六日——七月七「天河配」的前一天。這是牛郎織女跨過天河相會的日子，恩愛夫妻一載長別，終於盼來朝思暮想的佳會之期，織女姐姐總要高興得痛哭一場。難怪每當到了七月初七，十年有九年，總要飄灑下幾陣織女的熱淚。

有時，那淚雨頭一天便開始飄灑不止。而婚嫁大事，最忌諱的是下雨。「老天發愁，夫妻不到頭」，大不吉利。那樣的天氣，萬一讓誰家碰上了，雖然當場極力做出歡樂的樣子。但婚後的夫妻，連同雙方的家長，親朋好友，多少年間，心裏都結著一個疙瘩，捏著一把汗。擔心著不定什麼時候，「夫妻不到頭」的預言會成為現實。所以，韋王氏一聽說程半仙選定的「上上大吉」好日子是七月初六，便極力反對。不料，惜玉小姐卻說：「織女姐姐盼了整整一年，好不容易盼來個一夜團圓，笑還笑不贏呢，怎會哭？那眼淚明明是人家高興得笑出來的！」

「這小祖宗，啥事也跟旁人格路！我不管啦——隨她去！」做母親的無可奈何，只得服從。

這樣，楊月樓與韋惜玉成婚的大喜之期，便定在了今天——同治十二年七月初六日。

新租來的婚房坐落在同仁里，是一個四正三偏的獨院。散發著油漆氣味的大門上，已貼上了大紅灑金喜聯：「柳暗花明春正半，珠聯璧合影成雙。」橫額是：「天作之合。」從大門望進去，一架長春藤遮住了東側半個院子，西側則是一株粗大的合歡樹，花盛期已過，一束束羽毛似的殘花，仍逸出陣陣餘香。丹桂戲園和同樂戲園的「文場」和「武場」，自告奮勇，做了今天的喜樂隊。此刻，正在長春藤花架下，起勁吹拉敲打。那遠遠聽到的喜樂聲，正是他們吹奏出來的。

院子正中，安放著一張八仙桌。上面已經擺好了香案，燭臺，三牲，十盤，和十個大面供。新人到來後的「拜天地」儀式，即將在這裏舉行。

正房門上貼的喜聯是：「鳳管悠揚彩鳳至，玉笙高亢金龍翔，」橫額是：「舉案齊眉。」粉刷一新的正房客堂，已經佈置得金碧輝煌。正北牆上，懸著一幅紅地飛金大雙喜中堂，兩邊的對聯也是粉地金字。三面牆壁上，懸滿了閃著緞光綢彩題著各種吉祥慶賀詞句的喜幛。其中，有曾曆海和丁少奎合送的，也有戲園老闆及陳寶生等人單獨送的。

洞房設在客堂東間。掛著大紅熟羅帳子的羅漢床，以及長几，扶手椅，梳粧檯，方杌子等一應傢俱，都是新買回的。一股濃烈的，通常所說的「嫁妝氣味」，彌漫其間。新人到來之後，將在這裏坐床，吃寬條富貴麵，喝交杯合巹酒。然後共度洞房花燭良宵。

起轎迎新人的時刻到了。樂隊吹打著，跟隨著披紅插花的新郎官向外走去。一乘彩轎，一乘官轎，已經停在弄堂口。八名轎夫侍立在轎兩側。他們頭戴喜帽，身穿綠布短褂，前後心各綴一幅有著飛馬圖案的圓補子。等新郎官坐進「官轎」內，領班的喊一聲「起轎」。在喜樂的前導下，兩乘轎子便沿著寬闊的長街，向女家所在地安樂里走去。

自從鴉片戰爭之後，上海闢為租界以來，滬人結婚的風俗逐漸仿效起了洋人。如：坐花轎，改為坐亨斯美馬車，將四輪生風的馬車，用彩綢披掛一新，也很時興風光。但楊母在北京生活慣了，不喜歡那些時興玩意兒。所以，今天的婚禮，原封不動都是照著北方的風俗辦理事。

安樂里距同仁里不過二里之遙。不到一個鐘頭，歡快的喜樂聲，便把兩乘花轎引回同仁里。王媽和韋家南鄰的當家女人，充當了伴娘。兩人攙扶著新娘子從花轎內跨出，跨過搭著長串製錢的馬鞍，在新郎的帶領下，踏著「鋪氈童子」鋪在沿路的大紅毛氈，慢慢來到了新居院中。然後，在贊禮官陳寶生的高喊下，拜天地，拜高堂，入洞房，喝合巹酒——完成一整套繁瑣的儀式。直到撒完「喜錢」，分完喜餑餑，新婚大禮第一階段，才算告一段落。

4

今天的婚宴設在離同仁里不遠的「十味香」。楊家是在客居地，除了戲班同事，無親友來賀。韋家雖然久居上海，但主人多年在港穗經商，滬上常常來往的客人並不多。所以，今天的喜筵，只擺了四桌。等到盛宴結束，客人先後告辭，以丁少奎為首的一幫戲班年輕人，便湧進了新房。開始了讓新娘子既難堪，又頭疼的「鬧喜房」。

鬧喜房又叫鬧洞房，不知哪朝哪代流下了這風俗。新婚頭三天，不分輩分高低，遠房近支，連叔公、大伯子，也都有了抹下臉皮跟新娘子大鬧一通的權力。取鬧的花樣，更是由著性兒，花樣百出。可以問不該問的話兒，只要不怕臉紅；可以撒臊，說出任何平常當著人面不該說的髒話兒。至於摸新娘的油光頭髮，柔嫩粉面；扯過嫩筍似地細手，捏搓一陣子，更是家常便飯。如新娘子使出冷臉子，表現出一點兒不耐煩，惹惱了鬧喜房的刺兒頭，還會吆喝一聲，抬起新娘子撂幾個高兒。據說，越鬧騰的厲害，主人家越高興。鬧紅（哄）鬧紅（哄）嘛！只有撒野地鬧哄，不但婚後的日子越過越紅火，脾氣再暴烈的媳婦，被這一鬧，也會變成棉花團似的小羊羔兒，柔性兒。但是，對新出嫁的姑娘來說，鬧房這一關，實在比新郎官吹燈上床，動手解她的紐扣，不知可怕多少倍。「合情合理」地作踐人嘛！所以，一旦到了鬧房這個時刻。新娘子不論在娘家脾性是剛烈還是柔順，個個嚇得縮成一團，躲在床角，紅著臉，下巴抵在胸口上，恨不得找個地縫鑽進去。

今天，鬧房的人一擁進喜房，個個不由一驚。他們見到了異乎尋常的情景：新娘子已經卸下鳳冠霞披，只見她，上身穿一件軟緞單褂，下身是掃地長裙，頭上斜插一支株花——打扮得淡雅俏麗。她不但沒縮在牆角，垂頭縮腦，等候哄鬧。而且一見人們擁進喜房，竟騰地從床上跳到地下，恭恭敬敬地往新房禮讓。然後，把已經斟滿熱茶的十幾隻茶碗，先敬給丁少奎一杯，然後一一敬到鬧房人的手裏。進來的人多，茶碗敬完了，便打開紅漆描金木匣，捧出各種蜜餞，果點，往人們的手中塞。

熱茶在手，果點在口的鬧房人，原先想好的俏皮話，惡作劇，一時都被熱茶、甜點，堵在嗓子眼裏，使不出來。新房中竟出現了少見的冷清場面。領頭的丁少奎，正要想個點子，開口取鬧一番，不料新娘子忽然退回到床沿上坐下來，秀美的明目，在眾人的臉上掠一圈兒，然後朗朗說道：

「我真高興，大夥兒都來祝賀。今天臺面單薄，請諸位多包涵。沒上席面的朋友，請多吃點果子，多喝幾杯茶，也算是楊家的一點心意。」一席話，儼儼是主婦的口氣。說到這裏，她站起身來，捧起茶壺，又給端杯的人斟滿杯。放下茶壺，又分了一圈果點。然後退到床側，繼續說道：「月樓在上海臨時安家，舉目無親。凡事還要大夥兒多關照、幫襯。這裏，我替楊家先謝謝大家。」說罷，她恭恭敬敬地斂衽施禮。

邪不壓正。新娘子彬彬的禮儀，完全遏止了粗俗的混鬧。韋惜玉竟是一個如此不同尋常的女人！人們不由地點頭敬佩。

經常鬧喜房的人都知道，有個別缺乏耐性的女人，一開始尚能極力忍氣吞聲，聽憑鬧房者的戲謔，胡鬧。但後來往往克制不住。以致使出冷臉子，甚至口出粗話。更有的，手抓腳蹬，大傷和氣。結果，鬧房的甩下一連串罵聲，憤而離去，落得家裏人永遠埋怨新娘子失禮，不懂事。韋惜玉卻是用禮貌的招待，驅走了必然發生的哄鬧。結果，擠滿新房的鬧房人，或坐或站，儘管後面有幾人站上了板凳，但沒有一句混話，粗話，更沒有人動手動腳。從始至終，只開了幾句輕鬆的玩笑，有人竟談起桌面上茶具的質料，有人評論梳粧檯的式樣。有人甚至領頭讚譽起新郎官的高超戲藝。兩三個鐘頭下來，鬧洞房完全變成了文文雅雅地飲茶吃點心，漫話談心……

臨來洞房之前，楊太太曾經悄悄囑咐丁少奎：「媳婦年紀輕，臉皮薄，千萬護著點，別讓大夥鬧得太出格兒。」現在看來，不但沒出格，人人一本正經，反而顯得太冷清，實在不像個鬧洞房的樣子。於是，他想出了個題目，站起來高聲說道：

「喂，大夥光這麼漫聲細話地閒扯，太沒意思不是？我告訴大夥個秘密，別嚷，聽我說。新娘子不但會寫詩，填詞，還會唱詞牌。她寫的一首叫做《點絳唇》的曲兒，別提多好聽啦。現在，讓新娘子給大夥唱一唱，好不好呀？」

丁少奎抖出惜玉在求愛信中的詞牌，想出個難題，讓新娘子臉紅。不料，惜玉一聽，立刻站起來，羞澀地一笑，答道：

「丁老闆的提議我接受。不過，唱得不中聽，大夥別見笑。」她望著丁少奎，詼諧地說道。「丁大哥是顧曲行家．要求你不要見笑小妹——行嗎？」

韋惜玉左一句「丁老闆」，右一句「丁大哥」，弄得丁少奎反而不好意思起來。只得含糊地應道：「行是行，不過還得再唱唱《西廂記》裏〈酬簡〉那首，叫做什麼，『成就今宵歡愛，魂飛在九宵雲外』才算完。」

「好！」眾人齊聲喝彩。

惜玉微微頷首。略一定神，便輕啟朱唇唱了起來：

晝永夜長，柔腸一寸愁萬丈。數叩參商，奈何勾魂搶。紅氈曼醉，雷動巴掌響。莫辜負，春嫩花嬌，楚楚春申江。

她輕嗽一聲，接著又唱起《西廂記》中的一支《青歌兒》：

成就了今宵歡愛，魂飛在九霄雲外。投至得見你多情小奶奶，憔悴形骸，瘦形麻秸。今夜和諧，猶自疑猜……

兩支曲子唱得聲情並茂，人們飽了耳福，除了喝彩，好像不好意思再出什麼難題，鬧什麼新花樣。只要求新娘子「再來一曲」，惜玉又唱了《桃花扇》中的一支《步步嬌》：「兒女濃情如花釀，美滿天地想，黑甜共一鄉。」鬧房人才漸漸散去。

吵嚷鬧騰了大半夜的新房，終於靜了下來。

5

楊月樓送走了最後一批鬧喜房的朋友和同仁，先到西間母親的住處看望了老人，並向正在給母親揉腿的王媽道了乏。楊母有寒腿病，年輕時家裏貧寒，冬天穿不上棉褲，落下這病症，後來治得差不多全好了。這些日子，為了兒子的婚事，勞累過度，病又犯了．

「王媽媽，你老人家歇一會兒。」楊月樓挽挽短衫袖子，近前說道，「讓我來。」

「咦，這能累著人？不早啦，您也該歇著去啦。」王媽坐著未動，兩手輕捷地繼續在楊母的右膝蓋上來回揉搓。

楊母朝東面指指，催促道：「月樓，快過去吧。更深了，她年紀小，一個人會害怕的。」見兒子猶疑不動，又勸道：「快睡覺去！聽見了沒有？」

「好吧，我就去。」月樓壓抑著心頭的歡快，臉上仍做出不情願的樣子，「母親勞累了許多天，也該早早安歇呢。」

「知道，有你王媽媽陪伴我，你就放心地睡去吧。」

回到東屋，楊月樓掀開紫紅夾紗門簾，進入洞房。外間裏依然花燭高燒，但卻不見新人等候。急忙進到裏間一看，臨窗的楊床上空空如也，仍不見新人的影子。正感到奇怪，扭頭見靠北牆的大楠木床上，已經是銀鉤空懸，垂下的桃紅錦帳，把大床遮了個嚴嚴實實。他的心頭立刻「怦怦」地急跳起來。「好一個新媳婦！比新郎官還著急三分呢！」他常常聽結過婚的人說起，花燭之夜，要想讓新人上床，脫衣，入被窩，簡直就是過三關。順順當當的極少。碰到性格倔強的女人，任你舌乾口燥，渾身冒臭汗，甚至磕頭作揖也無濟於事。仿佛不拿出「夜戰馬超」的本事，休想使新人就範。有的居然堅守到三四夜之後，牢固的營壘方才被攻下。嘿，做新郎，嘗禁果，原來並不是易事。可想不到，他的可愛的小美人，竟如此地豁脫大方，如此地乖！不用新郎官勸一言半語，動一下手指，便垂簾上床。分明已經用不著自己親手替她解一個紐扣，她早已赤條條地鑽進了被窩，閉目恭候……

他翻身插上外間的門，又插上裏間的門。急忙摘下六塊瓦青緞帽，脫下蘇羅短衫在衣帽架上掛好。腳步急促而輕捷地跨到大床前。輕輕掀開錦帳一角，往裏一看，不由。「呀」地一聲，愣在了那裏。

楠木大床上，高高的一摞緞被，依然整齊地立在牆邊。新娘子不但沒有脫衣鑽被窩，仍然穿著鬧喜房時的衣裙斜伏在床上，而朝裏牆躺在那裏，仿佛已經睡著了。

「你……累啦？」他伏身向前撫著她的肩頭，愛憐地問。

「……」沒有回答，只覺雙肩在不住地抖動。

原來她在哭。

「惜玉，惜玉——你怎麼啦？」他的聲音顫抖，惶急地問道。

抽泣代替了回答。

急忙輕輕扳過她的身子，只見她淚痕滿面，雙眼通紅，眼淚像斷線珍珠似地滾滾而下。

「惜玉，快告訴我——你怎麼啦？」他的眸子裏閃動著淚光。「剛才還好好地，莫非，哪兒不舒坦？嗯？」

「心——裏——頭。」狠狠地剜了他一眼，她終於開口了。

「你覺得怎樣？快說呀，我好去請大夫。」

「恨……」

「恨？恨什麼？」

殷紅的杏眼，一眨不眨地瞪著他：「恨你！」

「啊？恨我！那為什麼？」他幾乎驚呆了。

「輕賤人！當初，把人折磨得像叫花子。你的心——真狠。嗚……」她竟放聲地哭了起來。

他忽然明白過來。側身坐到床上，雙手握住她的兩隻小手，負疚地解釋道：

「不，惜玉。不是我心狠……實在是害怕……」

「你怕什麼？」她打斷他的話。「怕我吃了你？還是配不上你？」

「哎呀！你難道不知道，我是個受人輕賤的『戲子』！只怕帶累了你，才三番兩次，不敢……」

「膽小鬼！我恨死你啦！」她止住了哭泣。扭頭瞪了他半晌。

忽然，一低頭，朝他的手背上用力咬了下去。

「哎喲！」他痛得喊了起來，一面鬆開了雙手。她急忙鬆開口。見他的手背上已經留下一圈白白的牙印兒，接著又泛了紅。急忙痛惜地摩挲著，貼在腮上偎著，一面哭著哀求：「該死，我把你咬痛啦——是我心狠！月樓，你打我吧，快打！」她拿著他的手撞著自己的香腮，一面抽抽搭搭地哭著。

他把她像一隻小羊羔似地抱在懷裏，緊緊地摟著，不說也不動。她並不掙扎，緊緊地貼著他寬闊的胸脯。過了好一陣子，他才喃喃地說道：

「好惜玉，我的愛妻！你的心真好。我楊月樓不知哪輩子燒了高香，交這好運……」

她伸手捂上了他的嘴，不讓他說下去。另一隻手則摟緊了他的脖頸。他趁勢在她的腮上，額頭上，香唇上，連連地吻著。然後咕嚕道：

「你累啦。該歇息啦。」

她從他的懷裏抬起頭，目不轉睛地望著他，柔聲答道：「不，今夜不睡啦，我要跟你說話兒——一直說到天明！」

「好，我就陪著你，說到天明！」他凝目注視著轉悲為喜的美人。

「你說的是真心話？唔？」她的粉臉上掠過狡黠的微笑。

「那——」他不想說謊，便答所非問：「只要你願意。」

「你真好！」兩隻粉腕摟緊了他的脖子。

「月樓，月樓！」窗外傳來了母親的聲音。「你剛才吆喝什麼？」

「媽，沒，沒什麼。」他急忙放下妻子，一時不知該怎麼回答。

「哎。已經下兩點啦——該睡啦。明天還要陪客哪。」

「媽，就睡，就睡。你老人家快歇著吧。」

窗外應一聲，便再無聲息了。

他後悔剛才一聲「哎喲」，驚動了老人。心裏歉歉地，順勢低聲說道：

「看，老人家不答應咱們光說話不睏覺呢。」

「本來，我就是——」她吃吃地笑著，「說著玩的。」

「你……」像鐵鉗似的，他又把她緊緊地抱在了懷裏。

「哎喲，輕點！人家喘不過氣啦……咳，也不是這麼輕嘛！」過了好一陣子，她忽然說道：「月樓，快放開我。有樣好東西，給你看。」

「啥東西？」明兒個再看不行嗎？」

「那，現在幹啥？」她在他懷裏撒嬌地扭動著。

「睡覺。老人的吩咐，咋好不聽呢？」

「你真壞！」她用力在他懷裏揉搓著，忽然，停下來說道：「不，今晚一定要給你看！」

她從他懷裏掙出來，打開床邊的樟木箱，取出一個小小的描金紅盒。抽開盒蓋，拿出一個只有銅元大小，繡著一束白蘭的紅錦袋。從袋中取出一方緊緊折疊著的素絹，展開來，送到月樓面前。他接過一看，那素絹四周繡著一圈蘭葉連綿相交的圖案，中間是用青絲線繡成的一闋詞——《玉樓春，空谷蘭》。他嗅到詞絹上飄出一陣沁人的異香，對上鼻子深深吸了幾口氣。然後讀了下去：

仙葩幾多自芳苑，突崖密縫根未淺。不羡嫣紅並姚紫，嫩香陣陣逐雲閑。幾番憔悴望春霖，素花只伴杜鵑眠。憐香何須空倚樓，未必明朝風不卷。

——韋惜玉敬繡於同治癸酉春日將盡時

仔細讀罷兩遍，他對詞中的深意，仍是似懂非懂。不由地臉上一陣熱，歉歉地說道：

「您，給我批講批講，好嗎？」

「現在不講。」

「啥時講？」

「明天。」

「為什麼？」

「現在該睡覺啦——老人的吩咐，咋好不聽呢！」

她用他的話來回敬。一面將詞絹疊好，放入錦袋之中，拉緊絲條，將錦袋拄上他的脖子。綴綴正，然後說道。

「我要你永遠戴在這裏，永遠！」

「噢，你真好！」他如夢方醒。聲音顫抖地應著，一面動手給她解紐絆兒。

「嗯——你壞……」

他覺得，她的身子在微微地抖動。

一鑽進被窩，她反而感到一陣陣恐懼襲上心頭。分明自己從來沒想到這一層，有一天，要跟一個男人，睡在一個被窩裏。而自己也是一絲不掛！難道這就是終身大事的必然歸宿，花燭之夜的終場好戲？她下意識地雙臂交叉，抱在胸前，一面蜷縮到大床的裏側，緊緊靠在牆上。如果牆上有個洞，她會立刻鑽進洞去，躲開這難堪！但她又捨不得離開晝思夢想的男人。此刻，他就在她的背後，他的身子離她不過半尺遠。他那健壯軀體散發出的熱潮，微風似地正向她的脊背緩緩拂來。是那樣的暖煦，那樣柔和……不，那不是「風」，而是一個大吸盤。分明要將她的身子，像一片落葉似地吸過去，吸進滔滔熱浪裏淹沒……

依然緊緊地貼在牆上。她在等待那「吸盤」的吸力再強勁一些。

「喂，我問你件事，行嗎？」他終於耳語似地開口了。

「你問就是喲！」她渾身一陣輕鬆。

「你媽叫你『阿寶』，王媽媽叫你『惜玉』，你的名字到底叫啥？」

「阿寶是乳名，惜玉才是我的學名。」

「『惜玉』是啥意思？」他的身子往前挪了挪。

「為黛玉、寶玉而惋惜唄！」

「為什麼？」他的一隻手輕輕落上了她的肩頭。

「為有情人不能成眷屬唄——賈府當家的是一窩子壞種！」

「嘔，難道你就不為自己『惋惜』？」他的手在她的肩頭上遊動。

「我，我惋惜什麼？」她扭回頭來。

「咳！一個富小姐，大美人，竟嫁給一個賤戲子……」

「你，混！」

她陡地翻過身，伸手捂上了他的嘴。他趁機將她拉進懷裏，緊緊地摟著。又騰出一隻手，在她的背上輕輕地撫摸，撫摸……

她覺著，他那整天摸刀耍槍練硬功的大手，有些硬，有些粗糙。但硬中帶柔，澀中含滑。它遊動起來，說不出像什麼在身上爬行。比自己那麵團兒似地粉手，摸到自己的身上，更有一種說不出的感覺，癢酥酥，麻絲絲。那樣使人難忍難耐，又那樣舒心暢快。大手遊動到那裏，便像在荷池中，投進一枚石子，登時漾起了漣漪。一環環，一層層，向四周飛快擴散，繞過脖頸，翻過肩頭，沿著後背，前胸，向尾閭蕩漾開去……

她忍著癢，閉上眼，一動不動。仔細品味著那「漣漪」在周身蕩漾起伏的滋味……

她真希望永遠暢遊在這漣漪之中，像個熟練的弄潮兒，永遠不要結束這暢遊。不起床，不吃飯！可是，那遊動的大手，停在了她的胸前。

「不，不要這樣——今晚——不給你！」她雙手抱胸連聲懇求。

「啥時候給我？」

「明天……不……後天！到了第三天……才准……」

她的小嘴被他的火辣辣的嘴唇堵上了。後面的話，她沒有說出來。

「你，果然……真壞！」

十二、良宵

花朝擁，月夜偎，嘗盡溫柔滋味。——《長生殿》

1

俗話說：「花轎離了門，碎了娘的心！」

五彩花轎抬走了韋惜玉，仿佛同時抬走了韋王氏的靈魂。

她的一顆心，像浸在胡椒水裏，又辣又痛。為了治好女兒沉重的相思病，為了讓阿寶重振活下去的決心，她不惜開銷，不怕丟面子，費盡心機，苦苦追求，與楊家聯姻。不料，一旦目的達到，喜樂催動著花轎，抬走了獨生女兒，竟使她又懊惱，又後悔。唉，唉！偌大一個上海灘，什麼樣富貴的人家沒有？什麼樣光鮮、體面的男人沒有？為什麼偏偏要嫁楊月樓！雖說唱戲的不見得就比別人低賤，但一年到頭四海為家，八方漂流，難得有幾天在家裏落腳兒，自己的心肝寶貝豈不要跟自己一樣苦——有男人撈不到，終生守活寡！況且，楊家遠住北京，女兒理應在那裏陪伴婆婆。爾後，想女兒，就是想斷了肝腸，也休想撈到看一眼！

那直沖雲宵的喜樂，分明在向她驕傲的宣告：她的獨生女兒，從此成了楊家的人！她永遠失掉了她……

自從定下了婚期，她一天到晚詛咒那可怕的日子。每天夜裏，都要到佛龕前焚上三柱香，磕著頭，一遍又一遍地禱告觀音菩薩，「讓那該死的七月初六日慢些到來」，可是，這一天還是一眨眼就來到了。

剛才，那急驟高昂的迎親喜樂聲，錐子似地，扎得她的耳朵發疼。望著周圍一片歡欣的笑臉，她直想哭。等到迎親客，背著鳳冠霞披的女兒往外走時，她再也抑制不住滿心的痛傷，竟出聲地哭起來。王媽把她勸上樓，她再也沒敢往樓下看一眼。直到那比哭泣還刺耳的喜樂聲漸漸遠去，她才急急忙忙俯上樓窗，向外張望。但是，樂隊和送親的行列，以及五彩花轎，統統隱藏到弄堂牆後，看不見了。只有花轎頂端那隻單足高蹈的彩鳳，間或在牆頭上面露一露。只見它呼扇著兩隻五彩斑爛的翅膀，引頸向前，朝著楊家所在的同仁里翹首張望，始終也不肯回頭看一眼……

「坐在花轎中的女兒，一定也是這樣，一心向著楊家，忘了身後的親媽，就像那隻惱人的鳳凰一樣！」

想到這裏，她轉身，撲到女兒的床上，大哭起來……

她哭得一點力氣也沒有了，不知不覺沉沉睡去……

「太太，太太！」彷佛傳來什麼人的呼喊。

她睜開乾澀的雙眼，屋裏並不見人。她又閉上了眼睛。她，想繼續剛才做過的好夢。她夢見，女兒正與揚月樓並排站在一起拜天地，忽然扯下鳳冠霞披，大哭著，掉頭往回跑。一面高喊：「我不要結婚！我要回家，我要媽媽！」「孩子，媽媽在這裏哪！」她飛快地迎出大門，緊緊抱住滿臉淚痕的女兒。正想安慰她幾句，卻被喊聲驚醒了。

「太太！」清清楚楚，是范五的聲音。

她睜開眼，扭過頭，見范五正站在樓梯口，半個身子探在上面，正向這兒張望。

她沒好氣地問道：「吆喝啥？我剛要睡一覺哪！」

「太太，該用中飯啦——已經準備妥了。」

「我不要吃！」她突然想起應該王媽來請她吃飯，便粗聲粗氣地問道：「怎麼你來請——王姐呢？」

「太太，她不是陪小姐去了婆家嗎？」

她「哦」了一聲，未再吱聲。此時才記起，是自己派王媽跟隨去了楊家。她怕女兒年幼想家，也怕她一時無人在身邊照料，生活不便，說好了，等女兒習慣了，王媽再回來。想到這裏，她的臉一陣紅，歉歉地答道：

「我睏得慌，不想吃。」

范五上到樓梯頂端，遠遠懇求道：「太太為小姐的喜事，忙了這麼多日子，不吃飯咋行？好不好，我把飯端上來。太太就在樓上吃？」

「五哥，我一點都不覺餓哩。」她又閉上了雙眼。

「咳，太太，不餓也得勉強吃點呢，人是鐵，飯……」

「哎喲，五哥！你就別逼我啦，好不好哪？」

「太太，我求您啦！」

聽到老僕懇求地呼喊，她睜開了眼，見范五仍然筆直地站在那裏，雙手垂在短衫外，兩眼一眨不眨地望著自己，滿臉是焦急與關切的神色，不由心頭一陣熱。唉，多麼忠心誠實的老僕喲，讓他為自己操心，實在不好意思。想到這裏，急忙坐起來，懇求似地柔聲說道：

「五哥，你放心，我睡一覺就會好的。你一人去吃吧。晚飯，我一定吃就是哪。」見范五仍站著不動，她又催促道：「我求求你啦，五哥！」

「那……好吧。」范五歎口氣，腳步遲緩地下樓去了。

做好了晚飯，范五見主人仍然遲遲不下樓，只得再次上樓催請。他先在樓下喊幾聲，聽到樓上有了應聲，才緩緩登上樓梯。站在樓梯口，他鄭重地回道：

「太太，晚飯好啦。您是在這裏用？還是到下面用？」

韋王氏從床上爬起來，揉揉雙眼，望望暮色蒼茫的窗外，嗓音沙啞地答道：「喲，我還真的睡著了呢。」

「太太，睡著了就好哪！」范五咧開大嘴笑笑。「養過神兒來，也就愛吃飯啦，不知太太是在樓上用，還是下去？」

她猶疑了一陣子，答道：「好吧，我下去吃。」

「太太，莫久耽擱，看涼了菜呦。」

她翻身下床，來到梳粧檯前，一面答道：「放心，不會哪。」

「噔噔噔」，范五快步下了樓。

她用女兒的妝具草草梳洗了一下，方才懶懶地走下樓來。客堂的八仙桌上已經擺上了四個中碗：蜜炙火方，清蒸鵝掌，紅燒黃花魚，蝦米拌黃瓜。在她的座位面前，還斟上了一杯竹葉青酒。她半是感激、半是嗔怪地扭頭向范五說道：

「呦，全是好吃的！五哥，又不是待客，幹麼還備酒呢？」

范五憨憨地一笑：「我尋思著，這些日子啦，為小姐的喜事太太操心太過，沒正經用頓飯，身子骨吃不消呀。還是喝兩杯，壓壓火，開開胃，多用點飯，保住身子要緊。」

「唉！難為你想得這麼周全！」她輕歎一聲，抬起頭望著老僕。過了好一陣子，又感激地說道：「五哥，再拿個杯來，加雙筷子。咱們倆一起喝幾杯吧！」

「喲，越禮啦——小人可不敢哪！」范五往後退了兩步。

「咳，自家人，哪來那麼多禮數，又沒外人看著，快來吧！」

「使不得，使不得！小人還要給太太備飯去哪。」說罷，范五轉身，匆匆退了出去。

韋王氏仿佛第一次發現，在她家服務了五六年的范五，不但心腸好得賽過菩薩。就連他那胖胖的身軀，也是那麼靈巧活泛。濃眉下那雙閃動著的小眼睛，連同額頭上三道清晰的皺紋，都露著憨厚與誠實。如今，女兒嫁了人，王媽跟了去，一時不能回來。家裏有這樣一個人服侍照料，不但用不著自己操心，還如此體貼周到，讓人心頭熱辣辣的，不知怎麼感激他才好……

心裏頭想著老僕的好處，她不知不覺喝下了三杯竹葉青。等到范五端飯來，不知是因為一下午的酣睡，還是竹葉青的酒力，她的臉上，已經幾乎看不到傷心、痛苦的表情。兩頰帶紅，雙目顧盼有神。快四十歲的人啦，仍像出嫁不久的新媳婦似的，光彩照人。

她覺得，端著稀飯進來的范五，在偷眼打量自己，臉一熱，垂下眼睛說道：

「五哥，今天你燒的菜真好吃。」她用筷子指指菜碗，「呶，都快讓我吃光啦。」

「太太愛吃就好！」范五躬身作答。「吃得並不算多！您再多吃點，您再喝一杯。」

一面說著，范五給主人又斟上了一杯酒。不料，韋王氏卻雙手端起杯往老僕手上遞。一面勸道：

「我夠量啦，再喝就醉倒了。這一杯，五哥一定要把它喝下！」

「啊唷喂！太太！」范五縮回手，連連作揖。「你折煞小人哪。」

「恭敬不如從命——快接著！」

「太太放下——我喝就是。」范五縮著兩手不肯仲手接杯。

見老僕急得臉色通紅，她只得將杯放在桌上。范五近前端起杯，一仰脖，「咕咚」喝了下去。菜也不吃一口，便動手給主人盛飯。

「五哥，吃口菜，壓壓酒哪。」

范五退後一步，垂手恭立一旁：「不過一杯酒——不用，不用。太太。」

她輕歎一聲，不再強勸。端起飯碗，低頭吃飯。香香地吃完一碗稀飯，瞅著范五撤走碗盞，才起身回到自己的房間。

劃了三根洋火，才把玻璃洋燈點著。這些年，一切都是王媽動手，連點這洋玩意兒，也始終沒學熟練。她把洋燈擰了又擰，直到玻璃罩上冒出了黑煙，她才又擰得小一點。燈光把房間照得通明。她的雙眼停在了懸著湖色熟羅帳子的羅漢床上。

驀地，她想起了遠在香港的男人。他已經半年多未回來了。上次探家，還是在去年秋天。回來後，在上海住了半月多，只在這床上睡了一宿。說是「事情忙，顧不得回來」。哼，就是這一宿，也像公雞踏母雞似地，皮兒沒沾熱，便蔫了下去。當時，她恨不得把他推下來掐死！他永遠不回來，反倒讓人好受些。哼！回到家來沒本事，去平康裏胡鬧，怕就是另一副樣子啦！跟香港、廣州的小老婆睏覺，準成也不會那麼窩囊！

「呸，我怎麼又想到了他！」

百無聊賴，只得拿過水煙筒裝上煙，想從繚繞的煙霧中尋求解脫。「咕嚕嚕，咕嚕嚕」，一袋接一袋地猛抽起來。舌頭已經被燎得又苦又辣了，她仍然不肯停下。

「咕嚕嚕，咕嚕嚕……」

2

「五哥——五哥——」

朦朧中，范五聽到有人在呼喊自己。多年的僕人生涯，他養成了睡覺「驚醒」的習慣。他一咕嚕爬起來，側耳細聽。

「五哥，五哥！」又是兩聲呼喊，聲音很低，聽不很清晰。

他聽著仿佛是女主人的聲音。急忙問道：「誰？什麼事？」

「是我——五哥。」聲音略微提高了一點。

「太太有事？」他急急忙忙地穿衣服。

「五哥，開門！」

「噢——」他正在結扣絆的手，忽然停下了。

他來韋宅傭工，已經六年多了。女主人不但從未進過他的臥室。連門口和窗前都從沒走近過。有了什麼差遣，總是由王媽傳喚。現在，已是深夜，卻站在窗外喊「開門」。王媽不在家，一定是有什麼要緊的事體，必須跟自己商議。想到這裏，他急忙跳下床，趿著鞋，點上玻璃洋燈。一手端著，打開連接廚房的房門。走到外間，又打開廚房的門。

門一開，女主人便閃身走了進來，二話沒說，逕直走進了他的臥室。他急忙跟在後面，走進裏間，一面將保險燈放在床頭的小方几上。見太太望著自己不開口，不解地問道：

「太太，您——有啥事？莫非——」他想說「莫非想小姐啦？」看到主人火辣辣的雙眼，在自己臉上，赤裸裸的胸膛上，掃過來，掃過去，便把後半句話咽了回去。他覺得，女主人現在的眼神，是那樣的熟悉，分明在哪裏見過。但一時又想不起來。他不知該說什麼。怔怔地愣了一陣子。忽然想起來上衣的扣絆還未扣上，一面結著紐扣，慌張地問道：

「太太，您——」

「五哥！」

呼喚聲不像是出自女主人之口，仿佛是別的女人的聲音——甜甜的，熱熱的。范五不由得渾身一顫。

「太太……」他不知該說什麼。

「你倒是睡得又香，又甜。我喊了那麼久，你才應聲。」語氣中，含有幾分埋怨的意味。

「是哪，是哪。我睡覺太死，太太。」范五後退一步，靠在門框上。

「可我，睡不著。」女主人斜坐在他的床沿上。垂下眼睛，像在自語。「阿寶走啦，我又想……又怕……這家裏，只有我們倆……我才……」她瞥他一眼，目光旋即移到了他的床上。

「想，讓你，陪我，坐一會兒……」

「好好。我陪著太太說說話。」他哈腰應著。忽然發現，太太竟未穿裙子，只穿一條蔥綠春綢撒腳褲，上身穿一件小袖窄褙水紅熟羅衫，大襟上端的一枚紐絆，竟未結上，上襟翻在外面，露出了頸下一片雪白的胸脯。他打了一個寒顫，急忙低頭說道：「要不要，我給太太，燒開水，沖，沖茶？」

「深更半夜喝的啥茶哪！」眼神中露出異樣的神采。「五哥你坐嘛！」

「是。不，太太。我，哪能，跟太太坐到一起。」他覺得呼吸短促，頭也不敢抬。

「五哥！你是真的不明白，還是，鐵石心腸？我倆都是，苦命人……為什麼，非，苦苦受著……」

女主人後面的話帶著哭音。他抬頭一看，她已是滿臉淚痕。但不知什麼時候，大襟上的扣子全解開了。兩隻略微下垂的乳房，鼓蓬蓬地，高高聳著。在明亮的洋燈映照下，閃著耀眼的白光。一陣眩暈，他幾乎掌不住身子。低頭喘息了一陣子，撲通跪在女主人跟前，哭聲哭氣地哀求道。

「小人知道太太的心。我也……可……那不合適。我們都是有……」

「怕什麼哪？我的漢子能三個兩個娶小老婆，你的老婆能姘合野漢子，咱們為啥非苦苦受著！也太不公平了不是？」

「是，是這麼回事。可是……」范五跪在地上，一時不知該如何應付。

這時，女主人站起來，走到小桌前「噗」地一聲，吹熄了洋燈。

「快起來——不像個男子漢呢！」

她在拉他的手。他順從地站了起來。她又動手給他解紐絆。

「我自己來！太太。」他終於鼓起了勇氣。

他剛把衣裳扔到床上，一個熱辣辣軟和和的身子，便貼上了他的胸膛。接著，他的臉頰，鬍子，脖頸上，便落下了一連串的熱吻。范五覺得渾身的血液在奔湧，不由得隨著她的拽拉，一起倒在了床上。

立刻，他的身子像被鐵鉗子夾著一般，跟當年在常熟縣時一模一樣。那個女人，每次也都是這樣，緊緊地鉗他，雨點似地猛吻、猛啃他……

不料，剛想到那個風騷女人，便像三伏天澆了冷雨似地，一陣寒潮流過他的全身。頃刻間，渾身無力……

范五恨死了自己。千不該，萬不該，剛才不該往那倒楣的常熟縣想。結果，像一腳踏進了冰窟窿，勃勃的興頭，頓時被冰了回去！黑暗中，他聽太太失望地喊道：「這麼不頂用！」

當初，他的身材嬌小，臉蛋十分好看的老婆，就因為他「不頂用」，偷偷跟本村的一條漢子勾搭上。從此，他便只有睡冷床頭的份兒。一氣之下，他到常熟縣南關學了廚子。他心靈手巧，手藝學得快，不久便當上了掌勺師傅，成了老闆的一棵搖錢樹。不知什麼時候，他被老闆剛娶回不久的小妾看上了。那小妾姓毛，聽說來路不正。每次，她溜進他的臥室，也總是這樣，連連叫著「五哥」，不但像鐵鉗一般，緊緊夾著他的身子，還使出絕招兒，讓他「頂用」起來。說也奇怪，從此以後，他變成了英雄，每次都能使她滿意，一疊聲地誇讚「真是好夥計」！誰知，好夢難長。六年前的一天夜裏，兩人正扭纏在一起，玩得暢快愜意。不料，被老闆當場逮住。他被打了個半死。當天夜裏，便被反捆起雙手，偷偷扔進了陽澄湖裏「餵老鱉」！多虧他自幼好水性，憑著兩條腿的掙扎，奇跡般地逃得了活命。他不敢回老家南通，連夜逃到上海，來韋家做了家庭廚子。

從此，他落下了個陽萎的毛病。說也奇怪，他這病，只是在想到毛氏時才犯。

剛才，又是該死的毛氏，壞了他的好事！

於是，他收回精神，專心只往太太身上想。想她那窄褙內衣，滾條散腳褲，想那一片白胸脯，想那……

果然，他「頂用」了。他欣喜地轉過身來，急促地喊道：

「太太，太太——行啦！」

太太沒有回答。他摸一把，女主人一動不動地躺在那裏。

「啊！」彷彿被燙了一下，太太急忙翻身坐起來：「不，該死！我要走啦！」

「太太，可憐可憐我吧，好不容易……」范五摟緊了她。

「再不放開我——我要喊啦！」完全是惱怒的聲音。

范五一聲不吭地鬆開了雙手，無力地倒了下去。誰也沒有再說話。周圍一片死寂。只有她走出臥室時，傳來蟋蟀的腳步聲。

「唉！我真混蛋！」他狠狠地朝下面搗了幾拳。

第二天，韋王氏沒有起來吃早飯。

范五按時做好中飯請她吃。她終於磨磨蹭蹭地走了出來。只見她兩眼紅腫，臉色灰白。對著范五做的可口菜肴，幾乎沒動筷子。低頭吃了幾口米飯，便推開飯碗。站起身來往臥室走的時候，回頭冷冷地甩下一句話：

「五哥，你要明白：昨夜——那是中了邪！」她的語氣沉重，一副痛悔的表情。「其實，我自己，什麼也不知道！」

范五渾身一哆嗦，急忙答道：「是呢，太太！」

3

兩位新人，幾乎一夜未合眼。

說是「一夜」，上床時，已經是淩晨兩點多啦，現在，時辰鍾剛剛敲過五點。他們在床上不過躺了三個鐘點。可楊月樓仍然覺得，時間短得像唱一段「西皮快板」那麼急促。他真想現在是剛剛交午夜，他們還有半夜好覺睡。他覺得渾身疲乏，像剛剛唱完了《挑滑車》、《長阪坡》。

他又疲憊地閉上了雙眼。

窗外傳來了鳥兒清亮的鳴轉聲，像是一隻黃鸝正在合歡樹上歌唱。鳥聲喚人，該起床啦。睜開眼，見新娘子枕在自己的右臂上，仰面朝天，睡得正香。她那像夭桃花朵般的臉上，漾著一層淡淡的笑容。緊閉的雙眼下，長長的睫毛交織成一彎黑線，像旦角演員勾出的黑眼窩。嬌紅的薄唇，微微張著，露出一排潔白的糯米細牙。他想起《紅樓夢》中「史湘雲醉眠芍藥石」的故事。大概，史大姑娘當時的模樣兒，也是這般動人。他真想在妻子的額頭上，眼窩上，粉腮上，鼻翼上，小嘴上，猛烈地吻下去，吻上一百次，一千次。可是他不忍心，怕擾了她的清夢……

「你看我幹啥？」她拿雙手捂上了臉。她的話很清晰，分明沒有睡著。

「你咋知道，我在看你？」他半撐起身子，俯向著她。

「看見了唄！」

「你並沒睜眼——怎麼能看見？」

「你別管。反正我就知道。」

「怪哉！」他躺下去，俯上她的耳朵，輕聲問：「喂，好了嗎？」

「……」她沒有回答，只把身子緊貼在他的胸膛上。

「跟我說——」他歉疚地催促著。

「別問！」

他緊緊摟著她，痛惜地答道：

「怨我不懂——請你原諒。」

輕輕擰了一下他的大腿。她忽然說道：

「月樓，你不是讓我給你講《玉樓春》詞嗎？現在就跟你講，好吧？」

「好，我把詩袋拿來。」他高興地應著，一面向枕邊摸詩袋。

「別動！我自己填的詞，咋會背不過呢。」她轉過身子，瞅著他的臉，娓娓說道：「這闋《玉樓春》，描繪的是空谷芳蘭。『仙葩幾多自芳苑，突崖密縫根未淺』。是說它並不是生長在眾芳爭豔的名園之中，而是紮根在懸崖石縫之間，但是它的根鬚卻紮得很深很牢。你聽懂了吧？」見他連連點頭，她又繼續講道：「『不羨嫣紅並姚紫，嫩香陣陣逐雲閑』是說它並不羨慕那些大紫大紅，逢迎世俗的豔花，只把自己淡淡的嫩香，撒向漫遊的浮雲。『幾番憔悴望春霖，素花只伴杜鵑眠。』是說經過漫長寒冬的枯萎憔悴，希望盼來一場春雨，綻放出月白色的素花，作山杜鵑的芳鄰呢。」講到這裏，她忽然打住，不再開口。

「咦，怎麼不講啦？我記得一共是八句嘛。」

「後面兩句，『憐香何須空倚樓，未必明朝風不卷。』是說，是說……」她的臉上掠過一陣紅暈。「你喜歡她的香味素花，就該勇敢地前去採摘。不然，一旦狂風吹來，不但吹走了香氣，只怕連嬌弱的花朵，也要被摧折呢！」

「喂，你怎麼連我也寫進去啦？」他一時不理解她的話。

她伸出右手食指，在他的額頭上戳一下。「你可真是個大傻瓜！」

「不是不去採摘，我真的不知道哪兒有哇？」他微微提高了聲音。見她瞅著自己只笑不語，忽然明白過來。伸手捏著她的鼻子，「好哇，你這小機靈鬼，原來你把自己比作『空谷蘭』，卻埋怨我不去採摘呀！你說是不是？」

「哼，我以為要傻到底哪！」她移開他的手，瞟過一個埋怨的眼光。「前怕狼，後怕虎！埋怨是輕的，還該罰你呢。」

「好，罰吧，快罰吧。」他把頭抵在她的頷下，揉搓著。「你倒是快罰呀！」

「先罰你今天把它背過。今天晚上就得背給我聽。」

「這容易。一齣《梵王宮》，咱兩天就背得滾瓜爛熟。小小一闋詞，五十六個字，能難為住咱楊老闆！」

「我還沒說完呢。」她凝目注視了片刻。「以後，每天都得背一首唐詩，先把《千家詩》給我背熟！」

「行是行，可得有個條件。」

「什麼條件？」

「每月給我學兩段青衣戲。」他故意把「給我」說得很重。

「哼，我不該受罰——那得看我願意不願意啦。」

這時，楊月樓忽然問道：「喂，惜玉，寫詩難不難？」

「也難，也不難。」

「那怎麼講？」

「寫得好，很難；要是寫我這樣的順口溜，就不難。只要多讀上幾首唐詩就行。所以才叫你先背熟《千家詩》呢。」

「喲！你想教我寫詩？」

「怎麼，你不願意？」

「斗大的字，我識不了兩籮筐，怕學不會呢。」

「咦，唱戲多麼難；念做唱打，你都能演得那麼好。寫首詩，填闋詞有啥難的。想學，我來教你就是。」

楊月樓一聽，忽地坐起來，雙手抱拳，學著戲臺上的腔調，戲謔道：「如此說來，師傅在上，受小徒大禮參拜！哈……」他忍不住大聲笑了起來。

「月樓呀，什麼時辰啦，還在嬉鬧？」窗外傳來了母親的聲音。「快起來吃飯，今兒個還有人要來望媳婦哪！」

他向新娘子做個鬼臉，朝外回道：「媽，我們已經起來啦！」

「快點啊！王姐把飯都做得啦。」

「是，媽。」他一面應著，伸手把媳婦抱了起來。

4

俗話說：「蒜皮筋多，光棍心多。」

一走出賭場，韋天亮便哈哈大笑起來。

從昨天夜裏起，他的「手氣」特好。彷彿趙公元帥附了身。剛在牌九桌前坐下便張張順，局局響，用不著費多少心思，天牌地牌一齊來！響噹噹的大洋錢，銀角子，笑眯眯顛著腳兒朝他跟前跑。他一鼓作氣，直贏到二百多塊！不料，今天晚上，風水倒轉，財神爺忽然撇他而去。自從上燈以後，他的手氣遭透，竟接二連三大輸不止。眼看著面前的銀山頭，飛快矮了下去。他預感到繼續賭下去，只能壞他的「大事」。靈機一動，嚷著頭痛，急忙退了出來。

他摸摸鼓鼓囊囊的口袋，又一次笑了起來。那裏邊除了四十多塊大洋，還有一張一百塊大洋的銀票。那是靠他的機靈，保護下來的！

街頭涼風習習，吹到身上很舒服。但他卻接連打起了呵欠。伸伸懶腰，忽然想起，已經兩天兩夜沒眨眼了。是的，需要立刻找個消魂的窩兒，痛快地吸幾口，盡情地玩一番，然後美美地睡上一覺。

可是，今晚到哪裏去呢？是到近處的蘊秀堂去找老相好的尤雙珠？還是到彩雲里，去會他新搭上的小倌子梅翠翠？他一時拿不定主意。

光棍漢也有猶疑、彷徨的時候。不過，對韋天亮來說，這還是生平第一次！

韋天亮，本名韋宗利，是韋惜玉的父親韋宗吉的胞弟，今年三十六歲。二十五歲那年，他因為吃不了犁田插秧的苦頭，從廣東老家，跑來上海，投奔胞兄。韋宗吉當時在洋行做買辦，人緣熟，路子多。胞弟一到，使熱心張羅。先讓他在一家洋行做了外跑，但不久人家便發現，他的胞弟拿著洋行交給他的交際費，下賭場，嫖妓女，買賣沒做成幾筆，洋錢倒讓他遭蹋了不少。看在阿哥的面子上，人家沒有告發他，只把他開掉完事。韋宗吉只得又給他在一家貨棧，找了個守夜的活兒。不料，這一來，真像雇來餓狼看綿羊，雇來老鼠看穀倉——盡吃口邊的食兒。貨棧裏今天少洋錢，明天短布匹，再一天丟綢緞。老闆懷疑是裏邊人幹的，卻捉不到把柄，只得親自跟蹤盯梢。不久，果然捉住了真贓、實據。原來，盜走財物的不是別人，竟是守夜的韋天亮「吃裏扒外」！一張狀子告到了上海縣衙門，韋天亮乖乖地進大牢蹲了兩年。出獄之後，跑到安樂里找胞兄，不但被臭罵一頓，還被當場趕了出來。從此，不准「再進韋家的大門」！

他披著麻袋片兒，在打狗橋底下蹲了幾夜，反覆思考著以後的出路。既然好差使輪不到他，出力的活路他又不想幹，總不能靠喝橋下的髒水活下去！正在無計可施，忽見一個熟朋友，正從橋上經過。他扔下麻袋片，追上去，撒個謊，借來兩塊鷹洋，轉身踅進附近的一家賭場。他先在寶局上試運氣。不料，押了幾次，竟是局局贏。兩塊鷹洋，轉眼功夫變成了十八塊！他的眼前豁地一亮。噢，不用流臭汗，不用出大力，只要用點心機，便能撈得錢來。何樂不為？原來自己的飯碗和前程就在賭場裏！

真是天無絕人之路。從此以後，賭場成了韋天亮的家。耳濡目染，加上他生著一顆七孔玲瓏心。沒過多久，便把押寶、擲骰子、推牌九，以及剛剛時興起來的叉麻雀，鑽研了個精透。尤其是擲骰子，更是他的拿手好戲。他能將兩顆灌了鉛的骰子，換來換去，變戲法一般誰也看不出破綻。所以，他一抓起骰子，總是十拿九穩，很少輸錢。由於他天天賭到天亮，。所以得了個「韋天亮」的雅號。漸漸地，人們把他的本名反倒忘了。一晃七八年過去了。韋天亮競在上海灘站穩了腳跟。如今，到人前一站，人家還認為他是一位體面的「爺」呢。

既然搖搖手指，銀錢便會源源而來。花起錢來也就用不著吝惜。上海灘的時髦玩意兒，他樣樣精通：賭錢、喝酒、狎妓、抽鴉片煙成了他生活的全部內容。得意之餘，還常常當眾嘲笑他的胞兄：「哼，你不管爺，自有傻大頭往爺的口袋裏塞錢！咋樣？你一年到頭兔子似地掙命，不也就是娶了兩房小老婆？可我韋天亮玩過的漂亮嫩倌子，至少有兩打兒。玩夠了，去她的！自由自在，想幹啥就幹啥！韋二爺如今是天不管，地不管，官不管，佛不管的自在神仙！」

十個光棍九條好漢。韋天亮嘴皮子上硬，事後想想，心裏總有幾分苦澀的味道。尤其是在「輸乾了爪子」，或者傷了酒，貪色過度，病倒了的時候。那些平時「親親」不離口的新老相好，總是千方百計將他「請」走。人家圖的是客人們鼓脹的錢荷包，不是他韋天亮的這張黃臉！他的心裏很明白。因此，近年來，他想把手指縫兒併攏得緊一點，攢夠千把塊鷹洋，瞅準了可意的小倌子，贖出一個來，安個家。幫助妓女從良，人家忘不了他的恩情，他自己還有了固定的老婆。一舉兩得。三十五六的漢子啦，沒有個窩兒，真成了不會做窩的老鴰！不但那滋味兒，不是人受的，也實在丟臉下價！

所以，近來他許久不到尤雙珠那裏去了。並不是忘了老相好那又滑又嫩的一身白肉，和那到了家的床上功夫；過猶不及，那女人很少有人比得上的「消魂」本領，常常使他吃不消。如果她成了自己一個人的老婆，怕更招架不住，綠帽子現成得戴。因此，他決心忘掉老相好。連欠了人家好幾個月的宿夜錢，也不想再打發。他要把錢積下來，為新結識的梅翠翠贖身！

小倌子梅翠翠，雖然是風月場中的雛兒，但那推推搡搡的羞澀，嬌嬌滴滴的呻吟，別有一番風韻，更合他的口味兒。因此，他早已打定了娶梅翠翠的主意。兩個月前；他就翹著大拇指，當著老鴇的面兒誇下海口：「你們儘管把心放在肚子裏——不出兩月，錢，房子，准齊備。等到七月七日天河配那天，就是我跟小寶貝渡鵲橋的良辰佳期！」

可是，現在「七月七」早已已過去。在惠芳里租下的兩間房子，也粉刷一新。可為梅翠翠贖身的一千二百塊大洋，還缺三百多塊。都像昨天這樣走運，用不了多久，梅翠翠就是他一個人的老婆了。可是，今天晚上，不便去見她。對她的保證，已經好幾次落了空，錢湊不足，他沒法向她交代。總不能說自己是濃包，淨吹大牛呀。唉，暫時去不得，攢夠了一千二百塊大洋，再去不遲。

可是，今天夜裏，到哪兒去消魂呢？

扭頭朝東一望，前面不遠處，一盞八角玻璃燈高挑在一家大門口。燈罩上，「蘊秀堂」三個朱字，在燈光的映照下，分外醒目。那光灼灼的玻璃燈，就像尤雙珠的明月，清澈、深沉，往你身上瞟幾瞟，就使你渾身發熱。好吧，今夜就到蘊秀堂去會會雙珠，痛痛快快地玩個夠，累狠了，睡覺更香甜！

他甩開大步往東走。兩手一擺動，碰到了高高聳起的錢袋。兩腳不由地立刻停下了。不行，不能去！一去，腰裏這一百多塊大洋，就姓了尤。壞了我的大事嘛！對，還是到翠翠那裏去。就說錢未湊齊，緩幾天準辦成。只要把身上的錢，全交到她手裏，讓她給存著，她就放了心，諒不會出多少麻煩的。

剛要轉身往回走。一雙手勾住了他的右臂。

「誰？」他驚呼一聲，嚇得木樁似地豎在那裏，以為遇到了劫路的強盜。

「你喊什麼呀！」是熟悉的女人聲音。

他一回頭，見是尤雙珠，勾住了自己的胳膊。後面幾步遠處，婢女小秀站在一輛東洋車旁。

「呵！嚇我一跳——原來是你……」

「怪不得一月多，不上門兒，原來是怕我呀。」他覺得她的一隻手在自己腰上摸了一把，「二爺，該不是發了大財，把老相識忘了吧？既然到了家門口，哪有越門而過之理？走，快到我們那兒去，我好好陪陪你！」女人拉上他就走。

「啊，不，我還有點急事需要料理……」他站著不動。

「哼，什麼急事？」她緊緊貼在了他的身上。「有急事，會半夜三更地站在當街閒逛悠！當心叫紅頭巡捕當強盜抓了去蹲黑房子。快跟我來呀！」

「哄人是小鱉羔子！今晚，實在……」

韋天亮嘴上拒絕，腳下卻不由得跟著女人朝前走去。

尤雙珠兩手緊緊斜勾著他的脖子，一面嬌滴滴地埋怨道：「哼，什麼『急事』、『慢事』，分明戀上了別的女人，拿假話哄人。成月價不見人影兒，就算俺們能喝西北風充饑，也太沒有良心啦不是？」

「我要是變心，天打五雷轟！」韋天亮跺腳發誓。

「喊，哪個相信你的誓言喲！變沒變心，不是拿嘴說說的……」

「那好，那好。就讓你看看，二爺今晚有真心無真心！」

女人捏了他一把。他用力地咽了一口唾沫。

5

韋天亮不愧是說到做到的響噹噹好漢。

在蘊秀堂，他吸足了鴉片，吃了豐盛的夜宵，又沖了一個涼水澡，便一頭鑽進了碧紗帳中。

這一夜，他吸得痛快，喝得痛快，玩得痛快，睡得香甜。不過，第二天中午離開蘊秀堂時，不但錢荷包被倒空，連掖在腰帶縫裏的一百元銀票也被搜出來，抵了往日欠下的「煙帳」。

甩著兩隻空手離開蘊秀堂，韋天亮只恨自己倒楣頭——不成想單單讓冤家債主碰上。儘管一夜風流自在，但一百多塊大洋，卻白自填了進去。雖說，欠債應該還，但是賴掉風流債，算不得是賴賬。平素日千方百計地躲著不朝面，逼到當面的時候，給他個死煮蛤蜊——不張口，不成能把我六尺漢子綁起來賣掉！不料被尤雙珠的玉臂勾上肩膀幾揉搓，他拿準了的大主意，竟忘了個精光。像聽話的貓咪似地糊糊塗塗爬上了她的牙床。結果，準備辦終身大事的一百塊銀元全被扣了去。照這樣下去，只怕到了仲秋節，他的美妙計畫也難以實現。唉！

罵了自己一通「沒出息」，狠狠一跺腳，他又走進了賭場。決心從此不喝酒，不嫖妓，除了非抽不可的鴉片煙，別的自在事兒，一概忘卻，只抖擻精神贏大洋。一定要在半月之內，湊足一千二百元，去向他的梅翠翠報喜。

搓搓雙手，深吸一口氣，他坐在了麻將桌旁……

可是，天底下的事兒，不是只靠著決心大，就能一順百順。尤其賭錢這玩意兒，除了靠心計，還得碰運氣。哪怕是生著三隻眼，六顆心，「運氣」跟你過不去，該上的牌不上，不該上的牌卻接連不斷地來，你就乾瞪眼，沒法制！現在，下定決心的韋天亮，正是陷入了這樣的逆境。幾天過去了，雖然時有輸贏，但錢荷包始終鼓脹不起來。無奈，只得摸出灌鉛的骰子，來到了骰賭局。平素日，他的絕招兒輕易不肯露。因為那溜溜轉的骰子，不歇氣地只給他出高點兒，人家會犯疑的。所以，他總是見好就收，以免露馬腳。誰知，眼下求錢心切，竟忘了應有的防範。秘密武器一用再用，連連告捷。正當他又開右手五指高喊「六六大順」時，右手腕兒被人家捉住了，從指縫裏搜出了「作法」的骰子。賭錢鬼眼裏無人情。他當場被倒光了錢荷包，捱了個鼻青眼腫。多虧他平時人緣好，三朋四友，一齊說和，才僥倖沒被捅刀子。

鼻青眼腫地走出賭場，他真想大哭一場。他覺得，這場天外飛禍，不是他昧良心坑人的報應，而是因為梅翠翠無福分。要不，何至於露了馬腳，丟人現眼，吃這窩囊虧！

雖然心裏怨恨著新相好。腳下不由得仍向彩雲里梅翠翠家踱去。到了大門口，正想舉手敲門，忽然想起自己臉上掛滿了青紫，荷包裏空空如也。他長歎一聲，腳一跺，垂頭喪氣地往回走。

「喲，韋二爺——您要到哪去？」

韋天亮一抬頭，梅翠翠手拿團扇，站在面前。她穿著出局的華麗衣裳，後面跟著隨從娘姨。顯然，是出局剛剛歸來。

「我……」韋天亮略一猶豫，慌忙答道：「正想到你家，忽然想起一件要緊的事體……」

「啊喲！二爺，你的臉……」沒等他說完，梅翠翠驚呼起來。「哪個狠心賊把你打成這樣？」

「不，不是。是我吃醉了酒，摔了一跤。」

「痛吧？」梅翠翠掏手帕兒給他輕輕擦著臉上的腫塊，一面疼惜地說道。「二爺，這個樣子啦，咋能辦事體喲。快跟我回家找刀瘡藥搽一搽。大熱天，要回膿的！」

韋天亮覺得兩眼一陣熱，極力撐持著，才沒有落下淚來。他完全忘記了臉上和左肋上火辣辣地疼痛，只感激著梅翠翠對他的疼惜。雖然嘴上不住地嘟囔著「我實在有事情」，腳下卻順從地跟著女人進了她的家。

上了樓，進了樓上的房間，梅翠翠眼淚汪汪地給他用溫水擦了臉，將顴骨和額頭上兩個滲血的大腫包上了刀瘡藥。然後，給他脫去短衫，扶他躺在榻床上，替他燒煙。

受傷的心靈，需要溫情來撫慰。

深深吸下幾口鴉片煙，韋天亮覺得心裏舒服了許多。塞滿胸膛的火氣與懊喪，竟被這淡淡的，散發著沁人心脾清香的鴉片煙霧，擠了出去，消失得無影無蹤。睜開眼，環顧一下他熟悉的房間，一切都是那麼舒心，順眼。他的目光停在了那副朱紅泥金對聯上：「明月二分縈好夢，靈犀一點逗芳心。」從前，他一直參不透那說的是什麼意思。現在忽然明白，那不是說他與梅翠翠，靈犀一點，心心相連，只有睡在這女人的身旁，才有得好夢做嗎？

是的，正是這樣！再看看只穿著捆身子，橫臥在自己對面，正飛動著蔥白似的玉指給自己燒煙的美人，他更覺得，數月前下定的決心，是如此的正確。是的，只有梅翠翠，才是他理想的女人。為了得到她，休說是挨打受辱，就是上吊、跳黃浦江，也心甘情願！他萬分後悔，不該埋怨如此疼惜自己的好女人。上床之後，他要使盡力氣，讓她快活。然後向她賠罪，請她原諒，自己曾在心裏頭怨恨過她……

韋天亮正想著，老鴇梅二姐來到了樓上。翠翠急忙站起來讓坐。梅二姐的眼光，在韋天亮的臉上停留了片刻。遠遠坐到靠牆的椅子子上，臉色冷冷地說道：

「韋二爺，這麼久不來走走，難道把翠翠姑娘和自己誇下的海日，一塊兒都忘光啦？唔？」

「嗨，君子一言，駟馬難追！怎麼會忘記呢？」韋天亮放下煙槍，坐了起來。「梅二姐，這些天，我有些要緊的事體，一時脫不開身。」

梅二姐冷笑道：「我知道你韋二爺事體忙，可我們不能坐著等涼風喝呀！這些日子，翠翠除了出個局，客也不肯接，只等著您來贖她。可你一去就沒了人影兒。前天，上海縣衙門裏的趙師爺，看上了翠翠，開口出一千八百塊——要替姑娘贖身哪。不是我們講義氣，人，早就被領走啦。」

「二姐，你聽……我說，」韋天亮突然口吃起來，「我何嘗不著急！不過，目前還缺個小數目……」

「喲，『小數目』怎會難為著你韋二爺！誰不知您老人家手指縫兒的絕招兒？就是缺個大數目，用不著到天亮，也就湊足了。只怕……」

光棍眼裏揉不進砂子。韋天亮一聽這話，像被火煤子燙了一下，臉色陡地一變，下意識地摸摸臉上的傷疤，打斷老鴇的話，說道：「梅二姐，為啥說啥哪。口外的話，說過了頭，就不怕傷了老朋友的和氣？」

「二爺，您別生氣，我不過是心裏頭著急。不信，你問問翠翠姑娘，人家趙老爺來催過三、四回咯。是我們看在老交情的份上，才把人留到了今天呢。」

韋天亮扭頭問道：「翠翠，真有這麼回事兒？」

翠翠重重地一點頭。兩眼一紅，答道：「一個五十多的老蝦米，酒糟鼻子，三角眼——樣子嚇死人……」

看到心愛的姑娘悲痛欲啼，韋天亮一拍榻床站了起來，威嚴地說道：「梅二姐，你聽著：翠翠是我的人啦。誰敢給我動一指頭，我決饒不了他！」

「韋二爺的話嚇死人喲！哈……」老鴇高聲笑了起來。「可，幹俺們這一行的，賣的就是身子肉兒。誰出的錢多，就賣給誰。可不是看誰搖著舌根出的大氣響！」

韋天亮半晌語塞。然後狠狠地一跺腳。說道：「好吧，三天為限。拿不出個整數來，我不姓韋啦！」

說著，他走向衣架，抓起自己的短衫要往外走。梅翠翠急忙走過來，拉住他的臂膊。扭頭向老鴇懇求道：

「嫵姆，他這樣子，要出事的。就讓他歇一宿嘛。」

「好吧，再依從你一次！」老鴇斜瞥韋天亮一眼，歎口氣，頭也不回地走下樓去。

十三、孽障

你忒胡逞：你好不本分！教我爭，你有何安穩？不聽道，特煞村！不依教，該受貧。

——《殺狗記》

1

這些天，韋王氏的一顆心像浸在冰水裏。她一再捶胸頓足，痛恨自己。正處在女兒離去的傷痛之中，竟會鬼迷心竅，半夜三更，闖進僕人的臥室。涎著笑臉，下賤妓女似的，親手給人家寬衣解帶。而且饞貓似地，乞求那失身份、壞貞節的片刻歡娛。要不是范五磨磨蹭蹭地捱了半更天，一開頭就像後來那樣，自己早就成了他的姘頭……沒臉皮的淫婦！分明是大半輩子好心行善積了德，觀音菩薩及時來點化自己，才使得自己從朦昏中清醒過來，身子肉完好無損地走出范五的臥室！

這些天來，她一直在生與死的十字路口上徘徊。她覺得，實在沒有臉面再活在世界上。況且這世界，已經沒有使她留戀的事體啦。儘管，她住著高大寬敞的獨院樓房。箱子裏藏著數目不小的私房銀子，丈夫還按時匯來家用開銷。但優裕的物質生活，並不能撫慰她一顆孤寂的心。實際上，她早已失掉了丈夫。如今，又失掉了相依為命的獨生女兒。就是不做出這丟人現眼的事，活在世上，也沒了樂趣。何況，這是在自家的僕人面前，喪失體面，往後怎麼天天見他？

她不打算像女兒那樣，跑老遠的路去跳黃浦江。用不著費那事，一條麻繩足可以結束這絲毫值不得留戀的人世。

可是，麻繩幾次拿到手裏，她又放下了。唉唉！那有這般狠心的娘哪？自己死掉倒容易，可女兒從此連「娘家」也沒有啦！爾後受了女婿的欺侮，婆婆的虐待，向誰去訴說？有誰去護持她？不，光是為了女兒，她也要活下去！所幸，自從經歷了那個不光彩的夜晚之後，范五竟絲毫沒有露出譏笑和狂傲的神色。每當來到她的面前，總是低順著雙眼，垂手立站；比從前更加小心翼翼，勤謹多禮。仿佛什麼事體也沒發生過。看來，他完全相信了她「中了邪——什麼也不知道」的話。老僕的馴順，使她不由地生出了幾分痛惜與感激之情。但這感情只能藏在心底，表面上仍裝出冷冷淡淡的樣子。她不能讓一個僕人低看自己！

前天，是新人「回門」的日子。她抱著別離了三天的心肝寶貝，痛哭不止。不料，偎在懷裏的女兒，不但未落一滴淚，反而笑著埋怨：「媽媽！人家大喜的日子，哭哭啼啼的多不吉利！讓月樓聽見了，不光笑話，還尋思著咱們不願結這門親事呢！」她扯出手帕給母親擦著淚，附上耳根，悄悄說道：「媽，您放心好啦，他真疼我呢……我們……過得也真快活！」

聽了這話，奔突而出的熱淚立刻止住了。心裏不由地生出一絲妒意。「哼，絲毫沒有想家的意思！原來，『快活』得連親媽也忘了！往後，我也不牽掛你們啦！」

今天，當她伸長了脖頸，目送登上亨斯美馬車的女兒時，女兒雖然回頭向自己招了一次手，但再也不見探出頭來招第二次！直到馬車消失在車流人潮之中……

「哼，連頭也不回——一心只盼著回婆家！結婚三天沒到黑，便信了他『真疼』你！你爹當年跟我說的比這好聽一萬倍。到頭來，照樣把我冷在上海灘，不顧不管！有朝一日受了丈夫、婆婆的氣，你就想到親媽啦——寡情的東西！」

她腳步沉重地回到庭院中，無力地坐到紫藤架下的石鼓上。面前蓮花缸中，兩條閃著光亮的金魚，正在悠然地遊蕩。彩帶似的兩束長尾，悠悠擺動著，顯得那樣舒心與愜意。仿佛永遠不知什麼是孤獨與煩惱。她認不清金魚的雄雌。但卻斷定身子略粗的那一尾是母魚，因為看上去，它特別安詳溫順。當它與另一尾碰面的時候，總要深情地怔怔望著。接著，趕快游近一些，像是有許多知心話要說。而那條公魚，眼也不眨一眨，便扭頭遊去，仿佛壓根兒不認識她。可他們明明白白是一對夫妻！今年春天，缸中浮起一片小顆粒，范五舀到一個水盆裏，後來不都變成小魚伢子了嗎？哼，對已經為他生兒育女的妻子，竟路人似地毫無痛愛憐惜之意。可見，世界上薄情的不光是男人，連鳥獸蟲魚也不例外！

嘴角漾起一絲苦笑。她不忍心再看這冷酷的場面，陡地站起來，轉身往屋裏走。這時，范五匆匆自外面走進來，躬身稟報道：

「太太，韋二爺在外面敲門，是不是請他進來？」

她猶豫了一陣子，想到韋天亮已經一年多沒來找麻煩了，也許壞毛病已經改掉啦，便遲疑地答道：「叫他進來吧。」

身穿舊蘇羅長衫的韋天亮，今天跟往常不同，不是甩著兩手來的。他左手提著兩包蒙著朱紅招貼的細點，右手提著一小簍四川榨菜。進了門將手中的禮物放到八仙桌上，擼下衣袖，向韋王氏深深作了一個揖，同時恭敬地說道：

「兄弟我給阿嫂請安啦。」

韋王氏指指對面的椅子：「阿叔，不必多禮，快坐吧。」

「許久沒來給阿嫂請安啦，請阿嫂多多原諒。」韋天亮溫和謙恭。

「喲，阿叔啥工夫學會了客氣哪。」韋王氏看到了韋天亮臉上隱隱有幾片青灰色。便問道：「阿叔身體可好？」

「唉！」韋天亮長歎一聲。「病了兩個多月。倒運透了，上吐下瀉，外冷內熱，閻王鼻子摸了好幾回！這不，剛剛能自己走著來看望阿嫂。」

「怨不得，你的氣色……病好了就好。」韋王氏受了感動。

「咳，病是不要緊啦，可饑荒拉大啦。」他的目光停在她的臉上。「今天兄弟來，就是想求阿嫂開恩，幫兄弟一把，挪借幾個住院費和藥錢。」

韋王氏一聽，心裏格登一下。果然，他無事不登三寶殿！但她極力委婉地答道：「你哥哥不在家，我一個女人家，能幫你啥忙哪？」

「嗐，一家人何必說兩家話呢。這兩年，我哥哥買賣興旺，日進斗金，兄弟我全知道。再說，我的債也就是哥哥的債嘛！」

「你要多少？」她站了起來，想快打發他走。

韋天亮叉開右手五指晃了晃：「這個數！」

「怎麼，要那麼多——五十塊？」韋王氏吃驚地問道。

「哼，五十塊能買回條命？是五百塊！」

韋王氏聲音發顫：「什麼，五百塊？」

韋天亮又叉開右手五指，搖了搖，斜睨著眼答道：「不錯，只借給兄弟五百塊就夠啦。」

「不說五百塊，五十塊我也拿不出來哪！」韋王氏重重地坐了下去。「剛給阿寶辦完喜事，就是三十塊，二十塊，也得好好湊湊哪！」

「怎麼，阿寶結婚啦？」韋天亮豁地站起來，「我怎麼不知道？」

「事情辦得急，連她親爹都沒來得及告訴哪。」

「我哥哥在千里之外。我可是就在你們的眼皮底下呀——你們也太不把我這個親叔父，放在眼裏啦！」他雙手叉腰，儼然一副家長的口氣。

見主人一時語塞，站在一旁的范五插話道：「二爺，太太曾吩咐小人去告訴你老人家。可我打聽不到你的住址呀。」

韋王氏急忙介面道：「是哩，滿天飛的麻雀兒！想告訴你，也找不到窩呀，怎麼能埋怨我們呢？」

「那……阿寶嫁給誰家啦？」韋天亮狠狠地瞥范五一眼。

「楊家。」韋王氏答道。

「哪個楊家？」

「楊月樓家。」

「是那個唱武生的楊月樓嗎？」

「是呢。」

韋天亮眼珠轉幾轉。「阿嫂，你把閨女嫁戲子，圖個什麼？就圖他是下九流？咱們韋家可是正兒八經的人家！」

她打斷他的話說道：「阿叔，阿寶的婚事，你哥哥還沒說不妥當哪。」

「我哥哥不知道——他咋說？這事，我……」

韋王氏想趕快打發他走，站起來說道：「阿叔，你到底要多少錢？十塊二十塊，我拿得出。多啦，想幫也幫不了哪。」

說罷，她轉身往內室走。

「喂，站住！」韋天亮氣勢洶洶地盯著韋王氏。「阿嫂，請你放明白：我是韋家的人，這個家，」他的手橫著劃了一圈兒，「連同香港、廣州的買賣，都有我韋天亮的一份兒。說的好聽，我是向你挪借，要是把話說實了，我是來自己家裏取！」

韋王氏愣在那裏，一時不知該作何回答。這時，范五插話說：「太太，前日請客還剩下一點錢，是不是，先給二爺用著？」

韋王氏欣喜地應道：「你快拿來！」等范五拿來十塊洋錢，放在八仙桌上，她指著說道：「阿叔，家裏實在沒有錢啦。㕶，就這麼多。要呢，你就拿去。」

「你是打發要飯的嗎？」韋天亮車轉身氣呼呼地往外走，走了幾步，又返身回來，把洋錢抓在手裏，裝進口袋。一面忿忿地說道：「阿嫂，你放著聰明使糊塗，莫後悔我韋二爺不講情面！」

韋王氏木樁似地站在那裏，愣愣地望著韋天亮甩著膀子走了出去。

2

第二天上午，韋天亮敲響了楊月樓的大門。

「來啦！」王媽聽到敲門聲，一面應著，快步迎了出去。一開門，見是韋天亮站在門外，不由一愣。急忙將身子堵在門口，兩手把著門扇，恭敬地問道：

「原來是二爺。不知道您有啥事？」

「這不是阿寶的家嗎？」韋天亮頭一仰，下巴一甩。「我來看看侄女和侄女婿唄。」

「二爺，他，他們剛剛出街去啦。」

「去了哪兒？」韋天亮打量著對方，臉上浮著懷疑的冷笑。

王媽略現猶豫：「說是，去明園賞花……」

「管他去明園暗園呢，」韋天亮伸出右手將王媽一撥，邁步進了大門。「閃開！我先進去看看侄女兒的新房。」

「二爺，二爺！」王媽跟在韋天亮身後，故意高聲喊著。她想讓惜玉兩口子回避。「太太，有客人來啦！」

沒等楊太太走出來，楊月樓已經來到堂屋門口。他向大搖大擺往裏走著的韋天亮，客氣地拱手問道：

「先生，您找誰？」

韋天亮上下打量一下對方，眼睛中流露出輕蔑的表情，冷冷地問道：「你就是阿寶的丈夫——楊月樓吧？」

「小人正是。先生，你是——」雖然粗魯的問話使人不快，楊月樓仍然彬彬有禮地作答。

這時，惜玉聞聲走了出來，一看是韋天亮，便冷淡地問道：

「二叔，你來幹啥？」

「喲荷！你說我來幹啥？我倒要問問你：連終身大事都不跟我吭一聲，你的眼裏還有尊長沒有？」

「二叔，請屋裏坐。」楊月樓抱拳禮讓。一面向王媽吩咐道：「奶媽，快給二叔沖茶！」

韋天亮抓起長衫下擺，昂首闊步走進了客堂。楊月樓讓他在上首太師椅上坐了，又請出楊太太在下首相陪。然後，一面打量韋天亮，一面恭敬地說道：

「剛才不知是二叔駕到，沒有迎接，請二叔多多原諒。」

「自家人，不客氣！」韋天亮見王媽端著托盤、茶碗走了進來。便指著她說道：「這老媽子倒是『認識』我！竟胡說你們兩個逛明園去了。大瞪著眼滿嘴噴糞！你也不睜開眼看看我是誰？哼！瞎了眼的東西！」

王媽低頭斜睨韋天亮一眼，默默地給他面前放下一盞茶，又給楊太太獻上一盞，悄然站在了惜玉背後。這時，韋惜玉接過話頭答道：「那怨不著奶媽，是我教她那樣說的。」

「好大膽，你這個小毛丫頭，也把尊長當成外人啦?！」

「二叔，雖說你不是『外人』，可我也沒有你這樣的『尊長』……」惜玉一派輕蔑的口氣。

韋天亮吼了起來：「放臭屁！我是你的親叔父——不是『尊長』，又是什麼?你說！」

「哼！」惜玉冷笑幾聲。「『尊長』可不是個虛名，得有個讓人尊敬的樣子！」

「我的『樣子』，哪裏不值得你尊敬？」

「我說出來，怕二叔吃不住勁呢。」

「惜玉！」楊月樓不住地使眼色制止妻子。

「你給我說！——只怕你說不出來！」韋天亮兩眼暴突，指點著惜玉，一面擼起了袖子。

「哼，說就說。怕的不是我！」韋惜玉向前走了兩步，手扶八仙桌，說道：「你打著我父親的旗號，在外面借了多少債？我父親不過是教訓你幾句，你就擼袖子，甩拳頭，痛打他一頓。難道說他不是你的一母同胞？前年，我媽病得那樣厲害，你可曾去看過她一眼？連我這做侄女的託你買幾本傳奇小說，你都能半路上把錢給花了……」

「狗雜種，你反天啦！」韋天亮一拍桌子站了起來，「我今天不教訓你，算不得是你的尊長！」

惜玉冷笑幾聲，繼續說道：「二叔，你用不著吹鬍子瞪眼。心平不語，水平不流。你就是打我一頓，我也要說。這些年，並不是我們不理你，是你自己把路走絕了。渾身長著倒鉤刺兒，誰還敢靠近你？你就爽快地說吧，今日來我家，是想幹啥？有話快快說，我們還要到明園去玩呢！」

韋天亮氣得臉色鐵青，兩眼冒火，一時竟答不上話來。呼哧了半天，終於吼道：「好伢子！跟你老子一樣，都是不講理的無賴！你認為我是登門來拜訪，給你們磕頭賀喜？想得倒美！有那閒空兒，我不如去看耍猴兒的！告訴你們，老子今天是來要錢的！」

楊母一看韋天亮一派無賴行徑，向兒子使個眼色，連招呼也不打，站起來走了出去。楊月樓坐到母親的位置上，靜觀事態的發展。他曾經聽惜玉說過，有個不務正業的叔父，但沒想到此人竟如此混行無賴。

「誰欠你的錢？」惜玉寸步不讓。

「你們——你爹，你媽，還有你！你們給我放明白點：我跟韋宗吉沒分家。分居的日子，才是各據的財呢。韋家的買賣，銀號的存款，都有一半是屬於我的。」

「那你找我爹要去。一切家產都歸你，我也管不著。」

「哼，說得倒輕巧！別忘了——父債子還！你媽把錢都給你做了陪嫁。你媽叫我到這兒先取八百塊大洋用著。」

「對不起。莫說是八百塊，八塊我也沒有。不是拿不出，是不想拿。不該你的，不欠你的，我跟你井水不犯河水！」

「混蛋！你跟韋宗吉一路貨，都是無賴！」韋天亮口噴唾沫星子，大聲吼叫。

「姓韋的，嘴裏放乾淨點？」楊月樓實在忍不住了，他一拍桌子站了起來，「有人話，說兩句；沒人話，請著——你給我出去！」

韋天亮指著楊月樓的鼻子答道；「唷呵！羊群跳出驢來啦——你充的什麼大牲口？我在教訓我侄女哪，哪有你開口的份兒！誰不知，你是那個『九流』的英雄。當心我給你端出祖宗牌位來！」

楊月樓早已怒不可遏，一聽這話，倏地轉過八仙桌，狠狠地說道：「你的皮子癢癢，就說痛快話！」

韋天亮猛吃一驚，慌忙向後一挫身，雙手握拳，斜交在胸前，做出格鬥的姿勢。一面吼道：「怎麼？你想動武！」

「你出不出去？」楊月樓逼近了一步。

「我要是不走，你敢怎樣？」

「那就讓我親手請你出去！」

「呸！你敢！」韋天亮一口唾沫，吐在楊月樓的臉上。接著身子一斜，「嗖」地一拳，向楊月樓的下巴搗來。楊月樓眼快，頭一歪，韋天亮的拳頭搗了空。剛要收拳再攻，楊月樓趁勢抓住他的右手腕，用力一擰，韋天亮「哎喲」一聲，左手便被扭在了身後。他的身子斜扭著，但仍然氣勢洶洶地罵道：

「狗雜種，竟敢撒野！二爺我饒不了你！哎喲，好疼！我操你姓楊的十八輩祖宗！」

楊月樓並不答話，拖著韋天亮往外走。韋天亮斜著身子，半倒退著，踉踉蹌蹌被拖到了大門外。楊月樓用力向外一摜，同時鬆開手。只聽「撲」地一聲，韋天亮一個狗吃屎，趴在了地上。

「哼，看在你姓韋的份兒上，今天不揍你。你再敢來無端尋事，我饒不了你！」

「臭戲子，等著吧。你韋祖宗，跟你不算完！」韋天亮趴在地上高聲叫罵。

「我恭候你的大駕！」

楊月樓退進門內，「咣噹」一聲關上了大門。

3

結婚之後，楊月樓問起韋家有哪些親友，韋惜玉曾說過，有個本家叔父在上海，但因「不習正」，兩家已斷絕來往許多年。至於那人怎麼個「不習正」法？韋惜玉只是含糊地答道：「吃喝嫖賭全占唄！」楊月樓便沒有再追問。他覺得，不論在十里洋場的上海灘，還是在帝王之都的北京城，也不論是官場，商界，甚至梨園界，「吃喝嫖賭全占」的人，比比皆是，算不得什麼的稀奇。近幾年，他經常被召進皇宮去演出。聽說，連同治皇帝載淳，都常常化了妝，溜出紫禁城，跑到前門外八大胡同泡煙館，睡妓女，把楊梅大瘡都帶回了後宮。至於那些頂戴花翎，穿補服朝靴的王公大臣們，在皇帝面前像老鼠見了貓，大氣不敢出。一旦退了朝，出了那個閻王殿似的又高又厚的紅牆圈兒，莫說是吃喝嫖賭，賣官鬻爵，貪贓賣放，踐踏法憲，草菅人命，什麼事都幹得出來！相比之下，一個無業遊民，幹出點下道的事兒，倒是情有可諒了。但他絕想不到，韋天亮竟是如此地無賴橫行！不但出語粗野，而且恬不知恥地要「取八百塊大洋用著」。好像韋家欠他的，該他的。即使韋家真正欠他的，與我楊家何干？竟跑到楊家吵鬧，真是豈有此理！

趕走了韋天亮，回到屋子裏，他沖著妻子忿忿地說道：「真想不到，你會有這樣一個叔父——地道的流氓無賴！」

惜玉臉上一陣紅，輕蔑地答道：「連羞恥都忘了，韋家的臉讓他丟盡啦！往後，真不知他還能想出些什麼壞招兒呢。」

「孩子，媳婦說得對，是該防著點。」楊母憂心忡忡地提醒兒子。「我看他三角眼，橫裏肉，一臉凶相，只怕還能來耍賴。」

「媽，您老人家用不著擔心。無賴，無賴，無理撒賴！撒賴不成，也就沒招啦。」楊月樓極力安慰老人。

「孩子，俗話說：『大意失荊州』。耗子成精比老虎還厲害——千萬大意不得呀！」

月樓答道：「媽，那無賴是喝了烏龜血——裝王八憨。放心吧，他成不了精！今兒不過是出門踢了癩蛤蟆——晦氣罷了。」楊月樓輕蔑地吐了一口唾沫。

「楊老闆，」王媽一開口，立刻想起楊月樓不准她再稱呼「楊老闆」，便改口道：「月樓，楊太太說的是。我在韋家這麼多年，知道那人的脾性：吃得回頭草，貪得窩邊食，少說生著三千個壞心眼！韋先生是他親兄奶弟，他卻家僮偷主人——吃裏扒外。對旁人，怕是更使得出毒手段咯！」

「好吧，我當心就是。」楊月樓雖然並沒把韋天亮放在眼裏，為了不使兩位老人擔心，只得應承。「我得先洗洗臉，讓那無賴唾了我一臉屎水！」

「俺來給你打洗臉水。」王媽說著，轉身往外走。

惜玉急忙阻攔道：「奶媽，不勞你老人家，我給他準備就是。」

「王姐，媳婦說的是。他們是成家立業的人啦，又不是公子哥兒，千金小姐。往後，洗臉，穿衣，疊被，沖茶，這些碎瑣事，讓他們自己動手弄去。」楊母臉上的愁容，漸漸的消退。她瞅著王媽吩咐道：「王姐，你是不是到親家那裏去一趟？叫她也多加防備。」

「楊太太，俺也正這麼想呢。太太的心太善，俺真擔心，二爺已經去過。說不準，已經被騙了錢去呢。」

「那你就趕快去吧！」王媽剛走了幾步，楊母又喊住，說道：「王姐等等，我給你車錢。你坐東洋車去，還快當。」

王媽翹起右腳，指指自己的天足，笑道：「太太，您放心。俺這雙腳，跑起路來，比東洋車興許還快呢。」

惜玉伺候丈夫洗罷臉，又給他沖上一盞黃山雲霧名茶。趁丈夫低頭品味的時候，近前低聲說道：「月樓，剛才婆婆勸你的話，你可大意不得。別嘴皮上唱諾，心裏頭念反經。無事防備有事，小心強似懊悔……」

他厭煩地一揮手，打斷了她的話：「不就是一個潑皮無賴嗎？難道我堂堂楊月樓，還懼他三分？」

「是得懼他！不怕十條龍，單伯一條蟲！你不知道，他是入了流氓白相幫的無賴，聽說還拜了青紅幫一個姓黃的頭目作乾老頭呢。你想，有青紅幫給他撐腰、作後臺，咱們怎麼惹得起他？！」

「哼，管他青紅幫還是紫紅幫，我楊月樓行的正，做的正，他們奈何不得咱家。我就不信，一個人，平白無故，就能叫臭蛆叮著，蒼蠅蟄著！算了，你不要再說啦。快換換衣裳，咱們到明園散散晦氣去！」

惜玉擔心丈夫外出，碰上韋天亮生出麻煩。但要是說出來，他那倔脾氣，準成勸不住。於是，她鎖起雙眉，無精打采地答道：

「今天我身上不舒服。月樓，你在家裏陪陪我好嗎？」

他此時才注意到妻子的臉上，露著痛苦與傷感。不由一驚，問道：「玉，你哪裏不舒服？今天清晨，你還那麼有興頭呢！」

「你……」瞥過一個半是埋怨，半是幸福的眼光。

「好玉玉！」他伸手拉過她來，擁在懷裏，臉頰緊緊貼上她的臉頰。「怨我太粗心——實在對不起你。」

「嗯——哪個要你賠不是！」她在他懷裏輕輕扭動著，「兩腿酸軟，渾身無力……」

「那到底是怎麼回事？莫非要鬧病？」

見自己的狡黠奏了效，她心中暗暗高興，伸手摟著他的脖頸，蹺著腳尖在他的右腮上，響響地親了一下。柔聲說道：

「別問啦。放心吧，過一陣子會好的。盡著你就是。」

「你真是我的好姑娘！」兩隻大手鐵鉗似地抱緊了她。

「不，是好妻子！」

過了好一會兒，她雙頰緋紅，輕輕喘息著說道：

「月樓，你教我的那段唱腔，『莫辜負片刻歡聚，須提防永久別離；人間多少相思苦，恨天命，乖違人意。』真美，真好聽。就是『須提防永久別離』中，那個『離』字的拖腔，曲裏拐彎的，真難學。」

「那叫『九連環』。學會了唱這一句，學別的就容易了。」

「我真笨——硬是唱不準呢？」

「嘿！你笨？我要像你這麼機靈呀，當初坐科時，也不至於挨師傅的籐條啦。這『九連環』沒有個十遍、二十遍的練習，別想唱準板眼，唱出韻味兒。你才學了三兩遍，咋能那麼性急。」

「月樓，今天閑著沒事兒，你一定要教會我這一句，不學會不甘休！」

「不，你身子不舒坦，我也沒興致。」

他站起來，從東壁上取下那把下定禮時，女方贈送的古劍，來到妻子面前，說道：

「玉玉，你說要告訴我，這把古劍的來歷和價值，可一直沒顧得上。乾脆，今天你就給我講講它的妙處，如何？」

「好吧。」惜玉伸手接過古劍，學著戲臺上正旦的腔調念道：「你垂手挺胸坐好，聽師傅我給你講來！」

「嗒，呔哐——呔來哐——哐呔！」楊月樓戲謔地念起了鑼鼓經——「奪頭」。

「哈……」夫妻倆一齊大笑起來。

笑過之後，惜玉從腋下拖出手帕，揩揩劍鞘，然後指著說道：「這把古劍，是一個世宦子弟賭輸了，無錢還債，從家裏偷出來，賣給了父親。聽父親說，只花了二百兩銀子。」她指著劍鞘上面鏤金鑲嵌的三塊閃閃發光的大綠寶石，繼續說道：「當時，父親只知道是一把貴重的古劍。找人配上了沙魚皮劍鞘，並嵌上了三顆寶石。後來找一個古董商看了，才知道是一把稀世名劍。原是吳越時，吳人干將所鑄。干將的妻子叫莫邪，聽說當時她的丈夫鑄劍時，怎麼也煉不到火候，是她「斷髮剪爪」投入爐中，寶劍才得煉成。所以，這名劍，雄的叫干將，雌的便叫莫邪。」

「噢，干將，莫邪！我好像聽說過——吹毛過刃的寶劍呀！」月樓驚歎起來。

「是呀，既是二千多年前名家煉鑄，即使不那麼鋒利，也稱得上是珍寶啦！」惜玉將寶劍抽出，指著閃著瑩瑩綠光的劍刃說道：「據說，這寶劍要煉九九八十一天才能煉成，所以雖然沉埋地下幾千年，仍然寒光閃閃，鋒刃完好無損。我聽父親說，這劍的金貴，還因它太稀少。有人說，干將、莫邪世上只有一對兒，絕無二雙。也有人說，一共有三對兒。但至今也沒聽說誰見過。」她指著護手前劍腰上的兩團模糊的紋縷問道：「月樓，你仔細看看，這是什麼？」

他仔細端詳了一陣子，答道：「我看像是花紋兒。」

「不，這是兩個字——干將。是大篆……」

「怪不得，我不認得呢。玉玉，不知那把雌劍莫邪，會在哪兒呢？」

「誰知道呢。要是能讓他們配成雙，那該多好呀！」惜玉忽然傷感起來，「可惜，只怕我們沒福看到它們團圓了。」

「哎喲喲，這麼寶貴的東西送了我。我實在不配領受呀！」妻子的歎喟，他分明沒留意。

「不，寶劍贈英雄！」她伸出左手摟緊丈夫的脖子。「只有你配。不配的是我！也許正因為如此，那雌劍才不肯出世呢。」

「我的好玉玉，別這麼說，你是世界上最好的女子。我楊月樓，三生有幸！」他把寶劍接過來，入了鞘，雙手握著，緊緊摟在懷裏。一面深情地望著妻子。「愛妻如此待月樓，今生報不完，來生變犬馬也要報答與你。」他用上了戲詞兒，卻是一片真情。

「誰要你報答！俺只要你一生不變心。」

「我要是變心，天誅地滅！」

「你要是變了心呀——用不著驚天動地，我就用這把寶劍殺了你！」惜玉脫口而出。

「你胡說些什麼！」楊月樓不由一驚。

「是的，要是我自己變了心，我就用這寶劍，殺死我自己！」

「惜玉！」他倏地伸出手，捂上了她的嘴。

4

須知仙闕是廣寒，
紅顏惹事幾情牽。
春申江頭春易老，
玉樓雙吟不知年！

楊月樓沉浸在新婚燕爾的幸福之中。

就像掀開「出將」門簾，踏著「慢長錘」鑼鼓點兒登臺獻技一般，他在新房的方磚地上，踱著方步，揮動著雙手，一遍又一遍地吟唱著上面的詩句。他要為這心愛的詩句，找到一段貼切的京戲唱腔，以便今後經常吟唱。他已經反覆試唱了好幾種唱腔和板式。他覺得，「二簧」和「反二簧」的唱腔，雖然舒緩、酣暢，但是，不論怎麼飽含深情去唱，總露出幾分哀傷與悲涼。最後，他選定了「西皮快三眼」。借用《空城計》中諸葛亮在城頭飲酒撫琴時的唱腔，再根據詩句的含義，加以變通處理。果然，把春中江頭獨佔春光的不易；「玉樓雙吟」的令人神往與陶醉，表現得淋漓盡致。他又吟唱了幾遍，曲調漸漸定了型，不由得放開嗓子高唱起來：

須知仙闕是廣寒，
紅顏惹事幾情牽……

這首唱不釋口的七言絕句，是他的愛妻韋惜玉作的！

新婚之後，小夫妻達成了一項協定。月樓教惜玉學戲，惜玉則教他寫詩。二十多天來，他已經把《千家詩》開頭的三十多首「七絕」和「五絕」背得滾瓜爛熟。雖然「先生」規定他背熟《千家詩》之後，才教他寫詩。但他耐不住心癢，偷偷地寫下了四句頗似七言絕句的詩，以抒胸臆：

欲求鄉女結團圓，
卻會風雲上九天。
嫦娥宴客月宮醉，
始信人有三生緣！

這首處女作，與其說是受《千家詩》的影響，倒不如說，受戲曲唱詞影響的痕跡更加明顯些。儘管技巧拙劣，詩味淡薄，卻表達了他的由衷喜悅之情！

本來，他打算在三十歲之後，選一鄉間賢慧女子結為夫妻。不料，滬上獻技，竟遇到了情愛似火，勇敢無畏的韋惜玉！今朝喜結良緣，歡情似海，自己像一條久困淺水的蛟龍，忽然叱風吒雲，扶搖直上九天。被嫦娥迎進月宮，長袖獻舞，玉觴捧漿，陶陶然，忘了自己是人間凡體，還是天上神仙。原來鼓詞唱本中所說的「三生奇緣」，讓自己有幸遇上了……

不料，他的「三生緣」詩被愛妻發現了。「喲，先生還未教，學生自己倒先做了起來！嗯，雖是初作，卻也有幾份感人的真情呢。這『嫦娥宴客月宮醉』一句，不但設喻新穎，寫盡陶然忘返之情，也頗有幾分詩味呢。只是「平仄」還沒有掌握，不過，要想寫詩，不必完全叫格律、平仄嚇著，不敢越雷池一步。只要有真情實感，而又寫出詩情畫意，就是好詩。以後，我就照這個規矩教你。」

誇獎過去之後，她又說，自己不過是一凡世女子，怎能與月宮嫦娥相比擬呢？今朝夙願得償，佳會仙闕，無非是不由人意的篤情，感動了天地，才來成全你我。我們應該萬分珍惜這似蜜的佳期，時時高唱「玉樓佳緣」，莫待紅顏老去，春江水寒……對妻子的話，月樓雖然不能完全透徹理解，卻覺得她說的句句在理。當時，便搖著她的雙手，祈求她「把我這歪詩改一改」。妻子正在為他改詩。他卻不加思索地又吟起了剛才高唱的那首詩。他覺得，賢妻的即興之作，不但比自己那首歪詩文雅貼切得多，吟唱起來，也更加朗朗上口。

他又把妻子的新詩唱了一遍：

……春申江頭春易老；
玉樓雙吟不知年！

不料，剛剛唱罷，仿佛高吭嘹亮的歌聲，把他的滿懷喜悅統統帶走了。頓時感到一陣惆悵和寂寞之情，襲上心頭。

早飯後，愛妻在奶媽的陪伴下，坐車回娘家去了。結婚之後，韋家表示一切規矩服從楊家。不知母親是愛媳婦，還是疼兒子，她沒有理會北方「住三回九」的老風俗。第四天媳婦「回門」，命她當天就返了回來。可是，親家婆想女兒想得不行，要求讓女兒再回家住三天。楊母只得答應。這一來，楊月樓便有「三天」空房獨守。剛才襲上心頭的惆悵，無疑就是因為新娘子的暫時離別而生出的。

楊月樓第一次意識到，他已經片刻離不開他的新婚妻子！

為了打發長日的寂寞，他決定到外面走一走，散散心。穿上一件實地紗長衫，到西房稟告了母親，便慢悠悠地開門走了出來。

5

一出大門，楊月樓便瞥見一個十四、五歲的男孩，右腕挎一隻竹籃，急匆匆向弄堂外走去。走了二十多步，回頭看了他一眼；立刻吹了一聲尖利的口哨，便頭也不回地向弄堂外跑去。一眨眼，便消失在弄堂的轉彎處。那惶急的樣子，像是一個被追趕的小偷，又像是在躲避什麼人。楊月樓前後看了看，除了他自己之外，弄堂內再無第二個人。

一時間，他迷惑不解。「那男孩，為什麼要躲避自己呢？」他忽然記起來，搬進同仁里之後，曾經見過這個挎竹籃的男孩，走街串弄堂，叫賣「炒花生，消食山楂糕」，一個沿街叫賣的小販，總是希望有主顧，怎會見人就躲呢？顯然，其中定有不可思議的原故。仔細想想，自己與這小販，從無瓜葛，也未買過他什麼東西。顯然，他躲避也罷，害怕也罷，都與自己無干。想到這裏，他淡然一笑，並不把這事放在心上。低聲哼著剛剛唱熟的「西皮快三眼」，向弄堂外緩步走去。

「須知仙闕是廣寒，紅顏惹事幾情牽……」

同仁里是條很深的弄堂。七拐八彎，才能來到寬闊繁華的四馬路。楊月樓低聲哼唱著愛妻作詩自己配曲的新唱段，剛轉過第二個彎，便見路當中並排橫著兩條魁梧的大漢，分明是在等候什麼人。兩人同樣打扮：上下一身青布短衣褲褂，上身對襟密扣，下身寬腳紮腿褲；腳穿雙梁薄底鞋，辮子繞在脖頸上，一副打鬥的姿態。這情景，不由使他想起了《打魚殺家》中，教師爺帶領的打手。楊月樓來到面前時，兩人叉開兩腿，雙手叉腰，把不足一丈寬的弄堂，堵了個嚴實。見兩人並不讓開，楊月樓只得客氣地說道：「二位，勞駕，閃一閃，讓我過去。」

「讓你過去？哼，說得倒輕巧！」站在左邊的長臉大嘴漢子發話了。語氣中充滿挑釁意味兒。「要想過去也不難，先留下買路錢——大洋一百塊！」

「咦，上海灘哪來這規矩？」楊月樓認為是發生了誤會。「再說，我就是這條弄堂的住戶，天天進出……」

「告訴你，小子，這條規矩是大爺專門為你定的。」長臉大漢氣勢洶洶。

「要想不出錢也可，」右面那個生著紅鼻頭的漢子說道。一面伸手指指褲襠底下，「那就從這兒鑽過去！」

楊月樓極力忍住怒火，仍然平靜地說道：「我並不認識二位，何必如此過不去呢？」

「我們可認識你楊月樓！爺們沒工夫跟你瞎蘑菇——乾脆說吧，一百塊大洋拿不拿？」長臉大嘴漢子兩眼凶光逼人。

「不拿就從這兒鑽，兩條路盡你挑！哈……」紅鼻頭得意地狂笑起來。

既然兩個無賴知道自己是誰，顯然不是誤會。但楊月樓一時又想不起，來上海灘後，曾經得罪過什麼人。也許是因為自己的戲太紅，「包銀」太多，兩個無賴才趁機來敲詐？人處異地，凡事須小心。況且，破財免災，如果此時身上帶著一百塊大洋，他真會一把扔過去，揚長而去。他摸了摸口袋，只帶得一塊銀元，是準備外出坐車喝茶用的。雖然被擋在家門口，但他不願把惡人領回家去取錢。便嚴厲地警告道：

「我楊月樓跟二位往日無冤，近日無仇，二位缺錢用，留個地址，改天派人送去就是。何必傷……」

「呸！」長臉漢子一口臭痰吐在了楊月樓的臉上。一面罵道：「狗娘養的，你認為這是在戲臺上，叫爺們看你做戲呀？乾脆說吧，大爺們今天並不是為錢而來。是專為教訓你龜兒子來的！」

「狗雜種，欺人太甚！莫怨你楊爺手下不留情！」

楊月樓怒從心底起，回罵一句，一抬腳踢起長衫前擺，伸手抓著，掖在腰帶上。幾乎在同時，他一個箭步，沖到長臉漢子面前，伸出右拳向他的大嘴打去，大嘴只顧扭頭躲避飛來的拳頭，楊月樓早已收回拳，側身飛起左腳，猛踢他的胸口。只聽「哎喲」一聲，大嘴倒退五六步，四蹄朝天，仰臥在地上，一時動彈不得。

紅鼻頭一見，喊了一聲：「夥計們，上呀！」一面忽地衝了上來。

只聽一聲吼，背後又竄出兩條漢子，擋住了楊月樓的退路。三條漢子像三隻瘋狗一般，猛撲猛衝，拳來腳去，頻頻向楊月樓攻來。楊月樓憑著練就的一身硬功，閃展騰挪，招架躲避。只因弄堂太窄，功夫施展不開，倘使戀戰，非吃虧不可。他想趕快離開，無奈被三條大漢圍在當中，一時無法脫身。他大吼一聲，一腿將紅鼻頭掃倒，飛步往弄堂口就跑。不料，剛跑了幾步，躺在地上的長臉大漢，一個鯉魚打挺，躍身站起來，橫在他面前。他正想再次將他打倒，不料，被從後面攬腰抱住了。他身子一矬，彎腰從雙腿之間，抓住了抱腰人的一條腿，同時用力向後猛坐。「啊」地一聲，那人被坐倒了地上。他使出一個烏龍絞柱，剛要站起來，又撲上來兩條惡狼，趁勢將他按在地上。他正想設法解脫，頭部挨了重重的一拳。兩眼一陣黑，幾乎暈了過去！

正在危急之時，忽聽一聲大喊：

「呔，光天化日之下，竟敢行兇！」

是丁少奎的聲音。兩個按著他的惡棍，聽到喊聲，不由一愣。楊月樓趁機躍身而起，他喊一聲：「師兄，打！」一陣飛拳，先將紅鼻頭打倒在地。又一個虎跳，撲向大嘴漢子，半空中飛腳踢上了他臉面。大嘴嚎叫著蹲了下去。他又轉身與另一個惡棍格鬥起來。等到他將惡棍打翻在地，丁少奎已經把另一個惡棍打得趴在了地上，哼哼唧唧爬不起來。

楊月樓一腳踏在長臉漢子的胸口上，舉拳問道。「你說，是誰派你們來的？說不說？不說，我結果了你！」

「楊老闆，楊老闆！您聽我說，是韋天亮那狗雜種雇我們來的！撒謊是你的親孫子！」

「哼，你們這些貪財的瘋狗，也不睜開屌窟窿看看爺們是誰。三慶班的兄弟是你們惹得的？」丁少奎一面罵著，一面狠狠往大嘴身上猛踢。

「老闆，饒命！俺們兄弟再也不敢啦！」大嘴連連告饒。

「師兄，算了。饒了他們這一遭。冤有頭，債有主，他們不過是見利忘義才來害人。」

說罷，楊月樓拉著少奎往後走。走了幾步，低聲說道：「師兄，你晚來一步，今天我准要交代在這幫惡棍手裏！」

「娘的，我知道師弟妹今日回了娘家。怕你想老婆，特地來陪陪你，一塊兒出去逛逛。不想碰上這幫惡棍在行兇。桂軒，你傷著沒有？」

楊月樓摸摸腫脹的右額頭，答道：「吃了點虧——不要緊。」

「喂，師弟，那韋天亮是什麼人？你怎麼得罪了他？」丁少奎又問。

月樓歎口氣：「唉，說來話長，回家我再跟你細聊吧。」

「狗雜種們，今天沒占到便宜，會不會再來找麻煩呢？」丁少奎仍不放心。

「嘗到了咱們兄弟的厲害，諒他也不敢了！」

楊月樓重重地歎了一口氣。

十四、橫禍

狼子野心難料，看跋扈漸肆咆哮，挾勢固恩更堪惱；索假忠言入告。

——《長生殿》

1

「流氓！惡棍！竟打我的人——好狠的賊心！我沒有那樣的『叔父』，他也不配姓韋！嗚嗚嗚……」

韋惜玉用熱手巾捂著丈夫右額上的腫傷，一面咒罵，一面痛惜地大哭。

楊月樓遭流氓圍攻、毆打的第三天上，新娘子韋惜玉從娘家興匆匆趕回了婆家。在娘家只宿了兩宿，她卻覺得像是過了兩個年頭那樣漫長。她出嫁已經二十多天啦，聽說媽媽晝夜想她，「有若干心裏話要跟她說。」但真正到了她的面前，除了反覆叨念：「我的好孩子，想死媽媽啦！」竟不再有別的話語。而自己，除了誇獎丈夫，一時也找不到多少新鮮話題好說。有好幾次，媽媽問她話，她因為心裏只想著同仁里，竟未聽到。惹得媽媽冷冷地抱怨：「媽跟你說句話哪，你都不好生聽，不知都在想什麼！」

她覺得，剛剛分手二十多天，媽媽卻有了不小的變化。臉上沒有了往常的紅潤，眼神一會兒無目的地瞟來瞟去，一會兒盯在一個地方發呆。好像有什麼心事瞞著自己。她一再追問，媽媽始終不開口，只是怔怔地望著自己。她發現，她的眸子裏分明有著嫉恨的神色。問急了，她嘴上說「沒啥」，淚水卻像打開了閘門，流個不止。

媽媽幾乎變成了一個陌生人。

「媽，真是的！人家還在蜜月哪，就扔下月樓回來看你，你卻號喪似地哭個沒完。往後，看我還回來！」

女兒的埋怨，使韋王氏無言以對。只得立刻強抑眼淚，作出高興的樣子。但強裝的歡笑，不但沒能使女兒歡心，更使她心裏煩躁。到了口邊，想說的安慰話，卻跑得無影無蹤。為了打破沉悶，惜玉只有說她的月樓。不是月樓這，就是月樓那，一會又說，「唉，忘了告訴月樓，出街的時候，一定莫忘戴草帽兒！」

結果，媽媽聽得不耐煩了：「哼，人回到娘家，心還留在婆家。嫁出去的女兒，真是潑出去的水哪！」媽媽傷心地抹著眼淚。「我要是生下個兒子，不但不會拋下老娘不管，還會把別人家的女兒奪回來呢，連同她的一顆心！」

團聚沒有帶來歡樂，卻帶來了煩惱。

兩天之中，范五按照女主人的吩咐，做遍了小姐喜愛吃的東西。誰知，平時最愛吃的飯菜，端到面前，惜玉絲毫也沒有食慾。勉強吃下去，嚼臘似地，久久不想下嚥。

母親上眼了，小心地問道：「阿寶，你不舒坦？」

「嗯……不。」

「是不是有了？」

「有了什麼？」

「有了『喜』呀！」

「媽媽真能瞎說，我是在想，月樓這時候，是不是也在吃飯……」

把一切都看在眼裏的王媽，這時，附在主人的耳朵上，嘀咕了一陣子。王氏點點頭！朝女兒痛惜地說道：「阿寶，你這樣子掛念月樓，是不是早一天回去？免得連飯都吃不好，你說呢？」

「真的？媽媽！」

「哪個騙你哪！」

惜玉撲上去，摟著媽媽的脖子嚷起來：「媽媽，你真好！」就這樣，韋惜玉像遇赦似地，三天沒住完，提前回到了婆家。不料，一進門，一眼便瞥見丈夫的臉色不佳。近前細看，丈夫的右側太陽穴旁一片青紫，左嘴角也微微腫脹。便搖著他追問不休。被逼不過，楊月樓只得告訴她，可能是韋天亮因為沒敲詐到銀子，還吃了一嘴泥，便約上四個流氓，前來尋釁報復。阿寶一聽，心疼得大哭，一面狠狠咒罵起韋天亮來……

「咳，別哭，別哭喲！你看，我不是好好的嗎？」

楊月樓搖著愛妻的肩頭，一遍又一遍地勸慰。見妻子抖動著雙肩仍然痛哭不止。他皺了一陣眉頭，忽然捂著右額頭，「哎喲，哎喲」，喊個不止。惜玉一驚，慌忙揩揩眼淚，問道：

「月樓，月樓，你怎麼啦？」

「頭痛。」他滿臉痛楚之色。「哎喲喲，痛死我啦！」

「剛才還好好地，怎麼忽然就……」

他呻吟道：「本來，頭不痛哪，可讓你一哭，我一著急，就……哎喲……好痛喲！」

「這可怎麼辦哪？」她又嗚嗚地哭了起來。

「惜玉，只要你不哭，立刻就會好的。」

「好，好，我不哭，我不哭。」熱淚在眼眶中打旋兒，她卻止住了哭泣。伸手撫摩著他的額頭，

「這會兒，不疼了吧？」

「好多啦。」他握著她的手，在自已的額頭上輕輕揉著。「要是你能再笑幾笑，立刻就會全好的。」

她淒然一笑：「人家心裏不好受，怎麼笑得出來呀！」

「我來帶你笑。嘿嘿嘿！」他做個鬼臉，然後大笑起來，「哈哈哈！」

「咯咯咯！」韋惜玉被逗得暢笑起來。

「看，」他拍拍右側太陽穴。「這會兒完全好啦！哈……」

惜玉忽然明白過來，這「頭痛」的活劇，是丈夫故意逗她。不由地紅了臉，一面笑著，雙手握拳捶起丈夫的脊樑：「你壞，你壞……」

愛妻轉悲為喜，楊月樓十分高興。一把將她摟進懷裏，在她香腮上，玉頸上，雨點似地連連吻著。最後，又將火辣辣的雙唇，黏在她的櫻唇上，許久沒有移開。

小夫妻沉浸在幸福而濃烈的長吻之中……

短暫的別離，兩晝夜的相思，使夫妻的恩愛之情，又加深了許多。直到身熱心跳，呼吸艱難，兩雙嘴唇才緩緩移開。

「惜玉。」他附在她的耳邊低語。

「唔？」她雙眼微閉，彷彿在睡夢之中。

「這兩天，我把你寫的那首詩，唱熟了。用的是「西皮快三眼」板式。讓我唱給你聽聽，好不好？」

「你快唱，快唱！」她睜開眼，催促著。

他鬆開手，讓她坐到窗前椅子上。自己站起來，深吸幾口氣。等呼吸平穩了，便拉開架式，低聲唱了起來。

「須知仙闕是廣寒，紅顏惹事幾情牽……」

激越深沉，悠揚委婉的歌聲，迴蕩在散佈著馨香的新房中，然後飄出大開著的玻璃窗，在庭院的上空蕩漾。芙蓉樹上正在歌唱的兩隻黃鸝，彷彿聽到了歌聲，雙雙停止了鳴囀，伸長了脖頸，向新房內不住地張望……然後，更加起勁地歡唱起來。

歌聲停歇了許久，惜玉才從陶醉中清醒過來。睜開雙眼，深情地望著丈夫。忽然，她燕子似地撲過去，一把摟住他的脖頸，響響地，在他的左腮上吻了一下。

「月樓，你唱的真好！不但曲調好聽，也唱出了醉人的真情。謝謝你對我的歪詩，如此認真下力氣！」

「你不是說，這首詩寫出了我們兩人的幸福結合與希望嗎？」他的臉偎在她的香腮上，輕輕揉擦著。「我也是為我自己唱的嘛。」

「月樓，你教給我唱，好嗎？」她扭頭望望悄悄爬進窗戶的暝色。「今天晚上，我們晚些睡，你一定要教會我！」

「晚上——怎麼行呢？你剛回來……」

「哎，你身上有傷嘛。」他從她火辣辣地目光中，領會了她的言外之意。「今晚，不准你——傷好了，再……」

「好，好，依你，全依你！」他敷衍著應道。

可是，當兩個人躺到一起的時候，特別是當他的略顯粗糙的大手，輕巧而緩慢地在她身上四處遊動時，她不由地慢慢向他靠近過去。嘴上卻嘟嘟囔囔地說道：

「月樓，你真壞，真壞……」

2

蜜月，蜜月！似蜜一般甘醇的新婚之月！

如膠似漆！濃稠得似膠漆一般的夫妻情愛！

但是，不論蜜月也罷，如膠似漆也罷，都不足以表達楊月樓與韋惜玉的新婚生活！那甜蜜酣暢，遠遠賽過蜜糖；那愛憐纏綿，遠遠勝過膠漆！那兩情相鍾相篤所激起的愛波情瀾，像汩汩的奔湧山泉，雄雄噴突的火山，烈烈燃燒的熔爐；又像乘長風，駕祥雲，遨遊在天宮仙闕的一雙仙童玉女！

在封建禮教彌漫，門第等級森嚴的神州大地上，在揭掉蒙頭紗，方得認識「結髮人」真面目的時代，除了在傳奇、鼓詞中，誰曾親眼見過這樣美滿的結合，這樣幸福的夫妻，這樣多姿多彩的蜜月！

今天是楊月樓與韋惜玉結婚的二十九天，再有一天，通常所說的「蜜月」，便告屆滿。但新婚夫婦卻覺得像是剛剛過去了兩三天，那令人目醉神搖的花燭之夜，只不過是前天的事！廿九天來，他們幾乎未出過大門。月下把臂，花前比肩，品茗學戲，挑燈教詩，芙蓉帳裏春宵短，羅漢床上靈魂飛……

基督教的《聖經》上曾說，上帝從在樂園中孤獨難耐的男子漢亞當身上，抽下一棍肋條，造出了一個女性夏娃，才使亞當驅除了寂寞，得到了兩性相補的歡欣與幸福。那麼，韋、楊的美滿結合，則像是「肋條」又回到了男子漢的肌體上。不僅從肌肉到骨骼合而為一，難解難分；連語言和呼吸，也彷彿是從一張口中傳出。至於神髓和靈魂兒，更是天然生成般地溶成了一體……

原來真正的蜜月，不僅是「蜜」；真正的恩愛夫妻不僅是「膠漆」。而是失掉了我，失掉了你；你溶入我，我溶入你；你我不分，男女合一；朝朝暮暮，生生死死，永遠，永遠，都是一個無盡的和諧與統一……

就連無意間的一次眉睫跳動，一個眼神飄移，用不著說明，用不著暗示，對方都能夠理解得一清二楚。隨意開個輕鬆的玩笑，也是那樣善解人意。

今天上午，月樓教惜玉學戲時，見妻子額頭上滲出了細細的汗珠，他便勸她休息一會兒，一面拿過手巾親手給妻揩了汗。又斟過一杯香茶，遞到她的手裏。然後扶她坐在自己的大腿上，癡迷地凝視著她美麗的瓜子臉出神。過了半晌，「噗嗤」笑了起來。這時，妻子聳聳秀美的鼻子，瞅著他說道：

「月樓，我就知道你在笑什麼！」

他以為她在用詐術：「我不信！你說說看，我在笑什麼？」

「你心裏正在編排我——對不對呀？」

他的臉倏地紅了，不解地問：「我心裏剛剛在想的，你怎麼會知道呢？」

得意的目光閃灼著：「天機不可洩漏。反正，我就知道唄！快說，你在瞎琢磨我些什麼？快說嘛！」她在他的膝頭上搖著。

「咦！既然我心裏想什麼你都知道，又何必問我呢？！」

她學著戲臺上的腔調，答道：「放肆，大膽！我要叫你給我從實招來！」

「得——令！」他也調侃起來。「我不過想給你的眼睛、嘴巴和這雙小手打個比方而已。」

「都比做什麼？」

「不說也罷。」

「不行，非說不可！」她用力捏著他的鼻頭。「說不說？」

「好好，我說。不過，醜話說在前頭，我說出來，要是有人氣得哭鼻子，我可不給她擦鼻涕。」

「你淘氣！」

她握起小拳頭，搗向他的胸膛。半路上被他輕輕接住，握在手中。

「太太，小人有話還未稟明，便動大刑，是何道理？」他為自己的調侃，忍不住大笑起來。然後正色說道：

「你的五官四肢，都不是你自己的。」

「那會是誰的？」

「你的眼睛是杜麗娘的，夢中遇到的人，也非嫁不可；嘴巴是林黛玉的，說出話來不饒人。手呢，是崔鶯鶯的，專會寫勾引男人的情詩……」說到這裏，他吟起了她求愛信上的語句：「『自日神馳，皆因敷粉何郎；長夜繾綣，無非倏忽劍光。莫辜負，春嫩花嬌，楚楚春申江』！」

「你真壞，真壞！」始抽出手，握起兩隻小拳頭，在他的肩上猛擂起來。

「哎喲，哎喲！」他裝出疼痛的樣子。「還說『玉樓雙吟不知年』呢！眼下一個月不到，就成了母夜叉，虐待起自家丈夫來了！」

她被逗笑了。停下手，目光在他臉上停留了一陣子。抿嘴一笑，剛要開口，他卻截住說道：

「好哇，剛停下打丈夫的手，又在心裏罵他！」

「你怎麼知道？」

「天機不可洩漏——反正就知道唄！」他學著她的腔調，拿她的話回敬。「快說，你在罵我些什麼？」

「我也是在給你打比方唄！」秀美的小鼻子聳了一聳。「你的心呀，像鐵石，竟把深閨少女的真情摯意，當成風流輕佻；你的嘴呀，像葫蘆，除了『小姐保重』，倒不出第二句話……」

「好呀，咱家三跪九叩給你陪過罪啦，你還不饒人——看我不狠狠懲罰你！」

他的「懲罰」，便是緊緊地擁抱和暴風雨般的長吻……

「哎喲，人家喘不過氣啦！」

現在，愛妻倚偎在他的臂腕裏，輕輕呻吟著。他附在她的耳邊，氣喘吁吁地問道：

「阿玉，」他學著江南的習慣，呢愛地叫著。「阿玉，怨我……太莽撞……」

「不，不。」她矇矓著眼睛，用頭頂揉著他的下巴。「你好……真好……從來沒這樣……教人受不了。」

「阿玉，我的愛妻！」

「我的好丈夫！」她雙手勾緊了他的脖子，雙眼流出了幸福的熱淚。

「阿玉，」他閉著眼，喃喃地像在自語。「過幾年，你給我生個兒子，我好把身上的絕活兒，傳授給他。」

「不要『幾年』，我想立刻就給你生個小月樓！」

「我怕你太年輕，吃不消。」

「都十七歲啦！人家說，媽媽越年輕，孩子越旺相呢。到那時，你登臺唱戲，我在家裏給你奶兒子，奶媽幫著忙家務，多好的一個家！等到小月樓長大了，不用說，要跟他爹爹一樣，名震北國江南啦。」

「我的好妻子……」

「嘭，嘭，嘭！」外面傳來了敲門聲。

「有人敲門。」他停止了活動。

她沉浸在歡快中，分明未聽到聲音：「深更半夜的，怎麼會？」

「開門，快開門！」敲門聲伴著呼喊。

他急忙爬起來穿衣服。一面向窗外觀看，只見有人翻過牆頭，從裏面開了大門。立刻有幾個人影闖進了院子。

「像是『綁票』的土匪。別點燈，你關好門待在屋裏，一定別出來。讓我來對付他們！」

楊月樓摘下牆上的寶劍，來到外間。他避在屋門的後面，等待土匪打門。

3

「開門，快開門！」屋門被擂得山響。

「你們是幹什麼的？」楊月樓在屋內厲聲喝問，一面拔劍出鞘，作好了迎接格鬥的準備。「你們不說明白，休想給你們開門！」

外面傳來一陣洋人的嘰哩咕嚕說話聲，然後有人答道：

「我們是法租界巡捕房——快開門！」

來到上海之後，楊月樓曾聽說，許多在外面遭受了冤案，或者犯了法的人，常常躲進租界，逃避官家的追捕。因為租界雖在中國地界，卻是外國人的世界。在那裏，什麼事情中國官府都不得插手。但那些躲進來的流氓、匪徒，如果繼續在租界內作案，他們懲治起來也頗為嚴厲。即使走路子，大元寶也難遞上。據說是洋人為了「做出榜樣」給中國人看。所以租界裏的社會秩序，反倒比外面好得多。現在，一聽到是「巡捕房」來的人，而且清清楚楚有洋人在外面，他放了心。他說了聲「等等」，將手中的寶劍插入鞘內，順手掛在門栓上。急忙劃著洋火，點上洋油保險燈，放到客堂的八仙桌上，轉身開了屋門。

一個黃髮碧眼的高個子西捕，首先進了屋子。後面緊跟著兩名紅頭巡捕和兩名穿青布號衣的中國巡捕。

楊月樓向那個藍眼西捕拱手問道：「先生，這裏是楊宅，你們來此何干？」

那藍眼西捕，徑直坐到八仙桌旁的太師椅上，摸出一支雪茄煙點上，吸了兩口，然後瞅著楊月樓，用蹩腳的中國話答道：

「我們找的，正是楊宅。」

楊月樓仍然平靜地問道：「我叫楊月樓，是來上海獻藝的伶人。你們一定是找錯了人家！」

「找錯了人家？」西捕大笑起來。「不，不！我們就是找你楊，楊月樓，楊，楊戲子！」

「我楊月樓一不違律，二不犯法，你們找我幹什麼？」楊月樓慍怒了。

「楊，你有話，可以跟我的上司去說，我們只能執行上司的命令。」西捕站了起來，「對不起，我們要進行搜查！」

「什麼，搜查？我楊月樓一不犯科，二不違法，你們憑什麼搜查？深更半夜，私入民宅，你們租界裏難道就沒有王法？」

西捕大笑道：「楊先生，我們的法律，比你們中國的王法文明的多。你要是不准搜查，就是妨礙『執行公務』，我們就先將你捕起來！」

這時，惜玉開了裏間門，來到丈夫身邊，緊緊挽住了丈夫的左臂。她分明怕丈夫一時性起交起手來，寡不敵眾吃虧。一面勸道：

「月樓，就讓他們搜查好啦。看能從我們家裏抄出什麼毒品、私貨！」她昂首轉向那西捕，示威似地說道：「你們儘管搜！不過，要是搜不出什麼犯法的東西來，我們可要告你們犯法——夜入民宅，無端滋事！」

「小姐說得好！只怕，你會失望的。」西捕擎著雪茄，踱到惜玉面前，藍眼珠子在她臉上停留了好一陣子，喉嚨裏發出一陣低沉的冷笑，一面咕嚕道：「果然是個大美人。可惜可惜！」

西捕回頭瞥楊月樓一眼，手一揮，向手下人命令道：「開始！」

守在門口的四名巡捕，聞聲進入內室。翻箱倒櫃，搜檢起來。他們將借玉從娘家帶來的四只皮箱，兩只樟木箱，一只楸木立櫃，統統打開來。立櫃內裝的是新婚夫婦的四季衣裳。兩隻樟木箱和兩只皮箱則裝滿了整匹的綢緞、布匹，而靠底層的兩只皮箱內，則分別裝著二十包墨西哥銀洋。逐包進行了清點，整整四千塊！

看到眼前的情景，那碧眼西捕頓時眉開眼笑。他半驚訝半得意地搖頭晃腦，一面說道：「呀哈！美人，銀洋，綢緞，布匹——果然統統有問題！」

「你說什麼？」楊月樓怒不可遏，高聲喝問。

「楊先生，這些東西，」西捕指指箱子，又指指惜玉，「連同這位小姐，嘿嘿，你還有什麼說的！」

「她是我的妻子，那是她的嫁妝。難道還有什麼私弊不成？」楊月樓厲聲怒喝。

「楊先生，你先別嚷，我們會讓你說清楚的」西捕又一揮手：「把箱子統統地抬走！」

楊月樓跨前一步，像一座鐵塔似地橫在屋子中央，雙手插腰，大吼道：「你們還敢明搶嗎？」

「哈哈哈！」西捕得意地大笑著。「楊老闆，你的脾氣再大，只怕也大不過租界的法律。委屈一下，跟我走一趟。你自己有理去跟我的上司講去！」

楊月樓像兜頭挨了一悶棍，一時愣在了那裏。直到此刻，他仍然不明白，西捕話中的含意。正不知該不該阻攔他們的行動，忽然上來兩名中國巡捕，從兩邊架住了他的胳膊。一名西捕從腰帶上，摸出一副亮光光的洋手銬，喀嚓一聲，鎖在了他的雙腕上。

「強盜！你們憑什麼捉好人！」

韋惜玉哭喊著撲過去，想救丈夫。一個紅頭巡捕伸手將她攔住，彎腰抱起來就走。她掙扎不出，只能又罵又喊。緊接著，楊月樓也被押解著向弄堂外走去。韋惜玉則被塞進一輛馬車，由那西捕押著，向外駛去。

與此同時，從大門外又進來四五個穿青布號衣的中國巡捕，七手八腳，將六只箱子抬了出去，裝在早已候在門外的一輛平板馬車上，跟在轎車的後面，「咕嚕嚕」向弄堂外馳去。

4

當巡捕衝進院子的時候，楊母和王媽就聽見了。王媽開開門，她們想出來問個究竟。但兩名穿青布號衣的巡捕，擋在門口，命她倆「待在屋裏，不准出來！」接著又從外面將屋門反扣上。等到吵嚷聲靜了下來，反扣的門才被打開。楊母慌忙來到兒子的新房。一看，新婚夫婦已經不見了。屋子裏一片淩亂：立櫃門大敞著，各種衣物，橫七豎八地狼藉在地上。兒媳從娘家帶來的四只皮箱，兩只樟木箱，連同銀洋以及綢緞、布匹，統統不見了！

她覺得，天在轉，地在旋，雙眼發黑，兩腿打顫。急忙伸出雙手去扶立櫃，卻仰面朝天，倒了下去……

過了好一會兒，王媽急匆匆從外面奔了進來。一看主人暈倒在地上，急忙坐到地上，將主人的上身拉起來，左手扶著，右手猛掐她的人中穴。過了一會兒，楊母呻吟一聲，醒了過來。王媽扶她在新人的床上躺下。她睜開眼，環顧房間。接著手拍床頭，放聲哭了起來。

「老天爺喲，我的兒子犯著那一款？壞人做孽呀？啊啊啊！」

「楊太太，楊太太。」王媽抽抽嗒嗒地哭著，連聲勸主人。

「別哭，別哭喲！咱們得趕快想法子，救人要緊哪！」

「怎麼救法？」老人極力忍住哭泣，絕望地望著王媽。「深更半夜的，又捉人，又搶東西，誰知道是哪路強盜幹的？啊……」

「太太，太太！我知道月樓和惜玉被抓到哪裏去啦！」

「啊！你是怎麼知道的？」

「剛才，俺跟在那幫惡棍後面，看明白啦。九成他們被抓進了巡捕房！」

原來，當巡捕們翻箱倒櫃搜查、捉人時，楊母只知扶著屋門的後背，抖索索地抹眼淚。王媽卻跑到窗前，貼在玻璃窗上，一直向外窺探。所以，兩位小主人被捉走和箱籠被抬走的情景，她都看在了眼裏。等到巡捕一撤走，屋門被打開，她便偷偷跟到弄堂口觀望，直到見馬車朝著四馬路巡捕房的方向走去，心裏放不下老主人，才慌忙趕了回來。不料，主人已經暈倒在地。倘是耽擱得久了，說不定老主人要有生命危險的。

「咱們跟洋人井水不犯河水，他們巡捕房發的那份子瘋？」楊母拉著王媽的胳膊，焦急地問道，「你說呀，王姐！」

「說的是呢，太太。」王媽一時不知該怎樣回答，只得隨口敷衍道：「誰不知道，咱們月樓行的正，做的正呢。」

「他們會不會是弄錯了？」

「八成是。別聽那洋人吆喝『找的就是楊老闆』……興許就是張三的帽子，戴到了李四頭上。」為了讓主人寬心，王媽在挖空心思寬解。

「冤枉呵——我的好孩子！啊……」楊母又出聲地哭了起來。

「太太您儘管放心，乾屎抹不到人身上，好人成不了壞蛋。捏造的罪名，能強加一時，不能強按一世——一看他們不磕頭作揖往回送人才怪呢！」

「他們會不會吃虧呢？」楊母相信兒子是被錯抓，但又擔心兒子兒媳吃眼前虧。

「聽說洋人不像中國衙役那樣，拿著打人當樂子。」王媽強忍悲痛，極力安慰主人。「楊太太，你看俺是不是該立刻去跟曾老闆、丁老闆他們說說？老爺們見識廣，一定會立刻想法子救出他們倆。」

「好，你快去！」

「太太千萬莫著急。俺從外面給你鎖上門，一會兒就回來。」王媽站起來要走。

「不，王姐。你還是明了天以後再去吧。」她拉著王媽的手，一面指指窗外。「天已經放亮啦。」

「也好。去的早啦，棧房不開門，吆吆喝喝的驚動四鄰也不妥呢。」王媽善解人意，她知道主人心裏恐懼，不忍心扔下她就走，便決定明了天再說。

「娘的，這圈套九成九是韋天亮那狗娘養的設下的！我找狗雜種算帳去！」來到韋宅以後，丁少奎剛安慰了楊母幾句，便頓腳痛罵著往外走。

「慢——少奎。忙中有錯！」曾曆海兩眼紅紅地斜他一眼，「現在不是『算帳』的時候！眼下，當務之急，是設法弄清原因，把人先救出來。」

「你說，怎麼個救法？」丁少奎不耐煩地站住了。

「先得弄清桂軒蒙冤的原因，再——」

「還是的！」丁少奎嗖地跳到太師椅上蹲下去，「解鈴還得繫鈴人，除了那狗日的，旁人，誰能說出原因？」

曾曆海兩眼瞅著地面，一字一頓地答道：「少奎，光為了探明原因，從巡捕房的巡捕口中，也可打聽到。即使我們自己辦不成，花錢雇個包打聽，也不難做到。我看，還是先不驚動那賭棍為上策。」

丁少奎噔地跳到了地下：「那又是為什麼？」

曾曆海答道：「你想，要是桂軒是因韋天亮的誣告（八成是這樣）而蒙冤，最好的辦法是由韋天亮自己撤銷原訴。倘使我們找急了，他害了怕，來個腳底抹油——一溜了號兒，桂軒豈不要久久滯留在巡捕房裏？所以，先不宜打草驚蛇。等我們探聽明白了來龍去脈，需要那惡棍『解鈴』的時候，看準了火候，捉住他不放手，那時由不得他不幹。」他望望楊母，又瞅著丁少奎，「伯母，少奎，你們說這樣妥不妥？」

楊母連連點頭答道：「少奎，我看曆海想的周全，你說呢？」

「嗯……也是。」丁少奎服氣地點著頭。「我現在就去找包打聽。」

「不，少奎，還是你在這裏陪著伯母，讓我去吧。」

「咳，我腳下麻利，幹這事比你強！」丁少奎說著抬腳又要走。

楊母知道曾曆海怕丁少奎性急壞事，急忙勸道：「少奎，就讓你曾大哥去吧，我喜歡你陪我說說話呢。」

丁少奎剜曾曆海一眼，勉強應道：「那好吧。我並不想搶頭功，我是心裏著急。」

「少奎，委屈你啦。」曾曆海向丁少奎抱拳施禮，然後又向王媽吩咐道：「您老人家吧別忘了給伯母和少奎做早飯喲。」

王媽點頭應道：「曾老闆，早飯已經做好啦。你吃了飯再去吧。」

「不，我不餓。什麼時候餓啦，就在外面隨便對合點。這事耽擱不得。」他又向楊母叮嚀道：「伯母，你老人家儘管放心，我一定會帶回好消息的！」

5

「哼，得罪了山神爺，養不活豬崽子！我韋天亮不是善心的菩薩，辱了白辱，打了白打！喊，也不尿泡騷尿照一照，一個王八戲子，享用了我的親侄女，又來跟二爺我使橫的。這一回，我叫你嘗嘗韋祖宗的辣手段！黑房的跳蚤、臭蟲，先給我餵一餵，掉上點兒肉。拐騙婦女，捲逃財物的罪名，更夠你小子享用一陣子的。等到撕擄清楚了，少說也得落個腿折胳膊殘！叫你走著進去，爬著出來，哈……」

韋天亮在心裏不住地笑。他像三伏天喝了幾大碗冷製酸梅湯，只覺得從嗓子眼到腳後跟，都無比的痛快舒暢！

今天淩晨，他跟在巡捕的後面，躲在楊家院子的黑影裏，從頭到尾，目睹了楊家被抄檢，和楊月樓、韋惜玉被抓走的經過。此時，他舒舒坦坦地側臥在梅翠翠的牙床上。他的小美人隔著煙具盤，躺在他的對面，正飛動著尖尖的玉指，給他燒煙。

一榻煙霞，雲蒸霧繞。韋天亮仿佛跟隨著繚繞升騰的鴉片輕煙，升了起來，輕飄飄，顫悠悠，直向風流自在國飛去……

睜開眼，望望面如桃花，唇若櫻珠的小妓女，一陣熱潮流遍全身。不由翹起左腳，伸向女人的兩腿間。

「唔——二爺——老實點！」

「呵，又不是未開包的小雛雞，裝的哪份子貞節呀？」

他放下煙槍，坐起來，一把將女人姣小的身體，拖進懷裏，響響地親了一個嘴。伸手摸著女人的一隻乳房，嗲聲嗲氣地說道：

「小寶貝，今天晚上，二爺心裏忒自在。我要是不教你小寃子告饒，算不得咱家有能耐！」

「二爺別再胡鬧好不好？」

「哼，占了便宜賣乖！二爺我要是沒有點能耐，你小翠翠也不會這麼親我不是？」

「去去去，收拾起你那些『能耐』！」翠翠雙眉緊皺，「只要你老老實實地睡覺。」

「唷呵！今日二爺來得晚，莫非有哪個小白臉搶在前面，占了二爺的先，唔？」

「二爺盡胡說！」女人臉色不悅地剜他一眼。「自從你答應給我贖身，我誰也沒接過。難道我們賣笑的，就不知道講義氣？」

「呵，二爺跟你鬧著玩呢，幹麼當了真呀？」一面說著，韋天亮動手給女人解衣扣。「二爺心裏頭一得意，就想來個特別的花樣兒，快點！別擱冷了二爺的熱合勁兒！」

女人握住他的雙手，正色問道：「二爺，你今天到底碰上什麼順心的事啦？這麼猴急火燎地，要拿人家來煞氣？」

「鵝毛扇一搖，施了一計。」韋天亮得意地搖頭晃腦。「嘿嘿，你就等著瞧一齣熱鬧好戲吧！

哈……」

女人推開他的手，坐直了身子，一面結著大襟上的紐扣，一面盯著他說道：「二爺不說明白為啥這麼高興，我就不答應，跟你……」

「唷呵，二爺我要花錢給你贖身，你已經是二爺我的人啦，不成還由得了你嗎？」韋天亮有些不快地拉長了臉。

「二爺，」女人冷冷地一笑。「你的錢一天不交齊，我這身子就不能屬於你。多少日子啦，要不是我一再央求，姆姆早逼著我接別的客人啦。哼！人家一心靠實倚望你，連句心裏話，都遮三瞞四的不跟人家說，更不要說拿出真心來給人家啦。往後，要是人家的身子歸了你，更不知道要怎麼冷落，低賤人家呢！」

說到這裏，女人抹起了眼淚。韋天亮一見，急忙舔著女人的脖頸勸道：

「乖乖，小乖乖！我要是不愛你，不跟你真心，我就是黃浦江裏的泥鰍，讓老鱉吞了我，嚼了我——不得好死！」

「你到底說不說實話？」女人的臉色繃得緊緊的。

韋天亮涎著臉：「哪個不說來嘛！」

「那就快說！」

「只要你乖乖地躺到床上，別跟我胡纏，我立刻抖底兒告訴你。」

「要是騙人呢？」

「騙人——我是小婊子養的！」

「你瞎說些什麼呀！」女人瞥他一眼，動手脫衣裳。

韋天亮一面摩挲揉捏著偎在懷裏油光水滑的小女人，一面把心裏的「得意事」，從頭至尾說了出來……

他向韋王氏借五百塊錢，不料只借到了十塊大洋。想趁韋惜玉不懂事，楊月樓新婚不好意思拒絕之機，從楊家誆騙一個大數目。誰知，竹槓未敲成，反被楊月樓叉著脖頸攆出了大門。一氣之下，便約了四個練過少林功夫的好漢，去「敲楊月樓的狗骨頭」。誰知不但「狗骨頭」沒敲成，四條壯漢反而個個被打得臉青鼻子歪，一個姓牛的漢子還被打折了右臂骨。抱頭而回的四條好漢大呼上當，找到他要「算賬」。他只得在「壺中天」大菜館，擺了一桌，並給了姓牛的二十塊大洋的養傷費，好歹總算把四條好漢安撫下。這一來，不但從韋王氏手中騙得的十塊大洋花了個精光！又倒搭上了近二十塊錢！

一股惡氣憋在肚子裏，久久排不出，賭錢便沒有了「手氣」。倒楣鬼天天跟定了他，十賭九輸，一天下來，錢口袋總是底兒朝上。眼看著給梅翠翠贖身的一點積蓄要倒賠進去！正在無計可施時，一個在巡捕房作錄事，名叫倪季高的朋友，給他想出了一條妙計——告狀。只要把楊月樓告下，一抓進巡捕房，苦頭少不了吃。不但能泄了胸中的惡氣，楊家和韋家要想了結官司，還得求他從中進行斡旋。那時，要想從中撈點銀子、洋錢，便不費吹灰之力！他一聽，好似絕處逢生，當即孝敬了五塊大洋，求倪季高給寫了一張狀子，遞了上去。狀子上面給楊月樓開列了三大罪狀：拐騙婦女，捲逃財物，無故打傷勸阻的人。果然，狀子遞上的當天夜裏，楊月樓不但被抄了家，還同新娘子一起，被抓進了巡捕房……

末了，韋天亮朗聲笑道：「哈哈！他老虎口大，我野牛頸粗！我治不死他楊月樓，也叫他褪層皮！連小阿寶那狗東西，跟她那不講理的老子娘，也統統叫她們找不到地方哭……」

「二爺，你真是這麼做的？」梅翠翠驚訝得瞪大了眼睛。

「咦，我可是竹筒倒豆子——一點沒剩下。難道你不相信韋二爺有這漂亮的一手？」韋天亮仍然沉浸在得意之中。

「這『一手』，是夠漂亮的。」女人仿佛在自語，一面掙開他的摟抱，坐了起來。「二爺，你的手段是不是太絕了一點？」

「絕？不！恨小非君子，無毒不丈夫！他們要是痛痛快快地給了我錢，把我的小寶貝順順當當地贖出去，二爺我有了老婆，有個家，我管她娘的小阿寶嫁王八、嫁鱉！哼，這一回，受活罪，遭死殃，都是他們自己找的。怨不著我韋天亮！」

「二爺，照你們給楊月樓按上的罪名，他的罪過挺重嗎？」

「哼，光拐騙婦女、捲逃財物這兩款，少說也得關幾年！」

「那——你侄女怎麼辦？」

「他們還不管我呢，我管他們幹啥！」

「二爺，難道為了自己有個老婆，有個家，就該把別人的老婆跟家，給拆散、毀掉？」

韋天亮聽出了女人口氣裏含著斥責，驚訝地問道：「你——什麼意思？」

「原來，你生著這樣一顆心！」女人盯著他的臉，一字一句地說道，「當初我怎麼就沒看出來呢？」

「看出來又怎麼樣？」他不解地望著心愛的女人。

「早知道你是這樣的人，莫說答應你贖身，就是陪你睡一宿，我也覺著丟人呢！」

韋天亮眼一瞪，吼了起來：「你好大膽！當初你陪我睏覺，我是憑著錢；我要給你贖身，也是憑著錢；只要二爺有了錢，莫說是個臭……」他把後面的「婊子」二字，咽了回去，「莫說是你，就是黃花閨女，也盡著樣兒挑呢！」

「錢，錢！不錯，有了洋錢什麼也能買到，可買不去女人的心！」梅翠翠的聲音很低，但卻咄咄逼人。

「是的，永遠買不去！」

「哈……女人的心，值幾個大板一斤？」韋天亮仰天大笑。「莫說是你，天底下的皇帝老兒，文臣武將，你說，哪個見了銀子不心跳，不乖乖地叫乾爺？別他媽的給我瞎撇清，有了成堆大元寶，響噹噹的大洋，只要你不是十二成的傻瓜蛋，莫說是你的『心』，連你的靈魂兒，我也買得過來。嘁！」

梅翠翠臉色冷得像鐵塊：「二爺，我是個比戲子還下賤的妓女！可我們賣笑、賣身、不賣義，我們不會為了錢，連良心也賣掉！」說到這裏，她倏地跳下床，抓過衣服往身上穿。

「翠翠，你要幹什麼？」韋天亮著了慌，語氣緩和下來。

「不想陪你啦！」一臉決絕的神色。

「翠翠，翠翠，」韋天亮跳下床，一把將女人摟在懷中。「我說著玩兒，你怎麼就當了真？咳，都怨我剛才說的不對……」

「不是『說的不對』，是你的心——太狠！」熱淚在女人的眼眶中打旋兒。

「有朝一日，我要是對你變心，天打五雷轟！」韋天亮信誓旦旦。

「有朝一日？」女人望著地下，在品味他的話。

「我的好翠翠。我叫你親娘啦——你就原諒我這一回還不行？」

「用不著一個妓女原諒你韋二爺嘛！」

「翠翠，我求你啦！」韋天亮撲通跪到了地上。

女人咬了半天下唇，緩緩答道：「只要二爺凡事講良心，收回惡念頭……」

「好好，我答應就是！你說吧，怎麼個收法？」

「去到巡捕房要回狀子，承認是誣告好人！」

「咳，告准了的狀又反悔，豈不是自己踢自己的屁股——不幹！我韋天亮傻不到那份兒上去！」

「你平白無故地誣賴人家，人家吃冤枉官司就當該？咹？」見韋天亮哭喪著臉不應聲。女人轉身往外走。「我就知道你改不掉的！」

「翠翠，我答應，我答應！」韋天亮站起來，緊緊摟著女人。

「要是說話不算數呢？」

「我要是不照你的話辦，改了『韋』字。出門摔斷腿，叫亨斯美軋死！」

「用不著發誓，只要不拿假話騙人！」

「騙人就是你養的！」他摟著她往床上拖，「不過，今天晚上，你還得陪陪我。明天一早我就去要回狀子。小寶貝，快來呀……」

「哼，狗改不了吃屎！」

十五、暗夜

有日月朝暮懸，有鬼神掌著生死權。天地也，只合把清濁分辨，可怎生糊塗了盜跖：顏淵……地也，你不分好歹何為地？天也，你錯勘賢愚枉做天！——《竇娥冤》

1

西洋時辰鍾早已敲過了十響，韋天亮才在梅翠翠的催促下，懶洋洋地挨下床去。洗罷臉，用過早點，又轉身躺到了羅漢床上。

「二爺，怎麼又躺下了？」梅翠翠斜著眼問。

「頭昏。渾身的骨頭像是散了架，一點不想動。」韋天亮閉上了眼睛。

「勸你你不聽，看累成這模樣！人家也叫你折騰得渾身酸痛呢。」

「得了便宜賣乖！」他翻身仰臥著，依舊閉著雙眼。「撒謊是你養的，翠翠。二爺我當時像是吞了仙果，不知哪兒來的那麼多衝勁……」

女人打斷他的話，說道：「別廢話！快起來吧，今天不是還有要緊的事嗎？」

「有啥要緊事！手氣不佳。今天歇一天，等財神附上身，再接著幹他幾場不遲！」

「看，三句話離不開本行，除了混賭，別的，都不在你心上！」

「誰說的？」韋天亮睜開雙眼，斜睨著女人，「我心裏頭要是不裝著你小翠翠，咱光棍漢一條，一天三個飽，一個倒兒，用得著不要命地去賭？」

「二爺，別廢話啦。再磨蹭下去，要去辦的事情就來不及啦。」女人說著，伸手去拉他。

他推開女人的手：「我不是說過，今天沒啥要緊的事嗎？」

「咦，難道你真的忘啦？」

「忘了什麼？」

「你誣告人家的事呀。」

「噢，我當是什麼大事哪，不著急。」韋天亮又閉上了眼睛。

「怎麼，」翠翠驚訝地提高了聲音，「人家人被抓，財物被抄走，還不算是大事呀?!二爺，在你心裏頭，什麼樣的事才算，大事呢？夜來你是怎麼發誓的？唔？」

遲疑了一陣子，韋天亮含糊地答道：「翠翠，不關你的事，你是著的哪份子急呀。我不是正在想辦法嘛！」

「好吧，你就好好想想吧。」女人退回去，遠遠坐到窗前的椅子上，不再言語。

韋天亮說得並不錯，他確實是在「想辦法」。但卻不是像梅翠翠盼望的那樣，想法子如何去撤訴。而是在挖空心思琢磨，如何賴掉昨夜的許諾。當時，他發誓賭咒，不過是為了討得女人的歡心，好順從地讓他盡情地擺佈。今天一起床，他就後悔自己太窩囊：心肝寶貝一撅嘴，一扭屁股要下床，便沒了主張，竟順從著她的心意，違心地發了那樣的狠誓。現在想想，那豈不是朝天撒尿，淨泚自家的頭，自家拉屎自家吃！哼！好馬還不吃回頭草呢，韋二爺磕頭作揖，好不容易告准了狀子，抓走了仇人，出了胸中的惡氣；再要二爺我去磕頭作揖，討回狀子，落個自食其言，反復無常，倒是小事。那王八戲子一旦被放出來，豈能白白放過自己！

不，不。我韋天亮是響噹噹的一條好漢，雖不敢說是眾獸之王的老虎，可也不是只會鑽洞打穴、聽見聲響就往洞裏鑽的灰老鼠！我不能為了旁人，丟盡自己的面子。更不能為了旁人，忘了自己的安危。我不會再上那傻當！

不錯，是「旁人」。那戲子是哪裏的種不必說，就是韋老大、韋王氏和小阿寶，與自己又有何干？雖然姓的是一個口的韋，可他們從來沒把我當自家人看待。他們有家，有業，有女兒，有女婿。我韋二爺除了身後跟著的一條影子，還有啥？連巴掌大小一塊讓人痛快地跺跺腳的地皮都沒有。他們怎麼就不管管我？媽的，我為了弄個女人安個窩兒，客客氣氣向他們借倆錢，他們拿著尊長當乞丐打發不說，還當面放騷屁，叉著脖子往外摔。哪還有他娘的王法天理！無毒不丈夫。惹惱了山神爺，養不成豬娃子。哪個犯到我韋天亮手裏，就別想囫圇著出去！

「哼！撤訴？見他娘的鬼去吧！」他差一點說出聲來。

可是，怎麼跟翠翠交代呢？照實說嗎？看不完的冷臉子咱不怕，萬一要起鬼脾氣，臉一翻，不答應跟自己好，再到哪兒去找這麼順眼對心思的小妞兒？有了，兵不厭詐。女人個頂個兒，頭髮長，見識短，心口窩盛不下三句熱乎話。大丈夫男子漢，哄騙個女人，比騙個吃奶的娃兒還容易。只要我給她個八月的大閘蟹——滿黃（謊），不哄得她陀螺似地溜溜轉才怪呢。

「二爺，你是不是睡著了？」梅翠翠等得不耐煩，終於發問了。

「沒，我在想辦法呢？」

「這麼久，該想好了吧？」

「還，還沒有呢。」

梅翠翠站起來，來到床邊，用疑惑地眼光打量著韋天亮，冷冷地問道：「二爺，你真的在想辦法？」

「怎麼？」韋天亮忽地坐了起來。「騙你半點兒，我是狼下的！」

「我覺得，事情並沒有那麼難辦。」她在床沿上斜坐下，滿懷狐疑地瞅著韋天亮。

「你以為那是小孩子戳尿窩窩？這是經官動府，打官司告狀！懂嗎？計策想不周全，打不著黃鼠狼還要弄一腚騷！要是叫那王八蛋反咬一口，抓撓一傢伙，給你贖身就更沒年月了。」

「難為二爺時時想著我，」梅翠翠淡然一笑，「可我的好言相勸，你卻半句聽不進去！」

「咳，你別糟踐人！我要不是聽你的話，幹嗎在費這份心思？」

「二爺，你真的不是在擔心要回狀子丟臉？」

「哼，能伸能屈大丈夫，臉皮值幾個錢一斤！」韋天亮又仰面躺了下去。「怕個毬！」

「這麼說你是怕被罰著啦？」

「怎麼不！」他順水推舟，「罰一塊，少十角，罰一兩，少十錢——咱們倆的美事，豈不要等到駱駝年？撒謊叫我掉舌頭，只要不耽擱咱娶你做新娘子，叫老子去跳黃浦江，咱也不會眨眨眼！」

女人顯然被感動了。她「哦」了一聲，說道：「只要二爺能把被冤枉的人救出來，洗淨良心上那點黑，為咱倆的事，錢不夠，我可以幫你想想辦法。」

韋天亮不由「啊」了一聲，兩眼熠熠生光：「翠翠，這麼說，你還有私房銀子？」

「沒有多，還沒有少；再不夠，還有首飾呢。」

「你捨得？」

「也是為了我自己嘛。你認為我願意一輩子吃這碗飯？」

「我的親翠翠！你真是我的心肝寶貝！」他被感動了。看到女人雙眸中露著真誠，伸手摟過女人，響響地親了個嘴。噔地跳下床，穿上鞋，邁步就往外走。一面說道：「我現在就去撤訴。」

「二爺，一定要快，人家在受冤枉罪呢。」

「寶貝，你就把心放在肚子裏吧。不為他們，還不為你嘛！」他深情地瞄翠翠一眼，飛快向樓下跑去。

2

一跑出妓院的大門口，韋天亮立刻放慢了腳步。回頭瞥一眼二樓上梅翠翠的窗戶，撲哧一聲笑了。好一個小美人！不光模樣兒長的水靈迷人，還比別的姑娘多著幾個心眼，有著幾分俠氣。實在不亞於黑夜贈銀的蘇三，挾走百寶箱的杜十娘！竟甘願把在老鴇子眼皮底下，偷偷攢下的私房銀子和首飾，交出來為自己贖身。這真是天上掉餡餅，來了叫化子的命。韋二爺眼力不差，沒有看錯人。有了心肝寶貝的慷慨，愁什麼小美人到不了手？為了討得她高興，更為了使她不生出任何疑惑地把私房體己，爽爽利利地全部交出來。剛才，他出色地演了一出唯命是從的活劇。

他對自己很滿意。

「哼，還是那句話：好馬不吃回頭草，老子豈會傻到那份兒，挖好了坑，自己往下跳？」韋天亮的腦袋搖得像貨郎鼓。「女人，女人，只怕沒有一個真生著七孔玲瓏心。二爺我編張網，就夠她鑽一陣子的。回頭跟她說，狀子已經要回，楊月樓已經放出來。等到她知道了真相，不但體己銀子歸了我，她本人也就成了咱韋二爺一人獨享的老婆。那時節，還怕她咬槽踍蹄子？」

越想主意拿的越準，韋天亮不由得隨口哼唱起來：

天仙呀，玉女呀，我不愛——
但愛梅翠翠摟在我的懷，
哎喲喲，我的小乖乖……

「喂，你就是韋二爺，韋天亮吧？」

一個陌生人的問話，打斷了他愜意的歌唱。抬頭一看，一個一身青布短衫褲的男子站在面前。看樣子，不是個有身份的人。此人身材瘦小，掃帚眉下，一雙大眼，正炯炯地逼視著自己。

「我就是。你是誰？」他歪頭斜眼，粗魯地問道。

「我叫丁少奎，從三慶班來。」丁少奎雙手叉腰，斜睨著對方。

一聽是三慶班的人來找他，韋天亮不由一震。他心裏明白了幾分，但佯裝不知地問道。

「我不認識你，你找我何事？」

「不錯，你是不認識我。」丁少奎近前一步，臉上毫無表情。「可你總該認識楊老闆——我的師兄吧？我是他的挎刀的。」

韋天亮退後一步，笑著答道：「什麼羊老闆，牛老闆？我一概不認識。二爺我從不愛看戲臺上耍猴子！」

「嘿……」丁少奎極力忍住心中的忿怒，「你『不愛看戲』，可是愛打無賴官司！我問你：你憑什麼誣陷好人？」

韋天亮冷笑道：「你這話，我不懂。」

「那就讓咱家來告訴你！」

「呼！」話音未落，丁少奎甩開右手，一個嘴巴，抽到了韋天亮的左腮上。

「娘的，你小子敢撒野！」

韋天亮雖然做賊心虛，卻沒把瘦猴似地對手放在眼裏。一面罵著，他身子向後一矬，猛地飛出右拳，向丁少奎的太陽穴搗去。丁少奎早有防範，頭一歪，躲過拳頭，順勢接住飛來的右腕，照著韋天亮的下巴，狠狠就是一拳。韋天亮「啊」地一聲，四蹄朝天，仰在了地上。正要扭身爬起，早被胸口落上的一隻腳，牢牢踏住，一時動彈不得。

「狗娘養的，你敢行兇！老子叫你也跟楊月樓一樣——嘗嘗戴洋銬、關黑屋子的滋味！」韋天亮倒在地上，依然忘不了唬人。

「不錯，我是要跟楊老闆一樣，先教訓教訓你這流氓。」一面說著，丁少奎飛起右腳向韋天亮的左脅狠狠踢去。剛踢了一腳，韋天亮便一手撫著左脅，張大了嘴巴抽冷氣。過了好一陣子，才「哎喲」一聲，吐出一口長氣。他的臉扭歪了，斜裂著嘴，上氣不接下氣地哼唧道：

「丁大爺，俺跟你——往日無怨——今日無仇，幹嗎下這毒手？哎喲，娘喂，肋條斷了！」韋天亮掙扎著站了起來。

「哼，這叫以其治人之道，還治其人之身。難道楊老闆跟你往日有怨，今日有仇？你這流氓白相，不是照樣對他下毒手？唔？」

「哎喲，丁大爺，要是我幹那傷天害理的事，叫我心窩上長疔瘡。實話跟你說，那是楊老闆打了人，才被人家告下的。」

「狗雜種，還敢狡賴！不給你點厲害，你不知馬王爺三隻眼。」

丁少奎一面說著，一面在運氣發功。意到氣到，氣到血到，血到力到。頃刻間，功力全凝聚到右手中指，朝韋天亮左側脖頸下方的「肩井穴」，猛地戳去。只見韋天亮像喝醉了酒一般，軟癱癱一屁股坐到了地上，篩糠似地抖著，左側身子再也動彈不得。他被丁少奎點了穴。

丁少奎退後一步，雙手交叉在胸前，緩緩問道：「怎麼樣？姓韋的？還敢滿嘴放屁不？」

「丁大爺，我要是，再敢，再敢胡說八道，就是，你，丁大爺的親孫子！」韋天亮像得了掉旋風，口歪眼斜，額頭冒汗。「丁大爺開恩，求求你，趕快，給我解了吧。」

「解了？想得倒美！你還沒給我說實話呢！」

「我說，我說。丁大爺，楊老闆，是我告下的。是小人喝醉了酒，一時鬼迷心竅。酒一醒，咱就懊悔斷了五花腸子。這不，我正要到新衙門去撤訴呢，不是你丁大爺耽擱，這功夫早把楊老闆跟我侄女兒救出來啦……」

「哼，滿嘴噴糞！你韋天亮倒成了活菩薩！」

一看丁大爺收回右腳，又要踢人。韋天亮急忙喊道：

「丁大爺，丁大爺，撒半句謊，叫我嗓子眼裏長療瘡。不信，你到中和里問問梅翠翠，她會給我作證的！」

「哼，用不著旁人作證。要是今天你不去新衙門出首，承認是平白誣賴好人，撤回狀子，放出人，你就是鑽進老鼠洞，我也饒不了你！」

「嗨，阿寶是我的親侄女，我比你丁大爺都著急呀。只要你老人家叫我站起來，能走路，我立刻就去撤訴、救人！丁大爺，你老人家行行好，快給我解了吧。」

「哼，你認為我怕你不去嗎？只要你不怕骨頭肉疼，儘管把無賴耍下去。」丁少奎近前一步，伸出右手中指在韋天亮的百會穴上猛戳了一下。韋天亮的四肢，立刻便能自由活動。他趴在地上，順勢給丁少奎磕了兩個響頭，一面說道：

「多謝丁大爺開恩。其實，我韋天亮，並無害人之心，是被逼得走投無路。心裏煩，借酒澆愁，不想酒一多，上了他娘的燒酒的當，才發生了這場誤會。」

「少放你娘的屁——什麼『誤會』？你再不爽快去辦，我再讓你多『歇』一陣子！」

「丁大爺別生氣，我這就去，這就去！」

韋天亮爬起來，向丁少奎哈腰施禮，然後兩手捂著左肋，搖搖晃晃向弄堂口走去。

丁少奎狠狠朝地上吐了一口唾沫。

3

「什麼，撤訴？莫非你瘋啦？」

被丁少奎點了穴，險些踢折了肋骨的韋天亮，捂著左肋，逕直來到法租界衙門，找到了他的朋友倪季高。他告楊月樓的狀子，就是請倪季高代筆寫的。他把倪季高拉到花雨樓，親自替他燒上兩個鴉片煙泡。等他抽完，韋天亮方才把想要撤回狀子的事，說了出來。不料，倪季高一聽，兩隻三角眼一瞪，嚷了起來。看到韋天亮一時語塞，他又嚷道：

「我跟你說，老韋，遞上的狀子，潑出去的水，由得了你自己——想收回就收回？」

「倪大爺不知，其實呢，我也不願意自己拉屎自家吃！一來呢，我這一狀，告的也實在歹毒點。阿寶那小烏雞到底還是我的親侄女哪。二來呢，我怕萬一新衙門一審，楊月樓那兔崽子死不招認，漏了餡兒，弄巧成拙。三來呢……」

韋天亮想說，「如不撤訴，怕丁少奎饒不了他」。不料，話未出口，就被倪季高堵了回去：「得得！別給我來這套么、二、三！早知如此，何必當初！」倪季高用煙槍輕蔑地指點著對方。「你這叫出爾反爾。告了昧心狀，忽然來了菩薩心！你尋思這是鬧著玩的？告訴你，洋人辦事可不同於中國衙門，人家丁是丁，卯是卯。准實告，不准枉告。你自己送上門去承認是誣陷，豈不是兔子叫門——白送肉？人家要治你連坐罪的！懂嗎？」

「倪爺，什麼叫『連坐』？」韋天亮有些口吃地問。

「連坐，就是反罪。凡是故意告假狀，你告人家的罪過，能受何種刑罰，就把那刑罰加到你頭上。這『拐騙婦女，坑騙財物』罪，少說也得有七八年的大牢蹲！」倪季高望望韋天亮由紅轉白的長臉，又補充道：「姓韋的，您願意進去歇幾年，自家去，咱家管不著！」

韋天亮一拳打在煙榻上：「娘的，這麼厲害？」

倪季高扭過身子，眯著眼睛躺了許久。然後，加重語氣說道：「洋人最恨誣賴好人的流氓。這一回，你可是自己掘坑，自已往裏跳，怨不著別人！」

「這麼說，我姓韋的這步棋，成了過河的卒子，只能進不能退咯？」

「差不多。」

「那就叫他們把望心打了！」韋天亮彷彿在說給丁少奎聽。「倪大爺，你說，這官司會不會審出破綻哪？」

「假的真不了，怎麼不會？」倪季高一副沉重的神色。

「操他八輩！那不是還得『連坐』？」

「也未必如此——事在人為嘛。」倪季高引而不發。

「倪爺，怎麼個『為』法呢？」

「有錢買得鬼推磨。眼下，會審公廨有個法官，是個不通中國話的嫩黃毛，問案要靠翻譯。只要把那位卞翻譯打點熨帖了，不愁官司打不贏。」

「那得花多少？」囊中空虛的韋天亮最擔心的是花錢。

倪季高伸出右手，叉開五指搖一搖：「少不了這個數。」

韋天亮雙眼一亮：「五兩銀子？」

「嘁，你以為那是打發叫花子?!」倪季高把右手停在韋天亮面前。「少說也得五十塊大洋！」

「操他八輩！要了老子的命啦！」韋天亮仰面朝天躺了下去。「那姓卞的也不怕他娘的爪子上沾血！」

「什麼?關人家卞翻譯屁事！」倪季高瞪著韋天亮，冷笑幾聲。「我為朋友兩肋插刀，才給你想出這萬全之計。這事，還得我替你張羅。衝著我跟卞翻譯的交情，讓你少花倆。換了別人，只伯翻幾翻也下不來！你小子狗咬孫臏不識好人！剖腹藏珍珠——愛財不愛命。怕出血，就伺候著『反坐』去！」

見倪季高閉上雙目不再言語。韋天亮急忙解釋道：

「倪爺，你老人家一片誠心為我好，我要是不領情，是王八羔子下的！不怕你老人家見笑，眼下，手頭實在是太緊……」

「哼，怕吃小虧就別想占那大便宜！」倪季高彷彿在自語。「一條明擺著的大道嘛。」

「倪爺，你是說——」韋天亮仍摸不透對方葫蘆裏賣的啥藥。

倪季高睜開眼，望著對方：「這有啥不明白的？官司打贏了，追回被楊月樓拐騙去的財物，韋老大賞個零頭給你，也夠你逍遙幾年的。一本萬利的買賣嘛。換了旁人，只怕賣了老子當了娘，也搶著幹呢。老韋，烏龜爬門檻——就靠你這一翻（番）啦。你這老上海灘白相客，捧著卵子過河，小心得過分咯！」

韋天亮原來只想到告倒楊月樓，一泄胸中的惡氣，沒想到還有「受賞」這一節，一聽這話，心裏猛地一顫。但他不願意讓倪季高看出他的欣喜之情，故意吭吭哧哧地答道：

「倪爺，話是這麼說。可，虎毒不食子。我總覺得有點對不起我胞兄和侄女……」

「唷呵！想不到，到了這個節骨眼上，你韋二爺倒成了善心的女菩薩！」倪季高坐起來，伸出長長的右手食指，繞著圈兒比劃著，「老韋，我問你：你輪掉棉袍，鑽打狗橋橋洞的時候，你胞兄和侄女到哪裏去了？哼，良心值多少錢一斤？人不為己，連狼也不如！惡狗帶佛珠——裝的什麼善人？你仔細訪一訪，大牢裏的囚犯，有幾個不冤的？難道還差楊月樓一個冤鬼嗎。他們都是怎麼進去的？那些官們為什麼就不能為民作主？別看衙門大堂上都堂而皇之地懸著『清正廉明』大金匾，那不過是騙人的『羊頭』！賣假貨還得有塊好商標，好招牌呢。別信真有什麼清官。像海瑞、鄭板橋那樣的傻瓜蛋，天底下有幾個？只可聽到，不可想著。就算洋人在中國裝模作樣地不納賄，不殉情。可他們審起案來，連板子都不肯用一用，光憑一根舌頭敲腮幫子，能扣問出多少真情？你的官司也是一樣，只要卞翻譯的舌頭尖兒往旁邊歪一歪，不但洋人成了被耍的猴子，楊月樓那小子也休想囫圇出去！」

「倪爺，你老人家沒白喝了墨水，真把世界看徹啦！」

韋天亮一拍煙榻坐了起來。由於起得太猛，左肋一陣劇痛。不由得長吸一口氣，想起了踢他肋骨的丁少奎。是哪，倪季高的話，雖然在情在理，可丁少奎這一關怎麼過？咳，光棍不吃眼前虧，索性向倪季高再討一計。他右手捂著左肋，向倪季高訴說了丁少奎逼他撤訴的經過。末了，他哭喪著臉說道：

「倪爺，你說，那丁少奎再來找麻煩，咋辦？」

倪季高笑道：「你真是聰明一世，糊塗一時。你的官司一打贏，楊月樓少不了充軍沙漠海島。三慶班沒了臺柱子，還不得立刻封箱滾蛋！那丁少奎會一個人留在上海灘喝西北風嗎？你只要躲他個十天八日，禍去福來；你韋二爺，準成比以前更體面光彩幾分。你說，我說的對不對？」

「你老人家真夠朋友！」韋天亮蹬上鞋，站到地上抱拳施禮：「多謝倪爺指教，今天晚上，我一定把洋錢送到您府上去。」

「隨你的方便吧。」倪季高顯出一副無所謂的樣子。

4

韋惜玉整整一夜沒合眼。

昨夜三更時分，她被塞進馬車，拉到了這個陌生的地方。還沒從驚愕中明白過來，便被一個紅頭巡捕抱進了這間四壁光光的小房子。那紅頭巡捕把她放到床上，和氣地說道：

「小姐別怕。先在這裏委屈一夜，安心睡覺。沒有你多少事，您儘管放心好啦。」

紅頭巡捕說罷，雙眼久久地停留在她的臉上。又道了一聲「晚安」，然後伸手摸摸她的臉頰，輕歎一聲，退了出去。「嘩啦」，從外面把門反鎖上。

「我不要在這裏，我要找月樓，跟我的月樓在一起！」她恐懼地撲到門上，搖著，喊著。

「對不起，小姐，這是上司的命令。只能請你委屈一夜咯。」門外傳來紅頭巡捕溫和的聲音。

「強盜！憑什麼無故關好人？有你們的好報應！快放我出去！聽見了沒有？你們這些流氓……」

任憑她怎樣叫喊，門外再也沒有回聲。分明那紅頭巡捕已經走開了。

她感到頭昏腦脹，胸口懣悶，仿佛要暈厥過去。扶著牆，慢慢挪回到床邊。一頭栽倒在床上，傷心地哭起來。

使她萬思不得其解的是，她和親愛的月樓新婚以來，幾乎足未出戶。兩人吟詩練曲，交杯品茶，不知不覺便是暝色蒼茫，自晝悄然過去。到夜裏，鑽進碧紗帳，登上羅漢床，蜂舞蝶狂，鶯吟燕唱。蜜情正熾，已是曙色拂窗，金雞高唱。他們怎麼有功夫去招惹旁人呢？

這場橫禍，到底從何而來呢？

難道這是命中註定？開頭叫她受那麼多的折磨！三番兩次獻詩呈柬，人家竟不為所動，直逼得羅漢榻上思黃泉，黃浦江心覓歸路。多虧心誠感動了鐵石人，那些阻攔月樓允婚的人，也都心軟下來。他們終於得以笙簫齊鳴，鸞鳳雙飛，暢飲了愛情的甘泉。可是，屈指一算，到今天為止，剛剛才過去了二十九天。二十九天喲，蜜月未滿，竟遭此橫禍！這是為什麼？崔夫人以「三輩兒不招白衣女婿」為由，西風黃葉，逼著張君瑞離開「浦東蕭寺」。千里關山，霜露跋涉，去尋那一官半職，只為換得個「畫堂蕭鼓鳴春晝」。可我呢？自己相中了戲臺英豪，男子魁首。母親也不顧世炎俗陋，慨然允諾婚事。卻偏偏有人生此歹心，下此毒手。將一雙鸞儔鳳友，生生拆散。搶走了嫁妝、財物不說，還把他的月樓搶走！

她下意識地看看自己的雙腕，金手鐲鬆鬆地垂在手掌上方。半夜功夫人瘦了許多。哎喲！好狠心的無賴，誣賴好人，天理難容！還給我的月樓戴上白光光的洋銬——洋毛們罪不可恕喲！

他們會把月樓關在哪裏？難道也是這樣，四壁光禿禿的黑屋子，破板床，黑棕墊，髒得成了灰色的蚊帳？不，肯定不會！連洋銬都被戴上的犯人，怕是被扔進木柵欄裏，倒在骯髒潮濕的稻草上，任憑臭蟲、跳蚤叮咬……她無法想像得出，他們會怎樣折磨他的人！

「我的月樓，今夜你怎麼入睡啊！」

胸口一陣陣刺痛得像錐子札，她不敢再往下想了。雙手揪緊胸口的衣襟，頭抵在床上，都絲毫沒有減緩，那一陣比一陣緊的劇痛。

「蒼天無眼喲！」她低低地呻咽著。

彷彿有人在叫罵。側耳細聽，聲音又消失啦。只有窗外的幾隻促織，哭泣似地時斷時續地在哀鳴。床前方几上的白鐵洋油燈，漸漸暗了下去。如豆的燈火，紅紅的，垂在一條細煙下，左右晃動著。燈火幻成了兩隻，四隻，六隻，就像戲臺上鬼魂出場時，通紅的眼睛。她覺得，有許多猙獰的惡鬼，正從四面八方向她圍攏來，伸出鷹爪似的尖手，想要把她撕成碎片，吞下肚去。

雙手抱肩，縮成一團。長吟一聲，她暈了過去……

不知過了多少時候，她醒過來了。鬼眼似的油燈已經熄滅。無邊的黑暗，劈頭蓋腦向她壓下。胸口憋悶的像要窒息。用力地吸幾口氣，也好像梗在嗓子眼外，進不了胸腔。

「冤枉好人，要受報應的！」

耳邊又響起一聲呼喊。分明是月樓的聲音。難道他在受刑？不然，為什麼一再咆哮呼喊呢？喪天良的洋毛，你們竟敢折磨我的月樓！難道就不怕受天罰？總有一天，碰到個黑臉的包文拯，會像鍘死禍害百姓的包勉那樣，將你們鍘成八截的！

黎明前的涼氣，襲上她只穿著大紅湖縐單衫的單薄身子。她抓起床單裹在身上，仍然抖個不止。

唉，自古至今，只有一個包青天，難得讓我們碰上。就是海瑞、鄭板橋那樣的清官廉吏，怕也要幾百年才出一個。她看了這麼多年的戲，連戲臺上都沒看到幾個清官，人世間，清官怕是更難找咯！

「莫非好人真的總受冤枉，像《六月雪》中竇娥說的那樣，月樓的冤案，會跳進黃河洗不清？」

她睜大雙眼，向無邊的黑暗發問。

「不，不！好人應有好報。就是蒼天不睜眼，把月樓鎖在大牢裏動不得，我也要替他洗刷冤枉。萬一上上下下都是貪髒賣放的貪官污吏，坐牢充軍我來替他，要死我就替他去死。反正，不准他們傷著我的月樓一根汗毛！」

「可恨的長夜！怎麼不見一點曙色？」她搖搖晃晃來到窗前。「天一亮，我就替月樓伸冤去！」

5

擅長在戲臺上扮演英雄豪傑的楊月樓，在戲臺底下，也是一條響噹噹的男子漢。現在，卻被平白無故地戴上洋銬，扔進豬圈似的黑房子！但他既不像妻子韋惜玉那樣，呻吟痛哭，怨天尤地，呼忠臣，喚廉吏；也不像那些蒙冤的莽漢子，奔突咆哮，捶牆蹬壁，叱罵奸人汙吏。當巡捕房那班張牙舞爪的巡捕進入他盼臥室，任意翻箱倒櫃，並把妻子的嫁妝說成「統統都有問題」時，特別當西捕指著自己的愛妻，露出得意的奸笑時，他就明白了幾分：被誣陷的罪名，不外乎財物和女人。而這個挾嫌誣告的人，十之八九定是韋惜玉的叔父韋宗利——他的叔輩岳父！

一想到那個流氓無賴，楊月樓便覺得呼吸窒息，胸脹欲裂。倘使現在那惡棍站在面前，他定會衝上前去，將他打翻在地，然後一把扭斷他的脖子！

他頹然地歎了一口氣。

現在，莫說韋天亮不在面前，即使在面前，這冰涼的洋銬，緊緊地鎖上了雙手，自己成了一隻被鎖進鐵籠的猛虎，空有撼山動嶽的吼聲，也絲毫奈何不得。

不，用不著焦急。君子報仇三年不晚。乾屎抹不到人身上，莫須有的罪名治不死人。你韋天亮有誣陷的長舌，我楊月樓有辯誣的利口。明天上午，到了新衙門的公案前，看你韋天亮能拿得出幾許證據，給我楊月樓抹黑栽髒？想到這裏，他反倒平靜了許多，不呻吟，不詈罵。他要留著精神，到公堂上去搏鬥！

但是，他並不能安然入睡，潮濕的草薦底下，跳蚤、臭蟲，紛紛出動，又拱又啃，仿佛要把他抬起來。嗡嗡叫著的蚊蟲，也像圍攻岳家軍的金兵，撲向他的臉頰、脖頸，猛叮猛咬。他想打死那吸血蟲，一抬右手，抬不動，才記起兩手已被鎖住。雙手倏地一齊動，向刺痛的額頭揮去，「呯」地一聲響，蚊蟲未打著，洋銬卻狠狠敲在了自己的額頭上！眼前金星直冒，痛得像挨了一紮槍。

「娘的，原來坐牢竟是這般滋味！」

讓它們咬吧。將臉頰俯在雙膝間，索性不再動彈。漸漸地，他忘了痛癢，思緒飛到了愛妻的身旁。是的，他最不放心的是妻子。結婚近一個月來，她除了回娘家宿了幾宵。每天夜裏，躺在舒適的碧紗帳中，她總是躺在自己的臂彎裏，枕著他粗壯的臂膀。那散著幽幽鬢香的小腦袋，緊貼上他寬闊的胸脯。非得一手在上，一手在下，輕柔地撫摸著他的胴體，她才能安然入睡。他本來已經很疲憊，再嗅著她身上特有香氣，入睡得也特別快，睡得特別香。可是，今天夜裏……

愛妻那張嬌小而滿佈淚痕和恐怖的秀臉，閃現在他的面前。

當巡捕給他戴手銬時，她就是這副神色，哭喊著向自己撲來。但是，沒等她近身，便被一個紅頭巡捕，老鷹抓小雞似地抱了出去。從此，他再未見過她的面。

此刻，她一定在為自己擔心，一定正在傷心地哭泣。今夜她肯定不會合眼的。她的心，他知道。他常聽到愛妻吟唱張君瑞被迫離開普救寺後的悲忿：「離恨重疊，破題兒第一夜。」誰料想，這離情別恨的苦果，竟讓他們夫妻品嚐了！他覺得雙頰一陣濕熱，知道自己在流淚。一想到愛妻，從不愛流淚的漢子，竟哭濕了雙膝的褲子。唉！我是個薄倖男人，開始一再冷落她，而她對我卻是深情似海。我剛讓她過了不到一個月的甜蜜日子，便遭此橫禍！自己吃苦事小，讓她跟著受這驚嚇、連累，實在對不起她。他無法控制自己、索性大哭起來……

日影兒幾乎照亮了全部窗戶欞兒，單身牢房的門才嘩啦啦被打開。進來一個穿黑號衣的高個子中國巡捕。他一手端著一碗稀飯，一手拿著四個燒餅，來到楊月樓跟前，和氣地說道：

「楊老闆，你的早點——請接好。」他把燒餅和稀飯碗彎腰遞到楊月樓手裏，然後指著手中的燒餅說道：「楊老闆，好漢離不開五穀。莫嫌味道差，都把它吃下。吃飽了飯，才好打冤枉官司哪！」

「大哥，」楊月樓被感動了。「你也知道我冤枉？」

高個子巡捕壓低了聲音：「楊老闆，你是沒留神，昨天夜裏我到過你府上。我一看屋裏的擺設和你太太的神色，就明白了，『誘拐婦女，捲逃財物』的罪名，跟你對不上號兒。哼，偷偷摸摸拐女人，誰敢有那派譜！」

巡捕的話，證實了楊月樓心中的一個疑點。他想再證實第二點，便恭敬地問道：「大哥，你知道不知道，是誰誣告的我？」

「這倒不知道……」巡捕走近窗前，向外左右看看，返身回來，低聲說道：「楊老闆，不管是誰誣告的，自己沒有的事兒，死也不能招承。洋人最重口供，一旦招承了，再要撕扯明白，就費力氣啦。」

楊月樓把飯碗放在草鋪上，雙手抱拳，深深施了一禮：「多謝大哥指教。沒有的事，打死我也不會招認！」

「路不平，眾人踩，用不著謝。」巡捕提高了聲音，「楊老闆，快吃飯，一會兒就要過堂哪。在會審公廨。」

「那是什麼地方？」楊月樓從來沒聽到過這個名字。

「就是『新衙門』，洋人審官司的地方。」

知恩不報非君子。楊月樓對這位陌生巡捕的關照，頓生感激之情。急忙問道：「請問大哥尊姓大名？」

「俺姓鄭，名叫根生，在法租界巡捕房當差。」說到這裏，他催促道：「楊老闆，稀飯要涼啦！你快吃飯，過一會兒，俺再來。」

望著鄭根生走出門去，將門反鎖上。楊月樓立即端起了飯碗。

十六、公堂

眼見他喬公案斷的錯，聽了那喬教學的嘴兒嗑。——《牡丹亭》

1

公共租界會審公廨今天開庭。但僅是「開庭」，卻不是「會審」，而是會審前的一次常規預審。主持這次預審的，是一位金髮碧眼，長著一隻鷹鉤尖鼻子的洋法官。這位審判官名叫沃倫斯，年紀不到三十歲。據說從巴黎大學法律系畢業後，便到一家律師事務所作了書記員。事務所承辦了一件強姦案，受害人是一個十四歲極其漂亮的農家姑娘。他在聽取受害人申訴時，為被害人的美色所動，竟學著被告人的榜樣，在送姑娘回家的路上，讓馬車拉向了自己的寓所，用暴力強姦了那個姑娘。事發後，他知道執法犯法，罪加一等的厲害。便改名換姓，逃到中國上海，依靠名牌大學文憑，在公共租界會審公廨，覓到了一個職務。

此刻，他穿著莊重的黑禮服，打著黑領結，端坐在閃耀著黑漆光亮的長桌後面，等待著履行他的公務。今天，他的心情很好，正悠閒地打量著潔白的、姆指不斷旋轉的雙手。在他的右側，坐著一位身穿海蘭西服的翻譯官。此人姓卞名中和，是一位四十出頭的矮胖子。他將為剛來中國不久的審判官，作英文翻譯。長案的左端，擺放著文房四寶。顯然，那是錄事的位置。筆直坐在那裏的，是頭戴西洋軟草帽，身著元白蘇羅長衫的倪季高。

沃倫斯摸出懷錶看一眼，向卞中和嘟咯了一句洋文。卞翻譯便向下喊道：

「帶被告！」

喊聲剛歇，已經被卸掉了手銬的楊月樓，在兩名挎短槍的紅頭巡捕的押解下，昂然走了進來。一個巡捕示意他在長几前約一丈遠的一張方杌上坐下。他坐下去，剛要抬頭打量一下上面的審判官，沃倫斯便開口嘟嚕起來。卞中和立刻清清喉嚨，一句接一句地開始了他的翻譯：

「你叫什麼名字？」

楊月樓朗聲答道：「楊月樓。」

卞中和向沃倫斯作了翻譯，又向下問道：「楊月樓，你知道犯了什麼罪嗎？」

「不知道。」

「自己幹的罪惡勾當，怎會不知道？」卞中和翻譯著法官的話。

楊月樓冷笑道：「我楊月樓行的正，坐的正，不越規，不犯法，哪來的『罪惡勾當』？」

「有人證，物證，你賴得掉嗎？」

「誰是人證，哪是物證？」楊月樓提高了聲音。

「韋天亮，韋阿寶是人證，四箱綾羅綢緞，四千塊墨西哥大洋，便是物證——你賴得了嗎？」

「胡說，」楊月樓站了起來。「純屬誣告！韋阿寶是我明媒正娶的妻子，銀洋是我妻子的嫁妝。」

楊月樓被巡捕按坐到杌子上。卞中和跟沃倫斯嘀咕了一陣子，又向下問道。「楊月樓，你既然沒有誘拐婦女，捲逃財物，在你的寓所裏，怎麼會有女人和財物呢？你能拿出證據嗎？」

「當然能！王奶媽是送信人，陳寶生、曾曆海是媒人……」

卞中和未向洋人翻譯，便打斷楊月樓的話，問道：「你再說一遍，王奶媽怎樣？」

楊月樓昂然答道：「我跟我妻子韋惜玉認識之前，韋惜玉給我的書信，都是王奶媽親自送來的。這有曾曆海和丁少奎可以作證！」

「這麼說，你與韋阿寶在結婚之前，就曾多次傳書遞簡啦？」

「是的，有兩次。」

「送信人都是王奶媽嗎？」

「正是。」

「好！原來拉皮條的是王奶媽呀！」卞中和眉飛色舞，「楊月樓，這可是你自己招認的。」

「胡說，什麼叫『拉皮條』？她是奉韋小姐之命，給我送信。訂婚的事，也是韋小姐自己先提出的。」

「他承認由王媽牽頭，然後勾搭上韋阿寶的。」卞中和向沃倫斯翻譯。然後向下說道：「楊月樓，你畫押吧。」

「畫什麼押？」楊月樓一時不解。

「承認你剛才說的一番話。」

「都是實話，有什麼不能承認的？」

「那就畫押！」一名巡捕捧過記錄紙和一枝毛筆，遞到楊月樓手中。他看也沒看一眼，便在上面簽上了自己的名字。

「帶下去！」

沃倫斯一揮手，楊月樓被帶出了審判庭。緊接著，韋惜玉由一名紅頭巡捕押了進來。她在方杌上坐好後，卞中和便依照沃倫斯的發問，向下轉問道：

「小姐，你就是韋阿寶嗎？」

「我的大號叫韋惜玉！」韋惜玉冷冷地高聲回答。「你們不應該呼我的乳名！」

「你是怎麼認識楊月樓的？」

「看戲認識的。」

「你給楊月樓寫過信嗎？」

「當然寫過。」

「她承認早有勾搭。」卞中和用英語向洋人回譯，然後又向下問道：

「送信人是誰？」

「我的奶媽。」

「是王氏？」

「正是。」

卞中和向洋人回道：「沃倫斯先生，她也承認王媽是皮條客。」接著，他又向下問道：「小姐，楊月樓是怎麼把你弄到了他的家裏？」

「——『弄到他家裏』？你們胡說什麼！我是明媒正娶嫁過去的！」

韋惜玉是聰明人，她從剛才的問話中，猜到了丈夫為什麼遭冤枉。立刻，杏眼圓睜，向上反問道：

「你們憑什麼抓我丈夫，抄我們的家？難道租界裏面，就沒有王法啦？」

這時，卞中和立刻向沃倫斯翻譯道：「這女人說，她是被楊月樓騙去的。她後悔上了當！」沃倫斯連連點頭，接著咕嚕了一聲什麼，卞中和接著向下說道：

「小姐，你畫押吧。」

「你們還沒說清楚我丈夫為什麼被冤枉，什麼時候被送回家呢——我為什麼要畫押？」

「畫押是證明你剛才沒說假話。」

「明人不做暗事，怎麼做的怎麼說，我說假話幹啥？」

「既然說的都是實話，幹嗎怕簽個名字呀？」

惜玉倏地站了起來，高聲嚷道：「我用不著怕簽字，可你們不說明白啥時候放我丈夫，我就不簽！」

「小姐，即使你的丈夫有冤，你不畫押，我們怎麼向上司稟報？不稟報，怎麼能釋放你丈夫呢？」

韋惜玉想了想答道：「好，我簽。快拿過筆來！」

巡捕捧過記錄紙，她接筆在手，揮筆寫下「韋惜玉」三個字。交出筆，又向上面問道：

「這一回，該放我丈夫了吧？」

「小姐耐心地等著，很快就會有結果的。」卞中和答道。

「我要你們今天就放人！」

「小姐，我們會記住你的話！」

韋惜玉被帶走了。沃倫斯說了一聲「好痛快的一對男女」，便大聲暢笑起來。

卞中和瞄一眼倪季高，兩入同時發出了會心的微笑。

當天下午，王奶媽也被抓進了巡捕房。

2

毗連會審公廨的法官休息室裏煙霧彌漫。雪茄煙的苦味和咖啡的香氣，混合在一起，發出一種特殊的氣味，辣滋滋，甜絲絲，讓嗅到的人陶醉，也使人昏昏欲睡。

會審公廨的三位法官，正仰靠在矮腳藤靠椅上，吸著粗粗的雪茄煙，用英語議論著將要開庭審問的案子——「楊月樓誘拐婦女、捲逃財物案」。

剛才，法官沃倫斯已將昨天上午預審楊月樓，韋阿寶，及晚間審問奶媽王氏的情況，作了彙報。然後將昨天的審訊記錄，恭敬地送到主審官約翰孫的面前，得意地向主審官補充道：「約翰孫先生，一開始，楊月樓狡辯抵賴，但很快就被我制服，痛痛快快招認了所犯罪行。被她拐騙的韋阿寶和作牽頭的王氏，也通通供認不諱。」顯然，沃倫斯為來到中國後，所承辦的第一件大案，如此出乎意料的順利而興奮不已。

坐在長几一端的約翰孫，左手夾著雪茄煙，右手不經意地將審訊記錄翻看著。看罷前面的幾頁，便將記錄合上，遞到坐在右側的一位中國法官面前，滿意地說道：「裔楊穠先生，看起來，沃倫斯先生好像幹的不錯。犯人的供詞完全證明了這一點。請你也看一看。」

裔楊穠直起身子，將案卷接過去，打開墨綠色卷夾，立刻低頭看了下去。

這時，約翰孫拍拍坐在左面的沃倫斯的肩頭，鼓勵道：「年輕人，你很有辦法，幹得很漂亮。這可是一件大案喲。一次預審，你就使犯人統統如實招供，你的招數讓人欽佩。」他用生滿茸茸長毛的細手摸摸光禿禿的圓頭頂，露出一副莫測高深的模樣。他猛吸一口煙，然後補充道：「照這樣幹下去，你的前途無限遠大！」

「謝謝約翰孫先生誇獎。」沃倫斯一雙深陷的碧眼，光采奕奕。「雖然本人並沒有多大的本領。但是由於對欺侮婦女的流氓，特別忿恨，所以，問案時，善於發現破綻，以攻其薄弱環節。從而一舉制服了罪犯。」說到這裏，沃倫斯見約翰孫的臉上，仿佛有不以為然的神色，急忙補充道：「本人進入法律界不久，尤其對中國的情況十分陌生，還望約翰孫先生多加指教。」

「年輕人，你倒是很機靈。」約翰孫仰靠在椅背上，眯著雙眼，向空中吐出一圈接一圈的煙縷兒。

「是的，很靈活，很聰明！」

「嘿嘿……」沃倫斯一時摸不透主審官話中的深意，只得一笑敷衍。

「對付中國人，沒有點聰明不行。『東亞病夫』的身體弱，可腦袋並不傻！」約翰孫睜開眼，看看對方，隨即又閉上了。「不過，跟我們自家人辦事，還是實在一點好……」

沃倫斯站起來，躬身答道：「請約翰孫先生指教。」

「請坐下。」約翰孫右手向下一擺。「我覺得，所謂『誘拐婦女』的案子，有冤情的並不少。試想，婦女可以被搶走，被騙走。只要不是不懂事的小姑娘，怎麼會眼瞪瞪地被誘拐？誘拐，誘拐，顧名思義——引誘得使她願意了，然後將她拐走。這誘拐，比起強搶和欺騙來，不是還多著幾分可愛嗎？沃倫斯先生，你真的相信有百分之百的『誘拐』？我就不相信！且不說在你們羅曼蒂克風行的法蘭西，就是在禁忌森嚴的大英帝國，怕也找不出幾個真正被『誘拐』的女人！就像中國有句俗話說的：『驢子不喝水，按不到河裏去』！裔楊穠先生，你們中國有這個話吧？」

「有的，有的。」裔楊穠從案卷上抬起頭，連連應著。「我們中國還有更妙的俗話呢。」

「喲，你說說看。」

「叫做『母狗不掉腚，伢狗不敢上』。哈……」

「不錯，不錯！果真有不掉腚的母狗，公狗豈不也成了強姦犯？所以，我說真正誘拐的事兒，並不多。」約翰孫瞥沃倫斯一眼，繼續說道：「楊月樓演出的《挑滑車》，《長板坡》，《取洛陽》，我都看過。不但演技高超，武功驚人，他的人才也非同一般：瀟灑，飄逸，是在中國難得見到的美男子！在這樣的美男子面前，小姐太太們心口不跳、呼吸不短才是怪事呢。不過，使我不解的是，那韋阿寶小姐，為何也承認是被『誘拐』呢？」

「是的，是的。」沃倫斯答所非問地應著。「開始我也這麼想。可是，她卻很爽快地招認了。」

「招不招無關大局。他們一個未娶，一個未嫁；一個要誘拐，一個聽憑誘拐——就該由他們去，與我們租界何干？！」

「約翰孫先生，女子不守閨範，在我們中國可是件大事……」裔楊穠小心地插了一句。

「那跟你們中國的辮子和小腳一樣，統統都是應該徹底掃除的封建垃圾！」約翰孫已經有幾分氣忿。「你們中國的女人，夠倒楣的咯！」

「不過，要是我們不管，怕社會上有異議——上海人舌頭長著呢。」

約翰孫揮手打斷裔楊穠的話：「中國人有什麼資格管我們的事？記住，這是在租界裏頭！」停了一下，他繼續說道，「不過，要是他們不翻供，我們也不必去自尋麻煩，以『誘拐』視之就是。但那四千塊墨西哥銀洋，卻是個大數目，實在讓人生疑。倒是應該弄明白它的來路。一個窮戲子，不會有那麼多錢的。」

「說的是！」沃倫斯和裔楊穠齊聲答應。

3

會審公廨審判庭，是一個長條形的大房間。房間的一端是一座約高出地面三尺的平臺。平臺的三面，圍著低欄杆，酷似一座矮戲臺。平臺中央靠近前方，橫擺著一張長几，上面鋪著帶穗子的墨綠色天鵝絨桌布。長几後面擺放著三把高靠背雕花木扶手椅。長几左右側各有一張略微矮些的長桌，後面擺著矮靠背椅。那是檢查官和錄事的位置。平臺上方的牆上，懸著一個立式大鏡框，嵌著一幅戴荊冠的耶穌畫像，這位目光犀利的真主，正神色憂鬱地向下方注視著。只要細心地觀察一下，就會發現，「上帝之子」目光所注視的焦點，正是平臺前方約一丈遠的地方。那裏有一座獸籠似的木柵欄，刺眼地豎立在那裏。當人世間那些違犯了禁欲條規的迷途者，被關進這「獸籠」時，不論犯下驕、妒、怒、惰、貪、食、色，這七罪之中那一項罪孽，他首先得到的便是救世主慈祥而關注的目光。那目光分明在宣示：這裏充滿著上帝的溫煦和博愛。基督目光中的鬱鬱不快，正表明萬能的主，在為他的「孩子」的罪孽而焦急和哀痛。而那似欲啟動的雙唇，是在向臨近地獄邊緣的迷誤者，詔示忠告：「認罪吧，我的孩子！懺悔吧，迷途的羔羊！只有這樣，你的靈魂才能得救。才不至於，在與生俱來的『原罪』上，再添一層罪孽！以致被打入永劫之邦——九層地獄受苦。猛醒吧，認罪吧，我的孩子！」

法庭的設計者們真可謂煞費苦心！

三位法官離開休息室，穿過一個便門，來到了平臺上。約翰孫居中，沃倫斯在左，裔楊穠袱在右，依次在審判桌後坐定，約翰孫抓起案上的銅鈴搖了幾搖，楊月樓便被押進來，關進了基督耶穌視線注視著的木柵內。可惜，楊月樓不信教，被押進來坐定之後，他瞥見對面壁上有一幅神色威嚴的畫像，正不懷好意地打量著自己。便厭惡地立刻將目光移開。

聖靈的慈愛，楊月樓絲毫未感覺到！

這時，約翰孫用流利的中國話宣佈：「會審公廨，現在開庭！」接著向下問道：「罪犯，你叫什麼名字？」

楊月樓劍眉一揚，粗暴地答道：「楊月樓！」

「你的職業是什麼？」

「唱戲。」

「多大年紀？」

「二十五歲。」

「楊月樓，你知道為什麼被捕嗎？」

「不知道。」

「什麼？」約翰孫提高了聲音，同時斜瞥沃倫斯一眼。「你不知道為什麼被捕？」

「是的，不知道！」

約翰孫的嘴角上浮出一絲冷笑。他抓起面前的案卷搖一搖：「楊月樓，昨天你已經招認了所犯下的罪行，今天為何又翻案？」

「我招認了什麼？」楊月樓昂頭瞪著審判官。「昨天我已經說得清清楚楚……」他的話被審判官打斷了。

「自然是『清楚』——你已經招認，誘拐了韋阿寶……」

「一派胡言！」楊月樓也打斷審判官的話。「我們是兩廂情願，喜訂鴛盟。『誘拐』的罪名按不到我們頭上！法官老爺，你等我把話說完。如果說，媒人說合在前，花轎迎娶在後，喝罷合巹酒，雙雙入洞房的正當婚姻，能成為『誘拐』，請問法官老爺，天底下哪裏還有合法的婚姻？難道在你們的國家，也是這麼黑白顛倒？」近二十年的演戲生涯，竟使楊月樓練出了口若懸河的本領。

「不准吵嚷！」約翰孫忿怒地搖鈴。然後突然逼問道：「楊月樓，你家皮箱裏的大批銀洋是哪裏來的？」

「我妻子的嫁妝。」

「一共多少？」

「妻子的陪嫁，我怎麼會知道！」

約翰孫狠狠地高聲說道：「哼！本公廨會讓你知道的！來呀，帶韋阿寶！」

一名紅頭巡捕將韋惜玉帶了進來。他示意她站在平臺前，距離關楊月樓的圍欄，約五尺遠的地方。只見她髮髻蓬亂，兩眼紅腫，臉色像黃表紙似地臘黃。她站在那裏，身子不住地搖晃，仿佛就要跌倒在地上。

約翰孫注視著她裙子下方露出的兩隻尖尖的紅繡鞋，向下吩咐道：

「讓她坐下。」

等紅頭巡捕拿來一隻方杌，讓她坐下之後。他便問了她的姓名、年齡。然後指著楊月樓問道：

「韋阿寶，你認識這個人嗎？」

「這不是明知故問嗎？我怎會不認識我的……」

「你回答我，」約翰孫打斷了惜玉的話，「楊月樓是怎樣將你騙上手的？又是怎樣將你拐到同仁里的？韋惜玉，我問的話，你聽清楚了沒有？」

「……」韋惜正柳眉倒豎，怒視著審判官，一言不發。

「韋小姐，你是受害者，不要有顧慮。應該據實控告拐騙者的罪行嘛！」

「……」韋惜玉在冷笑。

「韋小姐，你笑什麼？」

「我笑你們真聰明！」聲音有些沙啞。

約翰孫向前探著身子，雙肘撐在長案上，興奮地答道：「聰明？當然咯。」

「那就快說吧，韋小姐！」裔楊穠插了一句。

「法官先生，你們不是要我說『誘拐』的事嗎？」

「當然，當然。」約翰孫得意地扭頭看看左右兩面的陪審官，「小姐，你要從頭講起，講得越詳細越好！」

「好的，我會讓你們滿意的。」惜玉輕嗽兩聲，清清嗓子，緩緩說道：「我先來說說我們是怎樣認識的。楊老闆來上海灘唱戲，第一天打泡是《挑滑車》，我去看了，很是喜歡。後來又看了他唱的《長板坡》和《八大錘》，越看越喜歡，不光喜歡他的戲目，他的演技，連他的人我也喜歡上了。用不著我替他吹噓，凡是看過他的戲的人，誰也不能否認，找遍全中國，全世界，別想再找出第二個，像月樓這樣的英雄好漢，出類拔萃的男兒。因此，我就愛上了他……」

約翰孫粗魯地打斷她的話：「韋小姐，我要你講楊月樓勾引你的經過，先不要說你自己。」

「法官先生，我們中國有句俗話：『樹從根底起，水打源頭來』，不從根打梢說起，你們怎麼會明白是怎麼『勾引』的呢？」

「好吧，你說下去！」約翰孫讓步了。

「為了讓月樓知道我愛上了他，我就寫信給他……」

「他是怎麼幹的？」約翰孫分明看到了希望，急忙插話，他把『他』字說得特別重。

「他不接收——信被退了回來。我不甘心，又寫了第二封信。誰知，人家還是不理不睬！我又生氣，又絕望，便一頭紮進了黃浦江。誰知，天無絕人之路，我又被救了上來。等到我病得奄奄一息的時候，月樓不忍心看著我死去，才答應了我母親的請求，登門探病。我便趁機當面鼓、對面鑼地向他把事情挑明了。可能是人家看我意癡心醉，怪可憐的，才不得不答應了我的請求……」

「住口！要你講被楊月樓勾引的過程！」約翰孫、裔楊穠同聲叱喝。

「我說的正是你們要問的。」惜玉毫無懼色，「人家既然足按照我的請求，把我娶了過去。請問三位法官，這算不算是『勾引』？」

見三位法官面面相覷，韋惜玉倏地從座位上站了起來。由於起得太猛，繡鞋踏著了曳地長裙，踉蹌兩步，向前撲倒。站在她身後的大鬍子巡捕眼快，在她將要倒地時，伸出大手抓住她的右臂，又將她拉了起來。她甩開巡捕的手，移步向右，來到關楊月樓的木欄前，伸出右手扶著丈夫的肩頭，吵嚷似地高聲說道：

「如果這就叫『勾引』——一算你們說對啦。但不是楊月樓『勾引』婦女，而是我韋惜玉『勾引』男人——楊月樓。我不但『勾引』了他，還把他『拐到』同仁里，做了我的丈夫！同床共宿，形影不離。到今天已經整整一個月啦！」

說到這裏，她停下來喘了幾口氣，怒喊道：「法官先生，如果在你們法國、英國，以及什麼西班牙、葡萄牙——不論哪國、哪『牙』，能把這當成『誘拐』，只怕連你們自己的母親、姐妹在內，都是被人誘拐去的吧？嗯？」

「住口，住口！」約翰孫和沃倫斯同聲怒喝！

「唉！顯而易見，是一個不守閨範的浪漫女子。」中國籍法官裔楊穠連連搖頭。

「路不平眾人踩，河不平水長鳴。」韋惜玉繼續叫嚷似地說道，「你們聽信流氓謠言，誣陷好人，難道還想叫我們閉口不語？除非你們放了我的人，否則辦不到！」

「韋阿寶，那些銀洋是從哪裏來的？」約翰孫找到了擺脫困境的話頭。

「我媽給我送的陪嫁。」

「一共多少？」

「我媽沒有告訴我！難道這也用得著你們來問？」

約翰孫連連揮手：「把她帶下去！」

站在惜玉身後的紅頭巡捕聞聲，立刻上前，抓住她的肩頭，將她帶出了法庭。她一面走，一面繼續高喊：

「是非不明，黑白顛倒——你們算什麼法官？什麼『會審公廨』？吃夠了牛肉麵包，來中國發洋瘋：你們就不怕天下人笑話嗎？」

「把楊月樓也帶下去——閉庭。」約翰孫忿忿地怒喝。

楊月樓和韋惜玉，不愧是偉男奇女，他們一個正面反擊，一個迂迴包圍，竟使得一堂「會審」，狼狽不堪，不得不中途偃旗息鼓！

4

「沃倫斯先生，請你給我解釋：這到底是怎麼回事？」

一回到休息室，約翰孫使用英語氣呼呼地質問沃倫斯。他點上一根雪茄，狠吸兩口，見沃倫斯仍在低頭翻閱昨天的審訊記錄，便厲聲催問道：

「沃倫斯先生，請你回答我的問話！」

沃倫斯像被蠍子螫了一下，猛地一顫。急忙放下手中的案卷，坐直身子，囁嚅地答道：「昨天犯人明明都供認了，就跟這記錄上記的一樣。今天怎麼全翻了供呢？」

「這要你自己作回答！」約翰孫咄咄逼人地瞪著沃倫斯。「昨天你是主審官。犯人是在什麼情況下招供的，記錄有無出入，必須A是A，B是B，一清二楚。身為租界執法官，肩負著執法掌刑的重責，不但要公正無私，為中國老百姓申冤，還要給中國的官府做出個榜樣來。要不然，我們從西半球跑到中國來，只是為了吃他們的肉餡餃子和空心湯圓?!」

「約翰孫先生，我想，肯定是這麼回事：那楊月樓狡猾得很，見我們租界問案不用刑，便趁機翻供。」沃倫斯用英語作答，語氣很肯定。

「為什麼，那女人也堅決不承認是被誘拐呢？不但不承認，還說是她『勾引了楊月樓』，簡直等於抽了我們的嘴巴！」

「一定是他們串了供……」

「串供？」約翰孫冷笑幾聲，「沃倫斯先生，虧你想得出！我懷疑你的神經是否出了問題？你想過沒有，他們被捕之前，並不知是犯了什麼案子；被捕之後，分別看管，怎麼會『串供』？你初審時，既未逼供，又未用刑，他們爽爽利利招認了的罪行，怎麼會在二審中，統統賴掉呢？沃倫斯先生，本人從事法律這一行，快三十年啦。恕我直言，昨天我就懷疑，你主持的初審，大有問題！」

「您知道，約翰孫先生，我的中國話不行，有些話，還聽不太懂……」

「你不是帶著翻譯嗎？」

「是的。不過——」

沃倫斯忽然記起，昨天問案時，有好幾次，覺得翻譯的話，跟被告的口供有出入。但當時只是懷疑自己的中國話學的不到家，所以聽不明白。現在想一想，八成是翻譯接受了賄賂，從中做了手腳。用他剛學會的一句中國話來說，是被卞中和「要了大頭！」

「是卞中和這流氓騙了我！」沃倫斯倏地站起來，「我找那流氓算賬去！」

「算了吧，沃倫斯先生。」約翰孫聳聳肩，「你應該跟自己算賬！中國人的心臟，統統都是黑色的，跟他們打交道，要比狐狸還精怪才行。你連中國話都沒學好，就想來會審公廨作法官，未免太性急了些吧？」

沃倫斯一時摸不準約翰孫後面一句話的含意，猶疑了一陣子，緩緩坐下去，惶恐不安地答道：「請你放心，約翰孫先生。我一定要努力學好中國話。」

「告訴你，沃倫斯先生，中國話是世界上最難學的語言。學好它，可不是一天兩天的事。」約翰孫皮裏陽秋地哼哼著，「看來，乳母王氏的口供，怕也是偷樑換柱的吧？」

「這……」沃倫斯的屁股在靠椅上扭了兩扭，「約翰孫先生，是否立即提審王氏？」

「哼……」約翰孫鼻孔裏連哼幾聲，「你還嫌我們沒丟盡面皮嗎？楊月樓的口供和韋阿寶的證詞，唉！那小女人不簡單——足以證明，這是一件誣陷案。再審王媽，只能使我們更加難堪！」

「可那四千塊墨西哥銀洋，實在令人生疑：這麼大的數目，一般人家是拿不出來的呀？」

「不錯，我也認為銀洋是個疑點。不過，楊月樓和韋惜玉的口供如此一致，怕是沒有多大問題。聽說韋阿寶的父親是個富商，你敢說一定不是陪嫁？啊？我擔心再審下去，我們就更無法落台咯！」約翰孫噴出幾口濃煙，扭頭向裔楊穠問道：「裔楊穠先生，你有什麼好主意？」

裔楊穠往前探著身子，仰臉答道：「此案雖然發生在租界內，但不牽扯華洋糾紛，只是中國人之間的事。依敝人看，不妨移交上海縣審理。」

「你是說，把這刺蝟踢給中國衙門？」

「是的。一來，顯著我們對他們尊重；二來呢，我們也不至於丟面子——何樂不為？」

「妙！」約翰孫一拍桌子站了起來。「馬上派人去上海縣通報。讓他們今天就把人犯和贓物接過去。」

「是，我就去辦理。」裔楊穠答應著，彎著腰麻利地走出休息室。

約翰孫抽著雪茄煙，向著惶恐不安地沃倫斯端詳了好一陣子，眉一橫，突然問道：

「沃倫斯先生，你看這事該如何收場？」

「裔先生的主意很妙！我看，只能由中國人自己去捧那刺蝟了。」沃倫斯已經鎮定下來。

「沃倫斯先生，我問的是你自己，還有你的那個翻澤卞中和！」約翰孫用右手食指點著對方，語氣忿忿地說道，「身為執法官，竟敢徇私舞弊，怠忽職守！你們必須給我講清楚，這是什麼問題？」

沃倫斯急忙站起來，惶恐地答道：「約翰孫先生，敝人是法科出身，知道徇私舞弊不可饒恕。在楊月樓這件案子上，絕對沒有絲毫越規之處！」

「我也希望是這樣……」

「真的，我發誓！」沃倫斯在胸前劃了一個「十」字。

「沃倫斯先生，你不該忘記你在法國的教訓。」約翰孫口氣緩和了下來。「即使你真的沒有從中舞弊，至少也是失職。有這樣的行為，我不得不考慮，你在會審公廨繼續任職是否合適。」

「是的，是的。小人初來中國，上了卞中和那惡棍的當。請約翰孫先生饒恕小人這一次。」沃倫斯痛苦地扭歪了臉。「小人一定發憤努力，學好中國話，熟悉中國民情，決不再重蹈覆轍。」

「你既然這樣懇求，看在我們都是歐洲人的份上，我可以不追究你的責任……」

沃倫斯急忙深深一躬，感激地說道；「多謝約翰孫先生。」

「你等我把話說完，沃倫斯先生。為了會審公廨的聲譽，我不得不說，你在這裏任職，至少在目前——不合適！」

「約翰孫先生，約翰孫先生！小人漂洋過海來到中國，舉目無親，要是你再不肯給我一碗飯吃，小人可真得淪為上海灘的乞丐啦！」沃倫斯頹然地坐到椅子上，兩手掩面，傷心地哭了起來。

約翰孫坐在那裏，靜靜地看著對方啼哭。過了許久，方才站起來，走到沃倫斯面前，用夾著雪茄煙的左手拍拍他的頭頂，深為同情地說道：

「挺起來，沃倫斯先生，現在是在中國的上海灘，處處要給中國人做出榜樣。像你這樣流淚抹鼻涕，哪裏像我們西方人的樣子！」

「約翰孫先生，您教我怎麼辦喲？」沃倫斯揚起滿是淚痕的臉，望著對方。

「放心吧，沃倫斯先生。我不會讓你淪為讓中國人見笑的洋乞丐——那豈不更丟盡了西方人的臉皮？」約翰孫坐回到靠椅上，繼續說道：「雖然會審公廨的法官這個位子，暫時對你不合適，可總要給你一碗飯吃。只要你肯悔改，就留在這裏，做我的書記。只要幹得好，我忘不了提攜你。你覺得怎麼樣？」

「約翰孫先生，我真不知該怎麼感謝您。」沃倫斯趨前幾步，「噗通」跪在了約翰孫面前。

「起來，起來。」約翰孫站起來，輕聲說道，「從今天起，你就是我的人了。」他在地上來回走了幾趟，等沃倫斯站起來，然後吩咐道：「馬上去找卞中和，弄清楚他到底為什麼從中作弊？立即同我報告！」

「他要是不肯招認呢？」

「招不招都一樣——會幾句英國話的中國人，這幾年並不缺——讓他快滾蛋！」

「是，約翰孫先生！」

5

眾鳥高飛盡，
孤雲獨去閑。
相看兩不厭，
只有敬亭山。

從簽押房回到內宅，身著便裝的上海縣令葉廷春便叉開雙手，讓三姨太給他更衣。貢緞團壽馬褂，寧綢長衫，雙梁皂靴及布襪都脫了下來。他只穿一件短袖蘇羅衫褲，光著腳丫子，接過三姨太遞過的檀香摺扇，仰靠到臥榻上。右手揮扇，左手三指輕按在丫環獻上的茶碗蓋上，拖著長腔，吟起了唐代大詩人李白的《獨坐敬亭山》。三姨太走過來，坐到他的腳下，接過檀扇，輕輕為他扇著。一面嬌滴滴地問道：

「老爺，今日遇到了什麼爽心的事，這般高興？」

葉廷春的目光，久久停留在三姨太俊美的瓜子臉上，並不回答。注視了好一陣子，方才神秘地一笑，答道：

「嘿，何用問啦——『相看兩不厭，只有敬亭山』啦，難道還不明白？」他莫測高深地夾夾眼，「我的小寶貝的這張黛似春山，目如秋水的粉臉，不就是我的看不厭的『敬亭山』山嗎？唔？哈……」

三姨太在他的大腿上推一把：「騙人——才不是呢！」

「怎麼，你不相信啦？」

「騙死人不償命！」三姨太的鼻腔裏輕輕哼一聲，將頭扭到一邊。

「咳，我乃堂堂偉男子，豈屑於欺騙一介婦人女子。」葉廷春在拐枕上歪了下去。

「這話，從前我相信。」三姨太語氣緩慢，「可如今，我這張醜臉，哪兒比得上二娘的那張粉臉喲！」

葉廷春坐直了身子，滿臉不快：「咳咳！老三，你又來啦！難道非叫我向你發誓？」

「哪個要你發誓，只要你莫變心。」三姨太低頭揩起了眼淚。

「好啦，好啦。我就怕你這止不住的三伏雨。」他把愛妾拉進懷裏，響響地親了一下。「實話跟你說吧，今天接到了一件妙案，是公共租界會審公廨轉來的。嘿，一件再簡單不過的「彩案」，到了那些講法律、講自由的黃毛碧眼洋鬼子手裏，竟像遇到了無頭案一般，審不出個么、二、三啦！他們兩手捧刺蝟，捧不得，丟不下。無可奈何，便推給了我上海縣。哼！別看他們人高、馬大，連走路都比中國人神氣，究其實，不過是一群酒囊飯袋！」

「風流案？怎麼個『風流』法？」三姨太往榻床裏面挪一挪屁股，斜偎在丈夫的懷裏。「快講給我聽！」

「咳，大熱的天，別挨的這麼近嘛。」葉廷春嘴上這麼說，右手卻摟住了三姨太的細腰肢。「是一個戲子，拐走了一個富商的女兒和四千塊銀洋……」

「戲子？」三姨太仿佛在懷疑自己的耳朵。「哪裏的戲子？他拐騙了哪家的姑娘？」

「對啦，我還帶你看過他的戲呢。就是哪個唱武生的楊月樓……他拐了一個名叫韋阿寶的小姐……」

三姨太一聽，搖著扇子連連搖頭：「我不信！」

「不信？嘿嘿，人在大牢，贓物在庫房，由不得哪個不信。」

「我是說，憑著人家楊月樓的面容、身材，用不著於那種下賤營生。」三姨太脫口而出。

「為什麼？」葉廷春不動聲色。

「只怕那些女人想人家，還想不到呢，用得著人家『拐騙』！」

葉廷春猛地推開三姨太，坐了起來。臉色陰沉地問道：「你所說的『女人』，自然也包括你自己在內啦？唔！」

三姨太此時方知失言。急忙掩飾道：「與我什麼相干！我不過是隨便說說罷啦。」她立刻找到了自衛的武器，「要是我也有那種壞心，每次去看戲，用得著你這做老爺的催三催四？俺們壓根兒就不愛看那吵死人的武生戲！」

見三姨太將頭扭向一邊，咬著下唇不再言語。葉廷春急忙勸道：「看啦，看啦，又來了你的小性兒。我不過是說著玩玩兒，怎麼就當了真啦？」

「你這玩笑，俺們可吃不消！」仍然是冷冷地回答：「要是教你那些心肝子聽了去，還教不教人家活？」

「嘿嘿嘿，我們是在暗室私語，誰會聽了去呢？」

「隔牆有耳！」

「好啦，好啦。」他伸出右手摟過三姨太，左手摸著她的肚子，色迷迷地說道；「老爺我今天頗有興致，不准跟我嘔小孩子脾氣，壞了老爺的興頭。今天你要好好地小心伺候。老爺我要讓你的肚子爭口氣，強似時刻埋怨我偏心啦。」

三姨太低頭望著自己的腹部，重重地歎了一口氣：「人家說，修來的兒子，撿來的女。你是縣太爺，積陰功的機會多著啦，多積點德，不強似整天埋怨人家的肚子不爭氣？就算我命薄福淺，肚子不爭氣，可她們兩個，不也都是光吃米不下蛋的石雞？」

「別說啦！」葉廷春奪過扇子猛揮一陣。然後自語似地說一道，「眼前這件案子，就是我積陰德的好機會。我要嚴懲楊月樓那流氓，搭救韋惜玉，維護國家綱紀……」

「當心冤枉了好人！」她打斷了他的話。

「住口！娼優皂隸，沒有幾個好東西！」葉廷春忽然想到，三姨太也是他從妓院贖出的清倌人——一名娼妓。急忙補充道：「我是說，唱戲的沒有幾個好東西，專愛勾引良家婦女。那些蕩婦淫娃，也都愛跟戲子們勾搭。哼！我輕饒不了那姓楊的！」

三姨太小心翼翼地答道：「老爺，你不要忘了，你整天盼個傳宗接代的兒子……」

「所以，我才要為國除害，為民伸冤，多積陰德呢。」他向三姨太一瞪眼。「不要再開口。妻室兒女不得與聞政事。這是大清朝的規矩！」看看小妾低頭不語，他的氣消了幾分。伸出兩手抓住她高聳的乳房，輕聲吩咐道：「快吩咐擺飯，今晚，老爺我要好好快活快活！」

「是，老爺！」三姨太快步走了出去。

十七、酷刑

沒來由犯王法，不提防遭刑憲，叫聲屈動地驚天。頃刻間魂魄先游森羅殿，怎不將天地也生埋怨！——《竇娥冤》

1

比往常日足足提前了半個時辰，葉廷春便來到了簽押房。

昨天夜裏，他一來心裏高興，二來想早一天讓三姨太的肚子「爭氣」便丹田運氣，變著花樣兒「打發」他的心肝寶貝。仗著一股熱血精神，當時竟忘記了疲勞。等到氣喘吁吁一灘爛泥似地倒在枕頭之上，他才忽然記起，自己已近知天命之年。年紀不饒人。發狂的時代，已經永遠不屬於自己了。一陣悲哀襲上心頭。他厭惡地推開緊偎上來的女人，掉頭睡去。誰知，早晨仍然醒得比往日早得多。

他平舉兩臂，左右扭動幾次，想把從兩肩擴展到後背的的酸痛和麻木驅趕掉。一面扭動著身軀，他的目光落到了案上的一個綠色卷宗上。那是會審公廨轉來的，有關楊月樓誘拐婦女，騙占財物的審訊記錄。他忽然明白了，自昨天以來的亢奮和今晨的早醒，都與這個暗綠色的硬紙夾密切相關。

聽差端著紫檀托盤，獻上一盞茶，恭敬地雙手捧到他的面前，退了下去。他左手端杯，右手捏著杯蓋刮了刮漂在上面的茶條，輕輕呷了一口。一股挾帶著醇厚香氣的暖流，汩汩地滑向心窩。

「哼哼，漂漂亮亮地制服了傷風敗俗的淫棍流氓，露他一手，撫台為我奏功，就更加師出有名了。」

兩隻細眼角上吊，他不由得笑了。

他知道，他的頂頭上司，現任江蘇省巡撫丁日昌，多年來始終以整飭風化為己任，明令密旨，雷厲風行。凡是在這方面有所建樹的屬員，不少人都得到倚重和升遷。

「嘿嘿，機不可失，時不再來。對這件風化案的出色審斷，將是葉某換頂戴的天賜良機！」

閉上雙眼，悠然地深吸幾口氣。睜開眼，他的目光停留在茶盞的白鶴彩繪上。那茶盞每面都繪著一隻展翅欲飛的仙鶴。現在朝向他的那隻，正在引頸長鳴，似欲破雲飛去。他低頭看了一眼官服胸前的「補子」。那正方形淺色絲綢上，正倦伏著一隻用五彩金線繡成的鸂鶒鳥。鸂鶒俗稱紫鴛鴦，通體紅紫，形似鴛鴦，但卻無鴛鴦的五彩斑斕。咳，你這窩囊的水禽！什麼時候，飛越過鷺鷥、白鶴、雲雁，而與孔雀結伴遨遊呢？不，葉某的志向不是補子上繡孔雀的區區三品，而是一品——補子上繡著升天仙鶴圖案的一品！是的，那隻仙鶴總有一天要飛到我的前胸和後背上。他下意識地伸手輕輕撫摸著茶盞上的仙鶴。溫煦煦，一陣熱流，從手指緩緩沁入，沿著手臂升騰，直達心窩。他差一點出聲地笑出來。他倏地站起來，在地上飛快地踱了兩圈。忽然，停下來，仰望著窗外的長天。雙頰上的笑雲漸漸消失，他發出了一聲低沉的長歎！

「咳，那仙鶴實在太遠啦，還有多少臺階橫在葉某面前喲……」

他大步回到座位上，伸手抓起茶碗，想把茶碗連同上面的白鶴，一塊扔到院子裏。

「老爺，時刻已到。」背後傳來胡典史的輕聲呼喚。

他頭也不回，呼地一聲，放下茶碗，惡狠狠地答道：「傳呼升堂！」

「升——堂——」

尖利、悠長的呼喊，在上海縣衙的上空回盪。

頭戴平頂黑羅帽，身穿無領對襟皂服的八名皂隸，呈斜八字形分列在大堂兩旁。他們雙手扶著上黑下紅的「水火棍」，個個鐵著臉，木樁似的挺立在那裏。仿佛即將開始的審問，與他們毫不相干。

「唔——噢——」

八個皂隸口鼻並用，老牛大憋氣似地喊起了「堂威」三遍堂威喊過，屏風後走出了金頂補服的葉縣令。他在屏風旁略一停留，雙手整整烏紗，然後邁開八字方步，登上了屏風前二尺高的台座，在正中的公案後端端正正地坐了下去。動作之文雅蕭灑，宛如戲臺上掀開「出將」門簾出場亮相的清官廉吏。他習慣地推一推案上的官印，把驚堂木拿到手邊，清了清喉嚨，接著向下吩咐道：

「帶人犯！」

縣太爺一聲令下，兩名皂隸立刻將帶著鐐銬的楊月樓押了上來。楊月樓昂首怒視葉縣令，並不下跪。

「跪下！」兩個衙役將楊月樓按倒在地上跪下去。

「你叫什麼名字？」葉廷春開始了審問。

「楊月樓。」

「幹哪一行？」

「唱戲。」

「不錯——唱戲！」葉廷春冷笑幾聲，「看來正是戲子的職業，給你提供了傷風化，敗道德的方便……」

「……什麼意思？」楊月樓高聲反問。

「這『意思』嘛，自然你是明白的啦，難道要大老爺我來替你招認?!」葉廷春臉上浮著微笑。「楊月樓，你要放聰明點。這是上海縣衙門，不是你們調情罵俏的勾欄戲場。你不把誘拐婦女，捲逃財物的罪行，統統招認出來，休怪老爺我鐵面無私！」

「你——血口噴人！」

楊月樓怒不可遏，竟忘記了面對的是握有生殺予奪大權的一縣之尊。他舉起帶著手銬的雙手，向上指著怒斥道：

「那罪名按不到我楊月樓頭上！我雖是一名大人先生們瞧不起的『戲子』，可我們只憑著功夫和汗水掙碗飯吃。不錯，我們在戲臺上什麼都可以扮演，包括雞鳴狗盜之徒。可在戲臺下，我們卻是規規矩矩的百姓。難道就因為我楊月樓是『戲子』，就不能訂親成家？一旦成家，堂堂正正的婚姻，便立刻成了『誘拐捲逃』？」

「大膽！你給我住口！」葉廷春拍得驚堂木山響。他冷笑幾聲，接著說道：「楊月樓，照你這麼一說，你們娼優皂隸之屬，原來並不是不堪入流的渣滓，倒成了招搖過市的正人君子啦？哈……」

「哼，那些黃髮綠眼的洋人，聽信流氓的誣陷，抄家捆人，冤枉好人，倒也罷了。想不到，一個中國人，堂堂知縣大老爺，竟跟洋人一個鼻孔出氣，善惡不辯，是非不分……」

「大膽罪犯，竟敢咆哮公堂——給我重責四十大板！」

葉廷春不等楊月樓說完，便將一支刑籤擲到地下。然後雙肘撐著公案，右手捋著八字鬍，虎視眈眈向下注視著。這時，聞聲上來四個衙役，將楊月樓拖倒在地，齊舉水火棍，狠狠打了下去。

俗話說：「難見的衙役，好見的官。」這「打板子」，就是衙役用水火棍擊打犯人的臀部及腿部。表面看，無非是舉棍朝下擊打，並沒有什麼花樣。其實，內中大有訣竅。如板子高舉輕落，劈啪作響，則是衙役們私下裏所謂的「響板」。響板只觸及皮肉，不會傷及筋骨。如將板子高高舉起，在飛快下落的一剎那，手腕側扭，讓水火棍扁平的下端，斜側著「砍」到犯人的身上，便像鈍刀砍肉一般，所以被稱作「鈍板」。鈍板雖然響聲低鈍，卻板板往肉裏殺。幾十記鈍板打下去，不論多麼強壯的漢子，也休想站起來走路。至於對哪個犯人該用「響板」，對哪個犯人要用「鈍板」，自然完全取決於行刑的衙役，看他們是否得到了「孝敬」，和「孝敬」了多少。

這個衙門裏的「規矩」，楊月樓及其朋友自然不會想到。即使想到，他們也不會去「挖門子」。他們覺得，楊月樓身無纖過，「乾屎抹不到人身上」。流氓的誣告，不過是雪窩裏埋死屍。不論到了新衙門，還是舊衙門，只要略加申述，真相立刻便會大白。不料，天真就是愚蠢，自信受到了狠狠地懲罰！楊月樓遇到的當頭棒，便是飽嘗一頓「鈍板」。加之，那些衙門油子慣會察言觀色，別看他們一個個搭拉著眼皮，做出一副事不關己的樣子。其實，眼皮下垂，眼梢留神，從縣太爺的眼神口氣中，把他心裏想的什麼，揣摸得一清二楚。不然，即使恨透了不肯「孝敬」的犯人，如果看出上司意存袒護，他們也不敢太放肆。得罪了頂頭上司，可不是好玩的——吃不了要兜著走。今天，他們看到縣太爺對犯人面露仇恨之色，心裏有底，一個個抖摟精神，使出了腕上的絕招。一解心頭之恨，二討上司歡心。等到四十板子打完，楊月樓已經面如蠟黃，呻吟連聲。衙役拉他站起來，他已經撐不住身子，向右一歪，癱到了地上。

「楊月樓——你有招無招？」葉廷春對衙役的板子很滿意。

「我——楊月樓——清白——無故……」楊月樓用力提高了聲音。

「難道你就不怕皮肉受苦？」

楊月樓扭著身子向上怒視：「你想屈打成招——辦不到！」

「好吧，我倒要看看你這武戲子的骨頭有多硬！」葉廷春充滿自信地點著頭，「只怕你硬不過我的夾棍和繩索！」

「只要你不怕傷天害理！」

「給我夾起來！」葉廷春又將一支刑籤擲到了地下。

應聲上來四個衙役，將楊月樓面朝地下按倒，將早已準備好的三根方木和繩索做成的夾棍，夾在了楊月樓的小腿上。四個衙役一邊兩個，腳蹬夾棍手拽繩索，喊一聲「緊」，一齊用力拽拉……

楊月樓伏在地上，臉側向一邊。只見他露在上面的右頰，迅即由黃變紅，由紅變紫，又由紫泛白。

「哎喲」兩聲，他暈了過去。一個衙役取過一碗冷水，劈頭澆了下去。只見他身子一抖，呻吟一聲，醒了過來。

「楊月樓，你招是不招？」葉廷春厲聲向下發問。

楊月樓無力地答道：「你們酷刑逼供，天理不容……」

「哼！死不回頭的東西，我會讓你繼續硬下去的！」葉廷春一捧驚堂木怒吼道：「把他拖下去！給他戴上鐵枷！」

2

出師不利。葉廷春做夢也沒想到，他的首堂審問，剛剛開始不久，便被一介臭戲子攪得審不下去。不得不兩次發令，接連使用了板子和夾棍。積多年充任縣令的經驗，他深知板子是打掉案犯倨傲不馴的利器，而那凝著斑斑血跡的夾棍，更是撬開罪犯牙關的法寶。十多年來，可謂屢試屢驗。所以，像毫不吝惜衙役的氣力一樣，他也毫不憐惜犯人的皮肉筋骨。一旦審問遇到阻滯，他便麻利地抓起刑籤往下擯。人是苦蟲不打不成！這衙門俗話，他一直奉為圭臬。今天，他雖然開審不到半個時辰，便「兩刑並用」，但他的「利器」和「法寶」，在楊月樓身上卻絲毫沒有發生效力。

「我就不信，這臭戲子會不是一條苦蟲！狗娘養的！」

葉廷春幾乎罵出聲來。不到半個時辰的升堂問案，已經搞得他疲憊不堪，昨天和今天早晨那種好心境，像霜後的枯葉，遇到了勁風，被掃蕩得乾乾淨淨。他真想破口大罵一通。但是，此刻他正坐在大堂上，面對著兩行站班的衙役，那樣做，會大失「官儀」的。他想找個東西，猛地摔個粉碎，以泄胸中的忿氣。可是，大堂公案上，除了官印、籤筒，並沒有可摔的東西。他忽然意識到，「驚堂木」始終緊緊抓在右手裏。那塊厚約一寸，寬約二寸的長木塊，已經被他手掌上的汗水，弄得潮濕了。於是，他高高舉起驚堂木，猛地拍了下去。「呯」地，一聲脆響，衙役們都驚訝地朝上觀望。他們的眼神分明在問：犯人已被拖下大堂，縣太爺還拍的什麼驚堂木？葉廷春知道自己「失態」了，趁勢高聲喊道：

「帶同案犯王婆子！」

葉縣令吩咐傳喚的「王婆子」，自然就是韋惜玉的奶媽王氏。顯然，在葉縣令的心目中，奶媽王氏就是《水滸傳》中，慫恿潘金蓮與西門慶勾搭成奸，併合謀害死武大郎的王婆！所以，便把王奶媽，直接喊成了「王婆子」。

比楊月樓夫婦晚了一天多，王奶媽被抓進了巡捕房。被捕前，她已經知道，是她前後奔走，從中穿針引線所結成的美滿婚姻，遭到了韋天亮的誣告。她堅信，韋楊的結合，光明正大，惡人雖能誣告一時，但卻不能永遠一手遮天。雪窩裏埋不住死屍！他也知道，自己不但沒犯罪，還做了一件大好事。不然，為什麼被抓到巡捕房之後，洋毛們問也不問一句，就將她轉到了上海縣衙，那不正說明他們未抓到把柄嗎？聽說縣衙門裏都是中國人，比之嘰哩哇啦的黃毛，一定要好說話的多。

可是，她生在鄉下，長在鄉下，從未見到過官府是啥樣子。今天她被提來過堂時，雖然邁著兩隻天然的大腳板，她的兩條腿卻軟得不聽使喚。來到大堂之上，沒等上面吩咐，她便雙膝一彎跪倒，身子前傾，匍匐在方磚地上，再也不敢抬頭。

「你叫什麼名字？」葉廷春的聲音，聽起來像打濕皮鼓，又悶，又鈍。顯然，犯人的恐懼表情，給了他幾分信心。

她瑟瑟地答道：「俺沒有名字，姓王——王氏。當初是惜玉小姐的奶媽，如今是伺候她的下人。」

「要不然，你怎有那樣的方便！」葉廷春在心裏自語。「你今年多大歲數？」

「四十五歲。原籍山東，二十三歲來到上海……」她的回答，像她的人一樣樸實。

「回老爺的話，」葉縣令打斷了她的話。「你幹過給楊月樓和韋阿寶傳書遞柬的勾當嗎？」

「小婦人不明白。什麼是『傳梳（書）遞剪（簡）』？」

「就是送信——給楊月樓和韋惜玉傳信啦。」

「有的，俺先後一共送過兩封信呢。」

「那就夠啦！」葉廷春的掃帚眉一揚，「這麼說，楊月樓一共寫給韋阿寶兩封信啦？」

「不，那信都是俺們小姐寫的。前一封，被楊老闆退了回來，第二封，才……」

葉縣令又一次打斷她的話：「難道那楊月樓竟會連一封回信也沒有寫嗎？」

「沒有。都是俺們小姐給楊老闆寫信。」王媽始終沒敢抬頭。但他覺得縣大老爺的問話，跟普通人說話差不多，便漸漸打消了恐懼。

「信上都寫了些什麼？」葉廷春提高了聲音。

「小婦人不識字——俺不知道。」王媽伸出雙手摸摸臉頰。她的方臉上佈滿了昨夜被蚊蟲叮咬的紅斑。「不過，惜玉小姐跟俺說了個大概：是她因看戲，喜歡上了楊老闆，折磨得茶不思，飯不想，只得派俺去送信。想求楊老闆答應，跟韋家結親。」

「哼，這幫狗男女！分明事先串通好啦，不然口供為何如此一致！」

心裏一面罵著，葉廷春一面仔細打量眼底下的犯人。

只見她佈滿濃密皺紋的方臉上，露出純樸憨直之像。心想，這是個好對付的粗女人。從她的身上，肯定可以獲得自己所需要的一切，一切！於是，粗眉一揚，他溫和地向下說道：

「王氏，你的話老爺我不能信。分明都是你們串通好了的。」他略微停頓了一下，繼續說道：「這普天底下，只有男人勾引女人，誰聽說過，一個女人三番兩次勾引男人的事呀？難道說，你家小姐是一個楊花水性，不守閨範的爛貨嗎？」

「大老爺，你不能糟踐俺們小姐！她可是一個知書明理、守閨訓、孝雙親的好姑娘，好小姐呢。」奶媽壯著膽子申辯。

「一派胡言！」葉廷春提高了聲音。「真像你說的那樣，那韋阿寶豈能幹出那種傷風敗俗、風流下賤的事體來？哼，分明你是在撒謊！」

「老爺，俺不敢撒謊。俺要是撒半句謊，你就割下俺的舌頭來！」王媽抬頭向上看一眼，立刻低下頭，乾咳一聲。分明她心裏在敲鼓，但仍從容地答道：「大老爺，心裏頭歡喜上哪個男人，就直來直往地跟人家說，南山頂上滾碌碡，實（石）打實（石）地攤開。依俺看，那才是老實巴交的女人呢。」

「混賬！婚姻大事，要由父母之命，媒妁之言安排。豈能容一閨房女子，四處賣弄風騷！」

「大老爺，俺覺得那正是幫了父母和媒人的大忙呢。要不然，父母、媒人怎麼知道哪個人合年輕人的心意？還不是像趕集買牲口似地，認識骨架，摸不準脾性、活路？到頭來，那麼多恩恩愛愛的年輕人被拆散，那麼多天差地異的男女，硬是被捏合到一起。兩隻不合槽的牲口拴到一起！輕者，一條被窩底下，永世做著兩樣的苦夢，扭天別地過不得一天安生日子；重者，男人偷女人，女人養漢。鬧急了，刀札藥毒，掛樹投井，什麼慘事都出來了。那，不比『傷風敗俗』更辣害？要是打頭起，就是兩人心甘情願，怎會有那麼多教人眼不敢看，心不忍想的慘事呢？」王媽的聲音越來越高，她只想著為小姐辯護，竟忘了害怕。「你看俺們楊老闆和惜玉小姐，自打喜樂迎親，洞房花燭起，俺親眼見的，親熱得像一對鴛鴦鳥兒，敬重得像賓客。一天到晚……」

「住口！」葉廷春壓下的怒火，終於噴發出來。「好一個馬泊六，竟為姦夫蕩婦張目！不給你點厲害，你是不會吐實話的。來呀！給我拶指！」

拶指的傢伙，俗稱「拶子」，是夾犯人手指一種刑具。但只用於女犯。以用刑為樂事的衙役們，聽到縣太爺的吩咐，立刻將王媽的十指夾了起來，一聲怪吼，猛緊拶子。王媽長號一聲，身子一歪，暈了過去。等到被冷水澆醒過來，不論葉縣令怎麼喝問，她始終只重複著一句話：

「大老爺，天地良心：楊老闆和惜玉小姐，實實在在是合法夫妻！」

胸膛憋悶，呼吸不暢的葉縣令，忽然覺得眼前一陣亮。定神一看，大堂外，兩名衙役，帶著一位二八佳人，聘聘婷婷地走了進來。他忽然明白過來，這就是他要傳喚的證人——韋阿寶。

3

「啊，果然是一個尤物！」驀地吃一驚，他差一點喊出聲來。

走近公案桌前的韋惜玉，雖然髮髻零亂，精神委靡不振。但對女色有著獨到揣摩功夫的葉廷春卻一眼看出，這是一個絕色女子。她的臉上雖無脂粉的修飾點染，卻更顯出肌膚的玉潤與潔白。那抿緊的雙唇，露著的倔強與憤懣，雖然減卻了許多動人的和婉與柔媚，但那雙細柳葉似的眉弓下，閃動著的深邃而明亮的美目，卻足以勾魂攝魄。再加上那瀏海半遮的粉額，端正而高聳的鼻樑，鵝蛋似的下巴，瓜子般的面龐——奇妙地組成了一張難描難畫的俏臉！

葉廷春是廣東香山縣人。自小看慣了南粵女人的風采：單而不秀的矮矬身材，墜著三角鼻頭的塌鼻樑，以及線條疆直的厚嘴唇。當時曾認為，天下女子的面龐身段兒，可能都是這副模樣。他曾為那「風采」晝夜顛倒過。不僅對他的元配妻子，縣城裏的「風流巷」，也常常成了他的溫柔鄉。為此，耗去了他不少精神和銀兩。自從皇榜高中之後，他在河北、山東坐了兩任知縣。三年前，奉調來上海縣接任。仔細研究了南，北、中三地的女子，他得出結論：休說南粵烏鴉似的短身黃臉女人，就是北國豪爽昂揚的女子，在玉雕粉琢的越娃吳女面前，也無不黯然失色！尤其當她們輕啟朱唇，鶯鳴燕語般呢喃而談時，那吳儂軟語的魅力，每每便他目暈心跳，不能自已。恨不得一把摟過來，據為已有。

「這女人，堪稱吳女的翹楚！恕不得楊月樓要對她下手……」

不由得伸出右掌，撫撫撲撲跳動的胸口。他意識到，再不發問，就要失「官儀」了。下意識地抬起右手，扶了扶頭上的涼帽。他柔聲向下問道：

「你就是韋阿寶嗎？」

他深恨自己的問話，太軟、太漂、太甜；缺乏升堂問案時應有的淩厲與莊嚴。急忙用兩手小姆指的長指甲猛掐手掌。一陣疼痛，使他立刻振作了起來。

「回答老爺我的問話——你叫什麼名字？」見女人不答，他又問了一遍。

「我叫韋惜玉！」「吳儂軟語」變得硬梆梆的。

「多大年紀？」葉廷春漸漸恢復了平靜。

「十七歲！」

「不錯！正是可人的妙齡！」他心裏在自語。又一次伸手撫撫胸口，極力威嚴地問道：「韋阿寶，你認識楊月樓嗎？」

「他是我的丈夫，怎會不認識呢！」

「怎麼，他是你的『丈夫』？」

「是的！難道還有什麼疑問？」

「當初你們是怎麼認識的？」

惜玉抬起頭，斜睨著堂上：「知縣大老爺，莫非你也要問『勾引』和『誘拐』的事吧？」

葉廷春出乎意料地一陣驚喜。雙手不由一拍：「不錯，老爺我正是要問「勾引誘拐」的事——你只管從實說來，老爺我一定替你做主。」

「那好吧！」惜玉挪動一下小腳，讓身子站得穩當些。接著，極力提高聲音答道：「其實呀，我跟黃毛鬼子，已經說得再明白不過啦。老爺既是願聽，我可以再說一遍。我是先喜歡上他的戲，然後喜歡上他的人。於是，我就三番兩次給他寫信，向他表白我的心曲。不料……」

「我問你：你是怎樣到了楊月樓家裏的？」突然地插問，是葉縣令審案時的拿手好戲。因為這常常使犯人措手不及，給他帶來意外的收穫。

韋惜玉略一猶豫：「那也是我的家。」

「你是怎麼去了同仁里的？」葉廷春認為打開了缺口，緊追不捨。

「用花轎抬去的。」回答得很爽利。

「哼，又不是明媒正娶，焉有用花轎抬人之理——分明是胡言亂語！」

惜玉抿緊雙唇，向上注視了片刻，然後答道：「請問大老爺，我與楊月樓的結合，上奉父母之命，下遵媒妁之言。不坐花轎去，你教我用兩條腿挪去？還是像洋人那樣，坐亨斯美馬車跑去？」

「韋阿寶，你父親遠在港穗經商，哪來的『父母之命』？講！」葉廷春惱怒地拍響了驚堂木。

「大老爺，父母是一家人，遵母之命，等於遵父之命。倘使父親不在了，難道讓他的女兒，老死閨中，永遠嫁不得人嗎？」

「你好一張利口！」葉廷春被激怒了。

「小女子實話直說……」

葉廷春猛地站了起來：「大膽浪女，竟敢頂撞本太爺，你的膽子真不小！」

「有理走遍天下。見了皇帝老爺，我也是這麼說。」

「你知道，包庇惡人是要受罰的。」

「大老爺，你知道：誣陷好人更該受罰。我的丈夫楊月樓清白無故，你們竟和洋毛串通一氣，誣他誘拐婦女，我真不知道受罰的應該是誰？」韋惜玉回答得竟是如此平靜。

「一派胡言！」

「一派胡言的是你們，你！我不過是……」

葉廷春頹然坐了下去，伸手抓過一支刑籤擲到地上，連珠炮似地吼道：「大膽賤貨，你先行勾引戲子，繼而相約私奔；還敢咆哮公堂，淩辱父母官，真是賊膽包天！來呀，給我掌嘴——重打一百！」

所謂「掌嘴」，就是通常說的打嘴巴，抽耳光。這也是衙門裏對於不馴服的女犯，進行懲治的一種手段。可是，葉廷春竟把這手段，用在了「證人」身上！聽到縣大老爺的吩咐，站在右面的一個衙役，應了一應「喳」。上前兩步，掄開兩隻蒲扇般的大手，左右開弓，向韋惜玉瘦削的臉頰上，狠狠抽去。

「啪啪啪……」

第一掌下去，留下的是五道紅指印。第二掌，第三掌，指印連成了通紅的一片。很快又由紅色變成了紫茄色。等到一百個響嘴巴抽完，韋惜玉的兩頰已經腫成了兩隻大饅頭。線條柔和的小嘴，頓時變小了許多，並向後退了回去。兩隻嘴角流出的鮮血，將衣襟打濕了一大片。

「冤屈好人——你這皂白不分的奸官……」

韋惜玉使出全身力氣向上詈罵。可是，不但罵聲有氣無力，連聲音也不甚清晰了：「你會遭到天罰的！」

「把她拖下去，拖下去！」葉縣令站起來，連聲高嚷。

4

楊母病倒了。

兒子被捕已經五天。這五天，就像過去了五年！她花白的雙鬢，突然之間，連成了兩片銀白。如果曾曆海和丁少奎，再不帶回令人寬心的消息，她覺得，仿佛連呼吸也要停滯下來。

這幾天，西洋時辰鍾的擺錘，突然慢了下來。磨磨蹭蹭大半天，才肯「嘀答」一下。那錶盤中心的長短針，也像釘在了那裏一般，難得向前挪一挪。五天前，半夜裏的抄家捉人，一開始就把她驚得險些暈了過去。儘管她瞭解自己的兒子，坐家女兒似的，從來行得端，做得正。莫說是損人犯法，時時想著的還總是別人的危難呢。有時欠下別人一點情分，也恨不得立刻加倍償還……不長眼的巡捕房！怎麼可以把好人當成罪犯，隨意亂剿亂捉呢？一開頭，她完全相信王媽的勸解，認為是巡捕房捉錯了人。後來得知，兒子是遭到了韋天亮誣告。但她仍然堅信，蛤蟆屎抹不到月亮上，兒子很快就會被無罪釋放。可是，不但兒子、兒媳毫無蹤影，王媽又被紅頭巡捕抓走了！她完全失望了。

她預感到，事情並不像原先想的那樣簡單。儘管曾曆海不住地在一旁寬慰：「伯母：至多到明天，月樓準會被放出來。」但她的耳邊，卻始終響著洋人的叱呼；那洋銬的白光，也一直在面前閃動，趕不走，驅不掉。像一根粗麻繩，緊緊纏在自己的胸口上，連出氣進氣都不順當。

「那罪，兩個孩子怎麼受得了哇！」她啜泣起來。

一遍又一遍地走到大門外，一面怔怔地向弄堂口張望，一面抹著眼淚，不住地發出幾聲歎息。整整兩天，她茶飯不沾唇兒，白天呆呆地倚在門框上，等待兒子兒媳歸來。站累了，索性坐到門檻上，固執地繼續向外張望。好像只有這樣，他的兒子和兒媳才能被盼回來。夜裏，瞪著兩隻枯澀的眼睛，望著黑暗的棚頂。倦思睡意逃得無影無蹤……

到了第三天上，她已經無力走到大門口。努力扶著床欄坐起來，只覺得頭重腳輕，眼前金星亂飛。兩眼一陣黑，一頭栽倒，再也掙扎不起。

第三天中午，丁少奎終於帶回了好消息：他終於找到了韋天亮，但那惡棍矢口否認誣告的事。直到「給了他點顏色看看」，才答應馬上去撤訴。好消息勝似靈藥。楊母頓覺精神一振，在小程的勸說下，喝下一杯牛奶，吃下兩塊桃酥，便又能硬撐著坐了起來。

楊月樓被捕後，三慶班失掉了臺柱子，不得不封箱停演。曾曆海便把唱花旦的小程，叫來同仁里頂替被捕的王媽，幫著自己照料病倒的老人。此刻，小程正靜靜地坐在床側，替昏睡的老人緩緩打著扇子，驅趕著不斷圍上來的蒼蠅。

老人翻動一下身子，睜開雙眼問道：

「小程兒，曆海呢？」

「楊奶奶，曾師傅出街去啦，很快就會回來。他準能帶回更吉利的信兒來。」小程站起來，俯身問道，「楊奶奶，您再喝杯牛奶吧？」

老人搖搖頭，又閉上了眼睛：「小程兒，曆海回來，你要立刻叫醒我。」

「是，楊奶奶。」

就在這時，曾曆海腳步輕輕地走了進來。從他頹喪的臉色上可以看出，他並沒有帶回「更吉利的消息」。他走進屋子，搖手示意小程不要出聲。遠遠坐在北牆下的方桌旁，提起桌上的茶壺，接連倒了兩杯涼茶，仰頭喝了下去。這時，楊母忽然睜眼問道：

「曆海回來啦？有信兒沒有？」她掙扎著要坐起來。小程急忙近前，將她拉起來坐好。

曾曆海急忙奔到床前答道：「伯母，您老人家別起來，我跟您說說就是嘛。」

「那好吧。」她隨口應了一聲，坐著未動，兩眼直愣愣地望著對方。

曾曆海低聲說道：「伯母，我去了一趟巡捕房。人家說，因師弟的官司無關緊要，便轉到了上海縣，由上海縣了結。我又去了上海縣。聽說，聽說……」曾曆海乾咳兩聲。「聽說，上海縣還未過堂呢。我想只要一過堂，師弟的官司立刻就會了結。」

「真的會那麼容易？」楊母疑惑地搖頭。「哪，巡捕房為何不直接放人呢？」

「是的，伯母。」曾曆海不知該怎麼解釋，「不過，中國衙門總是比洋人更透徹中國的情形，也肯定比洋人更講理。」

「興許是……」接著是一聲長歎。

「伯母，你躺下歇一會吧。」

曾曆海扶老人躺下去，等到老人昏昏睡去，他才悄然退回到方桌旁。一抬頭，丁少奎恰好走進了院子。他朝丁少奎作了個「莫出聲」的手式，順手抓起桌上的茶壺，來到院子裏。

「少奎，怎麼樣？」曾曆海來到丁少奎面前，伸手將茶壺遞給他。「找到那烏鴉沒有？他答應不答應？」

丁少奎兩手一提寬腿褲，跳上了院子南側的一隻石凳上。蹲下去，接過茶壺，對著壺嘴，「咕咚咕咚」唱了幾口涼茶。然後答道：「撤訴？那狗娘養的放了一句空屁，然後鞋底抹油——溜啦！」

曾曆海一腳踏上石凳，低聲問道「你沒有設法各處找找？」

「各個租界的妓院、煙館，我找了個遍。咳，別說那狼崽子，連根狼毛也沒找到。要是找到他，我非給他擰斷脖子不可！」

「糟了！」曾曆海長歎一日氣，「這一來，桂軒更要受苦啦！」

「怎麼，師弟遇到了新的麻煩？」

「上海縣今天過了堂。」曾曆海痛苦地在自己腿上敲了一拳，然後答道。「桂軒不但挨了板子，而且上了夾棍，王媽挨了拶。連弟妹也被抽了嘴巴！——這葉廷春的第一堂，就如此歹毒！」

「我宰了那狗雜種！」丁少奎倏地跳到地上。「大哥，你說，下一步該怎麼辦？」

「輕聲！伯母剛睡著！還是那句老話：眼下救急的方子，只有一個：找韋天亮去自首，承認誣告。解鈴還得繫鈴人……」

「狗娘養的！到哪兒去找他呀？莫非他離開了上海灘？」

曾曆海捏著下巴想了一陣子，答道：「不管怎樣，還得千方百計設法找到那惡棍。別疼花錢，只要他答應出首，什麼條件都可以答應——救人要緊。」

「好吧，我再去找。」丁少奎轉身要走。

「少奎！」曾曆海喊住了他，「千萬不能對他下狠手，要是把他治狠了，他不但不能出首，還要給桂軒增加一款『挾嫌報復』的罪狀。君子報仇三年不晚，眼前的事，是一忍再忍，千方百計讓他出首。我呢，立刻就去縣衙門上下打點。那狗官和衙役一出手就這麼狠，莫非因為我們的『孝敬』不夠份量？」

「大哥，我從妓院的大茶壺那裏打聽到。葉廷春那廣東佬，脾性各路——愛女人勝過愛銀子。他已經有了三房老婆，還經常化了裝逛窯子。對這種王八羔子，除非立刻弄個天仙美女塞進他的被窩。別的，怕都不能立即奏效！」

曾曆海搖頭長歎：「難道就沒有別的法子啦？」他自問自答地繼續說道：「不，我不相信喜歡女人的人，會不愛錢；沒有錢，哪來的女人？只怕是數目不到……」

「那你就去試試看。」丁少奎翻翻眼，「不過，你得先弄些洋錢，銀子，黏住那幫衙役的爪子，別讓他們對師弟下毒手！」

「說的是。我們立刻分頭去辦。」曾曆海又低聲囑咐道，「少奎，月樓他們受刑的事，千萬莫向伯母露一點口風。」

「這我知道。大哥，我再去找那狼崽子，不找到，不回來見你！」

「兄弟，你多多受累吧。」

「這是什麼話！」

丁少奎仰頭灌了幾口冷茶。將手中的茶壺搡給曾曆海，一甩辮子，繞在脖頸上，匆匆去了。

曾曆海垂頭喪氣地回到了屋裏。

5

咬緊牙關，緊閉雙眼，雙手扳著鐵枷的邊緣，楊月樓終於挪動了一下麻木的腰背。他讓鐵枷的後部邊緣，斜倚在牆根上，頭抵牆壁，半懸空著上身，斜躺下去。這樣稍微好受一些。受了三天鐵枷之苦，楊月樓終於找到了一條千萬分痛苦之中，稍減痛楚的經驗。

三天前，上海縣衙門的第一堂審問，就因為他不肯招認強按的罪名，而挨了板子和夾棍。被拖下大堂之後，頸上立即被鎖上了鐵枷。第二天，又過了一堂。葉縣令滿以為經過半天一夜的鐵枷折磨，楊月樓這條「苦蟲」，終會因經受不住重枷的痛楚，而乖乖地招供。因此，一升堂，葉縣令即耐心「開導」他：「楊月樓，只要你據實招認所犯罪行，我立即給你卸下大枷，一定從寬發落。」「戴上十年鐵枷，我也無罪可招！」「好啦，只怕連十天也不用。拖下去！」他的決絕，使第二堂審問，不得不草草結束。屈打不屈招的代價，便是大鐵枷一直留在他的頸項上。

這鐵枷足有二尺見方，至少有五六十斤重。一旦鎖上肩頭，不但壓得人直不起身子，動不得脖頸，你想躺下去，也根本辦不到！鐵枷的邊緣不僅超過了前胸和後背，也寬過兩肩，整個上半身，無法落到實地上。就這樣，他在既不能側臥，也不能仰臥或俯臥的折磨下，度過了整整三天！也許坐著會比站立更容易忍受些。但是，被板子和夾棍弄得皮開肉綻的屁股和兩腿，不但使他站不起來，連坐也休想坐住。他陷入了站不起，坐不下，又躺不得的境地！人總要活得容易忍受些。於是，他好不容易找到了這個辦法。只有像現在這樣，讓鐵枷斜抵在牆上，仰面朝天將上身懸空起來，才稍微好受些。

他覺得，過去的三天，比三年還漫長！

他活了二十六年。走碼頭，跑城市，皇宮大戲臺上藝驚帝王將相，享盡藝壇殊榮。紅氍毹上紅遍大江南北，不可謂見識不廣。但他只聽說過制服犯人要用手銬，腳鐐，板子，夾棍，還有《玉堂春》一劇中，提到的「拶子」。但那「拶子」究竟是什麼樣子，他從未見過。至於刑枷，他也只見到過《女起解》中，蘇三戴的魚形枷和《男起解》中武松戴的方枷。他從來未聽說還有鐵枷這種刑具！是了，那一定是葉縣令的創造！為了制服犯人，什麼毒手段他都使得出來。看來，落到他的手心裏，休想囫圇著出去。哼，欲加之罪，何患無辭。你們握著生殺予奪之權，明明在草菅人命，卻要弄來個「鞫供有方」的美名！原來，從古至今，所有官府衙門，都是既要做娼妓，又要樹牌坊的貨色！

頭腦昏沉，心裏一片憤恨。渾身上下像被幾百支火煤子炙烤著，無處不疼得鑽心。這罪，哪裏是人受得的！就是死，也用不著這麼難熬喲！他覺得，死神正在向他招手。是的，死了吧！只有死去，方能什麼樣的痛楚也感覺不到……

抬頭向上望望，梁頭足有一丈多高。要是在入獄前，只要一個「旱地拔蔥」，他輕而易舉地便可攀上去。可現在，傷痕滿身，項壓重枷，那卻成了高不可攀的地方！他環顧四周，單身牢房空蕩蕩，除了一隻污穢的馬桶，可憐的蹲在牆角，就是地上鋪的一張破稻草席了。馬桶、稻草，怎麼能助人一死呢？看來，只有撞死這一條路了。是的，眼一閉，身子一縱，猛地撞到牆上，將頭顱撞個粉碎，頃刻之間，一切全都了結！可是，現在他連縱身一躍的力氣，也沒有了……

「蒼天喲！我楊月樓到了求生不得，求死不能的絕境咯！」被捕後，他第一次放聲大哭起來……

遠遠傳來了女人的啼哭聲。聲音時強時弱，斷斷續續。側耳細聽，啼哭的還不止一人……

他忽然明白了，那一定是愛妻，母親，岳母和王媽在齊聲號哭。為他的不測之災，也為他的無妄橫禍。倘若自己現在就死去，她們又怎麼能活得成?!一想到這裏，他不由得打了一個寒噤。不，不，我不能死！有死的條件和力氣也不死。我死了，沉冤不得昭雪事小，疼壞了四位親人，我的罪過就不可饒恕了！

不知為什麼，耳畔的哭聲迅即減弱下去。而且由多人的齊聲號哭，變成了一個女人的嚶嚶啜泣。那分明是愛妻的聲音。被抄家捕人的那天夜晚，他親眼看到，愛妻被紅頭巡捕抱進了馬車。莫非她也被押到了上海縣衙門？不然，在這裏怎麼會聽到她的哭聲呢？該死的混官衙役！他們一定正在刑訊我的愛妻，想從一個弱女子的口中，逼出他們所需要的一切。又是一陣寒噤襲上心來。唉唉，果真將刑具加到她的身上，莫說是鐵枷，一副洋銬，一副腳鐐，或者一張木枷，也會置她於死地的！

「蒼天呀，她的身子骨是那樣單薄啊！狗奸官，你們就是把刑具全部加到我楊月樓身上，也不能動我妻子一個指頭！」一面哭著，他大聲叫罵起來。「想用酷刑逼迫無辜的好人就範，你們辦不到！辦不到！」

「你吼什麼？要招供嗎？」牢門外傳來了喝斥聲。可能聽到楊月樓在繼續叫罵，外面又喝道：「到了這種地步，還他媽的嘴硬！難道你的舌頭，能硬過那大鐵枷嗎？」

獄卒的喝斥提醒了他。他知道，在牢房裏，就是吆喝斷了嗓子也無濟於事。應該留著氣力到公堂上去辯冤。這樣一想，心裏反倒平靜了許多。後來的三天，他以驚人的毅力忍受著鐵枷的折磨，周身的痛楚。不論帶砂子的粗米飯跟鹽水煮青菜有多麼難以下嚥，他都強迫著自己，把分得的一份吃完喝光。

他要活著，活著！一直等到冤伸案消，重新登臺獻藝那一天！

自從被關進單人牢房，每天早晨，獄卒送飯時，都要問一句：「楊月樓，還沒受夠——該招認了吧？」他的回答總是一句話：「我清白一身，你們叫我招什麼？」「不招你就受著哪！」送飯的獄卒說得無比輕鬆。

他又苦苦撐持了三天。

到了第六天，掌燈以後，一個穿公服的矮胖子，帶著兩名獄卒，來到了他的單身牢房。二話沒說，一個獄卒便將一根粗麻繩從梁頭上扔過去。又把他雙手的姆指拴上細皮條，將另一頭接在繩子上。一切準備停當，穿公服的矮胖子便獰笑著問道：

「楊月樓，你有招無招？」

楊月樓已經明白了他們要幹什麼。冷笑一聲答道：

「我已經說過多少遍啦——你們要咋辦，就咋辦吧！」

「那就別怨弟兄們冒犯了。」

說罷，矮胖子退後一步，說了聲「給我往上拉」！兩名衙役，立刻拉緊繩頭一齊用力。頓時，揚月樓兩腳懸空，被吊了起來。一個人的體重，再加上一面鐵枷，足有二百多斤。二百斤的重量，全部繫在他的兩根姆指上！曠古未聞的酷刑！開始，他覺得兩根拇指，像被拉斷了似的鑽心地劇疼。上伸的雙臂由於撐在鐵枷兩邊，鐵枷往外撐，繩子往上拉，雙臂像被折成了兩截……

沒過一刻鍾，他便呻吟一聲，暈了過去。

十八、蒙冤

這冤怎伸，硬疊成曾參殺人；這恨怎吞，強書為陳恒弒君！——《桃花扇》

1

楊月樓暈死梁頭，正是縣令葉廷春求之不得的「吉兆」。根據葉廷春的經驗，不論多麼瞑頑不化、死硬如鐵的罪犯，只要酷刑讓他暈幾次，便可撬開他的口。每暈一次，便可摧毀犯人心上的一道防線，向著勝利「取供」的目標邁近一步。所以，葉廷春派胡典史親自來大牢指揮用刑，正是想儘快地制服瞑頑不化的囚徒——楊月樓！

不料，放下樑頭，被冷水澆醒後，楊月樓心裏的防線，依然十分牢固。

「不，我不能招。一旦屈打成招，強加的罪名，便黏到了自己頭上；再想洗刷，更是難上加難。」斜歪在地上，大口地喘著氣，楊月樓極力為自己鼓氣。「是的，不能招！板子，夾棍，都頂過來了，難道能敗在葉廷春的鐵枷、梁頭之上？疼痛有什麼可怕，大不了再來一次暈厥！」

「楊月樓，你招是不招？」

耳邊傳來矮胖子典史的厲聲喝問。他知道，他該回答什麼。但他卻不想再回答一個字。你們把毒手段都使出來吧，總有黔驢技窮的時候！咬緊牙關，他沉默地等待著可能降臨的一切。

等來的自然又是酷刑。他沉默了不到半個時辰，便又一次被吊上了梁頭。

「臭戲子，我叫你先在半空裏涼快涼快！」胡典史在下面詈罵。

「我是……無罪……可招！」他在上面拼命地呼喊。可是，他的話已變得模糊不清了。

「娘的，毛驢啃石磨——嘴硬。既然單根韁的秋千沒打夠，就叫你多享受一會兒。喂，要不要爺們給你送送秋千？……」

衙役的叱罵聲，越來越弱，仿佛飛快地向遠方逝去。終於，一切歸於寂靜——他第二次暈了過去。

等到再次甦醒過來，他覺得雙臂不再長在雙肩上，已經離自己而去。他想用手摸摸，臂膊到底在不在。可是，雙手也感覺不到在哪裏。睜眼看看，雙臂仍然垂在身邊。它們還存在。只是不屬於他調遣了。有一次，他演出《惡虎村》時，不小心扭傷了右腳腳踝。腳背腫得像發麵饅頭，十多天登不了台。雖然疼痛難熬，可不但沒有肢體已不屬於自己的感覺，反而時時覺得右腳的存在。有人說，時刻想到肢體的某個部分，那地方一定出了毛病。現在雙臂毫無知覺，是不是完全被吊折了？雙臂一旦殘廢，以後如何舞刀耍槍？唱戲的飯別想吃了。一想到這一層，他不由地呻吟道：

「你們，下這毒手，我，不在乎！可要是，給我，弄傷了胳膊腿，往後，怎麼唱戲……」

「大牢就夠你坐半輩子的，你小子還惦記著唱戲呀，哈……」

矮胖子的笑聲高昂尖利，仿佛遇到了什麼大喜事。笑過一陣之後，他忽然指著楊月樓向獄卒吩咐道：「再把他拉上去！狠敲他的雙腿——讓他斷了唱戲的念頭！」

楊月樓第三次被麻利地劃上了梁頭。緊接著，他的下肢就被用棍棒狠狠地敲打起來……

「用力打呀，又不是給他蹭癢的！別打暄肉，狠敲他的骨頭！」胡典史在督促，「照準脛骨，膝蓋骨，狠狠地打！」

木棍雨點般地打在楊月樓的膝蓋、脛骨及腳踝上。開始，還感覺到陣陣劇痛。漸漸地，除了劈劈啪啪的聲響，他已不覺得是自己的肢體在遭受毒打。

「打斷了你的雙腿，我看你這武戲子，還能上臺去狼竄、猴跳！」

尖厲的吼叫，像一記記悶棍，敲在楊月樓的頭上。他突然感到無比的恐懼。天哪！果真骨頭被敲傷，爾後只有永遠離開戲臺了——那還不如死了的好！他不由地連打幾個寒噤，然後用力喊道：

「別打啦——我招認就是：」

「你小子要是敢欺蒙爺們，當心把你的骨頭打零散！」

「我招認，我招認……」

「先把他放下來！」胡典史叉著腰高聲吩咐。等到楊月樓被放到地上，他近前問道：

「楊月樓，你說的是真話，還是放的臭屁？」胡典史雙眼露著喜悅的光輝，語氣卻十分嚴厲。

楊月樓從牙縫裏擠出了一句：「自然是真話！」

「哼，算你小子聰明！」胡典史右手一揮，輕鬆地說道：「給他碗熱水喝，加意看管。我去稟告老爺。」

「是！」衙卒齊聲應諾。

胡典史走了以後，一個細高個子獄卒端來一碗熱水，雙手端碗，讓楊月樓喝下，又給他挪挪鐵枷，讓他躺得更舒服些。然後低聲說道：

「楊老闆，您受罪啦。並非我們兄弟手狠。您都看見了，胡典史親自坐鎮，我們哪敢不聽吩咐？」高個子獄卒的聲音有些顫抖。「楊老闆，不瞞你說，曾曆海——曾老闆，已經關照過我們，對楊老闆要多多照應。可，官身不自由！我們端著衙門口的飯碗，怎敢違拗葉縣尊的嚴令呢？唉！我在這裏當差快二十年啦，還是頭一回伺候這違心的酷刑呢。」

另一個獄卒接著忿忿說道：「這位葉縣尊真夠各路的，明明該下狠手的，他不下；該寬恕的，他倒格外辣害起來。」

楊月樓握住高個子獄卒的手，感動地答道。「大哥，別這麼說。我知道，這怨不得你們——」

「楊老闆，你能體諒我們就好。說良心話，弟兄們恨不得虛張聲勢一番，只要能瞞過上面的眼。可是……」

另一個獄卒插話道：「他娘的，吃衙門這碗虧心飯，真是傷天害理！」

「大哥，你看，我要是招了冤供，是不是太沒骨氣？」楊月樓的語氣中，含著幾分悔意。

高個子獄卒答道：「不，楊老闆，眼前你只有這步棋可走。別忘了，留得打虎力，不怕吃人虎。眼前先保全自己，將來瞅準機會，再踢翻他娘的假供不遲！」

楊月樓痛苦地閉上雙眼，沒再說什麼。

2

葉廷春做夢也沒想到，幾乎所有毒手段都用上了，仍然撬不開楊月樓的一張嘴。好一個賤骨頭武戲子！近年來，他在刑名上所取得的業績，已被同僚們引為驕傲。儘管「酷吏」的惡名，也在暗暗流傳。但是，只要能頻頻得到上司的嘉許，同儕的誇讚，別的抵毀他不屑理會。不料，那些刑到口開的「驗方」，到了這個頑劣的戲子身上，竟統統失去了效力。

而《申報》和英文《字林西報》等中外報刊，已開始刊登新聞，譏諷會審公廨和上海縣「輕率捕人，誣良為奸」。甚而，還胡說什麼此種「荒唐舉措，只恐貽笑天下」！遭瘟的報紙！不為朝廷、官府吶喊助威，反為奸宄小人喊冤叫屈？實在是可氣可惱？哼，印把子握在我的手裏，任憑他們賊起哄去！

不過，話雖這樣說，對於社會輿論，葉廷春還是頗為顧忌的。他深諳所謂「政聲」的好壞，不僅取決於上司的青睞，還取決於廣大百姓的口碑，尤其是洋報紙上連篇累牘的指責，更使他恨中生憂，如坐針氈。

「必須使出鞫供的絕招，及早拿到證據！不然，洋鬼子的喧囂，一旦傳到巡撫大人的耳朵裏，葉某就要栽到一個臭戲子和黃口小丫頭手裏啦！」

用拳頭敲敲腦袋，他想出了個新主意，同時想到了精明的部下胡遜。這位經驗豐富的刑房典史，不但善於讓犯人「暈刑」，還有著隨機應變、招之即來的絕招。為了讓部下破釜沉舟放膽去幹，今天傍晚，他向胡遜下達了死命令：「今夜必須讓那廝開口！只要不死人，心口窩捅刀子也行——管他有無前律可遵。要是拿不到我需要的口供，別回來見我！」他自己，則破例地沒有回內宅去摟著三姨太睡覺，依舊留在刑房公事廳，捧著水煙筒吸個不止。耐著性子等待部下的好消息。

直到三更時分，郎遜才氣喘吁吁地奔進了公事廳。他來到上司面前，躬身稟告：「縣尊，那廝終於吃不住了。」

所謂「吃不住」，就是犯人受不了刑訊，表示願意招供的同義語。葉廷春的「掌刑三昧」，又一次奏了效。

「他怎麼說？」葉廷春把手中的水煙筒放到桌子上。「那廝是毛廁裏的石頭——又臭又硬。當心中了他的緩兵之計！」

「縣尊，那廝再狡猾，也抵不住小人的妙手段。」胡遜得意地揚揚三角眉。

「你們用了啥靈藥啦？」葉廷春賞識地望著部下。

「嘿嘿，劃了三扣子，仍是沒嘴葫蘆。我聽那廝咕嚕什麼『傷了手腳不能再登臺』，便趁機來了個攻弱抑強招兒。命獄卒狠敲他的下肢。他害怕被打殘，便乖乖地告饒了。縣尊，這叫一把鑰匙開一把鎖，嘻嘻！」胡遜的圓臉上一派得意之色。

「哈哈……幹得好！幹得好！」葉廷春一拍桌案站起來，伸手拍拍部下的肩頭，「胡典史，真有你的。結了這件棘手的案子，我忘不了給你記頭功！」

「多謝縣尊栽培！」胡遜急忙擼下左右馬蹄袖，打了一千：「胡遜沒齒不忘……」

葉廷春伸手向外一指，命令道：「自己人不必客套，快去提犯人。我要連夜審問！」

「是！」胡遜快步走了出去。

楊月樓的雙腿已經不能站立走路。他是被兩個衙役架著胳膊拖進刑房來的。他剛剛被扔到地上，歪斜在那裏，葉廷春便口氣溫和地問道：

「楊月樓，聽說你不願再受皮肉之苦，願意把所犯的罪行統統招認啦，對嗎？」葉廷春把「罪行」二字說得特別重。

楊月樓雙眉緊皺：「不錯。」

「好，唱戲的人，到底有靈性，不是木頭疙瘩啦！」葉廷春示意胡遜作記錄，繼續問道：「楊月樓，你現在招供還不算太晚。本太爺會諒情從寬發落的。」

「……」楊月樓向上斜瞥一眼，沒吭聲。

「好啦，你就從頭說來：你是怎樣認識韋阿寶的？又是怎樣勾引她的？最後又是怎樣把她拐到同仁里的？」

楊月樓咬著下嘴，沉默了好一陣子，直到下唇被咬破，緩緩流下兩道血痕，他才高聲答道：

「我在唱戲的時候，看到台下有個姑娘長得很俊，心裏很喜歡。便讓奶媽王氏傳信，約她出來相見……」他說不下去了。沉默了好一陣子，像咽一把蒺藜似的，用力咽下一口唾沫，狠狠說道：「後來，惜玉姑娘來啦。我把心願向她剖明，然後把她帶回到同仁里，便與她結了婚……」

「住口！」葉廷春用手指著楊月樓，聲音變得嚴厲起來，「楊月樓，只有從實招供，方能得到從寬發落。似此避重就輕，哪裏像個認罪伏法的樣子……」

楊月樓劍眉一揚，向上怒視著問道：「什麼叫『避重就輕』？你要我怎麼說？不就是承認『拐騙』嗎？」

「哼——」葉廷春鼻孔裏哼幾聲，「可你並未招承『拐騙』二字呀？明明女人是被你騙奸了，銀子、洋錢是你拐騙去啦——怎麼幹的就怎麼招承。難道還要本縣替你招供不成？」

「……」楊月樓想要發作，雙眼一閉，又忍了下去。

葉廷春又說道：「楊月樓，你倒是生得一張利口！什麼『心裏很喜歡』，什麼『約她出來相見』，什麼『把她帶回到同仁里』，什麼『與她結了婚』——真不愧是終日粉墨登場的戲子！你倒很會為自己塗脂抹粉……」

「你……什麼意思？」楊月樓怒不可遏。

「嘿嘿，這意思你該是最明白的。誰不知道，倡優之屬，個個都是勾引良家婦女的色徒黑手！你迷上人家的姑娘啦，便費盡心機去勾引。勾引上手之後，先行奸宿，然後隱匿姘居。還欺那姑娘年幼無知，把她所有的錢財，也一起誘騙了去——你的罪行，是再明白不過的！」

「你！」楊月樓二目圓睜，像兩根火柱射向葉廷春。

「你想幹什麼？」胡遜尖聲插話。「難道『秋千』還沒打夠，你的腳脛子不疼啦？」

葉廷春奸笑幾聲，吩咐道：「來呀，罪犯既然不想痛痛快快地招供，就拖回大牢！」

「慢！」楊月樓喝退了上前拉他的獄卒，高亢而急促地答道：「你們要我怎麼招，我就怎麼招！」

「這不就了結了嘛！哈……」葉廷春一拍桌子，暢笑起來。

「哈……」胡遜也得意地大笑起來。

3

從提出囚室，到在供詞上畫押，前後不到半個時辰。對所鞫的『罪行』，楊月樓全部『供認不諱』！

嚴刑逼供，大獲全勝！興致勃勃的葉縣令剛命獄卒將楊月樓「暫行押到刑房耳室等候」，緊接著吩咐「帶韋惜玉！」

他決心乘勝前進，連夜審問，一舉制服包括證人在內的全部案犯。

一個衙役和一名女牢子攙扶著韋惜玉走進了刑房公事廳。惜玉髮髻蓬亂，面色浮腫臘黃、身體虛弱得已經不能在地上站立。來到刑房之後，她推開女牢子的攙扶，一屁股坐在地上。沒等葉縣令發問，便高聲向上問道：

「我的男人在哪裏？還我男人！」抿緊的雙唇，爆出了第一聲質問。

葉廷春發出了一陣悠長的低笑。

「葉大老爺，你笑什麼？因為我們無辜遇誣，夫妻蒙冤，才使得你們這般吃著皇糧，不替百姓作主的混官，如此歡……」

「放肆！」葉廷春低喊一聲，打斷了韋惜玉的話。他很奇怪，自己為何一反常態，任憑面前的女人，歇斯底里地咆哮和質問，竟沒有生氣。而就在五尺開外，這張鼓鼓腫脹的俏臉上，所做出的各種表情，連同她的暴怒，都是那樣的耐看和富有魅力。他恨不得雙手抱起那張俏臉多欣賞一番……

目不轉睛的往女人臉上盯了許久，又將目光在女人露出裙裾下的一雙尖腳上，停留了好一陣子，葉廷春極力用威嚴的聲音問道：

「韋阿寶，你的臉不疼了？難道忘了掌嘴的厲害？」

「哼，莫說是打腫了嘴，就是割下我的舌頭，我也要高喊冤枉。你們想用刑具得到你所需要的屈招冤供——辦不到？永遠辦不到！」

「是嗎？哈……」

葉廷春忽然覺得自己變成了一隻大狸貓，腳下的小女人，正是自己爪下的一隻小老鼠。他隨時一張口就可以把她吞掉，但他不急於那樣做。他要長蟲吃蛤蟆——慢慢來。引逗她多發一陣子脾氣。等到她的氣鼓足了，再給她泄一泄。這叫皮條抽人——軟收拾。那比快刀斬亂麻，不是更令人愜意嘛！

「韋阿寶，你真的以為老爺我無辦法讓你開口嗎？」他又補了一句。

「枉費心機！」

「可惜！這只是你韋小姐的一廂情願——請放心，我們的『心機』是不會白費的。」

韋惜玉注視著葉廷春，一時品不出他話中的含意。

「韋小姐，明人不用細講，還要我告訴你嗎？」葉廷春伸出貓爪，又撓了撓手中的「老鼠」。

惜玉直起身子：「你要告訴我些什麼？」

「老爺我要告訴你的消息嘛，肯定出乎你的意料啦——楊月樓統統招供啦。」

「什麼？我丈夫，他，他招供了？」

「全部供認不諱！」

「我不信——因為他無罪！」

葉廷春拿起桌上的供詞搖一搖：「韋小姐，他的罪過還不輕呢：誘騙婦女，拐帶財物！難道還要我把楊月樓的供詞給你看看你才相信？」

「供詞肯定是你們捏造的。」

「好吧。」葉廷春右手向內一揚。「那就讓楊月樓自己來證明你的瞑頑不化吧。」

楊月樓再次被拖了進來。

惜玉從地上爬起來，迎上去問道：「月樓，他們說你『招供』了，這是真的？」

「……」楊月樓痛苦地搖搖頭。

「你回答我呀，夫君，到底是不是真的？」

「是真的！」楊月樓有氣無力地答道。

「那一定是混官逼的你！是吧？」韋惜玉見丈夫低頭不語，上前雙手扶著丈夫頸上的鐵枷，向上喊道：

「葉廷春，你們喪盡了天良！憑什麼給我丈夫帶上這大鐵枷？還把他折磨成這個樣子！」

「愛妻，別難過。你要明白，我不得不這樣……不然，我的性命就要葬送到酷刑之上了。」楊月樓流著淚，勸慰妻子。「愛妻，我連累了你，讓你受苦，為夫我罪不可贖！你要耐心等待，我會無罪出獄的。我們還會有重新團聚的那一天。啊……」

楊月樓哭得說不下去了。韋惜玉倏地轉過身子，沖著葉廷春嚷道：

「葉廷春，我不能允許你們這樣胡作非為，我要到府裏，巡撫衙門，直至到金鑾殿上去告你們顛倒黑白，草菅人命……」

葉廷春一聽，「呼」地站起來，吼道：「把韋阿寶和楊月樓都帶下去！」

兩個當事人被帶走之後，胡遜扔下手中一直擎著的狼毫筆，向上司附耳問道：

「縣尊，是否對這小賤人，也來個如法炮治？」

「不用啦。」葉廷春獰笑幾聲，低聲答道：「有了楊月樓的供詞，難道還怕這小女人造反？而且，她雖是同案，畢竟還算是受害者。倒是那個王婆子，非拿到她的口供不可——她是干係重大的案犯。」

「也給她點顏色看看？」

「三十六計，豈可一計到底——我有了絕招。」

「那……什麼時候提審呢？」胡遜打了一個呵欠。

「現在接著審！那女人好對付。」

「好！」胡遜精神一振，扭頭向外吩咐道：「帶王婆子！」

「興許是縣大老爺因為俺背了他的味兒，才夾俺手指的。可俺一句假話也沒說呀！他坐在高高的座位上，當著那麼多人，罵俺家小姐傷風敗俗，四處賣弄風騷！俺要是做悶葫蘆不開口，不光對不起小姐，也對不起俺的良心呀！可是，憑良心說實話，為什麼要受這刑罰呢，這是哪裏的王法？原來，中國的官老爺與抄家捉人的洋毛兒並沒有啥兩樣呵！」

兩天來，王媽擎著腫得五指擠到一起的兩隻手，一遍又一遍地在心裏叨念。唉唉，那些當官做老爺的，怎麼吃飽了飯，一門子心裏琢磨著怎麼整治人呢？誰不知道十指連心？怎麼可以拿人家的十根手指出氣呢？讓好人平白無故地受折磨，算什麼為民做主的父母官？原來戲臺上唱的「明鏡高懸」，「為民做主」，都是假的！

臉頰被蚊子叮得木痳木痳的。疼痛逐漸減緩的雙手，這時又一剜一剜地疼痛不止。看來，今晚還得像昨天夜裏一樣，睜著眼睛坐到天明了！

同牢的一名中年女犯，難看地張著嘴，發出了均勻的鼾聲。仿佛她對蚊子、臭蟲的叮咬已經習慣了。那女犯曾經告訴她，她的丈夫喝醉酒，掉進河裏淹死了。但公公卻咬定是她跟姦夫一起，把丈夫灌醉了，推到河裏淹死的。官府竟也相信了這種混話。她被抓進來一個多月，已經審了三堂。掌嘴，拶指，打板子，非逼著她招認「合謀殺夫」不可。但她死活不承認。官兒們好像沒有了章程，已經快二十天沒提審她啦。

「是的，沒有的事不能招承。就是夾斷手指，扭斷脖子，也不能屈招。要不然，自已是最知情的人，豈不要把楊老闆『證』死？」想到同牢難友的處境，王媽頓增幾分信心。

「嘩啦啦！」一陣門環響，牢門開了。女獄卒領著兩名衙役走進來，冷冷地對她說道：「王婆子，跟著兩位差爺，過堂去！」

她二話沒說，爬起來，走出了牢房。

一上堂，葉廷春便厲聲問道：「王婆子，你一共給楊月樓傳了幾封信？」

她順從地答道：「兩封。」她未弄明白「給楊月樓傳了幾封信」這句話違背了事實。

「在此之前，楊月樓與韋阿寶認不認識？」

「不認識。」

「那麼說，完全是通信以後才認識的啦？」

「正是，大老爺。」她不明白已經說過的話，縣大老爺為什麼還要再問一遍。

「你是跟韋阿寶一起到了同仁里吧？」

「小姐出嫁的時候，太太命我……」

「住口！回答我『是』，還是『不是』。

「是。」

「皮箱和銀洋也是從韋家弄去的吧？」

她聽著「弄去的」三個字，覺得很彆扭。急忙答道：「那是小姐的陪嫁，韋太太……」

「回答我，是不是從韋家弄去的！」

「老爺，是從韋家弄去的。」

葉廷春想了想，又向下問道：「王婆子，你說的都是實話吧？」

「句句是實話，老爺。」她覺得，今天晚上這官兒忽然變得不像兇神惡煞了。

葉廷春瞥胡遜一眼。見部下會意地點頭，便吩咐道：「命她畫供！」

王媽畫供之後，剛被帶出刑房，胡遜便諂媚地笑道：「縣尊，你老人家的招兒真絕！那王婆子懵懵懂懂地就，哈……這樣一來，主犯楊月樓的口供，同案犯王婆的口供，無一殘缺啦！啊？」

葉廷春端起蓋碗，仰頭喝幹了碗中的冷茶：「那是。而且天衣無縫！」

「哈……」兩人同時發出了勝利的暢笑。

4

「咚，咚，咚——冤枉啊！咚咚咚——冤枉啊！」韋王氏手握鼓錘，猛擂上海縣衙門口木架上的大皮鼓，一面連聲高喊冤枉。

她在「擊鼓鳴冤」！

女兒女婿被捕之後，一開始，韋王氏並不知道。滿以為，新婚燕爾的小夫婦，正在暢飲愛情的醇醪，飽嘗蜜月的甘美呢。她從心底佩服女兒的眼力，一人做主挑選了那樣出色的如意郎君，更為女兒的幸福結合，而欣喜不止。她估計，女兒度完蜜月之後，總會抽時間回娘家住幾天。不再像上次那樣，回到自己親娘家，倒像是去了什麼陌生的地方，捱不到太陽落山，便吵著嚷著要「回家」。唉！嫁出去的女兒，潑出去的水——娘家已不再是她的「家」了。一想到這一層，她心裏便像被鋼針猛刺一般。她甚至有幾分嫉妒女兒。當年，她剛過門的時候，盼望回娘家，比小孩子盼著穿新衣、過新年還急，總覺得日頭慢，月亮懶，始終盼不來那一天。好容易盼來了「良辰吉日」，一邁進娘家的門檻，說不清是委屈，還是思念，撲進母親懷裏就哭。等到坐起來擦乾眼淚。已是紅日西沉。娘家的日頭，跑得比婆家的快得多。一眨眼的工夫，又得回到那個使她三分厭，七分懼的陌生地方！可是，如今女兒一點也不像當年的自己。蜜月已經滿了，仍是捨不得抽功夫回來看一眼。連跟去的王媽也不見人影！唉，剛剛成了人家的人，就忘了生她養她的老娘。忘了這個家！不平加上思念，許多天，茶飯失去了往日的甘美，就像女兒病重時那樣，茶飯難進。她覺得自己也要大病一場……

「小妮子，好狠心。你不回來看媽媽，媽媽還會去看望你哪！」

正當她打點禮品，準備去探望女兒時，買菜歸來的老僕范五，近前囁嚅地說道：

「太太，您不必，急著，去看望小姐……」

「不急？五哥說的真輕巧，我都要急出猴子瘡來啦！」異乎尋常地，她對忠順的老僕，發起了脾氣。「阿寶要是你的女兒，五哥準成比我還猴急呢！」

「太太……小人不是這個意思。」范五耐心地解釋，「我聽說，楊老闆，他，他家出了點事兒哪。」

韋王氏放下正在包紮的禮品，站了起來：「出了事兒？什麼事？五哥你快說呀！」

「小人也說不清楚，只是剛才在街上聽人說，楊老闆和王奶媽，」范五故意沒說小姐，「被巡捕房提了去，又交給了上海縣衙門……」

「怎麼會有這種事？」韋王氏被驚得一個趔趄，往後退了好幾步。「五哥，你說的是真的嗎？」

范五痛苦地低下頭，聲音低得幾乎聽不見：「太太，中國報和洋文報上都登了……」

「我的娘！」韋王氏一聲驚呼，一屁股坐在背後的椅子上。「五哥，我的阿寶呢——她太平嗎？」

「這……」

「哎呀，你快說呀，我的好五哥！」韋王氏拍得椅子扶手撲撲響。

范五被太太的恐懼表情嚇呆了。吭吭哧哧地答道：「小姐，興許，還太平……」

「五哥，快去叫車，我要到同仁里親自看看去！」韋王氏又站了起來。

「太太，您先別慌。讓我先去看看。回來向您稟報，不是一樣嗎？」

「你不叫車，我自己去叫！」韋王氏狠狠瞪老僕一眼。站起來，搖搖晃晃往外走。「養兵千日，用兵一時——今兒用著你，你倒推三推四地瞎磨蹭起來啦！」

「太太，太太！」范五跟在後面想喊住主人。

韋王氏頭也不回地朝大門外走去。范五一看勸不住，只得快跑出去，叫來一輛黃包車，扶著女主人坐上去，自己跟在車後去了同仁里。

到了那裏一看，不但不見了女婿、王媽，連女兒也不見了！只有戲班的小程出來迎接他們。親家母則躺在床上，短一聲，長一聲地呻吟不止。

「親家，天上掉下的橫禍喲！」一開口，楊母便淚如雨下，哽咽著再也說不出第二句話。

「親家，這到底是為什麼？」韋王氏搖著親家母的手，粗暴地質問。「莫非月樓他，他做了什麼犯王法的事？」

「我兒子，仁義慈善，站的正，行的正，自小連個螞蟻都不忍心弄死，怎麼會……」

「難道還能怨到我女兒頭上？」韋王氏氣呼呼地坐到靠牆的凳子上，一面抹著眼淚，「你說呀，親家！」

「都是你小叔子韋天亮……」

「他怎麼啦？」韋王氏又走近床邊。

「誣告月樓誘拐你的女兒……」

韋王氏咬牙切齒：「喪良心的冤家，我韋家要毀在他手裏啦！」

不知什麼時候，曾曆海悄然進了屋子。他分明已經聽清了兩親家的對答。這時急忙近前來，向韋母問道：

「大嬸，讓我來把前因後果告訴你，好嗎？」

曾曆海把韋王氏攙到外間方桌旁坐下。等小程獻上一盞茶。他從根打梢，把韋天亮借錢沒達到目的，便買通流氓毆打楊月樓，然後又到新衙門誣告楊月樓的經過，說了一遍。而對楊月樓和韋惜玉受刑的事，則隱瞞沒說。最後，他勸道：

「大嬸，莫著急。伯母已經急病了，您老人家要是再氣病了，誰去替桂軒他們洗雪冤枉！」

「曾老闆，你說該怎麼辦？」韋王氏反倒漸漸恢復了平靜。「咱們不能眼瞪瞪地聽憑韋天亮禍害咱們兩家！」

「當然不能，大嬸。昨天我就寫好了訴狀。可是，伯母病啦。我們畢竟都是外人……」曾曆海指指小程，繼續說道：「我倆正在為這事犯難呢。」

「有什麼犯難的？我去就是！」韋王氏仿佛變成了另一個人。「快把狀子給我！」

「唉！眼下也只有勞大嬸的駕啦。」

曾曆海一面說著，拉開方桌的抽屜，拿出寫好的狀紙，遞給韋王氏：「大嬸，狀子在這裏；月樓和弟妹的婚柬，也在裏面。只要遞上去，恐怕葉廷春難以置之不理。我陪您去縣衙投訴。」

「我要叫他們今天就放人！五哥，快給我再去叫車。」韋王氏站起來，準備往外走。

「不，范大哥，雇車有我。」曾曆海喊住了范五。「勞您的駕，去丹桂戲園跑一趟。將戲園的趙老闆、陳寶生等知情人一齊，請上，立刻去上海縣衙門。他們都是最有力的證人。越快越好！」

范五走了之後，曾曆海又對韋王氏說：「大嬸，您說叫他們今天就放人，伯是根本辦不到……」

「為什麼？」韋王氏站住了，一面搖搖手中的狀子和婚柬：「靠我們有憑有據！」

「大嬸，官府辦事喜歡慢抽筋。咱們今天呈上狀子，等他們高興了再傳訊，只怕十天八日也就過去了……」

韋王氏痛苦地呻吟道：「哎喲！那豈不把兩個孩子遭踐死啦！曾老闆，您看還有別的法子沒有？」

曾曆海長歎一聲，答道：「辦法嗎，倒有一個。只是……」

「你快說！」

「只有去縣衙門擊鼓喊冤。」曾曆海猶疑地答道，「才能早一天救出楊老闆。」

「你是說，擊鼓喊冤，就能快些放人？」

「只要一擊鼓，葉廷春立刻就得升堂。」曾曆海沒有正面回答。

「好！那就『擊鼓喊冤』去！」

路上，曾曆海將楊月樓被誣詳情，作了進一步的介紹。末了，他囑咐道：「大嬸，為了師弟和弟妹的冤案，您老人家怕還要受些委曲。不知您老人家能不能頂得住？」

「我什麼也不怕！」

就這樣，韋王氏來上海縣衙門擊了鼓。

5

丫環的輕聲呼喚，並未能使葉廷春從酣睡中醒過來。

昨天夜裏，他獲得了前所未有的勝利。就像一員揮動著令旗猛攻敵陣的主帥，勇謀並施，一舉攻克了久攻不下的敵人營壘。雖然「鳴金收軍」時，早已過了午夜。但他仍然沒覺得怎樣疲累。回到內宅，搖醒三姨太，又「快活」了半個多時辰才入睡。此刻，時辰鍾早已敲過十響，他仍然鼾聲連連，睡得十分香甜。

「老爺醒醒，老爺醒醒！」丫環略微提高了聲音。

他醒來了。閉著眼，下意識地摸摸身邊。三姨太不在，她已經起床了。翻身面向裏牆，又朦朧睡去。他真想一直睡到明天早晨。

「老爺醒醒，老爺醒醒！」這一次是三姨太在叫他·

「混帳，沒見老爺我在睡覺嗎？」他認為還是丫環在喊叫。

三姨太小心地答道：「老爺，聽差稟報，衙外有個女人擊鼓喊冤呢！」

按照正常的訴訟程式，中冤告狀，必須先向官府裏呈狀備案，如獲准收理，則聽候傳訊就是。而擊鼓鳴冤，則是一種超常的投訴程式。告狀人不論有無狀紙，只要一擊打衙門前的大皮鼓，衙門的主事官，不管手頭有多麼重要的公事，都要馬上放下，立刻升堂。據說，這不知立於何朝何年的規矩，不但可以消除民冤不能上達之弊，還可使遭受冤屈的人，早日擺脫牢獄之苦。堪稱是官府的一件「善舉」。

但是，有一利，必有一弊。這規矩，一旦實行起來，不但憑空擾亂了官府的寧靜，打破了官吏們寧緩不急的辦事習慣，更為討厭的是，還要給官府丟幾分面皮——倘使你斷案無私，賞罰分明，人們無冤可「鳴」，不但用不著到通衙大道「攔轎喊冤」，連那只鳴冤大鼓也用不著去擊打。所以，凡是穿公服的人，聽到鳴冤鼓聲，都像聽到喪鐘一樣地討厭。為了限制不肖之徒，輕易利用刑憲提供的這個方便，給官府刮面子，他們便想出了明許暗阻的招兒，對利用非常規程式所作的訴訟，制定了嚴厲的罰則：攔轎喊冤，先責打四十大板；擊鼓鳴冤，先打二十大板之後，方准開口申冤。這辦法頗有靈驗。只要不是冤忿難抑，喊冤無門，誰也不願去賺個皮開肉綻。這樣，衙門口的「公正鼓」大多成了裝扮「公正」的點綴，一年到頭，難得響一次。

葉縣令終於聽清了三姨太的話．他不由一怔。繼之一想，近來辦理的案子中，只有楊月樓誘拐案頗多破綻。以致中外報紙，衙談巷議都頗有煩言。迫使他不得不雙管齊下，文武並用。終於連夜拿到了既可向上司邀功，又可堵住小人之口的供詞。想不到剛剛夜戰告捷，便來了個大膽的女人，在他的興頭上潑冷水。

「哼，我會好好教訓這個女人的！」

想到這裏，他扭頭向外問道：「現在什麼時刻？」

三姨太答道：「巳時剛過，老爺。」

「傳呼升堂！」葉廷春坐起來，示意三姨太為他「更衣」。

一上大堂，葉廷春的屁股還沒在公案後坐穩，便高聲向下問道：「擊鼓人，你叫什麼名字？」

「韋王氏——我是韋阿寶的母親，楊月樓的岳母！」

葉廷春從牙縫裏擠出一句：「韋王氏——你為什麼無端擊鼓？」

「大老爺，小女子有冤枉啊！」韋王氏哭著喊叫。

「果然是為楊月樓一案鼓噪！」一旦證實了他的估計，葉廷春更來了氣：「你冤在哪裏？」

「大老爺，我女兒阿寶是遵父母之命，三媒六證，嫁給楊家的。你們怎麼可以聽信韋天亮那無賴的讕言，亂捉好人呢？」

「放肆！」葉廷春把面前的狀子和婚書狠狠往旁邊一推。「哼，主犯楊月樓，從犯王婆子，已經供認不諱啦。你還來為他們喊冤叫屈，分明是一刁婦。來呀，先給我重責二十！」

「你們當官的不講理！」

韋王氏還想辯理，早被衙役們拖翻在地，劈劈啪啪打了起來。二十板子打完，韋王氏已經癱在地上，再也爬不起來。但她一面喘著粗氣，一面高聲大笑起來，笑過一陣之後，她目光僵直地向上嚷道：「混官，你以為用板子就能封住小婦人的口嗎？妄想！你只要一天不放人，我就喊一天；十天不放人，我就喊十天，一年不放人，我就喊一年！明明是兩家自願結親，你卻相信是『誘拐』。難道你們的心肝都讓狼吞了？你們就沒有子女親人？糟蹋人家的兒女就不心痛……」

「大膽！」葉廷春從未遇到過這樣的犯人。他一面猛拍驚堂木，打斷了韋王氏的呼喊，一面怒斥道：「韋王氏，我問你；你的當家的，眼下並不在上海。你女兒的婚姻，哪來的『父母之命』，兩家情願呢？」

「我是閨女的母親難道女兒不是我生我養的？難道說，我女兒要嫁人，我這當母親的做不了主，還得要你縣大老爺給做主?!」

「你瘋了！」葉廷春氣得臉色鐵青，嘴唇哆嗦。

「是你瘋了，你們都瘋了！你們不信，敢不敢把外面的人都叫進來問一問，陳寶生先生，丹桂戲園趙老闆他們都是知情人。不但知情，他們還為孩子的喜事操了心，跑了腿，喝了喜酒哪！」韋王氏像喝了什麼壯膽散，突然之間變得正氣凜然，竟毫無恐懼之色。葉廷春正想發作，坐在錄事桌案後的胡遜急忙近前，附耳說道：

「縣尊，這女人的神色不對。怕是精神不正常。繼續問下去也無益。現在衙外來了不少人，都說願意為楊月樓作證——」

葉廷春暴怒未息，粗魯地反問：「依你看怎麼辦？」

「先退堂再說。」

葉廷春想了想，手一揮：「把這刁女人趕出衙門去！退堂！」

韋王氏一面掙扎，一面連連叫喊著「快放我的人」，腳不沾地地被架出了縣衙門。葉廷春卻木雕泥塑一般，愣愣地坐在公案上，一動不動。做記錄的錄事和站班的衙役，見縣太爺安坐在上面，誰也不敢自行離去。胡遜一看，揮手吩咐道：

「愣在這兒幹什麼——都去吧！」

等到大堂上只剩下葉縣令和胡遜兩人時，胡遜望著臉色鐵青的上司，小心翼翼地勸道：

「縣尊，不值得為一瘋女人動怒。保重身體要緊。」

「動怒？」葉廷春向著忠順的部下發起了火，「該殺的！動怒是小事。你這做典史的該明白，這案子，要扎手……」

「縣尊，眼下必須立即設法補救。」胡遜把「立即」二字說得很重。

葉廷春歎口氣：「——怎麼個補救法？」

「馬上派人把韋阿寶的父親韋宗吉找回來——」胡遜低聲獻計。

葉廷春倏地站了起來：「那又能怎麼樣？」

胡遜的右手在空中劃了一個大圈兒：「開導他，讓他不認那親戚……」

「唔？」葉廷春雙眼一亮，立刻答道：「就依你。馬上去辦！」

「卑職尊命。」

葉廷春一跺腳，長歎一聲，緩緩走下了大堂。

十九、俠女

問娘行昏夜何來？為郎君猝犯飛災，奮身力救恐遭毒害。尋徑竇逃身莫待。深賴，銘心刻骨，曷勝感戴。——《鳴鳳記》

1

十天後，韋惜玉的父親韋宗吉，奉葉廷春之命，從香港匆匆趕回上海。一下海輪，他便雇了一輛黃包車，直奔安樂里自己的家。他要先核證一下，縣衙公函中所開列的事情是否屬實。坐在黃包車上，那封由葉縣令親自署名的「徑投隆茂洋行」的公函，仍清晰地閃現在眼前：

韋宗吉大班臺端：

冒昧致函，幸毋驚駭。事體緊急，又關大班身家聲譽，不得不預為言之也。

兩月前，武伶楊月樓自京蒞滬，獻藝於丹桂戲園。不意該楊唱做之功未逮，優伶惡習難更。臺上顧盼，屬意女娃；台下逡巡，傾心釵裙。令嬡玉姿天成，終為淫伶所窺。於是，覬覦之心驟起，誘拐奸謀遂生。先行賄通僕婦王媽，謔語淫詞，假諸函墨挑逗；繼而托詞「探病」，眉勾舌引，終至誘騙遂奸。更有甚者，該楊拐帶令嬡並銀洋四千元，隱匿同仁里，經月姘居！輿論嘩然，報章騰譏……天理法憲幾為優伶輩褻瀆淨盡矣！

幸賴汝弟韋宗利，忿而出首，狀訴租界，巡捕查抄，奸徒歸案。奈何，會審公廨掬訊無方，奸刁淫徒，三緘其口。以致時日遷延，懸案難結。只得轉求上海縣，以為窮究。本堂以理導惡僕之心，以刑驚淫伶之膽，夙夜匪懈，頑劣石開：惡婦開口吐供，淫伶束手就範。綱紀將伸，嚴懲在即——以戒淫惡，而儆不悛者也。

至於銀洋如何處置？令嬡何去何從？悉候大班歸滬定奪。飛函遙達，務期星夜馳歸，早抒高略，免致巨案稽延也！

上海縣正堂葉廷春（署）
同治十三年八月二十八日

這封信，不但使韋宗吉深感「驚駭」，而且使他萬分憤慨！

剛收到葉縣令的信時，他信疑參半。認為八成是投錯了人。當時，他恨不得將這勞什子書信撕個粉碎，扔進大海裏，同時大喊一聲：「這不關我韋某鳥事！」可是，信封上收信人的名字，信箋上提到的人和事，都與他家分扯不開，不信也得強信。至於那加蓋的關防，送信的專差，都說明，事情之緊急，非同尋常。

作為一個闖蕩碼頭二十餘年的老練商人，他知道，不僅與官府打交道絲毫馬虎不得，就是與同行的往還，客戶的交易，也要丁是丁，卯是卯，永遠不能背離「信義」二字。因為買賣歸買賣，情義歸情義；涇渭分明，混攪不得。他是一個深明禮義的謙謙君子。就是偶爾去煙館賭場散散心，到長三公寓打打茶會，吃吃花酒，也往往是因為生意場上必不可少的交際。他總是出手大方，絲毫不肯占別人的便宜。雖說自己在香港和廣州各討了一房小老婆，建了「外室」，但那於禮義無妨。許多正人君子不是都有著那樣的風雅與享受嗎？算不得是「停妻再娶」。在他的心目中，韋王氏雖然是他的「元配夫人」和

「正室」。但要他每年都忙裏偷閒，跑回上海住幾天，卻越來越提不起興致。好在他並不擔心久曠的妻子，會因缺少春雨秋露，而狗急跳牆，做下對他不忠的勾當。他充分信任髮妻，才把上海灘偌大一座邸宅，連同他唯一的女兒，都信託給他照看。每年寄回的度日銀兩，休說是二主二僕，就是四主四僕也享用不完。可恨的是，妻子和家奴竟辜負了他的囑託和信賴。偌大一件哄動上海灘的風化案，竟發生在他韋大班的家裏。好一群飯桶蛆蟲！吃飽了他辛辛苦苦掙來的山珍海味，竟只知看戲、搓麻將，連唯一的女兒被拐走，也聽之任之。女兒要是跟了當官的，為宦的，經商的，做工的，倒也罷啦；偏偏是被一個臭唱戲的拐走，實在叫人忍無可忍！他韋宗吉二十載闖蕩生意場，如魚得水，一帆風順，大風大浪都平平安安地渡過來了，今天要是栽到一個無恥的丫頭和臭戲子身上，往後，這上海灘還怎麼闖？哼，還不如讓那混丫頭暴死的好。她死了絲毫無損於韋某的名譽。他不會落一滴眼淚！可是，名譽和面子多少錢能買回來？

坐在黃包車上，韋宗吉咬得牙齒格格響。此時，如能將女兒捉到手，他會毫不猶豫地一把將她扼死，然後跑回安樂里把那個無用的女人敲個半死！把吃裏扒外的惡僕統統趕走！

可是，當他進了家門，看看冷冷清清的舊居，再看看披頭散髮病倒在床上的妻子，他的心忽然軟了下來。站在床前，他壓下滿腔怒火，極力平緩地問道：

「那賤戲子憑著什麼道行，能將阿寶和銀洋一起捲逃而去呢？」

「胡說，怎麼能怨人家？是咱們阿寶看上了人家，才央媒嫁過去的！」韋王氏兩眼發呆，答話卻很流暢。

聽到粗暴的回答，韋宗吉驚訝地坐到床前的方杌子上，沉默了許久。然後問道：「哼！什麼人不好嫁，偏讓她嫁一個賤戲子，你不知道他是個下九流嗎？」

「『下九流』也是人！」韋王氏嘴角露出不屑的冷笑。「那葉廷春倒是個上九流！怎麼樣？口口聲聲『為民做主』，卻把好人當『姦夫』把正當婚嫁當『誘拐』。我去擊鼓喊冤，他不問青紅皂白，拖倒就打了二十大板——天底下誰見過這樣的混官？」

「我是一家之主，婚娶大事，為何不寫信跟我商量！」韋宗吉提高了聲音。

「閨女發急生了病，眼看要死人啦！再說，你扔下這個家不管，到哪兒找你做主去？女兒是我生的，難道我就作不得這個主？」

「混蛋！」韋宗吉終於克制不住了。「你瘋啦——跟誰說話，用這口氣！」

韋王氏呼地坐了起來：「在大堂上我也是這種口氣！」

「那就該打——」

「呀哈，沒良心的，你也這麼混說？就不怕閻王奶奶來捉你！」

「啪！」韋宗吉揚起右手，一記耳光，響響地抽在妻子的臉上。「娘的，我叫你發瘋！」

「韋宗吉，你這養女人的王八蛋，老娘為你守活寡，你還敢打老娘。莫非你是葉廷春的乾兒子，和他穿一條腿的褲子？哈……」韋王氏一頭躺倒，放聲大笑。

「我打死你這小賊人！」韋宗吉的一雙細目瞪得圓圓的。

韋宗吉怒不可遏，抄起桌上的一把瓷茶壺，舉起來就要往韋王氏的頭上砸。忽然，他的手高高停在了半空中。他被妻子的高聲狂笑驚呆了。這時，遠遠站在一旁的范五，快步上前，將茶壺奪下來。一面勸道：

「先生息怒，先生息怒。太太自從在縣衙門挨了打。這幾天茶飯不進，哭笑無常，一定是得了重病。看在太太有病的份上，先生，你就高抬貴手吧！」

一看老僕焦急欲泣，又聽說妻子有病，韋宗吉的怒氣平息了許多。他扭轉頭，沉吟半晌，回頭說道：

「老范，你跟我把事情詳細說說。」

「是。先生跟我來。」

范五將主人領到自己的臥室。把他所知道的情況從頭至尾的說了一遍。末了，他流著淚說道：

「先生回來的正好。得趕快去縣衙門救出楊老闆和韋小姐，他們已經被關了二十多天，吃了不少苦頭……」

韋宗吉低頭沉思了一陣子，抬起頭，沉痛地答道：「老范，你一定要照看好太太，別讓她到處亂跑。至於阿寶，她是我的親生女兒，我不能不管！」

說罷，韋宗吉飯也不吃，匆匆去了上海縣衙門。

2

「喲喲！祥甫先生！您受累啦，快快裏面請！」

韋宗吉來到上海縣衙門，一拿出葉縣令的書信，門上立刻稟報。緊接著，典史胡遜便迎了出來。他客氣地抱拳長揖，施禮問安，然後喊著韋宗吉的表字，客氣地往花廳裏讓。聽差獻過茶之後。胡遜壓低了聲音，按照書信上的調子，將「拐騙案」作了詳細的介紹。最後，他語氣沉重、暗含教訓地說道：

「祥甫先生，現在主犯，從犯，俱已就範。只是尊府，以及丹桂戲園等一些不相干的人，還在節外生枝；甚至謠言惑眾，為楊月樓大喊冤枉。奸謀不肖之徒，連報社也買通了，他們齊聲吶喊，肆意鼓噪。縣尊為此十分惱怒。很想打幾隻出頭鳥，做個樣子，殺一儆百！在下誠懇希望祥甫先生多多開導家人，俾使他們不再做出讓縣衙名譽受損的事。不然，韋先生在商界的地位，怕也要有所損害的。不過敝人只是作為朋友，略進忠言。當與不當，均望祥甫兄三思。」

「那……」韋宗吉的雙眉蹙到了一起。胡遜的話再明白不過，縣衙是在逼他承認既成事實。他猶疑地答道：「小人返滬之後，聽說，案情，似乎有所出入……」

「這正是無賴之徒無端滋事混淆視聽的結果！」

「不知大老爺的鈞意……」韋宗吉自己也不知道，為何發出這樣的詢問。

「祥甫兄，在下的意思，自然就是縣尊的意思。」胡遜的目光一直停留在韋宗吉的方臉上。他見韋宗吉低頭不語，便問道：「祥甫先生，現在我們去見見縣尊如何？」

「好吧。」韋宗吉無力地站了起來。他是個精明的商人，知道多說已經沒有用啦。

「嗨！祥甫先生是遠客，怎好勞他的大駕！」門外傳來葉縣令渾濁的聲音。隨著一聲「恕我迎客太遲」見他邁著方步，走進了花廳。向韋宗吉抱拳施禮，然後親切地說道：「祥甫兄遠途跋踄，辛苦了。」

「祥甫兄，」胡遜急忙站起來介紹，「這位就是縣尊。」

「叩見縣父母。」韋宗吉提起長衫，準備跪下。

「祥甫兄何必多禮。你我雖然是初識，我倒希望成為老朋友呢。」葉廷春扶著韋宗吉的雙肩，把他按到原先的座位上。自己則退身坐到了胡遜讓出的太師椅上。胡遜便坐到下手側面相陪。

「不，請縣父母上座。」韋宗吉慌忙又站了起來。「小人怎敢僭越……」

「嗨，恭敬不如從命嘛。」葉廷春伸出右手，指著上座禮讓，「都是自家人何必多禮！」

胡遜插話道：「祥甫兄，縣尊視你為契友，你又何必自己見外呢？」

韋宗吉躊躇了一會兒，抱拳說了兩聲「告罪」，才把半個屁股斜落在太師椅上。

聽差重新獻過茶之後，葉廷春左手端杯，右手兩指捏住杯蓋，刮了好一陣子浮茶，然後輕歎一聲，語含不平地說道：

「唉，下官實在為祥甫兄和尊府難過呀。」葉廷春又是一聲長歎，接著忿忿說道：「楊月樓那廝，色膽包天，竟敢在令嫒身上打主意。攪鬧得街巷騰譏，沸反盈天。造出了上海灘幾十年不遇的大醜聞！倘若不予嚴懲，不但國法難容，綱紀難整；尊府的面子，也難以挽回。所以，本堂嚴鞫楊、王二犯，務期使之就範：對無端鼓噪者，也擬嚴究不貸。對此，不知祥甫兄有何見教？」

韋宗吉見葉縣令咄咄逼人的眼光盯著自己，等候回答，慌忙含糊應道：「是，是，老爺。」

「祥甫兄既對本縣的裁決無議異，本人實為感謝。為了答謝，本人將極力維護尊府的面子。」

「是，是。小人感謝縣父母的明裁。」韋宗吉又一次站起來作答。他覺得像咽下了一隻蒼蠅，雖然十分噁心，但卻吐不出來。

「好，好！祥甫兄畢竟不似婦道人家，竟如此通情達理！」

葉廷春扭頭向坐在自己下手的胡遜吩咐道：「胡典史，既然祥甫兄已無異議，速將首犯楊月樓押送松江府復審，王婆子披枷帶鎖，遊街示眾！」

「遵命。」胡遜匆匆去了。

葉廷春語氣沉重地繼續說道：

「祥甫兄，不瞞你說，在這件驚動上海灘以及松江府的醜聞大案中，令嬡也推不掉重要干係：如不是她的輕佻冒失，楊月樓的淫心，未必如此容易得逞。不知祥甫兄以為然否？」

「是，是。都怨小人失於家教！」

「不過，為了不使尊府涉嫌，本縣還是要破例維護令嬡，無罪開釋，由祥甫兄接回，另行擇配。至於被楊犯騙去的銀洋、自然如數發還尊府。尊府任何時候，都可以來車運回去。」

「老爺，銀洋，我領回去。」韋宗吉站起來誠懇地答道，「小人賤內教子不嚴，出了這樣一個不肖畜生，實在令人可恨！她不配再做我的女兒。從今日起，不准她再姓韋，也不准進韋家的大門！該關該嫁，聽憑縣父母發落！」

「好！祥甫兄深明大義，實在令人欽敬——下官敢不遵命。事情就這樣拍定了。」葉廷春一拍椅子扶手，站起來抱拳說道：「天色已晚，請祥甫兄留下與下官共進晚餐如何？」

「多謝老爺，小人家裏還有些事情需要料理，改日打憂。」韋宗吉站起來準備往外走，「縣父母，小人告辭了。」

葉廷春發出一聲悠長的呼喊：「送客！」

葉廷春一直把韋宗吉送到縣衙大門口，方才「留步」。男為七品縣令，竟與一個普通商人稱兄道第，禮為上賓。如此禮賢下士，維護韋家名聲，使韋宗吉既意外又感激。雖然明知案子有冤情，但他不但不想再露一點口風，還要讓他的家屬與僕人閉緊嘴，不再露出與縣衙判決相違背的一個字！他以嘹亮的聲音，喊來一輛黃包車。剛坐上去，忽然喊了一聲「慢！」一步跨下來，向車夫吩咐道：

「喂，隨我到縣衙門，運幾個箱子。」

等到走在運銀洋的黃包車後面時，韋宗吉暗暗罵起自己的妻子：「小賤人，養子不教已經夠可恨，還背著我攢起了這麼多銀子！不交給我去做生意，卻拿去孝敬那個臭戲子。好一個吃裏扒外的東西！這一回，別想我再還給你！我要買上一批江浙土產，運回香港，大大地賺一筆。嘿……」

3

「噹，噹，噹……」

嘶啞的銅鑼聲，一聲接一聲，迴響在上海灘的大街和里弄的上空。

「快看喲，有人帶枷遊街咯！」

隨著呼喊，馬路上的行人立即紛紛向一個方向奔跑。西面不遠處，已經聚集了黑鴉鴉一大堆人。人群擁擠著，推搡著，慢慢向東移動。來到跟前，才看清，原來是上海灘難得見到的「帶枷遊街示眾」場面。

帶枷人正是韋惜玉的奶媽王氏。她披頭散髮，佈滿皺紋的臉上，滿是污垢和淚痕。頸上帶著一副粗糙的大木枷，背上掛了一塊長方形的薄木板，上面糊著白紙，用黑筆寫著兩行醒目的大字：「誘拐良家婦女牽頭王婆，著遊街示眾十天。」她左手提著一面銅鑼，右手握著一支鑼錘，走幾步便敲一敲。她的身後，跟著兩名身穿皂衣，手提水火棍的衙役。王媽敲過一陣銅鑼之後，右邊那個叫欒興的矮銼衙役，便用水火棍在她的背上擊打一下。一面喝斥道：

「快喊！」

王媽一言不發，面無表情地緩緩往前走著。

「快喊！」「啪」地又是一記板子。「按照教你的話，放聲大喊！」

「各位先生們，我叫王婆。」她終於開口說話了。

「老虔婆，大聲點！」兩個衙役齊聲喝斥。

「我是撮合姦夫、姦婦的馬泊六，是我幫助姦夫楊月樓誘拐了良家婦女，捲逃了銀洋……」

像冷水潑進了熱油鍋，訇然一聲，圍觀的人群七嘴八舌地議論起來：

「放著女僕不做，幹麼做那喪天良的缺德事哦？」有人表示義憤。

「唉唉，那麼重的木枷杠著，還要一步一板子。可憐喲——嘖嘖！」也有同情的聲音。

「活該，這是做牽頭的好報應！」

「呸！冤枉老實人，不怕傷天理！」

「說的是呢，驢不喝水，按不到河裏去。母狗不掉腚，伢狗怎敢上？倘使女人不心牽意動，我就不信，人家能『誘騙』得成！」

「什麼誘拐良家婦女——純屬無恥讕言！」

高聲喊叫的，是一位高個子年輕人。他站在人叢中，手裏揮動著一張報紙，用人們不太熟悉的官話高喊：「你們別聽信官府那一套！看，我這裏有好幾份新聞報，上面有詳細的記載。先生們，讓我念一段給你們聽，你們就知道事情的真相啦。」

說著，他展開一張《申報》，高聲念起來。

「大家都聽著，」他喊道。「大標題是：楊月樓屈打招假供，上海縣肆意定冤案。下面是：女娃垂青名伶，焉得為『誘』？三媒六證嫁娶，怎能成『拐』？女家陪嫁，自古皆然；強誣『卷逃』，天理何在？」他環顧一眼黑壓壓的人群，繼續念道：「所傳名伶楊月樓誘拐韋氏女子一案，經本報記者多方偵查，真相已經大白：楊伶為人本分，從無越規行徑。此樁美滿婚姻，完全由韋女自願追求。現將楊氏屈打成招，定成冤案，何以平天理王法，綱紀人心……」

「住口！你這混種，竟敢在這兒信口雌黃，謠言惑眾！」矬衙役高舉手中的水火棍，向青年人怒聲喝斥。「難道說，堂堂知縣衙門，能無故冤枉好人？你小子是黃鼠狼的腚眼——放不出個香屁來！皮子癢癢，就痛痛快快地說！」

「啪！啪！」

「報上是這麼說的！」青年拍拍報紙，毫無懼色。「難道人家記者親自查訪的，能假得了？」

矬衙役舉起水火棍，兇狠地往青年的頭上敲了下去。青年急忙雙手抱頭，鑽進人群。手中的幾張報紙，頓時四散飄落。圍觀的人一陣大嚷。有的紛紛搶報紙，有的高喊：「不准打好人。」矬衙役見狀，竟掄起水火棍，朝著圍觀的人群，沒頭沒腦地亂打起來。

「揍死你們這些橫行霸道的幫兇黑狗！」

半空中，突然傳來一聲怒喝。只見人叢中跳出一個瘦瘦的白衣青年人。他伸手抓住矬衙役手中水火棍，順勢一推，矬衙役冷不防，「噗」地向後栽倒，四腳朝天，仰在了地上。高個子衙役見狀，急忙舉棍來打。白衣青年用奪過的水火棍，擋開劈頭打來的棍子，倏然收棍，猛地橫掃。只聽「哎喲」一聲，高個子衙役便雙手捂著腿，歪在了地上，一面高喊「親娘」不止。這時候，矮個子衙役已經從地上爬了起來。見同夥在挨打，俯身拾起同夥的水火棍，身子一挫，向白衣青年的小腿橫掃過去。不料，白衣人身輕如燕，輕輕一跳，高高飛到了空中。幾乎在同時，他飛起右腳，朝矮衙役的臉上，猛踢過去。「噗」地一聲響，矬衙役嚎叫一聲，兩手捂臉，蹲在了地下。黑衣人急忙扔下水火棍，一撥人叢，鑽了進去。等到兩個衙役從地上爬起來，連喊「捉打人兇手」白衣人早已逃得無影無蹤。

當眾挨了打、丟了面皮的兩條黑狗，朝著歡呼嬉笑的人群，胡亂罵了一陣子，吆喝著犯人，快步向前走去。

「噹噹噹！噹噹噹！」銅鑼聲又響了起來。

「我是王婆，是撮合姦夫、姦婦的馬泊六……」王媽淒厲的喊聲，在城市上空回蕩。

黑壓壓的人流，跟隨著遊街的犯人，沿著幾條主要的大街，滔滔向前。經大觀園、過打狗橋，經過繁華的鹹瓜街，四馬路，緩緩向縣衙門的方向走去……

大概是衙役們覺得該吃午飯了，便押著王媽返回縣衙。

「不准再跟過來！」一走近衙門前的十字街口，衙役便喝住了圍觀跟隨的人群。衙門口乃是森嚴禁地，閒雜人是不准近前的。

王媽頸上帶著沉重的木枷，自己敲著銅鑼，呼喊著並不存在、作踐自己的混話。雖然只過去了一個上午，但她覺得，好像過去了整整十年。羞愧，難過，不平，憤懣。她的胸膛，仿佛要裂開。她做夢也想不到，為小姐自己選定的如意郎君，做了一點應做的事，卻成了誘拐案的幫兇，專門扯線拉牽的馬泊六！更使她心疼的是，楊老闆和小姐眼下也在大牢中受淩辱……仿佛有一把鋼刀，不斷地在剜她的心。她再也忍受不下去了。要照這個樣子，走街過市，自己往自己頭上潑污水，受整整十天侮辱，還不如死去的好。一死萬事休！死「了」，死「了」。那時，淩辱、折磨再也加不到自己頭上來了。死了，也許會使官吏們知道，殘害無辜百姓，傷天害理！只要他們還有一點良心，也許就會不再去折磨、淩辱小姐和楊老闆咯……

縣衙大門前的兩隻石獅子，瞪著銅鈴般的大眼睛在逼視著她。那大張著的血盆大口，仿佛要把她一口吞下。看，右面那頭公獅子，已經伸出了一隻長爪，正要搶先把她抓過去！

「用不著你們抓、你們吞，我自己會死！」

一面在心裏默念著，她猛地扔掉手中的銅鑼，深吸一口氣，頭一低，眼一閉，俯身往前猛衝，向著石獅子的底座撞了過去……

「站住，你要幹什麼？」兩個衙役齊聲驚呼。

可是，已經晚了。只聽得「咚」地一聲響，她已經伸臂蹬腿，直挺挺地躺在了地上。兩個衙役急忙近前，彎腰察看。高個子衙役伸手在她的嘴上停了一會兒，直起身子說道：

「沒有氣息——已經死了！」

「壞啦——」矬衙役臉色煞白，連連頓腳。「中途死了犯人，我們怎麼交差？」

高個子衙役聲音顫抖地應道：「走，快稟告去！」

兩個衙役扔下屍體，飛步向縣衙大門內跑去。

不一會兒，他們便領著胡典史以及另外幾個衙役慌忙來到大門外。一看，石獅子座前的屍體不見了，只在石座上面留下一攤鮮血，和地上扔著的銅鑼和鑼錘。

「你們說——屍體在哪裏？」胡遜鐵著臉朝解差的衙役喝問。

高個子衙役吃吃地答道：「剛才還在這兒。怎麼會……不見了？莫非是沒碰死，甦醒過來，跑掉了？」

「你們問我，我問誰？」胡遜雙手叉腰，四周看了看。惡狠狠地說道：「活不見人，死不見屍。你們押的什麼差？不把犯人追回來，你們就替她去吃官司！」

「是，胡爺。我們立刻去找！」兩名衙役齊聲答應。

胡遜扭過頭，忿忿地走進了衙門。兩名解差帶領另外幾名衙役，急忙向附近的店鋪打聽，可曾看見帶枷的女犯，逃到哪裏去了？

不料，問哪個哪個搖頭。最後，一家雞鴨店的胖老闆告訴他們，他曾見一輛亨斯美馬車停在附近，剛才忽然開走了——犯人的屍體，興許是被人背上馬車運走了。

線索終於找到了！

「夥計們，分頭追馬車！」

高個子衙役一聲吩咐，衙役們兵分四路，沿著各條馬路急忙追去。

一個時辰以後，衙役們垂頭喪氣地先後回到了縣衙。他們每人都曾追上過幾輛馬車，對所有在路上碰到的馬車，也都進行了搜查。但哪裏也不見女犯屍體的影子。

王媽的屍體失蹤了！

4

大清朝同治十三年，
多少奇聞出在上海縣：
打狗橋下餓死了大煙鬼。
黃浦江裏洋船撞翻了中國船。
八十歲的老翁娶了個十四歲的「小」。
「華人與狗不准進公園」。
要說是奇聞這都不算奇，
楊韋遭誣堪稱千古大奇冤！
（白）下面我就為諸君表一表這樁奇冤：
五月風雨春意闌，
京班獻藝丹桂園．
文戲武功驚四座，

月樓絕技醉浦灘。
佳人個個重脂粉，
只為貪看舞翩躚。
韋家才女聆仙曲，
深閨夜夜思不眠。
詩簡溢情幾度往，
無奈鬚眉意不轉。
弱質難支千鈞雷，
申江水冷人不還。
悠悠魂回恨舟子，
懨懨人瘦徒喚天。
噩耗終使憫心生，
探病更比靈符驗。
嬌目懶回生百媚，
英雄揾淚頻自遣。
媒妁登門沉痾掃，
仙樂淩空鳴鳳鸞。
峨眉濃淡任君描，
芙蓉帳暖春宵短。
蜜月未滿罡風起，
惡刑拑口酷吏悍……

木夾竹撈肌骨裂，
鐵枷梁頭魂難全。
為君一唱聲唏嘘，
為君再唱肝腸斷！
楊韋奇冤訴不盡，
烏雲遮天四野暗……

「呯」地一聲響，如木折帛裂，琵琶聲停了下來。但那摧肝動魄的繞梁歌吟，仍在人們的耳際迴響。書場裏，像死去了一般的沉寂。除了間或有幾聲唏嘘低歎，幾乎沒有一點聲響。然後，訇然一聲，爆出一陣急驟的掌聲。掌聲未歇，便是一連串「再來一遍楊韋奇冤」的大聲叫喊。

這是九月初三日下午，在廣和書場一場評彈演出的情景。

說書人年紀不過二十歲。身穿一件東方亮窄腰竹布旗袍，顯得細長的腰肢更加婀娜多姿。下身是一條膏荷色月白緞鑲三道邊的寬腳褲。大腳板上穿的是一雙黑緞繡花長臉鞋。一條紮著紅絨繩的黑亮大辮子，從右肩上繞過來垂在胸前。彎彎的劉海下，兩條細眉倒豎，一雙薄眼皮的單鳳眼，閃動著熠熠的淚光。她叫沈月春，是廣和書場的臺柱子，也是近幾年上海灘唱評彈的紅角兒。

剛才，她先唱了一段《尋夢》。表的是深閨小姐杜麗娘，在牡丹亭裏，夢中與書生劉夢梅歡洽幽會。夢醒後，重去花園追尋夢中纏綿的故事。然後，她演唱了根據傳聞和新聞紙，自編的一個段子。不料，聽眾一再鼓掌歡呼，要她「再來一遍」。她放下琵琶，從腋下抽出綠紗巾，揩乾臉上的淚痕，一遍又一遍地向場下答禮。但掌聲仍然轟響不止。無奈，只得重新坐下，抱起琵琶，轉軸撥弦、叮咚嘈切地彈撥起來。

雨打平湖、飛瀑落崖。一曲過門奏罷，她輕啟朱唇，重新吟唱起來：

五月風雨春意闌，
京班獻藝丹桂園……

一個身穿月白竹布長衫的中年男子，坐在前排一張桌子的正巾。他雙肘抵著桌子，緊抿著雙唇，像老僧入定似地，目不轉睛地望著臺上聲淚俱下的演唱者。直到一曲終了，演員退場，聽眾紛紛往場外走，他才如夢初醒一般，從懷裏摸出十個大銅板，放在桌子上。戴上草帽，向書場的側門走去。走過一條窄夾道，他腳步沉重地繞進了書場後臺。只見剛剛退場的沈月春，正捧著一把小瓷壺，對著壺嘴兒抿茶。她兩眼微閉，一副痛苦和疲憊地神情。他猶豫了一下，然後緊行兩步，來到女藝人跟前，長揖至地，聲音顫抖地說道：

「沈老闆，我代表三慶班全體同仁，向您致謝：你把楊老闆的冤情，編得是如此的貼切，演唱得竟是如此的動人！」

「先生，您是……」沈月春睜開了眼。

「我叫曾曆海。是楊老闆的跟包。沈老闆，你的演唱太感人啦，我真不知怎麼感謝您才好！」

「噢，原來是曾老闆。」沈月春站起來禮讓，「曾老闆，您請坐。」

曾曆海在沈月春對面的一條長橙上坐下去。接著說道：「沈老闆，今天我是特地來聽你說書。您的《楊韋奇冤》——事兒拿的準，解恨，過癮，文詞也好。」曾曆海拿手掌揉了揉眼睛。「但不知這唱詞，是誰的大筆？」

「曾老闆，哪有什麼『大筆』。」沈月春淒然一笑。「不過是照著報上登的，加上聽人們傳說的，我自己胡亂編造一番罷了。」

「沈老闆，你讀了幾年書？」

「我從沒進過學房門兒。」

「那……」

「為什麼唱詞寫得那麼雅，是吧？」沈月春柳眉舒展，淡淡一笑：「開始，當然沒有這麼文雅，整齊。是一位聽書的老先生流著淚來到後臺，幫助我作了許多改動，才寫成了整齊的七字句。我就一直照著唱了。如果有什麼不妥帖的地方，還望曾老闆，多多指教。」

「不敢。那老先生的文詞，再加上沈老闆一唱三歎的演唱，真正是珠聯璧合，令人叫絕。」說到這裏，曾曆海站起來，抱拳問道：「小人還有一事相求，不知沈老闆肯不肯答應？」

沈月春急忙站起來，應道：「曾老闆有事儘管吩咐，小女子無不答應。」

「我想請沈老闆，再念一遍，我把唱詞記下來……」

「那是為何？」

「去大牢探監的時候，我要親手把它交給楊老闆。讓他知道，上海灘有多少好人在為他鳴不平，好叫他耐心等待冤案平反那一天！」

「那就不必了。我想，楊老闆總會知道的。」沈月春含糊地答道，「曾老闆，你經常去探望楊老闆嗎？不知楊老闆關在哪個監房？」

曾曆海站起來答道：「開始不讓探監，後來才開了禁。每月逢五准去探望。不過，規定是規定，牢門上不遞上『孝敬』，就別想進去！」

沈月春又問道：「請問曾老闆，楊老闆關在哪個監房？」

「五監，四十七室。」

「那，楊太太呢？她也關在那兒？」沈月春緊接著又問。

「不，她已經從女監押走啦，押走之前，好像比楊老闆罪過還重，竟不准探望！」曾曆海忿然一聲長歎，無力地坐了下去。「聽說送到了『發善堂』。可是，到『發善堂』去找，那裏根本沒有這麼個人。如果沈老闆聽到什麼消息，請告訴我們。」

「噢。」沈月春怔怔地坐了下去。過了好一陣子，又問：「曾老闆現在住在哪裏？」

「鹹瓜街高升客棧，離這兒不遠。」

沈月春一副憂心忡忡的模樣：「曾老闆，你們要為楊老闆多想想辦法呀！」

「那是，那是。」曾曆海長歎一口氣，「可是，難哪！銀子花了不少，仿佛掉進了無底洞——連點回音也沒有。」

「必須趕緊想想辦法——」沈月春雙眉緊鎖，似在自言自語。

「我們何嘗不著急。楊老闆的師兄丁少奎，倒是想出了一個辦法，可是……」曾曆海自知失言，忽然把後面的話咽了回去。

「能不能跟我說說？」

「咳，那位老弟，年輕，氣盛，淨想冒失點子。聽他的只能壞事！」曾曆海站起來說道：「沈老闆，沒有別的吩咐，小人告辭了。」

「曾老闆，再會。」

「再會，沈老闆。」

曾曆海一抱拳，轉身往外走。沈月春只得站起來送客。望著曾曆海遠去的背影，她站在那裏，愣了許久許久……

5

「牢婆子，你說，這到底是什麼地方？」韋惜玉又一次向著坐在對面的中年婦女，大聲喊叫。

「牢婆子，牢婆子！」中年婦女扯扯身上的蘭竹布寬袖衫，「你看，我哪裏像個牢婆子哪？我已經跟你說了一百遍：我是奉葉大老爺之命，前來陪伴你的。別跟我瞪眼翹辮子的，不知好歹，你要叫我胡大媽。」

「好吧，就算你是『胡媽』，不是牢婆子；你說，這到底把我關在了哪裏？」韋惜玉的聲音越來越高。

「喲，這怎麼能是『關』呀！」胡媽指指雪白的牆壁，又指指乾淨整齊的床鋪，桌椅。「蹲大牢才叫『關』，你又不是沒蹲過，大牢有這樣氣派？自然咯，這裏比不上楊公館體面。不過，我勸你閉上那張嘴。只要乖乖地待在這兒，總會有你的美事。要是找岔子，給我添麻煩呀，我可不同於那個伺候你的王婆子！」

胡婆子的話，半是譏笑，半含威脅。再看看她兩腮上顫動著的橫裏肉，韋惜玉把滿肚子要說出的話，咽了回去。她覺得這位聲稱「陪伴」自己的胡媽，跟那些女牢子一樣，既使人生畏，又令人生厭，跟這種人是無道理可講的。索性一頭倒在床上，面朝牆壁，想自己的心事。

她被從大牢押到這裏，已經十多天了。當時，只說是「給換個舒適地方」，別的什麼口風也不露。這裏房間整潔，伙食也比大牢裏好得多。可是，這個胡婆子，還像女獄卒一樣，不但寸步不離地盯著她，夜裏睡覺，還把她擠在床裏面，像一堵牆似地嚴嚴實實地擋在外面。分明還不放心，還要在房門裏面加上一把鎖。好一個「舒適的地方」！跟蹲大牢有什麼兩樣？許多次，她一再質問，自己到底被關在了什麼地方，但得到的答覆，卻只有喝斥。那麼，她們所說的「美事」，會是什麼呢？莫非是她來到這裏以後，用金簪刺破手指，蘸著鮮血寫的兩張訴狀，發生了效力，葉廷春準備把她和丈夫一起，無罪釋放？可是，胡媽的臉色、語氣，門上的鎖頭，都不像是好兆頭。分明凶多吉少！她忽然醒悟過來。所謂「美事」，不過是一顆定心丸，為了讓她乖乖地聽憑擺佈罷了。想到這裏，她恨不得一把扯過面前這個滿臉橫肉的胖女人，撕光她的頭髮，再在她的肥肉上狠狠咬上幾口。可是，斜眼瞅瞅這個山大王似的女人，再看看自己瘦小的身軀，她洩氣了。只怕等不到摸到那女人的頭髮，自己就會被撕成碎片子！她只有抽冷氣的份兒。

她的胸膛憋悶得像要炸開。眼前，若有一根繩子，或者一把剪刀，她都會毫不猶豫地毀掉自己！自從被捕以來，她覺得，連天地也變了。白晝的日影，像被釘在窗格上，一動不動。夜裏，難得聽到一兩回更鼓聲，仿佛打更的人也都死去了。

掐指算算，到今天，自己被捕整整二十九天了。二十九天——與有幸度過的「蜜月」天數，恰好一致！可是，前一個二十九天，像是只過去了一天，而這個二十九天，卻像過去了十年！他的肩上扛著鐵枷，身上遍佈傷痕。如此慘痛的歲月，叫他怎麼捱呀！一想到丈夫，她的心便一陣陣收縮。泉湧似地，兩行熱淚，簌簌滾上臉頰……

門外有人輕聲喊：「胡姐。」胡媽立刻開門走出去。惜玉爬起來，側耳細聽，但聽不清外面在嘀咕什麼。不一會兒，胡媽領著一個高挑身材、穿著入時的漂亮女人走了進來。胡媽下巴一甩，說道：

「韋阿寶，有人找。」她把頭扭向陌生女人，「小姐，麻麻利利地，只准半點鐘！」

陌生女子恭敬地答道：「是，大嬸。」

等到胡媽走出去，從外面反拴上門，韋惜玉才冷冷地問道：

「小姐，你是誰？我不認識你。」

陌生人快步向前，斜坐在床沿上，低聲答道：

「楊太太，我姓沈，叫沈月春，是個唱評彈的藝人。」

「沈老闆——你找我何事？」惜玉的答話冷冰冰。

「我來看看楊太太。」沈月春警覺地向外瞥一眼。「順便給太太帶個信來。」

「帶信？我們素不相識呀！」惜玉半信半疑。

「是的，楊太太。可是，我為您和楊老闆的冤案抱不平！」沈月春眸子裏閃動著淚光。

惜玉被感動了。她雙手握住沈月春的右手。答道：「好姐姐，謝謝你！」

「楊太太，」沈月春用虔敬的目光望著對方。「全上海灘的人，眼下都和我一樣，為你和楊老闆大聲喊冤叫屈。都說楊老闆人好，值得愛。你能勇敢地表白自己的愛情，年輕的姐妹們沒有不欽敬您的！一個個恨不得替你們坐牢受罪。」

「姐姐，可別這麼說！」

「是的，小女子也恨不得粉身碎骨，救你和楊老闆出大牢，遠走高飛！」

「我的好姐姐！」

惜玉高喊一聲，撲到沈月春的肩上，嗚嗚哭了起來。月春也抽抽噎噎地哭起來。過了好一會兒，她才強忍眼淚，附耳勸道：

「楊太太，光傷心沒有用。我們還是想想辦法為是。」

「好姐姐，我已經寫了兩份訴狀，交給了牢婆子。每次都要給她們一件首飾，才答應給轉。」惜玉伸出雙手，除了左手中指上尚有一隻鑽戒，其餘再無別的戒指。「可都石沉大海。她們把我送到這裏十多天啦，一直不問不管，也不准走出房子一步——我會有什麼主意呀？」

「楊太太，你千萬記住：不管她們叫你幹什麼，除了回家，你哪裏也不去，什麼也別答應！不管怎麼逼……」

「我不懂你的話。」

「我也不懂。」沈月春停頓了一下，繼續說道，「這是曾老闆特地讓我告訴你的。你可千萬不要忘記呀！」

「曾大哥？你怎麼認識他？」惜玉鬆開手，用探詢的目光打量著對方。

「他去聽書認識的。」

「他怎麼不來看我？」

「這裏不准男人進出。我是花了三塊大洋，才被允許進來的。」

「沈老闆，您沒聽說，我媽和我婆婆都好嗎？」惜玉哽咽著問道。

「她們都好。聽說，楊老闆也很平安。」沈月春含糊答道，「楊太太，你要好好愛惜身子。曾老闆他們，正在多方設法，搭救你們……」

「真的？」見沈月春輕輕點頭，惜玉又問道：「你告訴曾大哥，要救先救月樓，我一個女人家……」惜玉哽咽著說不下去了。

「喂喂，小姐，時間到啦，請你快出去！」

這時，胡婆子開了門，進來催促。沈月春只得站起身來，依依不捨地往外走。

「我的好姐姐！」

背後傳來了韋惜玉的哭聲。

二十、鐵案

銜冤負屈心千結，無由告金闕。——《鳴風記》

1

從昨天傍晚就下起的秋雨，一直沒有住點兒。一會淅淅瀝瀝，一會兒嘩嘩啦啦。黑沉沉的天幕，仿佛變成了一面竹篩子，非把天上的水氣，全都漏完放淨不可。

一場秋雨一場寒。秋風挾著秋雨，秋雨裹著秋寒。驟然之間，氣溫下降了許多。昨天還是蒼蠅嗡嗡，蚊蟲哼哼的單身牢房，此刻竟成了冰冷的水牢。

楊月樓蜷縮在草苫上，仍覺陣陣寒氣襲人。被捕時就穿著的杭紡綢衫褲，被汗漬、血污弄得潮膩不堪，更增加了幾分寒冷。被夾棍夾傷的下肢，棍棒打傷的腳踝，雖然紅傷逐漸平復，酸痛麻木感，卻一陣比一陣劇烈。

自從「招供」以來，他頸上的大鐵枷被拿掉了，但手上仍帶著那副紅毛巡捕給戴上的洋銬。洋銬閃著白色的寒光，緊緊纏在手腕上。雙腕像繞上了兩條白花蛇，冰涼冰涼。

大概妻子也仍然穿著被捕時的衣衫。這樣的倒楣天氣，連自己都受不了，她那單薄的身子，只怕更要凍壞了！王媽穿得也很單薄……

他發出了一聲長長的歎息。

「楊老闆。」見楊月樓瑟瑟發抖，獄卒單二近前問道。「加件衣裳吧？這樣的鬼天氣，不把人凍出病來才怪哪。」

「衣服？單爺，我哪有衣服？」

「嗨！曾老闆來看你的時候，不是送來了夾衣嗎？」

「噢，我倒忘了。」

「咳，凍病了不是玩的。大牢裏，本來就是讓健康人生病的地方。病倒了沒人疼惜事小，不知有多少人，沒等冤枉官司打出個眉目，就把小命扔在了這裏。我見的多啦！」扭著鬍子稍兒，單二發起了感慨。

「唉，不換也罷。」楊月樓縮成了一團。「反正換上了還得脫下來——我約摸著該換囚衣啦！」

「咳，哪裏想得那麼遠！暖和一會兒是一會兒。按說，案子一審結，就要換上囚衣等待服刑。不知為什麼，至今沒給你換。」

「單爺，您就給我個實底兒，半個多月啦，為什麼不審不問呢？」

「說的是呢。這位葉大老爺就是格路！」說到這裏，單二急忙扭頭望著窗外簷下的雨柱。「看這天，成心要把人嘔死。楊老闆，您等著。我去給你找衣服去。」

不一會兒單獄卒從外面返回來，帶回一件夾衣，並親手給楊月樓披在身上。楊月樓戴著手銬，不能穿袖子，洋銬的鑰匙又不在獄卒手中。只得將夾衣披在身上。結上頸下的一顆紐扣，以防止衣服滑落。

趁獄卒給他披衣服，楊月樓低聲問道：

「單爺，我求你打聽我妻子的情形，您老人家怎麼遲遲不開口呢？你一定是不願說。嗐！是福不是禍，是禍躲不過。她的脾氣太暴烈，我真擔心她……」

「楊老闆，你莫胡猜亂想。你太太又沒像你似的，受那麼歹毒的刑罰，怎麼會呢？是我沒打聽到實信兒。原先她被關在女牢十三號，後來轉走了，說是去個『更舒服的地方』。可誰也不知去了哪裏。依我看，不管她去了哪裏，人，至定是平安的。你多掛她也無益，還是多當心自己的身體為是。」

「這葉廷春搞的什麼鬼名堂呢？」楊月樓百思不得其解。他的發問，自然也得不到單二的回答。過了半晌，他忽然怒喊道：「哼，冤枉了男人，還不放過人家的妻子！總有一天我要越衙告他的！」

忽然響起一陣悶雷。楊月樓後面的話，單二並沒聽到。

正在這時，獄外傳來了呼喊：「帶五監四十七號楊月樓，他的妹妹探監！」

楊月樓一聽，倏地站了起來：「單爺，一定是我妻子韋惜玉——我並沒有妹妹。」

「准成是。」單二興奮地站了起來。「楊老闆，我說的對吧？剛才咱們還在這兒瞎猜呢。原來你太太已經回了家！」

「這大的雨，她怎麼來得了啊？唉！」楊月樓痛惜地發出一聲長歎。

「看你說的！今天是九月二十五。逢『五』，探監的日子。她要是今天不來呀，還要眼巴巴再等十天。走，快去會會就放心了。」

探監室裏，木柵欄後面，站著一位細高挑丹鳳眼的妙齡女郎。楊月樓一見，不由一愣。他並不認識這個女人。心想，一定是獄卒搞錯了，將別人的家眷錯當成了自己的妹妹。他正在猶疑，女郎朝他淡淡一笑，開口說道：

「哥哥，我看你來啦。」

女郎抬抬手，讓他站到對面的木欄前。楊月樓剛要說，「小姐你弄錯了，我不是你哥哥」，對方緊接著又說道：

「哥哥，曾曆海大哥和丁少奎大哥讓我向你問好。」她舉一舉手中的點心包。「還讓我帶來了你最愛吃的蜜三刀和切糕呢。」

楊月樓不知道面前這位打扮入時的小姐是什麼人，但從她的話斷定，無疑是看望自己的。因為她不僅知道曾、丁兩位是自己的至交，連自己愛吃的東西也弄明白了。他回頭看一眼正在一旁監視的單二。單二正面朝窗外，仰頭觀察天上的灰雲。為了不露破綻，他急忙含糊應道：

「噢，我很好，請告訴曾大哥和丁大哥，不要掛念我。」他搖動兩下雙肩，接著說道，「看，我身上也很輕爽啦。不知我母親的身體如何？」

「母親的身體，跟從前一樣好，照樣吃飯、睡覺。」她回答得很爽快，完全是「妹妹」的口氣。「她老人家就是記掛著你，怕你不愛惜身子。她要我告訴你，不論飯菜多麼難咽，都要吃飽。天冷了，多穿點衣服，當心受涼害病。她老人家說，『留得青山在，不怕沒柴燒』，千萬大意不得。哥哥，你聽清楚了吧？」見「哥哥」頻頻點頭，她繼續說道：「曾大哥還說，三慶班閑在這裏唱不成戲，幾十口子人要吃飯，想讓他們先回北京，順便陪伴母親回去，免得她老人家在這裏過分操心。這裏的事兒，由他和丁大哥、小程一起，留下照看你。問你，這樣做妥不妥當？」

「也只好這樣。」楊月樓沉吟了一會兒，又問：「我岳母呢？他老人家好嗎？」

「妹妹」答道：「好，好！她老人家身子骨挺壯實。她要跟我一塊來看你，因為下雨，路不好走，我勸她好了天再來。她很高興地答應了。」

聽著「妹妹」一連串的勸慰，楊月樓不住地在心裏品味。他知道，母親「照樣吃飯睡覺」，以及岳母「身子很壯」的話，不過是對方給他的一劑定心丸，是絕不可能的事。可是，這個陌生的女郎到底是誰？她冒雨來此於啥？難道就是為了給自己一番親切的勸慰嗎？心裏納悶，當著獄卒的面，卻不便直問。正在為難，「妹妹」又開口了：

「哥哥，嫂子也叫我問你好。她說……」她略微停頓了一下，「她不久就會釋放回家……」

楊月樓終於說出了滿腹狐疑：「您怎麼知道的？」

「昨天，我去看望過嫂子。是她親口對我說的。」

「真的？」楊月樓目光灼灼，脫口喊道，「多謝您啦——妹妹！你知道奶媽的情況嗎？」

「她的身子比誰都好。」她沒有正面回答。

「謝謝你啦！」

「哥哥說到哪裏去啦，自家兄妹何必見外！現在，全上海灘的好人，都在為哥哥操心呢。」她一面說著，朝手裏的點包兒，使了個眼色。「哥哥有什麼話就快說，大概時間快到了。」

「請您，」楊月樓恢復了平靜，用一副對外人說話的口吻。「請您告訴母親、岳母、師兄及三慶班的弟兄們，說我楊月樓一定遵照他們的囑咐，愛惜身子……」

楊月樓忽然哽咽著說不下去了。沈月春見狀，急忙把頭扭到一邊。然後說了一聲：「哥哥多保重，再見。」說罷，她把點心交給單二，低著頭匆匆去了。

回到牢房以後，單二並沒像往常那樣，開包仔細檢查，隨手便把點心給了楊月樓。然後笑眯眯地問道：

「楊老闆，你啥時候認了這麼個親妹子？」

「……」楊月樓不知如何作答。

「哈……」單二仰頭笑了起來，「楊老闆，你知道這俊妮兒是誰？」

「我也不認得。」知道瞞不過，楊月樓只得說實話。

「上海灘不認識她的人不多。她是廣和書場的紅角兒，唱評彈的沈月春！」

「原來是她！我聽說過——」

「不是她，是誰？這幾年咱也斷不了去聽兩場呢。那唱腔兒，韻調兒，吐字兒，嗨，別提多麼動聽啦！」

楊月樓輕輕「噢」了一聲，半晌無語。

單二又說道：「你那個『妹妹』一進探監室，我就覺得挺面熟。仔細一看，原來是沈老闆！嗨，今天是名角兒看名角兒，名角兒成了『兄妹』，真有意思！」說著，單二笑了起來。「楊老闆，你這個戲臺上專會做戲的名角兒，怎麼在戲臺下面演起戲來那麼蹩腳呢？今天，要不是我值班，換了別人，當場不戳穿你們這出『兄妹疑案』才怪呢！楊老闆，你別心驚。眼下豈止是一個沈月春，上海灘給您抱不平的人多著哪。我單二要是不睜隻眼，閉隻眼，豈不成了不講義氣的畜生！」

「單爺言重了。」楊月樓感動地抱拳施禮。「今天，多虧單爺包涵，不然……」

「嗐，您就別客氣啦！」單二打斷了楊月樓的話，「人活在世界上，誰敢說有一天不落到難處？人家有難，多給方便；等到自家有難的時候，興許才有人給方便。這叫一報還一報。您說是吧，楊老闆？」

「單爺說的是，說的是。」楊月樓連聲應諾。

當天夜裏，楊月樓從沈周春送的切糕裏面，找出了一個小紙團兒。借著微弱的燈光，展開一看，上面是八個蠅頭小字：

「鍛煉身體，等候劫獄！」

他猛吃一驚，心裏不由地喊道：「好哇，你們真想出了妙點子！」

他雙手一揉，慌忙將紙條填進嘴裏。咬一口切糕，猛嚼一陣子，然後一起咽了下去。

2

十天以後，丁少奎興匆匆前來探監。

最近一個時期，丁少奎一直陷入忙碌和亢奮之中。他不僅把拯救楊月樓，看成是自己應盡的義務；而且認定，只有他才能承擔和勝任這義務。經過一個多月的籌畫與奔波，他完成了三件志得意滿的大事。

第一件大事，是他狠狠懲罰了韋天亮。一開頭，他就把楊月樓冤案平反的希望，寄託在那惡棍的撤訴上。可是，他花了一個多月的功夫，不但再未找到答應撤訴的韋天亮，楊月樓卻已被屈打成招，定成了冤案。既然撤訴已無實際意義，他也就放棄了繼續尋找韋天亮的努力。不料，踏破鐵鞋覓不到影子的流氓，竟被無意中發現。有一天，丁少奎去一家下等妓女的台基裏尋找三慶班一個武生演員，無意中，竟碰上了韋天亮。原來，那惡棍並未逃離上海，而是包了一個小倌子，足不出戶地藏了起來。丁少奎二話沒說，拖倒韋天亮就是一頓好打。直到給他敲碎了雙腿的膝蓋骨，方才揚長而去。有了這點「報應」，從此以後，韋天亮再也別想站起來走路。丁少奎也出了一口惡氣。

他最為得意的第二件大事，是智救王媽。當王媽遊街的時候，他當著人山人海的圍觀群眾，一舉救出了被毆打的讀報人，痛快地懲罰了兩條亂咬人的瘋狗。最使他興奮的是，當王媽頭碰石獅，暈倒在地時，趁衙役回去報信之機，他急中生智，飛步搶上前去，將昏迷的王媽，背進停在附近的一輛馬車中，打馬飛跑。終於躲過役衙的追捕，將王媽轉移到安全地點，隱藏養傷。

而風險最大、最使丁少奎興奮的卻是第三件大事——設計搭救楊月樓。他知道，葉廷春是個寧肯錯判，卻不肯錯放的酷吏。楊月樓落到了他的手裏，只恐難以囫圇著出去。因此，唯一一條救急而有效的路，便是劫獄。憑著他的武功，要想破牢救出一個同樣渾身有功夫的人，並不是什麼難事。何況他已經說服三慶班十幾個身手矯健的年輕演員作他的幫手。準備趁夜深入靜之時，翻牆進入大牢，將楊月樓一舉救出。然後連夜逃離上海……

一切都進行得異乎尋常的順利。只要楊月樓一點頭，朝暮之間，便可行動。但是曾曆海對丁少奎的豪舉，一直搖頭表示反對。

「大哥，不來絕招兒，你有啥法子讓師弟出獄？」

對丁少奎的質問，曾曆海自然只有搖頭歎氣的份兒。

「還是的！我們能瞪著大眼兒不管，讓葉廷春任意折騰好人？大哥，這事用不著你擔干係。你陪著伯母趕快離開上海北歸，天大的風險由我擔。即使不成功，大不了坐上幾年窩囊牢。我決不會連累師弟。娘的，這世道，到處是吃著人糧食，不拉人屎的正人君子。往後，我們也犯不著再粉墨登場，累死累活地給他們解悶取樂！」

「少奎，怎麼也要遵重桂軒的意思。如果他不答應，說什麼也不能幹！」自己勸不住，只得端出楊月樓來。曾曆海猜得著楊月樓會怎麼回答。

「好，我依你這句話。」丁少奎只得讓步。「我不信，師兄還沒受夠那份牢獄之苦！」

丁少奎滿以為，他的周密策劃，一定能得到飽嘗刑獄之苦的楊月樓的欣然首肯。所以，今天早早地來到了探監室。

等到楊月樓腳步蹣跚地來到木柵前，剛剛站定，丁少奎便興奮地問道：

「師弟，你的身子骨近來如何？」要舉事，首先得楊月樓行動俐落，所以密信中，強調要他「鍛煉身體」。丁少奎的第一句問話，正是暗含著這層意思。

不料，楊月樓冷冷地答道：「我的身子已被嚴刑重訊搞垮了——短時間內，絕難恢復健康！」

楊月樓的回答，不啻是當頭一棒。丁少奎不由打了一個冷顫。

「師弟，這身子骨，也不能指望一天就好呀！」他用懇求的聲音說道，「剛才你走路，我看清楚了，也差不多……」當著獄卒的面，丁少奎差一點把「差不多可以越獄」的話說出來。猶豫了一下，繼續說道：「差不多恢復了健康。只要能夠自己走路……」

「師兄！」楊月樓知道他還想說些什麼，便粗魯地打斷了他的話。「我上次就跟你說過，趕快讓三慶班的同事回北京，久住下去害多利少。師兄，你想過沒有？戲班留在這裏，不但毫無用處，而且，在這花花世界上待久了，吃飽飯沒事幹，假使學壞幾個兄弟，怎麼回去交差？再說，戲不能唱，只開支，無進項，再耽擱下去，不但飯沒得吃，只怕連旅費也要籌不出。三十多口子人，天天要張嘴吃飯，那時，你怎麼招架？」

「師弟，戲班子用不著你操心。天大的事，有我承擔！」丁少奎焦急地望著對方，「現在要緊的是你，你！怎麼也得想法子，救……讓他們放出你來。」

「師兄，你們千萬別再蠻幹惹事啦！你聽明白了沒有？有勁，要使在茬口上。我怎麼把三慶班帶到上海來，你再怎麼把它帶回去，交給師傅。就算是了卻了我一樁心願。這也是我唯一要求你做的！」

「師弟，我們一切都準備妥當了哇！」丁少奎分明忘記了旁邊還站著個獄卒，突然冒失地高喊起來。

「既然都準備妥當了，你們今天就該動身！」楊月樓故意把話槎往別的事上扯。

「師弟，我可不是這個意思！」丁少奎急得直跺腳。他把「意思」兩字說得很重。

「我懂你的意思！」楊月樓也把「意思」兩字加重了語氣。「可我的意思你也該明白：我下定決心，要把這冤枉官司打到底，直到他們無罪釋放我！我是每天都在鍛煉身體，可那是怕扔生了身上的活兒。怕將來重新登臺的時候，對不起我的熱心聽眾。別的，我根本不想！」

「師弟！」丁少奎流著熱淚在懇求。

「你不要再說啦！」楊月樓怒視著對方，話冷得像往外拋鐵球。「我打定了主意，誰也別想說動我！我只求你把我的意思，跟我母親、岳母、曾大哥以及三慶班全體同事講清楚。恕不久陪，再會！」

楊月樓一口氣說完，不等丁少奎開口，車轉身子，大步走出了探監室。

「你認為真有愛民如子的官家嗎？屌毛灰！他們首先是為自己。」望著楊月樓的背影，丁少奎在心裏狠狠罵了起來。「哼！只怕等到『無罪釋放』那一天，你也就讓他們折磨得登不了台啦——精神病！」

3

善良的人，總是用一顆善良的心去衡量別人。

上海縣令葉廷春的酷刑嚴鞫，並沒有使楊月樓清醒過來，改變初衷。人是好的多，官是清的多。被吊過大樑之後，他仍然認為，像葉廷春那樣的奸官酷吏畢竟是少數。總有一天，會碰到一個揆情度理的清官，平反他的冤案。「無罪開釋」，才是他夢寐以求的願望。只有「無罪開釋」，他才能一身輕鬆，光明正大地重登紅氍，與他的熱心聽眾，臺上台下，共同陶醉。要是不能再登戲臺，還不如死了痛快！他從未想到過借助別的門路，尤其是大逆不道的途徑，離開這使人受盡煎熬，思之生畏，地獄般的囚牢。

沈月春送來的密信，像一聲晴天霹靂，幾乎把他震昏過去。啊？劫獄？那無異於造反！天膽作孽呀！他雖然相信，上海縣監獄的高牆堅門，阻擋不住有著閃展騰挪，飛簷走壁本領的弟兄和朋友。幾名守衛，一堵高牆，對他們來說，不過是消滅幾隻蒼蠅，越過幾個土坎兒。憑著少奎的精明謀劃，成功的可能不容置疑。一聲呼哨，幾下刀影，他便像破籠而出的飛鳥一般，眨眼之間成了「自由身」！但是他明白，那「自由身」並沒有真正的「自由」。因為只要非法越出牢獄一步，他就成了罪加一等的重犯！不但不能出頭露面，重登舞榭歌壇演出，還要像一隻土撥鼠似的，躲藏在地層之中，永遠不敢見天日！哼，光明磊落的人，要做光明正大的事。師兄們的狂想太離譜了！越想，他越感到驚異和恐懼，恨不得當面痛罵想出那餿主意的丁少奎一頓。

是的，寧肯犧牲友誼，也要堅決維護做人的尊嚴！

這些天來，通過曾曆海、沈月春，以及獄卒們的口，外面的各種資訊，不斷傳入大牆之內。像催動禾苗破土而出的一場場春雨，給他死灰一般冷漠的心田，注入了信心和勇氣。那是些多麼令人振奮的消息啊！

廣和書場，沈月春說唱《楊韋奇冤》，連續兩個月，天天人滿為患。

上海灘的大街小巷不斷張貼揭帖，列舉例證，證明楊韋乃是正式婚配，合法夫妻。走在上海街上，為楊韋鳴冤的喊聲和不平的議論，隨時可以聽到。

影響很大的《申報》等中文報紙，連連著文，齊聲抨擊葉廷春無視法憲，誣良為奸的酷吏行徑！尤其使中國官府畏懼三分的洋文報紙，《字林西報》、《英京新報》等也不甘落後，發出了同聲的斥責：「中國官場黑暗落後，踐踏人權以至如此！楊韋奇冤像一把鋒利的手術刀，剖露了中國司法界的膏肓之症。不借猛藥，絕無療治之望……」

浦江上下，國人洋人，沖天的烈焰，連珠炮般的口誅筆伐！恁你葉縣令頑如鐵石，只怕也難以毫不顧忌自己的「政聲」吧？

呻吟在痛苦煎熬中的楊月樓，在暗暗高興。

不幸，他不是一個熟諳世事的人。近二十年的演員生涯，他最熟悉的莫過於傳統戲目中的故事。什麼青天復出，奸佞伏法；善人得報，惡人遭懲——那些用「大團圓」的鎮痛劑，療治人們心靈創傷的把戲，扮演得久了，竟相信是天經地義的至理。誤以為，戲臺底下，人世間，也都是那副樣子！果然，同樣的消息，傳到了葉廷春的耳朵裏時，卻產生了絕然相反效果。什麼？楊月樓蒙冤是葉某一手造成的大冤案？可恨的輿論，無恥的讕言！葉某清正廉明的政聲，要毀在他們手裏啦！哼，堂堂皇榜進士經手的案子，只能是真，決不允許成假。不然，算什麼轄制一方的經緯手！經過與幾個親密師爺密室策劃，葉廷春終於擬妥了應對大計：

第一，將楊月樓的案子，詳細造卷報省，以取得上憲的支持。他知道，現任江蘇巡撫丁日昌，是個封建意識極為濃重的道學先生。他以整飭風化為己任。僅在同治七年，便連續兩次奏請朝廷，將二百七十餘種鼓詞小說，列為「淫詞」，嚴令焚毀。而對有涉風化的案子，更是嫉惡如仇，從不手軟。對於一個有淫行的下九流戲子，肯定不會動惻隱之心。

第二，立即將楊月樓解郡復審。郡守萬顧仁顢頇昏聵，十之八九會維護原判。即使將來案子出了變故，有郡守替他「分謗」，用不著獨擔過失。

就這樣，楊月樓在蒙冤三個月之後，便被押解到了松江府——「複按」。

喜出望外的冤主，第一次過堂，便大喊冤枉：「大人，小人決無誘拐婦女之事，乃是屈打成招……」

沒等楊月樓說出第二句話，知府萬顧仁便狠狠拍響了驚堂木：

「楊月樓！誰人不知，你這廝是情場裏手，風月慣家。如今鐵案如山，鑿鑿可據，尚敢肆意翻供，足見是個不知悔改的惡棍。來呀，給我重責二百大板！」

等到二百大板敲完，楊月樓已經皮開肉綻，癱在地上，動彈不得。酷刑像一劑醒腦的良藥，使他頓時清醒過來。原來，天底下的烏鴉一般黑，不論郡守、縣令，都是官官相護，穿著一條連襠褲。不然，為什麼聽不進一個字的申述?!於是，他把嘴閉得緊緊的，再也不吐一個「冤」字。

松江府的復審，快刀斬亂麻，乾淨利落，不到半個時辰，便以「罪犯鉗口，維持原判」而結案。下一步的處置，便是押解江蘇省，聽候發落。

4

今天早晨，一輛亨斯美馬車駛到了惜玉被看管的房間外面。胡婆子一見，笑嘻嘻地跟她說道：「小姐，快收收拾上車，我送你回家去！」胡婆神秘地笑道，「這回呀，真正有美事等著你哪！」

惜玉未聽出胡婆的弦外之音，冷冷地答道：「回我自己的家，有什麼美不美的。我的丈夫還不知怎樣呢！」

胡婆未再答話，小心翼翼地攙扶她上了車。坐在馬車上，惜玉有些不放心，便不斷地從小窗中往外張望。她平時很少外出，有時外出不是坐黃包車，就是坐亨斯美，所以對上海灘的街巷並不熟悉。但現在所經過的街巷，竟是如此陌生，分明從未走過。等到馬車爬上一座窄橋，走上了一段泥濘的路，她便斷定那不是回家的路。

「這是回我的家嗎？」她驚異地發問了。

「怎麼不是？」胡婆笑眯眯地反問。

「路，這麼陌生……」

「嘿，上海灘大著呢，你走了幾次路，能都認得？告訴你，回家的路有千萬條哪。」胡婆的兩眼閃著光，話回答得卻很平靜。「別吵了，我的韋小姐。是不是『回家』，過一會兒你也就知道啦。」

果然，不一會兒，亨斯美馬車便駛進一條偏僻的窄胡同。「吱喲」一聲，停在了兩扇油漆一新的黑漆大門前。

一走進巷子，惜玉就瞥見牆上有一塊藍地白字的銘牌，寫著「極樂里」三個醒目的大字。馬車一停下，她便在車上喊了起來：

「你們把我弄到了哪兒？這不是我的家！」她杏眼圓睜，大聲斥問，「你們耍的什麼鬼把戲！」

胡婆一陣冷笑：「嘿……說是你的家，就是你的家。下了車，你就知道了——我說的半點不假！」

一面說著，胡婆子伸手上前攙惜玉。惜玉甩開她的胳膊，怒喝道：

「不送我回家，別想教我下車！」

正在吵嚷，忽然從大門內走出一個高個子中年女人，胡媽一見便喊：「邢姐快來幫忙。」邢婆一聽，二話沒說，上前跟胡婆一起，一邊一個，像擒小羊似地將惜玉攙進了屋內。

這是一座一正一倒的獨院民宅。房子不大，處處粉刷一新，散發著濃烈的油漆味。屋子裏的桌椅床凳、梳粧檯、穿衣鏡樣樣齊全。大紅的床帳上對稱地繡著兩幅喜鵲踏梅圖。惜玉一見，便嚷了起來：

「哼，你們不說，我也知道。這裏一定是窯姐兒住的地方！你們認為把我騙到這裏，我就會服服帖帖待在這個鬼地方？枉想！只要有一口氣，我就不會聽憑你們擺佈！」

「小姐，莫把這兒當成妓院窯子。實話跟你說，這是正兒八經的人家！」高個子婆娘耐心地解釋。但惜玉根本不相信。她叫罵吵嚷，一直鬧騰不止。好幾次，她掙脫了兩個女人的阻攔，扭著小腳往外跑。自然，她的掙扎都是徒勞的，每一次她都被架了回去。

中午飯，端來了四個小碟，都是可口的美味，惜玉看也不看一眼。晚飯，火腿炒飯，外加兩個冷盤，惜玉依然不動碗筷。除了叫罵、啼哭，就是嚷著要回家，要見她的丈夫！

到了夜裏，兩個女人寸步不離地看著她。看來，逃跑是沒有希望了。她想到了死。是的，站在床上，朝著方磚地上一頭撞下去，登時頭開腦裂，一切就都完結了。可是，剛想到這裏，她立刻暗罵自己「做孽」！我的月樓依然身繫牢獄，酷刑難當。我怎麼能扔下他不管，只顧自己解脫呢？那不是更使他難以承受嗎……

忽然，她生出一個念頭：絕食。不錯，用吃飯做交換條件，逼迫他們送她見丈夫或者送她回家。於是，一連兩天，她米水不進。任憑兩個婆子磨破嘴，她依然閉著眼，不理不睬。到了第三天早上，那個進進出出，像管家模樣的男人，把邢婆叫到了廂房，嘀咕了很久。邢婆子回來時，笑眯眯地勸道：

「韋小姐，今天你要是能順順妥妥地吃早點，飯後就送你回家——怎麼樣？」見惜玉面朝裏牆，躺在那裏一動不動。她又勸道：「小姐，你人都餓瘦啦，再不開口吃飯，難道你就不怕餓死？」

「怕死就不絕食啦！」惜玉終於開了口。

「嘖嘖，那是何苦呀。剛剛十七歲的嫩伢子，多可惜呀！得，別跟自己過不去。」邢婆的語氣很誠懇，「你就不想想，你要是有個三長兩短，你母親會多麼傷心？」

「說的是呢！」胡婆也幫著勸，「不為自己，還要想想生養自己的親娘呢。再說，叫你到這個地方來，完全是為你著想，往後還有享福的好日子等著你呢……」

「屁話！什麼『享福的好日子』？」

剛叱罵了一句，惜玉忽然明白過來，自己不是被拐騙到了賣身的地方，也是要被賣給什麼人做妾。果真是那樣，永遠別想逃出去。不如假意應承。只要他們真的送她「回家看看」，范五伯，曾曆海大哥，丁少奎大哥，都會想辦法救她的。想到這裏，她扭回頭問道：

「你們說的是真話、假話？」

「小姐，騙你一個字，天打五雷轟！」兩個女人同時指天發誓。

「快拿早飯來！」她掙扎著坐了起來。

早飯後，兩個女人一左一右，把惜玉夾在當中，坐上馬車駛出了極樂里。

馬車就近先去了安樂里。到了那裏一看，韋宅的大門上了鎖。莫非母親又到老搭擋家打牌去了？哼，她倒有興致！惜玉立刻去了南鄰徐家。不料徐媽閃閃爍爍地答道：

「姑娘，你媽，這些日子身子不熨作。興許，讓范五陪著去了什麼地方。」

「她會去哪裏呢？」

「唉，那就說不上啦。」徐媽深深歎了一口氣。

惜玉又找到東鄰。東鄰的婆娘答道：「你母親吆吆喝喝，一天到晚四處跑，誰知她會去哪裏哪？」

「那……范五伯呢？」她趕緊又問，「他去了哪裏？」

「總得陪著你母親呀！」

「大嬸，我媽到處跑什麼呢？」

「想你唄！唉……」

鄰居的話，前言不搭後語，分明有難言之隱。惜玉不再細問，上了馬車直奔同仁里。

剛進同仁里巷口，忽見范五從裏面匆匆走出來。惜玉急忙喊：「五伯，五伯！」

一見是惜玉，范五未語先流淚：「姑娘，你回來了？可好啦！你媽想你想得……唉，快，回家吧。」范五扭頭往回走。

一見自己的新居也上了鎖，惜玉急忙問：「五伯，我婆婆呢？她好嗎？」

「唉！進屋再說吧。」

范五從懷裏摸出鑰匙，開了大門，又開了新房的門。他讓兩個老媽子候在院子裏，自己領著惜玉進了新房。伸手拖過一把椅子，用衣袖揩了揩，讓小主人坐下來，然後把家裏發生的一切。從頭至尾說了一遍。

原來，韋母因思女心切，又受到葉廷春的毒打，精神受了刺張，一回到家，便瘋瘋癲癲，哭笑無常。白天倒頭睡覺，黑夜常常往外跑。今天他見她睡著了，急忙出街買了點菜。不料，回頭不見了主人。估計是跑來同仁里找女兒，便跟了來。誰知，這裏也不見人影。范五又告訴說，病中的楊母由曾曆海等人陪同，坐船回北京去了。王媽被丁少奎救出後，僥倖保住了性命。頭上的傷，也治得差不多好了。由於上海不能再待，只得跟隨楊母一起去了北京。本來，丁少奎和小程兩人，留了下來。最近，丁少奎忽然把楊老闆託付給一個姓沈的評彈藝人，把同仁里的鑰匙交給他，也回了北京。說是去北京想想辦法……

末了，范五唏噓說道：

「姑娘，眼下，楊老闆仍關在松江府，聽說立即要解送南京。如今，上海灘只有太太和你啦。太太又那樣，萬一出點事，老僕我實在擔待不起呀！」

開始聽范五述說韋楊兩家的情況時，惜玉一直哭著。不知為何，聽到最後，她的淚竟乾了。聽到范五的話，她自語似地答道：

「看來，我只能做不孝之女了！」

說罷，她從左手中指上，退下一隻大鑽戒，遞到范五手中，說道：「五伯，現在我身上唯一的值錢之物，就是這只戒指了。這是我媽的心愛之物，結婚時送給我的。你對我媽費了不少心，晝夜照料，我把它送給你，表表我的一點謝意。」

「不，不，姑娘。照看太太是老僕的責任。無論如何，這戒指我不能收！」范五拿著戒指往回送。

「五伯要是不收下，就是不想替我照料我媽。」

「姑娘，你放心。只要有老僕在，決不讓太太出半點岔子。」

惜玉把戒指再次放到范五手裏，站起來說道：

「五伯，我媽就拜託您老人家啦。告訴她老人家，不要再惦記我。你趕快尋找我媽去吧！」

范五不住地揩眼淚：「小姐你……」

惜玉決絕地答道：「我得跟她們回去！」

惜玉瞥一眼淩亂的新房，轉身往回走。走到房門口，瞥見楊月樓被捕時掛在門後的那把古劍，便順手摘下來，袖進袖子。來到院子裏，她向探頭探腦的兩個婆子喝道：

「回極樂里！」

惜玉走了之後，范五把裏外的門鎖好，匆匆找韋王氏去了。

5

沈月春演唱的「楊韋奇冤」，連場演出了兩個多月。

出乎意料的是，她的呼喊，跟譁然的報紙，沸騰的輿論一樣，絲毫未發生效力。就像滔滔黃浦江中投進了幾枚小石子，連個浪花、漣漪都沒激起。頑固不化的上海縣令葉廷春，不但置充耳的抗議聲於不聞，而且置合法婚配的鑿鑿證據於不顧。一再嚴刑逼供，將楊月樓硬是判成了「誘拐罪」。更為可恨的是，楊月樓還好端端地活著，他就將楊夫人「發官媒擇配」，生生拆散一雙天成的佳偶！那韋惜玉雖然身材瘦小，弱不禁風，但她能衝破封建陋規舊習，自主擇婿，並勇敢地下嫁優伶，不愧是一個膽識超群的偉烈女子。如今，並蒂花被揉碎，鴛鴦鳥被打散，焉知她不會走極端，做出追悔莫及的事？倘若她有個三長兩短，楊老闆只怕也難以支撐得住……

「作孽的葉廷春一手毀掉了兩個年輕人！」沈月春不住地在心裏痛罵。

如今，四弦琵琶的哀鳴，一張歌喉的呼喊，已抒發不盡她胸中的憤懣。葉廷春的一意孤行，使她激憤滿腔，恨不得挺身而出，與之拼個你死我活！她看過楊月樓令人眼花繚亂的演出。那閃爍的刀光，倏忽的劍影，要是用在除惡復仇上，多少奸官酷吏殺不盡？可是，眼下勇武男子被鐐銬鎖住了手腳，呻吟於牢獄之中。而自己不過是一介弱女子，除了懷抱琵琶，啼淚泣血，呼叫吟唱，半點有實效的行動也做不出來！一連許多天，長夜翻側，無計可施。驀地，她想到了楊月樓那些身手不凡的搭檔。是的，自己做不到的事，何不求助於他們呢？幸好，她與曾曆海認識了。通過曾曆海，她又找到了丁少奎。跟他悄談出了她的想法。湊巧，丁少奎也正在日夜思考如何搭救楊月樓。不謀而合。經過一番計議，兩人商定了「劫牢」的大計。由沈月春負責買通看守，救出韋惜玉。丁少奎則帶領戲班的弟兄，強行劫出楊月樓。不料，正在積極準備之中，韋惜玉卻從軟禁的地方失蹤了，劫獄的計畫也遭到了楊月樓的嚴辭拒絕。

一番心血一場空！

沈月春深怕憤怒的丁少奎鋌而走險，再捅出別的漏子，為楊月樓徒增麻煩。便苦勸他帶領眾弟兄，連夜北上，追趕曾曆海。而將照料楊月樓的重任，留給自己承擔。儘管楊月樓一再拒絕，「不必沈老闆再費心」。但她卻一次又一次地前去探監，並給他送去為楊韋喊冤的報紙、揭帖，及各種吃食。

三天前，她又去探監。不料連楊月樓也不見了。她塞上兩塊銀洋，才從一個獄卒口裏得知，楊月樓已被押送去松江府複審。

一對患難夫妻，一個失蹤，一個被押走！沈月春頓時陷入了進退兩難的境地。一時不知該留在上海尋找韋惜玉的下落，還是趕到松江府覓個旅店住下，就近照料楊月樓。

正在左右為難之際，她從范五那裏得知，惜玉被藏匿的地方是市區南側偏僻的極樂里。各種跡象表明，是要逼迫她給什麼人作外室。沈月春頓時感到一陣輕鬆。

一番掙扎，得來的探家機會，幾乎毫無收穫。

韋惜玉不但未見到一個親人，沒見到可能搭救她的曾曆海和丁少奎。還從老僕范五那裏得知，自己的母親已經成了時刻離不開別人照料的瘋癲病人！

滿懷希望而來，極度失望而歸。她又一次感到，像沉入黃浦江底一般極度絕望。現在，自己被兩個膀大腰圓的女人緊緊看住，逃跑無望，又無人會來搭救自己。除了等待「官媒」的安排，隨意嫁給一個不知什麼人，聽憑擺佈蹂躪，別的路，看來全絕了……

想到險惡的處境，她反而鎮定不來。自從探家之後，她靜靜地歪在床上，似睡似夢，不吵不鬧。白天按時吃飯，晚上倒頭便睡。對行將到來的「美事」並不去多想，仿佛與自己毫不相干。

今天傍晚，門外忽然傳來一個女人和著琵琶的歌唱聲。聲音是那樣清越嘹亮，甜美動人。可能是被歌聲吸引，守在門房的管家和胡婆便先後溜了出去。過了不久，邢婆子斜眼看看一動不動躺在床上微微發出鼾聲的獵物，也輕手輕腳溜了出去。

韋惜玉並沒睡著。她在仔細品味，外面傳來的歌聲是吉是凶。不料，身邊看管的人先後走開。她忽然坐了起來，兩手抹抹頭髮，跳下床，往外就走。

蒼天喲！這是一個多麼難得的好機會！只要溜出門去，趁著暮色將降，不愁逃不掉。只有逃出去，才能逃脫惡棍的蹂躪，重與她的月樓團聚！

急走了幾步，她便意識到，自己的想法是多麼不現實！低頭看看兩隻尖尖的小腳，她的腳步不由地慢了下來。她忽然記起，極樂里離繁華的市區，有很遠一段路，而且還要經過一段泥濘難行的土路。靠著一雙慢慢挪動的小腳，即使不被人追回來，也要陷進泥濘之中，進不得，退不得……

正在不知該進還是該退之際，忽見從大門外閃進一個高個子女人。來人年紀輕輕，身穿粗布短褲褂，手提一個竹籃，裏面放了幾支乾筍。原來是一個賣筍乾的鄉下女人。她雙眉一皺，沒好氣地說道：

「出去，這裏無人買筍乾！」

來人彷彿沒聽見她的話。快步近前，低聲問道：「楊太太，不認識我啦？」

「噢，是你！你怎麼找到這兒來啦？」

「我來接你。快跟我走，外面有車等著！」

農婦二話沒說，拉上她往外就走。來到巷子裏，只見大門西側，離門口約三十步遠的地方，已經圍了一圈人，正在聽那動人的歌唱。幸好並沒有人往這邊觀望。兩人貼著巷子的牆根，快步向東走去。一出巷口，旁邊便閃過來一輛黃包車。農婦將惜玉扶上車。車夫掉頭拉上就走。她甩開大腳板，緊緊跟在後面。

等到兩個看守的婆子，想到自己的職責，急忙回屋觀看，只見床頭空空，被看管的女人已經不見了。兩個女人幾乎同聲驚呼起來：

「天老爺！剛剛一會兒的工夫，一個小腳女人，怎麼能跑掉哪？」

二十一、玉殞

從今後把金牌勢劍從頭擺，將濫官汙吏都殺壞。與天子分憂，為民除害！——《竇娥冤》

1

這次漂亮的營救，是沈月春的一個傑作！

五天前，沈月春帶著幾樣時令精美點心去安樂里探望韋母，從范五那裏得知，韋惜玉被人贖出後已被轉移到極樂里，並嚴加看管起來。極樂里不是煙花之地，看樣子是被人買去做「小」。回來後，便親自到極樂里察看了一番。極樂里是一條很長的窄胡同。胡同兩側，全是青磚青瓦的平房。胡同東端路北，有一個院落，房子剛修過，兩扇油漆一新的大門緊緊關閉著。她在周圍盤桓了許久，仍不見一人進出。後來，「吱喲」一聲，大門開了，從裏面走出一個擎著一隻酒渣鼻頭的粗壯男人。那人走出大門，警覺地向四周瞧瞧，回身將大門反鎖上，才放心地向巷外走去。她斷定，惜玉一定是被關在那座房子裏。她向鄰居打聽到，這座房子是一個姓孫的告休官吏剛剛買下的。

回來以後，她便日夜思考如何救出被軟禁的人。經過幾個晝夜的精心謀劃，終於想出一個調虎離山的救人之計。她把自己的計畫，跟廣和書場一位名叫丁香草的密友說了，香草慨然答應全力相助。今天，香草化妝成乞丐模樣，趁著暮色將臨，來到黑漆大門西側不遠處，坐在路旁的臺階上，彈起琵琶，放開歌喉，悠揚委婉地唱起了上海灘的時行小調。她先唱一曲《美大姐思五更》，又唱一曲《紫竹林深鳴鴛鴦》。她那鶯啼、燕語般的歌唱，得快引來了一圈圍觀的人。可是，她剛剛唱罷第三支曲子，便聽到呼喊「捉人」。她知道，沈月春已經把人救了出來。

趁著聽客一陣慌亂，香草將琵琶收入布袋中，從從容容地離開了極樂里。

兩個弱女子輕而易舉地完成了一次營救任務！

黃包車拉著韋惜玉一路飛跑。來到一座低矮的臨街小樓前，方才停下。沈月春上前扶著惜玉下了車，攙扶著進入樓內。登上一架僅能容下一人的黑暗的窄木梯，又拐了幾拐，才來到一扇窄門前。這座房子，從外面看起來，是一座二層樓房，韋惜玉卻覺得足足爬了三、四個樓層。沈月春打開門鎖，面前出現了一個斜頂的小房間。惜玉心想，可能這就是那種被稱作「亭子間」的地方。

「我們終於到家啦！」沈月春指指房間，長舒一口氣。

「沈姐，這是什麼地方？」惜玉依然驚魂未定，遲疑著不肯往裏走。「該不是用來關我的吧？」

「楊太太，儘管放心好啦。」沈月春爽朗地一笑。「這是我的住處，我的家。你還要在這裏住些日子呢。」一面說著，沈月春把惜玉扶進了房間。

「不，不。沈姐，我不住這兒，我要找我的丈夫！」惜玉扭著身子想往外走。

「楊太太，你先坐下，聽我慢慢跟你說。」月春扶她坐在窄床的邊緣上，加重語氣說道：「楊太太，我救你出來，正是為了讓你和楊老闆早一天重聚。不然……」

惜玉急忙問道：「那，我什麼時候能見到他？」

「總得過些日子。因為……」

「不，不！我等不及！」惜玉大聲嚷了起來。

「楊太太，」沈月春坐到惜玉身邊，拉過她的一隻手，握在手中，略微提高了聲音勸道：「你剛剛逃出虎口，怎麼能立刻拋頭露面？說不定一下樓，就要被孫家抓回去呢，那豈不又是重入虎口？」

惜玉任性地問：「那，要我在這裏等多久？」

「總要等些日子。」月春一字一頓地說，「等到孫家找不到人，死了心，再不四處搜尋啦，那時，你再出去，才能保證安全。」

「那豈不把人急死啦！」兩行熱淚滾下了惜玉的面頰。

「楊太太，受得一時屈，才有長久福。眼下，只有保住你自己，將來才能和楊老闆夫妻團聚。要不然，等到楊老闆無罪釋放那一天，你卻成了孫家的人，怎麼對得起他呢？」沈月春極力勸解。

「好姐姐，我聽從你的安排！」

惜玉終於想通了。她雙手摟著月春的脖頸，嗚嗚地哭了起來。

從此，惜玉住到了沈月春的「家」裏。月春像同胞姐妹一般，細心照料著她的生活。一日三餐給她做可口的飯菜。一有空閒，便陪她聊天，替她解悶兒。她低聲給她哼彈詞，頭靠頭地歪在一個枕頭上，給她講故事，把從書場聽來的熱鬧新聞，一一講給她聽。這樣，一個上午，很容易就打發過去了，可是，到了下午，月春要去書場演出，直到深夜才回來。這慢長的十多個鐘頭，卻最難打發。抬眼看房間，長不過丈餘，竟不過八尺，跟一隻鴿籠差不多。房中除了一床一桌，一隻舊木板箱和一個油漆斑駁的馬桶，再沒有別的可以稱得起傢俱的東西。鄰居家的時辰鐘，仿佛也得了懶病，好半天才肯響一次——好難捱的時光！惜玉覺得，現在除了沒有幾雙眼睛盯住自己，實在跟坐牢沒有多少差別！

心裏越煩悶，思緒卻越活躍。一會兒飛到母親身邊，一會兒飛到遙遠北京城的婆母身邊。而更為揪心抓肝的，還是她的丈夫。他的刑傷如何啦？該沒發作吧？松江府的獄卒凶不凶？那裏的伙食是否比上海縣監獄裏還糟？他會怎樣與奸官們申辯評理？……

漫漫長夜，疲勞的月春發出了鼾聲，她卻很少入睡。好不容易忍受了三天，她便向月春懇求起來：

「姐姐，該去看我丈夫啦哪！」

「剛剛三天，那怎麼行？聽說孫家花錢雇了不少包打聽，四處找你哪！」沈月春堅決地阻止。

又過了兩天，惜玉又是一番懇求：

「姐姐，這麼多天啦，孫家肯定沒指望啦。我想……」

「不行，還得等些日子！——風聲還緊哪！」

惜玉一再地懇求，月春一再地拒絕。可是，月春嘴上堅決，心裏頭卻在隱隱作痛！眼看著惜玉來到「鴿籠」後，飯減覺少，一天比一天消瘦、憔悴，她實在不忍心再讓她多受熬煎。半月後的一天，當惜玉又一次要求看望丈夫時，她只得點頭說，自己先去一趟松江府，一則看看楊老闆，二則打聽一下那裏有沒有什麼動靜。只要那裏無意外情況，便設法讓惜玉前去探望。

第二天，沈月春便搭船去了松江府。楊月樓根本不知妻子已經脫險。見面時，除了一再感謝月春的「盛情關懷」，還一再打聽惜玉的下落。月春用銀元賄通獄卒，分別向幾個獄卒打聽，是否聽說過「韋惜玉失蹤」的事，獄卒個個搖頭，連稱「從沒聽到那新聞」。看來，孫家的尋找，只限於上海灘，並沒有懷疑惜玉能去松江府。

月春放了心。加之楊月樓的刑傷也日漸平復，夫妻相見不至於使惜玉太傷心，她便決定讓韋惜玉到松江府與楊月樓見上一面。

松江府歸來的當天晚上，她便把自己的打算，告訴了韋惜玉。

「楊太太，」她說，「您能答應我一件事，我就帶你去看楊老闆。」

「好姐姐！只要您能帶我去見丈夫一面，」惜玉的眼圈紅了。「別說一件事，就是一千件，一萬件，我全答應！」

「那好。只要從今天起，你能吃好睡好……」

「那還不容易！」惜玉笑了，「要是我都做到了，明天您就帶我去？」

「那也得過三、五天之後。」

「那又是為什麼？」

「總得保養得氣色好一些，讓人看著像個水靈靈的新娘子。要不然，讓楊老闆看著多傷心！楊太太，你說是不？」

「姐姐說的是哪！」

惜玉又一次緊緊摟住了月春的脖子。

2

一團團灰黑色的濃霧，像錢塘江怒潮，高山雪崩，排山倒海一般，自東向西劈頭壓下來。濃霧爬上樓房，跨過平屋，迅猛地向四周氾濫開去。一眨眼的功夫，好端端一座城市，便被吞噬得乾乾淨淨。閃過街道的車燈不見了，匆匆走過街道的人影不見了。天底下的一切，全部沉沒到了無底深淵之中。霧氣裹在人的臉上，黏濕、冰冷，就像劈頭蓋腦纏上了一條濕漉漉的紗巾，使人連呼吸都感到窒息。

兩個黑黝黝的人影，衝破霧障，自西向東緩緩走來。近前才看清，原來是一對年輕夫婦。女人腳步歪斜，好像是一個病人。男人則緊緊攙扶著她。兩人吃力地來到黃浦江邊。又沿著江堤向南走了一段。然後走下江堤，來到一棵歪扭著身子的老柳樹前。柳樹上拴著一隻小船。男人走到近水處，輕輕拍了拍手。烏蓬船中立刻鑽出一個人影來。只見他向左右看了看，一聲沒響，麻利地跳下船。伸手將女人扶上船去，又將男人扶上去。回身解開纜繩，跳到船上。立即撥轉船頭，飛速地搖著櫓，逆流而上。不一會幾，小船便消失在黑沉沉的霧幕之中。

當天深夜，小船泊在了松江府首縣婁縣城外。搭船的夫妻一直留在烏蓬船上，直到第二天開了城門，兩人才匆匆奔進城裏。在路邊一個小吃店，每人喝了一碗蓋澆麵，然後向縣衙方向走去。

「你們，幹什麼的？」牢頭宋保一面剔著牙，一面斜睨著走進大牢的一男一女，甕聲甕氣地問。

「回大爺的話，小人是探監的。青年男子拱手施禮，恭敬地答道，「看望楊月樓。」

宋保抬起眼皮，打量著面前的男子，眼光中露著詫異：「你們是楊月樓的什麼人呀？」

「她是他的表妹，」男人指指低頭不語的女人，「我是他表妹夫。」

「什麼名字？」宋保的目光一直停留在男子的臉上。八字掃帚眉向上揚一揚。「打哪兒來？」

「我叫沈嶽，她是于氏從上海來。」一面說著，男子摸出兩塊銀洋，遞到牢頭手中：「請大爺行個方便。」

「沒有什麼方便不方便的——今天是探監日。」宋保用手掂了掂銀洋，麻利地揣進懷裏，齜開黃牙一笑，「來，我給你們登個記，馬上就領你們去。」

「多謝大爺！」青年男子又是深深的一禮。

宋保在一本流水帳似的獄簿上，寫下了「十一月十五日」以及兩個人的名字，從牆上摘下一串鑰匙，便領著兩人向牢房走去。來到一個標著「十三號」的牢房門前，他一面開鎖，一面向裏喊道：

「楊月樓，你表妹夫婦看你來啦！」

楊月樓左腳蹬在牆上，向前伸著帶著洋銬的雙手，斜側著身子，正在「壓腿」。聽到叫喊，不由一愣。心想，自己並無什麼表妹，哪來的「表妹夫婦」？急忙直起身子一看，在牢頭宋保的身旁，站著一男一女。男的中等身材。鵝蛋臉上，閃動著一雙深邃的大眼睛。他頭戴黑緞六塊瓦小帽，身穿線春長衫，腳蹬雙梁布鞋。是個素不相識的陌生人。細看此人，雖然有些面熟，一時卻記不起曾經在哪裏見過。再看那女子，身穿一件暗綠寧綢短襖，下身未穿裙子，只穿一條玄色紮腿褲。她雙唇緊抿著，齊眉的劉海下，一雙滾動著淚花的秀目，正癡癡地盯著自己。

「喲，是我妻子——韋惜玉！」

楊月樓猛吃一驚，差一點喊出聲來。正不知如何開口。站在一旁的牢頭宋保卻說話了：

「怎麼，你們不認識？」宋保的目光從楊月樓的臉上，溜到女子的臉上。兩隻嘴角向上翹了翹。

「我是他表妹。表哥怎麼會不認識我呢？」惜玉搶先答道。

「噢噢，表妹，表妹夫，你們來啦？」楊月樓已經認出了「表妹夫」——原來是沈月春女扮男裝。他指指靠牆鋪著草苫的板床，熱情地說道：「妹夫、表妹請坐。」等兩人坐下，他又說道：「多謝你們來看我。」

「表哥，你身體好嗎？」兩人幾乎同聲問道。

「好好！」楊月樓說著，飛起左腳來了個「朝天蹬」。「你們看，來松江府一個多月，把身上的傷，全養好啦。」

這時，宋保和氣地插話道：「你們有話儘管說，可以放心地待半點鐘。這是大爺我特意給你們的方便。」他加重語氣說道，

「到了時辰，我會來喊你們的。」

「謝謝大爺行方便！」三個人幾乎同聲道謝。

「不客氣。」宋保露出黃牙嘿嘿一笑，大步走了出去。

不料，宋保剛邁出牢門，「表妹」便高喊一聲「夫君」，一頭撲在楊月樓懷裏，放聲哭了起來。惜玉完全忘了沈月春的千叮萬囑。認為牢頭一走，不必再強迫自己演戲，便把許久憋在心中的千言萬語，化作一聲長嚎，吐了出來。

「賢妻莫傷心……」楊月樓哭著低聲安慰，「你要……好好珍惜身子……等待……我們夫妻，重聚的日子。」

「不，不！夫君，我要留在這裏和你一起坐大牢！」

「楊太太，小聲點——讓他們聽見了，可就糟了！」沈月春焦急地低聲相勸。

「已經晚了，你們的餡兒全露出來啦！哈……」隨著一陣獰笑，牢頭宋保得意洋洋地返身走進了牢房。他來到「表妹夫」面前，厲聲喝道：「老實說，你是什麼人？」

「我是沈月春。」答話突然變成了女人的聲音。她知道，再掩飾已經沒用了。

「哼，好一個沈月春！上海灘的名角兒，跑到這兒演戲來啦。一進門，我就看著你不地道。果然，你們在『耍藏眼』蒙蔽大爺！」宋保伸手抓下沈月春頭上的短耳風帽，扔到地上，兩眼盯著沈月春的頭部冷笑道：「媽的，這腦袋倒是滿像個老爺們！」

沈月春的頭髮毫無破綻，已經不是一個全髮女子，而是兩鬢閃著青光，頭髮往上剃去一寸多——風帽遮住前頂，便完全成了一個男人的髮型。

「哼，頭上弄的再像，也瞞不過大爺我的火眼金睛！」宋保譏諷地笑著，「沒法子，誰讓你的眉眼，俏臉，沒脫掉一副女人相呢。要不然，大爺真得上你們的當！」說到這裏，宋保的聲音陡地一變，「來人呀，將韋惜玉給我抓起來！」

韋惜玉已經明白了眼前發生的事，急忙從頸上搞下一塊五彩絲條拴綴的玉佩，轉身向沈月春哭著說道：「月春姐姐，小妹有一事相求，你能答應我嗎？」

「好妹妹，你說吧！」月春滿面淚痕。

「我把月樓交給你——你替我照看他吧。」惜玉把玉佩戴在月春脖頸上。「好姐姐，你能答應我嗎？」

「不，這是你們的定情之物，非同尋常——我怎麼能收？」月春把玉佩又摘下來交還惜玉，一面哽咽著安慰道：「好妹妹，你放心，我會盡全力為楊老闆奔走的。」

惜玉又把玉佩塞到月春手裏，泣不成聲地說道：「姐姐，你就收下……妹妹……這點心意吧！」

這時，兩個獄卒快步走了進來，月春雙手捧著玉佩急忙說道：「妹妹，你一定要堅強地等著我們想辦法呀！」

話音未落，兩個獄卒，一邊一個，像擒小雞似地將韋惜玉架了出去。

「放開我！我哪裏也不去，我要跟我丈夫一起坐牢！你們放開我……」

等惜玉的喊叫聲漸漸遠去，宋保又說道：「沈老闆，可惜呀，你的招兒太不高明！」他得意地搖著腦袋，「不是大爺不夠交情。上面的交代咱不敢不依。這叫官身不自由。也罷，宋大爺，我一向仁義為懷，今日給你個面子，讓你們兩位大老闆再談十分鐘！」

一陣狂笑，宋保昂首走了出去，沈月春將玉佩放到楊月樓的手中，情不自禁地捧起楊月樓帶手銬的雙手，聲音顫抖地說道：

「楊老闆，都怨我粗心大意——我對不起你！」

「哪裏話，沈老闆！」沒有你的妙計，只怕我們夫妻，今生今世難得再見一面……」楊月樓涕淚縱橫，聲音哽咽。雙膝一彎，竟朝沈月春跪了下去。

「楊老闆，你……」

沈月春喉頭梗塞，不知怎樣回答。她略一遲疑，也噗地一聲，雙膝跪到了地上。

四目相對，兩雙手緊握，兩人齊聲痛哭……

淒厲的哭聲，衝破大牢的厚牆，飄蕩在陰霾在天空中……

3

「不行，絕不能聽憑他們胡作非為！楊老闆，你放心，我一定想法子救出楊太太。」

營救韋惜玉的失敗，對沈月春不啻是當頭一棒。那天，惜玉被從松江府監獄捉走後，她跪在楊月樓面前，幾乎哭昏過去。臨分手的時候，她緊握著楊月樓的手，表示了這樣的決心。

可是，一回到上海灘，她就發現，自己的保證實在下得太草率了。吃一塹，長一智。孫家接受了上次的教訓，不但極樂里增加了看管的人員，使人無隙可乘。並且揚言，要到上海縣控告沈月春「劫持婦女」！這倒提醒了沈月春，使她想到了丁少奎劫獄的主意。是的，請上幾位武功不凡的俠客，趁著黑夜，將人劫出，一走了之，是最爽利不過的事。可是，繼而一想，那樣做，成功的希望雖然很大，但被救出的人卻從此成了「黑人」。一個不敢出頭露面見天日的人，怎麼能與楊老闆做合法夫妻呢？況且，「夜入民宅搶入」，與明火執杖的強盜無異。葉廷春之流，絕不會輕輕放過的。萬一官司弄大了，又要連累楊老闆。思來想去，不論文救、武救，都沒了指望。沈月春陷入了進退維谷之中。不料，正在無計可施之際，她從那些評判楊韋奇冤的報紙上得到了啟發。不錯，何不借助社會輿論，壓服孫老頭讓步呢？聽說，他是個大半生吃官場飯的人，難道會連一點廉恥都不顧？

一連幾天，沈月春在書場告了假，坐上黃包車，奔跑在上海灘頭。她求熟人，跑報館，將楊月樓韋惜玉如何郎才女貌，佳偶天成；孫老人如何貪色逼婚，韋惜玉矢志至死不改嫁等，耳聞目睹的情況，一遍又一遍地加以述說。說書人本來有口才，再加上她聲淚俱下的真情，聽到的人，無不為之動容。況且，她所提供的情況，正是報館記者求之不得的新聞。因此，用不著花錢通門徑，家家都樂意搶先報導。一時間，上海灘的許多報紙，像《申報》、《民言報》、《滬聲報》、《公義報》，以及《申江新聞》，英文《字林西報》等中外大小報紙，紛紛口誅筆伐。無不繪聲繪色、連篇累牘地，刊載「葉廷春逼嫁韋惜玉，孫老人強娶含苞花」的消息。有的疾言厲色，有的明罵暗譏。這幾天，走在大街上，充耳是報童的叫賣聲。他們把報上的奇題佳句，用嘹亮的童音，一條條高喊出來：

「滬上特大奇聞：七十三歲老翁，逼娶十七歲妙齡少女！」

「古稀老翁羨豔葩——路人側目；妙齡佳人泣枯柴——滬中驚心！」

「女有奇志，本應是青史高標；老生少心，看今朝名分塗地。」

「名花墮溷實堪憐，白髮紅妝絕非偶。」

「問衰翁：橫生色心，天良何在？歎紅顏：遇此官紳，孽海將沉！」

「嫩筍枯柴，有如此冰媒；雀巢鳩占，余多少良心？」

「執迷不悟，寧忘減幾分罪孽；幡然改悔，庶幾積一點陰功！」

「如此無理逼婚，該打該夾，葉縣令自然知曉！」

歎息、憤懣、咒罵、譏諷，矛頭全都指向葉廷春和孫老人。這些諄諄規勸，都是希望孫老人天良發現，打消邪念，不再造孽！

上海灘新聞界的正義與良心！多少年間，都沒有表現出如此一致的慷慨和激憤。

每天，沈月春都把登載這類消息的報紙買回來，仔細閱讀。捧著這些伸張正義的文字，她一會兒愁眉頓開，一會兒熱淚漣漣。滿以為孫老頭即是木雕銅鑄，鐵石心腸，聽到這些直逼雲霄的譏罵、聲討、及規勸之聲，也會天良發現，饒過韋惜玉。使一雙遭難的夫妻，有朝一日，重續鴛盟。

沈月春沉浸在焦急的等待與祈望之中。

韋惜玉又被捉回了極樂里。她絕沒想到，這次失敗的出逃，竟加速了噩運的到來。

此時，她完全明白了，自己早已是「官媒擇配」的人。她與楊月樓的婚姻，已成為「非法」的往事。不但再無夫妻名分，即使前去探一次監，也是「有傷風化」的忤逆。更不要說陪著楊月樓坐大牢了。

如今，從頭到腳，她的一切，已經完全屬於花錢「聘」她的入。就像一頭被賣出的牲口，她的一切，只屬於新主人。

她的「新主人」，姓孫名思玄。此人，三年前已經「年逾古稀」。但至今眼不花，耳不聾，除了頭上的辮子大大向後退了一段，已經到了後腦勺上，高高的脊背有著微微的彎曲以外，說話聲音嘹亮，走路跺地有聲。什麼人見了，都說「頂多不過六十歲」。他自己不但不作解釋，還以老來少自慰。孫思玄祖藉南通。三十歲那年，巴結上了一個晉升的京官。那京官也姓孫，孫思玄便跟他「認了宗」，做了他的「世侄」。從此，他成了孫姓京官的「本家」和親信。直到靠山告老歸田，孫思玄才結束了幕僚生涯。他選中繁華的上海灘，作他的第二故鄉。開始了半是休閒，半是商人的「賦閑」生活。他把大半輩子積下的銀兩，一半存入外國銀行，種「鐵杆莊稼」；另一半則拿出來開了一爿古董店。他有一手辨認古董的本領，更擅長於將假古董說成真古董，賣個比真貨還高的大價錢。會賺錢的人，個個會享受。

借著山珍海味，尤其是阿芙蓉給他增添的精、氣、神，全部使在了年輕女人身上。十年前，他來上海灘「賦閑」時，即曾娶過一房老婆。據他自己說「是第三房」。如今，那女人不過剛剛三十出頭，但他早已覺得花蔫色衰，代替不了長三公寓的漂亮妞兒。這些年，「三房夫人」已經難得見上他一面。

自從滬上發生了楊月樓的「誘拐案」，他從各種報紙上得知，韋惜玉是個「難覓難尋的絕色女子」，立刻饞得心頭發癢。一心想奪過來，據為己有。等到聽說韋惜玉要「發官媒擇配」的消息，他一個高兒從煙榻上跳到了地下。「狗娘養的！別看咱家的名號叫孫思玄，咱思想的一點也不『玄』！那小美人天生應該姓孫！」

為了捷足先登，他第一個向縣衙送禮求聘。

上海縣令葉廷春，曾因韋惜玉「咆哮公堂」，氣得三魂出竅。正不知如何不露痕跡地「妥善」報復，聽說重金求婚的人是一個年逾古稀的老人，不由地撫撐大笑：「好哇，省了我的力氣啦，讓那賤貨抱上一捆乾柴消受一番吧！」笑過之後，他一口應允了孫老頭的求娉。於是，韋惜玉便成了孫思玄的人。

孫老頭不愧是色情場中的老手。他深知，要在床上玩得滋潤痛快，身子底下只能是塊棉花團兒。不料，「娉回」的女人，竟是頭野山羊，不定在什麼時候，要被她蹬幾蹄子，牴幾角！光棍眼裏揉不進沙子，他不是吃虧的人。嘻，性急喝不得熱黏粥，只要法子對路，沒有馴服不了的野牲口。放長線釣大魚！我給她個一困、二誘、三哄騙。用不了多久，她的野性兒，不變成柔麵團兒才怪。到那時，自然由著爺的興頭兒玩耍……

誰知，他的「長線兒」剛剛放開不幾天，冷不防跑出兩個說書的藝人，竟將他的寶貝拐走。費了一個多月的周折，才好不容易把醉人的美人，從松江府捉回來。不料，上海灘的報紙又一齊跟著起哄、打冷拳。那鋪天蓋地的詈罵，使他的心頭像札上了許多根刺，一刻都難以忍受……

「哼，夜長夢必多。不如先降伏了這尤物，再慢慢加以調教！」

孫思玄決定立即舉行婚禮。而且要跟娶黃花閨女一樣隆重體面，吹吹打打，大擺酒筵。他不但要再次品嘗洞房花燭的甜蜜，還要讓上海灘的大報小報，流亡民無賴，聽到這大喜訊後，乾瞪眼，白生氣！

4

被捉回的第七天上，惜玉便注意到，軟禁她的地方，不斷有人進進出出，忙個不停。從窗戶底部的一方玻璃上看出去，兩扇大門上已經貼上了喜聯：

秦晉天然結，
鸞鳳自在鳴。

「好一個『天然』，『自在』——姓孫的，你是個無恥的老畜生！」

心裏連聲痛罵，外面卻不露聲色。惜玉突然變成了另一個人。她明白，現在無論是說理還是叫罵，已經統統無濟於事。眼下，她成了一頭四蹄捆縛的小羊，除了任人宰割，再無別的路可走。表面上，她坦然地等待著命運的擺佈，心裏頭卻在翻騰不已——出逃前那個已經想好的主意，對她還是那麼富有吸引力。

胡婆和邢婆一直圍著她打轉兒。侍候這，侍候那：洗臉，搽粉，抹胭脂，綰頭，穿簪，插花；然後又是紮紫裙，穿紅襖，戴鳳冠，穿霞帔……不抗不拒，她一一服從。等到被打扮成了「迷人的新娘子」。便被罩上蒙頭紗，身不由己地被強扶著拜了天地。

直到蒙頭紗被挑去，「夫妻坐床」的時候，她才有機會瞥一眼「新郎官」。本來，她估計，娶官媒擇配女人的人，不是個殘廢也准是個醜八怪。不料，並排和自己坐在一起的，竟是個翹著兩撮八字鬍的糟老頭！「哼，做我的爺爺倒滿合適——癡心妄想的老畜生！」心裏暗罵，胸膛憋悶得像要裂開。她不由的呼哧呼哧喘起了粗氣。

端過交杯酒來，她一口喝乾。

送上並蒂餑餑，她差一點連老媽子的手也咬住……

終於，更闌燈昏，賀客漸漸散去。不一會兒，噴著酒氣兒的孫老頭，腳步踉蹌地走進了喜房。兩個婆子急忙迎上前去，一個攙扶，一個幫他脫去了長袍馬褂。又端來洗臉水，替他淨了面，扶他到床上坐下，然後兩人一齊動手替新娘子寬衣解帶。

「去，遠著點——我自己會來！」惜玉擋開她們的手，怒喝一聲。

「是的，這裏有我——用不到你們啦，退下去吧。」

孫老頭一揮手，兩個婆子掩上門，悄悄退了下去。他站起來搖晃著身子插上屋門，又拴上房門。把杭紡小褂，隨手脫下來往椅子上一扔，走近床邊，眯著兩隻細眼，嘻嘻笑著問道：

「我的美人！莫非要我親自替你『卸裝』？好嘛，給女人脫衣裳，咱家可不是外行！」

「……」惜玉面冷如鐵，一聲未吭。

「娘子莫急，小生來也！」孫思玄半念半唱，學起了戲臺上小生的腔凋。「讓我來把紐扣兒鬆，褲帶兒解，蘭麝散幽齋……哈，怎不肯回過臉兒來？」

剛唱到這裏，惜玉猛地扭回頭，「啪！」一記響亮的耳光，摑在了孫老頭的左腮上。他沒有著惱，依舊涎著臉說道：

「喲，打是親，罵是愛，我的小乖乖——」

孫思玄根本未把這瘦弱的小女人放在眼裏。他要像老鷹捉小雞一樣，把她捉過來，憑意擺佈一番。他伸開兩手，正要再來捉，不料，被逼上牆角的小女人，一伸手從褥子底下摸出一把短劍握在手中，厲聲喝道：

「老狗，你以為有了幾個臭錢，就可以隨便買千金小姐的身子，拆散人家的恩愛夫妻嗎？休想！」

「啊！你要幹什麼？」孫思玄看清了閃著青光的寶劍，不由一聲驚呼。

「幹什麼？」惜玉倏地跳下床來，拔劍在手，朝著孫老頭吼道：「姑娘我，明白地告訴你：今天，我要先殺死你這狠心的老色鬼，然後再結果我自己！」

一面說著，她高高舉起短劍，向孫老頭的胸口猛力刺去。不料，寶劍未刺到色鬼身上，孫老頭便「哎喲」一聲驚叫，「咕咚」一聲，張到了地上。惜玉立刻撲上前，抬起一隻尖尖的小腳，踏上他的胸膛，正要舉劍再刺，只見老頭已經翻了白眼。緊接著，臉色由紅泛白，由白泛黃，直僵僵地挺在地上——死了！

惜玉從未見過死人，認為是老畜生裝死。不料，俯身摸摸他的胸口，已經沒了氣息。

「老色鬼，我沒撈到親手殺死你，你卻得到了應有的報應！哈……」惜玉狂笑幾聲，倏然站直了身子，雙手捧劍，朝著正南方——松江府的方向，嘶喊道：

「月樓——我的夫君！我與你今生不能夫妻到頭，來生也要與你做白頭夫妻。夫君呀，韋惜玉無福！你年輕有為，千萬要珍重。我只有先行一步，到杜死城裏耐心等你！」

說罷，她朝南拜了三拜。雙手握著劍柄，劍刃向內，朝著自己的胸口猛力刺去。「啊」地一聲，她身子朝前，重重地倒了下去……

等到孫家的管家、僕婦，聞聲趕來，從外面撬開門，所見到的，只有地上橫著的兩具屍體。奇怪的是，新郎身上竟毫無傷痕，新娘子的心口窩，卻幾乎被一把古劍刺穿。

5

沈月春所盼來的竟是徹底的失望！她竭盡全力營救的楊太太，不但被孫老頭強行逼娶，提前舉行了婚禮。而且傳來了惜玉「掄劍將『新郎』嚇死，然後自己自盡而亡」的消息！當頭一棒！她被噩耗驚得一頭栽到床上，再也爬不起來。多虧丁香草細心照料，半個多月後，才撐持著爬起來，去了書場。

病後剛起床，她便急著打聽韋惜玉的墓地。

「姐姐，你的病剛好，莫想那傷心事哪。」香草在一旁耐心相勸。「她人都死啦，看那土堆兒有啥好處？徒增傷心而矣。要是找到了那黃土堆，你不傷心得再病倒才怪呢！」

沈月春答道：「妹妹你不知，自從楊老闆橫遭冤枉，我就為他抱不平。心想，自己要是個偉男子，一定要幫助他們。不料，自打從曾老闆那裏得知楊老闆夫妻的慘況，我便從心底裏按捺不住，決心挺身而出，為他們盡一點微力。自從得知惜玉妹妹被官媒逼嫁以後，我就日夜想主意救她。誰知上了松江府狗獄卒的當，眼看要成功的營救，化做一場空夢。我當著楊老闆的面，作下保證，一定要設法保護他的太太。沒料想……」扯著丁香草的手，沈月春難過得痛哭不止。「現在，惜玉妹妹死了，我還有何面目，再見楊老闆？」

「月春姐姐，咱們姊妹已經算是盡心盡力啦。雖然人沒救出，楊老闆也不能怨著我們呀。你何必自怨自責呢？」香草的雙眼閃動著淚光，「再說，上海灘這麼多男人，都眼瞪瞪地沒章程，我們幾個弱女子，又有啥法子？也許，當初我們就不該，不自量力……」

「不，路見不平就該拔刀相助，我們豈能以『弱女子』原諒自己無能！」沈月春止住了哭泣，兩眼望著閣樓頂上的一小塊藍天，「我還要為楊老闆，再盡…點微薄之力。」

「姐姐……」香草欲言又止。

「香草妹，你要說什麼？」

「姐姐，你是不是愛上了楊老闆？」香草望著沉默不語的沈月春，停了一會兒繼續問道：「要不然，為何對他無力不出呢？」

月春反問道：「香草，要是像你說的那樣，我設計救楊太太幹啥？」

「倒也是。」香草仿佛在自語，「不過，楊老闆那人，實在值得人愛憐……」

「你說這些幹什麼！快去打聽一下，楊太太的墓地在哪兒。我要去祭奠她！」月春急忙把話岔開。

「姐姐，何必自尋……」

「好妹妹，我求你！」

看看勸阻無效，丁香草只得到處打聽埋葬惜玉的地點。

原來，韋惜玉與孫老人同歸於盡之後。孫家的親朋好友，都主張兩人合葬。按照當時的風俗，雙方下帖定親，已經有了夫妻的名分，更不要說已經拜過天地，入了洞房。這本來是無可非議的事，但是，孫家三姨太不允：

「什麼？他們也有了『夫妻名分』？哼！那臭婊子是殺我男人的兇手——殺人犯！她不死，我也要掐死她！」三姨太眼無淚痕，跳著尖腳高嚷。「你們想把她跟我男人並骨合葬，爾後，把奶奶我放在哪裏？嗯？」

孫老頭已死，三姨太成了當然的一家之主。孫家的事，自然要由她一人裁奪。結果，孫老頭被厚棺盛殮，吹手道士一大幫，送到新買的墓地入了土。「殺人犯」韋惜玉則被一條棉絮裹上，外面用竹席一卷，埋到了徐家滙西南方，一個收埋無主屍體的亂葬崗內。

沈月春謝過帶回消息的丁香草。立刻掙扎著爬起來。用絲帕包上頭，到街上買了香燭紙錢，雇上一輛黃包車，直奔墓地而去。

費了大半天功夫，她好不容易才找到了無主墳場。墳場坐落在一條臨河的斜土坡上。蔓草叢中，蜷伏著幾百個長滿荒草的土墳頭。月春斷定，惜玉剛死，她的墳土一定很新，肯定不難找到。誰知，這裏光新墳就有七八座之多。叫她如何辨認？正在為難之際，來了一個放牛的孩子。等到牧童走近，她指著幾個新墳問道。

「小兄弟，你知道哪座墳是孫家的嗎？」

「阿拉不曉得。」騎在牛背上的牧童，連連搖頭。

「剛死了十多天，是個年輕媳婦。」

「哦，你問的是那個小媳婦呀！」牧童從牛背上滑下來，指指靠西邊的一座新墳，「就是這座。小媳婦好厲害！拿著劍嚇死了新郎，又……」

月春打斷了牧童的話：「小兄弟，你怎麼知道，這座墳裏埋的，一定是那小媳婦呢？」

「嘿，怎麼不知道？那天阿拉正在這兒放牛，親眼看見的。挖墳的人還說，小媳婦才十七歲呢。」

「謝謝你小兄弟——多虧你指點。」她遞給牧童五個大銅板兒。「呶，拿著，買崩蠶豆吃。放牛去吧。」

一個微微聳起的黃土堆兒，淒涼地橫在枯枝衰草之中。不是牧童指引，她絕不敢相信，這裏會是一位富家小姐的長眠之地！

將點燃的一札檀香插在濕土中，又將一大疊紙錢焚完。沈月春雙手合十作揖，哭倒在冰冷的新墳前……

「楊太太，沈月春向你賠罪來啦……我辜負了你的信任……我對不起你，對不起楊老闆呀……楊太太，我的好妹妹。你要變厲鬼，化惡煞，殺盡天下無恥的男人！……妹妹呀，你還要姐姐做什麼？儘管吩咐吧……請放心，就是粉身碎骨，我也要替你照料好楊老闆……嗚……」

停在河邊一株枯楊上的幾隻烏鴉，受到哭聲的驚嚇，哀叫著飛走了。周圍沒有一個人影。只有越吹越強勁的西風，把淒厲的哭聲，送到很遠很遠的地方……

直到暮色蒼茫，沈月春才從墳頭上爬起來。她揩乾眼淚，彈彈身上的泥土，到河邊折來一支松枝插在墳頭做標記。然後離開墳地，緩緩向大路上走去。

「楊老闆，你罵我吧，恨我吧！我，我沒有保護好楊太太，致使她橫遭不測……」

祭奠韋惜玉的第二天，沈月春匆匆趕往松江府探監。一見了楊月樓，她便雙膝跪地，哭著怨恨自已。

「沈老闆，這是從何說起？我還要謝你呢？我們素不相識，你對我們卻如此奔波操勞，關懷倍至。月樓來生變狗變馬，也報不盡你的大恩大德呀！」

「不，我有罪！怨我是個見識短淺的女人，連孫家會買通獄卒出賣我們，都想不到！」

「沈老闆，沈老闆：這怎麼能怨你哪？我這男子漢，不是也壓根兒沒想到，他們會是孫家的眼線嗎？咳，連『官紳一家』的俗語，我們都忘啦！」楊月樓唏噓半晌，繼續說道：「沈老闆請起，我還有話問你。」

沈月春慢慢站起來，坐到楊月樓的木板床上，抽噎著問道：「楊老闆有啥話？您儘管吩咐就是。」

「不是吩咐。」楊月樓答道，「沈老闆，我想問你，我妻子被搶回去以後，孫家有什麼行動？會不會……」楊月樓把後面的話咽了回去。

「孫家上過一次當，肯定會加意看管。」月春略一猶豫，按照事先想好的話，極力平靜地答道。「不過，諒他們也不敢過分虐待楊太太。」

「孫家會不會，急於……」月樓仍無勇氣把話說完。

「楊老闆，你是說，孫家會抓緊舉行婚禮？」

「是呀，我想，那老色鬼一定會！」

「那是他一廂情願！」月春細眉一揚，神色坦然地答道。「眼下，上海灘像開了鍋，不論大報小報，街談巷議，無不在議論那孫思玄的敗德惡行。漫罵的，譏笑的，勸阻的，告誡的，說什麼的都有。就是沒有支持、同情的……」

「您看，他會天良發現，改弦易轍嗎？」楊月樓憂心忡忡。

「他要是置若罔聞，作孽到底，非自取其禍不可！」沈月春垂下了眼睛。

月樓沒有聽出，月春的話有些含糊。繼續說道：

「唉！眼下唯一的希望，就是孫老頭的幡然悔悟了。只怕……」

「是呢——我們都這樣盼望。」沈月春急忙換了話題。「楊老闆，您聽說了沒有，您在松江府還能待多少日子？」

楊月樓無力地斜著身子坐到床板的另一端。低聲答道。「獄卒透話說，為我的案子，葉廷春和松江知府，都受到了褒獎。說不定省裏還要提審，以便讓巡撫大人和按察使大人也光鮮光鮮。」

「那就是到南京複審啦？」

「正是。」

「那說不定是一件好事。你可以趁機申冤！」

「是的，我不會放過的。只恐他們官官相護，那裏也不是說理的地方。」

「哼，不讓說，也要說。不能就這麼認了。」

「我也準備再受幾次刑。」楊月樓愴然答道。

一見楊月樓悲憤難抑的樣子，沈月春急忙站起來，打開帶來的包袱，指著說道：「楊老闆，我給你帶來幾樣可口的東西，不知你可愛吃？」

包袱裏包的是：豆沙包，夾心餅，南腸、火腿；還有用荷葉包著的什錦鹹菜和五香醬牛肉。沈月春一樣樣打開，在床板上擺了一大片。

月樓急忙站起來，聲音顫抖地謝道：「沈老闆，你的深情，厚誼，月樓報答無日，實在不敢再領了。務請沈老闆，以後千萬不要再為我跑腿操心了。方便的話，就近看看我妻子，月樓便感激不盡了。」

「你放心，我會常去看她的。」月春用力地答道。「不過，松江府我也要常來。曾老闆和丁老闆臨走時，都這樣囑託過我。楊太太她老人家……」為了說服對方，她只得編造謊話：「臨分手前，也這樣囑咐過我。受人之託，忠人之託。我怎麼能不來呢！」

「可是，你要演出，要吃飯——那才是正事呀。」

「不，照料你更是我的正事！就請你答應我吧——楊老闆。」

從楊月樓的號子裏出來，沈月春逕直來到獄卒值勤室。她又遞給牢頭宋保三塊大洋，求他「關照」幾個經常接觸楊月樓的獄卒，千萬莫把惜玉已死的消息，透漏給他。宋保把大洋在手心裏上下掂著，笑眯眯地答道：

「沈老闆，上次的事，不是我姓宋的不講義氣，實在是上命難違。要不然，我這飯碗，早端不成啦！」

「宋爺，已經過去的事，不必再提它啦。我只求你，這一回能照你答應的話辦。」

「嗨，看你的！這點事兒，要是做不到，叫我宋保吃伸腿瞪眼丸！」

「那就好。」

二十二、雙月

你貌又軒昂，才有長，他玉有溫柔花有香；意相投，姻緣可配當；心廝愛，夫妻誰比方。——《張生煮海》

1

昨天，沈月春前來松江府探監，不但帶來香酥雞、薰魚、甜腸、牛肉乾等好吃的東西，還得到牢頭宋保的特許，帶進來一罈陳釀花雕。監獄裏怕犯人酗酒滋事，向來不准帶酒探監。今天是少有的破例。不料，沈月春前腳走，宋保便後腳來到楊月樓的號子。他揚起三角眉，呲著黃牙，開玩笑似地說道：

「唷嗬！楊老闆福氣可真不小哇！這麼一個多情而豪爽的美人，單單讓你碰上啦。每月送這麼多好吃的東西來犒勞你且不說，光這壇名酒，就不是普通人喝得起的！」宋保咽一口唾沫。「他娘的，我那臭婆娘，除了搜我的腰包，掏我的身子，過大年也沒這樣犒勞過咱呀。可這位沈老闆，對你，娘的，比親老婆還親呢！」

楊月樓知道宋保的來意。每次，沈月春探監帶來好吃的，他總是要來「檢查」一番，趁機揀喜歡吃的東西拿去一大半。楊月樓也樂於借此得到他的寬容與照顧。現在見宋保饞涎欲滴的神態，急忙答道：

「宋爺，喜歡什麼儘管拿，我吃不了這麼多東西。」

「可這酒，」宋保指指酒壇，「是人家孝順你的，我總不能都拿去吧？」

「沒什麼，你老人家提去就是，我不喝。」

「不，虧人缺德的事，姓宋的不幹。既然你誠心請我喝，我要是不喝，撥了你的面子。乾脆，咱們現在一起潤潤嗓子，如何？」

「就依宋爺。」

楊月樓把各種吃食，墊上荷葉，擺到床上，飯碗當酒杯，兩人對飲起來。月樓無酒量，每次只沾沾唇兒。喝了足有一個時辰，宋保的「嗓子」仍未「潤完」。直到一壇花雕底兒朝了上，他才放下酒碗說道：

「不喝啦，將就吧。」宋保臉色臘黃，兩眼佈滿血絲。「人要夠朋友嘛，總得給你留下幾碗解饞不是？」

「宋爺，我不喜歡酒，你儘管喝。」楊月樓又要提罈斟酒。宋保挪開酒碗，嘎聲嘎氣地答道：「姓宋的不做缺德事——，哪能一滴不給你留！」

宋保往後一仰，斜倚著牆上，接連打了幾個響嗝。他朦朧著醉眼，瞅了楊月樓好一陣子，忽然打起了哈哈：

「我說，楊老闆，你也不比我們多個鼻子，多個眼；一個唱戲的，怎麼這麼大的福氣呀？」宋保的舌根發硬，聲音嘶啞。「打頭，闊小姐送上門來。闊小姐剛死，紅角兒沈月春又黏上來啦。我看得，十二成的準！……如今，她是想纏住你，做她的老公！哈……」

楊月樓急忙問：「宋爺，我妻子死了？」

「我，沒說，她，她死了呀？」宋保的舌頭硬得像根木棍。「我只是說，沈月春見她死啦，想嫁給你。你小子，別給我，裝，裝蒜……」

楊月樓急忙又問：「宋爺，我妻子真的已經死啦？」

「嘿，都半年多啦！骨頭肉兒，也爛啦？呵！那小妞，還，還真愣！拔劍嚇死，嚇死了孫老頭，然後，自，自殺啦。喂，難道你真的，會不知道？」一面說著，宋保發出了鼾聲。

「愛妻，是我連累了你呀！」

楊月樓閉上雙眼，咬緊牙關，憋了好一陣子，忽然，猛擂胸膛，大哭起來。

楊月樓不吃不喝，大瞪著眼，躺了三天。

到了下一次探監的日子，沈月春又是早早地來到了監獄。寒暄剛過，楊月樓便又感激又不安地說道：「沈老闆，每次您都帶這麼多東西，破費這麼多——月樓實在受之有愧呀！」

「這算啥！眼下楊老闆身子不自由，誰還不應該盡點微力？前來看望您的不只我一個人嘛。何況，這還是楊太太的囑託呢——受人之託，忠人之託嘛。」

楊月樓試探地問道：「沈老闆，您每次來，真的都是我妻的囑託？」

月春答道：「楊太太非常牽掛您的身體。」她的回答，有些遲疑。「她總是讓我帶上些您愛吃的東西。」

「沈老闆，您今天來，我妻子也知道嗎？」

「怎麼會不知道呢？」月春瞥對方一眼，指指帶來的竹籃，「我帶來了您最愛吃的豆沙包，那還是楊太太的主意呢。」

「可是，她被緊緊地看住，怕不太方便吧？」楊月樓想弄清事情的原委。

「我不是跟您說過嗎？看管她的老媽子，已經被我買通……」

「這麼說，是宋保騙我？」楊月樓開始相信了沈月春的話。

沈月春急忙問：「他是怎麼說的？」

楊月樓懷著幾分憤懣答道：「宋保告訴我，我妻子早在半年前，就已經不在人世啦！」

「混賬！」沈月春臉色一陣白，陡地站了起來。「別聽他們瞎說！我正要告訴您哪，那孫老頭本想早日成親。不料，惡有惡報，一頭病倒，住進了醫院。」沈月春又坐下去，兩眼怔怔地望著地下。

「哼！七十多歲的老乾柴啦，別想活著出來！楊老闆，您和楊太太總有重聚的一天……」

「沈老闆，我謝謝您！」楊月樓深情地望著對方。

「謝我？為什麼？」沈月春暗吃一驚。

「你的苦心……」楊月樓從對方慌亂的神態中，已經看出對方在說謊。

「楊老闆，你的話——我不懂。」

楊月樓雙眼一陣紅，一時不知該怎樣回答。對方的苦心掩飾，使他從心底感激。但他不願欺騙沈月春，更不願她再為自己奔波，便照直說道：

「沈老闆，牢頭宋保全跟我說了。」他的聲音顫抖，低得像耳語，「我妻子是拔劍嚇死孫老人，然後自殺的。」

沈月春一聽，雙膝跪到地上，哭道：「我沒有保護好楊太太。楊老闆，我對不起您呀！」

「不，不。沈老闆，這怨不得您。快快請起，請起。」楊月樓攙起了沈月春，扶她坐下，繼續說道：「我們這些讓人瞧不起的『優伶』，怎麼可能鬥得過官府和富紳呢？」停了一下，他無限痛楚地說道：「我妻子性情很暴躁。我早就料到，她會走窄路……」

沈月春抬起汪汪淚眼望著楊月樓，唏噓答道：

「她年紀輕輕的，死得實在讓人痛心。不過，不那樣，也難以保全自己。楊太太不愧是女中豪傑，婦女楷範！」低頭沉默了一陣子，她繼續說道：「人死不能復生。楊老闆千萬愛惜自己的身子。往後，我要像惜玉妹妹一樣，服侍你，照料你。」月春對月樓第一次用了「你」字。

楊月樓驚訝地望著對方：「沈老闆，千萬不可這樣說！」

「我知道自己太高攀了……」像是痛苦的自語。

「不，不。是我楊月樓不配。我是個薄命的人，我已經帶累死了一個無辜的好女子，難道還要我這不祥之身，罪上加罪，再帶累第二個？」

「月樓，」月春又一次改變稱呼。「自從惜玉妹妹去世，我就打定主意，做你的人——永遠不離開你……」月春撲到了月樓的懷裏。

沈月春，這個以書場為家，整天用銀鈴般的甜潤歌喉，為聽眾帶來愉悅的評彈女藝人，雖然已經二十二歲，早已到了「擇婿而嫁」的年齡，但她從來不敢認真去想自己的終身大事。那些坐在台下，嗑著瓜子，露出黃牙、白牙，拼命為她鼓掌喝彩的一張張笑臉，確曾給她帶來激動和慰藉。但那藏在笑紋後面的覬覦和涎水，憑著姑娘的敏感，女人的精細，她知道那意味著什麼。她時刻沒有忘記自己是一名女伶。女伶只配讓人喝彩，不配讓人尊重。連最貧寒的人家，也以娶優伶為恥辱。到了非嫁不可的年齡，最理想的「高就」，不過是為官吏或富紳做一名玩弄於股掌之間的「小」。她不願拿屈辱去換取舒適。於是，甜蜜的說合，慷慨的饋贈，隆重的宴請，以及神秘的「邂逅」，都被她的堅壁高壘擋了回去。她要清白一身立在舞臺上。直到幽怨的琵琶聲，帶走她的朱唇紅顏，明眸皓齒。然後，依靠一點積蓄，找一個不為人知的角落，去度過餘生。誰知道，命運竟不順從她的意願，許多意想不到的事情，接連發生！

一腔不平，驅使她身不由己地走進探監的行列！

滿腹憤懣，驅使她身不由已地設計去營救落難的女人！

最使她意想不到的是，她做夢也不敢想望的出色男人，會突然喪妻，變成孑然一身的鰥夫！

殘酷的命運，竟給了她一個機會！

她把半年多壓在心底的話，一古腦兒傾泄了出來。不料，月樓聽罷，輕輕推開她，後退兩步，悽惶地答道：

「沈老闆，你想過沒有，一個重罪犯人，所能帶給別人的是什麼？你對月樓和我妻子的深情厚誼，山闊海深，月樓沒齒不忘。萬一月樓留得殘生，定當厚報……再要拖累你，更是贖罪無日了！」

楊月樓流著淚，將月春扶到床上坐下。哽咽勸道：「沈老闆，我求您啦，千萬莫再那樣想！」

堅決的拒絕，深深刺痛了月春一顆心。她絕望地問道：

「月樓，難道你就不肯接受一個無依無靠孤女的一顆心？」

「不，不是我不肯，是我……」楊月樓語無倫次，「是我沒有那樣的福氣。聽說，我很快就要被解往南京複審。那時，千里阻隔，兩地相思，豈不更折磨死人？」

「十萬里也擋不住生著雙腿的人！」沈月春毅然地望著小窗外的一片天空。「我早已下定決心，辭去書場的事，跟你一同到南京……」

「不！我們伶人以書場、劇場為家，離開書場，豈不成了無根之萍，我決不能再害你！」

「難道南京沒有書場？只要我帶上琵琶，憑著我的一條嗓子，天下哪裏混不出一碗飯吃？」沈月春祈求地望著滿腔激情的魁偉男子。見楊月樓久久低頭不語，傷心地說道：「楊老闆不必為難，您實在不願意，月春也不敢強求……」

沈月春站起來，打開竹籃蓋子，把食物一樣一樣地拾到床上。然後站起來說道：「楊老闆，請放心，只要你還在松江府，我會照舊來看你。再會。」

一種巨大的失落感，襲上月樓的心頭。他突然覺得，失掉了愛妻，再失掉這位陌路相逢的俠義女子，整個世界和生命，都要離他而去。不由得快步上前，拉著月春的雙手決然地說道：

「沈老闆，只要你不嫌棄，不怕我帶累您——請答應做我的親妹妹，好嗎？至於，別的，千萬不可！」

「親妹妹，更該照料親哥哥，直到天涯海角！是嗎？」

「哦，是的，不過……」

沈月春終於等來了所祈望的答復。沒等月樓說完，便高喊一聲「哥哥」，一頭撲到他的懷中。直到獄卒頻頻催促，沈月春才依依不捨地離開了監獄。

2

沈月春探監走了之後，一連許多天，楊月樓深深陷入痛悔之中。

「卑鄙，自私！」他一面用拳頭狠擂牆壁，一面痛罵自己。喪妻的痛楚，正在劇烈地咬齧著自己的心，竟然無功受惠，懇求人家做自己的「妹妹」，甚至允諾一個未出嫁的姑娘，陪伴自己去「天涯海角」，多虧良智沒有完全喪失，更加忘恩負義的話，到了口邊未說出。不然，更要鑄成大錯！只有愛妻惜玉佔據著我的心，我怎麼會想到別人！當初，愛妻身居富門，深閨千金。嬌豔得像含苞待放的芙蓉，光彩得如耀目的榴花，但卻能闖箇兩投，屈身下嫁！如今，她屍骨未寒，墳土未乾；自己的冤案毫無平反的跡象，卻去拖累旁人，久久地照料、跟隨自己——簡直與貪利忘義的勢利小人無異！

唉！豈至是貪利忘義，只怕還會毀掉人家的美滿姻緣、幸福前程！

如今身繫鐐銬，前途未卜。寄希望於「省城鳴冤」，不過是自己的一廂情願，焉知按察使甚至巡撫大人，跟上海縣、松江府一不是一丘之貉？一旦冤案鐵鑄，無日報答沈老闆的深恩厚情不說，一個長期追隨囚犯的年輕姑娘，青白的名聲只怕也要被玷污！即使官吏們能夠揆情度理，平反冤案，無罪獲釋。可是，一個背著「坐過大牢」臭名聲的人，也不配做人家的「哥哥」呀！更不要說做她的「丈夫」了！沈老闆是一個多麼俠義、豪爽、美麗、敦厚的奇女子喲！她應該有一個更好的前程和歸宿——我楊月樓絕不能無辜拖累人家……

想到這一層，楊月樓暗暗打定主意，對解送南京的日期、路線，緘口不語。是的，只有先讓她在焦急的等待中，忽然找不到自己。才能使她在癡情的迷戀中，慢慢忘掉自己。這樣做，雖然有悖仁義君子的節操，卻總比對癡心女子負罪好得多！

同治十三年（一八七四）六月十八日，是楊月樓解省複審的日子。時當淫雨季節，陸路泥濘難行，只得走水路赴省。決定由松江府登船，過攔河港，入淀山湖，駛過京杭大運河，然後溯江西上，直抵南京。

當兩名解差押著楊月樓，在松江府西門外登上預定的木船時。不料，沈月春笑嘻嘻地從後艙迎了出來。

「啊！」楊月樓在船頭呆住了。「沈老闆，您——怎麼來啦？」

沈月春淡然一笑，瞥過一個狡黠的目光：「楊老闆，您不是答應過，讓我陪伴您去南京嗎？」

「我那是隨口……咳！我真混！」楊月樓語無倫次，「沈老闆，我求你，趕快下船回上海去。有朝之日，月樓生還，我們後會有期。」

對楊月樓決絕的話語，沈月春分明早有準備。她平靜地答道：「我在賡和書場的事，已經辭退啦——上海已無牽掛，準備到南京另找碗飯吃。」

楊月樓焦急地提高了聲音：「不，不。您不能為我做出這麼大的犧牲！您……」

「難道我借光搭同一條船去南京，楊老闆都不答應嗎？」

「不，萬萬不可！」他低頭看一眼污穢的藍色囚衣，聲音更加決絕：「月樓今生罪孽夠深的啦，我不能再……」

兩人正在爭持不下，這時，一直站在旁邊沒開口的兩位解差，其中年紀較大的一位插口道：「嗨，楊月樓，讓人家送你一程，有啥不可以的？你就忍心辜負人家姑娘一片好意？何況這船又不是我們包下的，難道只准我們坐，就不准船家載別人？」老解差一揮手，聲音嚴厲地喝道：「快進倉去，有話裏面說！耽誤了開船，你替我們擔干係？」

趁著楊月樓一時愣在那裏，沈月春伸手扯著楊月樓手銬上的鐵鏈，把他拉進了船艙。

進了低矮的船艙，楊月樓仍然彎著身子，站在那裏，不肯坐下。同時苦苦哀求道：「沈老闆，您快下船吧，我求求您啦！您的好意我領了，深情厚誼容後報答。別的，小人實在擔不起呀！」

「呶，船已啟碇，你教我怎麼下得去？」沈月春指指艙外，眼睛眨幾眨：「楊老闆，您就賞光，讓小女子送你一程吧。」

月樓回頭一望，船已離岸數丈遠。無可奈何地坐下去，長歎一聲：「沈老闆，明天船到了蘇州府，無論如何，你要換船返回上海！」

「好吧。」沈月春歎一口氣，「到蘇州再商量吧。」

「不是到蘇州再商量，現在您就得答應我！」

沈月春低頭整理著自己的包裹，不再答話。

俗話說：「三伏天，猴兒臉。」剛才上船的時候，還是和風習習，朝陽煦煦。現在，木船剛剛揚帆前進不到半個時辰，忽然，從西北方，卷起一團黃雲。那黃雲，鋪天蓋地，像一條直插雲霄的黃龍，向東南方奔騰呼嘯而來。原來是一股狂風。頃刻之間，天昏地暗，沙飛石走。艄公急忙落帆，可是，由於風太大，布帆像被黏住似地，緊貼在桅杆上，落不下來。兩個艄公正要砍桅落帆，可是，已經來不及了。木船猛地一陣抖動，身子一側，向左側翻倒下去。「咣」地一聲響，兩名艄公，兩個解差，以及楊月樓、沈月春，統統被從船上掀進了河裏……

兩名艄公水性好，自己淹不著。但怕淹死官府的人擔干係，只顧一個猛子接一個猛子地鑽到水下救解差，哪裏還把犯人和「民女」放在心上！

楊月樓自小生長在北方，休說不識水性，就是會游泳，兩手被鐵銬緊緊鎖住，也休想活得性命。他只覺得沉入了一個黃嘇嘇的世界，身不由己地亂翻騰。一會兒頭頂觸著黏糊糊的稀泥，一會兒，腳底碰上軟灘灘的砂磧。他清楚地意識道，自己沒有死在酷刑下，今天卻非葬身水底不可。既然求生無望，他索性停止掙扎，閉緊雙眼，等待死神的降臨。可是，不掙扎辦不到，胸口憋得像要裂開，剛想喊一聲，竟接連吞下了幾口河水……

今天，攔河港，要成為他的葬身之地！

正當他三魂悠悠，七魄蕩蕩之時，忽然伸過來一隻有力的手，抓住了他的罪衣後領口。他身不由已地跟隨著向前漂去。不一會兒，兩腳已踏在泥沙中。回頭一看，搭救自己的不是別人，竟是他一心想趕走的沈月春！

「沈老闆，你……你救了我的命！」接連吐出幾口黃水，他的第一句話，就是連聲感謝。「一個女人，怎麼會游水呢？」

「男人們會的事，女人都可以學會。」沈月春一面給他擰著衣服上的水，一面關切地答道，「楊老闆，你不要緊吧？」

「我很好。」楊月樓連連喘著粗氣。

「這位沈老闆，真不簡單！」早已獲救的兩名解差齊聲稱讚。「想不到呀，竟有這樣的好水性！」

剛才的風暴，原來是一股斜穿過河面的龍捲風。風勢雖猛，卻只吹翻了正處於風暴中心的幾艘船。除了楊月樓乘坐的木船，還有另外兩艘小船。別的帆船，依然在河面上照常往來。這真是一場意想不到的橫禍。幸虧河水不算太深，翻倒的船桅抵到了河底，沒有完全扣過去。艄公喊住了駛來的幾條大船。在船工的幫助下，拴上繩索，將歪倒的沉船，拉了起來。等到舀乾倉中的積水，把水濕的衣物，拿到艙頂晾好。已過了一個多時辰。

木船再次揚帆前進時，已是豔陽當頭。六月盛暑，落水的人雖無乾衣可換，可是，坐在艙外，濕衣很快即被熱風吹乾。等到進入船艙後，楊月樓向坐在對面的沈月春無限感激地說道：

「沈老闆，今天不是您搭救，月樓早喂了魚鱉了！您的水性真好，——怎麼學來的呢？」

「說來話長！」

沈月春，雙眼一陣紅，長歎一聲，說出了她學會游水的來歷……

她出生在蘇州府運河邊上的橫塘鄉。自小死去母親，父親一手把她撫養成人。父親會搖船，靠一隻單桅小木船在運河上運貨、載客謀生。八歲那年，有一次，她不小心從船上掉進了水裏。等到父親把她從急浪裏撈上來，已經淹了個半死。父親說，吃水上飯，不識水性，終究要吃虧。便教會了她游水。十二歲那年，有一天，兩個人販子拐了三個小女孩，搭上他家的船去蘇州。父親看著三個女孩太可憐。趁夜深入販子睡熟之機，將三個女孩偷偷放了。結果，兩個人販子醒來後，不但用繩子將父親勒死，扔進了大運河。還把她拐賣到蘇州，賣給了平康里。第二年春，她從平康里逃了出來。討著飯，來到上海灘。後來，一位姓倪的老藝人，見她有一副好嗓子，便將她收為義女，教她學評彈。三年前，養父得急病死了，她也唱紅了，便成了廣和書場的頭牌角兒……

沈月春正說著，楊月樓便伏在艙板上，嗚嗚哭了起來。

「你哪裏不好受，楊老闆？」月春認為他溺水後身體不適，慌忙俯身探問。

「月春，你救過我妻子的命，如今又救了月樓一條命——你說，這大恩大德，教我如何報答喲……」像沈月春當初做的那樣，他也改變了稱呼。

「看你，又來啦！」熱淚在月春的眼眶中打旋兒，「人家跟你要求一件事，你都不肯答應——還說『報答』呢！」

「月春，你說吧，就是一萬件事，我也依你。」月樓抬起淚眼，望著月春。

「你說話要算數。」

「我對天盟誓！」

「那倒不必。只要不在蘇州趕我下船，讓我陪你去南京……」

「月春，我對不起你喲！」

3

三天後，楊月樓一行在鎮江換船。一夜順風，次日早晨，便在南京下關碼頭登岸。楊月樓要被押往提刑按察司衙門候審。臨分手的時候，月春提出要在衙門附近，找一家小客棧住下，以便就近照料楊月樓。三天同船，朝夕相處，兩人不但有了深入的瞭解，還有著親人分手時，那種依依難捨之感。月樓雖然覺得帶累了月春，於心不忍。但想到異鄉作囚，孑然一身，實在孤淒難熬，既然沈月春堅持留在自己身邊，他也沒有堅決拒絕。只是囑咐月春多保重，並要她立即找個妥實的書場或茶社，混口飯吃，以免坐吃山空。月春則囑咐他據理力爭，一定要洗雪不白之冤。

到了南京後的第五天，終於盼來了臬司升堂。楊月樓早已打定主意，拼著一死，也要推翻冤供。所以，被帶上臬司大堂後，剛剛回答完姓名、年齡、籍貫等「例行詰問」，他便昂頭向上喊道：

「臬司大人，小人冤枉啊！」

「休得咆哮！」臬司吳正善一聲斷喝。「你這罪犯，莫非又要重演在松江府的故技嗎？」

「小人不敢。」楊月樓微微壓低了聲音。「大人，並非小人不遵上海縣及松江府的審斷，實在是有冤要辯呀！」

「楊月樓，你到底冤在哪裏？」

月樓朗聲答道：「大人，韋阿寶下嫁小人，乃是由岳母韋王氏做主婚配，明媒正娶。雙方媒人陳寶生、曾曆海便是人證；婚書、媒柬便是物證。哪裏扯得上『誘拐』？至於被抄走的財物，全是女方陪嫁的妝奩，與『捲逃』毫不相干……」

「住口！」臬司拍響了驚堂木。「楊月樓，你不愧是一個出色的優伶，果然生得一張利口！我問你，你既清白無瑕，為何在上海縣和松江府，都對『誘拐婦女，捲逃財物』之罪，供認不諱？講！」

「大人，」楊月樓理直氣壯。「小人本來無罪可認，無供可招。可是，兩衙門的板子，夾棍，鐵枷，梁頭，使小人皮開肉綻，骨裂筋傷。當時，小人如不招承，今天怎麼能在此辯冤呢？」

臬司又問：「楊月樓，這麼說，你是受刑不過，屈打成招了？」

「正是。」

「好吧，那你就把紅傷亮出來，讓本台驗看！」

楊月樓不由一驚：「大人，小人在兩衙受酷刑還是一年前的事。『紅傷』自然都已痊癒。」他把囚衣的兩隻褲腳拉上去，指著說道：「不過，這裏還留下幾條明疤，乃是夾棍夾傷。請大人明驗。」

「嘿……人吃五穀雜糧，難免不生瘡癤。誰身上還找不出幾個明疤暗疤？」臬司發出一陣獰笑，又狠狠拍了一下驚堂木。「楊月樓，你好大膽！敢在本臺面前利口狡賴。你說韋阿寶是你『明媒正娶』，為何案卷內並無婚書、媒柬？你說是『屈打成招』，可遍身上下，尋不出受刑的痕跡。可見，你這『淫伶』，不但心術狎褻，還慣於信口雌黃！不但信口雌黃，連天良也泯滅了：誘拐富家小姐，捲逃大批財物，歸案一年有餘，竟毫無悔禍之心。真是冥頑可惡之極！——難道你非逼著本台動大刑，才肯認罪伏法嗎？」

楊月樓向堂上怒視了許久。遏住滿腔怒火，說道：「原來江蘇省跟上海縣、松江府是一路……」

「住口！」臬司一聲斷喝，「只准你交代誘拐捲逃的事！不然，休怪本台無情！」

楊月樓頓時明白了，他所企望的省憲廉明，完全是不切實際的幻想。來省城翻供的代價，跟在上海縣、松江府一樣，只能又是一番皮肉之苦。想到這裏，他忿然朝上回道：「我沒有什麼好說的，聽憑你們發落就是！」

「哈……這不就結了嗎！」臬司發出幾聲得意的長笑，「既然供認不諱，本台憲自然會依照大清律例，公正量刑的。」

吳正善所說的「公正量刑」，就是在楊月樓的案卷上，用朱筆批上了十四個字的『判詞』：「維持原判，充軍四千里——發遣黑龍江！」

退堂後，吳正善親自到江蘇省巡撫丁日昌和布政司張兆棟那裏報告喜訊。兩個衛道人物齊聲喝彩。張兆棟拈須大笑：「哈……吳大人，沒費口舌，沒動刑具，一堂訊詰，便輕易地制服了桀傲不馴的淫伶，真正是可喜可賀！」丁日昌誇讚說：「出師旋捷，不愧是斷獄高手，提刑楷模！」於是，兩個人立即與臬司吳正善會銜，將楊月樓一案，備文上報刑部批復。

楊月樓做夢也沒有想到，盼望許久的省城複審，會是這樣的結局！江蘇省竟與上海縣、松江府，沆瀣一氣，硬是將一樁誣陷案，鑄成鐵案！看來，再想申冤，只有進京告御狀了。可是，自古官官相護，焉知刑部和那個垂簾聽政的惡女人，不跟屬下一個鼻孔出氣？可見，告御狀也是凶多吉少。他聽說，大清朝律例，對於「傷風化」的誘拐罪的懲罰，極其嚴厲。背上了「誘拐」的惡罪名，就意味著要在鐵窗內，或者遙遠的充軍地，度過漫長的餘生。

「我這一生徹底完了！」楊月樓發出一聲悶雷般的長吼。

從提刑按察司大堂一回到囚室，他一頭栽倒在草苫上，瞪著失神的眼睛，久久地望著窗外的一小塊藍天……

獄卒喊他「開飯」，他根本沒聽見！

兩天後，沈月春一大早便來探監。等到時刻到了，她一見楊月樓便焦急地問道：「月樓，提審了沒有？」見月樓悽惶地點頭，她又問道：「臬司大人，聽到你的申辯後，怎麼說？」

「……」楊月樓把頭扭向一邊，輕輕地搖了搖頭。

「怎麼，難道你沒喊冤？」

「喊，又有啥用？他們都是一丘之貉！」

月春的粉臉刷地白了。咬了好一陣子嘴唇，柳眉一揚說道：「那，我要進京替你告御狀！」

「我也想過。」月樓慘然一笑，「可這世界上，哪裏有說理的地方呀？除了惹出一場麻煩……」

「難道就這樣糊裏糊塗地認了嗎？」

「月春，我的事你就不要費心了，我求你。」月樓掉轉話頭，吃力地答道，「我求你，速回上海。開創那樣的局面不容易，那裏的聽眾一定十分想念你。千萬不要管我啦，我在這裏，怕還要待些日子。」

「不，月樓！你在南京待多久，我就陪你多久。我已經在夫子廟旁的『秦淮茶社』，找到了事情，餓不死的。」

說罷，沈月春痛心地哭了起來……

4

江蘇省的申報，到達京師後不久，恰逢同治皇帝駕崩，光緒皇帝登基。刑部及京城各部，為新皇帝的登基大典，和舊皇帝的「殯天」葬儀，忙得不可開交。直到兩件「國事」忙完，才顧得上正常的公務。所以，楊月樓的案子一拖就是八九個月。直到第二年三月，江蘇省才接到刑部的批覆——「楊月樓著發遣黑龍江充軍！」

楊月樓雖然早有充軍的思想準備，但絕沒想到，竟是被遣往四千里外的蠻荒之地黑龍江！他聽說，那裏不是蔽日遮天的老林子，就是不見邊際的荒草甸子。更是狗熊、惡狼、野豬、老虎，出沒的地方。而且，一年之中只有春、秋、冬三季，並無夏季。冬天風冷如刀，雪花大如蒲扇；地凍五尺，滴水成冰。走在路上，隨時都會被凍掉耳朵和手指……到了那樣的地方，即使不被凍死，也要活活被野獸吃掉！

他要被發配的地方，竟是一片死亡之地！

自從得到噩耗，月樓恨從心底起，淚往肚裏流。想及早勸告月春重返上海，但又不知該如何開口。

正當他左右為難之際，不料，峰迴路轉，絕外逢生。這一年，正逢慈禧太后四十大壽，值此「萬壽」慶辰，又是垂簾聽政正盛之期，除了花樣繁多的隆重慶典，還頒了一道「聖恩浩蕩」的懿旨——大赦天下。只要不是十惡不赦的元兇、首惡、國賊、欽犯，統統都在「減等發落」之列。楊月樓犯的是「誘拐罪」，自然在大赦之列。於是，充軍罪被赦免。松江府備文到江蘇省，重擬了「遞解原籍，交保管束」的判處。

「遞解原籍」，倒沒有什麼可怕的，楊月樓祖籍安徽潛山，雖在父輩即離家北上，那裏總還有幾個近親遠故可以投靠，不愁找不到安身立命的地方。但他有何面目以「戴罪」之身，重見江東父老？而「交保管束」一款，則意味著仍得不到做人的尊嚴與自由。哼！處處時時，都在「保人」的監視之下生存，與身陷囹圄或發配黑龍江有什麼區別！所以，聽到減刑的消息時，楊月樓不但沒有感到高興，反倒像被人強姦了一般。自己清白一身，被判成「誘拐罪」。如今「減等發落」，還要你感恩戴德，大喊「吾皇聖明」。一面聽著刑吏宣佈聖恩，他一面在心裏暗罵：哼，當政者視自己為「天之驕子」，翻手為雲，覆手為雨，黎民百姓卻都成了牽在他們手中的一隻猴子。抽著鞭子，敲著鑼，逼著他們扮演著一齣接一齣的猴兒戲！

出乎楊月樓意料的是，他沒有勇氣把減刑的消息告訴沈月春，月春卻從牢頭那裏得到了「喜訊」。

「這一回可好啦，月樓！」探監時，沈月春一見楊月樓便興致勃勃。

月樓半晌無語。頹然搖頭歎道：「有什麼值得高興的？『交保管束』，等於半個囚犯，我日夜夢想的自由身又在哪裏？撈不到跑碼頭唱戲，還不如死了的好！」

「月樓，不要說那話！我們應該高興。你想想，要是真的『發遣黑龍江』，天寒地凍，千里迢迢不說，你在服刑，他們絕不會讓我跟著。」她的雙眼閃著光輝。「現在，我們卻可以安安靜靜地住在一起啦。他們讓咱住城市，我說書掙錢養活你。不讓住城市，咱就到鄉下。你耕田，我織布，過著溫飽日子，生兒育女——不也是人間樂事嗎！」為了勸解，她不免說了些違心的話。

「不，我已經拖累了你一年多，絕不允許再陪我回原籍受苦！」停了一會兒，他自語似地說道：「人活在世上，只貪求自己的溫飽，豈不成了豬狗！要活就要活得光鮮，響亮，總得給世人留下點什麼，才算沒來人間白走一遭！現在倒好，二年冤枉牢獄，種種酷刑，到頭來還是一個「交保管束——好公正的大清朝律例！」

「好啦，不談這些了。」看看一時勸不轉，月春便轉換話頭說道：「月樓，我新學了一個新段子——《尋夢》，先唱給你聽聽，給我挑挑毛病。不知你願不願意聽？」

月樓懶懶地應道：「好吧。」

沈月春披肝瀝膽的委婉相勸，無微不至的體貼與關懷。終於使楊月樓從忿懣頹喪中，振作了起來。是的，自己今年剛交二十八歲，後半生的日子還長著呢。留得青山在，不怕沒柴燒。如今，大清朝內憂外患，困難重重，說不定什麼時候，就會乾旋坤轉，樹倒猢猻散。到那時，我楊月樓仍有清白一身，出頭露面之日。

正當楊月樓進一步思考，返回老家後，將如何安家度日之時，另一件更加意想不到的事，又發生了：江蘇省突然接到了刑部的加急特赦文書——「著立即無罪釋放楊月樓！」

這真是天外飛來的喜訊！

剛剛頒過大赦，忽然又來了「特赦」，連巡撫丁日昌及按察，布政兩司，都深感意外。三人嘀咕了半天，一致估計，一定是楊月樓被捕前經常進宮唱戲，結識了什麼要害人物。如今，他的家屬打通「大內」關節，刑部才破例發文赦免。殊不知他們只是猜對了一半。楊月樓無罪獲釋的主意雖然出自「大內」，但卻是另外的原因。原來，為了隆重慶祝慈禧太后四十大壽。到了「萬壽」之日，要在寧壽宮大戲臺唱三天大戲。命每位奉旨的名伶，都獻演一出拿手傑作。名旦時小福、梅巧玲，文武老生程長庚、張勝奎，小生徐小香等京師名伶，都奉旨獻藝。但黃綾戲單上，卻獨獨不見「活美猴王」楊月樓的名字。慈禧太后愛看戲，更愛看熱鬧戲。她覺得缺了武生泰斗楊月樓的《安天會》，她的壽慶的隆盛，便減卻了許多。於是，喚來太監首領李蓮英詢問，言語間頗露不滿之意。機靈無比的李蓮英，早就聽說楊月樓在上海下獄的事，但他不敢據實稟報。眼皮一眨，跪下答道：「回老佛爺的話，楊月樓遠在南京賣藝。原先覺得他年輕藝淺，所以沒召他前來。」搪塞過「老佛爺」，李蓮英急忙把話傳給刑部尚書皂保。皂保哪敢有拂「聖意」，慌忙發了一道赦免楊月樓的加急文書，飛馬送到了南京。

當獄卒向楊月樓「賀喜」時，楊月樓眼含熱淚，仿佛是一副感恩戴德的樣子。可是，當興致勃勃的沈月春來到他面前時，他卻忿忿說道：

「這值不得高興！我清白一身，應當得到的是平反昭雪，決不是蒙恩特赦。」他兩眼紅潤，聲音哽咽。「有口不准辯冤，無恩卻要你戴德——把無罪當有罪，然後再來個『蒙恩特赦』？我不買他們的賬！」

沈月春卻眉飛色舞地答道：「不，月樓。如今我們完全自由啦——你又可以重登舞臺，不是應該十二萬分的高興嗎？」

「可我的心裏總覺得憋著一口氣，吐不出來！」話雖這麼說，一想到今後又可重登紅氍毹，兩年多來，楊月樓第一次露出了含淚的微笑。

重獲自由身的楊月樓，並沒有急於奔回北京探母，卻與沈月春一道急匆匆返回了上海。為了不羈延時日，他沒有拜訪戲園，也沒有拜會梨園朋友。一下船，找了一個小客棧安頓下，便雇了一輛洋車，直奔安樂里而去。他不放心岳母。不料，韋宅已經換了主人。打聽鄰居才得知，早在一年前，韋王氏即因瘋病淹死在蘇州河裏。也有人說，前年有人在黃浦江上看見，范五領著一個瘋瘋癲癲的女人，坐船離開了上海。究竟哪種說法屬實，費了好大的勁，始終打聽不出個究竟。

回到上海的第二天，月樓便在月春的帶領下，去徐家滙公墓，祭奠韋惜玉。塌陷的墳墓，已是荒草漫徑，但月春卻很快就辨認出那是借玉的墓。

焚上香，燒完紙馬之後，月春見月樓臉色蒼白，一聲不響，久久呆立在墓前。便說道：

「月樓，有什麼話，你就跟惜玉妹妹說說吧。」

月樓一聽，「啊」地一聲長嘯，一頭撲倒在墳上，痛哭起來。月春也緊跟著跪在他的身邊，出聲地哭起來。

哭聲驚飛了河上的白鷺，阻遏了掠過頭頂的灰雲……

月春擔心月樓哭壞了身子，一再相勸，他才忍住哭泣，仍然伏在地上，唏噓說道：

「賢妻，你為我而死，我卻不能隨你而去。我今生今世忘不了您對月樓的似海深情！賢妻，你在這裏安息吧，回頭我給你修墓立碑。將來我要與你合葬在一起！」

月春也哽咽著哭道：「惜玉妹妹，你就放心吧，我會替你照顧好月樓的……．」

「不，月春。」月樓爬起來答道，「近兩年來，你不但為我送吃送喝，還冒風險救我妻子，南京相伴一年多。往後要是繼續這樣，真要折殺月樓了！」

「也許是我不配……」

「不，不是你不配，是我不配！一個好姑娘已經無端毀在我的手裏。月樓命蹇福薄，怎麼再忍心拖累另一個好姑娘，再說……」

「月樓，不要這麼說！」月春打斷了他的話。「兩年横禍，全是昏官汙吏們弄權枉法造成的，與你的福命毫不相干！」她繼續說道，「我知道你心裏仍思念著惜玉妹妹。可人死不能復生。不正是惜玉妹妹要我接替她侍奉你嗎？月樓，你就答應我，跟你一道回北京吧？」

「月春，我的好妹妹！千萬別再這樣說！你的用武之地在上海，這裏的聽眾離不開你。你會幸福的。月樓今生今世忘不了你的深思厚德！」

5

楊月樓無罪釋放，重返上海的消息一傳開，戲園同業，老熟人陳寶生以及上海灘的戲迷，紛紛湧到他下榻的新興客棧慰問。設宴接風的請柬，更是絡繹不絕。丹桂戲園還要組班底，請他繼續登臺獻藝。可是，愛妻暴亡，岳母生死不明，遠在北京的母親，也不知病體如何，他哪裏還有心緒笑臉應酬，粉墨紅氍。所以，對於盛情的宴請，他一概婉言謝絕。為了不使熱心的觀眾失望，只答應在丹桂戲園獻演三天。趁著演戲的功夫，他雇人認真修整了亡妻的墳墓。

對於劫後歸來的名伶，上海灘的戲迷們，無不以一睹為幸。三天演出，盛況空前。歡呼喝彩之聲，如陣陣春雷。一座寬敞的戲園大廳，險些被踴躍的觀眾擠坍！

三天戲唱完，惜玉的墳墓已是青磚白灰，修砌一新。一座五尺高的花崗石墓碑，高高聳立在墓前。上刻七個醒目的大隸字：「亡妻韋惜玉之墓」下鐫一行小字：「大楊月樓泣立」。月樓和月春來到墓地，兩人親手為碑文鎦了金，然後進行了隆重的祭奠。月樓仍覺心事未了，又到附近農家，找到一位老成的中年農人，交給他十塊大洋，託付他雪朝、雨夕，照料惜玉的墳墓；清明、年關，買一點香紙替他到墳前焚化。修墳期間，月樓將同仁里的房子，補足房租退掉了。

處理完兩件大事，月樓決定乘航速最快的海輪北上，探望老母。為江了不驚動上海的朋友，事先對行期嚴加保密。不料，動身那天。他乘馬車來到黃浦碼頭時，那裏已是人山人海。不但他們的老熟人、梨園同行，都來送行，連他不認識的熱心戲迷，也到了足有一千多人……

「再會！」「保重！」一遍又一遍的拱手答禮，一次又一次的含淚擁抱。熱心的上海灘人，為月樓的重獲自由而慶幸，為他的匆匆離去而惜別，也為他給了上海戲迷，那樣多的藝術享受而感戴……

激動的熱淚，一直在月樓的眼眶中打旋兒。多年來，月樓第一次感到，呼吸是為此地暢快；也第一次感到，作一個娛樂民眾的「優伶」，不但並不「低人一等」，還是一件值得驕傲和慶幸的事！唯一使他感到意外和遺憾的是，送行的人群中，不見沈月春的影子……

正當月樓和送行的人群頻道「保重」，依依惜別時，一個細高個青年人擠到了他的面前。有人認出，這青年正是當年在大街上讀報，遭到衙役毒打的那個人。只見他抱拳施禮，興奮地說道：

「楊老闆，我告訴您一個好消息：韋天亮那狗雜種被人敲斷腿後，拄著雙拐四處討飯。去年冬天，在打狗橋下凍死了。葉廷春那狗官，因為錯判楊老闆，升任曹州知府，赴任的路上，被俠客割去了兩隻耳朵。哈……」青年人一陣長笑。「惡有惡報——死得好，割得好！楊老闆，老天爺替你懲罰了惡人，報了仇哇！」

月樓急忙抱拳高聲道謝：「多謝大哥——告訴我這麼好的消息！」

「嗚——」一聲汽笛長鳴，催促旅人登船。月樓只得戀戀不捨地登上舷梯。一步一回頭，向深情的朋友和聽眾，頻頻招手告別……

楊月樓剛走進船艙，旁邊伸過來一隻手，接過了他手中的籐箱。他不由一愣，扭頭一看，原來是沈月春站在身邊。雙眼一陣紅，急忙問道：

「呀，月春，你怎麼也來啦？」

「搭船去北京唄！」飄過來一個得意的眼光。

「你去北京啥事？」月樓仍未反應過來。

月春一本正經地答道：「奉惜玉妹妹之命，前去侍奉楊大老闆。怎麼？莫非這一回還要趕我下船？」

「月春，你呀！真是冥頑不化，教人拿你沒辦法！」他完全明白了這場「奇遇」的含意。

「彼此，彼此！」

月春說著，替月樓安頓好行李。然後拉著月樓的手說道：「走，外面看看海景去！」月樓一聲不響，低頭跟隨著登上了甲板。

黃浦江上，濃重的晨霧漸漸消散，嬌豔的秋陽，灑在船舷上，黑鐵甲板像鍍了一層金。清涼的東南風輕輕撫著面頰，濕潤潤的，仿佛是在蜜月裏，愛妻惜玉的手，正在輕輕愛撫他。月樓手扶船欄，不由地低聲吟起了亡妻贈他的那闕《玉樓春》。吟罷，不由一拍船欄，低聲歎道：「唉，亡妻所贈的詞牌，豈不正應了我們三人的名字？唉！好一闕『玉樓春』！今朝只有「樓春」二字，那「玉」字，卻永遠無處追尋了。過去的兩年，竟是一場噩夢！」

熱淚滾上了雙頰。為了不使月春傷心，他扭頭吟起了亡妻教會他的一首唐詩：

三山不見海沉沉，
豈有仙蹤更可尋；
青鳥去時雲路斷，
嫦娥歸後月宮深！

聽到月樓吟詩，正斜倚船欄，貪貪婪地望著大海的月春，急忙扭過頭來。一看月樓臉色悲愴，知道他又在思念故人。故意高聲嚷道：

「呵，太美啦！」

「唔，月春，你說什麼？」他的聲音裏依然含著悲愴。

「你看，」月春指指一望無際的海疆，「原來只聽說海大，想不到大海不但跟天空一樣浩瀚，而且竟是為此地澎湃激昂，富有生氣！」

「是呀，不然古人就不會說，『海闊憑魚躍，天空任飛鳥』啦！」月樓漸漸打消了憂傷，無限感慨地答道。

「月樓，如今你不是回到了闊天遠海之中嗎？從今往後，我們要好好地在藝海中，展翅翱翔一番！」

月樓一聽，忽然忿忿地答道：「翱翔自然要翱翔。不過，從今天起，我要取個藝名──『楊猴子』……」

「那是為什麼？！」月春一時不解，「什麼名字不好叫，單叫猴子──太不雅！」

「雅，雖是不雅，可表明一番道理。你想，我不正是被昏官們當猴子耍了兩年多嗎？本來清白無瑕……」冤案給他造成的心靈傷痕太深了，他始終無力擺脫忿懣與不平的糾纏。

月春急忙岔開話頭，指著在輪船前方掠過來，掠過去的一對海鷗說道：「月樓，你看，它們倆飛來飛去，總是不分開，肯定是一對恩愛夫妻，就像我們。」

「月春，你一心要嫁給我，往後真的不會後悔嗎？」他扳著她的肩頭問。

她趁勢偎在他的懷裏，聲音悠悠地答道；「這是我慎重的選擇，夢寐以求的歸宿。自從惜玉妹妹過世，我就打定了這個主意。不過，現在不行，那是到北京以後的事。」

月樓緊緊摟著月春的腰枝，自語似地答道：

「當然是回到北京以後的事咯。我要把咱們的婚禮，辦得無比隆重、熱鬧！」停了一會兒，他繼續說道：「不但，我們的婚禮要辦得隆重，我還要幫曆海大哥結一門親事，把他的喜事辦得跟我們一樣隆重、熱鬧。」一面說著，他從懷中摸出玉佩，鄭重地掛到了月春的脖頸上。

「謝謝你，月樓！」熱淚流下了她的雙頰。右手撫摸著胸前的玉佩，她深情地說道：「少奎大哥也是三十多歲的人啦，我們也要幫幫他呀。」

「是的。」他連連點頭，「師兄為了我，算得是赴湯蹈火，兩肋插刀啦。我想，葉廷春那昏官的兩隻耳朵，八成也是被師兄削掉的。」

「肯定是！」她緊緊貼在他的胸膛上。「你們都是少見的好人……」兩隻海鷗飛到了他們面前，緊貼船舷，緩緩飛了過去，仿佛在竊聽他們的私語。

海風漸漸大了起來，層層波濤，擊打著船舷，仿佛要把鐵船推回到原處。可是，輪船依舊輕輕喘息著，斬浪前進。不一會兒，便把上海灘拋得無影無蹤……

後記

蘇聯已故著名作家巴烏斯托夫斯基在名著《金薔薇》中說過：「構思的產生和閃電的產生一樣，有時需要輕微的刺激。……我們周圍世界的一切和我們自身的一切都可以成為刺激。」

這段話，形像而準確地闡明了創作契機萌發的藝術規律——來自外部世界或自身的一種刺激。這「刺激」，極富偶然性，往往作家本人都感到出乎意料。

拙作《名優奇冤》，正是一個偶然的「輕微刺激」的產物。

一九八五年盛夏，作者在山城貴陽為長篇歷史小說《鄭板橋》作最後的加工潤色。為了節省開支，住進了一家極其簡陋的小旅館。這是一座陳舊的四層臨街小樓。從清晨至黃昏，嘈雜的市聲，不斷自裂縫的窗戶鑽進房間，使人終日不得安靜。進入夜晚，聒耳的市聲剛剛消歇，只有一板之隔的右鄰，便不斷傳來一聲接一聲的長歎。間或夾雜幾聲惡狠狠的咒罵。這不和諧的「交響樂」，幾乎夜夜鬧騰到更深。身處這樣的環境，不要說改文章，想安靜地睡一覺都很困難。而這個旅館卻有著一個充滿詩意的名字——雅仙居。望著蠅糞斑駁的牆壁，聽著聒耳的噪聲，我不只一次地為自己的「雅仙」處境而啞然失笑。

在一個悶熱的傍晚，一位極其瘦削的中年男子，忽然出現在我的房門前。這人頭髮蓬亂，鬍子拉楂，看上去有四十多歲。他一手扶著門框，怯怯地問道：

「喂，同志。咱進屋坐坐行嗎？」

聽聲音，我已斷定來人是右鄰房客。便猶疑地答道：「不過……我很忙。」

「咱也害怕耽誤您的正事呢。」嘴上這麼說，中年漢子卻一扭一拐地進了屋。「同志啊，你是作家，幫咱評評這個理吧！」

「咦！你怎麼知道我是作家？」我感到愕然。自從住進這個旅館，從未向誰透露過自己的身份。

「還用說嗎！」他坐到對面的椅子上，指指桌上的一大摞稿紙，「咱常從板縫裏看你寫書。寫書的人，不是『作家』，又是啥子呢？！」

「可我並不會評什麼理呀！」我低頭看稿子，希望他趕快離開。

「喊！著書立說都會，能不會評理——你就行行好吧！」

說到「行好」，我無言以對。只得敷衍道：「那，你就說說看吧。」

他叫布么根，這年三十四歲。家住苗嶺一個偏僻山寨。一周歲那年，他的父親，一個地主分子，上吊自殺了。撇下他與母親相依為命。二十歲那年，有一天，村革委會主任的女兒，十九歲的竹葉，偷偷塞給他一個紙團兒，約他到寨外的樹林裏相會。他雖然很喜歡那姑娘，但想到自己是「地主崽子」，人家是貧下中農的女兒，捧著紙條，痛哭一場，終於未敢赴約。不料，一天深夜，竹葉突然溜進他的茅屋。沒等他明白過來，已經鑽進了他的帳子，直到黎明時分才離去。過了不久，便聽說竹葉肚子裏懷上了娃兒。有一天，她的父親帶領民兵，將他綁到文攻武衛指揮部，吊上樑頭毒打。直到左腿被打折，才被扔上牛車，送到了縣城。他以「強姦罪」被判了五年徒刑。由於「不斷喊冤，抗拒改造」，又被加刑三年。等到刑滿釋放，相依為命的老娘，早因憂忿死去……近幾年，聽說到處平反冤假錯案，便拖著一條殘腿，四處要求平反。誰知，從村寨到公社，再到縣城，不但異口同聲說他「罪有應得」，還告誡他「翻案絕無好下場」！他不服，借了一點旅費，來省城上訴。開始，「衙門的人」還聽他說說緣由。後來，連大門也不准進……

最後，布么根氣岔地問道：「作家同志，你評評這個理兒：她自己爬進咱的被窩，攆都攆不贏，怨得著咱？要說『強姦』，是她強姦咱！憑什麼判咱的刑？為什麼哪個衙門也不講理哪？」

「這……如果你說的屬實，確是不能算強姦。我相信，終會有人為你平反。」我只能溫語相勸。

「同志，你說的好人在哪裏哪？不成非上北京城去找？」

「你還是懇求省法院重審。去北京，不易……」

「哼！連大鐵門都不准踏進，咱跟誰懇求去！」

我一時語塞。實在不知怎樣安慰這位憤懣的農民。他見我許久低頭不語，失望地說道：

「想不到呀，當作家的也跟咱老百姓一樣——沒章程！」

說罷，布么根長歎一聲，站起來，一瘸一拐地走了出去。

布么根的「故事」，咬齧著我的心。一連許多天，耳畔始終迴響著他那痛苦不平的聲音。

第三天傍晚，我正在揮扇驅蚊，布么根又來到我的房間。他坐下來，語氣平靜地說道：

「今天咱在書攤上看了一本好書，上面寫了兩個姓楊的。一個叫楊乃武，一個叫楊月樓，都是冤案。同志，你想不到喲，那楊月樓的冤案，跟咱的冤案，像得很呀！」

「哦，有這麼巧的事？」我故作驚呀，隨口敷衍。

「咳，不信，咱從根打梢說給你聽聽！」

不等我回答，布么根便詳詳細細地講起了當年楊月樓在上海灘無端蒙冤的經過。講完，他提高聲音問道：

「作家同志，你看，咱的冤案不是跟楊月樓一模一樣嗎？可人家是名角兒，有慈禧太后撐腰，最後無罪釋放。那楊乃武，也有人替他挖通大官的門子，徹底平了反。咱呢？一個『地主崽子』！不作冤死鬼，作啥哪？」停了一會兒，他繼續說道：「現在咱算明白過來啦——不認倒楣，自找苦頭吃！明天一早，咱就回家去。要是再喊冤，給咱連右腿也砸斷！」

說罷，他仰頭喝乾我給他斟上的茶水，扭頭走了出去。從此，果然再未見到他的影子。看來，真的不再喊冤，回家種田去了。

布么根和楊月樓的冤案，纏繞了我許多日子。事情一忙，漸漸的忘在了腦後。

大約過了半年多，偶然在一本雜誌上讀到一篇報告文學。寫的是一位獨身的性心理學專家，因為高超的學術造詣引起轟動，並為女弟子所鍾愛，竟以「散佈異端邪說」和「作風不檢點」的罪名，被拒絕晉升職務，並被強迫提前退休！

一道閃電，劃過天空！被拋在腦後的布么根和楊月樓的冤案，驀地浮上了腦際。

如果說，楊月樓的冤案是發生在反動封建王朝末期，布么根的冤案是發生在「四害」橫行年代，那位性心理學家的不幸遭遇，卻是發生在改革開放的八十年代！這說明，封建道學先生的陰魂，至今仍在神州大地上空遊蕩。說不定什麼時候，他就會仗劍作法，搬演出一幕幕「莊嚴公正」的鬧劇。因此，撕開那帷幕，讓鬧劇曝光，從而引起世人的惕勵，應該是一個作家義不容辭的天職。

於是，產生了一個執著的念頭——寫楊月樓的冤案。

大家知道，「殺子報」、「張汶祥刺馬」、「楊乃武與小白菜」以及所謂的「楊月樓誘拐案」，是轟動一時的「清末四大奇案」。可能是出於梨園同行的回護，前三者都曾先後搬上戲劇舞台（《楊乃武與小白菜》還拍成電影、上了螢屏），唯獨楊月樓的冤案，至今熟悉的人仍不多。而它的荒唐離奇，不但絲毫不亞於前三者，應該說還有著更高的審美價值和現實意義。因此，筆者去北京、上海，搜集了一些資料之後，便於一九八七年春動筆。其間，因其他事情干擾，時繼時輟，歷時三載，總算完成了呈現在讀者諸君面前的這部小說——《名優奇冤》。

楊月樓是一代武生泰斗，「內廷供奉」，「同光十三絕」之一。當年對京劇藝術的形成做出過傑出貢獻。被譽為「老生三傑」之首的程大老闆（長庚），曾親自指定他接替自己作「三庚班」班主。他超絕的京劇武生技藝，經過他兒子楊小樓的發揚光大，更是日臻完美，有口皆碑。歷經百年，至今仍對京劇武生行當有著深刻的影響。對於這樣一位為弘揚中華民族文化做出卓越貢獻的一代名伶的冤案，相信一定會引起廣大讀者的極大興趣和關注。

《名優奇冤》雖是一部小說，但由於狀寫的是著名歷史人物的真實遭遇，對主要人物和情節，都嚴格遵依歷史事實。這對創作不能說不是一個束縛。好在作者所追求的，不是驚心動魄的怪異，而是企圖準確地再現一百二十年前，發生在神州大地上的一件歷史奇冤的真面目。

作品初版時，之所以取名《空谷蘭》，完全出於對三位主人公的深深崇敬。正如女主人公韋惜玉以空谷幽蘭自喻一樣；飄逸英睿的男主人楊月樓，及另一位俠骨錚錚、熱腸融融的女主人公沈月春，不都是宛如雄岷巉崖、清雅高潔、幽香遠播的空谷芳蘭嗎？如果讀者潛心閱讀，相信定會不斷嗅到一股沁人心脾的幽蘭異香。果真如此，說明您已成了《空谷蘭——名優奇冤》的知音。作為作者，將倍感榮幸！

作者

庚午歲杪補記於鳶都壯心軒

釀小說43　PG1099

名優奇冤
——清末四大奇案之楊月樓案

作　　者　房文齋
責任編輯　廖妘甄
圖文排版　詹凱倫
封面設計　陳怡捷

出版策劃　釀出版
製作發行　秀威資訊科技股份有限公司
114 台北市內湖區瑞光路76巷65號1樓
電話：+886-2-2796-3638　傳真：+886-2-2796-1377
服務信箱：service@showwe.com.tw
http://www.showwe.com.tw
郵政劃撥　19563868　戶名：秀威資訊科技股份有限公司
展售門市　國家書店【松江門市】
104 台北市中山區松江路209號1樓
電話：+886-2-2518-0207　傳真：+886-2-2518-0778
網路訂購　秀威網路書店：http://www.bodbooks.com.tw
國家網路書店：http://www.govbooks.com.tw
法律顧問　毛國樑　律師
總 經 銷　聯合發行股份有限公司
231新北市新店區寶橋路235巷6弄6號4F
電話：+886-2-2917-8022　傳真：+886-2-2915-6275

出版日期　2014年03月　BOD一版
定　　價　530元

國家圖書館出版品預行編目

名優奇冤：清末四大奇案之楊月樓案 / 房文齋編. -- 一版. -- 臺北市：釀出版, 2014.03
面； 公分
BOD版
ISBN 978-986-5696-02-3（平裝）

857.7 103003844

讀者回函卡

感謝您購買本書，為提升服務品質，請填妥以下資料，將讀者回函卡直接寄回或傳真本公司，收到您的寶貴意見後，我們會收藏記錄及檢討，謝謝！

如您需要了解本公司最新出版書目、購書優惠或企劃活動，歡迎您上網查詢或下載相關資料：http:// www.showwe.com.tw

您購買的書名：____________________

出生日期：________年________月________日

學歷：□高中（含）以下　□大專　□研究所（含）以上

職業：□製造業　□金融業　□資訊業　□軍警　□傳播業　□自由業

□服務業　□公務員　□教職　□學生　□家管　□其它____

購書地點：□網路書店　□實體書店　□書展　□郵購　□贈閱　□其他

您從何得知本書的消息？

□網路書店　□實體書店　□網路搜尋　□電子報　□書訊　□雜誌

□傳播媒體　□親友推薦　□網站推薦　□部落格　□其他________

您對本書的評價：（請填代號　1.非常滿意　2.滿意　3.尚可　4.再改進）

封面設計____　版面編排____　內容____　文／譯筆____　價格____

讀完書後您覺得：

□很有收穫　□有收穫　□收穫不多　□沒收穫

對我們的建議：____________________

請貼
郵票

11466
台北市內湖區瑞光路 76 巷 65 號 1 樓

秀威資訊科技股份有限公司 收

BOD 數位出版事業部

(請沿線對折寄回,謝謝!)

姓　　名:____________ 年齡:______ 性別:□女　□男

郵遞區號:□□□□□

地　　址:______________________________

聯絡電話:(日)____________ (夜)____________

E-mail:______________________________